D0908405

# LA VIE INVISIBLE

## Du même auteur

CHEZ LE MÊME ÉDITEUR

Les Masques du héros
*roman, 1999*
*et « Points », n° P871*

Cons
*nouvelles, 1999*

La Tempête
*roman, 2000*
*et « Points », n° P946*

Le Silence du patineur
*roman, 2001*

Les Lointains de l'air et de l'oubli
À la recherche d'Ana María Martínez Sagi
*roman, 2002*

*JUAN MANUEL DE PRADA*

# LA VIE INVISIBLE

roman

TRADUIT DE L'ESPAGNOL
PAR GABRIEL IACULLI

RETIRÉ DE LA COLLECTION UNIVERSELLE
Bibliothèque et Archives nationales du Québec

OUVRAGE TRADUIT AVEC LE CONCOURS
DU CENTRE NATIONAL DU LIVRE

*ÉDITIONS DU SEUIL*
*27, rue Jacob, Paris VIe*

Titre original : *La Vida invisible*
Éditeur original : Espasa Calpe, S. A.
© Juan Manuel de Prada, 2003
ISBN original : 84-670-0477-0

ISBN 2-02-063016-8

© Éditions du Seuil, janvier 2005,
pour la traduction française

Le Code de la propriété intellectuelle interdit les copies ou reproductions destinées à une utilisation collective. Toute représentation ou reproduction intégrale ou partielle faite par quelque procédé que ce soit, sans le consentement de l'auteur ou de ses ayants cause, est illicite et constitue une contrefaçon sanctionnée par les articles L. 335-2 et suivants du Code de la propriété intellectuelle.

www.seuil.com

*À mon père*

Au-dessous de cette vie que nous croyons unique et invulnérable court, semblable à une source souterraine, une vie invisible ; à moins qu'elle ne coure au-dessus, telle une bourrasque d'apparence inoffensive dont le baiser donne pourtant le frisson et glace jusqu'aux os. Quand cette vie invisible nous frôle, nous sentons, un instant, la terre se dérober sous nos pieds. C'est une sensation aussi fugitive qu'une extrasystole ou que l'impression de tomber dans le vide pendant l'assoupissement qui précède le sommeil, un saisissement proche du contact furtif et visqueux de la culpabilité, quand on ment bêtement sans même savoir que l'on dit un mensonge et sans en deviner les conséquences, bien entendu. Mais de même que le cœur rétabli se souvient de la palpitation qui a rompu sa cadence, de même que l'état de veille héberge le souvenir nébuleux de la chute qui a suivi notre endormissement et de même que la conscience nous accable d'une sorte de douleur rétrospective chaque fois que nous évoquons un pieux mensonge involontaire, la rencontre de la vie invisible lance son retentissement sur l'individualité que l'on croyait indemne, à l'abri des périls. Tantôt, cette vie invisible revêt la texture prolixe et inextricable d'un tapis, tantôt la diaphanéité enveloppante d'une gaze ; à peine en a-t-on frôlé la trame que l'on se replie, craintif ou échaudé, comme l'escargot dans sa coquille, mais en emmenant avec soi dans son refuge, et pour toujours, la réminiscence de ce contact aussi vivace et persistant qu'une faute que l'on laisse pourrir dans le silence, aussi obstinément harcelant que ces secrets que l'on aurait préféré ne pas connaître.

Même si nous donnons à croire par la suite que ces secrets ne nous ont jamais été révélés, leur compagnie nous empoisonne et nous tourmente à jamais. Le secret que nous croyions confiné dans les broussailles du remords, isolé au fond de ces galeries souterraines que la vie invisible creuse dans notre passé et indéchiffrable pour ceux qui nous entourent, finit toujours par réapparaître comme un noyé remonte à la surface après avoir séjourné un temps dans les fonds de la rivière, pris dans la vase et les algues – à la différence près que le noyé est alors devenu un amas de chairs corrompues, mordillé par les brochets qui ont trouvé en lui leur pitance et changé son apparence en hiéroglyphes brouillés et nauséabonds. Comme les corps des noyés, les choses tues montrent tôt ou tard leur visage épouvantablement bouffi. Elles peuvent être ramenées à la surface par un coup de canon (le retentissement d'un événement soudain et imprévu) ou par la seule décomposition qui (tout comme l'inertie des heures corrompt et putréfie le secret) dilate les tissus cellulaires, transforme les dépouilles en vessies gonflées et les refait flotter. D'une façon ou d'une autre, ce que l'on avait passé sous silence, ce que l'on croyait bien caché, enfoui dans les catacombes de la vie invisible, finit par remplir la destinée ascensionnelle que la fatalité lui impose, et ce dévoilement (cette anagnorèse, dans le jargon des tragédies classiques) déclenche l'inquiétude impatiente, la perplexité offensée, l'horreur hébétée et la méfiance tenace qui nous assaillent quand, avec juste raison, on s'estime trahi. La révélation du secret peut avoir un effet cathartique apaisant sur ceux qui ont un jour préféré le murer dans leur conscience, mais ce soulagement ne compense jamais les désagréments ultérieurs, incluant reproches informulés et silences étouffants dans le cours pesant des jours sur lesquels plane le cadavre de notre trahison aux odeurs de chair corrompue.

Tout ce long exorde pour reconnaître que j'avais trompé Laura. Je l'avais trompée sans même arriver à la tromper, parce que les circonstances s'étaient liguées pour m'en empêcher, mais ma déloyauté manquée, que j'avais prétendu enfouir dans les oubliettes de la vie invisible en croyant qu'elle y mourrait étouffée ou d'inanition, avait pris racine comme la graine qui n'a que le désir de devenir arbre, s'était ramifiée en mille surgeons imprévus et avait crû avec l'opiniâtreté de certaines plantes qui ne tardent pas à se transformer en taillis avant de devenir forêt impénétrable. Et la vie invisible qui palpitait maintenant sous terre m'opprimait de son étreinte de sylve sans issue et me forçait à user ma résistance contre cette sorte d'anticipation lugubre et résignée avec laquelle nous acceptons l'irrémédiable.

« Tu l'as entendue ? me demanda Laura. Tu entends comme elle crie ? »

Je n'avais rien entendu, sans doute parce que j'étais absorbé dans mes préoccupations, piège à rats où se débattait ma culpabilité. Nous nous trouvions dans un couloir d'hôpital éclairé par la lumière impersonnelle et zénithale de quelques tubes fluorescents qui semblaient avoir été prévus pour la dissection des cadavres ; les sièges, d'une matière acrylique crépitante, refusaient d'épouser les formes de nos postérieurs ; le sol récemment ciré montrait ces cicatrices et ces griffures que laissent les semelles de gomme sur les surfaces polies ; la température et l'humidité étaient contrôlées par des appareils qui ressemblaient de trop près à des caméras déguisées, et l'on entendait même une petite musique, fond sonore destiné à calmer la nervosité de ceux qui attendent le verdict du chirurgien. Tout cela faisait de ce couloir un endroit aseptique fui par les ombres, aussi confortable et nauséabond qu'un rêve de morphine. J'osai, pour la première fois depuis notre arrivée à l'hôpital, contempler longuement Laura, dont l'aspect avachi et funèbre était celui des mannequins ôtés des vitrines et relégués dans l'arrière-boutique d'un grand magasin. Mon apparence devait sans doute être à peu près la même.

« Tiens, encore. Écoute. »

C'était un cri très lointain, un hurlement prolongé et pourtant nullement épouvanté, je pourrais presque dire exultant. Nous étions venus à l'hôpital en quatrième vitesse, alors qu'Elena naviguait déjà dans les labyrinthes de l'inconscience, là où la douleur ne se distingue plus très bien de l'abandon qui précède la mort. Elle avait perdu les eaux et son ventre était bombé, tendu et en attente comme une peau de tambour. L'odeur du liquide amniotique gantait mes mains, odeur ancestrale et fébrigène d'onguent antérieur aux sophistications de la cosmétique. J'avais été surpris par sa transparence ambrée, très différente de la tonalité sanguinolente que j'imaginais. Tandis que l'ambulance nous rapprochait de l'hôpital à une allure folle, je contemplais, perdu dans mes pensées, le ventre rebondi d'Elena qui contrastait avec les jambes presque squelettiques que j'avais un jour caressées très sommairement, quand elles étaient encore pulpeuses et exigeantes. Je voyais le liquide amniotique imprégner son short de cuir et s'étaler sur le brancard comme une fleur paresseuse qui s'étire. Elena n'émettait pas la moindre plainte, elle se contentait de me regarder avec une expression de béatitude qui sublimait la douleur et le masque figé dont héritent ceux qui, après avoir parcouru les corridors de la folie, aperçoivent enfin la chimère engendrée par leurs hallucinations. Le conducteur de l'ambulance prenait les tournants sans rétrograder, la nuit venait à grande vitesse, escortée par les éclats des phares, s'écraser sur le pare-brise. À chaque coup de freins, à chaque virage brusque, à chaque accélération, le corps chétif d'Elena se déversait sur moi. Avec le peu de force qui lui restait, elle protégeait son ventre des deux mains, sans pouvoir opposer plus de résistance aux secousses et aux poussées du véhicule. « C'est notre petit chéri, notre petit bébé qui arrive », avait-elle murmuré du fond des brumes de l'inconscience, et elle n'avait plus cessé de répéter ces quelques paroles, toujours plus entrecoupées et incohérentes, jusqu'à notre arrivée à l'hôpital. Laura me scrutait, d'un regard qui ne jugeait ni n'accusait, mais que je n'arrivais pas vraiment à comprendre. L'odeur chaude de ce liquide avec lequel semblait fuir la vie – la très chétive vie, le rien de vie d'Elena – rendait l'atmosphère étourdissante.

« Pauvre petite, je me demande où elle trouve la force de hurler comme ça », dit Laura sur un ton apitoyé.

Nous l'entendions crier de très loin, comme si sa voix nous parvenait en lambeaux après s'être déchirée sur toutes les arêtes de l'air. Peut-être les murs successifs contre lesquels elle butait atténuaient-ils la douleur de ses gémissements, peut-être la distance en émoussait-elle les aspérités, mais ce qui en arrivait jusqu'à nous ressemblait plutôt à de la jubilation – dépenaillée, si ce n'était moribonde, en quelque sorte, mais de la jubilation tout de même. Et ce qui rendait ses cris tellement bouleversants, c'était le fonds d'allégresse presque bestiale qui en ressortait. Nous savions qu'Elena accouchait sans anesthésie, dégustait sans lénitifs la lente distillation de la douleur : à notre entrée dans le service d'obstétrique, il n'était plus temps de préparer une péridurale, et moins encore d'en attendre les effets. Sous la lumière impie des tubes fluorescents, la prostration et la dégradation d'Elena étaient devenues plus évidentes et déchirantes : ses cheveux, qui avaient été blonds, étaient aussi emmêlés que de l'alfa, ses lèvres barbouillées d'un rouge agressif, sa peau flétrie et, surtout, sa maigreur montrait l'os, son frêle corps de cigogne piétinée, à la nudité à peine voilée par quelques oripeaux qui clamaient la nature infamante du métier auquel la folie et l'amour désespéré l'avaient conduite. Quand le médecin de garde était enfin apparu, affublé de la blouse verte chirurgicale, les contractions commençaient et les draps du brancard n'avaient pas tardé à être profanés par le flux de vie impérieuse qui s'échappait d'entre les jambes d'Elena. Le médecin avait essayé de la tranquilliser en chassant la sueur de son front d'une main déjà lasse d'improviser des interventions d'urgence. Elena s'arquait et son ventre acquérait une plénitude turgescente, quasi invraisemblable, de planète sur le point de sortir de son orbite. Avant que la vie invisible n'eût fait irruption dans mon existence timorée et ne l'eût dévastée, la seule appréhension du sang me levait le cœur ; maintenant, en revanche, l'hémorragie soudaine qui s'étalait sur le drap n'offensait pas ma vue et exerçait même sur moi un effet balsamique, presque hypnotique.

« Je vous déconseille d'entrer, avait déclaré le médecin. L'accouchement va être très difficile, et il est trop tard pour recourir à l'anesthésie. »

Deux infirmières s'étaient postées de part de d'autre du brancard, en donnant le bras à Elena pour qu'elle eût quelque chose à quoi s'accrocher et cessât d'agiter les mains. Un sourire docile s'était figé sur ses lèvres, sorte de bravade opposée à la douleur ; d'entre les brumes de l'éclampsie, elle me regardait et susurrait : « C'est notre petit chéri, notre petit bébé qui arrive. » Cette litanie, obstinément répétée, me fustigeait comme une condamnation. Et il s'agissait, de surcroît, d'une condamnation sans appel, parce que la vie invisible en avait décidé ainsi, et, contre la vie invisible, il n'est recours ni alibi qui vaillent. Notre silence – si irrésolu, ou peut-être ému – avait fini par exaspérer le médecin ; sur un geste de sa main, le brancardier poussait déjà Elena dans des couloirs semblables aux antichambres des salles de torture et la faisait disparaître derrière l'une de ces portes à double battant qui n'en finissent plus de se refermer parce que aucun jambage ne les arrête et qui paraissent agitées par des courants d'air ou par les effluves du péché. Le va-et-vient de ces portes, tout d'abord impétueux et grinçant, puis languissant, me servit de dérivatif mais aussi d'échappatoire pour ne pas affronter le regard de Laura, qui avait pris une expression de statue, toute de douceur lasse. Un peu plus tard, les cris de l'accouchement étouffés par la distance nous avaient fourni un sujet de discussion qui écartait d'autres explications, plus pénibles. Mais les cris s'interrompirent brusquement, comme étranglés par un garrot, et les tubes fluorescents imposèrent leur musiquette cacophonique dans un silence aussi compact et hostile qu'une falaise de glace.

« Te rappelles-tu que c'est moi qui t'ai forcé à ne pas annuler ton voyage à Chicago ? » dit Laura, devinant où me conduisait la dérive de mon esprit.

Ce don inné de pénétrer la pensée d'autrui m'avait toujours épouvanté. Laura possédait des pouvoirs divinatoires qui la rapprochaient des sibylles et rendaient encore plus péniblement stériles les efforts que je pouvais déployer pour garder un secret ou pour débiter de pieux mensonges.

« Dis, insista-t-elle, tu t'en souviens ? »

Je n'aurais pu l'oublier. Son insistance, à la manière d'un sortilège, avait invoqué cette vie invisible dont je m'étais jusqu'alors gardé. De tout son poids de cadavre tuméfié, le silence revenait nous oppresser.

« Bien sûr que je m'en souviens. Tu m'as incité à tuer le temps en arpentant les rues de Chicago à la recherche de son secret. En me disant que toutes les villes en ont un, qu'il suffit de savoir le chercher. »

C'est alors qu'est venu vers nous, tout d'abord stimulé par des balbutiements, puis aussi repassé et perçant qu'une lame de poignard, un braillement de nouveau-né. C'était un cri qui puisait en lui-même de quoi se renforcer, encore et encore, avec l'obstination que mettent les vagues à frapper le rivage. Pendant sept mois, ce bébé avait été harcelé par le froid, dévasté par la faim qui avait réduit sa procréatrice en carcasse (abritant pourtant dans son ventre un ultime résidu de foi), avili par un défilé d'hommes aux physionomies floues qui souillaient sa mère de leur mépris ou de leur luxure. Pendant sept mois, il avait survécu au pèlerinage destructeur de celle qui le portait, il s'était développé avec l'obstination épouvantée qui récompense les survivants, et maintenant qu'il respirait enfin, ses pleurs piétinaient, dédaignaient, injuriaient l'air hostile.

« Toutes les villes recèlent un secret, répéta Laura en un murmure. Tu l'as découvert, mais sans pouvoir imaginer qu'il allait s'attacher à tes pas. »

Au bout du couloir, les doubles portes se remirent à battre d'un bel élan, sous la poussée de ces pleurs qui grossissaient avec une allégresse farouche, fiers de proclamer leur venue au monde.

## Livre premier

# Le gardien du secret

Mais il me faut peut-être commencer cette histoire en racontant comment j'ai découvert le secret que Chicago me réservait, le secret qui devait me permettre d'écrire un livre et de mettre le nez dans une vie insoupçonnée. C'est là, dans cette ville blême de peur, que j'ai senti pour la première fois pulluler la vie invisible, tandis que je marchais le long de ses avenues désertes, sur les traces d'une vieille dame appelée Fanny Riffel. Avec la conviction qu'octroie la distance, je comprends maintenant que cette pullulation (que je croyais passagère et dépourvue de toute transcendance) a été en fait un avertissement ou une annonce de ce qui devait venir ensuite, un présage de l'enchaînement des hasards qui allait perturber mon existence plus ou moins tranquille et assurée. Et tandis que je m'apprête à récapituler cet enchaînement, le regard de Fanny Riffel me revient en mémoire, sans doute parce que ce même regard qui semblait arriver de très loin, d'au-delà des toiles d'araignées de la folie, je devais plus tard le retrouver, mais dans les yeux d'Elena, la femme qui m'a recherché pour me rappeler que l'on ne fait rien impunément, même pas les actes que l'on ne peut accomplir jusqu'au bout, ni les fautes les plus vénielles ou les plus honteuses que l'on croyait reléguées dans les oubliettes de la clandestinité.

Rien n'eût été plus simple que de m'entendre avec les organisateurs, d'ailleurs plutôt mous et je-m'en-foutistes, pour remettre aux calendes grecques ma conférence à Chicago, mais c'était Laura elle-même qui m'avait poussé à respecter l'accord conclu ; je suppose qu'il y avait dans son attitude un désir sous-jacent de me démontrer que notre mariage prochain n'allait pas porter préjudice à ma vocation littéraire. J'avouerai que ce voyage à

Chicago – comme toute infraction à ma sédentarité – me faisait aussi peur, avant la confirmation de mes fiançailles avec Laura, qu'une torture promise pour bientôt ; et quand un prêtre de notre ville très cléricale eut fixé la date à laquelle nous devions ratifier nos épousailles prochaines, l'anxiété que m'inspirait ce voyage transatlantique fut réduite ou écrasée par ma peur paralysante de renoncer au célibat. Puis, à ces craintes plus ou moins intimes et abstraites était tout à coup venue s'ajouter – les niant, les annulant – l'horreur télévisée, l'horreur semblable à une eucharistie sacrilège répartie dans tous les coins du monde.

« Maintenant, tu n'as plus aucune excuse. Tu dois faire ce voyage, pour connaître de près cette horreur. »

La voix de Laura avait résonné avec véhémence, comme fustigée par une trépidation qui tentait de l'emporter sur notre perplexité consternée. Nous étions restés absorbés pendant des heures devant le téléviseur, ruminant les images qui attentaient contre la vraisemblance et instauraient l'Apocalypse. Deux avions détournés s'étaient plantés dans les tours jumelles de Manhattan comme des couteaux dans du beurre. Une fumée de four crématoire, épaissie par la combustion de tant et tant d'âmes prises au dépourvu, s'étendait sur le ciel de New York. Les gratte-ciel blessés se balançaient sous l'œil froid de la caméra, dépouillés de cette pétulance svelte des architectures qui osent chatouiller la plante des pieds du Très-Haut. Aux étages les plus élevés, là où les tours jumelles se transformaient en bûcher funéraire, s'agglutinait aux fenêtres une multitude qui criait en vain au secours, agitait des mouchoirs et lançait des prières et des supplications sans destinataire. Ce que les caméras captaient de trop loin ne permettait pas de distinguer les expressions bouleversées par l'angoisse, les traits assombris ou pâlis par les premiers symptômes de l'asphyxie, le désespoir des insectes qui s'entassent, à la recherche d'une échappatoire qui n'existe pas. On eût dit des bestioles sans ailes, un essaim piégé dans les cellules aveugles d'une ruche, mais c'étaient là des hommes réclamant un impossible secours, des hommes et des femmes avec leur bagage d'humanité sur le dos, avec leurs péchés, leurs désirs et leur généalogie abruptement interrompue. Des hommes et des femmes qui, à l'instant où l'étreinte calcinée de la fumée leur coupait le souffle, devaient contempler rétrospectivement, tel un gigantesque Aleph, leur existence mortelle désormais achevée : peut-être l'un d'eux se souvenait-il d'une lettre qu'il n'avait jamais envoyée à son destinataire et qu'il eût tant aimé, maintenant, pouvoir affranchir et porter à la poste, en un ultime adieu quasi posthume ; peut-être un autre se souvenait-il qu'il avait laissé quelque chose sur le feu et ce souvenir envahissant et absurde l'empêchait-il d'employer ses dernières secondes de vie consciente à songer à ses enfants désormais orphelins ; peut-être quelque autre, dans sa quête péremptoire d'un interlocuteur ou d'un confident, formait-il sur son portable une combinaison aléatoire de chiffres qui ne correspondait en rien à aucune de celles dont il se souvenait ou qui étaient notées dans son carnet d'adresses et faisait-il ses adieux à une personne anonyme, lui dédiait quelques paroles à vocation testamentaire qui se perdaient dans l'atmosphère comme des flammèches ou des fétus de paille, paroles semblables à des semences stériles virevoltant dans un tourbillon d'angoisse. Et peut-être y en avait-il d'autres encore qui priaient le Ciel de leur faire grâce ou de remettre leur exécution à plus tard, de leur accorder encore un peu de temps afin de mener à bien un devoir inaccompli, quelques jours seulement, qui leur permettraient de retirer une demande de divorce ou de chercher un impossible moyen de réconciliation avec le mari qui a abandonné le domicile conjugal ; ou seulement quelques heures, pour conduire les enfants à l'école ; ou seulement quelques minutes, pour avouer à une secrétaire du bureau voisin l'amour insensé que l'on a pour elle. Mais le Ciel, maître des siècles et du temps, ne leur accordait ni ces jours, ni ces heures, ni ces minutes, les flammes montaient à l'assaut de leurs chairs comme autant de tiges de lierre ardentes, la fumée brouillait leurs alarmes et étouffait leurs cris, et la mort, la mort égalisatrice, les réclamait en son sein. D'aucuns, oubliant qu'ils n'avaient pas d'ailes, s'élançaient dans le vide, bras tendus, et ressemblaient un instant à des hirondelles paralytiques ou à des Christs privés du support de la Croix. Quelques-uns, moins résolus ou moins stoïques, continuaient en vain d'agiter leur mouchoir comme le font les passagers d'un navire qui se détache du quai.

« Je ne peux pas voir ça, je ne peux pas. »

Les paroles de Laura, oraison d'incrédulité, se mêlaient à

celles du commentateur de la télévision, incapable de tenir un discours cohérent sur cette épiphanie du chaos. Quand on nous la montre de près, la mort d'autrui – et plus particulièrement la mort circonspecte, la mort qui se complaît dans les formalités de l'agonie – éveille notre compassion : nous distinguons les traits du moribond, nous nous approchons de son regard figé où se concentre toute la clameur sourde du sang qui a cessé de couler et nous ne faisons qu'un avec sa fureur ou sa résignation. En revanche, la mort vue de loin, la mort épiée d'une distance telle que les dimensions humaines se profilent sur un fond bigarré, acquiert une cruauté beaucoup moins déchirante. Nous n'arrivons pas à prendre en pitié le défunt dont nous ne pouvons distinguer le visage, mais la frayeur que sa mort suscite est d'autant plus vive, d'autant plus inintelligible qu'elle n'inspire aucune interprétation sentimentale immédiate et demeure à jamais enchâssée dans notre mémoire, telle une gemme d'épouvante. Le mythe de la Gorgone, que l'on ne pouvait regarder en face sous peine d'être pétrifié, ressuscitait sur un écran de téléviseur, changé pour un jour en un œil sans paupière qui répandait dans chaque foyer l'horreur de l'hécatombe.

« Je ne peux pas voir ça… »

Pelotonnée contre moi, Laura lançait encore sa prière ardente, se voilait les yeux des deux mains, mais, bravant avec moi la peur d'être changée en pierre, n'en épiait pas moins l'écran entre ses doigts. Les tours jumelles s'effondrèrent l'une après l'autre comme de la pâte feuilletée, entraînant dans leur chute des milliers de vies qui n'étaient plus que paille vannée ou grain livré à la roue du moulin, vaisseaux réduits en miettes, décombres à ramasser à la pelle, une fois la poussière retombée, quand ce nuage dans lequel gravitaient les âmes des défunts aurait enfin obéi aux lois de la pesanteur. Mais l'esprit criminel qui avait ourdi l'hécatombe se souciait peu du nombre des victimes (ou pas davantage, en tout cas, que le metteur en scène ne se soucie des mouvements calculés et prévisibles des figurants), ni de la terreur panique des survivants, ni de la volonté héroïque des pompiers qui s'enfonçaient dans les nuées de cendres jusqu'à y laisser leur dernier souffle. Ce qui comptait, pour lui, c'était que ce pandémonium fût restitué par les caméras avec l'impassibilité que l'on attend des témoins les plus attachés à leur vocation d'impartialité. Ce qui comptait, c'était que les caméras pussent immortaliser son œuvre. Ce sybaritisme de l'épouvante, cette délectation orgueilleuse de l'homme qui utilisait des milliers de vies comme un simple attirail de scène afin d'ajouter de grands effets au spectacle de son crime était encore plus obscène, plus intolérablement obscène que la contemplation du massacre.

« Dès demain, j'envoie un courriel aux organisateurs de la conférence et je me débine », dis-je.

Il y avait plus de dix heures que nous étions pendus au téléviseur, en esclaves soumis de la Gorgone. Après avoir rediffusé deux ou trois mille fois les images des avions se plantant dans les tours jumelles comme des couteaux dans du beurre, et deux ou trois mille fois celles des édifices croulant comme de la pâte feuilletée, les diverses chaînes comblaient leurs programmes avec un fatras de documents sur les catastrophes ou le terrorisme, qui mêlait détournements d'avions, menaces bactériologiques et tirs d'artillerie moins précis que les trois kamikazes de Ben Laden.

« Mais c'est justement maintenant qu'il faut que tu y ailles… Tu trouveras sans doute l'inspiration pour ton prochain roman. »

Laura zappait avec acharnement à la recherche d'un journal qui éclaircirait l'amas de rumeurs confuses qui nous arrivait de l'autre côté de l'océan. Brusquement, sur toutes les chaînes était apparu le président Bush : il lançait un message qui se prétendait serein en cette heure d'épreuve, et plein de promesses expiatoires. Sans doute ses conseillers lui avaient-ils recommandé d'imiter le ton de l'allocution lancée par Roosevelt aux Américains après le bombardement de Pearl Harbor. Mais la rhétorique de Bush était beaucoup plus plate, monocorde, et il avait beau s'efforcer de prendre une voix assurée pour admonester l'ennemi sans visage, ses paroles étaient écrasées par le souvenir de sa défection peu honorable : au lieu de rester bien tranquillement dans son palais présidentiel, il s'était envolé vers une « destination inconnue », nom que l'on donne par euphémisme à la poudre d'escampette.

« Tu l'entends, fis-je. Ils ont fermé leur espace aérien. Tous les vols sont suspendus.

– Avant la date prévue de ton départ, il reste un bon mois, répondit Laura en m'adressant un petit sourire afflictif. N'aurais-tu pas la trouille, plutôt ?

– Ne voudrais-tu pas plutôt être veuve avant de t'être mariée ? m'exclamai-je en lui donnant une tape. Je te préviens : sans mariage, pas de pension alimentaire. »

J'avais aimé Laura dès la fin de ma tendre enfance, là-bas, dans notre ville cléricale, et pendant la taciturne puberté, de cet amour tragique et prodigue qui n'attend même pas de retour. Plus tard, je l'avais perdue de vue pendant près de quinze ans, au cours desquels je ne l'avais jamais tout à fait oubliée, parce que les femmes que l'on aime à cet âge-là ne cessent d'exercer sur notre mémoire un charme légendaire, forme sublimée de nostalgie qui les embaume de perfection et les élève au rang d'archétypes platoniciens. Les femmes qui leur succèdent dans notre itinéraire sentimental sont en quelque sorte de pâles reflets de cet archétype, des réminiscences plus ou moins fidèles de ce modèle canonique. J'ai eu la chance (ou peut-être s'est-il agi d'une stratégie de la fatalité ; peut-être cette histoire, avec ses prologues et ses affluents, est-elle un grand enchevêtrement de fatalités) que Laura fasse de nouveau irruption dans ma vie en apportant avec elle la mémoire idéalisée du passé. Si l'enfance est – comme le voulait Rilke – la patrie de l'homme, les amours que nous parvenons à pressentir pendant que nous vivons dans cette patrie acquièrent le prestige des éphémérides sacrées. Notre exil dans l'âge adulte est, d'une certaine façon, une tentative – le plus souvent blessante et indigente – de revivre ces éphémérides.

« Ça suffit, je n'en peux plus », dit Laura en appuyant une dernière fois sur le bouton de la commande à distance, cette baguette magique du foyer. L'écran du téléviseur, en s'éteignant, émit un crépitement d'électrons épouvantés ; puis, au lieu de se confondre avec l'obscurité qui régnait dans la pièce, il resta nimbé d'une très timide phosphorescence, comme si l'une des âmes des victimes, au lieu d'aller avec les autres flotter à la dérive de par le monde, était restée piégée dans ses entrailles. Le silence allait et venait dans l'appartement, pieds nus, sur la pointe des pieds.

« Tu as remarqué ? dit soudain Laura, et j'en sursautai, il n'y a pas un seul bruit dans la rue. »

Elle parlait avec l'aspérité sablonneuse des monologues somnambuliques. Vers la fin de l'après-midi, nous avions ouvert les fenêtres pour chasser le cadavre de la canicule qui pourrissait dans un coin de la maison après s'être pavanée pendant des mois le long des rues de Madrid, qu'elle infestait de son haleine d'asphalte fondu. Je hochai la tête à cette observation, tout en examinant son profil de camée et ses mains qui se levaient à la recherche d'une autre baguette pour diriger ce concert de silence. Parmi les sentiments que Laura m'inspirait, il y avait depuis nos fiançailles, si ce n'était depuis leur prologue, du temps de notre adolescence, là-bas, dans notre ville cléricale (quand Laura ne répondait pas à mes avances, les dédaignait de toute sa hauteur olympienne), une sorte de vénération craintive très proche de celle des Anciens pour les pythies. J'avais toujours cru percevoir, dans les interruptions et les sous-entendus qui émaillaient sa conversation, dans sa façon d'acquiescer tout en éludant et dans ses demi-sourires, le surgissement d'une clairvoyance qui m'échappait, qui m'échappe toujours.

« Viens voir. »

Elle se leva du canapé qui avait abrité pendant dix heures notre stupéfaction lasse, et, me prenant par la main, me conduisit dans le couloir. Mon crâne bourdonnait, me donnait l'impression que je respirais dans un scaphandre, peut-être pour me protéger de l'anxiété née de ce silence de deuil et d'expectative. Par la fenêtre du salon qui, habituellement, nous apportait le chahut des coups de klaxon qui luttaient à qui mieux mieux, la nuit s'immisçait. J'avalai ma salive, et mes bourdonnements de tête décampèrent aussi discrètement qu'une bande de rats effrayés.

« Penche-toi un peu. »

Je suivis la suggestion de Laura, qui s'était déjà agrippée à la rampe et dont le torse surplombait la rue. Il me vint à l'esprit l'idée absurde que quelqu'un, dehors, pouvait prendre son chemisier pour l'un des mouchoirs qu'agitaient en vain les victimes des tours jumelles. De la fenêtre de notre salon, on voit le commencement de la rue Princesa, pareil à l'embouchure d'un fleuve impétueux, les falaises hautaines des gratte-ciel de la plaza de España et, plus loin, la Gran Vía, flanquée d'immeubles qui engloutissent dans les gueules béantes de leurs porches des flots composites de gens hypnotisés par les affiches des cinémas, les enseignes lumineuses, le grand déballage des vitrines dont l'attrait, à ce moment-là, ne trouvait pas le moindre destinataire; Madrid avait alors l'aspect lisse et fuyant des villes qui étouffent le secret d'un crime, l'imminence d'un naufrage. À très longs intervalles, une automobile déchirait le silence et grillait les feux rouges; à de tout aussi longs intervalles, un passant à la mine de chien errant sortait d'un porche et avançait sur les trottoirs d'un pas craintif ou furtif, levant les yeux vers un ciel que les étoiles avaient déserté. Les fenêtres des immeubles restaient elles aussi obscures, unanimes dans leur deuil; j'imaginais les autres Madrilènes tapis comme nous dans leur foyer, en train de développer des facultés nyctalopes tout en écoutant les informations radiophoniques et en se souvenant peut-être de leurs aïeux qui avaient survécu dans une ville assiégée sans rien d'autre à se mettre sous la dent que quelques pelures de pomme de terre, guettant les nouvelles de ce qui restait du front, nouvelles truquées qui révisaient les pertes à la baisse et déployaient tout leur arsenal de rhétorique triomphaliste. Un hélicoptère brassait la nuit, son ombre de grand reptile du jurassique glissait sur les façades des immeubles, son vol au ras des toits donnait le frisson au feuillage des platanes puis faisait ployer leurs branches, appelant sur eux un automne prématuré. Un journal déplié répandit sur l'asphalte une semence de papiers volants dans lesquels voyageaient des nouvelles d'un monde déjà éteint, nouvelles qui, dans quelques heures à peine, auraient rejoint la nostalgie d'un autre siècle; quand l'hélicoptère s'éloigna enfin vers le haut de la Gran Vía, les pages du journal retombèrent comme des linceuls lestés de plomb.

« Où sont donc passés les gens ? demandai-je tout haut, à seule fin d'exorciser le silence.

– Ils se cachent peut-être sous terre, comme la secte des aveugles dans le roman de Sábato », dit Laura, secouée par un frisson.

La vision insensée d'une vie souterraine dans les caves, les égouts et les tunnels du métro m'inspira une anxiété aussi poisseuse que si une vache m'avait soudain léché. Le chemisier de Laura, accompagnant la palpitation de sa poitrine, prenait une consistance presque membraneuse.

« Encore heureux que nous ne soyons pas superstitieux, dis-je sur le ton de la plaisanterie pour tâcher de dissiper l'enchantement de la Gorgone ; si nous l'étions, après ce que nous avons vu aujourd'hui, nous remettrions notre mariage à plus tard.

– Il en est encore temps, dit Laura pour ne pas demeurer en reste, mais elle s'interrompit et resta à me regarder avec une gravité presque douloureuse. Blague à part, il faut tout de même nous en tenir à nos décisions. Qui incluent ton voyage à Chicago. »

Son insistance m'exaspérait.

« Que vais-je aller faire là-bas ? Si Madrid ressemble brusquement à une ville fantôme, imagine un peu l'animation qui doit régner à Chicago.

– Tu peux toujours essayer de découvrir son secret.

– Son secret ? Quel secret ? » éclatai-je. Je me sentais absurdement plein d'appréhensions.

« Toutes les villes ont un secret. Une clef qui donne accès à une autre ville, inconnue. »

Elle avait lancé ces dernières paroles avec un aplomb trop emphatique. Pour éviter son regard inquisiteur, je me penchai à mon tour au-dessus de la rue, sous prétexte de suivre le vol maintenant à peine audible de l'hélicoptère, qui semblait emporter les derniers survivants d'une épidémie qui aurait décimé la ville ; peut-être Laura et moi étions-nous des pestiférés qu'il abandonnait. Un instant, je me sentis pareil à un wagon décroché de la vie, rouillé, livré aux tempêtes du désert.

La peur paralysante qui me tenait, à ce moment-là, n'avait rien de très inattendu ni de particulier, je le sais bien. Tous les nouveaux fiancés, sans distinction de sexe, sont affligés de semblables symptômes à mesure que se rapproche la date de leur mariage ; une ligne de récifs apparaît brusquement qui rend la navigation très compliquée. Le fiancé de fraîche date sent alors que son navire ne va pas tarder à s'échouer sur ces écueils dont, une seconde plus tôt, avec un dédain insolent, il ne tenait même pas compte, et il tente de virer de bord, mais découvre avec épouvante que le timon ne répond pas à ses manœuvres. Au dernier moment, une rafale favorable lui permet d'éviter la collision, mais, tant que dure la menace, la peur le garrotte et lui fait regretter le mouillage sûr du célibat. Quand je suis parti pour Chicago, je me trouvais dans cette période où l'on est pris dans l'étau de la peur précédant le mariage, et même si mon état d'âme n'était dû ni à l'incertitude ni à des sentiments tièdes, sa persistance me donnait des remords aussi cuisants que l'opprobre. Jamais je n'ai dévoilé à Laura la nature insaisissable de ces craintes, de peur de me heurter à son incompréhension et, avant tout, parce que je les considérais comme un signe de faiblesse, sans même envisager qu'elle pouvait elle aussi, dans les recoins les plus intimes de sa conscience, être entravée par la même faiblesse. On attribue toujours à notre prochain une résolution qui supplée à nos hésitations et à nos doutes, sans même s'aviser que cette attribution est réciproque, parce que l'incertitude est en nous tous un mal chronique. Au cours des semaines qui ont précédé notre mariage, je préférais croire que mes indécisions étaient compensées par la détermination que j'attribuais fictivement à Laura. Voilà pourquoi, quand elle insista avec entêtement pour que je fasse ce voyage à Chicago, j'entrevis dans cette expédition si peu rémunératrice et si mal rémunérée l'espoir de me délester du lot d'appréhensions qui s'agitaient en moi.

Cette espérance de délestage ne tarda pas à s'évanouir, aussitôt que je me fus installé dans l'avion qui devait m'emmener à Chicago. Nous n'étions que dix ou douze passagers, les sièges vacants étaient si nombreux et les regards que nous échangions si fuyants et suspicieux que nous avions l'air d'assister à une veillée funèbre qu'auraient abandonnée les proches du défunt. On avait fouillé les bagages de chacun de nous avec une férocité inhabituelle, à la recherche d'instruments tranchants ou pointus; on nous avait tous fait passer par le détecteur de métaux habituel, puis palpés de tous les côtés (rien ne m'horripile davantage qu'une main posée sur mes poignées d'amour), et il nous restait à tous, après les formalités d'enregistrement, un goût d'intimité pillée et un sentiment mêlé de honte et d'impuissance humiliée. Il y avait un peu moins de deux mois que nous avions vu, répétée à satiété par la télévision, l'hécatombe des tours jumelles. Le souvenir de ces images, qui s'ajoutait aux résidus de dépit que nous avaient laissés les mesures de sécurité renforcées, donnait à nos visages l'expression de la pusillanimité la plus rébarbative, celle des condamnés à la peine capitale. Alors que nous étions prêts à décoller, le commandant de bord polyglotte, ou du moins bilingue, s'éclaircit la gorge devant le micro avant de nous souhaiter la bienvenue. Tous les passagers frémirent à l'unisson, comme s'ils redoutaient d'entendre l'annonce d'un détournement, mais ce que le pilote annonça, après les formules protocolaires de rigueur, ce fut que nous étions invités à occuper les sièges à l'avant de l'appareil. C'est ainsi que la compagnie aérienne récompensait la témérité dont nous avions fait preuve en n'annulant pas nos réservations.

« Nos hôtesses se feront un plaisir de vous offrir les services de la classe affaires. En mon nom, et au nom de tout l'équipage, je vous souhaite un agréable voyage. »

Peut-être la défiance rongeait-elle encore quelques passagers; peut-être cette invitation leur semblait-elle trop magnifique et redoutaient-ils de devoir tout de même payer un supplément, mais par prudence ou par défiance, ils déclinèrent l'invitation. Je l'acceptai aussitôt avec un plaisir non dissimulé : j'avoue que depuis les places plébéiennes à l'arrière de l'appareil, j'avais toujours imaginé les vols en classe affaires, de l'autre côté du rideau, comme des bacchanales incluant des massages thaïlandais. D'autres passagers se lancèrent avec moi à la conquête du luxe ; comme moi, ils se vautrèrent dans les fauteuils spacieux et se mirent à appuyer sur les boutons commandant l'inclinaison du siège, le repose-pieds, et permettant de faire un choix entre diverses chaînes de télévision, toutes polyglottes ou du moins bilingues comme le généreux commandant de bord. Je m'étais plongé dans ces manipulations en provincial qui tient à profiter de sa visite à Disneyland quand une passagère m'aborda :

« Pardon, c'est bien vous, n'est-ce pas ? »

Elle avait dit ça d'une voix à la fois craintive et exultante qui anticipait ma réponse. C'était une jeune femme au sourire convulsif et pétillant, beaucoup plus ingénu que ses vêtements, moulants à lui couper le souffle. Je fus surpris par sa chevelure, semblable à un casque doré, coupée court au ras de la nuque et s'achevant sur le front en une frange pointue qui tombait sur ses sourcils (lesquels n'étaient pas blonds, mais furieusement noirs). Je ne suis pas célèbre, même si mon visage est parfois divulgué dans les journaux, surtout dans les suppléments littéraires, qui éreintent mes romans ; quand quelqu'un me reconnaît, ce qui n'est pas fréquent, j'adopte généralement l'attitude de coquetterie circonspecte que j'ai remarquée chez les gens du métier.

« Alejandro Losada, l'écrivain. C'est bien vous, non ? »

Son sourire n'était pas seulement convulsif, il était aussi insistant. Des lèvres charnues l'encadraient, débordantes de vie, nullement en désaccord avec le nez camus (nez de boxeuse, me dis-je, il m'en souvient, de façon impie) et les yeux vert de mer, encore mouillés par sa récente explosion de joie. C'était une jeune femme au visage rond, dont les traits, qu'un mélange de voluptuosité et d'innocence rendait peut-être bien un peu vulgaires, étaient amendés par une générosité aussi évidente que son enthousiasme incessant qui, à la différence d'autres enthousiasmes, ne paraissait ni forcé ni hypocrite. Elle cachait ses bras derrière son dos ;

la chemisette trop courte qui contenait son opulence laissait à découvert un nombril perplexe et les clavicules, jusqu'à leur confluence, semblables à des arcs-boutants qui auraient soutenu le décolleté.

« Oui, c'est moi, j'en ai peur, consentis-je enfin à dire, plus flatté que précautionneux.

– Tu ne vas pas me croire, mais... » Elle montra ses bras, aussi tendres et hardis que son tutoiement. « ... Je suis en train de lire un de tes livres. »

Elle me montrait un exemplaire de mon dernier roman, avec la couverture indécente et terriblement ordinaire que les éditeurs m'avaient imposée pour m'outrager. J'eus un geste de commisération.

« Pfftt ! J'espère que tu survivras à l'expérience. »

Deux hôtesses poussaient les présentoirs de la presse dans l'allée centrale. La jeune femme esquissa d'abord un mouvement pour se glisser derrière mon fauteuil, mais, juste avant que les hôtesses ne lui eussent barré le passage, elle demanda :

« Ça ne te gêne pas si je me mets près de toi, sur le siège côté hublot ? »

Il pouvait s'agir d'une enquiquineuse qui n'allait pas arrêter de m'assommer de son bavardage jusqu'à Chicago, mais son enthousiasme, ou plutôt l'offrande de sa beauté vulgaire, triompha de toute réticence, même si je préférai donner le change.

« Pourquoi ça devrait me gêner ? »

Autre avantage de la classe affaires, je n'eus pas à me lever pour lui céder le passage, mais seulement à ôter mes pieds du soutien sur lequel ils étaient ridiculement posés, comme si j'attendais que l'on vînt me cirer les chaussures. Bien que l'espace entre les rangées de sièges fût amplement suffisant pour permettre un passage normal, la jeune femme fit comme s'il était étroit et se glissa de côté, en me tournant le dos et en se gardant de me frôler ; je ne pus m'empêcher (ou peut-être l'aurais-je pu, mais je n'en eus ni le réflexe ni l'envie) de regarder son cul, empaqueté dans un blue-jean, mais pourtant pas fluet.

« Excuse-moi, je ne me suis même pas présentée. » Elle s'était assise en tailleur sur son siège et se balançait doucement, comme pour vérifier la qualité du rembourrage. « Elena Salvador. Je suis professeur de musique dans un lycée de Valence. Professeur intérimaire, pour le moment. »

Les haut-parleurs nous accablaient d'une saumure polyglotte ou du moins bilingue délivrant d'absurdes instructions de sauvetage (comme si l'on ne savait pas que dans les accidents d'avion tout le monde y passe) qu'illustraient les hôtesses en se livrant à une chorégraphie muette et sans entrain, sachant que personne ne leur prêtait la moindre attention, hormis quelque obsédé amateur de pantomime.

« Tu es mon écrivain favori, je ne laisse passer aucun de tes livres », continuait Elena.

Le ronflement des moteurs changeait sa loquacité en un ramassis de singeries. Elle parlait et parlait sans s'interrompre, sans se départir de son sourire. J'acquiesçais bêtement, sourd à ce que je prenais pour une cataracte d'éloges, pendant que l'avion gagnait de la vitesse et s'affranchissait des lois de la gravité, comme on le fait en rêve. Et, comme en rêve, j'eus l'impression, à la fois agréable et abyssale, que mes tripes étaient prises de vertige, qu'un serpent s'y dénouait.

« … ne sois pas vexé. Je le trouve bien, mais sans plus. »

Le ronflement des moteurs s'atténuait à mesure que nous nous élevions. Le sourire d'Elena, qui attendait ma réponse, laissait paraître une certaine indulgence.

« Que disais-tu ? Excuse-moi, mais le bruit…

– Rien, ne t'inquiète pas. Une bêtise. Tu dois croire que je me prends pour une forte tête. »

Mais sa tête était tout en rondeurs, sans rien d'anguleux ; c'était la bonne tête honnête, à l'air engageant, de ces jeunes femmes que l'on voit sur les affiches présenter les tampons hygiéniques et autres articles de toilette.

« Sérieusement, vas-y, l'encourageai-je avec cette familiarité que les auteurs réservent parfois à ceux qui les lisent, pour s'en repentir aussitôt. Crache le morceau. »

En mon for intérieur, j'eus honte d'introduire dans mes reparties des termes aussi jargonnesques, d'autant plus que, dans ma bouche, ils paraissaient lourdement empruntés. J'eus également honte à l'idée que l'indiscrète Elena pouvait déduire de cette complaisance que je cherchais à la séduire. Et j'eus encore plus honte (une honte renforcée par le remords) en songeant que j'employais en effet le langage désinvolte – faussement désinvolte – auquel je recourais dans mes conversations avec les femmes, avant de me fiancer avec Laura.

« Je suppose que c'est seulement une première impression, que je changerai sans doute d'avis quand j'en aurai lu davantage. » Elena crachait comme une mitraillette, sans me laisser placer un mot, et avec une précision impertinente. « Mon opinion ne vaut pas un pet de lapin, je ne suis pas une spécialiste en littérature. Mais ce n'est pas ton meilleur roman. Je veux dire que, pour le moment, je n'en ai pas l'impression. »

Elle prit un air espiègle et rentra le cou dans les épaules, comme les enfants qui veulent se faire pardonner une sottise et cherchent en même temps à éviter une baffe. Puis elle sourit avec une indulgence qui voulait me pardonner ce qu'il y avait de superficiel dans mon dernier livre et qui l'avilissait. Ce qu'Elena ne savait pas, c'est que, au plus profond de moi-même, je jugeais ces facilités avec plus de sévérité que personne.

« Je t'ai offensé ? demanda-t-elle, contrite. Oui, je t'ai offensé… Je ne me le pardonnerai jamais. » Elle parlait comme si elle ne pouvait comprendre d'où lui venait sa hardiesse blessante. « Oui, je t'ai blessé. »

Sa voix devenait implorante et grondeuse. Elle m'avait froissé, en effet, mais moins pour avoir formulé un jugement inconsidéré que pour avoir remué le fond d'une mare que je m'efforçais toujours de contourner. Nul ne savait mieux que moi que je m'étais laissé prendre aux mélopées et aux artifices de la muse mercenaire au lieu de m'enfermer dans le silence incorruptible de l'écrivain qui ne recherche que la gloire ; et ce muet reproche que j'avais réussi à étouffer tombait brutalement et au mauvais moment des lèvres d'une jeune femme dont je venais à peine de faire la connaissance. Rien n'est aussi embarrassant que de se confesser sans ambages à un nouveau venu.

« Non, tu as peut-être raison. »

Les hôtesses nous gavaient d'amuse-gueule et d'alcools divers. Je me dis qu'avec un peu de chance Elena finirait par succomber à la somnolence, perspective qui me soulagea d'avance.

« Il y a des livres que l'on écrit pour souffler. Tu sais, il faut recharger ses batteries, en prévision du prochain, et, pendant ce temps, les éditeurs te harcèlent. Enfin, il faut bien manger. »

Elle devait avoir à peine quatre ou cinq ans de moins que moi, mais en ce laps de temps s'entassaient des ballots de décrépitude, tous ces instants irrécupérables pendant lesquels on déclare à jamais abolies les joies de la jeunesse. Elena m'écoutait, imprégnée de l'avidité et de la curiosité qui, quatre ou cinq ans plus tôt, avaient été mon patrimoine.

« Mais ne parlons plus de littérature, proposai-je, ou, du moins, de la mienne ; c'est un sujet trop ennuyeux. »

Elena manifesta sa contrariété en regimbant ; sous son chemisier, ses seins eurent un tremblement jumeau de protestation. Par le hublot, on voyait un ciel matelassé de nuages, invite au suicide.

« Que dis-tu ? protesta-t-elle, scandalisée. Je ne vois rien de plus intéressant.

– Il vaut largement mieux vivre les romans que les écrire, déclarai-je, regrettant l'homme d'action que j'eusse aimé être. Vivre chaque jour un nouveau roman.

– Mais… tu es fou ? » C'était elle, à présent, qui se sentait offensée. « Ça, il faut le laisser aux gens sans intérêt, comme moi. L'art est une forme de vie supérieure. J'aurais tellement aimé savoir composer des symphonies mais, comme je suis médiocre, je dois me contenter d'enseigner le solfège à une bande de garnements pustuleux. »

J'imaginai, avec une sorte d'envie mélancolique, les ardeurs qu'Elena devait susciter parmi ces garnements pustuleux. Elle insista :

« Et pendant que je leur apprends ce qu'est une portée, toi, tu dois batailler à ton bureau, pour faire surgir la beauté des mots. Nuance ! »

J'aurais préféré lui plaire pour d'autres raisons, étrangères à la manipulation lasse des mots ; même la vanité satisfaite par la flatterie n'atténuait pas ma déception. Son opulence, son enthousiasme, tout ce bouillonnement de vie qu'elle incarnait sans même en être consciente, ce débordement de vitalité qui jaillissait d'entre ses lèvres au sourire convulsif et ses quenottes éblouies me semblaient beaucoup plus admirables que mes présumées qualités littéraires.

« Pour te donner un exemple, poursuivis-je, afin d'étoffer mon argumentation, je me rends à Chicago pour une raison fort ennuyeuse. Je dois donner quelques conférences devant quatre hispanistes somnolents. En revanche, toi, une aventure t'attend sans doute, je me trompe ? »

Elena se mordit la lèvre inférieure, d'un coup de quenottes maintenant plus incisives qu'éblouies. Avec un sursaut ou un frisson léger, j'entrevis pendant une fraction de seconde leur marque pâle dans la chair resplendissante.

« Je me trompe ? insistai-je.

– J'aimerais bien que ce soit vrai, mais je n'y crois guère. » Je ne perçus pas la moindre insinuation dans ces paroles. « Je ne resterai que deux jours à Chicago, juste le temps de voir un peu la ville, en attendant la correspondance. En fait, je vais à Vancouver ; il n'y avait pas de vol direct.

– Vancouver ? Mais c'est au Canada, sur la côte du Pacifique, non ? » Elena venait de me donner raison : un aussi long voyage, compte tenu des escales et du temps passé dans les aéroports, devait forcément impliquer une aventure. « Et que vas-tu chercher à Vancouver ? »

Elle n'allait rien chercher ; son amoureux l'y attendait, un violoniste de l'orchestre symphonique de cette ville. Elena me raconta les vicissitudes nullement conventionnelles de sa liaison sur un ton qui se voulait en principe extatique, tandis que l'avion fuyait le crépuscule et que les hôtesses nous étourdissaient de leur obséquiosité monotone. Elle avait remarqué William – ainsi se prénommait ce bienheureux – du poulailler du Palau de la Música de Valence ; son salaire de professeur intérimaire, en rien fastueux, ne lui permettait pas de s'offrir une meilleure place. Cet orchestre de Vancouver interprétait la symphonie *Jupiter* de Mozart avec une sorte de correction lasse ou d'académisme éreinté, comme s'il administrait un châtiment. Au début du premier mouvement, Elena avait détecté dans l'indolence des instruments à cordes (en attribuant ce commencement moribond aux effets perturbateurs du décalage horaire sur le cycle de sommeil des interprètes) un filet de vivacité, d'exultation rebelle qui se refusait à périr. Quelques minutes plus tard, alors que les violons dialoguaient avec les basses – *allegro vivace* – en préludant aux motifs du troisième mouvement, Elena put identifier le jeune homme qui s'opposait à l'abattement des autres musiciens. Il n'était pas particulièrement attirant ; de loin, elle put distinguer la calvitie qui escaladait les tempes et allait coloniser le sommet de la tête, les joues creuses, le regard embusqué au creux de timides cernes. Au début du deuxième mouvement, William porta sur ses épaules le cadavre de l'orchestre : son violon soutenait la charge émotive, contrebalançait la prostration du hautbois et de la flûte, distillait son trésor secret de syncopes et tissait son délicat réseau d'arpèges que les autres instrumentistes se chargeaient de dilapider en un fatras très respectueux de la cadence mais réfractaire à l'émotion. Dès que le développement du motif atteignait *ut* majeur, le violon de William prenait son vol pour se distinguer du hautbois, qui le suivait servilement à ras de terre. Juste avant le menuet du troisième mouvement, William avait incliné sa joue hâve sur le violon, comme s'il voulait lui transmettre son ardeur ; ce geste, qui participait du mystère et de la délicatesse, acheva de subjuguer Elena. Trompettes et timbales brisaient le recueillement, mais le violon de William faisait pourtant entendre sa voix limpide, dirigeait la mélodie ; les bassons, les flûtes et les hautbois rancuniers avilissaient son écho dans la suite des dissonances, qu'ils résolvaient avec une impiété grossière et grandiloquente. La violence spectaculaire du quatrième mouvement – *molto allegro* – était interprétée par l'orchestre avec un entrain de bastringue qui trouva la faveur du public ; au milieu de toute cette pompe, les fugues de William imposaient un contrepoint étrange d'animal qui se vide de son sang à l'écart du troupeau pour mourir seul. La fureur du mouvement possédait le violoniste, son corps – il paraissait maigre, et un frac peu flatteur n'améliorait guère son allure un peu dégingandée – s'arquait sur l'instrument et respirait à travers lui ; c'était maintenant un centaure de bois et de chair, radieux de feux intimes, et l'orchestre, réduit à un simple accompagnement, détournait l'attention du public de ce qui importait vraiment ; pas celle d'Elena, cependant, qui respirait elle aussi à travers le violon de William. Quand s'acheva la bacchanale sonore ourdie par Mozart et massacrée par l'Orchestre symphonique de Vancouver, elle resta dépouillée dans son fauteuil par la violence d'un sentiment qu'elle n'avait encore jamais éprouvé, pendant que le public du poulailler – mais aussi celui plus collet monté de l'orchestre – applaudissait sans grand esprit critique, à seule fin d'accomplir un rite qui justifiait la dépense. Les musiciens répondaient aux applaudissements par des révérences de pingouin, seul William ne prêtait attention qu'à son violon, dont il semblait ausculter les cordes, à la recherche d'une aphonie cachée ; il serrait ou desserrait les chevilles et caressait le bois de la table d'harmonie comme s'il bouchonnait un cheval échauffé par le galop. Alors, William leva son regard (toujours tapi au creux des cernes, un peu morose ou sombre) et le promena sur le poulailler, jusqu'à ce qu'il eût rencontré celui d'Elena, parce qu'il *savait* qu'elle et elle seule avait écouté sa musique dans la stridence de l'autre musique qu'applaudissait le public.

« Que veut dire ce *savait* ? Tu as des pouvoirs télépathiques ? » lui demandai-je, en lui coupant la parole.

Je ne nierai pas qu'il subsistait, dans cette interruption moqueuse, un résidu de ressentiment pour le mauvais traitement qu'elle m'avait fait subir un peu plus tôt. Son sourire généreux s'effaça pour un moment après cette agression, et je me sentis un peu misérable ; ce fut peut-être le remords qui m'empêcha alors de percevoir le grain de folie qu'Elena abritait sous cette apparence de beauté vulgaire rachetée par la générosité et l'enthousiasme. La folie en train d'incuber, comme incube la vie invisible.

« Pourquoi te moques-tu de moi ? me reprocha-t-elle avec une perplexité sincère. Ça ne t'est jamais arrivé, à toi, de te sentir de but en blanc, comme s'il s'agissait d'une prémonition, inexplicablement lié à quelqu'un d'autre ? »

Les hôtesses de l'air persistaient à nous casser les pieds avec leurs amuse-gueule, leurs boissons et leurs chichis. Le moment était venu pour elles de retirer les plateaux avec les reliefs de nourriture prophylactique et insipide ; sur celui d'Elena, la cuisse de poulet à peine mordillée avait un aspect granuleux de vieille carne empoisonnée. Les turbulences tiraient de nos intestins une sérénade discordante de borborygmes.

« Je n'ai pas voulu rester pour la seconde partie du concert, poursuivit Elena, remise de la stupeur affligée dans laquelle mon ironie l'avait précipitée. Comme je suis une habituée du Palau, j'ai quelques amis parmi les contrôleurs, et j'ai appris par l'un d'entre eux dans quel hôtel étaient descendus les membres de l'orchestre.»

Dans le vestibule de cet hôtel, malgré les soupçons évidents des chasseurs et des réceptionnistes, elle avait attendu le retour des Canadiens, qui avait été tardif et un peu chaotique. Bien qu'ils fussent éreintés par la traversée de l'océan, ils ne voulurent pas aller se coucher sans se caler l'estomac avec une paella et sans céder à la mélopée du vin. Libérés des contraintes de l'étiquette et livrés à la légère houle de l'ivresse, les musiciens avaient une apparence de bûcherons hyperboréens chassés d'une forêt mythologique pour avoir dans leurs joyeusetés culbuté les naïades et les ondines du coin. William arriva parmi les derniers membres du groupe, qui étaient aussi les plus sereins (mais la sérénité peut tout aussi bien être, parfois, l'expression de la fatigue et de la désolation) ; elle l'aborda devant le comptoir de la réception, avant qu'il n'eût demandé sa clef. Maintenant, elle pouvait s'abreuver dans son regard sombre, qui n'était pas exactement triste, ni amer, mais plutôt esclave d'une passion qu'il s'était résigné à cacher pudiquement parce qu'il ne lui trouvait pas de destinataire à sa mesure, capable de l'apprécier à sa juste valeur; la proximité confirma à la jeune femme qu'il était bien trop chétif et absorbé en lui-même pour être beau ; néanmoins, sous la chair presque cireuse de son visage, Elena crut deviner une ossature d'une tortueuse beauté. Elle lui sourit, de son sourire désarmant (trop convulsif à mon goût, mais porteur d'incitations, surtout pour un homme qui venait du froid et des portées musicales), et il n'y eut rien d'autre.

«Rien d'autre que je puisse raconter, je veux dire», conclut-elle en se renversant dans son fauteuil.

De satisfaction, elle gigotait dans ses vêtements, bien qu'ils fussent très moulants ; son sourire était ébahi, mais pas parce qu'elle m'admirait, comme un peu plus tôt ; il naissait sans doute de l'évocation de certains épisodes qui allaient bientôt se renouveler. Je fus brusquement pris d'un accès de jalousie incongrue que je m'empressai de refouler, par respect pour Laura (mais Laura n'était pas là, Laura ne pouvait me voir) ; je supposai que, si elle avait été présente, elle se serait délectée des impasses de cette conversation.

« Rien d'autre ? fis-je, dubitatif.

– Il a retardé son retour à Vancouver d'une semaine, transigea-t-elle. Heureusement, l'orchestre n'avait pas trop d'obligations. Tu vas me trouver idiote, mais ç'a été la semaine la plus heureuse de ma vie. Et quand je t'aurai dit que nous ne sommes même pas sortis de l'hôtel… Ce pauvre William est reparti sans avoir vu Valence.

– Et après ?

– Après, on a tâché de se distraire de l'abstinence en se téléphonant, en s'envoyant des messages électroniques. » Elena s'était lovée dans son fauteuil après avoir cherché une position confortable pour faire un petit somme. « Le soir, on bavarde un peu. Tu ne peux imaginer à quel point mon anglais macaronique s'est amélioré. Il y a un mois que ça dure. Ses engagements ne lui permettent pas de revenir en Espagne, et j'ai eu bien du mal à trouver assez d'argent pour faire ce voyage. Avec la misère qu'on nous donne, impossible d'économiser. »

Ces dernières paroles s'engluaient dans une toile d'araignée de ronrons. Elle se déchaussa avec une sorte de négligence voluptueuse, en se servant du repose-pieds ; elle ne voyait aucun inconvénient à le faire devant un inconnu (pas plus qu'elle n'en avait vu à me narrer les vicissitudes de son idylle), parce que ses petits pieds invitaient à la prosternation. Je contemplai ouvertement les veinules qui descendaient sur le cou-de-pied, semblables à de sveltes veines de minerai ou à des filets d'eau silencieux, et les orteils qui s'agglutinaient comme un banc de poissons bercé par les courants, de sorte qu'il était difficile d'en faire le compte. Le vernis à ongles était nacré, avec des irisations qui miroitaient en reflétant mon désir.

« Repose-toi, dis-je tout haut, pour chasser mes dangereuses méditations. Veux-tu que je te réveille avant notre arrivée à Chicago ? »

Mais elle ne m'entendait déjà plus. Dans son rêve, elle voyait peut-être William, le violoniste, parce qu'il y eut sur ses lèvres un froncement de satisfaction à peine perceptible, puis un doux soulagement se répandit sur le reste de sa physionomie tandis que sa respiration devenait régulière. Comme les hôtesses avaient arrêté ou interrompu leur manège, j'approchai mon visage du sien pour sentir la caresse de son souffle, sa tiédeur de pailler où sèchent les foins, et je fermai les yeux, enivré par la vie qui montait à ses dents. Son visage, que le sourire convulsif avait enfin déserté, supplanté par une paix voluptueuse, acquérait maintenant un charme plus grand, rendait plus appétissant ou rémissible ce qu'avaient de vulgaire son nez camus (nez de boxeuse, me dis-je à nouveau, avec lascivité, cette fois), ses cheveux blonds brûlés par la décoloration, ses sourcils noirs, digue arrêtant la frange qui couvrait son front. J'épiai le va-et-vient de sa respiration, véritable soufflet qui attisait ses seins, le creux peu profond mais très tarabiscoté du nombril et, surtout, le raccourci de ses hanches (elle s'était repliée en position de fœtus sur son siège) et de ses cuisses en fuseau, renflées, qui défiaient les coutures du blue-jean. Mon dernier roman gisait à côté d'elle, comme un déchet ; je ne sais si ce fut à cause de cette dernière impression, mais il me sembla que profaner son sommeil sans défense en l'épiant ainsi était malhonnête et déloyal. Une seconde plus tard, je me trouvai abject, parce que j'étais tout aussi malhonnête et déloyal envers Laura (mais Laura n'était pas là, Laura ne pouvait me voir), que j'aimais tant.

Pour détourner mon esprit de cette faiblesse momentanée, j'inspectai le nécessaire de voyage que les hôtesses nous avaient remis pendant un de leurs allers et retours empressés. Il y avait là, entre autres broutilles, un masque molletonné censé favoriser le repos. Je le mis pour éviter les tentations contemplatives, comme un malade se rafraîchit le front avec un cataplasme. Le masque était incommode, son élastique me serrait aux tempes et il m'empêchait de ciller, mais il occultait tout de même la vision d'Elena endormie.

Les hôtesses se démenaient encore entre les sièges quand j'enlevai le masque. Elles tentaient d'exorciser par leur présence constante (à tour de rôle, sans doute, comme dans une course de relais) le fantôme de Ben Laden, dont avaient inévitablement rêvé les quelques passagers, à en juger d'après les vestiges d'horreur congestionnée qu'ils étalaient après la sieste. Je n'avais pu fermer l'œil, mais la lutte sourde contre mes atavismes m'avait soustrait à leur obséquiosité et aux bulletins météorologiques que le pilote polyglotte ou seulement bilingue se faisait un devoir de nous transmettre périodiquement, de la cabine, pour mériter son salaire et le droit de grève. On diffusait maintenant une musique en conserve (une rengaine tout juste bonne à accompagner les ablutions matinales d'un tueur en série), signe certain que les manœuvres de descente et d'atterrissage avaient commencé. Les hôtesses demandaient aux passagers d'attacher leur ceinture de sécurité (je n'avais même pas détaché la mienne, qui me servait de ceinture de chasteté) ; les quasi-dix heures de vol avaient flétri leur peau, gâché leur courtoisie et éreinté leur gaieté. Le ciel, cette fabrique de mythologies, n'était que nuages effilochés qui matelassaient la descente. Il faisait encore jour, comme dans les romans les mieux intentionnés.

« Tu as fait un bon petit somme, me dit Elena aussitôt que j'eus ôté le masque. Et c'était moi qui étais censée prendre un peu de repos. »

Le monde, ou son modèle réduit, devenait visible par le hublot ; il avait l'apparence monotone des photos captées par satellite, mais en couleurs. Elena s'était rechaussée.

« Mais peut-être ne dormais-tu pas ? » Son agressivité me troubla. « Peut-être faisais-tu semblant, pour te dérober ?

– Me dérober à quoi ? » protestai-je.

Mais je savais très bien à quoi j'avais voulu me dérober : à l'attrait indéchiffrable de ses dents, au léger creux très tarabiscoté de son nombril, à ses petits pieds qui invitaient à la prosternation.

« Me raconter ton histoire, si tu en as une, s'empressa-t-elle de répondre. Je t'ai bien raconté celle de William, moi. »

Je remarquai qu'elle avait lu entre-temps quatre ou cinq autres chapitres de mon roman, les plus riches en confidences, justement, et que je pouvais considérer sa curiosité comme satisfaite. Dans les approches et les circonvolutions précédant l'atterrissage, l'avion semblait descendre un escalier, sauter les marches quatre à quatre ; à chaque nouveau sursaut, l'âme se détachait du corps et mettait un dixième de seconde à reprendre sa place. Le trajet dans la stratosphère avait épaissi ma salive, lui avait donné une âpreté à la fois expéditive et pusillanime.

« Je me marie dans un rien de temps », résumai-je.

Elena se raccrocha à son sourire comme on se raccroche à une dignité hautaine pour se soustraire aux égratignures d'un affront. Mais je n'avais pas voulu l'offenser, je désirais seulement rabattre la désinvolture que j'avais affichée au début du voyage, ce qu'Elena pouvait avoir pris pour une manœuvre de séduction.

« Je comprends », dit-elle.

Et elle se retrancha derrière mon roman, offrant à ma vue la couverture indécente et terriblement ordinaire que les éditeurs m'avaient imposée pour m'outrager. Le silence, entre nous, édulcoré par la musiquette en conserve, me fit me sentir encore plus misérable que quelques heures plus tôt, quand je m'étais surpris à caresser des songes luxurieux. J'éprouvais un sentiment encore inexprimé (ou, du moins, que le langage ne peut traduire par un seul mot), à mi-chemin de l'orgueil et de la culpabilité, et qu'aurait peut-être pu éclaircir la batterie des pathologies masochistes ; il consiste en effet à renoncer à ce que l'on aurait bien aimé faire, et à nous féliciter de ne pas l'avoir fait, en savourant les délices du sacrifice et en regrettant en même temps notre irrésolution. Tout cela était très alambiqué, comme on le voit. L'avion rebondissait sur la piste d'atterrissage et l'inertie nous propulsait en avant sur nos sièges. Elena faisait encore semblant de lire mon roman, mais en oubliant de tourner les pages.

Un peu plus tard, le silence entre nous allait devenir encore plus honteux et suri dans la navette qui nous conduisait au module d'arrivée. Le crépuscule descendait sur les pistes de l'aéroport O'Hare et endormait notre tristesse d'animaux en cage. Elena, adossée à une barre d'appui de la navette, se laissait bousculer dans les tournants comme un ballot mal arrimé ; son maquillage s'était défait, ses cheveux ébouriffés, et les pores de sa peau, dilatés, exsudaient un sébum qui aigrissait sa jeunesse. Elle avait un air passif et bestial (plus tard, devant le miroir du lavabo, à l'hôtel que les organisateurs de la conférence m'avaient assigné, je devais constater que j'avais le même air) et elle ne cachait pas ses bâillements. Les couloirs de l'aéroport, décorés d'inscriptions patriotiques et de squelettes qui rappelaient les morts des tours jumelles, accueillirent l'écho de nos pas avec l'indifférence désespérée des dépotoirs envahis de ferraille. Sur les vitrines des boutiques dépouillées de leurs joyaux, on avait placardé, en guise de crêpes de deuil, les drapeaux de la nation humiliée exigeant une expiation. Dans les autres avions qui venaient d'atterrir, il devait y avoir aussi peu de passagers que dans le nôtre, parce que sur les tapis de livraison des bagages n'apparaissait que de temps à autre une valise orpheline, que son propriétaire tout aussi orphelin saisissait comme s'il demandait pardon d'exister. Il y avait partout des policiers à foison et des militaires en tenue de combat incongrue, prêts à cribler de balles le premier voyageur qui s'inclinerait en direction de La Mecque. Les haut-parleurs diffusaient un discours du président Bush, désolé et hostile à parts égales, dans lequel il annonçait le résultat des premières représailles en Afghanistan. Une odeur d'état de siège régnait, odeur de nausée retenue et de bunker mal ventilé, odeur aigre de cafards écrasés et de chloroforme répandu.

« Voilà nos bagages. »

J'avais parlé pour conjurer l'impression d'asphyxie qui me tenaillait, et pour déchirer le silence de l'adultère par télépathie qui nous avait contaminés, Elena et moi. Quand elle se pencha au-dessus du tapis de livraison des bagages (son cul défiant les coutures du blue-jean), je me sentis de nouveau assailli par le sentiment vague auquel j'ai fait allusion, mélange d'orgueil, de culpabilité et de regret. Ce que nous n'avons jamais eu et dont nous n'avons pu jouir nous manque toujours.

« Maintenant, il faut que je trouve le comptoir d'Air Canada, dit-elle comme pour s'excuser, le regard fuyant et consterné. Je veux m'assurer de ma réservation pour Vancouver.

– Je t'accompagnerais volontiers, mais les organisateurs de ma conférence doivent être venus me chercher. Ils vont peut-être s'inquiéter si… »

La fausseté me faisait grincer les dents comme une charnière mal graissée. Entre Elena et moi prospérait le cadavre du silence mangé des vers.

« N'y pense plus, je t'en prie ; ne les fais pas attendre davantage. » La pause qu'elle fit alors révéla le conflit entre sa détresse et son ressentiment. « Je vais loger dans un petit hôtel très modeste, le Comfort Inn. Si tu me donnes le nom du tien…

– En fait, je ne le sais pas, mentis-je, me sentant, plus que misérable, franchement félon. Je ne vois pas comment nous pourrions…

– Ça va, ça va, n'y pense plus. » Son sourire était maintenant blessé. « Si tu en as envie, appelle-moi. Sinon, nous nous reverrons sans doute, dans un autre avion.

– Mais cette fois en classe économique, j'en ai peur. »

La plaisanterie était tombée à plat, devant le défilement monotone du tapis roulant. Nous nous embrassâmes sur les joues, ou plutôt nos baisers les frôlèrent de façon protocolaire et se perdirent dans l'atmosphère, fuyant leur destinataire. Tandis que je m'acheminais en direction de la sortie, où il allait falloir soumettre ma valise et mon passeport à l'examen des militaires qui cherchaient dans les bagages des tracts d'Al Qaida, je me dis, d'une façon un peu ridicule, que je venais de fuir un de ces guet-apens ou une de ces conjurations cosmiques qui menacent les projets de mariage, et j'éprouvai pourtant plus de regret que de soulagement.

« Je te dirai ce que je pense de ton roman quand le hasard nous réunira dans un autre avion ! »

Je me retournai un instant, pour contempler sa silhouette juvénile et si désirable et lui adressai un dernier signe d'assentiment. La distance devait l'empêcher de remarquer mon geste, comme elle m'empêchait, moi, de voir que son sourire avait dégénéré en un rictus de lassitude. Nous ne savions ni l'un ni l'autre que le hasard, ce jeu de symétries occultes, avait déjà mis en place sa stratégie pour nous précipiter dans le chaos et la violence ; le hasard, sous forme de papier englué où se prennent les mouches.

Aujourd'hui encore, alors que je m'apprête à reconstruire le chapitre de ma vie que j'ai cru pendant un temps enseveli dans les oubliettes de la vie invisible, il me semble incroyable que la jeune femme qui était assise à côté de moi pour ce vol Madrid-Chicago ait fini par se détruire en errant dans les corridors ténébreux de la folie. L'impression de générosité, d'enthousiasme incessant qu'elle m'avait donnée dès notre première rencontre devait, rétrospectivement et à jamais, me faire attribuer une importance colossale à ma faute, si dérisoire à son origine, si grave quant à ses conséquences. Le voyage au bout de la nuit qu'Elena allait bientôt entreprendre devait être si long, si abyssal, et ses méandres si tourmentés que je ne puis l'évoquer sans fondre en larmes. En quelques mois à peine, Elena est allée, en elle-même, d'un extrême à l'autre, de son sourire empressé et convulsif qui semblait être en harmonie avec le monde jusqu'à ces confins de l'abandon où l'humanité fait naufrage. Il se peut qu'arrivée à cette destination finale, après un cheminement hérissé d'épines et de souffrances sans nom, elle n'ait même plus su d'où elle venait. Pour moi, en revanche, les étapes de ce voyage allaient être une avalanche de souvenirs aussi accablants que déchirants, aussi intenses et inévitables que les stations du chemin de croix que j'avais provoqué. Inconsciemment, peut-être, mais l'inconscience n'atténue pas la faute du délinquant ; elle l'aggrave.

Les organisateurs de ma conférence, de trop haut lignage pour gaspiller leur énergie à des tâches subalternes, avaient envoyé à l'aéroport O'Hare un chauffeur brandissant le panneau d'identification que l'on sait. Pendant le trajet jusqu'à Chicago, je n'échangeai avec lui que quelques paroles, hormis les formules de courtoisie et de bienvenue préconisées en pareil cas. La voiture, aussi silencieuse qu'un reptile, s'engagea sur l'autoroute Kennedy escortée de voies ferrées où se poursuivaient des trains semblables à des mammouths de métal oxydé qui assourdissaient le silence de leurs barrissements. L'autoroute Kennedy était déserte, et ses cinq voies étaient sales, de cette scandaleuse saleté que laissent derrière eux les brusques exodes. L'hécatombe des tours jumelles avait converti le pays entier en une Atlantide engloutie qui ruminait sa vengeance. En attendant l'assouvissement (qui ne devait jamais venir) de cette vengeance ou de cette expiation, la vie dans les villes les plus populeuses était devenue souterraine et cryptée, comme si leurs habitants étaient membres d'une loge maçonnique et ne sortaient de leurs catacombes qu'en échangeant le signe convenu. Ce recours à la vie souterraine comme moyen de défense, qui aurait changé la physionomie de n'importe quelle ville, devenait tout particulièrement notoire à Chicago, métropole nichée dans les nuages. Le déclin avilissait de ses haillons les banlieues où s'entassaient les tribus de la misère, compartimentées selon leur origine géographique et leur apport en mélanine. Un peu plus loin, sur l'horizon encombré de gratte-ciel, les dernières lueurs du jour prenaient une texture de pollen souillé. Ni dans les taudis abjects et démantibulés des pauvres ni dans les somptueuses habitations aériennes des riches ne brillait la lumière d'une seule ampoule ; peut-être les maisons de Chicago étaient-elles peuplées par les descendants de ces vierges folles de la parabole évangélique.

Sur son trajet en direction de la ville sans lampes, le taxi suivait le cours du fleuve Chicago dont la présence, au loin, évoquait l'ombre d'un cheval apeuré fuyant dans une aveugle putréfaction d'algues, de joncs et de digues de ciment. Alors que nous débouchions enfin sur l'avenue Michigan et roulions entre ses immeubles présomptueux et brandis comme les étendards de la solitude, je fus saisi par une double détresse ; la mienne et, collée à elle en parasite, celle qui devait miner Laura au même moment, dans notre appartement de Madrid ; cette détresse aurait été triple si je m'étais alors souvenu d'Elena, perdue dans les couloirs labyrinthiques de l'aéroport O'Hare, mais la nostalgie de son corps entrevu était une blessure que je croyais cicatrisée et à jamais confinée dans les chambres closes de l'oubli. De la fenêtre de ma chambre, à l'Hotel Westin (située à un modeste dixième étage, hauteur insignifiante pour une ville qui renoue avec les ambitions de Babel), on voyait le délicat fuseau du John Hancock Center, le gratte-ciel qui abritait la petite salle où je devais prononcer ma conférence devant un public clairsemé d'hispanistes à la vieille de leur retraite. Un éclat vacillant de lumière se figeait sur la façade en verre de l'édifice. Aussitôt installé, je me précipitai sur le téléphone et composai le numéro de notre appartement madrilène. Une seconde après, je m'avisai qu'avec la différence d'heure mon appel allait être pour Laura endormie un réveil en sursaut et je fus sur le point de raccrocher, mais je décidai aussitôt de ne pas me rétracter, parce que la communication était déjà établie. Laura mit près d'une demi-minute à décrocher et, d'après les bruits qui venaient du combiné (comme si l'océan qui nous séparait déchaînait ses houles), j'en déduisis qu'elle l'avait fait à tâtons, en bousculant le réveil, la table de chevet et la muraille de livres qui influaient de leurs arguments plombés sur le sommeil de Laura, le sommeil béni de Laura qui ne méritait pas d'être profané.

« Pardon, il me semble que je t'ai réveillée », dis-je sur un ton qui se voulait à la fois compatissant et espiègle.

Sa voix, en revanche, semblait assombrie par l'irritation subite qui nous assaille quand quelqu'un interrompt notre repos.

« Je faisais un rêve idiot.

– Bon, j'ai bien l'impression que tous les rêves ont quelque chose d'idiot. » Je la consolais sans trop de conviction, allant ainsi à l'encontre de la foi superstitieuse que j'accorde aux rêves. « De quoi s'agissait-il ? »

J'avais essayé de ne pas faire sentir ce que ma curiosité avait de pressant, mais Laura dut s'en rendre compte, parce qu'elle tenta de se dérober.

« Je ne m'en souviens déjà plus. C'était trop embrouillé.

– Allez, ne te fais pas prier. Dis-moi ce que c'était.

– Tu vas te moquer de moi. Le jour des noces, tu me plantais là en robe de mariée et tu disparaissais. »

Les vitres du John Hancock Center flamboyèrent en un dernier éclat de lumière moribonde ; puis, presque aussitôt, les crocs de la nuit fondirent sur elles. Ce fut comme si le rêve de Laura s'était brusquement abattu sur Chicago.

« Bon. J'espère au moins que je ne t'ai pas quittée pour une autre », fis-je en plaisantant.

Dans le fond, je craignais que Laura, avec ses éclairs de clairvoyance, ne devine la tentation qui m'avait assailli pendant le voyage.

« Eh bien, je jurerais que si, parce que quelqu'un m'apportait tes roupettes coupées sur un plateau. »

Laura étouffa un rire à l'autre bout du fil.

« Mes roupettes… Un rêve de castration. Freud aurait fait une bonne affaire, avec toi. »

Je m'efforçais de continuer à plaisanter. Le mobilier de la chambre, que je n'avais pas encore remarqué, une minute plus tôt, tellement il était triste et dépourvu de tout charme, prit brusquement un aspect lugubre. Quelque part, un meuble grinça. Ce fut un craquement, bref et sec, sans doute causé par le bois qui jouait, ou par quelque autre phénomène naturel parfaitement explicable, mais qui ne m'inspira pas moins une vive inquiétude, née de l'impression que le rêve de Laura se déplaçait parmi les ombres.

« Il t'arrive quelque chose, Alejandro ?

– Et comment, qu'il m'arrive quelque chose ! Je les ai à zéro. »

Laura éclata d'un rire nettement moqueur, maintenant.

« Allons, allons, idiot, le truc de la castration, c'est un bobard, dit-elle. Mais n'oublie pas que tu me laissais seule dans l'église. »

Je jetai un regard las sur le lit où j'allais dormir. Une épouvante instinctive s'empara de moi quand je remarquai les plis de l'édredon, soulignés par la pénombre, et qui semblaient conserver l'empreinte d'un corps humain. Peut-être la femme de chambre s'était-elle étendue sur le lit pour soulager les douleurs de l'ostéoporose et des rhumatismes, une fois ses devoirs accomplis. Ou peut-être l'occupant précédent avait-il fait la sieste à une heure indue, alors qu'il aurait dû quitter la chambre. Ou peut-être (ces pensées maladives s'étendaient comme les ondes que dessine à la surface de l'eau une pierre lancée dans un étang) un autre client de l'hôtel s'était-il senti mal (un vertige, une nausée, un étourdissement, une angine de poitrine, une embolie cérébrale) tandis qu'il attendait dans le couloir l'arrivée du taxi qui devait le conduire à l'aéroport, et l'avait-on porté dans cette chambre inoccupée pour soulager son malaise ou son agonie. Je posai la main sur l'édredon. Il était aussi froid et visqueux qu'un cadavre.

« Tu es toujours là ? »

La voix de Laura me fit sursauter, comme si l'on venait de claquer une porte.

« J'ai mal supporté le voyage. J'ai un vague malaise. »

Du plat de la main, je lissai les plis de l'édredon.

« Moi aussi, je me sens un peu sonnée par le tintouin du mariage. »

Je crois qu'aussi bien Laura que moi étions intimidés par ces noces – sans vouloir nous l'avouer –, parce qu'elles étaient les clefs qui ouvraient les portes d'une vie en commun dans laquelle nul escamotage n'était plus possible. Les fiançailles permettent un jeu réciproque de prestidigitation entre les amoureux qui déploient l'éventail de leurs qualités et laissent leur provision de défauts dans l'arrière-boutique ; mais, aussitôt le mariage envisagé, cette provision jusqu'alors soigneusement bouclée surgit avec l'impétuosité d'un fleuve en crue pour nous rappeler qu'on ne fait rien impunément, pas même les actions que l'on n'a pu accomplir, ou encore les faiblesses les plus honteuses et les plus clandestines.

« Alors, comme ça, tu as fait tout le voyage en classe affaires. » Je venais de raconter à Laura les maigres événements du vol, mais sans mentionner Elena, sans évoquer ma faute irréalisée. « Et comment c'était ?

– Sans le moindre intérêt, mentis-je. J'ai somnolé pendant presque tout le vol. Dix heures bonnes à jeter. »

J'avais peur que Laura, en dépit des lieues et des lieues d'océan qui nous séparaient, ne découvre mon mensonge, dans une des illuminations intuitives qui lui venaient parfois, mais à ce moment-là, je ne saurais dire si ce fut par bonheur ou par malheur, elle n'eut aucun soupçon. Le reste de notre conversation emprunta les sentiers des petits riens de la vie quotidienne et des tendresses fanées par l'usage, ce recours routinier qui caractérise tout dialogue entre amoureux. De telles conversations, où abondent toujours les mêmes affaires décolorées par une réitération qui ferait honte à tout témoin accidentel, démontrent qu'il y a dans l'amour un facteur d'abêtissement. Enfermés dans leur cocon, les amants se murmurent ces banalités sans vergogne, et s'ils les enregistraient et les réécoutaient quelques minutes après les avoir dites, ils auraient honte de leur sottise ; pourtant, aussi longtemps que dure le sortilège de la conversation, ils les profèrent sans vergogne.

« Bien sûr que je t'aime, idiote. Comment peux-tu en douter ?

– Mais j'aime que tu me le redises. »

Les dialogues amoureux sont faits de paroles ivres qui titubent et avancent en serpentant, font des tours et des détours pour revenir à leur point de départ, et ce à l'infini, tels ces animaux qui, attachés à une noria, malgré la monotonie de leur parcours, ne montrent aucun signe de lassitude. Laura égrenait à mon intention les difficultés des préparatifs, les frictions avec nos familles (qui s'entêtaient à vouloir dresser la liste des invités), les pénibles formalités administratives civiles et religieuses. Dans son énumération de ces tracas et impédiments, il y avait une lassitude résignée que je ressentais comme une humiliation : personne n'aime voir les illusions qu'il croyait uniques et sans pareilles écrasées sous un fatras d'obligations qui se répètent de génération en génération depuis que le monde est monde. Je dois pourtant reconnaître que tout en écoutant Laura me faire part de ces banalités ennuyeuses, je sentais grandir en moi une sorte de joie maligne, parce que mon incompétence à me tirer de tels embarras m'avait forcé à les repousser sans cesse au lendemain, et à remettre ainsi notre mariage à plus tard. Au moins, de cette manière, exilé à Chicago, le lambin que j'étais ne faisait pas obstacle aux préparatifs. En contrepartie (parce qu'il n'y a pas de péché, même par omission, qui n'entraîne sa pénitence), il allait bien me falloir vivre avec l'ennui qui grandissait en moi, et dont l'exhalaison corrompait les recoins de pénombre où les secrets sont tapis. Tout en parlant à Laura, j'avais branché le téléviseur et me promenais indolemment sur les chaînes, sans le son. Sur l'une d'entre elles, un journal d'information présentait un document curieux et captivant : il s'agissait d'un film de médiocre qualité réalisé à Kala Jangi, citadelle afghane transformée en prison par les troupes de ladite Alliance du Nord pour les talibans qui avaient déposé leurs armes. Un homme barbu et famélique, à genoux sur le sol, les bras liés dans le dos, était interrogé par un agent de la CIA.

« Et alors, me demanda encore Laura, bien qu'elle m'eût déjà dit au revoir, que comptes-tu faire à Chicago ? »

Le poids de la solitude (la mienne, mais surtout celle que par égoïsme ou couardise je projetais sur elle) me rendait de plus en plus taciturne.

« Je chercherai son secret, comme tu me l'as conseillé. Il y a peut-être dehors, après tout, un roman qui m'attend. »

Je me repentis aussitôt d'avoir lancé de semblables paroles, si vaines et si absurdes. Quand je raccrochai, la ville se ramassait dans le cadre de la fenêtre de ma chambre, aux aguets, venimeuse, semblable à ces dragons des mythologies qui protègent un trésor de la cupidité du voyageur. Je montai le son du téléviseur pour déchiffrer le sens du document qui avait retenu mon attention. L'agent de la CIA s'efforçait d'arracher une réponse au taliban, qui s'enfermait dans son mutisme. « À toi de décider si tu veux mourir ou vivre, lui disait-il. Si tu veux mourir, ce sera ici et maintenant. Tu peux aussi décider de passer la reste de ta vie en prison. Ça dépend de toi, mon vieux. Nous, nous ne pouvons aider que les gens qui acceptent de parler. » Le taliban, aux traits juvéniles sous le masque du fanatisme, comprenait parfaitement ce que lui disaient les hommes qui l'avaient capturé, mais il refusait de répondre ; stupéfait, je découvris avec un léger frisson qu'il s'agissait d'un Occidental. L'agent de la CIA, accroupi devant lui, l'interpellait maintenant d'une voix assez exaspérée : « Ces avions ont aussi tué des musulmans comme toi. » Je ne pouvais deviner s'il s'agissait là d'un reproche ou d'une supplique. « Il y avait des centaines de musulmans dans ces tours. Vas-tu enfin parler ? »

L'image s'était figée sur un gros plan qui fouillait le visage du taliban. Le commentateur annonça que, quelques heures après l'enregistrement de ce document, les prisonniers de la citadelle de Kala Jangi s'étaient rebellés, puis emparés des fusils et des grenades de leurs gardiens. Pendant trois jours (temps que prit l'aviation américaine avant de bombarder l'endroit et de réprimer la révolte), les prisonniers évadés avaient décimé leurs gardiens ; l'agent de la CIA chargé de l'interrogatoire qui venait d'être diffusé, un certain Mike Spann, figurait parmi les victimes ; c'était le premier Américain tombé en Afghanistan. Pendant que le présentateur se lançait dans l'éloge funèbre de son compatriote, je songeai avec une sorte de frémissement que Spann avait peut-être été assassiné par le jeune taliban qu'il essayait en vain de faire parler, le jeune taliban auquel il avait fait grâce avec une magnanimité lasse. Cette symétrie devint horreur pure quand le commentateur révéla l'identité du taliban, qui avait survécu aux traques de l'armée américaine ; il s'appelait John Walker Lindh et était né à Washington, il y avait tout juste vingt ans.

Hypnotisé, j'écoutais l'aventure biographique du jeune John Walker Lindh, Américain de pure souche devenu un taliban acharné. Ses parents, convaincus que l'éducation de leur fils devait passer par les chemins de la liberté la plus allègre, sans contraintes et sans discipline, l'avaient inscrit dans une *alternative high school*, où leur rejeton put se passer de suivre les cours sous réserve de s'entretenir avec un professeur une fois par semaine. Walker découvrit bientôt le personnage de Malcom X ; la lecture des Mémoires de cet homme et le film hagiographique que Spike Lee lui avait consacré le décidèrent à suivre l'exemple de ce martyr qui avait fait de la violence une mystique glacée. À l'instar de son modèle, John Walker Lindh comprit que la meilleure manière de se transformer en un homme nouveau était d'adhérer à l'islamisme. Pendant que ses parents se lançaient dans une procédure de divorce, Lindh fit part à l'un et à l'autre de son désir de partir au Yémen, où l'on enseignait les règles mnémotechniques infaillibles pour apprendre en deux coups de cuiller à pot les 6 666 versets du Coran. Ses parents consentirent à lui payer ces cours, afin que leur fils aîné ne puisse jamais dire qu'ils étaient pingres et avaient contrarié sa vocation. On montra alors à la télévision un portrait de John Walker Lindh qui témoignait de sa traversée de l'adolescence : on y découvrait un garçon affublé d'une djellaba, l'air béat et inoffensif, avec quatre poils qui n'avaient jamais été rasés sur les joues, s'épaississaient un peu sur le menton et semblaient étayer des lèvres que l'on pouvait qualifier de benoîtes ou de lubriques. Après un séjour de près de deux ans au Yémen, qui lui avait permis de s'abreuver aux sources de sa nouvelle religion, John Walker Lindh était retourné aux États-Unis en 1999 ; en Californie, il s'était lié de près avec une bande de prosélytes islamiques spécialisés dans le recrutement des crédules pour les organisations les plus extrémistes, qui suggérèrent au néophyte d'aller poursuivre ses études à l'école de théologie de Bannu, au nord-est du Pakistan. Ses parents, une fois de plus, furent enchantés de financer le voyage de leur cher petit, preuve manifeste du climat de liberté religieuse qui régnait dans ce foyer déjà éteint.

John Walker Lindh avait en effet été élevé dans la plus laxiste des libertés ; il avait également appris à haïr méticuleusement cette liberté. Son expédition à l'école de théologie de Bannu fut, en définitive, un voyage au cœur des ténèbres qui, comme dans le récit de Conrad, allait lui révéler l'empire de l'ombre sur son cœur. Il rassembla un jour ses quelques affaires – c'est peut-être alors qu'il jeta au feu son passeport de citoyen des États-Unis et les photographies qui lui rappelaient tous ses liens familiaux et triviaux – et décida de franchir la frontière de l'Afghanistan. Devant lui s'étendait un labyrinthe plus profond et plus embrouillé que la pure folie, un labyrinthe où il n'y avait ni escaliers à monter ni portes à forcer, ni interminables galeries à parcourir ni murs barrant le passage. Sans doute John Walker Lindh n'avait-il pas lu Borges, scoliaste des *Mille et Une Nuits*, mais il était prêt à arpenter l'ardu désert, ce labyrinthe que l'écrivain argentin avait seulement osé rêver.

J'imaginais le pèlerinage de John Walker Lindh sur les crêtes rocheuses et les étendues pierreuses que n'avaient jamais parcourues que les scorpions et les chèvres. J'imaginais ses lèvres qui avaient un jour été benoîtes ou lubriques fendues par la soif et les plaies négligées. Je l'imaginais chancelant sur des dunes assaillies de fantasmes, pris aux rets de sa solitude. J'imaginais ses nuits d'insomnie, embrasées par le désir ardent de s'immoler sur les bûchers de sa nouvelle foi. On sait, grâce au même écrivain argentin que John Walker Lindh n'avait sans doute pas lu, que tout destin, pour si long et compliqué qu'il soit, ne compte en fait qu'un seul moment : celui où l'homme apprend pour toujours qui il est. Pendant une de ces nuits d'agonie désespérée,

John Walker Lindh fut secouru par un taliban au regard glacé et à la barbe non rasée comme la sienne ; il sut alors qu'il voulait être semblable à cet homme, professer son sacerdoce fanatique, dissoudre sa conscience dans une conscience supérieure qui protégerait ses chimères. Peut-être John Walker Lindh était-il déjà devenu, sans même s'en rendre compte, un homme nouveau qui ne se souvenait plus de l'ancien.

Pendant deux ans, il vécut des journées de barbarie monotone : il écouta avec une impavide délectation les pleurs des fillettes que l'on exhérédait de leur clitoris, cette excroissance du Diable ; il contempla en tremblant d'émotion le renversement des bouddhas de Bamiyan, idoles d'une religion d'ascètes pusillanimes ; il assista avec une exaltation extasiée, devant un téléviseur déréglé, à la destruction de quelques gratte-ciel érigés à la gloire d'un peuple très lointain et incompréhensible. John Walker Lindh découvrit avec perplexité et répugnance que les survivants de cette hécatombe parlaient une langue identique à celle qui dans ses rêves s'acharnait funestement à souiller sa bouche, et il écarta la tentation de l'insidieuse pitié qui s'ajoutait à la joie effrénée de ses frères talibans. Quand John Walker Lindh fut emprisonné dans la citadelle de Kala Jangi, au nord de l'Afghanistan, et reçut les coups de crosse de quelques fusils qui menaçaient de lui envoyer leurs balles, il ne put éviter de bredouiller une phrase dans cette langue ennemie qui le hantait parfois, en rêve. À son grand étonnement, cet instant de faiblesse allait lui servir de sauf-conduit.

La télévision diffusait des images de John Walter Lindh prisonnier des troupes américaines, menottes aux poignets, vêtu d'une tenue de prisonnier d'un orange criard et infamant qui lui donnait l'air d'un livreur de bonbonnes de gaz. Ses parents faisaient appel à la clémence du gouvernement des États-Unis et se répandaient en suppliques larmoyantes pour être autorisés à s'entretenir avec leur fils prodigue qui, réfutant la parabole évangélique, ne s'était pas abaissé à retourner sous le toit paternel. Dans la rue, les gens n'exigeaient pas autant de clémence, ils demandaient le rétablissement de la loi orgastique de Lynch pour pouvoir dépecer de leurs mains et de leurs dents le traître qui avait entaché de honte la fierté patriotique d'un peuple blessé. Pour un spectateur neutre (mais cependant fasciné) comme moi, ce qu'il y avait de plus troublant et en même temps stimulait le plus mon imagination, c'était de déterminer le moment où John Walker Lindh assumait son destin et dépouillait le vieil homme pour renier sa famille, sa mémoire, sa patrie. Quelqu'un peut-il s'endormir doté d'une certaine personnalité et se réveiller nanti d'une autre, aux antipodes de celle de la veille ? Quelle révélation soudaine peut déclencher semblable métamorphose ? Quels passages secrets de la folie conduisent à ces déserts où notre perception du monde est affectée par une panne, un court-circuit qui nous précipite dans une interminable traversée des ténèbres de l'âme ? Il y avait en cette acceptation de l'obscurité en tant qu'habitat naturel une sorte d'abandon à une puissance de caractère surnaturel ; comme un prêtre obéit à l'appel de sa vocation, John Walker Lindh avait embrassé cette force obscure, en avait fait sa lumière nourricière.

C'était sans doute dans ce labyrinthe où il n'y a ni escaliers à monter ni portes à forcer, ni interminables galeries à parcourir péniblement ni murs barrant le passage que s'était opérée cette transformation. Chicago s'étendait de l'autre côté de la fenêtre, aussi labyrinthique que le désert, et recelait quelque part, caché dans son enchevêtrement d'escaliers et de portes, de galeries et de murs, le secret qui allait peut-être opérer ma métamorphose, à l'instant décisif qui trancherait de mon sort. Plus je me laissais aller à ces correspondances subtiles entre la vie du très perturbé John Walker Lindh et ma propre vie tranquille et bourgeoise, plus je me sentais proche de cet état d'âme réceptif au miracle ou à la fatalité qui nous dévoile la signification du monde. Peut-être, comme John Walker Lindh, étais-je en train de devenir fou.

Prostré, fébrile, je me laissai tomber sur l'édredon qui conservait la forme qu'un autre corps y avait laissée avant mon arrivée.

Je venais d'avoir douze ans, cet âge où l'étourderie se manifeste par la recherche d'impossibles Saints Graals. Au collège de ma ville très cléricale, on nous raconta à je ne sais quelle occasion un exploit légendaire qui dotait nos concitoyens d'une généalogie spirituelle mêlant l'ardent désir de liberté et la soif de justice. Au milieu du XIIe siècle, le peuple s'était soulevé contre la tyrannie de la noblesse et la perpétuation de ses privilèges âprement défendus. La ville était alors placée par décret royal sous le gouvernement d'Álvarez de Vizcaya, un despote qui écrasait nos ancêtres de tailles, de dîmes et de gabelles et les réduisait ainsi à la misère. Les privilèges dont jouissaient les nobles à cette époque incluaient celui d'être les premiers à choisir les marchandises exposées à la vente sur le marché de la ville ; c'était seulement quand les membres de l'aristocratie s'étaient approvisionnés en aliments divers, enlevant toujours les morceaux les plus beaux et les plus appétissants, que la plèbe pouvait se ravitailler. Ce privilège, ainsi que l'avait établi le pouvoir local, durait jusqu'à la fin de la tierce ; de ce moment jusqu'à midi, c'était le tour des bourgeois et des artisans, qui devaient se contenter des restes. Il advint un jour que, sur l'étal d'un poissonnier, une superbe truite au dos moucheté et à l'aspect des plus savoureux ne fut remarquée par aucun noble tant que dura le délai de priorité. Un savetier s'était déjà accordé sur le prix du poisson avec le marchand quand la transaction fut interrompue par un domestique du gouverneur qui invoqua le privilège de la primauté du choix, alors qu'il avait pourtant manqué l'occasion, puisque le soleil arrivait à mi-parcours. Il y eut sur-le-champ entre le domestique et le savetier dispute et pluie de coups, que vinrent bientôt grossir d'autres artisans et laquais de la noblesse jusqu'au moment où, profitant du tumulte, le savetier emporta la truite, devenue trophée et emblème de l'émeute qui s'annonçait.

L'après-midi même, les nobles, pétris de rancune après cette déroute symbolique, se réunirent dans l'église pour décider des mesures de rétorsion à prendre contre le peuple rebelle. Les plébéiens, de leur côté, las de subir des brimades, se rassemblèrent dans une campagne à l'extérieur de la ville et décidèrent de mettre fin une bonne fois à cette intolérable domination. Armés des outils de leur profession, faucilles, fourches et herses, gouges, varlopes et pointeaux, ils encerclèrent l'église et ordonnèrent aux nobles de se disperser et de renoncer à leurs prérogatives. Comme les nobles, jouissant du droit d'asile sacré, se croyaient à l'abri de tout débordement de la plèbe, ils répondirent avec force railleries et de grands éclats de rire aux protestataires et se gaussèrent de leurs menaces, toujours plus furieuses, à mesure que grandissaient les rires à l'intérieur de l'église. Mais la noblesse infatuée dc ses privilèges ne sut mesurer ce que pouvaient supporter ses vassaux, qui barricadèrent les portes de l'église, entassèrent des fagots de bois contre les murs et les enflammèrent avec une torche. Ce fut ainsi que périt la classe noble de notre ville très cléricale, brûlée dans l'incendie ou asphyxiée par la fumée qui entrait dans l'église par toutes les ouvertures ; ni les prières adressées à Dieu ni les tardifs appels à la clémence ne suffirent à attendrir le cœur des plébéiens.

C'est alors que, brusquement, au milieu de la prose épouvantable de la légende, se produisit le miracle, avec son parfum de poésie : au moment où les flammes atteignaient le tabernacle, enhardies par cette luxure que provoque l'odeur de la chair roussie, les Hosties consacrées qui s'y trouvaient échappèrent à l'incinération. Telle une volée d'oiseaux candides qui migrent en quête d'un climat moins rigoureux, les Hosties quittèrent le ciboire, survolèrent les flammes et se glissèrent par une meurtrière pour aller se réfugier dans une autre église. L'image de ces Hosties volantes, semblables à des tranches de Dieu emportées par une rafale, éclairées par le soleil glacé de ma ville, bouleversa l'enfant abruti de puberté que j'étais alors et le plongea dans un trouble profond, où le souffle mystique et une sensation indéchiffrable de perte se mêlaient. Pendant mes nuits d'insomnie, pour repousser l'assaut des tentations lubriques, j'imaginais le vol des Hosties au-dessus du fleuve de ma ville cléricale, tel un rêve de pureté perdue, je les voyais tournoyer entre les feuilles des peupliers et des trembles à la recherche d'une autre église (toujours romantique) qui leur offrirait l'abri de son silence séculaire, de son humidité de crypte, et les ferait fermenter pour les changer en un mets aux propriétés d'élixir.

Je venais alors de m'initier à la lecture du cycle arthurien ; perdu dans sa forêt d'enchantements celtes, d'amours courtoises, de tournois éblouissants de sang, d'adultères voilés et de pénitences qui élevaient la chair jusqu'aux autels de la chasteté, je n'avais pas de grands efforts à faire pour me figurer que ces Hosties cachées dans le tabernacle de quelque église abandonnée étaient un nouvel avatar du Graal dans lequel Joseph d'Arimathie avait recueilli le sang du Christ. Au comble de l'insanité ou de la puérilité, je me figurais aussi être la réincarnation du chevalier Galaad, qui triompherait dans sa quête à condition de demeurer chaste. Je réussis, avec ces rêveries, à captiver quelques-uns de mes camarades de classe et à organiser des expéditions pour retrouver les Hosties qui avaient survécu à l'émeute de la truite ; à ces expéditions nocturnes vers des églises abandonnées de notre ville se joignaient quelques-unes des filles les plus intrépides de notre bande, parmi lesquelles se trouvait Laura. Comme cela se produit souvent pendant ces années de confusion où la jeunesse est pour les garçons aussi accablante qu'un péché, les filles avaient acquis une maturité dédaigneuse qui nous semblait encore lointaine, et si elles nous accompagnaient dans ces escapades, c'était surtout pour se moquer de notre ingénuité et la corrompre tout en fumant une cigarette en cachette ou en échangeant à voix basse des commentaires sur l'allure des garçons du collège âgés de deux ou trois ans de plus que nous, qui s'étaient définitivement détachés de l'enfance et leur donnaient, même si ce n'était que par suggestion, l'impression d'être déjà des femmes. Comme les Hosties volantes se dérobaient à nos recherches pieuses ou sacrilèges et refusaient de nous livrer leur secret, nous finissions par succomber à l'exigence des filles les plus dessalées de la bande (parmi lesquelles n'a jamais figuré Laura, plutôt réservée, à cette époque), qui nous mortifiaient en mettant notre virilité en doute et en nous proposant des activités un peu plus indécentes que la chasse à l'oiseau rare eucharistique. Enragés, nous faisions face à cette atmosphère annonciatrice de sexualité en nous appariant sans plus attendre et, à l'abri des ténèbres grinçant de vermoulure et fleurant l'encens fossilisé, nous cherchions nos aises dans un presbytère effondré, une chapelle latérale suintant le moisi, un confessionnal démantibulé qui eût pu inspirer Georges Bataille. Là, réfractaires aux enseignements du chevalier Galaad, couchés sur des décombres qui nous blessaient le dos ou adossés à des murs dont les pierres tombaient en poussière, nous nous tripotions maladroitement, sans jamais arriver à rien, tourmentés par l'impéritie. De la toiture de ces églises désertées que le chapitre ou le consistoire ne se souciaient pas de rendre au culte, la lumière craintive des étoiles coulait par des trous et des fissures qui auraient suffi à favoriser un nouvel exode des Hosties volantes, outragées par nos efforts. Parfois, ces efforts ne duraient guère plus d'une minute, parce que le tremblement exaltant et contrit du péché commis était plus vif que la luxure en elle-même ; c'est ainsi que nous rentrions chez nous lestés du trésor de la virginité.

Laura restait toujours à l'écart de ces prémices, qu'elle épiait avec une curiosité d'entomologiste, mais je suis certain que tous les garçons de la bande invoquaient comme moi son visage distant tout en pelotant des filles plus délurées, plus laides ou plus insipides, celles qui répondaient à nos exigences. Bien des années plus tard, quand le hasard me ramena à Laura et que je pus porter mon amour pour elle au-delà des vénérations contemplatives, je m'aperçus que les réminiscences de l'enfance sont le meilleur aiguillon de l'amour. L'évocation de ces expéditions en quête des Hosties volantes (auxquelles nous attribuions des pouvoirs merveilleux, peut-être même la faculté de nous garder éternellement jeunes ou de nous octroyer quelque science infuse) devait nous gratifier tous deux, après d'aussi nombreuses années, d'une vie comblée et fertile, en agrémentant notre amour d'une atmosphère très agréable.

Cette première nuit à Chicago, j'essayai de m'endormir en

m'enveloppant dans ces souvenirs, afin de chasser l'inquiétude que m'avaient instillée la proximité d'Elena dans l'avion et les péripéties vécues par le renégat John Walker Lindh. Je sentis que mon sommeil était un oiseau qui se faufilait entre les barreaux de sa cage pour voler librement dans les chambres closes de la réalité. Mais, brusquement, cet oiseau qui était mon sommeil, habitué à être enfermé, découvrait que son vol était contrarié et ses ailes rognées ; alors, il commençait à se cogner contre les murs, à se lancer en vain contre les vitres des fenêtres ou à rester coincé entre les meubles et le mur, où il étouffait dans un tourbillon d'angoisse, enseveli vivant. Je me vis comme du haut d'une tour, couché dans cette chambre d'hôtel, changé en cadavre (mais un cadavre extrêmement lucide et conscient de son état), les mains croisées sur la poitrine, les yeux ignoblement vitreux, ignominieusement ouverts. Venu de ma ville cléricale (qui dans mon songe était semblable à un quartier ou un district de Chicago) entrait par la fenêtre de la chambre un couple d'Hosties volantes. Après avoir survolé mon cadavre en dessinant des cercles, comme deux chauves-souris à la saison des amours, elles venaient, à l'instar des deniers de Charon, se poser sur mes paupières pour bénir mon voyage d'outre-tombe et m'éviter de voir les horreurs qui m'y attendaient.

Je me levai et portai les mains à mes yeux pour empêcher les Hosties de reprendre leur vol en découvrant les signes de ma résurrection (je veux dire de mon retour à l'état de veille), mais je trouvai à leur place les chassies du voyage, qui avaient une consistance d'ambre écrasé. Encore sous les effets du sommeil, je commençai à organiser mentalement mes promenades dans Chicago, à la recherche de son secret. La mission était de trop grande envergure et aussi chimérique que chercher à faire entrer toute l'eau de l'océan dans un trou creusé sur la plage, surtout en considérant que je n'avais qu'une semaine pour la mener à bien. Je me souvins d'un passage des *Confessions* dans lequel saint Augustin relate le dénouement de la crise qui le tourmentait avant sa conversion définitive au christianisme, alors qu'il n'était pas encore évêque d'Hippone. Augustin se trouve à Milan, logé chez son ami Alypius ; les méditations sur son état ont déchaîné dans son cœur « une grande tempête, porteuse d'une abondante pluie de larmes[1] ». Poussé par la pudeur, Augustin bredouille quelques paroles d'excuse et se retire « pour n'être plus gêné par sa présence ». Dans le jardin de la maison, alors que le saint est couché à l'ombre d'un figuier, sa solitude soustraite au regard du soleil, les affres d'Augustin prennent une ampleur fatale : « Jusques à quand, Seigneur, serez-Vous en colère ? clame-t-il ; oubliez nos iniquités passées. » Alors, tandis que les pleurs et l'amertume reviennent le déchirer de leurs crocs, Augustin entend, provenant d'une maison voisine, la voix d'un jeune garçon ou d'une jeune fille qui chantonne : *Tolle, lege ; tolle, lege*. La suggestion de cette cantilène – Prends et lis ; prends et lis – donne à Augustin la certitude qu'en ouvrant au hasard le livre qui est à portée de sa main (un volume des épîtres de Paul) et en lisant le premier chapitre qui lui tombera sous les yeux, il y trouvera les mots qui changeront son destin. Augustin tente l'expérience, trouve en effet la citation révélatrice : « À peine avais-je fini de lire cette phrase, nous dit-il, qu'une espèce de lumière rassurante s'était répanduc dans mon cœur, y dissipant toutes les ténèbres de l'incertitude. »

Ma recherche du secret de Chicago devait réunir les mêmes caractéristiques providentielles que le *tolle, lege* augustinien. Je résolus d'acheter un plan de la ville et d'y consigner mes vagabondages, qui n'auraient d'autre méthode que l'arbitraire. Ainsi ballotté par le caprice de promenades sans but, je pourrais, me dis-je, atteindre cet état de béatitude suprême ou de vide intérieur salutaire qui consiste à savoir que l'on est irrémédiablement perdu. J'avais déjà eu un aperçu de cet état pendant mes promenades dans Madrid, quand, récemment arrivé de ma ville cléricale, je pouvais encore me sentir étranger à ce labyrinthe sans fin. Les villes dignes de Babel, telles que Madrid ou Chicago, se développent comme des organismes vivants qui engloutissent et triturent leurs passants. Lors de mes promenades dans Madrid, qui se prolongeaient pendant des heures et s'achevaient la plupart du temps entre chien et loup, j'étais souvent saisi par l'impression d'avoir également été englouti. Mon projet consistait à

1. Traduction de Joseph Trabucco, Garnier-Flammarion, Paris, 1964, pour cette citation et les trois suivantes. Toutes les notes sont du traducteur.

me perdre dans la ville, mais aussi en moi-même ; à dissoudre ma pensée dans une nébuleuse de perceptions sans suite, jusqu'à sentir que je n'étais nulle part, que je n'étais rattaché à aucun endroit, que je n'étais plus personne, hormis un regard neutre qui enregistrait la réalité et un corps claudiquant de fatigue. Pendant ces errances sans but ni mesure, je constatais que d'autres personnes vagabondaient dans la même intention ou, plus exactement, avec le même défaut d'intention. Si je m'approchais de ces gens pour leur demander mon chemin, ils haussaient les épaules, marmonnaient une excuse et me regardaient avec pitié ou ironie. Quelques-uns ressemblaient presque à des clochards et traînaient les pieds ; ravagés par la déroute, leurs visages montraient les premiers signes de déséquilibre. Peut-être s'étaient-ils voués à la recherche du secret de Madrid comme je me proposais absurdement, à présent, de découvrir celui de Chicago, et cette mission interminable, ces mois, ces années de quête infructueuse avaient-ils fait d'eux des spectres péripatéticiens ou des maraudeurs de leur ombre.

Je ne disposais ni de mois ni d'années pour aller grossir cette confrérie de créatures qui échappent à toute classification, se perdent dans l'oubli et vont tout droit vers nulle part, si ce n'est, peut-être, vers leur propre extinction, mais j'étais prêt à passer mon séjour d'une semaine à Chicago en promenades téméraires aux confins de la ville, dont je ne connaissais que ce qu'en montraient les dépliants touristiques et les fantaisies de carton-pâte que l'on voit au cinéma. Je ne connaissais pas mieux (ce qui rendait mon projet encore plus insensé) la nature du secret que je me proposais de découvrir. J'ignorais si c'était la ville elle-même qui le gardait caché dans ses entrailles ou s'il me faudrait le chercher sur le visage de ses habitants. J'ignorais s'il me serait livré par une révélation due au hasard ou si je devrais interpréter un signe en apparence hermétique. J'ignorais si ce secret devait se signaler par un miracle, comme les Hosties volantes de mon enfance ou le Saint Graal du cycle arthurien, ou si j'allais devoir apprendre à lire entre les lignes anodines où s'écrit la vie. J'ignorais même si sa manifestation dépendait d'agents purement extérieurs à moi ou s'il allait, au contraire, se loger en moi, dans la succession d'angoisses qu'une ville étrangère peut inspirer au voyageur. Mais la nature diffuse de mon devoir ne faisait que renforcer ma détermination ; mon âme, comme celle de saint Augustin, devait être prête à ouvrir au petit bonheur les épîtres de Paul, crédule et dans l'expectative. *Tolle, lege*.

Sur l'avenue Michigan, les gratte-ciel se pressaient les uns contre les autres, prenaient appui sur l'épaule du voisin pour le dépasser d'une tête. Tous, avec leur syncrétisme architectonique et leur propension au vertige, pouvaient être candidats à un *casting* demandé par Ben Laden. Les kiosques étaient tapissés d'images du renégat John Walker Lindh, reproduites en première page des journaux comme celles des hors-la-loi qui attisent la cupidité des chasseurs de primes, là-bas, dans l'Ouest sauvage. J'appris vite comment je devais me conduire, en tant que passant sans destination, après avoir remarqué, quand il m'arrivait de regarder dans les yeux un autre passant que je croisais sur le trottoir, que j'éveillais aussitôt sa méfiance. Chicago était alors une ville d'automates paranoïaques, qui suivaient leur chemin en essayant de ne même pas frôler leurs semblables. Si je ne voulais pas attirer l'attention ni m'attirer des reproches, je devais me soumettre aux règles de ce comportement spectral généralisé, et ne rien faire pour me distinguer des autres. C'est ainsi, en laissant ma conscience s'imprégner lentement de cette atmosphère de somnambulisme anonyme, que je réussis à passer inaperçu dans la foule qui devenait moins dense aussitôt que venait l'heure où l'on est au bureau. Il faisait moyennement froid et il bruinait, mais au bout d'un moment cette bruine devenait une sorte d'exsudation atmosphérique qui humidifiait les vêtements, et l'on était alors glacé jusqu'aux os.

Je marchais et marchais dans des rues sans fin, qui laissaient parfois apercevoir un morceau du lac Michigan, avec sa couleur de minerai impur et sa voix de galerne. À mesure que je m'éloignais du centre, le paysage urbain perdait de sa hauteur et faisait place à des blocs d'immeubles presque jumeaux qui se multipliaient jusqu'à l'horizon en un jeu de miroirs monotone. Tandis que je parcourais des quartiers qui ne figuraient même pas sur le plan, j'avais la sensation d'être pris dans une gigantesque toile d'araignée. Je tardais à me rendre compte que mon pardessus était trempé, mes articulations douloureuses, et j'en étais presque surpris ; dans cet état, certain d'avoir attrapé une pneumonie, je prenais un métro aérien qui laissait derrière lui, semblables à des décors escamotables, des bâtiments résidentiels avec leurs jardins clonés et leurs petites marquises qui semblaient prêtes à faciliter la tâche des colporteurs de bibles ; des masures en bois à la peinture écaillée où du linge séchait aux fenêtres ; des hangars assaillis par des montagnes d'automobiles démantibulées réduites en tas de rouille ; des terrains vagues où se perpétraient peut-être des viols et des dépècements. Les métros aériens de Chicago, sortes de catafalques sur roues, assourdissaient les faubourgs de la ville. Quand ils arrivaient en fin de ligne, ils s'arrêtaient très mollement, comme s'ils se vidaient de leur sang sur la voie en grinçant, cétacés nostalgiques d'une plage qui accueillerait à jamais leurs dépouilles et les laisserait se décomposer au grand air.

Plongé dans mes pensées, ou dans cet état de béatitude suprême qui consiste à se savoir perdu, je descendais à des stations sinistres occupées par des mendiants, leurs grabats matelassés de cartons et leurs feux claustrés dans des bidons. C'étaient des mendiants gothiques, aussi hauts que des réverbères, noirs de crasse ou de mélanine, avec des coiffures rasta qui cachaient leurs visages et donnaient à leurs têtes un aspect de nids de chauves-souris ou de festin de sangsues. Ils ne manquaient pas de m'apostropher dans un jargon incompréhensible, et il leur arrivait de m'inviter à goûter les victuailles qu'ils faisaient griller sur les flammes d'un bidon, embrochées sur du fil de fer ou des crochets, ou de me tendre une bouteille dans laquelle voyageaient les échanges de salive et de pyorrhée. J'avouerai que j'étais plus intimidé par leurs invites que par leurs apostrophes.

Pendant les quatre premiers jours de ma quête dans Chicago, je ne rentrais à l'hôtel que pour m'écrouler épuisé sur le lit. Je ne me donnais même plus la peine d'écarter l'édredon qui m'avait inspiré tant de funèbres élucubrations à mon arrivée. Je me revois farfouillant dans le sous-sol d'une librairie de livres d'occasion, harcelé par le bourdonnement épileptique d'un tube fluorescent descendant du plafond, respirant la poussière épaisse et l'odeur de moisi d'ouvrages dont les pages n'avaient même pas été coupées, espérant trouver dans leurs plis une lettre oubliée, une fleur pressée, une scolie manuscrite qui orienterait mes recherches. Je me revois en train de déchiffrer les épitaphes du cimetière de Graceland sous les aiguilles de la pluie, fasciné par les alignements de tumulus qui bloquaient la respiration de la terre, aussi serrés que les rayonnages d'une bibliothèque où serait rangé l'interminable cadastre de la mort. Je me revois posant mon front fiévreux sur la vitre du grand aquarium John G. Shedd, tandis qu'un couple de barracudas aussi silencieux que des épées me regardait sans ciller et me faisait part de ses confidences dans un langage de bulles et de soupirs. Je me revois entrant dans une église presbytérienne où l'on jouait au bingo pour recueillir des fonds destinés au soutien de l'armée, et où le prédicateur criait à l'aide d'un porte-voix les numéros que la sphère crachait au hasard (et même dans ce hasard j'essayais de découvrir un message caché), tandis que les fidèles les plus appétissantes distribuaient les cartons au public, juchées sur des patins et insuffisamment vêtues de courtes jupes plissées aux franges rouges et blanches qui laissaient voir de temps en temps de petites culottes bleues étoilées, tels de patriotiques *cheer leaders*[1]. Je me revois assis sur un banc du Lincoln Park, où je dévorais un hamburger de saveur spongineuse, tandis qu'un peloton ou un commando d'individus affublés de déguisements intergalactiques incluant masques à gaz, gants en latex et fumigateurs antibactériens s'agglutinait devant une enveloppe suspectée de contenir des germes d'anthrax. Je me revois attaché aux pas d'un vagabond qui blasphémait dans une langue proche de l'araméen et entrecoupait ses blasphèmes de citations de l'Apocalypse, tout en tirant d'un sac en plastique des pierres qu'il jetait par-dessus son épaule, comme le Deucalion de l'Antiquité, nourrissant peut-être le désir de les voir se transformer en semences de calamités. Je me revois marcher vers le soleil couchant et entrer dans un quartier portoricain où l'on me regardait avec plus de miséricorde que d'hostilité, parce que sur mes rétines était déjà logé à ce moment-là l'aveuglement qui éteint la braise de la peur. Je me revois chanceler au bord de l'évanouissement, traînant les pieds dans des ruelles

1. En anglais dans le texte. Le Robert & Collins en donne la définition suivante : *meneur qui rythme les cris des supporters.*

fréquentées seulement par des chats qui renversaient les boîtes à ordures et par des putes très dévaluées qui m'appelaient d'une voix sinueuse ou haletante, et qu'un fourgon cellulaire faisait fuir, avant de s'arrêter devant moi d'un brusque coup de freins.

« Ça va, l'ami ? »

Du panier à salade était descendu un policier gradé, un sergent, peut-être, avec les cheveux coupés réglementairement en brosse et le visage parsemé de cratères, stigmates d'une variole ou d'une acné vorace. Quand je parle anglais, j'adopte un ton d'oiseau aquatique, par honte de dévoiler mes maladresses syntaxiques, je suppose.

« Je me suis perdu. »

Son compagnon ou subalterne attendait affalé sur le volant et me regardait avec l'indéchiffrable dégoût que l'on réserve aux cafards écrasés qui gigotent encore, noyés dans la bouillie couleur moutarde de leurs tripes. Le sergent avait refermé la main sur son pistolet.

« Alors, on est venu se ravitailler ? On est chargé ? »

Il employait des mots d'argot de la pègre qui m'échappaient, et ébauchait un sourire glacé, dépourvu d'humour, combinant défi, arrogance, et peut-être bien une certaine façon de se réjouir du malheur d'autrui. La buée sortait de sa bouche en un panache spectral.

« Non, c'est vrai. » Je m'accrochai au dernier résidu de tranquillité qui me restait. « Je suis sorti me promener et je me suis perdu. »

Le sergent tourna son visage creusé de cratères vers son subalterne, qui abandonna aussitôt sa position détendue et lança quelques instructions hermétiques dans l'émetteur-récepteur qui les reliait au commissariat. La nuit s'écrasait dans la ruelle comme un ascenseur sans câbles lancé des greniers du ciel.

« C'est la meilleure, fit le sergent sans se départir de sa sournoise jovialité. Et tu vis où ? »

Il avait une brèche dans les incisives, vestige d'une enfance avare en calcium ou témoignage d'un coup mal encaissé ; c'étaient des incisives proéminentes qui se chevauchaient un peu et contrastaient avec les canines à peine visibles, tapies dans les gencives. Alarmé, j'imaginai que c'étaient peut-être des canines rétractiles qui dégaineraient quand éclaterait la colère qui s'annonçait imminente.

« Je suis logé dans un hôtel de North Michigan, près du John Hancock Center, répondis-je en m'efforçant de rayonner d'honnêteté. Le Winston, il me semble bien. Ou le Westin, quelque chose comme ça. »

Mon hésitation aggrava l'incrédulité du sergent, qui se gratta le menton avec une vulgarité assez prononcée ; peut-être les cratères épidermiques lui servaient-ils de capteurs pour détecter les invraisemblances dans les déclarations des suspects qui devenaient chatouilleux. Sans tourner la tête, il lança à son subalterne :

« Tu as entendu ça, Brad ? Ce taré se paie notre gueule. »

Avec la brusquerie hallucinée qui caractérise le déroulement des songes, dans lesquels les événements surviennent *ex abrupto*, étrangers aux modulations et aux articulations par lesquelles passe la réalité, le subalterne Brad descendit du fourgon et empoigna à deux mains un pistolet. C'était un type aussi blême qu'une radiographie, d'une maigreur acharnée et ascétique ; peut-être un végétarien, ou un stakhanoviste de la masturbation.

« Il doit nous prendre pour des demeurés », poursuivit le sergent ; et, après s'être assuré que le pistolet de son coéquipier me détournait de toute velléité héroïque, il s'approcha de moi au point de me souffler son haleine à la figure. « Foutue racaille hispano ! L'avenue Michigan est à quatre miles d'ici. Tu crois nous mener en bateau ? »

Je levai les mains instinctivement, au cas où Brad le subalterne aurait nourri des doutes sur mes intentions et eu l'idée, pour calmer ses nerfs, d'appuyer sur la détente. L'impression d'irréalité était si oppressante et rigoureuse que je n'avais même pas peur ; mais je tâchai de parler d'une voix subjuguée qui pouvait leur sembler flatteuse :

« Non, pas du tout, monsieur. Je m'appelle Alejandro Losada. » Je n'osai pas déclarer que j'étais romancier, pour ne pas paraître ridicule et précieux au milieu de cette avalanche de testostérones. « Je suis venu à Chicago pour donner une conférence.

– Ton passeport », coupa le sergent sur un ton laconique et sec.

Les cratères qui creusaient son visage prenaient une teinte plus sombre, violacée, et palpitaient. Je fis le geste de porter la main à la poche intérieure de mon pardessus pour prendre mes papiers. En un dixième de seconde, le sergent avait dégainé et pressait ma jugulaire avec le canon de son pistolet.

« Tu veux me baiser, vermine ? » Son haleine sentait le beurre de cacahouète. « Occupe-toi de lui, Brad. »

Brad le subalterne se déplaçait jambes arquées, avec l'air de s'essayer à un pas de danse d'une balourdise obscène, pendant que son index caressait la détente d'un mouvement rythmique à peine perceptible ; on aurait dit qu'il excitait un clitoris, pour le faire vibrer. Il m'avait empoigné par les cheveux et me plaquait contre le capot du fourgon dont les phares allumés tranchaient dans la nuit d'encre.

« Fouille-le d'abord », ordonna le sergent derrière moi.

Le subalterne Brad m'écrasa violemment la tête sur le capot ; avant la douleur, je sentis la chaleur et le goût âcre du sang qui pissait de mes narines. Curieusement, au lieu de me demander comment sauver ma peau, je pensai à Laura, non pas avec un sentiment de perte ou de désolation, mais comme j'aurais pensé à elle en m'habillant le matin, avec cette complaisance vague et même idyllique qu'entraîne la familiarité. Je pensais à son sourire harmonieux, à son froncement de sourcils pensif et à sa façon de baisser très lentement les paupières. Je me dis que quand je lui raconterais mon expédition à Chicago j'omettrais cet épisode avilissant. Si je vivais encore pour le raconter.

« Il n'est pas armé », constata le svelte Brad après m'avoir consciencieusement palpé. Du contact furtif de ses doigts, je déduisis qu'il avait bien dû accéder à cette maigreur par un très impératif et récalcitrant usage de la poignée mécanique. « Voilà son passeport. »

Il avait jeté à terre mon portefeuille, après avoir fouillé les diverses poches et étuis, cherchant peut-être une photo porno qui le délivrerait du manque. Le sergent se pencha pour profiter de la lumière des phares, mais la presbytie ou l'analphabétisme lui compliquait la tâche.

« C'est quoi, là ?

– Espagnol », fit Brad, lui venant en aide. Il avait l'air de chercher l'indication de ma profession pour s'assurer que n'y figuraient pas les mentions terroriste kamikaze ou tueur en série.

« Merde. L'Espagne, c'est quelque part au Brésil, non ? Il paraît qu'il y a des souris à craquer la braguette, là-bas. »

Je pris alors conscience de ma posture plutôt grotesque, à genoux, le visage plaqué contre le capot du panier à salade, en essayant péniblement de respirer malgré le sang déjà coagulé qui obstruait mes narines. La trépidation du moteur, qui ronronnait encore, me cédait au moins un peu de chaleur. Derrière moi, les policiers continuaient de remodeler la mappemonde à l'aide d'un jargon très sordide qui n'avait qu'un lointain rapport avec le Webster, d'autant que je pouvais en juger, vu mes connaissances approximatives de l'anglais.

« Mais non, mec, tu te goures. C'est le Portugal qui est au Brésil ; et ça, c'est en Europe, alors, t'excite pas, c'est très loin. » La jovialité du sergent était à présent plus franche et plus railleuse. « L'Espagne, c'est après le Mexique, entre le Guatemala et le canal de Panama. Et les gonzesses, là-bas, sont de petits tonneaux avec des gueules de chimpanzé ; même pas bonnes à nettoyer les chiottes.

– Bon, elles doivent bien avoir un troufignon, tout de même. Moi, je me contente de ça, je ne suis pas raciste. »

Ils éclatèrent à l'unisson d'un rire cannibale. Les putes très dévaluées de la ruelle avaient disparu dans quelque abîme ou cloaque clandestin, mais les chats s'étaient habitués à notre présence et renversaient de nouvelles boîtes à ordures. L'un d'eux, aussi pimpant qu'une leçon d'anatomie, bondit sur le capot et se mit à laper le sang qui avait jailli de mes narines, puis il se lécha la moustache avec une délectation gourmande et se servit de mon dos comme d'un toboggan pour regagner le sol. La génuflexion prolongée avait engourdi mes jambes, et le fourmillement de l'immobilité avait l'effervescence du bicarbonate de soude dissous dans le sang.

« Bon, que faisons-nous de cet élément ? » demanda enfin Brad le subalterne.

Il s'était mis à neiger insidieusement. Le sergent spécula et médita en grattant les cratères de son visage, qui étaient peut-être le résidu calciné des pustules et des vésicules qui affligent les bêtes galeuses. Je fermai les yeux, résigné à accepter le verdict qui lui viendrait à l'esprit. Mais le sergent qui, quelques minutes plus tôt, semblait prêt à désinfecter l'Amérique des hispanos pestiférés eut un éclair de clairvoyance, ou bien écouta l'avis de prudence qui éclaire les misérables une seconde avant qu'ils n'accomplissent leur forfait.

« Levez-vous, l'ami. » Il était même revenu à l'anglais compilé dans mon Webster. « Nous allons vous conduire à l'hôtel où vous dites être descendu. »

Il m'avait tendu une main de portefaix ou de maquignon que je refusai. J'avais décidé de persévérer dans mon mutisme, à l'exemple du renégat John Walker Lindh pendant l'interrogatoire de l'agent de la CIA. Bizarrement, je n'éprouvais aucune rancœur envers ces deux durs, et je ne sentais pas davantage grandir en moi cette irritation qui succède à l'humiliation et à l'avilissement ; je considérais plutôt ce qui s'était passé comme une épreuve qui me rendait invulnérable, une révélation subite qui me montrait l'envers de la réalité. J'avais survécu à l'épreuve, j'avais réussi à déchiffrer le labyrinthe où il n'y a ni escaliers à monter ni portes à forcer, ni interminables galeries à parcourir ni murs qui barrent le passage ; maintenant, plus rien ne m'affligeait, plus rien ne me bouleversait, j'avais atteint l'ataraxie préconisée par les stoïciens.

« Il faut nous comprendre, disait le sergent, tâchant de s'excuser, tandis que son coéquipier conduisait en direction du centre, traversant des quartiers ravagés par l'incurie. Nous sommes en état d'alerte. Nous avons des ordres très stricts : arrêter tout suspect avant qu'il n'attente à la sécurité de notre nation. Et vous admettrez que l'endroit où nous vous avons trouvé, pour ne rien dire de l'heure, ne jouait pas en votre faveur. »

La neige tombait encore, aussi légère et douce que la manne de l'Exode. Au débit précipité de sa voix, tout comme aux cillements embarrassés de son subalterne, on voyait bien qu'ils étaient un peu inquiets, comme si on leur avait administré du piment rouge par voie rectale. Le sergent poursuivit son baratin de disculpation pendant tout le trajet, tandis que le monde vide et obscur, retenant sa respiration, glissait de l'autre côté de la vitre. Il désirait peut-être que j'écrive une lettre à ses supérieurs pour encenser sa bonne conduite et demander son avancement. Mais, sous le vernis d'amabilité qui couvrait ses excuses demeurait un reste de défiance ou de suspicion qui déchaînerait sa colère si, à la réception de l'hôtel, il découvrait que je lui avais menti. Par bonheur, nous étions à peine entrés dans le vestibule qu'un veilleur de nuit très mielleux (bien qu'intimidé par la présence des policiers et par mon aspect contusionné) m'annonçait que le consul d'Espagne m'avait appelé au moins cinq fois tout au long de la journée pour se mettre à ma disposition et m'annoncer qu'il assisterait à la conférence que je devais prononcer le lendemain matin. Une fois le message délivré, le gardien perdit de sa loquacité et battit des paupières comme un oiseau qui s'éveille pattes liées.

« Il est arrivé quelque chose ? » balbutia-t-il.

Le sergent, inquiet d'avoir peut-être déclenché un incident diplomatique, afficha aussitôt son rictus de jovialité creuse, mais le rouge montait à ses joues par les cratères cutanés.

« Non, non, absolument rien. » Un léger tremblement se faufilait dans les brèches laissées par ses incisives. « Monsieur s'était perdu, et nous avons eu le plaisir de le raccompagner. Bon séjour à Chicago, monsieur. »

Il me tendit une nouvelle fois sa main de portefaix ou de maquignon, et Brad le subalterne l'imita (à la lumière du vestibule, je remarquai qu'il se rongeait les ongles, sans doute pour calmer son anxiété entre deux branlettes) ; leurs mains restèrent suspendues en l'air tandis que je leur tournais le dos et me dirigeais vers l'ascenseur. Un moment plus tard, alors que l'eau de la douche me débarrassait du sang caillé qui obstruait mes narines, de la crasse de mon vagabondage à la périphérie de la ville et de l'haleine ophidienne des agents de police, je me sentis libéré et entièrement hors du monde, sans point de départ ni destination précise, mais réceptif au secret que Chicago voudrait bien me livrer. J'avais franchi le seuil psychique qui nous rend insensibles aux manifestations ou aux signaux du mystère tapi sous l'écorce de la réalité, et j'étais submergé par une sorte d'exultation tellurique, un désir d'ouvrir les fenêtres de l'âme au flot de ces voix murmurantes qui constituent la vie invisible. C'était là un état d'exaltation sereine qui ne me laissait même pas le loisir de songer à la fatigue, et pas davantage à l'heure ; c'est pourquoi, avant de m'abandonner au sommeil, je téléphonai à Laura pour lui dire où j'en étais, mais j'obtins ma propre voix en conserve et pontifiante, qui donnait quelques instructions sur le répondeur automatique. C'est alors que je remarquai les petites aiguilles phosphorescentes du réveil, qui indiquaient trois heures moins le quart ; après un bref calcul, je conclus que Laura devait être à son poste, à la Bibliothèque nationale. Je l'imaginais vêtue d'une blouse en cotonnade bleue, parcourant les rayons où s'entassaient de gros ouvrages somnolents, satisfaisant aux demandes doctes ou capricieuses de lecteurs peut-être en proie au désir trouble de toucher les livres que ses mains avaient revêtus de prestige.

Je raccrochai sans laisser de message ; la neige continuait son lent voyage vertical, tombait sur Chicago avec la charité de la pudeur face au malheur des autres. Sur l'asphalte de l'avenue Michigan, sur les terrasses des édifices avait commencé à s'entasser un tapis nubile, phosphorescent dans la nuit. Je me surpris à succomber à l'incitation de la neige et au souvenir d'Elena, la compagne de vol que le hasard m'avait donnée, dont la beauté, vulgaire et pétillante, participait de la candeur et de la voluptuosité. Elle m'avait dit qu'elle ne resterait que deux jours à Chicago avant de s'envoler pour Vancouver où l'attendait son amoureux, le violoniste tourmenté, mais quand nous nous étions quittés à l'aéroport, sa réservation n'était pas encore confirmée. Depuis l'hécatombe des tours jumelles, le trafic aérien s'était amaigri, et jusqu'aux excès de l'anorexie ; tous les jours on annulait des vols, on les retardait, on les remettait à plus tard. La neige s'était mêlée de pluie, flagellée par une bourrasque qui la souillait de suie ; mon souvenir de cette compagne de hasard se souilla, lui aussi, d'évocations de ses caractères anatomiques : les cheveux décolorés, le sourire insistant et convulsif, les clavicules semblables à des arcs-boutants qui soutenaient son décolleté, le nombril perplexe, le cul qui n'avait rien de fluet empaqueté dans le blue-jean, les pieds qui invitaient à la prosternation.

Tout en cherchant l'annuaire, j'apaisais mes remords avec des excuses honteuses : je me convainquis que j'avais besoin de parler à quelqu'un ; qu'en invitant Elena à ma conférence, je la soulagerais de la tristesse de sa solitude et qu'en agissant ainsi je ferais œuvre de miséricorde qui me vaudrait une récompense au Ciel. Je me souvenais du nom du « petit hôtel très modeste » où elle logeait ou avait logé pendant son séjour à Chicago. Le Comfort Inn. Je fus un peu déconcerté de ne pas l'avoir oublié, parce que je suis quelqu'un qui ne retient pas, ou retient à peine, ce genre de détail. Mais Laura n'était pas là, Laura ne pouvait me voir.

« Bonsoir. Je vous écoute. »

Le portier de nuit du Comfort Inn parlait d'une voix traînante et gutturale qui semblait émaner de la somnolence même. J'avais troublé son repos, j'allais également troubler celui d'Elena, qui se réveillerait sans doute en sursaut quand retentirait dans l'obscurité de la chambre la première sonnerie du téléphone, et serait affligée d'une tachycardie, si elle avait le cœur fragile. Mais tant de prévention se révélait ridicule, c'était chercher la petite bête, m'empressai-je de me dire, parce que Elena était partie à Vancouver depuis trois ou quatre jours.

« Allô ? » Le portier ajoutait à la somnolence une certaine exaspération. « Je vous écoute…

– Bonsoir. Pardonnez-moi. J'ai bien peur que la personne à qui je voudrais parler ait déjà quitté l'hôtel, mais elle y est peut-être encore, et c'est pour ça que j'appelle. »

Mon inconséquence et ma syntaxe anglaise fuyante alambiquaient mes propos.

« Oui, c'est l'évidence même. Mais dites-moi pourtant qui vous demandez, fit abruptement le veilleur de nuit, maintenant plus exaspéré que somnolent.

– Une jeune Espagnole. Elle s'appelle Elena. Elena Salvador, et elle voyage seule. »

La voix, à l'autre bout du fil, se fendit d'une onctuosité digne d'un entremetteur.

« Enfin ! Blonde. Yeux verts. Petit cul de panthère. »

Jamais je ne m'étais intéressé au cul des panthères, auquel je veux bien accorder des prestations félines. Je fus scandalisé par les libertés que prenait le portier du Comfort Inn ; son effronterie et le petit ton racoleur qu'il avait pris pour décrire Elena accentuaient mon complexe de culpabilité.

« Elle est partie il y a trois jours… »

Je sentis se déverser sur moi ce soulagement contrit qui vient au secours du pécheur quand il ne réussit pas, malgré ses efforts, à commettre sa faute.

« C'est ce que je supposais. Merci beaucoup, de toute façon, bafouillai-je, désireux de raccrocher au plus vite.

– … Mais elle est revenue cet après-midi. À franchement parler, elle ne m'avait pas l'air très heureuse. » Et sa voix prit alors l'accent du doux reproche affecté. « Moi, à votre place, je ne laisserais pas cette beauté se faire la paire. »

Je voulus rectifier ces présomptions effrontées, mais le fin renard avait déjà transmis mon appel. Je m'accrochai au combiné, obstruant le micro d'une main ; le trouble qui me tenaillait était devenu de la paralysie.

« William ? »

Je supposai qu'elle devait attendre devant la table de nuit, ou même tenir le téléphone sur son giron, parce qu'elle n'avait pas laissé le téléphone sonner un dixième de seconde. Sa voix était oppressée et chagrine, excitée par je ne sais quel désarroi qui la tenait éveillée.

« William ? C'est toi ? » Maintenant, sa voix s'éteignait, submergée par des sanglots qui la rendaient inintelligible. « Pourquoi tant de cruauté ? Tu n'aurais pas pu m'avertir ? »

Il me fallut quelques instants pour faire le rapprochement entre ces derniers propos, qui me parurent tout d'abord incohérents, et son amoureux, le violoniste blême et mélancolique qui l'attendait à Vancouver et l'avait séduite avec son interprétation de la symphonie *Jupiter* de Mozart, le violoniste fuyard qui avait manqué au rendez-vous et l'avait laissée seule et abandonnée dans une morne ville inconnue. Ses phrases, plus suppliantes que chargées de reproches, jaillissant comme le sang d'une plaie ouverte, étaient entrecoupées de gémissements, puis rejaillissaient jusqu'au moment où ses poumons avaient épuisé leur réserve d'air et s'interrompaient alors, noyées par les larmes.

« Pourquoi m'appelles-tu maintenant, si c'est pour ne rien dire ? »

Je restais en effet muet et consterné, à la fois curieux et repentant d'avoir surpris son intimité, comme quand on aperçoit fortuitement par la fenêtre une voisine nue dans son appartement et qu'au lieu de fermer les rideaux, le premier instant de perplexité passé, on persévère dans l'espionnage. Elena essayait maintenant d'adapter son désarroi et ses sanglots à la langue maternelle du violoniste, mais il en résultait un baragouin angoissant.

« *Why, William ? Why you are cruel ?* » Après quoi elle revenait à sa propre langue, hachée par les pleurs. « Je t'aime, William. Je t'aime toujours… »

Ce qui vint ensuite était un dialecte incompréhensible, masse informe de douleur humiliée et de suppliques soumises qui réclamait l'aumône d'une respiration amie, d'une parole qui la sauverait du naufrage.

« Au nom de Dieu, je te le demande. Au nom de Dieu. »

La neige tombait sur le monde, impassible et chaste, musarde et impie, ensevelissant le filet de voix qui me parvenait du combiné. Quand je raccrochai, je sus que j'étais moi aussi, comme les policiers qui m'avaient arrêté, comme le violoniste fuyard auquel je m'étais involontairement substitué pendant quelques minutes, capable de n'importe quelle cruauté.

Les organisateurs nonchalants et je-m'en-foutistes qui m'avaient invité ne se donnèrent même pas la peine d'annuler ma conférence après la chute de neige de la nuit précédente. C'est ainsi qu'aux inconvénients et aux motifs de dissuasion déjà existants – son déroulement dans un gratte-ciel tout désigné pour les exercices de tir d'Al Qaida, le rendez-vous matinal, le médiocre intérêt que revêtait mon nom – venait s'ajouter l'épais tapis blanc qui n'engageait guère à sortir de chez soi. En un effort louable mais stérile, afin de compenser la passivité et l'indolence des organisateurs, le consul d'Espagne avait forcé tout le personnel de son bureau à faire acte de présence, en l'alléchant peut-être avec des promesses de congés ou d'horaires plus souples, mais même ces manigances et ces corruptions n'avaient pu suffire à chasser de leurs physionomies le malgracieux dédain, qui se renforça de bâillements à mesure que mon discours boiteux et dégoûté (répété à brefs intervalles par un interprète psalmodique) progressait vers sa conclusion. Le consul, prévoyant l'affront, s'était chargé d'emmener avec lui un convoi d'hispanistes pour la plupart à la retraite, qui, dispersés dans la salle, consultaient ostensiblement leur montre et se trémoussaient sur leur siège, inquiets, en lançant des regards de panique en direction des baies vitrées dont le verre fumé était à l'épreuve des ouragans, mais pas des avions pilotés par des kamikazes.

Quelques nuages bas et lourds bouchaient la vue panoramique de la ville ; j'imaginai que les occupants des locaux les plus élevés du John Hancock Center devaient téléphoner à la réception pour s'enquérir des conditions météorologiques au ras du sol avant de choisir ce qu'ils allaient mettre pour sortir. Nous nous trouvions à un étage proche de la terrasse, et même si le bâtiment était constitué de tonnes de béton et de poutrelles d'acier, tous ceux qui étaient rassemblés dans cette salle devaient comme moi avoir l'impression d'être agglutinés au sommet d'une perche glissante. Je n'arrivais pas à m'ôter de la tête le souvenir des sanglots d'Elena, que mes remords décuplaient, et je m'affligeais à l'idée que mon lâche silence (incohérent, en outre, après la témérité de mon appel) avait pu aggraver son désespoir, l'avoir acculée au suicide. J'imaginais Elena inerte sur la moquette de la chambre d'hôtel, bourrée de barbituriques, son corps crispé en raccourci (j'imaginais les veinules qui descendaient sur ses cous-de-pied obstruées par un sang aussi noir que du goudron, alors qu'il y avait seulement quelques jours je les comparais à de sveltes veines de minerai ou à des filets d'eau silencieux) ; j'imaginais aussi deux policiers procédant avec plus de rudesse que de diligence à la levée du corps (dans ma vision, l'un d'eux avait le visage du sergent, creusé de cratères cutanés, l'autre celui du subalterne Brad) et, enfin, j'imaginais le portier fouineur et entremetteur qui, aux questions insistantes de la police, se souvenait de l'appel intempestif que la défunte avait reçu la nuit précédente, l'appel d'un Espagnol qui s'exprimait avec embarras mais dont le témoignage pourrait sans doute éclairer les circonstances qui avaient entouré le suicide de cette beauté : blonde, yeux verts, cul de panthère.

« Et maintenant, notre invité va se faire un plaisir de répondre à vos questions. »

Le consul d'Espagne, homme au port aristocratique et aux manières très raffinées, faisait office de maître de cérémonie, pour suppléer à la nonchalance et au je-m'en-foutisme des organisateurs de la conférence. Afin d'étayer le simulacre et de m'éviter le sentiment de dignité outragée qui assaille les écrivains quand l'auditoire se retranche dans le silence, le consul avait prié les hispanistes à la retraite de préparer quelques petites questions ni trop embarrassantes ni captieuses. Ma conférence avait été décousue et hors sujet (les indolents et négligents organisateurs que l'on sait l'avaient intitulée « La nouvelle littérature espagnole », mais j'avais préféré divaguer sur d'autres thèmes moins savonneux), toutefois les hispanistes, apparemment, ne s'étaient rendu compte de rien. Sur un signe du consul, ils déplièrent avec une promptitude d'automates quelques petits papiers sur lesquels ils avaient rédigé leurs devoirs.

« Quelle est votre opinion sur la littérature *spanglish* ? me demanda le plus hardi.

– La même que sur la pensée navarraise », tranchai-je, paraphrasant Pío Baroja. Mais personne ne saisit l'allusion sous-jacente ; personne ne connaissait sans doute non plus la figure de rhétorique appelée oxymore.

« Vous considérez-vous comme un disciple du réalisme magique de García Márquez et Borges ? risqua un autre, nullement honteux de sa confusion mentale.

– Je vous prie de ne pas blasphémer contre Borges, et de ne pas le mêler aux vilains. »

À chaque nouvelle question, je devenais plus odieux et plus dégoûtamment laconique, mais la claque consulaire, dans un mouvement d'effusion masochiste, s'entêtait à m'affliger de ses intérêts folkloriques. Je remarquai alors un individu qui détonnait au milieu de cette société choisie d'hispanistes et de membres du consulat ; il s'était réfugié au dernier rang, où, dans une gaie solitude, il se pliait de rire pendant que la réunion tirait à sa fin. C'était un homme d'une cinquantaine d'années, très rustre, avec l'allure mi-dingue mi-belliqueuse qui reste aux contestataires quand ils ont fumé toute la marihuana qu'ils cultivent dans leur jardin. Ses cheveux d'un blond cendré, très longs et ébouriffés, étaient noués en queue-de-cheval ; ses traits, hyperboréens et un peu bestiaux, avaient une beauté menaçante qui me rappela l'acteur Rutger Hauer, le préféré de Laura, jadis androïde dans *Blade Runner*. Il avait la même carrure de bûcheron que l'acteur, des bras illustrés de tatouages, faunes conçues dans un delirium tremens qui rampaient sur sa peau. Démentant les rigueurs hivernales, il était vêtu d'un maillot à manches courtes, d'une veste en toile de blue-jean effrangée plutôt crasseuse, d'un pantalon assorti qui lui sculptait le paquet, et chaussé de bottes en cuir repoussé et très pointues auxquelles il ne manquait que des éperons. J'étais surpris qu'on l'eût laissé entrer, mais quand je découvris son regard glacial, je compris qu'il n'existait aucun portier capable de lui barrer le passage. En remarquant le motif qui ornait son débardeur, je sentis s'éveiller en moi une certaine sympathie envers lui : malgré la distance et l'ombre, je reconnus l'anatomie sans pareille de Fanny Riffel, une *pin up* des années cinquante à qui j'avais dédié dans ma jeunesse de chroniqueur mercenaire quelques lignes prétentieuses plus ou moins lyriques.

« N'aimeriez-vous pas qu'Almodovar adapte un de vos romans ? lançait encore un hispaniste.

– Il lui faudrait drôlement l'adapter, croyez-moi, pour le rapprocher de son monde, répondis-je sans entrain.

– Mais vous formaliseriez-vous si vos personnages étaient des travestis ? insista un autre, tentant de m'amener à un rejet homophobe.

– Ma foi, du moment qu'ils sont bien opérés… »

Un silence suivit, menaçant d'asphyxier l'auditoire ; le consul prit les devants, s'empara du micro pour m'empêcher de vider mon sac à malice et déclara la réunion terminée. Les seuls applaudissements qui contrevinrent au départ offensé des hispanistes montèrent des battoirs de ce personnage très rustre, qui profita du mécontentement du consul, de la fainéantise et de l'indifférence des organisateurs pour m'aborder. L'image de Fanny Riffel s'étirait sur son maillot, avec la fraîcheur et l'effronterie d'un tendron qui vient d'apprendre à cligner de l'œil.

« Quelle bande d'enfoirés ! lança l'inconnu en guise de salut, dans un jargon aussi éloigné du Webster que celui du couple de policiers de la veille.

– Je ne vous le fais pas dire, fis-je, intimidé par sa présence et la férocité de ses traits. Mais on finit par s'y habituer. »

Le bûcheron cinquantenaire jeta alors sur la table qui m'avait servi de parapet pendant la conférence une revue qu'il tenait roulée dans une de ses mains. C'était un exemplaire de *Playboy*.

« C'est pour vous, je vous en fais cadeau. » Il parlait avec une sorte de brutalité timide. « Mais il faut que je me présente. Je m'appelle Tom Chambers. »

Il m'arrivait fréquemment, à la fin d'une conférence, d'être abordé par des déments plus ou moins pacifiques qui tenaient à m'offrir leur amitié avariée, ou à m'assommer de péripéties biographiques dans leur désir de m'inspirer un prochain roman, ou à me fourguer leurs poèmes épiques en huitains dits « royaux », afin que je recommande leur publication à des maisons d'édition intéressées par la découverte et la promotion de nouveaux talents. Mais jamais encore je n'avais reçu un cadeau aussi déroutant.

« Je vous remercie beaucoup, mais…

– Vous ne l'avez même pas regardé. Je vous en prie… », fit Chambers, sans me laisser aller plus loin. L'azur de ses yeux était à la fois suppliant et comminatoire.

Il ne s'agissait pas de n'importe quel *Playboy*, mais du numéro de décembre 1956, pour lequel la *pin up* Fanny Riffel avait posé déguisée en Père Noël. Je m'empressai de le feuilleter, plus pour m'assurer l'inimitié des organisateurs mollassons et désabusés (avec lesquels je n'avais aucune intention de partager un repas, même s'ils me traînaient de force à table) que par véritable intérêt. J'avais eu une certaine vénération pour Fanny Riffel une dizaine d'années auparavant, du temps où je brossais un portrait d'elle dans une série de fascicules consacrés aux femmes les plus attirantes du XX<sup>e</sup> siècle, mais il ne me restait plus de cette ancienne vénération qu'un brin de nostalgie.

« J'ai lu votre article sur Fanny. C'est le meilleur que l'on ait écrit sur elle », insista Chambers, en gueusant.

Alors, je me souvins que cette notice biographique au ton un peu élégiaque avait été le premier de mes textes traduit en anglais. Je ne sais par quels détours compliqués le fascicule assez minable dans lequel elle figurait était arrivé sur le bureau de Hugh Hefner, le propriétaire de *Playboy*, qui m'avait envoyé une lettre dithyrambique. Sur cet homme, j'avais lu d'épatantes anecdotes ; je savais – peut-être avec une pointe d'envie, parce que la vulgarité et l'arrivisme sont des qualités enviables – qu'il vivait dans un ranch, une prétendue Arcadie dévergondée, entouré d'un gynécée de blondes pneumatiques à couper le souffle et unanimement bovines, toutes prêtes à faire ses quatre volontés en échange d'un reportage photographique où elles pourraient montrer leurs attributs mammaires. Dans sa lettre, que je lus avec une sorte d'amusement perplexe, Hefner avouait être un admirateur éperdu de Fanny Riffel, qu'il avait connue au milieu des années cinquante, quand il lui avait dédié la couverture et la double page centrale de sa revue. Il désirait reproduire mon article dans un numéro spécial de *Playboy*, hommage ou *revival* consacré à « la plus belle femme que je me rappelle avoir connue, et, croyez-moi, j'en ai connu beaucoup ». Cette phrase, écrite avec une tranquille pétulance, servait de préambule à un paragraphe beaucoup plus ému, dans lequel le magnat de l'onanisme industriel se déclarait obsédé par le souvenir de Fanny Riffel, si différente des autres modèles d'une beauté vulgaire ou tapageuse qui avaient illustré sa revue, et il se disait très inquiet de son sort, parce que personne ne savait ce qu'elle était devenue depuis qu'elle s'était enterrée vivante, dans le style Salinger.

« Vous savez de quel article je veux parler, n'est-ce pas ? demanda Chambers, me tirant brutalement de mes pensées.

– Oui, bien sûr. Je m'en souviens, à présent. Mais Hefner ne m'a même pas envoyé un exemplaire du numéro. Je n'ai jamais vu l'article publié.

– Ne vous inquiétez pas, j'en ai d'autres », dit Chambers, apparemment prêt à me lester d'une collection complète de *Playboy*.

Être publié dans cette revue, ce n'était certes pas la même chose qu'être publié dans le *New Yorker*, mais cela ajoutait à mon curriculum une note pittoresque qui, sans me remplir de fierté, me flattait tout de même, aussi m'étais-je empressé de répondre à Hefner pour lui accorder l'autorisation de faire traduire et de reproduire mon article sur Fanny Riffel, qui n'était guère qu'une divagation autour d'un fantasme, d'une image de rêve. Je m'étais senti si généreux, ce faisant, que je n'avais pas voulu être payé ; peut-être, dans la plus secrète des chambres closes de l'inconscient, aurais-je bien aimé que Hefner récompense cette générosité en m'invitant une petite semaine dans son ranch.

« Non, non, ne vous donnez pas cette peine, fis-je, pour couper court et me débarrasser de Chambers. Ça n'a pas tellement d'intérêt, après tout.

– Mais dans votre article, vous semblez être le troubadour de Fanny Riffel », insista-t-il.

Dans la bouche de Chambers, ce terme si provençal grinçait autant qu'un anachronisme ou qu'une préciosité. J'essayai de me défaire de son emprise.

« C'était en d'autres temps. Il fallait que je gagne ma vie. »

J'avançai dans l'allée centrale à travers la salle vide plongée dans l'ombre ; les organisateurs fâchés et acrimonieux avaient fait éteindre les lumières, et les nuages lourds bouchaient encore la vue panoramique de la ville. Alors, Chambers me prit par le bras d'une main persuasive ; mon regard se posa sur ses tatouages, plus précisément sur une tête de mort dont les orbites étaient léchées par une queue de serpent, entre autres motifs funèbres.

« Vous pourriez encore la gagner, votre vie, à présent », me cracha-t-il au visage avec hargne. Ses yeux bleus plongeaient dans les miens sans ciller. « Vous pourriez écrire un roman sur Fanny Riffel.

– Lâchez-moi, s'il vous plaît. »

Je sentais la pression de sa main sur mon avant-bras, pareille à celle des fers ou d'un étau, et je me dis que d'un instant à l'autre il allait me soulever d'un seul élan, comme le fait Rutger Hauer avec le chétif Harrison Ford peu avant le dénouement de *Blade Runner*.

« Le roman de sa vie, gronda-t-il entre ses dents en se mordant de rage. Un roman écrit d'après une histoire vraie que personne ne connaît.

– Que personne ne connaît ? » J'essayai d'imprimer de l'hilarité à ma réplique, mais ce fut une hilarité étranglée et gênée. « Mais on a écrit des dizaines de biographies sur Fanny Riffel ! Vous êtes fou ou quoi ? »

Je n'avais pas fini de formuler cette question que je m'en repentais, redoutant sa réaction furibonde. Mais, à ma surprise, cette réaction ne se produisit pas ; au contraire, blessé dans son orgueil, Chambers relâcha son emprise et libéra mon bras. L'ombre du découragement s'étendit sur ses yeux bleus.

« Et maintenant, avec votre permission… »

Je me dirigeai vers la sortie, où un gardien était seul à m'attendre, alors que les organisateurs susceptibles et poltrons s'étaient débinés, suivis par le consul qui avait entraîné à sa suite les hispanistes retraités et ses subordonnés. Les nuages avaient pris de la hauteur et s'étaient dispersés ; brusquement, Chicago se ramassait dans le cadre de la fenêtre.

« Les biographies ne racontent que la première partie de sa vie, jusqu'au moment où elle a arrêté de travailler comme modèle et où l'on a perdu sa trace. » La voix de Chambers, derrière moi, était à peine un murmure aux modulations de cantilène. « Je vous offre ce qui s'est passé ensuite. »

Vu du haut de la tour, Chicago était une ville pétrifiée par le froid, un désert polaire qui me livrait son secret après m'avoir soumis à des épreuves qui avaient mis à mal ma dignité et ma crédulité. Je sentis en moi une sorte de fourmillement, un vertige qui naissait de la fébrilité que provoque en nous la résolution imminente d'une énigme. Je me retournai.

« Qu'avez-vous dit ? »

La voix qui montait à ses lèvres était raboteuse et pénible, estropiée par une tristesse millénaire.

« La seconde partie. Que moi seul connais. Sa vie cachée, depuis qu'elle s'est retirée jusqu'à ce jour. Et je peux vous la montrer, elle. Je peux vous montrer la vieille Fanny Riffel. »

J'acquiesçai, tout d'abord prudemment, puis avec détermination et aplomb. Dans l'ombre, Chambers acquiesça lui aussi ; derrière lui, la neige phosphorescente était unie, aussi proche que les mystères qui n'attendent plus que leur dévoilement.

Plus tard, à l'hôtel, pour passer les heures qui me séparaient de cette révélation, je me divertis en feuilletant cent ou mille fois l'exemplaire du *Playboy* de décembre 1956 que Chambers m'avait offert. Sur la double page centrale, Fanny Riffel posait accroupie (ses cuisses délicieusement évasées pareilles à des tulipes dans la plénitude de leur floraison) près d'un sapin enguirlandé, avec un bonnet de Père Noël incliné de côté sur son épaisse chevelure aile de corbeau ; son clin d'œil, sous la frange, et son sourire engageant étaient une promesse de bonheur accessible ; ses seins, vus presque de profil, avaient une sensualité transie et nullement harcelante (rien à voir avec les mamelles vulcanisées qui devaient coloniser *Playboy* quelques années plus tard), et sur sa peau nue, qui évitait l'exhibition du voile pubien, il n'y avait pas trace d'obscénité. Le miracle de sa beauté résidait précisément dans ce halo d'innocence désarmante qu'elle irradiait même sur les portraits les plus scabreux.

Mais s'il fallait chercher la raison première de l'attrait que Fanny Riffel exerçait encore sur moi dix ans après que j'eus écrit cette notice appartenant à ma peu flatteuse préhistoire littéraire, on la trouverait, j'en suis sûr, dans son sourire. C'était un sourire convulsif et pétillant qui donnait à son visage une expression de générosité, d'enthousiasme incessant ; un sourire identique à celui d'Elena, ma compagne de hasard pendant le vol. L'idée absurde que ces deux femmes étaient des émanations du même archétype me traversa l'esprit. L'image de Fanny Riffel, de cette Fanny Riffel que l'armée clandestine de ses adorateurs avait surnommée « la Reine des Courbes », était devenue un fétiche de la culture *underground*, idole brune d'une époque qui avait porté à la postérité une mythologie de créatures détruites à la fleur de l'âge, pantins brisés qui, exaltés ou avilis par la nostalgie, excitaient désormais la convoitise dévote des collectionneurs. Fanny Riffel appartient à la même génération et au même rameau condamné sans espoir que Marilyn Monroe ; mais, si le désarroi commun à leurs destinées les rapproche, les vicissitudes de leur gloire sont très différentes, presque diamétralement opposées, au point que Fanny, aux yeux de ses admirateurs, pourrait être considérée comme le revers obscur de Marilyn. Habitante à demeure de ces sous-sols où s'entassent les tabous et les désirs interdits d'une génération, Fanny Riffel ne parvint même pas à jouir d'une franche renommée salutaire ; son royaume ne s'étendit jamais au-delà des cabines des poids lourds, des chambrées de garnison, des tiroirs à double fond, des lits où les adolescents glissent entre le sommier et le matelas les preuves de leur péché, des arrière-boutiques d'où l'on expédie les marchandises de contrebande et les envois contre remboursement qui cachent leur vraie nature sous une enveloppe anodine ou officielle afin que la famille du destinataire ne découvre pas ses habitudes vicieuses. L'image de Fanny Riffel ne devait être ressuscitée que quelques années plus tard, quand elle avait déjà abandonné le métier de modèle plus ou moins pornographique, par une poignée de dessinateurs d'illustrés et d'archéologues de l'érotomanie qui allait faire d'elle un modèle esthétique de la transgression et du kitsch (ou du kitsch transgresseur, si l'on préfère) en même temps qu'une source inépuisable d'inspiration.

Ces photographies prises dans des studios au mobilier minable, ces courts-métrages en huit millimètres dans lesquels Fanny Riffel comparaît devant la caméra sans prendre trop au sérieux son rôle de dominatrice sévère ou de danseuse exotique circulaient jadis sous le manteau dans une confrérie de chauds lapins inavoués et vergogneux ; aujourd'hui, ils sont cotés à des prix exorbitants dans les salles de vente les plus respectables du monde. Sur toutes ces photographies granuleuses et ces films parfois tressautants apparaît toujours la même jeune femme incroyablement belle, incroyablement épargnée par la sordidité des rôles qu'elle interprète. Fanny Riffel avait une chevelure très brune et très fournie qu'elle brossait sans cesse pour en tirer un éclat agreste, une frange qui assombrissait son front de collégienne et qu'elle coupait à un centimètre à peine au-dessus de ses sourcils, peut-être pour la substituer à ces froncements dont ne peuvent se passer les vilaines filles. Elle avait un regard désemparé et vif, d'un bleu monastique, tout à l'opposé des fièvres libidineuses et nauséabondes qu'elle donnait à ses admirateurs. Son sourire découvrait des dents luisantes et une langue qui, selon la moue qu'elle faisait, pouvait sembler virginale ou obscène. Ses bras délicats étaient souvent couverts dc gants en cuir noir qui montaient jusqu'au-dessus du coude, défendaient jalousement sa peau très blanche, qu'elle ne dévoilait, pendant ses exhibitions, qu'avec une parcimonie apprise de Rita Hayworth. Ses seins, ni hypertrophiés ni accrocheurs, s'écartaient sur sa poitrine comme des chiots perplexes quand le soutien-gorge ne les emprisonnait pas, ou se serraient fermement l'un contre l'autre quand ils étaient pris dans l'un de ces corsets bardés de baleines qui attisaient tellement la concupiscence de sa clientèle. Elle avait une taille d'une grande souplesse, rompue à mille danses et contorsions invraisemblables, un ventre de pleine lune dont l'éclat n'était troublé que par le relief de son nombril, parfois occulté, quand elle mettait pour ses séances de pose des culottes vaguement orthopédiques, exagérément surchargées de dentelles et de picots afin d'aviver les fureurs fétichistes. Elle avait un cul opulent, parfois affligé par l'élastique de ces mêmes culottes orthopédiques, des fesses tendues à la peau très lisse, des cuisses souples dont la blancheur était soulignée par des bas avec couture qui, en les étranglant, les rendaient encore plus appétissantes. Elle avait surtout une aisance qui semblait être une sécrétion naturelle de son corps et qui avait fait d'elle, dans les années cinquante, la reine des *pin up*, le modèle le plus demandé pour les calendriers et les revues pornographiques, la favorite des soldats qui attendaient d'embarquer pour la Corée et celle de nombreux pères de famille puritains qui évacuaient leurs ennuis conjugaux en se la secouant dans les toilettes.

Mais il faudrait peut-être résumer à présent la biographie de Fanny Riffel, du moins la biographie de sa vie visible, parce que seul Chambers savait quelque chose de sa vie cachée, après sa disparition de la vie publique. Fanny Riffel est née à Chillicothe, dans l'Illinois, en 1923, quand ses parents avaient déjà grossi la population du district de trois rejetons qui faisaient avant elle l'apprentissage de la misère. Son père, vétéran de la Grande Guerre où il avait récolté en première ligne une rafale de mitraillette et une névrose indélébile, va d'emploi en emploi dans les ateliers de mécanique des alentours ; sa mère réclame des secours dans l'église baptiste de la localité et elle est de loin en loin engagée comme écureuse par les fermiers voisins, qui ne lui paient pas toujours ponctuellement les quatre sous promis. Cette enfance funambule sur la corde raide de la nécessité va prendre les chemins de la transhumance une fois les parents de Fanny expulsés, parce qu'ils ne peuvent payer le loyer, de la masure où ils vivent. Les années de la Dépression apprennent à Fanny à s'amuser sans jouets, à marcher sans chaussures, à étudier sans livres, à se vêtir de haillons que les institutions charitables lui adjugent, rapiécés avec cette anarchie d'étoffes et de couleurs bigarrées que seuls les indigents peuvent se permettre.

Le vol d'une automobile et le viol d'une jeune fille dans une grange ont fini par conduire en prison le père de Fanny, un coureur de jupons de la pire espèce. La mère, qui présente alors les premiers symptômes de l'effondrement, incapable de subvenir aux besoins de ses enfants, décide de les placer dans un orphelinat. Quand, à douze ans, Fanny réintègre son foyer déglingué, que vient aussi de regagner le chef de famille retors et luxurieux après son séjour à l'ombre, c'est une enfant meurtrie par une désespérance prématurée et d'une timidité pathologique dont son père va profiter pour assouvir sur elle ses appétits. Dans une de ses dernières entrevues, Fanny fera allusion à ces abus furtifs avec une sorte de résignation morne, comme s'il s'agissait là d'épisodes d'une servitude obligatoire. Mais, même en dépit des commotions d'une adolescence harcelée par la pauvreté et les instincts salaces de son procréateur, Fanny Riffel commence à rêver d'une vie différente, qui lui permettrait de se tirer de la fange morale qui menace de l'étouffer. Le refuge qu'elle trouve dans les cinémas de province, où brille le visage inaccessible de tant d'acteurs et d'actrices vénérés, l'aide à concevoir sa chimère libératrice. Elle s'efforce d'être bonne élève et obtient une bourse pour pouvoir poursuivre ses études dans un établissement de Peoria, où elle étrennera son talent naissant d'actrice dans divers spectacles organisés par l'école. Un an après avoir obtenu son diplôme, alors que les courbes de son corps écrasent déjà les canons de beauté locaux, elle perd sa virginité avec un camarade de cours sur le siège arrière d'une voiture, en attendant la fin d'une averse aux environs de Peoria ; cette couche nuptiale de fortune est l'allégorie annonciatrice de son itinéraire sentimental, qui n'en finira jamais de trébucher dans les ferblanteries de l'échec.

Fanny suivra une formation d'enseignante à Chicago, profitant d'une autre bourse qui lui a été attribuée après ses brillants résultats aux examens. Chicago, avec son panorama effilé de gratte-ciel, l'enivre, l'éblouit et lui donne l'illusion de s'être rapprochée de la forme de vie supérieure dont elle avait rêvé dans les salles obscures de province. Quand elle obtient son diplôme d'enseignante à vingt et un ans, elle tente sa chance dans une école pour enfants inadaptés réfractaires aux contraintes de l'éducation, rescapés des faubourgs manufacturiers de Chicago. C'est pendant cette brève expérience dans l'enseignement que Fanny découvre, avec plus de peur que de fierté, les élans libidineux qu'elle déchaîne dans la population masculine, représentée par quelques adolescents aux hormones en effervescence qui profitent de la moindre occasion pour la frôler. Son itinéraire d'enseignante prend fin quand les directeurs de l'école remarquent les perturbations que sa présence sème parmi les élèves, et sans doute aussi parmi les autres maîtres, si fortement attachés et si fidèles à la messe dominicale. Fanny Riffel, renvoyée sous des prétextes peu convaincants, n'aura aucune peine à obtenir des emplois de secrétaire, mais ce seront toujours des emplois éphémères, auxquels elle renoncera aussitôt que ses chefs successifs commenceront à exiger des prestations moins protocolaires que la simple dactylographie. En 1945, peut-être sans même s'en être rendu compte, elle est devenue une femme d'une beauté qui réunit et dépasse tous les canons esthétiques en vigueur ; dans son mélange de sensualité impétueuse et de pureté intacte, les hommes trouvent le stimulant de leur luxure et de leurs instincts de profanation. Fanny décide alors de tirer un rendement monétaire de cet attrait qu'elle a jusqu'alors conservé dans une urne, protégé du regard insistant des prétendants qui la harcèlent. Elle participe à divers essais de *casting*, après lesquels elle est toujours refusée, soit parce qu'elle reste inexpugnable aux assauts des vautours du petit monde du cinéma, soit parce que sa diction un peu plébéienne déçoit les attentes qu'éveille son anatomie. Un jour qu'elle se dore au soleil sur une plage, un photographe lui demande la permission de faire un portrait d'elle ; quand il finit par s'en rendre compte, il a déjà consacré trois pellicules à la célébration de ce corps qui paraît absorber toute la lumière du matin. Autour d'eux s'est rassemblée une foule de curieux qui assistent, éblouis, à la séance ; le photographe, l'index ankylosé à force d'appuyer sur le déclencheur de l'appareil, lui demande, aussi ébloui que ces voyeurs spontanés : « Mademoiselle, êtes-vous consciente que vous êtes née pour être photographiée ? » Malgré toutes les importunités qu'elle a dû subir, Fanny Riffel n'est pas encore pleinement consciente de sa beauté. Cette inconscience ou cette modestie pudique la rend peut-être encore plus désirable aux yeux des hommes, à cause du contraste entre sa candeur naturelle et le tourbillon de passions qu'elle déchaîne. Mais le photographe de la plage, qui travaille en *freelance* pour diverses agences de publicité, remédie à cette inconscience (et aussi à certaines maladresses ou outrances dans les poses de Fanny) et transforme la jeune femme anonyme de la plage en emblème d'un lancement de crèmes de bronzage. Les affiches qui invitent les baigneurs à se barbouiller de ces cosmétiques deviennent vite le principal attrait du lac Michigan.

Les offres publicitaires commencent à pleuvoir. Les rues se couvrent d'affiches qui diffusent l'image d'une Fanny Riffel maintenant capable de dominer à la perfection ses aptitudes gestuelles et de paraître souriante ou fâchée, méfiante ou comblée, selon les caractéristiques du produit qu'elle doit vendre, mais en gardant toujours aux commissures de ses lèvres l'annonce d'un gros chagrin d'enfant qui anéantit toute résistance. En 1947 se parachève la métamorphose de cette jeune provinciale de Chillicothe en Reine des Courbes : un ami photographe lui conseille de changer de coiffure et d'abandonner la raie médiane qui partage sa chevelure en deux pour une frange à la Louise Brooks, afin de dissimuler son front légèrement bombé. Fanny loue un petit appartement au nord de la ville, à l'angle de LaSalle Street et d'Elm Street ; l'exiguïté de l'endroit va lui apprendre à se mouvoir en lieux clos avec une assurance qui s'imposera dans ses films érotiques, tournés à l'intérieur de cagibis où l'on peut à peine remuer. Cette année-là, elle va aussi être victime d'une agression brutale et collective qui lui laissera des séquelles irrémédiables : alors qu'elle se promène sur l'avenue Michigan, en s'arrêtant devant les vitrines des boutiques les plus chics, un individu très élégamment vêtu lui adresse quelques plaisanteries qui ne pèchent pas contre les règles de la courtoisie ; quand elle réagit enfin avec une gratitude rougissante, l'inconnu lui propose d'être son cavalier d'un soir au dancing Aragon, dans le Northside. C'est un individu au sourire enjôleur, avec un vague air de boucanier et une fine moustache à la Gilbert Roland (bien qu'il ait plutôt l'air de se prendre pour Errol Flynn, à en juger d'après l'aplomb avec lequel il baratine) ; sa silhouette plus efflanquée qu'étoffée ne jure pas avec sa voix de baryton. Pour une raison plutôt irrationnelle, les grandes perches à voix de baryton inspirent confiance à Fanny. En outre, l'Aragon a toujours été pour elle, depuis son adolescence rurale, un endroit lié à la légende ; pendant les années sombres de la Dépression, là-bas, à Chillicothe, rien ne lui plaisait davantage que d'écouter les émissions de la chaîne WGN transmises en direct de cette salle de danse où se produisaient toujours les meilleurs orchestres, et même si elle ne vit plus aussi loin du mythique Aragon, à présent, le billet d'entrée, trop cher pour une jeune femme qui débute en tant que modèle de photographes sans grande envergure, la fait encore reculer. Mais l'homme qui s'est fait une moustache à la Gilbert Roland semble avoir un portefeuille bien garni, comme le proclame son costume impeccablement repassé, et Fanny, qui raffole de la danse, éprouve depuis quelque temps les premières atteintes de cette impression de noyade ou de déchéance prochaine qui accable les solitaires. La proposition ne semble pas présenter de grands risques, aussi accepte-t-elle de monter dans la voiture de l'inconnu qui, toujours courtois, la flatte en lui servant un discours aussi louangeur qu'amusant.

Quand la voiture s'arrête à un coin de rue pour laisser monter deux individus à la mine un peu plus patibulaire que celle du conducteur, Fanny commence à se faire des idées abominables. Mais la conversation entre les trois hommes est pleine d'entrain, et elle s'efforce de bannir ses craintes. Toutefois, la voiture fait bientôt un détour par une petite départementale où elle ramasse deux autres quidams aux faciès cette fois ouvertement rébarbatifs et aux manières grossières, qui s'entassent sur le siège arrière avec les deux premiers. Une minute avant de sentir le fil d'une lame de poignard presser sa jugulaire, Fanny sait déjà que la danse ne figure pas parmi les projets prioritaires de la bande. La dernière partie du trajet en rase campagne, où l'automobile finit par s'arrêter, se passe dans un silence bourbeux que ne rompent que la trépidation du moteur et les obscénités que crachent de temps en temps ses ravisseurs, pendant que leurs mains de batraciens lui palpent les seins, par-dessus son pull. Les larmes lui ont brouillé la vue, tout comme la pluie qui s'est mise à tomber a opacifié le pare-brise, quand on lui ordonne de sortir de la voiture, à l'abri des regards entre les monticules de détritus d'une décharge publique; l'humidité a fait fermenter toutes ces immondices d'où monte dans le crépuscule une puanteur qui soulève le cœur. Tandis qu'elle patauge parmi les ordures, tandis que ses ravisseurs lui annoncent, d'une voix de cauchemar qui semble venir de très loin, les sévices qu'ils se proposent de lui infliger, Fanny se souvient, en un éclair de lucidité désespérée, que quand elle avait ses règles les gamins de l'école renonçaient, écœurés, à leur harcèlement sexuel. «Je crois que ça ne va pas vous plaire, balbutie-t-elle d'une voix à peine audible entre les sanglots qui lui nouent la gorge, je viens d'avoir mes règles.» Alors qu'elle n'osait même plus l'espérer, l'avertissement a un effet dissuasif sur les violeurs, qui se lancent aussitôt dans un conciliabule, afin de décider de leur réaction face à cette complication imprévue. Pendant ce temps, la pluie tambourine, monotone, sur les montagnes d'ordures, brouille les contours du monde, plaque la chevelure de Fanny sur son crâne, lui ôte son éclat d'aile de corbeau, lui donne l'aspect d'une loque, et dissout le Rimmel de ses cils, qui coule sur ses joues et souille ses larmes. Dans le tambourinement continu de la pluie et le marasme de l'horreur, Fanny entend la proposition de l'un des ravisseurs, qui est de lui faire la peau sans plus attendre. En définitive, la solution moins criminelle qui prévaut est celle de l'homme qui l'a piégée devant la vitrine de l'avenue Michigan (mais, à ce moment-là, elle ne le reconnaît même plus), solution qui est aussi la plus réfléchie et la plus satisfaisante, puisque tous les cinq désirent assouvir les appétits bestiaux qui les ont conduits jusqu'à la décharge. Ils lui ordonnent de s'agenouiller sur les détritus qui déchirent ses bas et lacèrent ses genoux, et l'obligent à leur faire une fellation ; l'un après l'autre, ils soulagent leur excitation dans la bouche de Fanny, sa bouche qui était faite pour garder un sourire convulsif et pétillant, sa bouche aux lèvres chargées de promesses qui, après cet épisode, resteront fendues et muettes. C'est ainsi qu'ils la laissent, chiffe frissonnante qui gémit avec un très léger bruit guttural, sous la pluie qui la plonge toujours plus profondément dans les monceaux d'ordures. Elle va devoir retourner à Chicago par les rues les moins fréquentées, pieds nus et en haillons, comme pendant son enfance privée de jouets.

Fanny n'a jamais dénoncé ses agresseurs ; elle a préféré garder pour elle le souvenir de cette humiliation, qui étendra sa purulence sur sa stabilité émotionnelle. Dans un des entretiens de ses jours de gloire discutable, Fanny devait oser évoquer cet épisode, mais comme en passant et très confusément, en un timide épanchement incapable d'en exorciser l'emprise, qui allait s'étendre sur sa vie entière. Quelques experts en psychiatrie ont émis l'idée que les victimes d'agressions sexuelles sont enclines à une promiscuité insensée, sorte d'antidote au poison du souvenir, qu'elles subliment parfois en cultivant un certain exhibitionnisme. Je ne sais si de tels mécanismes mentaux alambiqués ont régi le comportement que Fanny a dès lors adopté, mais il est indubitable qu'elle est devenue beaucoup plus désinhibée et hardie, qu'elle s'est mise à fréquenter les clubs de photographes amateurs de Chicago où elle n'a pas tardé à devenir le modèle le plus recherché. Ceux qui ont eu la chance de la photographier lors de ces réunions l'évoquent avec une infinie délectation et une infinie nostalgie. Tous s'accordent à affirmer que, à la différence des autres modèles qui ne tardaient pas à afficher des signes de fatigue ou d'impatience, Fanny avait plaisir à poser. Il y avait dans son attitude une allégresse quasi désespérée (l'allégresse feinte peut parfois être la soupape de sécurité de ceux qui n'ont pas d'échappatoire) qui dépassait la simple coquetterie et devait faire d'elle le modèle infaillible en lequel aucun photographe, pour aussi maladroit et inepte qu'il fût, ne détectait le moindre manque d'enthousiasme. Quand la séance se prolongeait et que la complicité avec le photographe le permettait, Fanny ne voyait aucun inconvénient à libérer du soutien-gorge ses seins pareils à des chiots perdus, et pas davantage à enlever sa culotte, pour montrer son cul opulent et son pubis très noir et ogival de cathédrale aux rites proscrits. Très peu de photographies de nus intégraux de Fanny Riffel sont parvenues jusqu'à nous, mais celles que j'ai pu voir n'ajoutent rien au charme plus discret des poses en tenue légère, parce que l'insinuation lui a toujours mieux réussi que l'explicite. Disons que la crudité génitale déshonore sa beauté.

Fanny est maintenant arrivée à gagner plus d'argent en une seule séance de trois ou quatre heures avec ces photographes amateurs qu'en une semaine de travail comme secrétaire de ces négociants ou directeurs qui, de surcroît, se croyaient bénéficiaires d'un droit de cuissage. Dans le milieu des photographes, Fanny a toujours trouvé, en revanche, un respect très proche de l'onction religieuse ; jamais, même pas pendant les séances d'extérieur (pour lesquelles elle exigeait double tarif) organisées sur des plages cachées entre des rochers et dans d'épaisses forêts d'érables, elle n'a eu à souffrir de privautés prises par l'un d'eux, même si leur continence ne l'a pas mise à l'abri du voyeurisme moins courtois des obsédés en vadrouille dans les parages, ni de la surveillance de la police qui, avec assez d'assiduité, interrompait les séances sous prétexte qu'elles troublaient l'ordre public, alors que plus d'un agent aurait volontiers troqué sa matraque contre un appareil photo.

Au début des années cinquante, la renommée de Fanny Riffel a débordé le cercle restreint des clubs de photographes amateurs et des agences de publicité locales. Des photographes portraitistes célèbres viennent de New York, attirés par le filon inépuisable de sa beauté naturelle, et louent ses services pour rendre plus attrayantes les pochettes de disques, les boîtes d'allumettes, les couvertures de romans *pulp* et autres produits. C'est aussi pendant ces années-là qu'elle se prodigue dans les *girlie magazines*, sous-genre pour kiosques à journaux à mi-chemin entre la pornographie et le *burlesque** [1], aux illustrations d'un mauvais goût *camp*. Les Américains adultes de l'époque s'y rinçaient l'œil en le plongeant dans des cavalcades de poulettes affublées de lingerie hyperbaroque ou en maillot de bain, dont quelques-unes incarnaient les héroïnes de pseudo romans-photos comiques racontant les tribulations par lesquelles devaient passer de jeunes beautés vertueuses et naïves en butte aux assauts de la meute masculine. C'est ainsi que Fanny a été amenée à poser déguisée en servante de la vieille école, avec coiffe et tablier, agenouillée pour frotter le sol tandis que son maître zieute les reliefs enchanteurs de son anatomie (et de sa bouche sort une bulle qui dit : « Sapristi ! Quel morceau, la Cendrillon ! ») ; ou bien dans le rôle d'une soprano postulante qui, emportée par son désir d'atteindre à la plus haute gamme, fait sauter les agrafes de sa jupe et montre à l'assistance ses bas tenues par des jarretières et sa culotte hérissée d'engrêlures (et de sa bouche monte une bulle qui dit : « Saperlipopette ! Et moi qui voulais seulement pousser mon *ut* de poitrine ! ») ; ou encore en train de se battre avec un figurant déguisé en gorille qui lui arrache ses vêtements à coups de patte (un seul par coup de patte), et qu'elle finit par envoyer au tapis d'un direct, avant de planter, victorieuse, son talon dans le ventre de l'adversaire (et de sa bouche sort une bulle, où figure : « Et tu diras à ton père King Kong de ne plus m'envoyer d'avorton ! »). Tout cela, on le voit, d'un crassouillard attendrissant, avec quelque chose du vaudeville un peu leste qui, à en juger d'après les dizaines ou les centaines de *girlie magazines* qui

1. Les mots en italique suivis d'un astérisque sont en français dans le texte.

prospéraient à cette époque, devait faire les délices de leur public.

Ce sera Klaus Thalberg, propriétaire d'une boutique où l'on vend ces revues, des affiches de stars hollywoodiennes et toutes sortes de confiseries pour les enfants, qui proposera à Fanny Riffel le travail presque clandestin qui va favoriser son entrée dans la légende. Klaus Thalberg a remarqué que les jeunes garçons (et les moins jeunes) qui rôdent autour des *girlie magazines* les amputent, dès qu'un peu d'affluence dans la boutique le leur permet, des pages sur lesquelles figurent les photos de Fanny Riffel. Quand il apprend qu'il est pour ainsi dire le voisin de cette beauté, il court à l'appartement de LaSalle Street, se plante sur le seuil en attendant que Fanny revienne de l'un des clubs de photographes amateurs où on lui a dressé les autels d'une vénération diurne et nocturne. Après les indispensables présentations, Thalberg, qui était bonasse et bedonnant mais également expéditif, ne se perd pas en circonlocutions : il lui donnera quatre-vingts dollars par séance (le triple de ce qu'elle demande habituellement), à une seule condition : en plus de poser pour des photos, elle permettra que l'on enregistre ses évolutions sur pellicule de celluloïd. La perspective d'être vedette de cinéma flatte Fanny, d'autant plus que le petit bonhomme rondouillard qui lui fait cette offre porte le même nom qu'un magnat mythique du septième art. Emportée par son imagination, elle croit que son rêve d'adolescente est en train de prendre forme.

Pendant les cinq années suivantes, Fanny Riffel tourne plus de cent courts-métrages dans le sous-sol de la boutique où Klaus Thalberg a improvisé un studio. Le scénario invariable et archiconnu, l'éclairage miteux et le mobilier de misère donnent à ces films une atmosphère particulière de cachot mal aéré et de transgression morbide. Les premiers temps, les prestations de Fanny Riffel (invariablement muettes) consistent simplement à se caresser devant la caméra au rythme effréné d'une musique que l'on n'entend pas ; dans ces sortes de danses sans ordre ni harmonie, Fanny se cambre jusqu'à l'éreintement, fait des mimiques obscènes, se lèche et rit, se malaxe les seins, toujours couverts d'un soutien-gorge, et tourne le dos à l'objectif afin que le dandinement de ses hanches ne passe pas inaperçu. Ses costumes incluent parfois des éléments exotiques (voiles de gaze et culottes bouffantes pailletées pour les danses orientales, castagnettes et culottes à volants pour les danses approximativement espagnoles), et toujours des chaussures aux talons invraisemblablement hauts qui l'obligent à s'agiter sur la pointe des pieds, avec l'impôt de courbatures et d'ampoules qui s'ensuit. Comme Thalberg vend ses courts-métrages par correspondance et contre remboursement à une clientèle aux goûts très précis et monothématiques, il ne tarde pas à orienter sa production vers les genres les plus demandés par des acheteurs auxquels il faut, pour satisfaire leurs obsessions, des images toujours plus ténébreuses et retorses, pêchées dans les égouts où frayent leurs perversions.

C'est ainsi que Fanny Riffel, la Reine des Courbes, va se spécialiser dans les films de fétichisme et de frivolités sadomasochistes qui, contrairement à ceux de ses débuts, incluent toutes sortes d'extravagances, sans jamais dépasser, toutefois, les limites de la malice pudibonde dont Thalberg a fait sa signature. Fanny interprète des scènes de *bondage* dans lesquelles elle se laisse bâillonner et attacher par d'autres modèles aux petits airs de génisses ; ou, bardée de corsets en cuir et armée de badines, elle fouette d'autres modèles insipides qui gigotent en faisant beaucoup de chiqué chaque fois que Fanny leur administre des coups de verge d'opérette sur les fesses. La versatilité qui lui permet d'interpréter avec autant de conviction et d'ironie les rôles de victime soumise et de dominatrice inflexible fait d'elle la favorite des clients de Thalberg. Au fil des ans, les films de Fanny gagnent en subtilité *bizarre** au point de toucher au délire, comme dans le court-métrage *Captive Jungle Girl*, où Fanny, vêtue d'un bikini en léopard synthétique, est attachée et suspendue en l'air par un jeu compliqué de cordes et de poulies, tandis qu'une dominatrice lui inflige une correction à l'aide d'une étrille.

Pendant le tournage de l'un de ces films pugilistiques, alors que Fanny est immobilisée par une de ces prises qui exigent des articulations de gomme élastique, elle sent un craquement dans son genou qui la fait grelotter de douleur. Le mollet déplacé et inerte, tandis que grandit la tache livide d'une ecchymose, elle est soignée sans résultat notoire avec les moyens du bord (cataplasme et poche de glace, bandage plutôt rudimentaire), parce que Thalberg n'ose pas la conduire au service des urgences, où l'on demanderait sans doute comment elle a pu se faire ça. Un peu plus tard, alors que le genou enfle et que les douleurs deviennent plus aiguës, Thalberg la conduit en voiture à LaSalle Street, la porte jusqu'au troisième étage, où se trouve l'appartement de Fanny, l'installe dans le lit, et ne constate pas sans inquiétude que la souffrance égare sa protégée. Cette nuit-là, il veille sur son sommeil agité, entrecoupé de gémissements et, vers l'aube, terrassé par la fatigue et voyant que Fanny s'est calmée, il s'autorise à fermer un œil, puis les deux. Quelques heures plus tard, les chantonnements de Fanny le réveillent ; elle est fraîche comme un gardon et lui tend une grande tasse de café fumant. Stupéfait, Thalberg jette un regard sur le genou de son modèle, où il ne voit plus le moindre hématome ni l'ombre d'une tuméfaction. Avec un sourire ébahi, Fanny lui avoue – ce qu'elle répétera par la suite, dans de nombreux entretiens – que, vers le milieu de la nuit, elle a entendu une voix forte et retentissante lui ordonner : « Fanny, tends la jambe. » Elle a obéi sans hésiter, et constaté que la douleur avait disparu, que tout s'était miraculeusement remis en place. Sous le coup d'une terreur révérencielle, Fanny croyait que cette voix qui guérissait venait de Dieu. Dès lors, aussitôt qu'elle disposait d'un peu de temps entre un film fétichiste et un autre, elle filait à l'église baptiste du quartier ; parfois, pour gagner du temps, elle s'y rendait en portant sous sa robe pudibonde de fidèle la lingerie satanique que réclamaient les clients de Thalberg.

Parmi ces clients, à l'abri d'un épais réseau d'intermédiaires, il y a Howard Hughes en personne, richissime butineur et Pygmalion récalcitrant de petites actrices avant tout chargées de satisfaire ses exigences libidineuses. Fanny se rend en Californie dans l'un de ces autocars épiques qui parcouraient le pays, contraints au somnambulisme par des passagers qui fuyaient leur ombre, et fait quelques bouts d'essai dans les studios de la RKO, que le millionnaire régentait en contremaître ou en trafiquant d'esclaves. La légende voudrait qu'une rencontre ait eu lieu entre ces deux personnages qui ont un jour décidé de cacher leur existence, de se rendre invisibles ; elle voudrait aussi que Fanny ait repoussé les avances du magnat en lui donnant deux gifles qui lui auraient valu l'inimitié du millionnaire. Mais il est plus probable que son accent trop rustique et ses talents de comédienne plutôt limités l'ont définitivement éloignée de la chimère incubée pendant son adolescence dans les cinémas de province. Résignée à son destin de muse des onanistes, Fanny retourne à Chicago et pose de nouveau pour Klaus Thalberg, qui ne peut payer ses services en promenades en limousine et en cuites au champagne français, mais qui, au moins, la considère d'un regard de père flegmatique, même quand elle exécute devant lui ses irrésistibles numéros de strip-tease, toujours improvisés et toujours joyeux, même si la gangrène de l'échec commence à la ronger de l'intérieur.

Ces films, ces photographies peuvent aujourd'hui émouvoir par leur aspect candide, sinon dérisoire. Mais, en ce temps-là, quand la manie de la persécution puritaine devenait oppressive, ils frisaient l'illégalité. Sous le couvert du climat de paranoïa intronisé par la chasse aux sorcières, un sénateur du parti démocrate, Estes Kafauver, crée alors un comité destiné à pénaliser la pornographie. De connivence avec le FBI et les contrôleurs des postes, Kafauver viole impunément les envois contre remboursement de Klaus Thalberg et confisque divers courts-métrages dont Fanny Riffel est la vedette, puis les montre à un public de coreligionnaires et de prudes journalistes réunis à Washington. Légalement, il ne peut accuser Thalberg de divulgation de pornographie, puisque ses modèles n'apparaissent jamais nus (Thalberg s'assurait même que ses actrices portaient deux culottes superposées et que leur pubis ne pouvait se deviner par transparence), aussi fonde-t-il sa dénonciation sur la conviction très subjective que le contenu de ces films incite à la violence et à la dégradation morale. Thalberg et Fanny sont convoqués à Washington, où ils comparaissent devant le comité sénatorial présidé par Kafauver, pendant que les journaux de la capitale grossissent l'incident en lançant des campagnes sensationnalistes braillardes à faire frémir. Quand Kafauver met Fanny sur la sellette, en brandissant une collection d'images où elle apparaît attachée dans une mise en scène sadomasochiste sans grande originalité, il obtient de l'accusée une réponse d'une ingénuité spontanée qui le désarme : « Mais, monsieur le sénateur, ne me dites pas qu'elles ne sont pas magnifiques. »

Cette ingénuité, qui lui a déjà permis de n'être pas éclaboussée par la fange de l'avilissement dans laquelle elle patauge, dispose ses juges à la bienveillance. Thalberg ne s'en tire pas mal non plus, puisqu'il évite la prison, tout en étant cependant exposé à l'opprobre et forcé de détruire les négatifs de ses films, que l'on ne connaît plus aujourd'hui que grâce à des copies cédées à contrecœur par ses acheteurs. Mais cette expérience inquisitoriale devait porter tort à Fanny qui, à son retour à Chicago, allait être en butte à une rumeur insistante, sans doute calomnieuse, qui voulait que pendant les séances où elle posait pour les photographes amateurs, elle ait accepté de tout dévoiler et même de participer à des scènes scatologiques. Sans doute Fanny s'est laissé photographier nue, surtout à ses débuts, en état d'ivresse (un demi-verre suffisait à la griser), mais elle ne pouvait souffrir de se voir mêlée à ces viles comédies. Quand elle apprend que circulent sous le manteau des portraits d'elle grossièrement truqués, sur lesquels on la voit copuler avec des gens qu'elle n'a jamais vus, quand lui arrivent des lettres anonymes ordurières, elle décide qu'il est temps de se perdre dans l'anonymat et de tâcher d'y expier ses fautes.

De cet exil au fond duquel elle allait progressivement s'évanouir, s'effacer jusqu'à l'invisibilité, surnage encore son escale en Floride. C'est à Miami qu'elle accepte de poser une dernière fois, cédant à l'insistance de la photographe Bunny Yeager, qui court inlassablement les plages du pays pour le compte de Hugh Hefner, à la recherche d'un modèle digne de figurer sur la double page centrale de *Playboy*. Fanny ne correspond pas au modèle pneumatique et vulgaire qu'impose la revue, mais Bunny Yeager a vite compris qu'elle est en présence d'une beauté qui dépasse les moules canoniques éphémères. Après avoir vaincu les réticences de Fanny, en laquelle elle croit deviner les signes d'une obsession religieuse qui pointe (et fait peut-être plus que pointer), Bunny Yeager loue ses services pour une quinzaine de jours, pendant lesquels, outre le reportage pour le numéro de Noël de *Playboy*, elle prend près d'un millier de photographies d'une luminosité radieuse qui sont le chant du cygne de la Reine des Courbes. Sur ces près de mille photographies, qui vont devenir une source plantureuse de droits d'auteur pour Bunny Yeager,

Fanny est une femme d'une exquise maturité, dont le corps présente les premiers indices de cellulite (mais d'une cellulite appétissante et nubile), qui bondit sur la plage, improvise des poses avec une exaltation aérienne qui semble présager un avenir heureux. Jamais elle n'a été aussi belle, d'une beauté aussi chargée de promesses.

Mais soit cette espérance s'est gâtée, soit elle a conduit à un bonheur trop recroquevillé sur lui-même. Du jour au lendemain, Fanny disparaît sans laisser de trace. Les amis qui l'appellent à son domicile de LaSalle Street finissent par se lasser de ne pas obtenir de réponse ; les sonneries du téléphone retentissent jusqu'à épuisement, comme si elles résonnaient dans une vaste habitation où un crime vient d'être commis, ou, pis encore, elles sont brusquement interrompues par quelqu'un qui ne décline pas son identité et garde un silence angoissant. Bunny Yeager, la dernière photographe pour laquelle elle a posé, assure qu'une fois, à force d'insistance, elle a réussi à entrer en contact avec Fanny ; quand elle lui a proposé un rendez-vous pour une nouvelle séance, une voix étouffée jusqu'au murmure, une voix de spectre aphone ou d'âme en peine, lui a coupé la parole en disant, à l'autre bout du fil : « Je ne crois pas que le Seigneur le veuille. » Et elle a raccroché. Ce sont ses dernières paroles connues, son testament sommaire, son renoncement concis à la femme qu'elle avait été. On n'a jamais su si Fanny Riffel, à partir de cette année 1957, a commencé une nouvelle vie qui déniait la précédente ou a simplement choisi de vivre seule dans son coin. Bien des curieux ont essayé de lever le voile, et la plupart se sont efforcés de découvrir les raisons de cette rigoureuse retraite, mais les légères pistes qu'ils ont pu suivre les ont infailliblement menés à une impasse, ce qui les a conduits à inventer des hypothèses rocambolesques ou sensationnalistes ; pour certains, Fanny Riffel se serait suicidée en se bourrant de barbituriques avant de se jeter à la mer ; pour d'autres, son obsession religieuse l'aurait poussée à s'emmurer vivante dans un couvent, ou peut-être même à se joindre à une mission pendant laquelle elle aurait trouvé la mort dans une forêt inextricable, dévorée par une tribu cannibale ou par une fièvre non moins gloutonne ; les plus inventifs ou les plus optimistes prétendent qu'elle aurait changé de nom, aurait eu recours à la chirurgie esthétique pour se faire légèrement retoucher le visage avant d'épouser un millionnaire européen qui l'aurait couverte de bijoux et d'enfants. Quant à moi, j'imaginais plutôt que Fanny Riffel devait s'être aventurée, comme le renégat John Walker Lindh, dans les passages secrets de la folie, jusqu'à atteindre cet état de détachement suprême dans lequel notre perception des choses subit une panne, un court-circuit qui nous éloigne à jamais de notre identité. J'imaginais Fanny Riffel vieillie, étrangère à elle-même, errant dans ce labyrinthe où il n'y a ni escaliers à monter ni portes à forcer, ni interminables galeries à parcourir ni murs qui barrent le passage, mais seulement un immense, un infini désert où l'on peut perdre son âme.

Et voilà que Tom Chambers, un homme très rustre d'aspect et probablement fumeur d'herbe, s'offrait de me montrer ce désert vieux de quelques décennies. C'était peut-être un cinglé visionnaire, un mythomane aux méninges grippées, ou même un psychopathe en manque de carnage, qui me conduirait sur un terrain vague pour m'étriper et me réduire en chair à pâtée. Rien ne m'importait, toutefois ; je l'ai dit, je m'étais laissé gagner par une sorte d'attente angoissée qui m'obligeait à répondre à l'appel du mystère. Le jour se levait sur la ville affligée, sur les trottoirs où s'attardaient des plaques de neige déshonorée par la boue. Le téléphone sonna dans ma chambre sept ou huit fois, obstiné, péremptoire, comme il avait peut-être sonné dans l'appartement de Fanny Riffel en ces jours où la Reine des Courbes avait décidé de se replier dans sa chrysalide, avant de prendre son vol au-dessus des déserts de la vie invisible.

« Excusez-moi, monsieur Losada, fit la voix craintive et suspicieuse du réceptionniste. Il y a là un individu louche, un certain Chambers, qui prétend avoir rendez-vous avec vous. »

Je me sentais engourdi, après cette nuit blanche, comme si l'on m'avait administré du chloroforme. Dans cet état, au moins, je m'épargnerais d'inutiles affres, si Chambers décidait de me débiter en morceaux avec son couteau de chasse.

« Dites-lui que je descends immédiatement. »

Evanston ne semblait pas être l'endroit idéal pour commettre un meurtre. L'agglomération avait cet air idyllique et prospère des petites villes résidentielles aux jardins soigneusement entretenus qui embobelinent l'âme du visiteur jusqu'au moment où, après avoir fait un tour dans les rues les plus animées (où les passants adressent encore un salut hospitalier à l'étranger et où les marchands l'invitent à goûter leurs produits les plus exquis), il décide sur une inspiration bucolique de s'étendre sur le gazon d'un parc, à l'ombre d'un érable qui abrite dans l'épaisseur de son feuillage toute la palette des nuances automnales. Tandis qu'il envisage de louer une petite maison de style géorgien et de s'y installer jusqu'à ses vieux jours, en procréant avec une autochtone qui lui donnera une ribambelle d'enfants sains tachés de son et respectueux des devoirs dominicaux, le visiteur est gêné par un objet aux contours sinueux qui s'incruste dans son dos ; un peu agacé, il se déplace légèrement afin de trouver une position qui le délivrera de cette source d'inconfort, mais il finit par se dresser sur son séant, pour l'envoyer valser d'un revers de main. C'est alors que le visiteur découvre que l'objet gênant, qu'il avait pris pour un morceau d'écorce détaché de l'érable voisin, est en réalité un doigt humain, peut-être un annulaire, un doigt tranché à la base, infesté de fourmis voraces, avec un ongle livide, des esquilles et ses os au grand complet (phalange, phalangine et phalangette), le tout rigide et la peau encore renflée étranglée par un cercle à l'endroit où elle devait porter une bague.

Ces pensées macabres me trottaient dans la tête tandis que Chambers cherchait un endroit où se garer devant la grille de la maison de retraite d'Evanston, édifice camouflé entre les impeccables rangées d'arbres qui bordaient les allées. Au-dessus de la porte d'entrée, sur la marquise, un panonceau affichait un nom aux aspirations botaniques (mais la ville d'Evanston tout entière paraissait conçue par un fondamentaliste de la chlorophylle), Mather Gardens, et le slogan de l'institution, qui plagiait les alchimistes chercheurs de l'élixir de l'éternelle jeunesse, ou eau de jouvence, si l'on préfère : *Promoting Lifelong Vitality*. Au milieu du jardin et d'un rond-point aménagé entre les parterres se dressait un buste d'Alonzo Clark Mather, le philanthrope fondateur ; il avait été, si le bronze ne mentait pas, un homme à la physionomie effilée et tendrement sévère, ce qui arrive à presque tous les philanthropes, parce que réaliser des œuvres de bienfaisance est un travail qui fait beaucoup maigrir, surtout quand la charité devient rentabilité. La maison de retraite Mather Gardens avait vue sur le lac Michigan, lequel avait festonné notre trajet depuis Chicago de sa couleur de minerai impur et de sa voix de galerne, voix rauque dont le son avait atténué l'horreur des confidences de Chambers. Nous étions tout près du campus de l'université d'Evanston, et nous pouvions en voir le bâtiment principal, pointant vers le ciel avec une vanité de cyprès et menaçant les nuages de son artillerie de pinacles, de gables et de poivrières couvertes d'ardoise.

« Et maintenant, que faisons-nous ? demandai-je, intimidé, quand Chambers eut jugulé la trépidation du moteur.

– Maintenant, on attend. Après le déjeuner, ils leur font faire un tour dans le jardin. »

À l'appui de ses dires, deux employés de la maison de retraite parcouraient les allées du jardin les moins accessibles au soleil pour répandre des poignées de gros sel sur les restes de neige qui n'avaient pas fondu. De temps en temps passaient à côté de nous des gens du coin déguisés en épouvantails à moineaux ou en loqueteux sportifs, qui s'enfonçaient au petit trot dans Centennial Park et dans leur désir obsessionnel de perdre un peu de brioche et leur culotte de cheval. Les gens d'Evanston avaient un peu l'air de retraités très civilement arthrosiques, avec la denture carrelée et le sommet de la tête tapissé d'implants capillaires qui, vus de près, devaient être aussi répugnants que les chevelures des poupées. Je supposais, après avoir vu les maisons dans lesquelles elle vivait, que la population d'Evanston devait fondamentalement être composée de veuves richissimes, de chirurgiens qui avaient rendu leur bistouri quand le parkinson les faisait tailler dans le vif comme s'ils paraphaient leurs chèques, et de pédales nostalgiques de Bob Hope et de Lucille Ball. La maison de retraite Mather Gardens me fit l'effet d'une redondance, sur ce fond de pensionnés affables logés dans des maisonnettes de style Tudor, avec leurs parquets en chêne ciré, leurs moulures au plafond, leurs balcons sur jardin et leurs petites fenêtres à crémone et à meneaux d'où de chétives vieilles affligées de la maladie d'Alzheimer appelaient les fantômes de leurs enfants qui trottinaient toujours près des palissades de bois blanc comme bien des décennies auparavant.

« Tu es sûr qu'elle vit là ? demandai-je pour rompre le silence, plus impressionnant encore que les confessions qu'il venait de me faire.

– Aussi sûr qu'il fait jour, dit Chambers sans se troubler. Elle a été internée ici il y a cinq ans, quand le juge l'a enfin déclarée inoffensive et l'a laissée sortir de l'asile. » Je me souviens qu'il a utilisé ce mot, *madhouse*, sans euphémisme faussement apitoyé. « Et comme ma vie loin de Fanny n'a aucun sens, j'ai laissé tomber mon emploi de gardien au cabanon pour prendre celui de jardinier, et j'ai réussi à me faire embaucher ici, dans cette maison de retraite. »

Enfin, je comprenais à quoi servait tout l'attirail entassé sur le siège arrière. Quand j'étais entré dans la voiture de Chambers, toute cabossée et crasseuse, dont les sièges semblaient déchirés à coups de poignard, j'avais tout d'abord remarqué le tuyau d'arrosage (avec lequel il allait m'étrangler, avais-je cru), puis le féroce sécateur (avec lequel il s'amuserait à faire le compte ou plutôt le décompte de mes doigts, avais-je estimé). Il y avait aussi des lances à eau, des sacs d'engrais et de désherbants, des boîtes en carton que j'avais à peine entrevus.

« J'y suis resté jusqu'à l'été dernier, quand le directeur a décidé de me mettre à la porte, poursuivait Chambers. Les vieux lui avaient parlé de mon étrange relation avec Fanny. Il s'est renseigné sur mes emplois précédents, et il a dû en conclure que j'étais un pervers, un gérontophile dangereux. »

Il esquissa un sourire qui tendit à peine les commissures de ses lèvres. Il avait un profil acéré de brutasse, de guerrier venu du froid ; son regard, étrangement liquide, étrangement critique, ne se détournait pas un instant de l'entrée de Mather Gardens.

« Il se pourrait qu'il ait raison, après tout, cet enfant de pute, fit-il, rigolard, dans sa barbe. Il m'a averti que s'il me voyait rôder dans le coin, il me ferait mettre en taule.

– Dans ce cas, nous ferions peut-être mieux de partir », suggérai-je en me trémoussant, inquiet, sur le siège.

Chambers posa sa main de bûcheron ou d'équarrisseur sur mon genou, en un geste apaisant et peut-être aussi dissuasif.

« On ne bouge pas d'ici tant que Fanny ne sort pas, trancha-t-il. On est dans un pays libre. Et puis, j'ai beaucoup d'autres clients dans la région d'Evanston. Personne ne peut contrôler mes mouvements. »

Il parlait avec cette foi un peu insensée et crapuleuse que les citoyens des États-Unis ajoutent à leurs lois, devenues plus restrictives et paranoïdes après le massacre organisé par Ben Laden. Chambers n'aimait pas tourner autour du pot, comme il s'était chargé de le démontrer aussitôt que j'avais eu la témérité de prendre place à côté de lui dans sa voiture. Il avait profité des douze miles qui séparent Evanston du centre de Chicago pour me livrer ses antécédents, sans préambules précautionneux ni vagues circonlocutions. Il voulait me présenter d'emblée la vérité sans fard, dans toute sa stricte sordidité. Je crois que personne ne m'a jamais désarmé en me prenant aussi férocement au dépourvu que l'a fait Chambers ce matin-là. Il est immédiatement allé droit au but, sans se soucier d'aérer un peu ses chambres closes à l'air vicié pour l'inconnu que j'étais et qui aurait fort bien pu réagir de façon imprévisible, avec horreur, bien entendu, peut-être même avec une indignation offensée, dans cette atmosphère nauséabonde. J'en suis arrivé à me dire que son défaut absolu de répugnance à étaler ses plaies était un comportement caractéristique d'individu perturbé qui trouve une certaine satisfaction à divulguer ses méfaits ; comme je n'ai pas tardé à le découvrir, c'était bien là, en lui, un comportement compulsif, une mauvaise habitude prise pendant son enfance dans le milieu catholique du quartier de Belmont-Cragin, le Westside de Chicago : sa grand-mère polonaise lui avait bien recommandé, la veille du jour où il devait faire sa première communion, de toujours commencer, au moment de confesser ses péchés, par les fautes les plus graves, puis de passer progressivement aux moins importantes et de finir par les péchés véniels ; de cette manière, il libérerait sa conscience sans que le prêtre ait à lui poser des questions embarrassantes, ce qui ne manque jamais de se produire quand le pécheur cache l'essentiel et se montre récalcitrant.

C'est ainsi qu'il s'était lancé : pendant l'été 1959, alors qu'il venait d'avoir quatorze ans, il retrouvait l'après-midi d'autres garçons du quartier, grandes perches dégingandées et gauches comme lui, et, alors que leurs parents croyaient qu'ils traînaient dans les billards du coin, ils prenaient en fait l'autobus jusqu'au Lincoln Park, où ils reluquaient les baigneuses en bikini qui prenaient le soleil au bord du lac. Quand ils en avaient assez de jouer les voyeurs, ils allaient se cacher derrière les buissons – chacun derrière le sien ou tous ensemble – et s'offraient une petite branlette en invoquant simultanément et en désordre, dans leur imagination, les culs et les seins les moins avachis récoltés pendant leur vagabondage contemplatif. Puis, poisseux et malveillants, ils s'entassaient sur un banc d'où ils injuriaient les gamins proprets, crachaient sur les vieilles dames et sifflaient les jeunes couples qui se coulaient dans l'épaisseur des fourrés pour s'accorder un plaisir furtif. Près du banc où ils s'assemblaient passait souvent une femme qui distribuait les brochures et les revues du Moody Bible Institute aux promeneurs, lesquels la croisaient souvent sans même la regarder, comme si elle était une mendiante ou un ectoplasme. Et il y avait bien en elle quelque chose d'une mendiante ou d'un ectoplasme : elle avait dû être belle, peut-être même voluptueuse, mais elle s'efforçait d'effacer de son visage et de sa silhouette tout vestige d'attrait, elle bannissait tout maquillage, se coupait les cheveux à la diable et portait des vêtements amidonnés en étoffes grossières – ressemblant à la bure des pénitents – qui annulaient ses formes. Chambers et ses amis lui lançaient des injures, l'outrageaient et tournaient en ridicule les maladroits efforts qu'elle déployait pour faire de nouveaux adeptes. La femme, qui ne devait pas être âgée de plus de trente-cinq ans, bien qu'elle parût en avoir cinquante, pleurait, affligée comme un chien perdu, et se remettait à la tâche ; parfois, un policier charitable dispersait la bande de voyous mais, le plus souvent, ces petites crapules pouvaient s'acharner sur elle à plaisir, et la vilipender jusqu'à ces degrés extrêmes de cruauté que ne peuvent concevoir que les adolescents dévoyés et rancuniers ; curieusement, la distributrice de brochures ne changeait rien à son parcours, comme si les instructions du Moody Bible Institute étaient draconiennes ou comme si la malheureuse portait cette croix d'infamie pour racheter ses fautes.

Un jour, un des garçons de la bande apporta une vieille revue qu'il avait subtilisée dans un tas de cochonneries qui appartenaient à son père. Sous le titre *Chicks and Chuckles* – Poulettes en folie –, la revue pornographique présentait une panoplie de chairs resplendissantes, et pas précisément de gallinacés. Depuis quelques semaines, ce garçon répétait avec insistance qu'il était bien possible que la distributrice de brochures religieuses, malgré son apparence bigote, soit l'ancienne *pin up* appelée Fanny Riffel, avec les images de laquelle son père s'enfermait dans les chiottes pour déboucher les canalisations. La jeune femme sur la couverture posait en maillot de bain, assise au bord de la mer, dans une attitude qui montrait l'opulence de ses cuisses, la douce courbe de ses seins et la morbidesse du bras qu'elle levait pour porter la main à sa tête, faire bouffer sa chevelure et montrer en passant son aisselle épilée, avenante tanière d'intimes tiédeurs. C'était une jeune beauté au sourire convulsif et aux lèvres humides, avec une mèche qui pointait sur son front, sans la moindre ressemblance, à première vue, avec la femme usée et blessée par la résignation ou la démence qui distribuait les papelards du Moody Bible Institute. Pourtant, il y avait quelque chose dans son visage, sous le masque de l'abattement ou de la consternation extrême, qui correspondait aux traits de l'ancien modèle. Le jeune Chambers feuilleta la revue avec incrédulité, puis avec une ombre de doute rongeur ; brusquement, il leva les yeux vers la pauvre femme aux brochures et, agitant la main comme pour la saluer, cria : « Hé, Fanny ! Tu as bien caché ton jeu, espèce de garce ! »

Fanny Riffel – car c'était bien elle, convertie à la propagande apostolique – resta paralysée, pétrifiée par ces paroles qui lui rappelaient une multitude de souvenirs qu'elle croyait confinés dans les oubliettes de l'amnésie et qui se jetaient maintenant sur elle comme une nuée de cafards, grimpaient sur ses jambes, couvraient sa peau, la faisaient suffoquer. Elle laissa tomber le paquet de brochures du Moody Bible Institute, qu'un coup de vent dispersa en un éventail d'épouvante, et resta là à regarder fixement l'adolescent, les traits altérés, muette (peut-être les cafards s'agglutinaient-ils sur son palais, où ils répandaient le goût tumultueux et salé de l'effroi), elle vacilla, trébucha sur une plate-bande et tomba de toute sa hauteur, accompagnée par les rires des garçons de la bande. Fanny réussit à se relever tant bien que mal et tant bien que mal se mit à courir, gênée par la robe de pénitente qui lui permettait à peine de se mouvoir. Les adolescents la poursuivirent de leurs moqueries, mais le jeune Chambers, plus réjoui que les autres par la honte profonde de la fugitive, la pourchassa sur les sentiers du Lincoln Park, encouragé par l'expression amusée ou indifférente des promeneurs du dimanche. Il aurait pu la rattraper en un instant, mais il attendit que la course l'ait laissée à bout de souffle, boitillante et en larmes. Désorientée, ou livrée à cette attraction de la gueule du loup qui s'empare des êtres les plus ingénus, Fanny avait pénétré dans un des coins les moins fréquentés du parc ; un instant, le jeune Chambers entrevit l'occasion de s'affranchir des urgences de la chair (la découverte du passé de la fuyarde la rendait plus désirable) en lui relevant la robe et en la pelotant, ou peut-être même, avec un peu de chance, de terrasser aux dépens de cette créature terrorisée le démon de la virginité qui le tourmentait comme la rougeole ou une céphalée. Mais alors qu'il se préparait à l'attaque, un moyen de la tourmenter – d'une cruauté beaucoup plus raffinée – lui vint à l'esprit. Tout bas, d'une voix douce empreinte de sarcasme, le jeune Chambers la laissa filer sur ces paroles : « Allez, va, et ne pèche plus. »

Quarante ans plus tard, Chambers s'épouvantait encore à l'idée d'avoir conçu une telle aberration ; et il s'épouvantait de plus belle d'avoir pu la mettre en œuvre et prolongée pendant des mois, avec une récidivité qui exigeait quelque chose de plus qu'un tempérament dépravé. Seule une tare génétique, un atavisme virulent inscrit dans le sang, pouvait peut-être favoriser une telle délectation dans le mal. Il vit Fanny Riffel s'éloigner en empruntant de douteux sentiers presque effacés qui la rapprochaient de LaSalle Street ; il la vit tout d'abord se retourner, redoutant encore d'être attaquée en traître, puis, un peu rassurée, hâter le pas (ses chevilles et l'amorce de ses mollets que découvrait sa robe attisèrent son désir) ; il la vit marcher d'un pas oscillant, presque chancelant, qui ne parvenait pourtant pas à effacer complètement l'ondulation gracieuse qui avait un jour bercé ses hanches. Il la regarda marcher en essayant de deviner sous sa robe de pénitente ses galbes d'amphore, et quand il estima qu'il lui avait laissé prendre assez d'avance, il la suivit, en se cachant d'abord derrière des troncs d'arbres, puis, quand la filature se prolongea dans LaSalle Street, en cherchant l'abri des portes cochères, entre lesquelles son reflet rôdait dans les vitrines où le crépuscule venait s'écraser comme un martinet aveugle. Il la vit pénétrer, à l'angle d'Elm Street, dans un petit immeuble à la façade étroite qui avait cette allure d'antre de caractère que conservent les maisons auxquelles la pollution réussit. Le jeune Chambers attendit encore quelques minutes et vit la lumière s'allumer à une fenêtre du troisième étage. Les stores imprimés laissaient filtrer un triste éclat de bougie et empêchaient de voir ce qui se passait dans la pièce, mais cette lumière avare et les mouvements d'une ombre suffirent au jeune Chambers pour imaginer Fanny nue, enfin débarrassée de ces vêtements qui étouffaient sa beauté. Il l'imagina avec soin, épargnée par les atteintes de l'âge, aussi excitante que les prêtresses païennes des romans de quatre sous. En face de l'immeuble, il y avait une église épiscopalienne où l'on célébrait un office tardif ; dans l'ombre, sur le banc du fond, tandis que les fidèles entonnaient des cantiques discordants et des prières irriguées d'anacoluthes, le jeune Chambers se masturba furieusement à giclées incontrôlées. Il ne fut assailli ni par des remords ni par la plus légère impression d'avoir commis un sacrilège, puisque les épiscopaliens ne sont qu'un ramassis d'hérétiques.

Le jeune Chambers connaissait maintenant l'adresse de Fanny Riffel. Une recherche sommaire dans l'annuaire lui livra le numéro qui la mettait à sa merci. Le lendemain, les garçons de la bande le harcelèrent de questions, avides de savoir si la poursuite s'était conclue par la capture de la proie et son domptage (ce fut le vocabulaire d'éleveur qu'ils employèrent); le jeune Chambers, fier de lui et un peu matamore, mentit, mentit à profusion, inventant des situations scabreuses ou seulement cocasses. Comme pour soutenir ses mensonges, la distributrice de brochures religieuses Fanny Riffel ne se montra pas dans Lincoln Park cet après-midi-là. « Maintenant, elle a honte de ce qu'elle a fait, déclara Chambers pour expliquer cette absence, mais hier, elle s'en donnait à cœur joie, et elle en redemandait. » C'étaient là des bravades d'adolescent qui exhibe avec fierté l'empreinte de son origine banlieusarde ; ce jour-là, les jeunes charognards insultèrent avec encore plus de hargne les gamins bien habillés et polis, crachèrent en se raclant plus fort la gorge sur les vieilles dames et sifflèrent plus intempestivement les couples qui cherchaient refuge dans les taillis pour se donner un plaisir furtif. Entre un méfait et un autre, ils trompèrent leur ennui en feuilletant d'autres revues pornographiques collectionnées avec une patience d'herboriste par le père cochon d'un des garçons de la bande ; comme sur chacune de ses photographies la converse Fanny interrompait son effeuillage en gardant sur elle un bikini ou des pièces de lingerie baroque, le jeune Chambers en profita pour martyriser les autres en inventant des détails d'une véracité indémontrable : « Elle a un grain de beauté sur le sein droit, juste au-dessus du mamelon », ou bien : « Je n'ai jamais vu un con aussi poilu, les mecs, je vous jure », ou même : « Elle voulait que je lèche une petite cicatrice qu'elle a dans le pli de l'aine. » Peut-être les garçons de la bande ne le croyaient-ils pas, mais l'envie grossissait en eux comme un cancer et leur emplissait l'âme d'humeurs qu'ils ne pourraient libérer plus tard qu'à la force du poignet.

« C'est alors que quelqu'un s'est souvenu de l'épisode du comité sénatorial présidé par Kafauver », avait poursuivi Chambers d'une voix toujours plus lugubre. Nous roulions sur la corniche de North Lake Shore, avec vue plongeante sur ces hauts faits sordides. « Ce type a ajouté qu'il avait entendu parler de photographies de Fanny beaucoup plus compromettantes, des photos de pénétrations et de coprophilie. Et que la peur de voir ces photos refaire surface l'avait forcée à s'éclipser. »

Son anglais, peu respectueux des formes châtiées de mon Webster, grignotait quelques lettres ici et là, devenait impraticable ; il mastiquait ses phrases jusqu'à les dissoudre dans la salive épaisse de la contrition. Sur un ton consterné, il m'avait exposé dans le détail la vilenie ourdie et accomplie le soir même : quand ses cinq frères et sœurs, ses parents toujours en bisbille et sa grand-mère polonaise eurent engourdi de leurs ronflements l'atmosphère du taudis dans lequel ils vivaient, il descendit dans le couloir d'entrée de l'immeuble où se trouvait le téléphone commun, introduisit quelques pièces dans la fente de l'appareil et composa le numéro de l'appartement de Fanny. Elle tarda à décrocher, et ses premières paroles parurent engluées dans le sommeil. Le jeune Chambers prit une grosse voix de gorge, sinistre. « Bonsoir, salope. » Il avait prévu chaque inflexion, chaque pause, avec une froideur calculatrice qui en imposa même à l'érection qu'il sentait grandir dans son caleçon. « J'ai ces photos, tu vois lesquelles ? Et j'ai l'intention de les remettre aux fédéraux. » À l'autre bout du fil, il s'était fait un silence sur lequel se mit à saigner un gémissement entrecoupé de pleurs, sans doute très proche de celui qu'Elena avait poussé deux nuits auparavant, quand je l'avais appelée dans son petit hôtel sans oser dire mon nom ; « À moins, bien entendu… », poursuivit le jeune Chambers, tendant l'appât. Fanny parlait un dialecte inintelligible, galimatias de douleur, d'humiliation, de fureur déchaînée et d'humbles suppliques, le dialecte même qu'avait employé Elena avec son interlocuteur anonyme. « À moins, reprit l'adolescent, dont l'érection ne pouvait déjà plus être contenue par son caleçon, et dont l'aplomb impassible rendait plus atroce encore son exigence, que tu ne suives mes instructions. » Fanny éclata en sanglots, sous le coup de l'amère stupéfaction qui humilie les victimes d'un chantage ; pendant une seconde, peut-être, elle soupesa la possibilité de raccrocher, comme l'on chasse d'un mouvement de la main l'assaut d'une idée noire. « Je t'avertis, la prévint le jeune Chambers, que si tu fais ce que je crois que tu envisages, je vais te dénoncer. Ce que je ferai aussi si tu ne réponds pas immédiatement chaque fois que j'appelle. Moi, à ta place, je resterais bien sagement à portée du téléphone. » Maintenant, la voix de Fanny, ralentie par l'horreur qui la faisait buter sur chaque mot, semblait monter des catacombes: « Que veux-tu de moi ? » parvint-elle enfin à bredouiller. Dans sa mémoire défilaient sans doute en amas ou en troupeau le bruit de la pluie, son martèlement monotone sur les tas de décombres, la douleur cuisante de ses genoux plongés dans la fange, l'asphyxie et la nausée éprouvées pendant qu'une chair intruse grandissait et se répandait contre le voile de son palais, l'inondant d'un infini dégoût et d'une humiliation infinie. Si le souvenir de cette persécution ne l'avait pas envahie comme un essaim aveuglant dans sa solitude, peut-être Fanny aurait-elle pu remarquer la puérilité de l'exigence formulée par le jeune Chambers avec une hâte qui réfutait l'aplomb qu'il avait jusqu'alors montré dans ses menaces: « Je veux que tu me dises des cochonneries pendant que je me branle. »

« Des cochonneries ? répéta Fanny, avec un certain soulagement et un vague étonnement. Quel genre de cochonneries ? » Le jeune Chambers comprit qu'il allait perdre l'initiative, aussi, dès ce moment-là, adopta-t-il comme stratégie un laconisme par-ci par-là éclaboussé – en guise de petits éclats inopinés (le recours à la violence verbale est plus efficace quand il est arbitraire et imprévisible) – de grossièretés, d'ordres et d'insultes qui ravivaient sa rudesse intraitable et laissaient Fanny tremblante, en larmes et douce comme une créature privée de volonté qui cède inéluctablement aux exigences de son tyran. Ce premier soir, le jeune Chambers corrobora ou rectifia les détails anatomiques qu'il avait lancés au hasard dans les affres de son excitation devant les autres garçons de la bande: il apprit que Fanny ne cachait aucune cicatrice dans le pli de son aine, aberration de sa fantaisie qui le contraria outre mesure; que les seins de Fanny étaient parsemés de grains de beauté, au moins à sept endroits différents, ce qui dépassait largement sa vision; il apprit aussi que le voile du pubis de Fanny était touffu et très noir, comme il l'avait imaginé, et que, quand elle négligeait de s'épiler, il montait en rétrécissant, en une ligne de vague duvet, jusqu'au nombril, comme le bois d'une flèche, concordance avec son fantasme qu'il fêta en éjaculant copieusement, longuement, se vidant comme un fleuve qui rompt ses écluses. Un chapelet d'insultes (en réalité toujours la même, obstinément dirigée contre Fanny) accompagna ses spasmes. Quand il s'apaisa enfin, il retrouva l'aplomb impassible des prolégomènes pour lui asséner qu'au moindre signe de résistance, au moindre chichi ou scrupule dans l'exécution des ordres téléphoniques, il remettrait aux fédéraux l'enveloppe contenant les photographies des pénétrations et de ses abjections sexuelles. « Tu m'as compris ? » fit-il, menaçant ; Fanny ne put répondre que par un sanglot soumis. Si le jeune Chambers ne s'était pas empressé de raccrocher, il aurait appris que Fanny était restée encore une demi-heure accrochée au combiné, réduite à un simple chiffon de chair tremblante.

« Je suppose que ces photos existaient vraiment. Et que Fanny savait que le jour où elles réapparaîtraient, elle serait très sévèrement punie, afin que son châtiment serve de leçon aux propagateurs de la pornographie. » Arrivé à ce moment de sa confession, Chambers n'osait même plus me regarder ; l'intimidation de son âme, provoquée par ce qu'il disait, pesait sur sa franchise. « Elle devait être morte de peur, pour entrer dans ce jeu. »

Ce premier soir, le jeune Chambers regagna son taudis familial possédé de cette hardiesse que confère au criminel l'obéissance subjuguée de sa victime. Ce fut seulement quand le résidu indécent qui imprégnait son caleçon lui fit sentir sa froide viscosité qu'il éprouva les tourments du remords ; ceux-ci devinrent encore plus terribles le lendemain matin, quand la lumière du soleil lui adressa des reproches à retardement, en proclamant sa faute. Il devint alors renfrogné et se replia sur lui-même ; il esquivait la compagnie des garçons de la bande et passait des heures entières bouclé dans la chambre qu'il partageait avec deux de ses frères (mais après les en avoir délogés par des manières et des propos rebutants), se soustrayant à son propre regard et à ceux des autres, effrayé par la gravité de la faute qui le rongeait à petit feu. Mais, aussitôt que la nuit tombait, la culpabilité refluait, et dans le vide qu'elle laissait derrière montait une marée de perversité, le désir de répéter l'expérience et même de la pousser plus loin en recourant à de nouvelles avanies qu'il n'aurait même pas pu concevoir quelques heures plus tôt. Comme tout autre garçon de son âge et de son milieu, Chambers s'était jusqu'alors montré direct et brusque, et sa luxure avait toujours emprunté les voies les plus rapides pour parvenir à l'orgasme ; mais il se surprenait à présent à en inventer de très compliquées, pleines de détours qui incluaient des descentes jusqu'aux latrines du subconscient, proèmes d'une bassesse innommable qu'il osait pourtant appeler par leurs noms quand Fanny répondait, profondément blessée, à ses appels. Ces quelques mois de l'été 1959 furent pour le jeune Chambers un long et délicieux séjour en enfer, sorte d'inclémente aliénation à laquelle il ne pouvait se soustraire, malgré tous les projets d'amendement qu'il opposait à la dictature de ses pulsions. C'est ainsi que, dépassé par l'émergence de ce monstre atavique qui lui inspirait chaque soir de nouvelles perfidies, il demandait – il exigeait – de Fanny qu'elle souillât sa bouche de gémissements feints, qu'elle se frottât l'entrecuisse avec le combiné, qu'elle répétât après lui les horreurs qui lui traversaient l'esprit, qu'elle se giflât les fesses, fît des prières blasphématoires, pissât dans une cuvette, se rasât les poils du pubis et même la fine flèche de poils qui montait jusqu'à son nombril. Et quand Fanny, ravalant un instant ses larmes, bredouillait une objection, le jeune démon retrouvait aussitôt son aplomb impassible : « Tu veux qu'on t'envoie au trou ? demandait-il, menaçant. Tu as envie que les matons te battent à mort ? »

Vers la fin de l'été, pendant un de ces appels qui ajoutaient toujours quelques propos d'une salacité encore inusitée à son répertoire, le jeune Chambers franchit une limite de laquelle il s'était toujours bien gardé d'approcher, bien qu'elle le tentât de son sourire d'acier. Le débordement vénérien l'auréolait d'une insolence qui l'encouragea même à dédaigner son laconisme habituel : « Et maintenant, fais bien attention à ce que je vais te dire ; cette nuit, tu vas dormir avec la culotte que tu as sur toi. Tu vas te l'enfoncer dans la raie, te masturber avec, et quand tu iras aux toilettes, tu ne te laveras pas. Je veux qu'elle sente ton foutre. Demain, à sept heures précises, tu la poseras au pied du réverbère qui se trouve à l'angle des rues North Milwaukee et Bloomingdale. Bien pliée et glissée dans une enveloppe. Tu m'as compris ? Tu la laisses au pied du réverbère et tu t'en vas comme tu es venue. Surtout, tu ne te retournes pas. Tu ne cherches pas à me jouer un tour. Ni à te faire remarquer. Tu laisses la culotte et tu fous le camp sans piper. Je te surveillerai. Au moindre ennui, je te bute. » Il avait lancé d'un trait toutes ces infamies pour éviter d'être arrêté net par la sordidité de ses paroles, pour éviter que les gémissements de Fanny, plus démolie et effondrée que jamais, n'aient raison de lui. Alors, le jeune Chambers, en qui venaient de se dissiper les vapeurs de la luxure, eut brusquement l'impression que par sa bouche parlait quelqu'un qui n'était pas lui mais un vieillard décrépit et édenté, qui l'avait parasité puis englouti ; il tâta le tissu de son pyjama et sentit le contact poisseux d'un sperme déjà défunt, le contact de cette bave transie lui rappela la consistance molle et gluante du liquide qui sourd de l'enveloppe des voleurs de corps dans le film de Don Siegel qui avait eu un si grand succès dans les cinémas de quartier. Seul dans le couloir d'entrée de l'immeuble, tandis qu'il reposait sur la fourche le combiné dans lequel s'étranglaient les sanglots lointains de Fanny Riffel, il décida qu'il était temps de combattre la puissance de ce monstre qui chaque soir s'emparait de son corps pour quelques heures et lui soufflait à l'oreille des aberrations dont les échos se multipliaient ensuite, empoisonnant ses jours de remords et de purulences morales. Une nausée le prit aux tripes et monta en zigzag, pareille à une couleuvre qui se réveille de son hibernation ; il vomit dans un coin de l'entrée, avec un clapotage dans lequel agonisait le monstre qui avait été son hôte pendant plus de trois mois.

Il avait réussi à s'arracher le chancre qui l'avilissait, mais la flagellation de sa conscience, loin de s'endormir après cette extirpation, lui infligea une douleur encore plus aiguë. En quête d'une sorte de justice expiatoire, il alla à pas lourds jusqu'au croisement des rues North Milwaukee et Bloomingdale, où le bourdonnement d'un réverbère à la lumière vacillante annonçait l'approche d'un train aérien. La rouille rongeait les poutrelles, les entretoises qui soutenaient la charpente métallique de la voie, écaillait les couches de peinture successives qui tentaient en vain de rajeunir ce squelette corrodé ressemblant de trop près à un cétacé qui se décompose au grand air et montre l'architecture dépouillée, nette, de ses côtes rongées par d'invisibles faunes nécrophages. Les passants étaient rares ; le nord-est de la ville se desquamait, n'était plus qu'une morne succession de magasins aux vitrines fêlées et aux terrains vagues délimités par des barbelés renforcés de décombres où se dressaient quelques mauvaises herbes anémiques et quelques chats tellement maigres qu'ils en étaient presque transparents. Des nuages aussi lourds que des galères, d'une couleur de plomb sale, voguaient en débandade vers leur nid de tempêtes, poussés par le vent qui ressuscitait les cadavres des vieux journaux et roulait à terre des capsules de croix de Malte semblables à de légères boulettes de crasse. Le train qu'avait annoncé le réverbère prophète traversa ce paysage d'abandon en faisant trembler les piliers de la charpente métallique et en assourdissant le jeune Chambers, qui s'était réfugié derrière l'un d'eux ; il ferma les yeux et dut serrer les dents que faisait grincer ce tintamarre de crissements, de mugissements et de claquements.

Quand il leva ses paupières, il vit Fanny Riffel arriver par Milwaukee Street ; il ne l'avait pas reconnue immédiatement, parce que l'image de mendiante ou d'ectoplasme qu'elle donnait d'elle-même pendant qu'elle distribuait les brochures religieuses dans Lincoln Park s'était encore détériorée, au point de la rapprocher de celle des clochards qui fouillent dans les poubelles, se nourrissent de croûtons de pain et de déchets. On aurait dit un meuble bancal prêt à tomber en pièces ; elle avançait comme emportée par une marée, perdant l'équilibre sur le bord du trottoir et allant ensuite s'appuyer – s'abattre, pour ainsi dire – contre les devantures des magasins abandonnés, en faisant des embardées telles que le jeune Chambers craignit pour la vie de sa victime. Les cheveux de Fanny, naguère coupés à grands coups de ciseaux, avaient poussé, formé des touffes emmêlées ; sa robe de pénitente clamait un renoncement au savon et au fer à repasser. Tandis qu'elle se rapprochait de l'endroit où il s'était posté, le jeune Chambers put deviner ses traits érodés par l'insomnie, bouffis par les barbituriques ou peut-être tuméfiés par la seule corruption de la douleur, qui poignait aux pores de sa peau, formant des vésicules pleines d'une aigre humeur jaunâtre. Et il put surtout distinguer, avec un pincement de componction, ses yeux d'un bleu très vif et indemne, un bleu presque minéral qui contredisait ses traits défaits. C'est alors qu'il s'avisa de l'inutilité de la précaution prise en se dissimulant derrière un des piliers rouillés, parce que Fanny ne voyait plus la vie matérielle ; elle hantait un enfer purement spirituel, invisible et aussi délétère que les appels du démon harceleur qui la tirait chaque soir en sursaut de sa somnolence pour lui demander – exiger d'elle – des abjections toujours renouvelées, toujours horribles. Fanny passa près de lui, égarée et absente, elle traversa la rue en trébuchant contre les aspérités de l'asphalte, laissa au bas du réverbère l'offrande immonde qu'avait réclamée – exigée – son tyran, et elle continua son chemin de sa démarche de noyée, sans tourner la tête, suivant au pied de la lettre les instructions reçues. Quand le pincement de componction céda place à un élan de pitié, le jeune Chambers sortit de sa cachette, prêt à voler au secours de l'égarée, à lui donner le bras pour l'aider à traverser les terres incultes de la vie invisible et, du même coup, se laver de sa faute. Mais au moment où il allait la rattraper, il sentit le courage lui manquer; la vitrine d'un magasin abandonné, brisée par les jets de pierres et les bourrasques qui frappaient de plein fouet les faubourgs de Chicago, lui cracha au nez, démultiplié par chaque morceau de verre encore encastré dans son cadre, le visage d'un délinquant convaincu qui abomine ses fautes quand il est trop tard. Fanny Riffel s'éloignait en direction du déclin, en direction de l'oubli.

« Je l'ai laissée partir. La peur a été plus forte que mon épouvantable sentiment de culpabilité », avait murmuré Chambers.

Il réglait alors le rétroviseur de la Dodge pour essayer de reconnaître dans son reflet l'adolescent sans cœur qui avait flirté dangereusement avec la psychopathie. Les années s'entassaient sur son visage presque sexagénaire; son profil était dur, tracé au burin, son nez crochu et, à ses lèvres, la salive semblait ne pas pouvoir éteindre les braises des indécences jadis formulées. Il avait tourné vers moi son regard hyperboréen de tueur en série ou d'androïde qui assiste à l'agonie du monde tandis que ses larmes se perdent dans la pluie.

« Vous devez me prendre pour un malade...

– Je préférerais éviter de vous juger, avais-je dit, refusant l'occasion qu'il me donnait de cracher la boule de dégoût et de peine qui m'obstruait la gorge. Et comment avez-vous fait pour vivre avec ce sentiment de culpabilité ? »

Chambers avait esquissé un sourire sardonique, ses battoirs calleux accrochés au volant comme s'il s'apprêtait à l'arracher d'un coup sec.

« C'est curieux. » Il continuait de bouffer des lettres à chaque mot, mots dont l'unique destinataire semblait bien être sa conscience. « Pas un jour ne passait sans que je pense à elle. Mais l'image de Fanny qui, pendant les premiers mois, me frappait comme un coup de poignard a fini par devenir floue, avec le temps. Je crois que je suis arrivé à me convaincre que rien n'était arrivé, que j'avais imaginé tout ça. »

Un postier à bicyclette déposait le courrier dans ces boîtes prétentieuses qui se prennent pour des nids au sommet de leur poteau, et que les citoyens des États-Unis plantent aux abords de leur propriété comme de fiers symboles de leur réussite ; des boîtes aux lettres prêtes à recevoir des bombes artisanales ou des reliefs encore frais d'un massacre à la tronçonneuse.

« Je pensais toujours à Fanny, mais ma culpabilité s'est dissoute, d'année en année, dans une sorte de chagrin ou de regret. J'en suis même venu à me dire que tout cela n'avait été qu'une mauvaise plaisanterie sans grande importance. » Chambers faisait claquer sa langue, accablé. Avec le temps, cet artifice trompeur lui paraissait encore plus vil que l'abjection commise contre Fanny. « J'en rougis encore, quand j'y pense. C'est incroyable, tous ces mécanismes de défense que l'on peut mettre en œuvre pour se boucher les yeux. »

Et comme si ces mécanismes de défense n'avaient pas suffi, Fanny s'était volatilisée sans laisser de trace. Le jeune Chambers veillait à éviter le carrefour de LaSalle et d'Elm Street, mais il fut une fois obligé d'accompagner à l'église épiscopalienne de l'Ascension, dans laquelle il avait répandu furieusement sa semence, une ancienne conquête de fortune qui voulait voir le sous-diacre, un de ses cousins. Sur l'immeuble d'en face, pendu à l'allège de la fenêtre du troisième étage, il y avait un écriteau qui cherchait à allécher fallacieusement de futurs locataires ; les stores imprimés qui avaient empêché le jeune Chambers de contempler la nudité de Fanny Riffel avaient dû être arrachés et par le trou béant on pouvait voir une pièce aux murs illustrés d'écaillements. D'autres conquêtes tout aussi occasionnelles succédèrent à celle qu'il accompagna sur la scène de ses exploits d'Elm Street ; entre-temps, le jeune Chambers avait occupé divers emplois médiocres qui lui permirent toutefois de quitter le taudis de Belmont-Cragin, que la Polonaise fut la première à abandonner pour se rendre dans l'autre monde, suivie du père adultère, qui alla vivre en concubinage avec une poule aux yeux taillés en amande et au doux con étroit. Le jeune Chambers allait avoir l'occasion de tâter de ces cons étroits avec les prostituées des bordels laotiens, si délicates et futées, avant que l'hélicoptère qui le transportait à Camrahn Bay eût été abattu par l'artillerie nord-vietnamienne. Recruté au printemps 1966, le jeune Chambers avait essayé de se défiler en se prétendant objecteur de conscience, mais il n'était ni quaker ni adventiste du septième jour – en fait, il ne pratiquait aucune religion, bien que son ascendance polonaise le rattachât vaguement au catholicisme –, aussi s'était-il résigné à son sort après avoir participé à quelques manifestations contestataires. Avant de partir pour le Vietnam, il avait eu l'occasion d'assister au retour des premières vagues de mutilés de guerre, estropiés de l'âme et du corps, qui s'éveillaient chaque nuit en sursaut, croyant sentir une odeur de chair brûlée au napalm. Il s'était alors juré de s'administrer un viatique de plomb plutôt que de permettre qu'un bistouri l'estropie pour toujours.

Pendant que l'hélicoptère en flammes se précipitait sur la jungle écimée (il n'avait pas encore participé aux combats), il se dit avec une sorte de soulagement qu'il allait mourir calciné, mais entier. Puis il n'eut plus la moindre pensée, jusqu'au moment où il se réveilla dans le baraquement d'un camp de prisonniers à Hanoi, le « Hanoi Hilton », comme l'appelaient sarcastiquement ceux qui y étaient détenus sans autre espoir de libération que la bénéfique mort. Le Hanoi Hilton n'était pas régi par la convention de Genève ; les prisonniers y étaient soumis à des tortures qui brisaient leur patience avant leur résistance physique. Mais les plus résistants, après les thérapies préliminaires d'isolation et d'inanition, avaient l'occasion d'exposer leur chair aux épreuves dont leur patience avait triomphé. Au Hanoi Hilton, les officiers étaient invités à parler des stratagèmes et des recommandations du haut commandement pendant que le geôlier leur servait de manucure en les libérant de ces appendices cornés superflus qui poussent à l'extrémité des doigts ; ceux qui s'obstinaient à se taire, soit parce qu'ils tombaient dans les pommes soit parce qu'ils avaient une aveugle vocation de martyr, servaient de cibles à un jeu de roulette russe ne comportant aucun risque pour les partenaires qui les visaient. Les simples soldats comme Chambers bénéficiaient d'un traitement plus bénin, disciplinaire, bien entendu. Leurs gardiens leur demandaient seulement – les sommaient – de renier les États-Unis et de condamner leur intervention au Vietnam ; une caméra filmait leurs déclarations, qui étaient ensuite divulguées par la propagande communiste. Pendant qu'il attendait, couvert d'excréments dans une cage en bambou, l'heure de sa rétractation, le simple soldat Chambers eut une révélation soudaine : il acquit la conviction insensée que les souffrances endurées et celles qui restaient à venir étaient une pénitence méritée pour avoir tourmenté Fanny Riffel, jadis, pendant son adolescence impie. Les diverses étapes de ces agressions indignes, qu'il s'était si bien efforcé de considérer faussement comme de simples mauvais tours pour apaiser sa conscience, prirent alors – peut-être sous les premières atteintes de la malaria – une acuité tangible déchirante.

« Ce fut ma chute sur le chemin de Damas, m'avait alors dit Chambers, je m'en souviens. La naissance de l'homme nouveau. »

C'est ainsi que le simple soldat Chambers, une fois conduit dans la pièce ou la cahute des interrogatoires, adopta la même stratégie de mutisme absolu que devait suivre, de nombreuses années plus tard, le renégat John Walker Lindh, quand il fut arrêté et conduit devant l'agent de la CIA après la prise de la citadelle de Kala Jangi. Le simple soldat Chambers venait de rencontrer son destin, de dépouiller le vieil homme, et ni les arguments persuasifs de ses tortionnaires ni leur brutalité déchaînée n'allaient pouvoir lui arracher une parole. Il n'était motivé ni par le patriotisme, passion qui lui paraissait un peu plébéienne, ni par la peur d'enfreindre le code de conduite militaire qui lui avait été inculqué pendant sa brève instruction ; un désir de punition et de purification par la douleur le bâillonnait. Chaque insulte, chaque crachat, chaque coup qu'il recevait, il l'offrait de bon gré en réparation à Fanny Riffel, qu'il avait soumise à des vexations beaucoup plus cruelles. Quand les geôliers du Hanoi Hilton, surpris par sa résistance, décidèrent de lui infliger des tortures plus acharnées, le simple soldat Chambers eut peur que la faiblesse de la chair ne trahisse la force de l'esprit ; mais il découvrit rapidement que la chair était un excédent de bagage dont on l'avait lesté pour mettre sa détermination à l'épreuve. Ni la barre de fer qui meurtrissait sa peau, lui brisait les côtes et les clavicules, ni la gégène qui envoyait des décharges électriques sur ses testicules ne réussirent à ébranler sa décision ; il poussait des cris paroxyntiques, sentait le brusque afflux du sang sur son palais, les contours de la cahute s'estompaient en un brouillard indistinct, mais son esprit demeurait étranger à la dévastation de son enveloppe charnelle. Au bout d'une quinzaine de jours, quand les tortionnaires du Hanoi Hilton ne trouvèrent plus un seul recoin de son anatomie exempt de plaies et de meurtrissures, ils laissèrent tomber ce cas désespéré ; revenu dans sa cage en bambou, sans autre nourriture qu'un bol de riz quotidien, prostré sur la molle couche de ses défécations, le simple soldat Chambers vit dans l'allégresse s'opérer l'obscur miracle de sa guérison : ses plaies se refermaient, ses os se ressoudaient, ses poumons cessaient d'excréter le sang épais aussi noir que du goudron qui obstruait sa bouche.

« J'ai mis quelque temps à me rendre compte que j'avais perdu un testicule, brûlé par les décharges électriques, expliquait-il. Ces salopards avaient à jamais fait de moi un fichu eunuque avec une seule couille. »

C'était ainsi qu'il s'était exprimé, avec un syntagme apocopé, *one-balled eunuch* ; et j'ai vu à ce moment-là, je m'en souviens, se confirmer la supériorité compendieuse de ma langue, qui possède le mot *ciclán* pour désigner un homme qui a perdu l'un des attributs de sa virilité. Le *ciclán* Chambers accepta l'amputation avec une sereine allégresse, puisque ses testicules avaient été les fabriques de la vile émulsion qui jaillissait en célébrant la ruine de Fanny. Il dut encore languir six ans au Hanoi Hilton, isolé d'un monde qui suivait son cours sans même s'apercevoir de son absence ; ses geôliers lui avouèrent que s'ils ne s'étaient pas débarrassés de lui, c'était simplement en vue de l'utiliser comme valeur d'échange (en baisse) si l'une des campagnes lancées par les États-Unis venait à être couronnée de succès, même si ces campagnes étaient toujours plus chaotiques et dispendieuses. En 1973, après la retraite vergogneuse négociée par Kissinger, un Chambers méconnaissable – il avait laissé pousser ses cheveux et sa barbe, pour effacer le vieil homme – fut transporté à Saigon, avec quelques autres prisonniers à vocation héroïque qui avaient enduré le supplice du Hanoi Hilton en se recommandant à des entéléchies hilarantes ; et il se garda bien d'évoquer les raisons, ou plutôt la seule, l'unique Raison de sa résistance, qui aurait sans doute paru ridicule aux autres. À Washington, ces braves furent accueillis par des discours ronflants et toute une quincaille de médailles que Chambers fit fondre et dont il tira une boucle pour son ceinturon et deux contreforts repoussés pour ses bottes. Pendant des mois, il fut poursuivi par des journalistes désireux de lui tirer les vers du nez et d'assaisonner de ses expériences un reportage qui pourrait peut-être leur valoir de figurer sur la liste du prix Pulitzer ; mais, excédé par leurs balivernes, Chambers ne desserra pas les dents et retourna à Chicago, où il pensait suivre son chemin de croix. Il avait l'intention de rencontrer Fanny Riffel ; c'était là son projet messianique et sans doute trop ambitieux, mais il le suivit avec cette espérance du miracle qui exalte les porteurs de la certitude que le hasard a ses raisons. Chicago se déployait devant lui comme un labyrinthe plus touffu et plus embrouillé que la folie même, un labyrinthe où il n'y a ni escaliers à monter ni portes à forcer, ni interminables galeries à parcourir ni murs qui barrent le passage.

« Plusieurs fois, j'ai failli renoncer, avait-il dit avec une lassitude rétrospective. Fanny s'était évaporée sans laisser de trace. Personne ne se souvenait d'elle. L'heure du *revival* n'avait pas encore sonné. »

Fanny Riffel appartenait à une autre époque, prise dans les turbulences de diverses paranoïas, pourrait-on dire, mais pourtant joviale, qui avait vécu avec optimisme le rêve américain encore possible ; ce rêve brisé enseveli au Vietnam. Alors que Chambers frôlait dangereusement les conditions de vie d'un mendiant, il avait reçu une offre d'emploi à l'en-tête de la Maison-Blanche, en considération de ses mérites de guerre et en récompense – dégradante – des souffrances endurées. L'emploi n'était ni une faveur ni une sinécure ; c'était celui de surveillant (de gardien de fous, préférait dire Chambers, dans son langage réfractaire aux euphémismes) à l'hôpital Chicago-Read, un asile d'aliénés (un cabanon) aux confins de la ville, qui avait été une sorte de ferme collective ou d'auberge pour indigents au XIX^e siècle, peu à peu reconvertie en un grand ensemble pavillonnaire dans lequel on entassait les fous les moins doux de tout l'État de l'Illinois. La lettre à l'en-tête aulique ne manquait pas d'indiquer à Chambers que cet emploi ne pouvait que lui convenir, étant donné « qu'un brave comme lui, qui avait réussi à conserver son jugement sain dans l'enfer du Vietcong, saurait mieux que personne aider d'autres malheureux à recouvrir le leur ». Le parallélisme inconscient que la prose bureaucratique établissait entre le Hanoi Hilton et le Chicago-Read Hospital l'amusa, et il accepta l'offre. Moins d'une semaine plus tard, il était embauché.

L'asile d'aliénés, à l'écart des plus lointains quartiers où s'effilochait le paysage urbain, avait encore, vu d'une certaine distance, l'aspect champêtre des institutions de bienfaisance du XIX^e siècle. À mesure que l'on se rapprochait du complexe dont les pavillons saillaient comme des rayons du bloc principal, avec leurs alignements monotones de fenêtres barrées et leurs murs couleur d'automne, cette première impression bucolique se dissipait à jamais. Le directeur de l'asile reçut avec les honneurs dus à un héros de la patrie l'hirsute Chambers. Avant de lui expliquer ses devoirs (dispenser douches froides et camisoles de force, calmer les affrontements entre les internés les plus furieux et empêcher les tentatives de fuite), le directeur lui fit faire le tour de l'établissement, que Chambers allait finir par mieux connaître que son propre visage pendant les vingt années et quelques poussières où il y fut surveillant. Il remarqua que toutes les portes s'ouvraient vers l'extérieur pour empêcher les internés de se barricader ou de se retrancher dans leur solitude ; que les dortoirs, qui n'auraient dû accueillir qu'une trentaine de patients, en hébergeaient plus de soixante, et qu'il n'y avait pas le moindre espace pour passer entre les lits ; que dans le pavillon réservé aux malades dangereux les murs exhibaient des taches de merde, et il lui sembla bien voir des traces de sang sur les cadres nickelés des lits, où les plus cabochards recevaient peut-être des trempes carabinées ; que les malades incontrôlables, que l'on isolait en cellules capitonnées, n'avaient pas de toilettes et se lavaient le visage avec leur urine. Enfin, après ce petit tour dantesque, le directeur le conduisit au pavillon réservé aux internés échoués au Chicago-

Read sur exploit judiciaire. « Apparemment, ce sont ceux qui donnent le moins de peine, les plus dociles, les plus ouverts, les plus calmes et les plus courtois ; ils savent comment manipuler le personnel, l'avertit le directeur avec plus qu'une pointe de malveillance. Mais sous cette apparence de sagesse se cache la bête. » Le surveillant Chambers sentit en lui un frémissement de solidarité avec ces internés qui occupaient des chambres individuelles, parce que lui aussi avait été parasité par une bête qui lui dictait des dépravations innommables. Ils se dirigeaient vers le fond d'un couloir dont les fenêtres donnaient sur le jardin de l'asile, où musardaient les patients en liberté surveillée, en attendant leur prochaine autorisation de sortie ; on voyait bien qu'ils flagornaient les infirmières pour s'assurer cette récompense, alors qu'en leur for intérieur ils caressaient le fantasme de leur déchirer la culotte et de les sodomiser sur les plants de tomates. Le directeur de l'asile frappa doucement de l'index replié à une porte du couloir et prit une voix melliflue : « On peut entrer ? » On entendit, venu de l'intérieur de la chambre, un bruit d'objets déplacés en hâte, de portes qui s'ouvrent et de tiroirs qui se ferment. « Cette poulette a lié les mains de son amant et l'a bâillonné après l'avoir assommé, lui murmura le directeur avec une délectation qui aurait dû lui valoir un examen psychiatrique. Puis, pendant plus de trois heures, elle s'est amusée à lui faire de petites entailles avec un couteau et de petits trous avec un vilebrequin. Enfin, quand elle s'est lassée de le torturer, elle lui a arraché le pénis et les testicules et l'a laissé se vider de son sang jusqu'à ce que mort s'ensuive. » Le surveillant Chambers réprima une expression d'épouvante. « On peut entrer ? » répéta le directeur, maintenant sur un ton plus impérieux que melliflu, quand les bruits eurent cessé. Alors, une voix à la fois doucettement soumise et affligée répondit : « Entrez, docteur. »

Avant même que la porte se fût ouverte, un éclair sans lueur l'avait foudroyé. Là se trouvait la femme qu'il avait insultée pendant qu'elle distribuait des brochures religieuses dans Lincoln Park ; là se trouvait la femme épouvantée qu'il avait suivie jusqu'à son appartement d'Elm Street ; elle était là, la femme qu'il avait rendue folle avec ses appels intempestifs et menaçants, pendant lesquels il lui réclamait – exigeait d'elle – des indécences dont la seule énumération eût suffi à lui assurer une place dans cet asile de fous ; elle était là, la femme qu'il avait un soir de septembre laissée s'éloigner, bouffie par les barbituriques, en conversation avec les nuages ou les musaraignes, parce que la peur est plus forte que le sentiment de culpabilité. Fanny Riffel frisait alors la cinquantaine ; mais elle paraissait plus jeune que la dernière fois qu'il l'avait vue. Elle avait laissé pousser ses cheveux et la frange de ses années de gloire éphémère, et elle se vêtait de robes plus moulantes que ne l'autorisait le règlement intérieur de l'asile. Fanny sourit au surveillant Chambers, en qui elle ne découvrit pas l'adolescent dégingandé qui avait failli la trousser dans les épais taillis du Lincoln Park, et moins encore le maître chanteur qui l'avait poussée sur le chemin de la folie et de l'abandon. Chambers, paralysé de stupeur, resta pendu à ce sourire qui était convulsif et pétillant, mais demeurait malheureusement accroché quelques secondes de trop, presque des minutes, aux commissures de ses lèvres, en un signe d'hébétement. Il lui suffit de lever légèrement le regard, jusqu'aux yeux d'un bleu ébahi et minéral, pour comprendre qu'elle n'avait plus toute sa raison.

« Je l'avais enfin devant moi. Et elle était là par ma faute », avait dit Chambers avec onction et une vague fierté involontaire.

Pendant la dernière partie de sa confession, il avait essayé de me faire part de l'intensité du soulagement dû à cette rencontre avec Fanny. Il se sentait brusquement lavé et libéré de ses fautes, exalté par une vigueur qui réfutait les faiblesses et la couardise de jadis. C'était comme s'il pouvait enfin se consacrer à la religion qu'il s'était donnée, comme si le chemin de la purification sur lequel il avait fait les premiers pas au Hanoi Hilton était couronné d'un miracle. Sa prière avait été entendue, et il allait vouer le reste de sa vie – parce que c'était pour Fanny qu'il continuait de vivre – à réparer le tort qu'il avait causé. L'assomption de cette responsabilité recelait bien une composante masochiste, et très probablement une magnification du rôle exercé par ses bassesses sur le déclenchement d'une folie qui aurait peut-être demandé une étiologie plus poussée. Mais le surveillant Chambers avait enfin trouvé la paix, et n'acceptait de partager sa faute avec personne. Il désirait fervemment s'immoler à la tâche de sauver Fanny, ce qui ne représentait pas pour lui un châtiment, mais une juste compensation. Négligeant les autres patients de l'hôpital (du cabanon) Chicago-Read, Chambers passait le plus clair de ses heures de travail (et les heures supplémentaires et tours de garde qui ne lui furent jamais rémunérés mais firent du cabanon sa maison) à s'entretenir avec Fanny, en substituant progressivement leurs conversations au traitement prescrit par les psychiatres.

« Si l'on m'avait surpris en train de jeter les médicaments dans la cuvette des toilettes, on m'aurait dénoncé. »

Le traitement avait transformé la personnalité de Fanny en la reléguant dans les limbes d'un bonheur très calme, inconscient. La confronter sans camisole chimique au souvenir de ces années d'aliénation qui l'avaient conduite au crime la submergea tout d'abord de vagues d'épouvante qui explosaient sous forme d'éclats de rire inopinés, de geignements ou de hurlements d'une violence parfois quasi épileptique ; à cette phase d'excitation (Fanny se heurtait comme un oiseau contre les barreaux de sa cage) succéda une autre, qui lui permit d'affronter le traumatisme que le traitement lui faisait oublier. L'acceptation de ce traumatisme ruina ses défenses et fit d'elle une créature vulnérable et timorée, mais fut en même temps l'entrée du tunnel qui allait la conduire vers de moins lugubres parages, chaque fois qu'elle osait le franchir. Et le surveillant Chambers était là pour la tenir par la main, sans la bousculer, sans manifester le moindre signe de découragement chaque fois qu'une soudaine bouffée de peur ou de défaitisme faisait reculer Fanny, et il l'accompagna ensuite tout au long de son voyage au bout de la nuit. Après des centaines ou des milliers de conversations, Fanny réussit avec son soutien à recouvrer, bien qu'en piteux état, une lucidité assez sereine pour lui permettre de contrôler la sensibilité exaspérée qui caractérise ce type de pathologie, et elle réussit surtout à laisser de nouveau paraître, même si ce n'était que timidement, la femme qu'elle avait pu être avant que la paranoïa, la monomanie religieuse et les obsessions sexuelles ne l'eussent précipitée dans le vortex de la violence ; ce furent vingt années d'abnégation attentionnée et constante, pendant lesquelles le surveillant Chambers, confronté en solitaire à l'immensité de la peur, mena l'interminable bataille que les psychiatres avaient renoncé à livrer ; vingt années, d'innombrables jours et autant de nuits au cours desquels chaque progrès infinitésimal, aussi douloureux que l'extraction d'une épine qui aurait pris racine, était balayé par des régressions soudaines, aussi radicales et impitoyables que le geste de la main qui renverse un château de cartes. Mais, au bout de ces vingt ans, les responsables de l'hôpital (du cabanon) Chicago-Read estimèrent que Fanny présentait des signes de guérison suffisants pour être placée en liberté surveillée ; et quelques mois plus tard, avec l'aval des services sociaux de l'Illinois, ils réussirent à mettre fin à son internement au Chicago-Read.

« Je m'y suis opposé de toutes mes forces, gronda alors Chambers, encore fâché et menaçant toujours d'arracher le volant de la Dodge. J'ai insisté pour qu'ils la gardent au cabanon ; quand le transfert dans cette maison de retraite a été chose faite, je les ai suppliés de me permettre de lui servir d'infirmier. Mais on m'a répondu que ce n'était pas ce qu'il fallait à Fanny, qu'elle devait rompre avec tout ce qui la rattachait à son internement, que, dans cette perspective, je représenterais pour elle une sorte de continuité qui pourrait retarder sa rémission définitive. Mes allégations n'ont servi à rien ; ces présomptueux s'imaginent que leurs théories valent mieux que vingt ans de dévouement. » Chambers consulta sa montre, un peu soucieux de ne pas voir apparaître les pensionnaires à l'heure de leur promenade matinale dans le jardin. « C'est comme ça que je suis devenu jardinier. Chaque fois que je me rappelle le sourire qu'elle m'a fait quand elle m'a revu... » Chambers respira avec la plus grande emphase, pour remplir sa cage thoracique de bison ou d'haltérophile. « Elle m'aime. »

Sous la marquise de la maison de retraite s'assemblait tout un tas de personnes âgées qui attendaient la permission d'une infirmière ou d'une surveillante au visage on ne peut plus revêche pour s'égailler dans le jardin. Un je-ne-sais-quoi, dans les dernières paroles de Chambers, m'avait suffoqué.

« Vous voulez dire qu'elle est amoureuse de vous ? »

La simple insinuation d'un tel amour me répugnait autant qu'un inceste ou un coït bestial. Chambers me regarda de ses yeux transparents et aqueux, pareils à des glaçons qui fondent, pleurent de froid.

« Il y a de nombreuses formes d'amour, mon pote, répliqua-t-il avec un geste d'une lassitude étrange, après la vigueur avec laquelle il m'avait fait son récit. Mais ça, c'est une chose qu'il vaut mieux vous laisser découvrir tout seul. » Il se tourna vers le siège arrière et me montra les boîtes en carton enveloppées dans des housses prophylactiques parmi les lances à eau, les sacs d'engrais et de désherbants. « Vous voyez ces cartons ? Vous y trouverez un tas de bandes magnétiques sur lesquelles j'ai enregistré mes conversations avec Fanny. Avec les bandes, il y a aussi les revues de l'époque où elle était célèbre, des coupures de presse, tout ce que j'ai pu collectionner. » Son regard embarrassant et glacé me scrutait de nouveau. « Comme je vous l'ai dit, vous pourrez écrire un livre sur Fanny Riffel. Un livre sur sa vie secrète. »

La surveillante de Mather Gardens tourna la tête de côté pour dire quelques mots, comme si elle parlait dans un micro miniature épinglé au revers de sa blouse. Malgré la distance, je pus voir sa laideur alarmée ; d'une main, elle se bouchait l'oreille du côté opposé à celui du supposé micro et nous lançait des regards chargés d'acrimonie et de dépit.

« Écrivez-le vous-même, dis-je en tâchant d'adopter un ton égal, mais prêt à prendre la poudre d'escampette. Je ne vois pas de témoin plus privilégié que vous.

– Moi, je ne pourrais pas le faire, dit-il avec une mine d'agneau conduit à l'abattoir. Pour écrire, il faut un peu d'objectivité. »

Il se trompait. Pour écrire, il faut avant tout une subjectivité maladive, aussi égarée que les pulsions sexuelles du jeune Chambers, aussi tourmentée que l'amour qu'il vouait à Fanny Riffel. Sous la marquise de Mather Gardens, la surveillante avait été rejointe par un gardien assermenté, qui opinait à ses instructions, tandis qu'elle pointait sur nous un doigt accusateur.

« Je crois que nous ferions mieux de partir, dis-je en essayant de feindre l'équanimité, mais prêt à m'enfuir à toutes jambes. J'ai l'impression que nous nous engageons dans une sale affaire.

– Je vous le demande comme une faveur. »

Toutefois, la fixité arrogante de son regard et le froncement tendu de ses lèvres n'annonçaient pas une supplique mais bel et bien une exigence. Le gardien assermenté, un jeune homme presque incolore, élancé, dont l'apparence donnait l'impression qu'il cachait dans la doublure de sa pelisse ses insignes de boy-scout et d'autres des Jeunesses hitlériennes, s'approchait de la Dodge de Chambers avec un air de défi sans entrain. Il frappa de ses doigts repliés sur la vitre, côté conducteur. Chambers murmura encore, en tournant la manivelle :

« Je vous en prie. »

Inexplicablement, j'acquiesçai. Je crois que je le fis dans l'intention d'abréger cette scène mortifiante, plus que poussé par une conviction véritable ou en germe. Le gardien assermenté introduisit sa tête à l'intérieur de la voiture avec la docilité d'un condamné à la guillotine.

« Enfin, merde, Tom ! Tu ne vois pas dans quel pétrin tu me mets ? On m'a donné l'ordre… »

Chambers avait rentré le cou au point que son menton reposait sur le creux que forment les clavicules au milieu de la poitrine. Il poussa un soupir, et ses lèvres se tendirent, redevinrent presque féroces.

« Tu me connais depuis des années, tu sais que je suis inoffensif, fit-il en guise d'excuse. Dis à ton chef que ses menaces, il peut se les mettre au cul.

– Tu n'as pas le droit de rôder par ici », bredouilla le gardien assermenté.

Chambers l'intimidait, ou peut-être sa réticence à le chasser sans plus de considération devait-elle quelque chose à la pitié.

« La rue est à tout le monde. Personne ne peut m'obliger à partir d'ici. » Il eut un geste rapide de la main dans ma direction. « Je suis simplement venu montrer Evanston à ce monsieur. C'est un étranger, vu ? »

La surveillante, tranquillisée après s'être assurée que le gardien assermenté adressait à Chambers ce qui devait de loin ressembler à une semonce, claqua des mains avec une vigueur d'institutrice ou de maître d'œuvre. Les vieux pensionnaires sortirent dans le jardin, aussi disciplinés et grégaires que des enfants atteints de sclérose ; la plupart marchaient à l'aide d'une canne, mais nombre d'entre eux se laissaient pousser en chaise roulante par des infirmiers enclins à la somnolence. Je remarquai une vieille dame qui se tenait particulièrement droite, s'écartait des sentiers fréquentés imposés par la surveillante et allait se réfugier mélancoliquement dans une gloriette au toit de tuiles, d'où, appuyée contre une colonne avec un air languide (ou amoureux, il y a de nombreuses formes d'amour, mon pote), elle observait la rue. On devinait encore, dans l'architecture en ruine de son visage, les éclatants vestiges d'une ancienne beauté ; quelque chose en elle survivait à la décrépitude, peut-être son regard bleu, qui semblait venir de très loin, d'au-delà des toiles d'araignées de la folie. Ses cheveux avaient perdu leur éclat agreste d'antan, et son expression ingénue et voluptueuse de jadis s'était à jamais éclipsée derrière les plis des rides qui la momifiaient et lui donnaient cette apparence d'oiseau desséché qui reste aux vieilles gens quand les tissus cellulaires commencent à se désagréger. Mais ses yeux demeuraient préservés de ces atteintes, monastiques et pers, comme s'ils étaient restés préservés de la dégradation qui avait entouré sa jeunesse, attachés à un rêve de pureté. Quels horizons de souffrance avaient-ils contemplés, par quels corridors de la vie invisible étaient-ils passés, depuis qu'ils s'étaient soustraits aux objectifs des caméras et des appareils photo ?

« Ne m'oblige pas à appeler la police, Tom », poursuivait le gardien assermenté, sur un ton qui ne parvenait pas à paraître convaincant.

Chambers se tassa sur son siège, laissa tomber ses paupières comme s'il condamnait les fenêtres de l'âme, et il respira profondément ; les tatouages de ses bras parurent tourner à l'incandescence. Je craignais que d'un moment à l'autre il n'en vienne aux mains avec le gardien qui se répandait encore en recommandations paternalistes et en menaces voilées. Mais, au lieu de s'abandonner à la colère, il chassa de ses poumons, comme pour les dégourdir, l'air qu'il avait retenu pendant près d'une minute, leva calmement les paupières et dirigea son regard vers le jardin de la maison de retraite. C'est alors qu'il aperçut Fanny Riffel accoudée à la balustrade de la gloriette, telle une promise esseulée qui, sur le quai d'une gare, n'espère plus voir arriver de train. Avec la vigueur d'un ressort, Chambers se redressa sur son siège, ouvrit impétueusement la portière de la Dodge, en bousculant le gardien qui alla buter contre le bord du trottoir, perdit l'équilibre et tomba comme une poupée de son. Chambers cria avec une joie débordante :

« Fanny ! Je suis là ! »

Et il se mit à courir en direction de la grille qui entourait le jardin. Son appel agit comme un remède souverain sur la pensionnaire de la gloriette ; son visage s'illumina d'un sourire convulsif et pétillant, qui mit fin à l'empire des rides. Je n'en crus pas mes yeux : la vieille dame presque octogénaire se métamorphosa en gazelle et s'élança à la rencontre de Chambers, esquivant les plaques de neige qui tachaient le gazon et bondissant par-dessus les plates-bandes. La surveillante revêche observa la scène sans pouvoir réagir, et il arriva à peu près la même chose au gardien assermenté qui époussetait sa pelisse avec de vifs mouvements de main, et qui demeura sonné par la surprise. Fanny atteignait la grille où Chambers lui tendait ses battoirs de brave ogre à travers les barreaux ; un instant, les cheveux de la vieille dame chassèrent leur molle prostration et se remirent à ondoyer, tumultueux comme les flammes. De ma place privilégiée au balcon de la Dodge, je pus admirer le visage rajeuni de Fanny Riffel, émergeant des profondeurs telle une statue de marbre qui reste cachée pendant des siècles au fond de la mer, à l'abri des sables, enlaidie par des incrustations calcaires, jusqu'à ce que la dévotion d'un archéologue vienne lui rendre sa prestance. Cette secrète métamorphose ne dura qu'un instant, mais pendant cet instant presque imperceptible, toutes mes réserves sur la véracité du témoignage de Chambers se dissipèrent. Ils avaient enfin joint leurs mains à travers la grille ; la souffrance partagée qui se dégageait de ce contact les rendait indissociables et avivait sur leurs physionomies les derniers feux de la jeunesse. Pendant ce temps, la surveillante avait réagi et courait en direction de Fanny avec un grand balancement de seins qui incitait à l'hilarité ; on eût dit d'énormes clochettes muettes, ou de molles besaces qui perdaient leur contenu en chemin. Tout un cortège d'infirmiers et d'employés de la maison de retraite, ainsi que, de l'autre côté de la grille, le gardien assermenté maintenant remis de son émotion, suivirent son exemple. Chambers et Fanny ne prêtaient pas grande attention à leur approche ; ils se regardaient, transportés, tels des amants condamnés à se détruire et à se rédimer l'un l'autre en un rite de déprédation, des amants englués par le hasard, ce piège à mouches qui se réjouit de confondre ses victimes dans la même agonie. On allait mettre quelques minutes à les séparer, parce que Chambers s'était accroché aux poignets de Fanny comme s'il voulait y prendre racine, et Fanny, presque soulevée de terre par la surveillante, se renversait sur ces mains hâlées et rudes qui l'avaient tant de fois caressée avec indulgence et l'avaient tant de fois exorcisée de ses cauchemars, qui tant de fois avaient calmé ses convulsions, et elle les baignait de ses larmes érudites, les oignait de sa salive dissipée en prières qui jamais n'avaient été exaucées.

Le soleil d'Evanston, phtisique et convalescent, éclairait l'étreinte sourde des amants qui résistaient aux tiraillements et aux efforts, comme s'ils étaient galvanisés par une pierre d'aimant. Je baissai la vitre de la Dodge pour mieux entendre la voix de cette vieille dame qui cherchait désespérément la chaleur de l'homme qui était son bourreau repenti et son sauveur obstiné, mais à mes oreilles ne parvint qu'un dialecte inintelligible, trop semblable aux glapissements d'un chiot frappé à coups de bâton. L'horreur et la pitié s'éveillèrent en moi simultanément, en un alliage inédit et mystérieux, aussi inédit et mystérieux que l'amour personnifié qui unissait Tom Chambers et Fanny Riffel et les immolait sur le même bûcher de douleur.

« S'ils croient qu'ils vont me faire renoncer, ils peuvent toujours courir, dit Chambers. J'ai l'intention d'y aller tous les jours, aussi longtemps que Fanny vivra. »

Nous roulions en direction de l'aéroport O'Hare dans sa Dodge déglinguée, après être passés prendre mes bagages à l'hôtel. L'épisode du matin, qui s'était soldé par l'intervention de la police locale, gravitait au-dessus de notre silence, qu'il colorait d'une impudique tristesse atrabilaire.

« Et quand Fanny mourra ? » osai-je demander, sans avoir pris le temps de peser mes mots.

Chambers s'absorba dans les manœuvres, contrarié. Le trafic était plutôt dégagé, sur l'autoroute Kennedy. Derrière nous, l'architecture orgueilleuse de Chicago se découpait sur l'horizon ; maintenant que la ville m'avait livré son secret, elle me semblait inerte et vide, comme une cosse dont la graine s'est perdue.

« Il y a une part de nous-même qui désire mourir », dit Chambers avec un sourire ambigu. Je ne sus s'il pensait au suicide ou au simple abandon. « Alors, je laisserai cette part grandir et s'emparer de moi. »

Le silence déferla de nouveau sur nous ; c'était maintenant un silence affligé, que berçait la trépidation de la Dodge, particulièrement expirante quand Chambers changeait de vitesse. Il ne broncha ni n'ouvrit la bouche jusqu'au moment où nous arrivâmes en vue de l'aéroport ; alors, il parla d'une voix de gorge rauque et détachée qui, mêlée aux rugissements du moteur, semblait émise par une station de radio à faibles signaux.

« Racontez tout. Maintenant, c'est vous qui êtes le maître de mes souvenirs. Faites-en ce qui vous chante. De la littérature, si c'est ce que vous voulez. Et n'ayez pas peur de ce que vous entendrez sur ces bandes. La folie nous effraie parce qu'elle nous parle de cette part de nous-même qui désire mourir. »

Nous étions arrivés au Terminal 5, d'où devait partir l'avion qui allait me ramener à Madrid. Chambers m'aida à porter les boîtes en carton, aussi lourdes que des catafalques où la mort est étroitement sanglée, et à les poser sur un chariot avec ma valise. Il me serra la main avec une sorte de détachement fraternel (si la contradiction est admissible) et me donna une tape sur l'épaule pour abréger les adieux ; pendant que je m'éloignais, je sentais son regard dans mon dos, comme avait sans doute dû le sentir la vagabonde Fanny Riffel, lorsque Chambers, tenaillé par la peur et la culpabilité, l'avait vue disparaître au croisement de Milwaukee Avenue et de Bloomingdale, un lointain après-midi de septembre. À peine avais-je franchi les portes coulissantes que je fus surpris de trouver bondé le hall des départs. Devant les guichets d'enregistrement se pressait une multitude bigarrée et chassieuse, un véritable exodc, confusion de peuples, de tribus, de populations et de langues qui fuyait le pressentiment de l'Armageddon. Contre toute attente, au lieu de l'agitation un peu hystérique qui s'empare des passagers quelques heures avant leur départ régnait dans l'aéroport une sorte de morne expectative semblable à celle qui précède les pires verdicts ; et le verdict tombait, les haut-parleurs imperturbables annonçaient sans discontinuer des annulations de vols ou des retards. Avant d'aller grossir la masse des gens qui s'agglutinaient devant les panneaux d'information comme les fidèles devant la niche du saint qui jamais ne leur accorde une grâce à la tombola des miracles, je m'avisai que Chambers ne m'avait laissé ni adresse ni numéro de téléphone pour que je puisse prendre contact avec lui. Alors, je fis demi-tour et je le vis se diriger vers la Dodge mal garée sur la zone réservée aux taxis.

« Comment pourrai-je vous joindre ? » m'entendis-je crier dans le tintamarre des haut-parleurs, et je compris aussitôt qu'il ne pouvait m'entendre.

Peut-être Chambers ne voulait-il pas m'entendre ou préférait-il goûter sans aucune gêne cette légèreté qui nous transporte quand nous nous sentons lavés de nos fautes et pardonnés, après nous être délestés du fardeau de paroles qui pesait sur notre âme. Les confidences qu'il m'avait faites étaient bien loin de le rendre transparent à mes yeux ; au contraire, à mesure que je m'efforçais de les assimiler, elles ajoutaient à sa psychologie une complication dont je ne pourrais démêler les fils qu'une fois que la vie invisible m'aurait moi aussi forcé à réparer les conséquences de ma faute. Chambers avait fini par m'apercevoir, avant de monter dans sa Dodge, mais, semblable aux anges qui ont accompli leur mission sur terre et dont les minutes sont comptées, il ne m'adressa qu'un geste d'assentiment. Je crus comprendre que, par cet infime signe d'accord, il essayait de me transmettre une science arcane, et je fus outré de le voir me planter là comme Yahvé avait laissé Jonas à lui-même après lui avoir ordonné d'aller à Ninive proclamer une publication dont le pauvre héraut ne connaissait même pas la substance.

« Je n'en crois pas mes yeux. C'est de la magie. »

Avant de m'être retourné, j'avais reconnu la voix d'Elena, maintenant plus craintive qu'exultante, contrairement à ce qu'elle avait été au moment où nous avions lié connaissance dans l'avion. La multitude continuait de s'agglutiner devant les guichets d'enregistrement, mendiant une place dans le premier vol qui quitterait Chicago.

« C'est à ne plus savoir quoi faire pour tromper l'ennui, expliquait-elle. J'ai essayé le breuvage qu'ils servent dans toutes les cafétérias de l'aéroport, j'ai essayé tous les sièges de toutes les salles d'attente. » Elle risqua alors une moue espiègle. « Et j'ai le cul en compote. »

Sur ce, elle s'administra deux claques simultanées sur les fesses – sur son petit cul de panthère –, qui vibrèrent comme des planètes soumises à une activité sismique, en dépit du blue-jean qui les serrait. Elle était encore vêtue de façon provocante et candide, mais quelques signes de négligence la rendaient différente de la jeune femme dont je me souvenais : la teinture de ses cheveux avait perdu de son éclat ; la frange qui lui barrait le front était un peu grasse, et elle portait un pull en angora légèrement relâché aux coutures, pelé et trop clair pour masquer quelques taches. À ces signes de laisser-aller s'ajoutait la disparition de l'enthousiasme avide qui, une semaine auparavant, m'avait désarmé malgré toutes mes réticences. Elena paraissait à présent plus adulte et échaudée.

« Excuse-moi, je ne voulais pas te déranger. Si tu préfères être seul…, ajouta-t-elle encore, blessée de me voir tout entier absorbé par mes pensées, ce qu'elle interprétait comme un signe d'agacement de ma part.

– Non, non, ce n'est pas ça, fis-je, avec l'impression de m'arracher à l'influence d'un envoûtement. C'est que je suis surpris, c'est tout. »

Et soulagé, aurais-je dû ajouter. Parce que, depuis que mon appel tardif m'avait découvert sa voix affligée par le chagrin, je n'avais plus cessé de l'imaginer sans connaissance sur la moquette de sa chambre d'hôtel. Si bien que la retrouver ici était presque apaisant, et je n'eus pas le plus léger soupçon qu'il pouvait s'agir là de l'une des chausse-trapes du hasard. Je commençai par lui demander de m'expliquer pour quelle raison il y avait un tel attroupement de passagers à l'aéroport, question qui la laissa perplexc, étant donné que les journaux et les bulletins d'information ne cessaient d'annoncer la suspension du trafic aérien après qu'eut filtré la rumeur de nouveaux attentats terroristes imminents. Mais je n'avais plus écouté les nouvelles depuis qu'à mon arrivée à Chicago le visage du renégat John Walker Lindh m'avait souhaité la bienvenue sur l'écran du téléviseur, en m'invitant à me lancer dans une quête purificatrice le long des rues d'une ville trop semblable à un désert, à la recherche d'un secret qui m'était réservé. Bien entendu, je ne dis pas un mot à Elena de ces folles empathies avec le renégat John Walker Lindh, et pas davantage de mon appel au petit hôtel où elle logeait, ni du silence poltron que j'avais opposé à ses sanglots. Bien que son sourire fût moins pétillant et un peu artificiellement accroché aux commissures de ses lèvres, peut-être pour masquer la flétrissure d'une déception, Elena continuait de me fournir des informations tandis que nous faisions la queue devant les guichets ; la veille, on lui avait assuré que l'avion pour Madrid décollerait à l'heure prévue, mais après mille et un nouveaux délais, il avait fini par être annulé, et l'on n'avait même pas offert aux passagers trompés pendant toute la soirée par des promesses de départ immédiat une chambre d'hôtel où passer la nuit. C'est ainsi qu'ils avaient dû se répartir comme des proscrits d'un camp de réfugiés dans les diverses salles d'attente bondées, où certains avaient organisé des ripailles pantagruéliques (la peur excite la gloutonnerie), d'autres improvisé des cérémonies religieuses syncrétiques (la peur brouille les traits du Seigneur) et d'autres encore, comme Elena, entretenu leur insomnie en errant dans les couloirs de l'aéroport.

« Tu ne peux pas imaginer ce que cet endroit peut héberger comme cinglés, la nuit, me dit-elle en agitant la main comme si elle s'était brûlée. Bon, je suppose qu'il y en a aussi le jour, mais ils passent inaperçus. En tout cas, après le couvre-feu – ce fut l'expression qu'elle employa, pas tout à fait inadéquate, étant donné le climat préapocalyptique qui régnait dans les parages –, on les voit sortir de partout, en quête de nourriture, et ils font les poubelles avant l'arrivée du service de nettoyage. »

Une inquiétude colla alors à ma peau, très proche de celle que j'avais éprouvée quelques mois auparavant en contemplant du haut des fenêtres de mon appartement les rues désertes de Madrid, et j'imaginai une nouvelle fois des races souterraines réfractaires à la lumière du soleil, qui colonisaient les hangars des aéroports, les tunnels du métro et les cloaques des quartiers miséreux. Elena me racontait le cas d'une vieille dame septuagénaire qui, dix ans plus tôt, avait été abandonnée par son mari dans une salle d'attente de l'aéroport O'Hare ; le bonhomme l'avait quittée en lui servant le prétexte éculé qu'il allait acheter des cigarettes, et, profitant du désarroi de sa pauvre épouse qui n'avait jamais mis les pieds dans un aéroport, était monté à la dernière minute dans l'avion à destination du décor exotique dans lequel ils devaient passer leurs vacances en vieux amoureux. Le mari félon n'avait pas eu grand mal à convaincre l'équipage que son épouse n'avait pu l'accompagner, en définitive, pour des raisons de santé.

« Ce que les mecs peuvent être salauds, fit Elena, sentencieuse. Depuis ce jour, la pauvre femme déboussolée erre dans l'aéroport. Quand elle a une crise de nerfs, elle se prend pour la directrice et donne des ordres aux employés. Il aurait fallu que tu voies son regard. »

Elle secoua la tête, comme pour se défaire de l'emprise de ce regard, mais les larmes lui montèrent aux yeux et ses lèvres tremblèrent, annonçant qu'elle allait se mettre à pleurer.

« Que t'arrive-t-il ? » demandai-je, intimidé. Brusquement, Elena avait enfoui son visage dans la manche de mon pardessus, qu'elle imprégnait de larmes. « Dis-moi ce que je peux faire pour toi. »

J'étreignis légèrement sa taille de jonc tremblant, surmontant le scrupule que j'ai toujours eu à consoler une femme, d'autant plus s'il s'agit d'une inconnue. Les haut-parleurs annonçaient le prochain départ des vols les plus retardés ; à chaque nouvelle annonce, un des groupes de voyageurs se répandait en acclamations et se détachait de la multitude qui, lasse d'attendre, languissait à terre dans des positions de quadrupèdes ou de lutteurs vaincus. Elena répondit à mon geste en se pressant un peu plus étroitement contre moi ; la proximité jumelle de ses seins, la cadence accélérée de son souffle et sa tiédeur de pailler où sèchent les foins me troublèrent.

« Que s'est-il passé à Vancouver, Elena ? » osai-je lui demander. À la compassion s'ajoutait une certaine curiosité malsaine. « Que t'a fait cet amoureux, ton violoniste ? »

L'accent un peu justicier de paladin défenseur de donzelles bafouées que j'avais imprimé à ma question me surprit et me fit honte. Il avait été involontaire, mais ses effets sur Elena ne tardèrent pas à se faire sentir ; elle renifla, essuya ses larmes d'un revers de main et prit une expression de gratitude forcée. La tristesse restait incrustée au fond de son regard comme un lichen ou un minuscule ulcère qui paraissait toutefois curable.

« Allez, ne fais pas attendre mademoiselle », dit-elle en me désignant d'un mouvement du menton l'employée qui nous regardait, derrière le comptoir d'enregistrement.

Notre tour était en effet venu, et ceux qui nous succédaient dans la queue commençaient à s'impatienter et à lancer des remontrances très grossières. La jeune femme préposée à l'enregistrement était une Noire apothéotique aux chairs superflues débordantes ; assise sur un tabouret, elle donnait l'impression d'être un funambule qui aurait fait porter tout son poids sur un manche à balai. Quand elle aperçut les boîtes dont Chambers m'avait lesté, elle émit une grognement étouffé par son double ou triple menton.

« Je crains fort d'avoir à payer un petit excédent de bagages, m'empressai-je de dire.

– Je crains fort d'avoir à vous demander, auparavant, de me montrer ce qu'il y a là-dedans. »

Elle avait parlé calmement, avec un geste patelin de la main, qui m'invitait à délester le chariot. À peine avais-je posé l'une des boîtes sur le tapis roulant qui servait également de bascule que la grosse Noire se jetait sur elle, un cutter à la main, avec une agilité qui démentait son aspect obèse. D'un coup de lame, elle déchira l'enveloppe prophylactique et souleva les rabats de la boîte. Sur l'arsenal de bandes magnétiques était posée, de façon à amortir les secousses et les chocs, une pile de revues pornographiques des années cinquante. Sur les couvertures aux couleurs criardes, Fanny Riffel prenait des poses acrobatiques ou aguicheuses.

« Diable ! Qu'est-ce qu'il y a là-dedans ? »

La grosse Noire fouilla dans la pile et en tira deux exemplaires avec une expression soucieuse à mi-chemin entre celle du vétérinaire qui découvre un cas de peste porcine et celle d'une institutrice qui surprend ses branleurs d'élèves en pleine action. J'essayai d'éclaircir les choses :

« C'est de la documentation pour un livre. » Je remarquai aussitôt que je m'étais mis à bafouiller. « Je suis écrivain. Je fais des recherches sur la vie de cette fille.

– De celle-ci ? »

Pour me mortifier, la grosse Noire me montra un reportage graphique de *wrestling* [1] où Fanny Riffel se contorsionnait à terre avec une blonde platinée, qu'elle rossait sans trop d'acharnement.

« Non, l'autre. La brune avec la frange, spécifiai-je, fâché.

– Vous en faites un drôle de biographe. Vous auriez pu choisir Eleanor Roosevelt, ou *madame** Curie. »

De la file des passagers qui attendaient leur tour montaient les premiers murmures moqueurs, qui dégénérèrent en clameur quand la grosse Noire ouvrit la revue devant eux. On sait que le système pénal américain compte toujours sur l'efficacité exemplaire du châtiment.

« Trêve de persiflage. Ce monsieur est biographe, vous l'avez

1. Lutte à main plate.

entendu, proclama l'énorme Noire. Ou auriez-vous dit pornographe ? »

Même Elena me considérait d'un regard amusé. Maintenant, la Noire dodue retournait le chargement de bandes magnétiques, à grand renfort de simagrées scandalisées.

« Et ça ? Ce doit être des enregistrements d'hôtel, je suppose. »

Elle avait distordu la prononciation du mot « hôtel » pour la rapprocher de celle de « bordel ». Les railleries des voyageurs s'étendaient maintenant aux files voisines, en un joyeux chahut dont les proportions exagéraient ma honte. Je parvins à bredouiller :

« Ce sont… ce sont des conversations avec la jeune femme à la frange. » Ma voix collait au voile du palais. « Je vous le jure. »

L'imposante Noire arrêta là ses asticotages et me perça d'un regard inculpateur. Un geste de sa main pateline suffit à faire taire les passagers, en prévision d'une éventuelle distribution de claques.

« Et qui me garantit, à moi, que vous n'êtes pas un espion ? »

L'incrimination, bien qu'insensée et paranoïaque, me plongea aussitôt dans l'angoisse. Il ne manquait plus, pour couronner le tout, que les deux policiers sadiques qui avaient mis fin à mes vagabondages dans les quartiers mal famés de Chicago viennent m'arrêter.

« Ai-je une tête d'espion ? » fis-je.

Et je me retournai, avec un geste d'impuissance, vers les passagers qui tenaient lieu de jury populaire. Dans le méli-mélo de races qu'il condensait, je crus distinguer quelques visages méridionaux, des compatriotes, peut-être ; mais alors, mon humiliation grandit avec ma honte, parce que j'imaginai que, rentrés en Espagne, ils feraient de moi le plat de résistance de leurs repas familiaux. En passant en revue les expressions sauvages et acrimonieuses des passagers, je devinai que les véritables espions (à la différence des espions de pacotille que nous montre le cinéma) doivent se reconnaître à leur apparence nullement professionnelle de touriste désorienté, d'écrivain obscur ou de tranquille pornographe.

« Donnez-moi votre passeport, monsieur. » L'obèse Noire, derrière le guichet d'enregistrement, se prenait pour un juge sur son estrade. Je songeai bêtement qu'une toge avec de petits parements aux poignets l'aurait beaucoup avantagée. « Je crois que je vais mettre votre… *matériel* à la disposition des agents. »

Je lui tendis le document demandé comme on remet son âme en échange de clopinettes.

« Vous pouvez garder ces boîtes. Détruisez-les, si vous voulez. Mais ne me retenez pas », suppliai-je.

J'éprouvai, en pensant à Chambers, un pincement de culpabilité, mais sur ce sentiment se dressait la peur des interrogatoires qui durent jusqu'à l'aube ; le transfert dans des commissariats où l'on contrevient à la loi de l'*habeas corpus*, tout ce labyrinthe de complications ou de circonlocutions administratives qui font du détenu un personnage de Kafka malgré lui. La perspective de languir comme Jonas dans le ventre d'une baleine à cause d'une commande qui m'avait été imposée ne parvenait pas à m'enthousiasmer. Je suppose que je suis un dégonflé et un trouillard.

« Ces boîtes ont donc pour vous si peu de valeur ? » La baleine noire battit des paupières et caressa son double menton, comme un pélican perplexe, devant ma sortie si peu courageuse. « Alors, je ne vois pas pourquoi vous les trimballez. »

J'avais honte d'alléguer en ma défense des excuses pathétiques, mais je me disais que cette Noire colossale était peut-être accrochée aux feuilletons du petit écran, si fertiles en amours contrariées, et que j'arriverais peut-être à l'attendrir.

« Oui, elles ont de la valeur. Mais ma fiancée m'attend à Madrid. Nous allons bientôt nous marier. »

Presque immédiatement, je me rendis compte que je n'avais fait qu'embrouiller davantage l'affaire. Sans doute la jeune géante noire m'avait-elle vu enlacer Elena pendant que celle-ci pleurait sur la manche de mon pardessus. Peut-être, pendant qu'elle me fustigeait à nouveau d'un regard lourd de réprobation, imaginait-elle Elena luttant avec mon imminente épouse dans une scène de *wrestling*, tandis que je faisais l'arbitre *voyeur**. Pour écarter tout malentendu, Elena s'approcha du comptoir.

« Vous vous trompez, madame. » Son anglais macaronique soulignait ses paroles d'une sorte de fureur blessée. « Et je vous avertis que si vous continuez à molester M. Losada, nous allons tout droit au conflit diplomatique. M. Losada est un écrivain très important en Espagne, et je suis son éditrice. »

Elle avait lancé ce tissu de bobards et d'usurpations d'identité sans un fléchissement de voix ni un cillement. Tant de véhémence finit par impressionner la massive Noire.

« Et si vous doutez encore, regardez. »

Sur ces mots, Elena ouvrit son sac et en tira l'exemplaire de mon dernier roman qui lui avait servi, une semaine plus tôt, à se présenter à moi comme ma plus fervente lectrice. Elle montra à l'olympienne Noire le rabat de la couverture où figurait mon portrait le plus flatteur.

« Vous voyez ? Et là, au-dessous, il y a la liste des prix qu'a remportés M. Losada. M. Losada est… est… » Elle ne trouvait pas l'hyperbole convaincante. « … C'est notre Tom Clancy, pour que vous vous fassiez une idée. »

L'obèse Noire n'était pas du tout certaine que Tom Clancy collectionnait les revues pornographiques, mais elle opina, à demi convaincue. Plus tard, je compris qu'elle avait surpris dans le regard d'Elena ce fonds de fanatisme exaltant propre à ceux qui amorcent leur périplc dans les corridors de la folie. Je m'aperçus que le marque-page dont Elena se servait quand elle lisait n'avait pas avancé d'un iota depuis notre voyage à l'aller. Cette découverte fut une offense beaucoup plus amère que les dithyrambes caricaturaux qui m'apparentaient à Tom Clancy.

« C'est bien, accepta la monumentale Noire. Mais vous allez devoir payer l'excédent de bagage. »

Je sus qu'elle n'allait pas me faire grâce d'un milligramme.

William le violoniste avait disparu sans laisser de trace. Elena égrena à mon intention les vicissitudes de son voyage décourageant à Vancouver. Le ton intraitable qu'elle avait pris pour venir à bout des réticences de l'ample Noire qui m'avait fait payer l'excédent de bagage se colora d'une sorte d'ironie déroutée quand nous fûmes assis dans l'une des cafétérias du terminal, en attendant l'annonce de l'embarquement ; et cette ironie s'enténébra peu à peu d'une acrimonie sans destinataire qui minait lentement ses défenses, jusqu'à ce que sa voix fût devenue blanche, comme un violon sans cordes. Ses premiers soupçons s'étaient éveillés quand, à peine arrivée à Chicago, elle avait voulu téléphoner à William pour lui indiquer le jour et l'heure de son atterrissage à Vancouver ; les appels – aussi bien sur le poste fixe que sur le portable – s'étaient heurtés invariablement à ces voix robotisées avec lesquelles les compagnies téléphoniques signalent l'absence de leurs abonnés. Elle pensa que William avait dû faire face à une obligation imprévue, une répétition marathonienne de son orchestre qui l'obligeait à débrancher son portable, un voyage dans une région sauvage mal desservie. Elle laissa des messages sur les répondeurs ou les boîtes vocales et se boucla dans la chambre d'hôtel pour y attendre avec une anxiété croissante la réponse de son William évanoui ; puis, pour repousser l'assaut des présages funestes, elle descendit de temps en temps à la réception (bien qu'à intervalles toujours plus courts, à mesure que grandissait son angoisse), afin de s'assurer que les réceptionnistes ne dirigeaient pas les appels qui lui étaient destinés sur une autre chambre (pendant ces allées et venues, l'un des réceptionnistes allait apprendre par cœur les contours de son cul de panthère ; et si la lubricité n'aveuglait pas sa commisération, deviner à ses expressions, à sa façon de se comporter, à ses allures d'âme en peine, les symptômes d'un effondrement progressif). Elena avait mille fois imaginé comment elle allait retrouver à l'aéroport de Vancouver William le violoniste : austère et peu enclin aux effusions, comme il sied à un homme de tempérament taciturne, mais porteur de ces passions contenues qui ne se dévoilent que dans l'intimité. Elle avait imaginé le trajet en automobile jusque chez lui, sur une route flanquée d'un régiment de sapins ; entre deux flots de confidences et de chatteries, elle baisserait la vitre et respirerait l'air des vallées ombreuses, se laisserait envahir par un sentiment panthéiste et commencerait à examiner la possibilité de faire entrer ces paysages canadiens dans une vie nouvelle, à creuser l'idée d'abandonner l'Espagne et de lier à jamais son destin à celui de William. Emportée par cet optimisme mirobolant, Elena en était même venue à imaginer le moment précis où elle lui confierait cette décision, plus impulsive que méditée : ce serait quand tous deux, après l'assouvissement des sens, se tiendraient cois, regardant le plafond, dans la voluptueuse lassitude que William aimait interrompre ou prolonger en allumant une cigarette. Alors, elle lui dirait, en accompagnant la révélation d'un sourire désarmant : « Je suis venue pour rester. »

Elle n'avait pas voulu, en revanche, imaginer la réaction de William, de peur de voir son château de cartes s'écrouler et l'écraser sous les décombres. L'impression étouffante de vivre dans un champ de ruines devenait toujours plus véridique à mesure que passaient les heures pendant lesquelles William ne donnait aucun signe de vie. À cette oppression s'ajoutait le soupçon d'avoir été abandonnée comme ces parapluies que l'on oublie au vestiaire d'un théâtre ou d'un restaurant et que l'on ne s'inquiète plus d'aller réclamer parce qu'ils ont des baleines tordues. Même si ces pensées l'écrasaient et la brisaient, Elena rassembla les débris de cet espoir indigent qui encourage les mendiants à persévérer dans leur quête, à trembler de froid à un carrefour alors que les passants qui leur font l'aumône sont rentrés chez eux et que la nuit fait grincer leurs os. Passer deux jours bouclée dans cette chambre plutôt étroite avait suffi à éveiller en elle des peurs cumulées et contradictoires qui la tourmentaient : peur que William ait été victime d'un accident ; peur de se morfondre en espérances vaines ; peur de céder à l'appel du vertige et de se jeter par la fenêtre comme le lui suggéraient ses cauchemars. À ces peurs cumulées s'ajoutait encore l'élan destructeur qui nous pousse parfois à introduire ou à déchaîner des changements décisifs dans notre vie qui prennent des proportions cataclysmiques ; cet élan insensé de ceux qui, au lieu de se contenter de surmonter leurs chagrins, préfèrent risquer leur dernier reste de volonté ou de leur énergie sur un renvi qui ne leur vaudra que douleurs et calamités sans nombre. Peut-être Elena désirait-elle purement et simplement se sentir encore vivante au milieu d'une telle agonie.

C'est ainsi qu'elle monta dans l'avion pour Vancouver, déterminée à ne pas se laisser prendre aux rets de ces peurs qui la laissaient à peine souffler. Elle finit par se forger en vain la chimère que William le violoniste regagnait ses pénates pendant qu'elle s'en approchait, en plein ciel, et qu'après avoir écouté ses messages, il bondirait dans sa voiture et conduirait à une vitesse folle sur la route flanquée de sapins pour aller la chercher à l'aéroport, comme si rien ne s'était passé. Ce dernier résidu de crédulité s'effaça tandis qu'elle attendait à la sortie des arrivées, près des portes coulissantes qui à brefs intervalles livraient passage à de nouveaux groupes de passagers, accueillis par leur parentèle ou leurs connaissances canadiennes avec une politesse circonspecte très différente du tapage qui préside à de semblables rencontres sous des latitudes moins septentrionales. Vers la fin de l'après-midi, après cinq ou six heures d'attente, un employé de l'aéroport vint vers elle pour l'orienter ou la consoler ; quand elle remarqua son regard de Bon Samaritain, Elena se sentit submergée par l'angoisse. Elle ne voulait pas être prise en pitié, et pas davantage éveiller de soupçons. Elle cacha les larmes qui lui venaient aux yeux derrière un sourire distrait et courut à la station de taxis, fauchée par la déception, en traînant sa valise aussi lourde qu'un sarcophage. Elle n'échangea pas un mot avec le chauffeur, qui se dirigea vers le centre de Vancouver ; elle déchira la feuille de son agenda où figurait l'adresse de William le joueur de violon et la lui tendit, avec le même mélange de lassitude et de détachement dont fait montre le candidat au suicide en tendant au pharmacien l'ordonnance du poison qu'il a choisi pour abréger le supplice de la vie. L'autoroute n'était pas flanquée de sapins comme elle l'avait imaginé, mais suivait le cours du fleuve Frazer qui, à son embouchure, se donnait une importance de lac ; mais Elena avait fermé les yeux, pour rendre sa tristesse plus abstraite, pour ne pas ajouter au souvenir de cette tristesse un paysage qui, plus tard, la rendrait encore plus amère et tenace.

Elle ne les rouvrit que quand le chauffeur lui annonça qu'elle était arrivée. La rue avait cet aspect propret, ennuyeusement propret et grisâtre que les Méditerranéens attribuent aux villes suisses ; la nuit devenait plus profonde au loin, où elle avait trouvé refuge dans un parc proche du trottoir d'en face, très peu éclairé, à la différence de celui où le taxi s'était arrêté, assailli de réverbères qui projetaient sur le sol des flaques de lumière semblables à des vomissures de malade atteint de paludisme. Le contraste entre cette lumière réquisitoriale et l'obscurité mouvante du parc, qui avançait vers elle comme la forêt de Macbeth, inspira à Elena cette répulsion qu'éveillent les saveurs incongrues qu'un cuisinier inepte ou novateur met tout son zèle à combiner. Elle avait demandé au chauffeur de patienter quelques instants, sans sortir sa valise du coffre en prévision d'un fiasco définitif qui la ramènerait instruite par l'expérience à l'aéroport.

Elle était descendue du taxi et se dirigeait vers la porte d'entrée qui portait sur son linteau le numéro de la maison que lui avait indiqué William, en ajoutant qu'il y louait un petit appartement, quand elle entendit derrière elle un sifflement qui s'ouvrait passage dans la végétation du parc ; c'était un sifflement incroyablement talentueux, bien qu'insolent, parce que s'il n'était guère que dix heures du soir, la rue semblait déjà dormir. Avant de se retourner, Elena avait reconnu l'air, qu'elle interpréta comme un signe du Ciel ; dans un tourbillon de stupéfaction heureuse, elle retrouvait le passage de la *Jupiter* dans lequel les violons dialoguent avec les basses – *allegro vivace* – en préludant aux motifs du troisième mouvement. Quand elle eut ramassé assez d'audace pour renverser la vapeur de son état d'âme (elle était prête à pardonner à William les prétéritions de ces derniers jours), Elena scruta l'obscurité du parc et distingua la silhouette d'un homme qui marchait sur un sentier où l'écran végétal laissait mordre la lumière vomie par les réverbères. La première de ces morsures glissa fugitivement sur un objet poli et volumineux que l'homme portait ; Elena décida que cet objet était l'étui d'un violon recouvert de maroquin noir. Alors, tirant force de sa faiblesse, elle murmura (mais peut-être l'enthousiasme renouvelé qui l'envahissait changeait-il son murmure en quelque chose de semblable à un transport) le nom de son aimé : « William », et elle renoua, ce faisant, avec l'un de ses premiers bonheurs d'enfant, quand elle appelait les choses par leur nom. Alors, elle sentit que William retrouvait une existence objective, du simple fait de l'avoir invoqué, de le désirer avec ferveur.

Mais ce bonheur s'effondra presque aussitôt, quand l'homme qui portait le violon et sifflait un passage de la symphonie *Jupiter* laissa derrière lui la ramée et foula les cercles de lumière que les réverbères projetaient sur le pavé. Alors, la joie puérile et impétueuse qui s'était emparée d'elle quelques instants auparavant se mua en un sentiment d'impuissance révoltée ; de même que l'enfant qui demande de l'eau à sa mère pour étancher sa soif et qui en sentant une brûlure dans sa gorge découvre que cette eau présumée sent le vinaigre, Elena venait de distinguer les traits d'un jeune homme qui n'étaient pas ceux de William le violoniste. Ce fut une impression de désarroi qui s'amplifia progressivement, une impression très semblable à celle qui nous bouleverse quand nous apercevons en rêve un visage chéri et que nous assistons à sa rapide métamorphose en un autre visage qui le réfute, un autre visage qui se décompose ou fuse comme la cire, à la manière de ces portraits de Bacon qui transforment le modèle original en une créature déchiquetée à coups de brosse. Comme William, cet homme ne devait pas avoir plus de trente ans, mais ses cheveux bouclés et fournis démentaient les atteintes de calvitie qui affligeaient William, ses joues rubicondes niaient le visage émacié de William et, quant à la silhouette, son aspect rondouillard et un peu mou était l'antithèse de celle, presque étique, de William. Tandis que l'inconnu s'approchait, tout d'abord fringant et ensuite – à mesure que les traits d'Elena s'altéraient – pressé par son devoir d'assistance à personne en danger, elle prononça une autre fois le nom de William, non plus en un murmure, mais en poussant des cris qui étaient autant d'amers reproches, des anathèmes, et en même temps des prières réclamant encore la clémence qui lui avait été refusée. Si cette illusion ne l'avait pas trompée, Elena aurait enduré l'humiliation et la douleur, elle aurait admis, résignée, que William n'était qu'un séducteur sans scrupule, elle serait remontée dans le taxi et aurait regagné l'aéroport. Mais en entendant le sifflement qui lui remettait en mémoire l'interprétation de William au Palau de la Música de Valence, en entrevoyant l'étui du violon que portait l'inconnu, elle avait crédulement baissé la garde. Et maintenant, une fois le mirage dissous, la douleur la prenait au dépourvu et l'investissait sans faire de quartier. Dans les brumes de l'évanouissement, elle réussit pourtant à trouver le soutien du réverbère.

Quand elle revint à elle, l'inconnu tournait autour du lit dans lequel elle se trouvait couchée. Effaré et un peu rebuté de devoir accepter une responsabilité qui ne lui revenait pas, il la regardait avec cette frayeur repentante de l'homme qui, par inadvertance ou faiblesse de caractère, a accédé à la demande que lui a faite un ami de lui garder un paquet dans lequel une bombe à retardement a par la suite été découverte. Avec un fatalisme anticipé, l'inconnu attendait qu'Elena revienne à elle en sachant que la bombe allait lui exploser entre les mains. « J'ai écouté tous tes messages », dit-il en montrant le téléphone posé sur le plancher de la chambre. Sans pouvoir se défaire de l'impression de stupeur fangeuse qui accompagne les réveils succédant à une anesthésie, Elena aperçut sur les murs des affiches annonçant les concerts de l'Orchestre symphonique de Vancouver et, sur des étagères, des tas de microsillons dont les pochettes dénonçaient un usage en rien épisodique. L'inconnu, en manches de chemise, avait un air de gros balourd, ce que démentaient ses mains très stylisées et montrant l'os, semblables à celles de William le fuyard. En écoutant ses explications, Elena découvrit (sans le moindre soulagement, comme l'on déchiffre des hiéroglyphes qui énoncent une atrocité) qu'elle pouvait prévoir ce qu'allait être chacune de ses phrases, parce que la précédente faisait fonction de prélude ou d'esquisse, afin que la révélation finale fût moins douloureuse. « Tu comprendras aisément que je n'ai pas répondu parce que je ne veux pas me mêler de ce qui ne me regarde pas, dit son hôte accidentel. Crois-moi, j'ai été tenté de le faire, mais j'avais peur que la vérité te fasse plus mal que le silence de William », ajouta-t-il pour se disculper. William et lui avaient partagé l'appartement pendant près de deux ans ; ils avaient été engagés au même moment dans l'Orchestre symphonique de Vancouver, alors à court de violons, et décidé de continuer comme ça jusqu'à ce que leur situation professionnelle s'améliore et qu'ils puissent trouver un arrangement plus commode. Par la suite, la paresse devait prolonger cette cohabitation qui jamais n'avait été amicale, ni même confiante ; ils avaient des tempéraments trop différents, et c'était justement pourquoi ils ne s'étaient jamais heurtés. « Je suppose qu'il ne souffrait ni mes goûts ni mes amitiés ; les siens, je n'ai jamais eu à les souffrir, parce qu'il les tenait aussi soigneusement cachés que s'il s'était agi de secrets d'État », dit-il, et il pesa soigneusement ses mots avant d'ajouter sur le ton abrupt et désolé de la condamnation : « C'est ce que font tous les psychopathes : ils cachent maladivement leur intimité. J'ai fini par comprendre que William est un psychopathe. »

Avant même d'avoir entendu les arguments à l'appui de ce verdict, Elena se sentit engloutie par un marécage et avilie par le contact des draps du lit sur lequel elle était couchée. D'un bond, elle se redressa et frotta avec la main ses vêtements pour effacer les invisibles traces que l'immersion dans ce palus avait pu laisser. « Ne t'inquiète pas, dit son hôte pour la tranquilliser, il n'a jamais dormi dans ce lit. » William s'était marié il y avait à peine une semaine, à la grande surprise de tous les musiciens de l'orchestre, qui l'avaient harcelé, lui, son colocataire, de questions espiègles, croyant que près de deux ans de cohabitation avaient dû lui permettre de forcer certains des tiroirs secrets dans lesquels William enfouissait sa vie privée. « Mais je n'ai rien pu leur apprendre, parce qu'il n'a jamais amené une seule femme dans cet appartement, et pas question d'offrir un apéritif ou de prêter un bouquin », fit-il, encore frappé par l'arsenal de défense d'une intimité en laquelle il avait vu, plutôt qu'une forme exacerbée de misogynie, une nouvelle preuve de l'aversion de William pour le genre humain. « Homosexuel, il ne l'était pas, c'est sûr », ajouta-t-il rapidement à voix basse ; et si Elena n'avait pas été aussi annihilée par sa propre douleur, elle aurait deviné, à cette remarque, une sourde amertume, un fonds d'amer regret ou de dépit. « On dit de nous, les artistes, que nous sommes égoïstes de nature, que tout ce qui nous intéresse, c'est notre vocation et que nous cherchons toujours à utiliser les autres à notre profit, pour ensuite les jeter à la poubelle quand ils ont servi nos desseins », poursuivit-il, et l'on eût pu croire qu'il pérorait si sous ce discours plutôt impersonnel n'avait pointé une profonde offense. Peut-être l'avait-on lui aussi, comme Elena, jeté aux chiottes avant de tirer la chasse. « C'est un cliché, et c'est faux. Le seul exemple d'égoïsme chimiquement pur que j'aie jamais croisé dans mon milieu, c'est William », affirma-t-il sans se risquer à formuler une autre conclusion, qui aurait confirmé la véracité du lieu commun, à savoir que William était peut-être, avec tout son égoïsme, le seul artiste chimiquement pur qu'il eût connu.

William avait tenu secrète l'identité de sa fiancée ; ce fut seulement la veille de son mariage, quand il annonça sa démission à l'Orchestre symphonique de Vancouver, que l'on apprit qu'il allait épouser la fille aînée d'un chef d'orchestre bavarois installé à Montréal, très connu et très courtisé, dont le seul nom déclenchait des orgasmes ou des pâmoisons parmi les mélomanes les plus avertis. Quand on savait que la fille de ce chef d'orchestre se distinguait par sa banalité – d'ailleurs divulguée dans toutes les revues sur papier couché – et par sa propension à la prodigalité, si répandue parmi les rejetons de certains millionnaires apatrides, quand on savait que la baguette de son père produisait le même effet qu'une baguette magique quand elle était pointée sur un interprète moyennement doué qu'elle changeait illico en une étoile plus ou moins filante de la sphère philharmonique, les raisons de William s'expliquaient d'elles-mêmes. Mais ni l'ambition dévorante ni l'arrivisme porté à la puissance d'une nécessité vitale ne suffisaient à éclairer le sybaritisme dans la cruauté qu'il avait exercé sur Elena. Si la brève idylle valencienne ne s'était pas prolongée en conversations téléphoniques et en colloques électroniques, Elena aurait encore pu admettre que William n'avait trouvé en elle qu'un moyen temporaire de soulager ses ardeurs ; mais avoir ainsi fait durer les jeux de l'amour pendant des mois révélait un raffinement dans la méchanceté, une délectation perverse à faire souffrir autrui qu'elle ne pouvait comprendre. « Je t'ai dit que c'est un psychopathe », répéta le violoniste qui avait vécu pendant près de deux ans avec William sans parvenir à faire tomber la barrière défensive qui entourait son intimité, même s'il semblait bien, à sa manière contondante d'en parler, que sans avoir abattu cette barrière, il avait au moins pu jeter un regard de l'autre côté par quelque rainure ou quelque trou et se faire une idée du tas d'immondices qu'elle clôturait. Un mouvement de panique fit bondir Elena mais, quand elle voulut se lever, elle se rendit compte qu'elle ne tenait pas debout. Elle éprouva alors ce qu'avait dû éprouver Fanny Riffel quand elle avait été harcelée au téléphone par le jeune Chambers, ce qu'éprouvent sans doute les papillons quand l'épingle de l'entomologiste les cloue au liège. Respirer l'air de cette chambre dans laquelle quelques jours auparavant se déplaçait encore le responsable de son agonie lui soulevait le cœur. « Il aurait au moins pu m'en aviser à la dernière minute, pour m'éviter ce voyage », balbutia-t-elle stupidement, en proie à cette idée fixe de moribond qui, une seconde avant d'expirer, se souvient qu'il a oublié de fermer un robinet et part pour l'autre monde avec l'ennui de savoir qu'il va laisser derrière lui une facture d'eau particulièrement salée. « Par son beau-père, j'ai pu avoir le numéro de téléphone de l'hôtel où William et sa femme sont descendus pour leur lune de miel, dit encore l'homme qui l'avait secourue. Je l'ai appelé il y a deux jours, je n'ai pas pu l'obtenir, mais j'ai laissé ton nom et ton numéro de téléphone à Chicago. On ne sait jamais. » Il tâcha d'imprimer à ce « on ne sait jamais » un ton de vœu pieux que la compassion ou le scepticisme gâta. Elena se traîna en chancelant jusqu'à l'entrée où se trouvait la valise qu'elle avait préparée une semaine plus tôt, à Valence, avec autant de soin que les promises d'antan travaillaient à leur trousseau. Maintenant, cette valise avait l'air de contenir le cadavre d'une déception.

« Le lendemain matin, je suis repartie pour Chicago, me dit-elle en respirant profondément. J'ai voulu prendre la correspondance pour Madrid, mais je me suis heurtée à cette pagaille. C'est comme ça que je suis retournée au petit hôtel où j'avais logé ; tu ne vas pas le croire, mais… »

Les haut-parleurs, couvrant la petite voix d'Elena, adressèrent un message aux passagers à destination de Madrid, pour les prévenir que leur vol serait probablement retardé jusqu'à l'aube, et leur annoncer que la compagnie aérienne leur avait réservé des chambres dans un hôtel des environs, pour leur éviter une nuit d'attente – une nouvelle nuit, en ce qui concernait Elena – dans l'aéroport.

« Mais ? fis-je pour l'encourager à poursuivre l'histoire de ses infortunes.

– Ces enfoirés vont nous laisser en plan jusqu'à ce qu'on fasse un malheur, se rebella-t-elle autant que la fatigue et l'abattement le lui permettaient. Mais il m'a appelée. »

Un instant, ses yeux verts étincelèrent d'un éclat de colère, mais aussi d'espoir ambigu.

« Qui t'a appelée ? William ?

– Oui, il m'a appelée, ce grand imbécile, opina-t-elle avec orgueil. Mais il n'a pas eu le cran de me demander pardon. Il est resté un moment sans rien dire et il a raccroché. »

Je me souvins de sa voix secouée par les sanglots à l'autre bout du fil, de sa voix se répandant en un dialecte incompréhensible, suppliant, réclamant l'aumône d'un simple souffle amical ; je me souvins de la neige tombant sur Chicago, impassible et chaste, tandis que je l'écoutais sangloter, le combiné à la main, et je me souvins aussi des remords qui m'avaient empêché de trouver le sommeil et accablé pendant des heures, à la suite de mon appel intempestif.

« Ce n'était pas William, dis-je, prêt à expier ma faute.

– Comment le sais-tu ? rétorqua-t-elle sur un ton de défi mais sans comprendre encore.

– Parce que c'était moi. »

Elle eut une expression d'impuissance dolente, sourit à travers un mur de douleur et, comme assommée par une révélation qui la bouleversait et la désorientait à la fois, dit d'une voix faible et vacillante :

« Alors, c'était toi... »

Son regard étincelait comme si elle venait d'être plongée dans un océan de bonheur pressenti ; elle baissa les paupières avec lenteur, rougissante, tandis que je bredouillais des excuses :

« Je me suis dit que tu aurais peut-être envie d'assister à la conférence que je donnais le lendemain matin. Mais quand j'ai découvert dans quel état tu étais, je n'ai pas osé m'en mêler. » Elena poussa un soupir, rougit encore. Elle examinait ses vêtements, un peu contrariée, comme si elle déplorait mon indécision ou si elle redoutait que son aspect négligé pût influer sur l'opinion que je me faisais d'elle. « Comprends-moi, j'étais très impressionné. J'ai eu le sentiment d'avoir mis les pieds dans le plat. Depuis, je n'arrête pas de retourner cette affaire dans tous les sens. Tu ne peux pas savoir...

– Alors, c'était toi », répéta-t-elle en me coupant la parole.

J'eus peur qu'à ce ton de constat affligé succédât un éclat de colère, mais Elena avait repris la parole avec une sorte d'exultation précipitée :

« C'était toi, Alejandro. C'était toi... »

Elle m'adressait un regard qui n'était pas exactement absorbé en lui-même mais plutôt mal ajusté, comme si elle parlait à quelqu'un qui se serait trouvé juste derrière moi, à mon ange gardien, peut-être. Et elle souriait. J'en frémis, parce que sans triompher tout à fait de la tristesse et de la fatigue que ses traits accusaient, son sourire avait tout de celui d'une femme amoureuse.

« Je vais appeler ma fiancée », annonçai-je. J'espérais que cette allusion abrupte suffirait à balayer tout malentendu et à m'affranchir de ce sourire embarrassant. « Pour lui dire de ne pas s'inquiéter, que le vol a été annulé. »

Les haut-parleurs de l'aéroport adressaient de nouveau leur message d'excuse aux passagers à destination de Madrid. Alors que, tournant le dos à Elena, je m'éloignais en direction d'un téléphone public, je sentais son regard peser sur ma nuque comme un joug d'invisible dévotion. Puis, tandis que je parlais à Laura, je pus distinguer de loin son expression à la fois heureuse et soucieuse. Je préférai me dire que c'était là l'expression naturelle d'une femme qui, dans sa solitude, ressent de la reconnaissance pour quelqu'un qui l'écoute et compatit.

« Je ne t'ai pas réveillée, n'est-ce pas ? » demandai-je à Laura quand elle décrocha.

Je parlais très fort, cédant à cette impulsion rustaude qui nous force à nous époumoner pendant les conversations transocéaniques.

« Penses-tu. Je me prépare à aller travailler, répondit-elle. Et toi ? Que fais-tu ? Tu ne devrais pas être en plein ciel ? »

Laura paraissait d'excellente humeur. Ou peut-être faisait-elle semblant, pour ne pas laisser ses inquiétudes paraître à l'autre bout du fil.

« Je suis encore à l'aéroport de Chicago ; il y a une perturbation du trafic épouvantable. Aux dernières nouvelles, on va nous conduire dans un hôtel, pour que nous puissions prendre un peu de repos. »

J'entendais le ronron d'une radio qui agrémentait le lever des Madrilènes d'une avalanche de nouvelles fraîches, lesquelles seraient ensuite servies au festin cannibale des réunions de café. Parmi les plus épouvantables habitudes de Laura, il y avait celle de se servir de la radio comme d'un réveil.

« Quelle poisse. Tu dois t'ennuyer comme une carpe. »

Et cette habitude m'horripilait, parce qu'elle me rendait la vie amère alors que je traînassais encore au lit. Le ronron radiophonique m'inspira une absurde colère rétrospective. À l'exemple du chien de Pavlov, nous sommes des créatures mues par des pulsions réflexes.

« Pas le moins du monde. Je suis dans les meilleurs termes avec une passagère. »

Laura éteignit presque instantanément la radio, comme si elle s'était souvenue de mes manies. Un silence offensé s'établit qui me coûta quelques poignées de centimes.

« Eh bien, tous mes compliments », fit Laura. Elle avait beau adopter le ton de la plaisanterie, une ombre d'inquiétude planait sur ses paroles. « Vous n'avez pas perdu de temps, pour être dans les meilleurs termes. »

Je jetai un regard fuyant du côté d'Elena, qui réglait au serveur nos consommations. Bien qu'occupée à chercher un peu de monnaie, elle ne cessait pas pour autant de me surveiller, comme si elle redoutait de me voir disparaître d'un instant à l'autre et la laisser de nouveau seule. Sur ses lèvres s'attardait un sourire de soulagement et de gratitude qui me faisait l'effet d'un reproche.

« L'attente dans les aéroports rapproche beaucoup, dis-je, tâchant de réparer l'agressivité de ma première réaction. De plus, nous étions dans le même avion à l'aller.

– Que veux-tu, ce sont les hasards de la vie. »

Laura ne prenait plus la peine de dissimuler sa consternation ; ses paroles, vite dépouillées des derniers vestiges du sommeil, avaient une résonance rébarbative et métallique. Comme je me sentais pareil à ces personnages de comédie qui, pris d'un désir fou d'effacer une remarque intempestive, finissent par s'emberlificoter dans des excuses byzantines et ne font ainsi qu'aggraver leur erreur, je m'efforçais de cacher mon malaise, mais le timbre de ma voix laissait peut-être percer un soupçon de culpabilité.

« Ça va, Laura, arrête… »

Elle avait rallumé la radio, pour me blesser ou pour contenir l'impatience qui s'emparait d'elle.

« Elle est bien foutue ? »

Quand Laura adoptait un ton presque grossier, il fallait craindre le pire. Je me rappelai la description effrontée et succincte du réceptionniste de l'hôtel où logeait Elena : blonde, yeux verts, petit cul de panthère. Je me rappelai aussi ma première impression, quand elle m'avait abordé dans l'avion : celle d'une beauté généreuse et vulgaire que ses vêtements pouvaient à peine contenir, parce qu'elle exsudait l'enthousiasme par chaque pore de sa peau. Je suppose qu'Elena incarnait le prototype du « sacré morceau », selon cette préférence masculine qui confond la beauté avec l'industrie de la viande. Toutefois, les sentiments qu'elle éveillait en moi tenaient davantage de la pitié – dans ses formes les plus craintives et précautionneuses – que de la concupiscence. Mais la pitié et la concupiscence sont les reflets inversés de l'amour.

« Pourquoi faut-il que tu te montres aussi désagréable ? »

Mon reproche devait avoir eu l'air convaincant, parce que Laura abandonna sa stratégie guerrière.

« Pardonne-moi. Tu vas penser que je suis jalouse et paranoïaque. Je dis ce qui me passe par la tête sans prendre le temps de réfléchir.

– C'est la fièvre du mariage, risquai-je pour achever de la tranquilliser, pour achever de me tranquilliser.

– C'est la fièvre du mariage, admit-elle, peinée par son excès de suspicion, ou s'en repentant. Allez, invite à dîner cette passagère que tu as rencontrée, pour qu'on ne dise pas que tu es un rapiat. »

Comme si elle avait entendu la suggestion de Laura, Elena sortit de son sac un poudrier et un miroir pour essayer d'atténuer les dégâts que la fatigue avait occasionnés sur son visage ; je compris, avec un mélange de soulagement et de gêne, que j'étais le destinataire de cet effort de coquetterie.

« Pour le dîner, je crains qu'il ne soit trop tard. Mais je vais peut-être l'inviter à prendre un verre, pour l'aider à trouver le sommeil », fis-je en plaisantant.

Le signal indiquant que la voracité de la machine à sous téléphonique était insatiable ou qu'il fallait abréger les adieux retentit.

« Je te raconterai ça à mon retour, dis-je précipitamment. Mais tu ne vas pas me croire, j'ai découvert le secret de Chicago. En définitive, tu avais raison.

– C'est vrai ? » Laura avait brusquement renoncé à son attitude défiante. « Donne-moi au moins une idée de… »

Je ne pus lui donner la moindre idée, sa voix ayant été tranchée net par la guillotine cupide du téléphone, qui ne voulait plus entendre parler de prorogation. Peut-être pour remédier à l'insatisfaction résiduelle de la communication interrompue, ou plus probablement pour éviter de voir Elena m'adresser plus longtemps le sourire enjôleur qui ne quittait plus ses lèvres, je décidai de lui conter mes errances en quête du mystère de Chicago, ma rencontre avec Chambers et enfin la vie ténébreuse et infortunée de Fanny Riffel. On dit que la loquacité est le meilleur remède à la mélancolie, parce qu'elle tient nos pensées à l'écart des réflexions mortifiantes ; on dit aussi que ceux qui relèvent d'une maladie – du corps ou de l'âme – voient leurs douleurs résiduelles soulagées quand ils sont en présence d'un autre malheureux dont les souffrances sont plus virulentes que les leurs. Mon récit avait sur Elena un effet thérapeutique, l'intéressait à tout un tas d'infortunes qui lui permettaient d'oublier ou d'ajourner les siennes et, en même temps, il me facilitait la mission délicate qui m'avait été confiée en me rapprochant d'une femme traumatisée. Mais même les élans les plus altruistes cachent d'autres intentions, incontrôlées ou inavouables, et peut-être qu'en consolant Elena je cédais à la flatteuse tentation de m'ériger en paladin d'une noble cause. Je ne vois pas d'autre explication que cette vanité au fait que je ne prenais garde au sourire qu'Elena s'obstinait à m'adresser.

Les haut-parleurs de l'aéroport nous demandèrent de nous présenter au comptoir des réclamations que l'on apercevait tout au bout du terminal. Une fois le troupeau des trente passagers à destination de Madrid rassemblé, on nous confirma dans un espagnol dépenaillé que notre départ n'aurait lieu que dans quelques heures, à l'aube, probablement (et il était tout juste un peu plus de minuit), avant de nous recommander d'aller prendre notre mal en patience dans un hôtel ou un havre de spectres proche de l'aéroport, où nous serions logés sans devoir mettre la main à la poche. Une navette nous y conduirait comme des marchandises non répertoriées que les divers gérants d'une chaîne de grands magasins se renvoient les uns aux autres. Je voulus me rebeller contre le rôle de déchets que l'on nous assignait, mais Elena m'en dissuada.

« Je ne serais pas fâchée, moi, de pouvoir m'allonger un moment. Je ne tiens plus debout. »

C'est ainsi que je me laissai conduire jusqu'à la navette en question, éclairée, à l'intérieur, d'une pâle lumière fluorescente de laboratoire soviétique spécialisé dans l'élevage des taupes. Elena écoutait avec une espèce de fascination lugubre les mésaventures de Fanny Riffel que j'égrenais à son intention et m'interrompait fréquemment pour me poser des questions un peu insidieuses, un peu déconcertantes, comme si elle cherchait par ce moyen à influer sur le sort d'une femme qui avait été tranché depuis des décennies. Nous descendîmes de la navette sur une esplanade illuminée par les éclats clignotants de lettres fluorescentes chargées d'attirer le client vers des casinos douteux, des galetas pour camionneurs au gland calleux, des chambres de passe déguisées en motels. Une lune lépreuse rôdait dans le ciel, rongée par les crachats de ces conducteurs ivres qui perdent le contrôle de leur véhicule, s'envoient dans le décor et le reprochent à Dieu, comme s'Il était agent de la circulation. Elena me prit par le bras et se serra contre moi en frissonnant.

« Brrr. On se croirait dans un film de David Lynch », fit-elle.

Peut-être cette esplanade avait-elle un jour vu passer les voitures de tous les putassiers et de tous les joueurs invétérés de l'Illinois ; mais elle avait maintenant l'apparence désolée des enclos de déchets radioactifs. Les tubes fluorescents parvenaient à éclairer les marquises des édifices qui abritaient les survivants de la catastrophe : un croupier conservé dans le formol que la mélancolie avait changé en Jivaro et qui portait, pendu au cou, un oiseau mort qui pouvait aussi bien être une chauve-souris ; une vieille ballerine fessue qui jadis se contorsionnait devant une clientèle vociférante et que l'abus du beurre de cacahouète avait forcée à troquer le soutien-gorge pour le bât ; un imitateur d'Elvis Presley pour lequel l'heure de l'alopécie était venue avant celle de la résurrection de son idole mais qui se pavanait encore en chemise à jabot et en costume couvert de grosses paillettes miroitantes peut-être destinées à séduire les mites. L'hôtel qui approvisionnait en chambres l'aéroport O'Hare avait été conçu pour accueillir ces escrocs qui s'offrent une dernière orgie à tout casser avant de prendre l'avion qui doit les conduire dans une république bananière, mais son décor bordélisant et pharaonique avait pris un sérieux coup dans l'aile et donnait une impression de luxe suranné que renforçait, en fond musical, le massacre d'une chanson de Frank Sinatra. Comme les réservations ne couvraient pas les services d'un portier de nuit, chaque passager dut décrocher sa clef du tableau et s'aventurer dans des couloirs couverts d'une moquette sur laquelle avaient dû s'ébattre des troupeaux de cochons. Une odeur astringente d'eau de Javel mêlée à du triste foutre perforait la pituitaire.

« Et que penses-tu qu'il y ait sur ces bandes ? » me demanda Elena pour retarder le moment de la séparation.

Nous nous trouvions devant la porte de ma chambre. La perspective fuyante du couloir, avec sa lumière de morgue et son tapis illustré de motifs à donner le tournis, n'inspirait guère que de la répugnance.

« Les conversations entre Fanny et Chambers à l'asile d'aliénés, dis-je en engageant la clef dans la serrure. Un document clinique. »

Le pêne joua. Elena ne me lâchait toujours pas.

« Ce doit être à faire dresser les cheveux sur la tête. Tu n'as pas peur de les écouter ?

– Ma peur, il faudra bien que je la surmonte », dis-je. Mais ma volonté était plutôt friable, comme je le démontrai en poursuivant le dialogue. « J'ai promis à Chambers d'écrire ce livre.

– Et tu as déjà une idée de comment tu vas t'y prendre ? »

L'ouverture de la porte déclencha la musique de fond ou plutôt le massacre de la chanson de Sinatra que nous avions entendue à la réception. J'eus un choc en apercevant un baldaquin dont les rideaux très rococo étaient assortis aux motifs imprimés du couvre-lit. Je devançai la question d'Elena :

« As-tu jamais vu une ringardise de ce calibre ? »

Elle éclata d'un rire qui allégea peut-être pour quelques instants sa peine et fit quelques pas dans la chambre fin prête pour une bamboche de malfrat. Le reste du mobilier ne déparait pas le lit à baldaquin : fauteuils recouverts de velours – ou de peluche – bordeaux, coiffeuse croulant sous les moulures, lavabo en coquille soutenue par une petite statue de Vénus.

« Une semaine dans cette chambre, et nous sommes bons pour le cabanon », remarqua Elena en passant en revue le fatras de babioles censées exciter les sens.

Elle avait employé le pluriel, qui ajoutait à son commentaire un climat de concubinage. Je me dis alors, pour la deuxième fois depuis la nuit qui avait précédé ma conférence au John Hancock Center, que Laura n'était pas là, que Laura ne pouvait me voir. Avant d'avoir pu chasser cette pensée, j'avais déjà proposé :

« Que dirais-tu d'un petit verre ? »

Après tout, cette offre était exactement ce qui avait été décidé entre Laura et moi pendant notre brève conversation transocéanique. Puisqu'elle y avait consenti, me dis-je pour m'en convaincre, je n'avais rien à me reprocher.

« Ça nous aidera à nous endormir, fis-je en inspectant la provision de bouteilles lilliputiennes du minibar. Nous allons arriver en Espagne sur les rotules. »

Dans mon exploration, je tombai sur un répertoire d'alcools tous plus sirupeux les uns que les autres, jusqu'au moment où je mis la main sur un *whiskey* à peu près décent qu'Elena approuva d'un signe de tête.

« Me permets-tu de te donner un conseil ? » demanda-t-elle. Elle avait posé son sac sur la coiffeuse et s'était assise au pied du lit à baldaquin. Inopinément, elle se déchaussa pour soulager ses pieds fatigués de faire les cent pas dans l'aéroport ; je pus une nouvelle fois contempler les veinules qui descendaient sur leur cou-de-pied, semblables à de sveltes veines de minerai ou à des filets d'eau silencieux. Le vernis de ses ongles s'était écaillé, mais ce signe de négligence n'ôtait pas une once de leur charme à ses orteils, qui s'étiraient comme des anémones de mer.

« Vas-y », dis-je en lui tendant un verre de *whiskey*.

Enhardi par la première gorgée d'alcool, je crus un instant que le conseil qu'Elena allait me donner serait d'ordre érotique. Je m'assis à côté d'elle et, en une tentative d'autosuggestion assez fallacieuse visant à me convaincre de mes bonnes intentions, je me dis et me redis que tout ce que je désirais, c'était lui épargner un nouvel assaut de la solitude. Il se peut que courtiser une femme quand on est fiancé à une autre ne soit pas exactement un crime, mais le faire en jouant les Bons Samaritains n'est guère reluisant. Toutefois, je n'étais pas conscient de ma bassesse, ni d'être en train de tromper Laura. À présent, je suis épouvanté d'avoir pu me leurrer à ce point.

« Je crois que tu devrais raconter la vie invisible de Fanny Riffel, fit-elle.

– La vie invisible ? Que veux-tu dire ? »

L'expression m'avait séduit, et je l'ai longuement méditée, j'y suis bien des fois revenu, quand j'ai tenté de cerner la nature de ma faute. Le blue-jean étranglait les cuisses d'Elena, dont j'imaginais la chaleur douce et les bontés.

« Je pense à ses années obscures, à partir du moment où Chambers l'a regardée s'éloigner en chancelant dans cette avenue déserte, jusqu'à celui où il l'a retrouvée internée dans un asile de fous. »

Elle parlait avec l'indiscrète conviction dont font souvent montre nos plus fidèles lecteurs et quelques dingues qui ne nous ont jamais lus mais n'hésitent pas pour autant à nous harceler après une conférence, certains de nous inspirer la scène cruciale de notre prochain roman. Je buvais le *whiskey* à petites gorgées, mais sans pouvoir m'arrêter.

« Mon idée était plutôt de raconter l'histoire d'une rédemption. Chambers expie sa faute, et…

– Obtient le pardon du Ciel ? lança Elena sur un ton de dérision. Tu crois vraiment qu'expier sa faute suffit ? Ce type a détruit la vie de Fanny, il l'a détruite à jamais. »

Le bruit des avions qui décollaient et atterrissaient sur les pistes d'O'Hare taraudait notre conversation, nous forçait à élever la voix. L'alcool m'inspirait une lascivité insensée, ou plus exactement un désir de jouer avec le feu, de tenter le sort, de faire un pas de plus vers le bord de l'abîme.

« Il aurait fallu que tu les voies, ce matin-là, à Evanston. Elle l'adore.

– À d'autres, Alejandro. » Son ton de dérision était devenu récriminatoire. « Les jeunes chiens aussi adorent le maître qui les bat. Ce Chambers est un psychopathe.

– Tu n'aurais pas cette impression si tu l'avais connu. » Je vis Elena, révoltée, avoir un mouvement d'exaspération ou de gêne. « Ou peut-être l'aurais-tu, mais mêlée à d'autres. En tout cas, me mettre dans la peau d'un psychopathe repenti est un défi littéraire attirant. »

Je posai la main sur son genou, comme pour calmer l'impatience que faisait naître en elle ma complicité avec Chambers, qui n'était en fait rien d'autre qu'un échantillon de ce paternalisme condescendant avec lequel l'écrivain considère ses personnages avant qu'ils ne lui échappent. À travers la toile du blue-jean m'arrivait la chaleur de sa chair, une chaleur de fournil qui invitait à ne plus bouger.

« Un défi littéraire ? Et puis quoi encore ? Ne sois pas si prétentieux. » Son rictus de désapprobation était peut-être sincère, mais je ne voulus y voir qu'un trait de coquetterie. « Ce qui se passe, c'est que vous, les hommes, vous essayez toujours de vous justifier les uns les autres. Vous trouvez toujours des excuses pour défendre un des vôtres, même si c'est une canaille. »

Si je m'en étais tenu là, rien de ce qui est venu ensuite ne serait arrivé. Mais rien n'est moins sûr ; Elena aurait aussi bien pu le prendre pour acquis. Ces élucubrations ne servent à rien. L'impunité immédiate (Laura n'était pas là, Laura ne pouvait me voir), jointe au gentil délire dans lequel me plongeait l'alcool, agissait sur moi comme un aiguillon.

« Tu ne penses tout de même pas que j'ai essayé de justifier ton violoniste ? » demandai-je.

Pendant des mois, chaque fois que ma mémoire honteuse trébuchait sur cet épisode, je m'efforçais de m'adjuger le rôle de la victime, pour calmer ma conscience et atténuer le goût nauséabond de ma faute. Mais je sais fort bien que c'est moi qui ai tout déclenché ; Elena a pu se sentir flattée d'être l'objet de mes avances, il se peut même que son abandon ait été une sorte de défi pour me pousser à aller plus loin (en supposant que cet abandon n'ait pas été une autre forme de son abattement), mais l'initiative est venue de moi.

« Pourquoi m'as-tu appelée ce soir-là ? » demanda-t-elle une seconde avant de se rendre.

Je me sentis dominé par un besoin urgent, irrépressible, d'empoigner ses jambes, de frotter ma main sur la toile du blue-jean qui annonçait la chaleur de sa peau et devenait plus râpée entre les cuisses, là où la chair acquiert la texture hospitalière du papier bible.

« Dis, pourquoi ? » insista-t-elle en un murmure.

Les paroles nous compromettent davantage que les actes ou le simple silence, et je ne dis mot. Brusquement, je me sentis divisé, dédoublé, et une des parties de moi-même était un autre homme que moi, qui réfutait mon naturel pusillanime. Avec une stupeur éblouie, je contemplais de très loin cet homme d'une force irrésistible qui s'était approprié mon enveloppe charnelle, l'homme aux gestes opportuns et aux silences encore plus opportuns qui ne reculait pas. Elena se laissait elle aussi annihiler insidieusement par cet homme qui la pelotait sans vergogne, comme s'il l'auscultait, et elle succombait à son regard appuyé et imperturbable, à ses lèvres qui luttaient pour écraser les siennes. L'homme qui me supplantait avait réussi à glisser une main sous son pull en angora et à la plonger jusqu'à son ventre palpitant et plus bas encore.

« Inutile de me répondre. Je sais pourquoi tu l'as fait. »

Alors, je sentis le bras d'Elena se refermer sur mon dos et m'entraîner avec elle sur le couvre-lit aux motifs rococo, je sentis la proximité de son haleine, le va-et-vient de sa respiration agitée, et sa langue impérieuse qui balayait mes ultimes résistances. Je sentis sa frange couvrir mes pensées et ses seins s'éveiller sous le pull en angora, et je sentis surtout le tumulte du sang ressuscité dans ses veines, comme un fleuve assoupi par des années de sécheresse qui reprend sa course fougueuse. Et de même qu'à son passage le courant bondissant suscite un déploiement de verdure, l'élan dc son sang rendait à Elena sinon sa joie de vivre du moins cette espérance tenace qui soutient parfois les condamnés quand les remèdes ne peuvent plus leur rendre la santé et qu'ils se raccrochent au possible miracle. C'est alors que le téléphone, sur la table de nuit, sonna.

« Tu ne vas pas décrocher ? » dit-elle.

La sonnerie stridente m'atteignait comme un rire moqueur ou une accusation. Elena avait déboutonné son blue-jean ; l'élastique de sa culotte parvenait à peine à contenir sa toison pubienne, résolument noire, qui contrastait avec sa chevelure blonde que notre étreinte avait emmêlée. Pendant que le téléphone sonnait, aussi imperturbable qu'un détecteur d'adultère, je remarquai l'érection qui saillait à mon entrecuisse ; une érection obscène, tubéreuse, informe comme une tumeur maligne. Elena l'avait également remarquée et, à en juger par son sourire, ne la trouvait pas aussi hideuse qu'elle me semblait l'être.

« Tu crois que ça peut être ta fiancée ? »

Il me sembla qu'elle avait posé cette question avec une certaine malice, comme si elle parlait de ma dernière conquête ou d'une reine détrônée. Le rugissement des avions qui décollaient d'O'Hare se fondait avec les sonneries aiguës du téléphone en un amalgame acoustique qui déchirait les tympans et la conscience.

«Impossible. Elle ne sait pas dans quel hôtel on nous a logés.

– On en a vu d'autres.»

Et elle s'étendit de nouveau pour m'attraper par le cou et m'obliger à terminer ce que j'avais commencé (ou plutôt ce qu'avait commencé l'homme téméraire tapi en moi). Mais la sonnerie avait chassé la vague de désir qui, quelques minutes auparavant, me poussait encore à transgresser mes devoirs de loyauté envers Laura; maintenant, je me repentais de ma faiblesse, j'éprouvais un vague dégoût d'avoir cédé à l'appel des gonades. Je me jetai sur le combiné comme si la voix qui m'attendait derrière ces sifflements stridents allait m'accorder l'absolution.

«Je vous écoute.»

C'était l'employée de l'aéroport qui, à peine deux heures auparavant, nous avait recommandé dans un espagnol dépenaillé de venir prendre un peu de repos dans cet hôtel ou ce havre de spectres. Maintenant, elle m'annonçait que l'avion à destination de Madrid était prêt à décoller, et la navette qui nous avait amenés à l'hôtel prête à nous ramener au terminal. Bien entendu, si je préférais me reposer et prendre le vol suivant, elle me délivrerait avec plaisir un nouveau billet.

«Non, non, je vous en prie. Comptez sur moi.»

L'employée ne semblait pas disposée à m'accorder l'absolution; elle préférait retourner le couteau dans la plaie.

«Et la dame qui était avec vous? Nous l'avons appelée, mais elle ne répond pas.»

Je me tournai vers Elena, qui me regardait encore avec ravissement. Elle avait enlevé son blue-jean, qui reposait tout chiffonné sur le lit; les élastiques de sa minuscule culotte lui entraient dans les chairs, révélant une prodigieuse architecture inguinale, faisant ressortir ses cuisses généreuses, qu'aucune trace de cellulite ne gâtait encore. Le plus heureux des sourires se répandit doucement sur ses traits. La contemplation de son corps me blessait comme un opprobre.

«Elle part elle aussi.»

Elena fit une moue mélodramatique, parodie de la contrariété d'une femme qui n'obtient pas la satisfaction promise. Mais sous ces dehors joueurs j'entrevis le reproche imminent.

« Si vous le désirez, nous pouvons vous placer sur des sièges voisins. L'avion est à moitié vide. »

Je ne pus déterminer s'il s'agissait là d'une amabilité intéressée ou d'un commentaire insidieux.

« Nous ferons le voyage aux places qui nous ont été destinées, merci. »

Et je raccrochai. Derrière moi, Elena s'empressait de remettre son blue-jean ; son silence contrit, sa réserve à peine recouvrée dégageaient un parfum de jeunesse épuisée et vulnérable. Il y avait en elle quelque chose d'émouvant, mais aussi d'irritant ; sa seule présence clamait ma faute, donnait des proportions démesurées au mépris que j'éprouvais envers moi-même. Tandis que je l'écoutais remuer derrière moi, chercher ses chaussures et aller prendre son sac sur la coiffeuse comme un automate, j'eus le désir de me dissoudre dans le néant, de *ne pas être*, de me confondre avec l'ombre.

« Nous reverrons-nous ? » me demanda-t-elle.

Son expression était à la fois provocante et suppliante. Elle m'adressa de nouveau le regard mal ajusté qu'elle avait eu à l'aéroport en apprenant que l'appel nocturne dans son petit hôtel de Chicago venait de moi.

« On ne sait jamais. » En entendant mes propres paroles, j'eus l'impression d'être un scélérat et un misérable. « Mais mieux vaudrait oublier ce qui vient de se passer. »

Elle eut un rire offensé.

« De se passer ? Il ne s'est rien passé, que je sache. »

J'opinai, tête basse et contrit. Je désirais sincèrement l'aider, mais je ne savais comment m'y prendre.

« Tu l'as dit, Elena. Il ne s'est rien passé. Mais tu peux être sûre… »

Quand je levai la tête, elle n'était plus dans la chambre. Je l'entendis s'éloigner dans le couloir, à pas pressés. Par la porte ouverte entrait une odeur astringente d'eau de Javel mêlée à du triste foutre.

LIVRE DEUXIÈME

# Dictionnaire des lieux imaginaires

«Il ne s'est rien passé», me répétais-je sans répit pendant les heures de cet ennuyeux vol du retour où Elena assise à un bout de l'avion et moi à l'autre ressemblions aux gardiens d'un même secret qui font semblant de ne pas se connaître. «Il ne s'est rien passé, rien n'a été consommé», me répétais-je donc pour tâcher de m'en convaincre, confiné dans l'accès de faiblesse qui enchaîna presque nos corps dans le cachot des péchés mort-nés, des forfaits frustrés, des fautes que l'on n'arrive même pas à commettre, puisqu'elles n'ont eu qu'une vie mentale, purement spéculative. Il n'y avait ni faute à réparer ni conséquences funestes sur lesquelles se lamenter; de mes lèvres n'était tombée aucune parole qui eût pu me lier à des engagements dont il aurait été difficile de se libérer par la suite; il n'y avait pas eu non plus de témoins qui eussent pu me reprocher ma conduite (Laura n'était pas là, Laura ne pouvait me voir), et pas le moindre risque que se renouvelle un faux pas aussi intempestif, étant donné qu'à Madrid m'attendait l'antidote à toute tentation, une femme que je vénérais, une femme avec laquelle j'avais décidé de me lier pour le reste de mes jours. Au comble de la scélératesse, je me consolais en essayant de me démontrer que je n'avais pas obéi au désir de satisfaire un appétit mais à un élan altruiste, peut-être trop pressant, de soulager la douleur d'autrui, et je tâchais d'apaiser mes remords en me disant: «Demain, j'aurai oublié cet épisode, ou je n'en aurai plus qu'un souvenir dilué dans l'ombre d'une nuit absurde, comme on se rappelle en cuvant son vin les idioties que l'on a pu faire en le buvant.»

Mais tous ces efforts déployés pour me disculper étaient bientôt passés à la meule des remords. J'entrevois dans leur persistance tortueuse une résurgence de mon éducation catholique. Pendant mon enfance, j'ai été particulièrement tourmenté par le précepte de l'omniprésence, que le catéchisme mentionnait parmi les attributs exclusifs de Dieu. Ce Dieu ubiquiste et punitif que les iconographies anciennes représentent comme un œil inscrit dans un triangle, ce Dieu insomnieux qui voit nos fautes les plus cachées, les plus furtives, même celles qui demeurent recluses dans une vie purement mentale ou spéculative, faisait encore peser son admonition sur mon subconscient. Je n'étais plus sûr de croire en Lui (bien que l'on ne cesse jamais vraiment de croire en ce que l'on redoute) et, pourtant, par ce qui la rattachait à l'héritage atavique ou au mystère des origines, cette croyance exerçait toujours sur moi son influence subjective. De plus, je pensais que nos actes, même les plus insignifiants, les plus routiniers, lançaient vers notre avenir des sortes de résonances qui finissaient par nous valoir des bonheurs ou des catastrophes, reflets amplifiés ou portés au paroxysme de notre acte original sur lesquels nous ne pouvons plus rien. Nos actes retentissent dans l'ombre, germent discrètement dans les tunnels de l'oubli et refont surface dans notre vie sensible, étendent sur elle leur onde de portée illimitée et nous valent des récompenses, des châtiments exceptionnels. Il suffit que le hasard intervienne, joue son rôle de catalyseur.

C'est ce qui s'était produit, par exemple, dans ma rencontre avec Laura, qui avait été la destinataire de mes ferveurs enfantines. J'en étais venu à oublier que je l'aimais, mais ce sentiment mis en hibernation a fini par s'imposer à la faveur du hasard. La vie, ce jardin des sentiers qui bifurquent, ensevelit nos amours d'enfance et d'adolescence ; toutefois, de ce qu'elle a mis en terre survit toujours, blottie dans la mémoire confuse, un graine prête à donner un arbre au feuillage abondant. J'avais quitté ma ville cléricale, peu après la parution de mes premiers livres, pour m'affranchir de l'influence adhésive qu'exerce sur l'adulte l'entourage dans lequel l'enfant a vécu ou pour échapper à la tentation régionaliste que la province instille à l'écrivain. Il y avait dans ce départ, ou plutôt dans cette fuite, à la fois un peu de la rancœur ingrate que l'on réserve à ses origines (et qui, une fois les ardeurs juvéniles éteintes, s'atténue, se colore de douce nostalgie) et de la grandiose présomption de l'artiste qui se croit destiné à des entreprises plus cosmopolites. Tout cela était bien ridicule et vain, comme on le voit. À peine installé à Madrid, j'adoptai ces façons d'écervelé assez niaises que la vanité tend comme un piège au néophyte dans la confrérie de la littérature : je fréquentais des cénacles et des cercles de tous bords, courais les soirées, entrais dans telle coterie ou dans telle autre (réunions d'écrivains sans autre lien entre eux que la démolition en règle des écrivains des coteries ennemies, ou, si celles-ci viennent à manquer, de ceux de son propre clan) et je me laissais régulièrement éblouir par tous ces mirages de la dissipation mondaine qui éloignent de l'écriture. Mes habitudes sexuelles étaient également gagnées par ce comportement musard, et je m'emberlificotais dans diverses aventures simultanées avec une intrépidité dont ne font preuve que les candidats à la schizophrénie. J'étais rapidement devenu un personnage de vaudeville ou de comédie d'intrigue qui passait son temps à combiner des stratagèmes pour courir plusieurs lièvres à la fois. Je crois que ces amoureuses d'un jour ne me plaisaient même pas ou ne me plaisaient que comme comparses de ma velléité, mais elles satisfaisaient mon appétit de chair fraîche, qui n'était rien d'autre que de la répulsion envers les chairs passées ou celles de la veille. Il me faut préciser que cette promiscuité n'était pas plus inspirée par des envies de séduire que les raisons de s'enivrer ne le sont par les délicatesses de palais qui servent le taste-vin. Je couchais avec une série de femmes interchangeables pour combler un vide (et pas seulement celui du lit), pour bercer ma lassitude et repousser les assauts d'une insatisfaction qui, peu à peu, me rongeait de l'intérieur. Aussi longtemps que la gymnastique sexuelle et le nomadisme d'alcôve m'ont occupé, la promiscuité a été un lénitif ou un analgésique, mais jamais un remède efficace.

Laura a apporté dans sa trousse à pharmacie le médicament que réclamait mon mal. Les circonstances dans lesquelles s'est déroulée notre rencontre ont été pour le moins surprenantes, peut-être même drôles. Il y avait approximativement un an que je pataugeais dans le marasme déguisé en frénésie dont je viens de parler quand l'idée m'est venue d'écrire un reportage pour le journal où je travaillais sans grand entrain ; le sujet – la biblioclastie – était lui aussi surprenant, peut-être même drôle. Sur les destructeurs de livres circulent, il me semble, des idées un peu trop ronflantes : la sombre utopie de Ray Bradbury, les incendies successifs de la grande bibliothèque d'Alexandrie, le bûcher inquisitorial qui dévora Savonarole et ses écrits (mais à peine quelques années auparavant, le martyr, alors bourreau, avait fait jeter au feu sur une place de Rome les œuvres d'Ovide et de Dante, moins indispensables que les siennes), les brasiers nazis qui décimèrent la production de tant d'écrivains libéraux ou judaïsants et la *fatwa* prononcée contre *Les Versets sataniques* de Salman Rushdie se liguent pour propager la croyance que le biblioclaste est un fanatique fondamentaliste. Mais la plupart des biblioclasties sont perpétrées pour des raisons moins pompeuses, parfois liées au simple intérêt pécuniaire, parfois dues à une manie extravagante : le libraire sans scrupule qui arrache les planches ou les gravures d'un livre qui a une grande valeur en lui-même, sûr que la vente en pièces détachées lui rapportera de plus juteux bénéfices ; le pornographe qui découpe les photographies des encyclopédies médicales ; le bibliophage malgré lui qui mange les pages d'un livre pour s'approprier le karma de l'auteur. Il ne se passe pas un mois sans que se manifeste à la Bibliothèque nationale l'un ou l'autre de ces biblioclastes de moindre envergure : si les amputations qu'ils ont pratiquées sont sans gravité, on leur retire leur carte et on les enferme pendant quelques heures dans une pièce où un employé leur passe un savon ou leur assène une philippique ; si la biblioclastie révèle des intentions criminelles, le destructeur est enfermé à double tour dans cette même pièce, jusqu'à ce que la police vienne se charger de lui. Mais, quelle que soit l'importance du préjudice, il ne faut pas que le biblioclaste ait conscience du danger qui le guette avant que le livre n'ait été placé hors de sa portée.

Toute la canicule du mois d'août me tombait sur la tête quand, une fin d'après-midi, à l'heure crépusculaire, je me suis rendu à la Bibliothèque nationale, prêt à récolter quelques anecdotes pour mon reportage. Vue de loin, la Nationale ressemblait au temple d'une religion cataleptique, au cimetière où auraient sommeillé les dinosaures de la galaxie Gutenberg. Après avoir rempli les questionnaires et autres bulletins de consultation, après m'être heurté à l'aigreur ou à l'indifférence de divers employés, un fonctionnaire d'assez haut lignage a consenti à m'écouter. « Une de nos bibliothécaires est spécialisée dans le traitement de ces cas. Venez avec moi, s'il vous plaît », m'a-t-il suggéré de manière protocolaire, quand je lui ai dit mon intention d'écrire un reportage sur cette manie si affligeante. Une cohorte de gardiens nous a guidés sur des escaliers métalliques qui résonnaient à notre passage comme une tour Eiffel sur le point de s'écrouler. « Prenons le plus court. Passons par la zone des relégués », a indiqué le fonctionnaire. Cette allusion singulière m'a aussitôt fait concevoir tout un ensemble de culs-de-basse-fosse et de chambres des tortures dans les sous-sols de l'édifice, où les « relégués » – des cleptomanes impénitents, peut-être, des mutilateurs d'incunables, ou de simples lecteurs qui n'avaient pas encore appris la leçon de saint Ambroise et exaspéraient les autres usagers avec leurs chuchotements – étaient contraints de se nourrir de papier imprimé et d'apprendre par cœur les œuvres de don Marcelino Menéndez Pelayo[1]. Nous avions atteint un étage où étaient conservés des ouvrages du XVIIIe siècle, grands favoris des arachnides – ces biblioclastes microscopiques – qui y creusaient des tunnels par où pouvait s'écouler le trop-plein d'idées indigestes. J'avais toujours cru que les livres devaient être classés par matière, afin que « Dieu », par exemple, ne puisse côtoyer – cela dit sans la moindre insolence – « la culture de l'oignon », aussi ai-je été surpris de découvrir, à côté d'une *Vie de saint Jean Baptiste*, *L'Art du chapelier*. À la Bibliothèque nationale, le seul critère de classement – critère très pragmatique qui mêle les diverses connaissances que l'homme a acquises en un charivari de pétaudière –, c'est le format des livres.

« Prenons par là. Au bout de ce couloir, c'est l'enclave des relégués », disait mon cicérone en me montrant le chemin.

Le spectacle réitéré et chaotique des livres retranchés dans leur silence et dressés sur les rayonnages évoquait une armée fossile indisciplinée.

« Et qui sont ces relégués ? ai-je enfin osé demander.

1. Santander, 1856-1912. Philologue et historien, ses *Œuvres complètes* ne comprennent pas moins de dix-neuf imposants volumes.

– Qui voulez-vous qu'ils soient ? » Le fonctionnaire semblait outré que je n'eusse pas encore compris. « Les huiles qui ont été nommées par le gouvernement précédent. Directeurs, conseillers, attachés de presse, toute cette lie.

– Je pensais qu'on les destituait, et bon vent », ai-je risqué en un murmure intimidé.

Le fonctionnaire s'est tourné vers moi, sincèrement scandalisé. Il parlait avec un naturel désarmant.

« Croiriez-vous que nous vivons encore dans l'Espagne des destitutions ? a-t-il fait en insinuant peut-être avec cynisme que l'Espagne dans laquelle nous vivions était pire. Ils sont invités à prendre le large, mais ces moins que rien n'ont aucun moyen de subsistance et se cramponnent à leur traitement. »

Maintenant, je feignais moi aussi le plus grand naturel.

« Je comprends.

– On les met là. » Il avait employé ce verbe comme s'il parlait de mannequins. « Dans le secteur des relégués, jusqu'à ce qu'ils trouvent une autre place. Et on leur octroie une table et un téléphone, pour qu'ils puissent appeler leurs amis qui gravitent encore à la périphérie du pouvoir et leur demander une petite sinécure.

– Il s'agit donc d'une relégation provisoire.

– Pensez-vous ! Certains y prennent goût et tiennent bon pendant deux ou trois législatures, en attendant que leurs pareils les repêchent et les rétablissent dans la fonction qu'ils occupaient. »

La zone des relégués, dont l'existence est réelle et avérée, se situait dans l'évasement d'un corridor sur le palier d'un escalier de secours. On aurait dit une succursale de spectres, éclairée par des tubes fluorescents qui vrombissaient comme des bourdons, au milieu de laquelle une demi-douzaine d'individus pâles apparemment alimentés de rayons de lune, pendus au téléphone, étaient absorbés par des conversations fort semblables à des confessions de pénitents ou à des paris clandestins. En nous voyant arriver, ils ont tous raccroché avec la même précipitation, comme s'ils redoutaient de voir découvertes leurs manigances et leurs postulances. Je n'ai pas tardé à remarquer que dans la zone des relégués l'atmosphère était surchauffée par les poisons de la rancune. Le guide qui m'avait conduit jusqu'à ce palier affligeait les hauts fonctionnaires au rebut de petites piques faussement miséricordieuses, juste retour, peut-être, des dédains qu'ils lui avaient dispensés quand ils occupaient les bureaux où l'on fait la pluie et le beau temps : « Alors, la chance vous a souri, les enfants ? » ; « C'est bien triste que l'on juge quelqu'un d'après son affiliation à un parti et non pas selon ses mérites », et autres brimades de la même veine, sous emballage miséricordieux. Les relégués s'empressaient de ramasser leurs affaires (agendas, carnets d'adresses remplis de numéros de téléphone devenus caducs depuis le dernier bouleversement électoral) et défilaient tête basse en direction d'un ascenseur ou d'un monte-charge prévu pour transporter à l'infirmerie les gros volumes décollés ou les collections de journaux réduites par l'humidité en blocs de pages indistinctes ou criblées par les acariens, qu'il fallait fumiger au moins une fois toutes les années bissextiles. Peut-être fumigeait-on aussi de temps à autre les relégués, afin que les germes de la frustration ne les dévorent point et pour ne pas être ainsi privé du plaisir de leur lancer de petites piques blessantes, auxquelles ils réagissaient d'une manière assez peu végétative. L'ascenseur ou le monte-charge était enfin descendu jusqu'à ces catacombes où pullulaient les miasmes. Avant d'y entrer, les relégués laissèrent sortir une bibliothécaire qui poussait un petit chariot croulant sous le poids d'énormes livres.

« Laura, M. Losada aimerait te poser quelques questions pour un reportage. Je compte sur toi pour le raccompagner ensuite jusqu'à la sortie. »

Je l'ai reconnue au premier coup d'œil. Elle était aussi menue que jadis, au pays de l'enfance (mais je devais par la suite constater que c'était là une impression trompeuse : la blouse en coton bleu la rapetissait et gommait tout soupçon de relief), avait toujours les cheveux courts, qui dégageaient l'ovale de son visage assez semblable à ceux des actrices d'antan, Sylvia Sidney ou Gene Tierney, spécialistes des films aux décors exotiques. Mais si je la reconnus immédiatement, ce ne fut pas à sa beauté orientalisante ni à sa stature modeste (comme l'archiprêtre de Hita[1], je préfère les femmes petites), mais à son nez altier et retroussé, dont

1. Juan Ruiz (première moitié du XIVe siècle), archiprêtre de Hita (Nouvelle-Castille), auteur du *Libro de buen amor*.

je n'ai jamais vu le pareil, un nez hors catégorie, qui était à la fois l'abrégé et l'exception de son visage.

« Quel reportage ? » a-t-elle demandé sans même jeter un coup d'œil dans ma direction.

Et, à l'adjuration de sa voix, un plaisir secret m'a envahi, m'a isolé du monde environnant et entraîné sur les vagues du souvenir qui accouraient à moi en troupeau et me soulevaient, transfigurées par une lumière qui les grandissait, les embellissait si bien que j'ai brusquement cessé de me sentir médiocre, accidentel et mortel. Les souvenirs de mon enfance ont envahi ma conscience avec un fracas d'armées qui traversent la steppe, avec une allégresse de graines qui lèvent à l'appel du printemps. Moi qui tant de fois avais senti mon âme se couvrir de boursouflures en comparant les fillettes que j'avais aimées dans mon enfance à ce qu'elles devenaient avec le temps, j'ai enfin pu goûter l'accord entre les souvenirs que j'avais de Laura et la femme adulte qu'elle était devenue, et de cette harmonie parfaite est né un sentiment qui me faisait me sentir plus vivant, plus fragile et tremblant, moins éphémère et plus vigoureux que jamais. Et aussi plus que jamais entravé par la perplexité. Laura était le fantasme d'un désir secret tapi dans mon enfance, et voilà que, tout à coup, elle était incarnée en une femme de chair et de sang ; il y avait là de quoi éprouver un saisissement. C'est elle qui s'est chargée de renverser la barrière de silence exultant qui s'interposait entre nous.

« Je n'en crois pas mes yeux. C'est bien toi, Alejandro ! »

Les relégués avaient disparu derrière les portes coulissantes de l'ascenseur ou du monte-charge, qui ont fait retentir un grincement de rideau métallique. Je ne m'étais pas encore décidé à embrasser Laura sur les joues quand elle m'a sauté au cou. La première impression que j'ai eue, en enlaçant son corps jusqu'alors flou sous la blouse en coton bleu, impression gratifiante et vive, presque musculaire, a été que ses dimensions de femme menue s'adaptaient avec bonheur et aisance à mon étreinte.

« J'ai lu tous tes livres. Ne t'imagine pas que je t'avais laissé t'évanouir dans le décor », m'a-t-elle dit.

J'ai de nouveau contemplé son visage, qui contenait le monde entier, y compris mes propres rêves, enfin détachés de moi et objectivisés sur ses traits. Pour une simple réaction de joie, notre étreinte commençait à se faire longue. C'est alors que le fonctionnaire est intervenu, intempestif, de mauvais poil :

« Dites-moi, êtes-vous venu ici pour faire un reportage ou pour feindre une rencontre fortuite avec mademoiselle ? »

Quand l'avion atterrit à Barajas, les passagers firent retentir un applaudissement libérateur. C'en était fini des inquiétudes et des appréhensions du voyage ; c'en était fini de Chicago, cauchemar transatlantique qui se dissipait au contact de la terre hospitalière où j'allais tranquillement pouvoir retrouver mes habitudes. Je m'efforçai d'enfermer mon séjour au bord du lac Michigan dans une capsule ou un compartiment étanche, de le considérer comme une expérience réalisée sous vide, sans interférence avec la réalité, comme ces astéroïdes venus des confins de l'univers auxquels Dieu n'a pas accordé la dispense nécessaire pour qu'ils puissent se mettre en orbite autour d'un autre corps céleste. Mais je savais que la vie n'admet ni sas ni chambres fortes ; que nos actes clandestins, ainsi que les brumes du sommeil, finissent par coloniser le monde sensible. Je me souvins d'une citation de Coleridge qui m'avait toujours déconcerté par sa force paradoxale et son interpellation finale : « Si un homme traversait le paradis en rêve et qu'on lui donnât une fleur comme preuve qu'il a bien été là ; et si en se réveillant il trouvait cette fleur dans sa main… Alors, quoi ? »

Alors quoi. Je n'avais rapporté de Chicago aucune fleur, mais deux secrets qui avaient réussi à passer la douane de ma résistance : le premier – la vie tourmentée de Fanny Riffel –, c'était la ville qui le cachait ; le second, c'était moi, suppurant de remords, et aussi Elena, avec laquelle je n'avais pas échangé un mot pendant les dix heures de vol, pas même au moment où, en se rendant aux toilettes (ces cabines que les ingénieurs aéronautiques conçoivent de telle sorte que les passagers puissent s'y familiariser avec les exiguïtés du cercueil), elle avait rôdé à l'arrière de l'appareil, où se trouvait mon siège. Comme je l'avais vue approcher, j'avais fait semblant de dormir, et même si mes paupières pieuses me protégeaient de son regard, j'avais cru sentir se ficher en moi les dards du reproche, ou peut-être ceux, beaucoup plus acérés, d'une vénération secrète et récalcitrante. Je savais que je lui devais une explication, mais je savais aussi que cette explication mettrait beaucoup trop en évidence ma couardise morale, véritable chiffe d'hésitations et de palinodies, beaucoup trop offensante et sordide, puisqu'elle se réduisait en fin de compte à une pure et simple justification d'un élan libidineux. Il ne servait à rien de camoufler ma faiblesse sous des alibis altruistes ; un chatouillis de gonades avait réussi à ébranler ma fidélité envers Laura, tout simplement, c'était aussi moche et aussi malheureux que ça.

Plus tard, alors que nous attendions nos bagages à l'aéroport de Barajas, entourés d'une foule qui accueillait l'apparition des valises sur le tapis de livraison avec les cris extatiques des enfants qui découvrent les cadeaux que leur a apportés le Père Noël, j'évitai encore toute explication, mais je n'eus pas le front de filer à l'anglaise. Elena devait encore prendre un vol intérieur pour Valence et, à en juger par son air fatigué et anéanti, on aurait dit que peu lui importait d'être conduite à Valence ou en Cochinchine. Je n'osais pas la regarder dans les yeux, bords d'un puits où sourdait la folie.

« On dirait que nous allons enfin nous séparer », dit-elle.

Elle avait pris un petit ton ironique (si l'on peut qualifier d'ironique l'amertume d'un humour défaillant) pour faire allusion à tous les artifices que le hasard, ce piège à mouches, avait déployés pendant notre séjour à Chicago pour nous empêcher de nous séparer. Mais sous ce petit ton ironique gisait la tristesse bafouée.

« Promets-moi d'oublier ce type de Vancouver. »

Ces paroles à peine prononcées, je me dis que pour Elena, elles pouvaient paraître cyniques ou venues de quelqu'un qui désire à tout prix se défiler. J'insistai pourtant :

« Promets-le-moi. »

Elena, tête baissée, avait adopté l'attitude de quelqu'un qui rumine une réponse un peu à côté de la question, mais en tient pourtant compte tacitement. Sa chevelure ébouriffée après toutes les heures d'inconfort et d'attente dans les aéroports cachait l'expression de son visage.

« Oui, Elena, il faut que tu l'effaces de ta mémoire. »

Alors, je portai la main à son menton, le haussai très légèrement du bout de l'index et promenai mon pouce (mais ce fut une caresse presque imperceptible) sur sa joue, que je découvris mouillée d'une discrète larme. Je ne pouvais plus me soustraire à son regard.

« Et le type de Chicago ? fit-elle sur un ton désarmant, qui n'était pas exactement celui du reproche, mais celui du désarroi blessé. Faut-il aussi que je te promette de l'oublier ? »

Et, avant d'éloigner son menton de ma main qui le soutenait en le caressant à peine, elle eut une grimace fugitive d'irritation. Je la vis s'éloigner, tirant derrière elle sa valise à roulettes, et esquiver vivement, avec une brusque impatience, les vagues de voyageurs qui déferlaient sur son chemin, puis être peu à peu engloutie par la marée humaine. Quand je voulus répondre à son reproche, j'avais déjà perdu sa trace ; et même si je m'étais efforcé de le faire, cela n'aurait servi à rien, parce que je n'aurais pu alléguer à ma décharge que mon repentir et ma contrition, formes de couardise superflues qui n'effacent pas la responsabilité du délinquant, et bien moins encore le dommage subi par la victime. Le tapis roulant livrait maintenant les cartons que Chambers m'avait légués. Avant de les saisir, je leur laissai faire un tour de plus, tenté de les abandonner à jamais à leur itinéraire monotone. Peut-être sentis-je que cette défection ne suffirait pas à les empêcher de me poursuivre (tout comme je devinais que l'ombre de mon péché non consommé dans l'hôtel ou le havre de spectres des environs de l'aéroport O'Hare ne cesserait point de me tourmenter), parce que je finis par les prendre.

À l'époque de mon nomadisme sentimental, j'avais fait la connaissance de Bruno Bonavista. Cela s'était passé pendant l'une de ces soirées que les maisons d'édition les plus huppées organisent au Ritz pour présenter au beau monde le dernier de leurs écrivailleurs et permettre en même temps à la canaille littéraire de s'en mettre plein la lampe. Bruno, âgé d'une trentaine d'années, avait l'air de l'un de ces cétacés qui naviguent avec une certaine indolence, et dont les membres inférieurs, au-dessous de leur bedaine, pendent comme de frêles échasses au lieu de les porter. Son tempérament lymphatique allait de pair avec de soudains accès de faconde en tout point fidèles à la nature un peu étrange de sa littérature, laquelle se voulait humoristique en conservant l'apparence d'un sérieux impassible et déguisait les supercheries les plus rocambolesques sous un vernis d'érudition apocryphe. Bruno Bonavista avait fait de tardifs débuts dans la publication avec *Le Plagiat des Baskerville* qui, s'appropriant la sentence de Sainte-Beuve – le plagiat n'est admissible que quand il est précédé de l'assassinat –, attribuait à sir Arthur Conan Doyle le meurtre avec préméditation et par traîtrise de son ami Bertram Fletcher Robinson, obscur écrivain et journaliste émérite qui avait été correspondant du *Daily Express* pendant la guerre des Boers et qui, selon les faux rapports de médecins légistes cités dans un appendice du roman, serait mort de fièvre typhoïde. Sans jamais relâcher son effort d'occultation de l'imposture, Bruno Bonavista accumulait plus de trois cents pages pour étayer l'hypothèse selon laquelle Robinson était en réalité mort empoisonné par les doses de laudanum que Conan Doyle lui faisait absorber quand il l'invitait, avec autant d'obséquiosité que de sournoiserie, à venir prendre quelques petites tasses de thé chez lui. Comme Bruno se chargeait de le démontrer en un déploiement irrésistible de diagnostics apparemment véridiques, l'ingestion de laudanum entraîne des symptômes à peu près semblables à ceux de la fièvre typhoïde, chose que Conan Doyle savait parfaitement, puisque parmi les connaissances qu'il attribue à sa créature de fiction, le très misanthrope Sherlock Holmes, figure celle de la science des poisons. Et quel était le mobile d'un assassinat qui faisait fi des liens de l'amitié ? Rien d'autre que le plagiat impuni du *Chien des Baskerville*, l'œuvre maîtresse du cycle holmésien, dont Bertram Fletcher Robinson avait confié le manuscrit à Conan Doyle, pour que celui-ci corrige certaines rudesses stylistiques ; en découvrant l'efficacité stupéfiante de l'intrigue, Conan Doyle n'aurait pas vu le moindre empêchement à se l'approprier à l'aide du laudanum.

Par raffinement de sournoiserie, Bruno Bonavista déchargeait Conan Doyle de sa responsabilité criminelle, en défendant une autre hypothèse aussi plausible que cynique. Pourquoi, se demandait Bruno, ne pas admettre la possibilité que Conan Doyle, après avoir lu le manuscrit que lui avait remis son ami Robinson, manuscrit affligé d'impardonnables anacoluthes, truffé d'épisodes d'une maladresse à faire rougir, lesté de dialogues grandiloquents et du goût le plus douteux, ait conçu un meurtre miséricordieux (au laudanum, par compassion) pour ne pas devoir détromper Robinson et, surtout, pour lui éviter les outrages et les railleries que la publication ne manquerait pas de lui valoir ? *Le Plagiat des Baskerville* passa inaperçu – sort habituellement réservé aux œuvres témoignant d'une intelligence vive et malévole – dans le lot des titres autochtones, mais un éditeur anglais ingénu voulut l'inscrire à son catalogue, appâté par le scandale que sa publication allait sans doute déchaîner dans la perfide Albion, car il croyait aveuglément à l'authenticité des recherches de Bruno. Le retentissement du livre en Angleterre fut tel que la police londonienne finit par demander l'exhumation des restes de Bertram Fletcher Robinson, qui, comme c'était à prévoir – il aurait suffi pour s'en assurer de consulter les nécrologes de l'époque –, n'avait jamais existé.

J'ai rarement rencontré un cas aussi évident d'écrivain qui

transmue sans discontinuer la réalité en matière littéraire, en la passant à la lessive de l'observation mordante. Bruno Bonavista, je l'ai dit, était un obèse majestueux, dans la lignée à la fois sereine et caustique de ceux qui, comme Charles Laughton, se sentent à l'aise et bien à l'abri dans leur lard. Il avait la bouche charnue, sur la lèvre inférieure de laquelle pendait à demeure une pipe qu'il n'arrêtait pas de téter, même quand elle s'éteignait ou qu'il manquait de tabac. Ses grosses joues exsangues étaient ornées de très légères taches claires, semblables à celles qu'une pression des doigts laisse sur les peaux très délicates ou maladives. Son front tout aussi pâle semblait délavé par les paradoxes et les impostures souriantes que tramait son cerveau, mais son nez fin, très inquisitivement aquilin, prévenait son interlocuteur contre l'impression trompeuse d'ingénuité que donnait de prime abord son apparence de grand dadais. Sa bedaine cachait son aine et montait jusqu'au col de sa chemise, qu'elle menaçait de faire craquer. L'abondance de ses chairs, ou la présence pérenne de la pipe à sa bouche, l'avait aidé à développer des aptitudes de ventriloque de façon telle que, quand il parlait, on était dérouté de ne pouvoir dire d'où sortait sa voix.

« Alors, Losada, on joue les hirondelles du Ritz ? »

Il me fallut quelques instants pour déterminer de qui venait ce bonsoir impertinent ; quand je reconnus Bruno Bonavista, celui-ci s'empressa de me tendre la main ; il comprit à ma mine que j'étais fâché d'être traité de pique-assiette, et il rectifia aussitôt le tir :

« Je ne t'ai pas offensé, au moins ? »

Il fit une moue qui allongea davantage sa lèvre inférieure, jusqu'à son menton, une lèvre pâlotte abondamment couverte de salive, comme prête à humecter des timbres.

« Je te pardonne l'offense si tu me donnes une première idée du bouquin sur lequel tu bosses, lui proposai-je, en choquant de mon verre de vin sa chope de bière tiédasse. Je suis un fan de ton œuvre. »

Bruno porta sa main libre à son front, là où les cheveux commençaient à s'éclaircir, de peur de faire ombre à ses saillies.

« Veux-tu être inscrit sur la liste noire ? » Il promena un regard plus amusé que dédaigneux sur l'assistance. « Fais-moi le plaisir de rengainer en vitesse ces goûts si inconvenants. »

Bruno répugnait à parler de son travail, entêtement ou coquetterie que j'attribuais à l'une de ces superstitions ésotériques que les écrivains cultivent pour se rendre intéressants.

« Si tous ces gens te déplaisent à ce point, fis-je avec un peu plus d'agressivité, pourquoi viens-tu à ces soirées, dis-moi ? »

Il ôta la pipe de ses lèvres en la tenant par la tête, et il alluma ou plutôt enflamma les derniers brins de tabac non carbonisés avec un briquet qu'il dénicha dans une des poches de son pantalon. À chaque bouffée, j'étais étourdi par les nuées aromatiques qui en sortaient.

« J'explore une théorie, dit-il tout bas en mordillant l'embout avec acharnement.

– Parle. J'espère que tu ne vas pas me dire que c'est un secret. »

Bruno ébaucha un sourire satisfait.

« Le *secret*, c'est eux, fit-il avec emphase. Ils forment une sorte de maçonnerie. »

J'avais déjà découvert dans ses livres une certaine propension à interpréter la réalité par le biais de la conspiration.

« Que veux-tu dire ? demandai-je comme on cherche à écarter une pensée insensée.

– Toujours les mêmes têtes, et toujours ensemble aux mêmes endroits, dit-il en prenant son ton rauque subjugueur. Qui sont toujours ceux où l'on bouffe le mieux. Mais ils feignent de ne pas se connaître, ils n'échangent pas un mot entre eux.

– De qui parles-tu ?

– De la confrérie des parasites, répondit-il. Au moins un des invités sur trois, dans cette soirée, en fait partie.

– La confrérie des parasites », répétai-je en mastiquant consciencieusement la formule.

Bruno hocha la tête, sûr de son hypothèse.

« D'authentiques professionnels du parasitisme, expliqua-t-il. Ils ont développé un sixième sens pour détecter la boustifaille gratuite et sont passés maîtres dans l'art de s'inventer des biographies qui ne leur appartiennent pas. Des biographies de rechange, entre lesquelles ils choisissent celle qui convient le mieux à la situation et au moment. C'est ainsi qu'ils donnent le change aux surveillants de ces soirées et qu'ils s'évanouissent en fumée quand les circonstances l'exigent. »

Les serveurs passaient entre les invités, portant des plateaux de canapés que les parasites raflaient avec une sorte de dévotion onctueuse. Ensuite, leur ration engloutie, ils retournaient à leurs conversations désinvoltes et fringantes en choisissant des interlocuteurs qui ne faisaient pas partie de leur groupe, pour ne pas éveiller les soupçons. Si l'on suivait des yeux leurs évolutions dans le salon de l'hôtel, on pouvait surprendre leurs regards de gloutons extasiés quand les serveurs apportaient de nouveaux plateaux. Lorsqu'un de ces plateaux itinérants passait à leur portée, ils tendaient le bras comme mus par un ressort et leurs mains s'abattaient sur les canapés, qu'ils avalaient sans même arrêter de parler, parce qu'ils avaient appris à adapter les mouvements de la déglutition aux modulations du dialogue qu'ils entretenaient. C'est ainsi qu'ils riaient aux éclats tout en délogeant d'entre leurs dents d'un coup de langue les miettes de nourriture, poussaient des soupirs ou des exclamations de ravissement pour couvrir leurs éructations ou haussaient les sourcils pour dissimuler l'activité de leurs molaires.

« Hallucinant, reconnus-je. Et comment crois-tu qu'ils se débrouillent pour choisir les soirées où l'on mange le mieux ? Comment peuvent-ils savoir que dans tel endroit on sert du jambon serrano et que dans tel autre on expédie les invités avec trois poignées de cacahouètes ?

– C'est là-dessus que je travaille, dit Bruno, un peu contrarié de ne pouvoir satisfaire ma curiosité. Je les soupçonne d'avoir des contacts parmi les chasseurs des hôtels, les portiers des ambassades, les pigistes des journaux. L'un d'eux reçoit l'information et la souffle ensuite aux autres membres de la confrérie. »

Avec l'aide de Bruno, je pus distinguer diverses sortes d'hirondelles, de la défaillante (qui ne tarderait pas à être expulsée de la société) dont les mouvements anxieux dénonçaient l'estomac vide, à l'élégante et pédante qui abordait sans sourciller les amphitryons de la soirée et les accaparait en leur servant un discours divagateur. Il y avait, entre les hirondelles les plus pittoresques, une Mexicaine parée de bracelets et de colliers du plus mauvais goût qui se donnait des airs de princesse aztèque et récitait avec toute la fourberie imaginable (et une expression de sicaire qui appuie sur la détente) quelques poémiaux de son cru dédiés à la Vierge de Guadalupe. Et il y avait aussi un couple attendrissant de vieilles hirondelles dont les anatomies montraient les ravages d'un régime riche en cholestérol : le mari, affligé par l'arthrose, se métamorphosait en une gazelle d'une agilité insolite aussitôt qu'il sentait approcher un plateau de canapés ; la femme avait l'apparence d'une matrone aussi ivre que défoncée et portait un manteau de fourrure très pelé qui avait l'air d'avoir été confisqué à la famille du tsar Nicolas II. C'étaient là les exemplaires les plus pittoresques ou les plus dégénérés, sur lesquels le grand maître de la confrérie avait, bien entendu, déjà fait un rapport pour obtenir leur expulsion ; mais, auprès d'eux, il y en avait d'autres, reçus docteurs *cum laude* à la cour de Monipodio, qui tiraient leur épingle du jeu en jouant incognito les indicateurs subtils ou sédentaires, hiératiques ou flatteurs, selon le cas.

« Ils peuvent soutenir une discussion sur à peu près n'importe quel sujet, poursuivit Bruno. Ils ont acquis un petit bagage de supplément littéraire qui ne détonne absolument pas, car c'est en fin de compte le même brimborion de culture dont se sont nantis les péteux qui courent ces soirées. »

Un serveur au plateau encore épargné par les razzias de cette bande de parasites s'approchait de nous. Je découvris qu'une des hirondelles nous lançait un regard éclair, d'un dixième de seconde, chargé de rancune.

« Et comment comptes-tu compléter ta recherche sur la confrérie ? »

Ce regard d'hirondelle rancunière, aussi effilé qu'un rasoir, m'avait déconcerté. Le serveur s'éloignait, voyant notre appétit rassasié, quand je vis Bruno tendre le bras et enlever comme avec une pince métallique la moitié de ce qui était présenté sur le plateau. Ce raid, d'une rapidité de caméléon qui, caché entre les buissons lance sa langue rétractile sur une mouche distraite, ne fut même pas remarqué par le serveur ; puis, avec la même vivacité qu'il avait mise à subtiliser les canapés, Bruno les engloutit sans même écarter la pipe de ses lèvres.

« En m'infiltrant dans leurs rangs », dit-il.

Bruno Bonavista proposa que nous échangions nos numéros de téléphone, demande que je satisfis avec plaisir, dans l'espoir de connaître la conclusion de son expérience au sein de la confrérie des hirondelles et le profit littéraire que l'on pouvait en tirer. Toutefois, je n'envisageai pas la possibilité que les hirondelles pussent lui refiler leurs habitudes. Une quinzaine de jours plus tard, il se présenta à ma porte, sous prétexte de cimenter une amitié encore dans les langes, et, après avoir bafouillé quelques observations banales sur le temps qu'il faisait et s'être intéressé par politesse à mes projets littéraires, il me demanda s'il ne pourrait pas envoyer un courriel sur mon ordinateur, le sien venant d'essuyer un bombardement de virus. J'acceptai très volontiers. Je fus assez surpris de constater qu'il suivait avec le plus grand intérêt les préliminaires exaspérants de l'ordinateur qui, avec des grincements de cyclope rhumatisant, chargeait ses programmes. Il me demanda, sans avoir l'air d'y toucher :

« Il ne faut pas taper un mot de passe ?

– Je l'ai enregistré, dis-je ingénument. Et comme il n'y a que moi qui l'utilise… »

Bruno hocha la tête tout en passant en revue avec un sourire d'archiprêtre les titres des livres alignés sur les rayonnages de ma bibliothèque. Je lui cédai la chaise devant l'ordinateur et me tins un peu à l'écart, par respect pour son intimité. En un tournemain, il écrivit un message et l'envoya. Comme je m'apprêtais à lui épargner la peine de fermer les fenêtres et de débrancher les connexions, il m'en dissuada :

« Laisse, je m'en occupe. »

Ses doigts dodus, aux ongles soigneusement limés et sans trace de cuticules, pianotaient sur le clavier avec l'adresse d'un maître télégraphiste. Quand l'écran s'éteignit enfin, il tendit les bras en un geste de prestidigitateur qui donne un air très simple aux manipulations les plus compliquées. Je lui offris une bière, mais il déclina l'invitation en alléguant un rendez-vous « à l'autre bout de Madrid » et en me promettant qu'il l'accepterait sans faute à la première occasion. J'attribuai cette remise à plus tard à la courtoisie hypocrite avec laquelle certaines personnes se déchargent des obligations en les repoussant au jour du Jugement, façon d'agir qui, dans ma ville cléricale où les gens ne sont pas encore avilis, a la réputation d'être le propre des ingrats et des irresponsables. Mais Bruno n'appartenait pas à la lignée des spécialistes de la dérobade ; le lendemain matin, avant dix heures, il appuyait sur le bouton de l'interphone, tout disposé à accepter l'invitation lancée la veille. Comme c'était dimanche et que je mettais la dernière main au chapitre d'un roman auquel je m'étais attaqué deux mois auparavant, je trouvai son irruption intempestive.

« As-tu réussi à t'infiltrer dans la confrérie des parasites ? » lui demandai-je, en remarquant qu'il était moins loquace que d'habitude.

Il fronça les lèvres en une moue de scepticisme.

« Disons que je garde mes contacts, mais dans la troupe. Arriver aux grosses têtes se révèle presque impossible. » Peut-être me menait-il en bateau, mais en déployant, en tout cas, le même pouvoir de conviction que dans ses livres. « Chaque hirondelle admise dans la confrérie ne peut y attirer que deux nouveaux membres, mais elle ignore de quoi se composent les sommités de la hiérarchie. C'est pourquoi je doute fort de pouvoir percer le secret. »

Il gigotait nerveusement sur son siège, visiblement anxieux d'amener la conversation sur un autre terrain.

« Un peu de patience, dis-je. C'est au moment où l'on s'y attend le moins que se découvre le pot aux roses.

– Mais je ne puis m'offrir le luxe d'être patient, objecta-t-il avec une certaine irritation. Pour gagner la confiance des hirondelles, il faut que je me conduise tous les jours comme un goinfre. Les croquettes me sortent par les yeux. » Il poussa un soupir pipe à la bouche, et un nuage de cendres et de flammèches de tabac vola puis alla tomber sur le tapis. « Et pour couronner le tout, mes triglycérides montent en flèche. Au vu des résultats du dernier bilan sanguin, mon médecin m'a dit que si je ne faisais pas un régime draconien, j'allais droit à l'infarctus. »

Il s'apprêtait à porter le verre de bière à ses lèvres, mais le souvenir des admonestations du thérapeute trouble-fête freina son élan.

« Sale affaire, fis-je.

– Ne t'inquiète pas. » Bruno avait déjà chassé le pessimisme qui imprégnait sa voix une minute auparavant. « Je suis en train de combiner d'autres plans… Bien sûr, tu ne verras pas d'inconvénient à ce que je me serve encore une fois de ton ordinateur ? On n'est pas encore venu me débarrasser de ces virus.

– C'est que…, balbutiai-je.

– Je crois que je vais m'inscrire à un service de messagerie gratuit. Comme ça, le courrier qui m'est destiné n'arrivera pas dans ta boîte aux lettres. » Ses lèvres mielleuses et moqueuses se fendirent d'un sourire. « Ce sera moins d'embarras pour toi.

– C'est que, répétai-je, revenant à la charge, j'étais en train de travailler à mon roman. Laisse-moi au moins fermer le fichier. »

Il ne se départit pas de son sourire inoffensif ou offensant, je n'aurais su dire.

« Te défierais-tu de moi ? »

Je cédai, vivement intrigué par la tournure qu'adoptait sa tactique d'hirondelle. Bruno resta connecté à peine dix minutes ; mais, le lendemain, pour raffermir sa prérogative, il se présenta sans s'être annoncé à huit heures du matin, alors que je n'avais pas fini de faire ma toilette. Sur un ton affable, il m'annonça qu'il avait de nouveau besoin de ma connexion Internet, et cette fois pour une demi-heure, ajouta-t-il. Je n'extériorisai pas mon agacement, parce que je devais encore me raser et préparer le petit déjeuner, mais je le priai d'expédier son affaire le plus rapidement possible, pour ne pas occuper trop longtemps ma ligne.

« J'attends un appel. D'une jeune fille », spécifiai-je pour le moucher, car je devinais en lui un célibataire.

Mais Bruno savait encaisser le sarcasme et y répondre à boulets rouges.

« Il faut fêter ça, jeune homme ! Et moi qui en voyant ton appartement de vieux garçon aurais juré que tu ne faisais pas une touche ! »

La contrariété et une poussée de malveillance se confondirent en moi, mais je décidai de les contenir.

« Une demi-heure. Pas une minute de plus. »

Bruno se planta devant moi et me servit une parodie de salut militaire. En l'honneur de la vérité, je reconnais qu'il ne dépassa pas le délai accordé ; mais ce fut justement pendant cette demi-heure que Laura m'appela avec insistance avant d'entrer à la Bibliothèque nationale et trouva chaque fois la ligne occupée. Le lendemain, pour ne pas changer, Bruno vint à son rendez-vous avec mon ordinateur. Dès ce jour-là, je ne me donnai même plus la peine de demander qui était là avant de lui ouvrir la porte en appuyant sur le bouton de l'interphone ; lui, de son côté, ne me demanda même plus la permission de s'installer à mon bureau.

« Bruno, on m'a appelé, hier, pendant que tu étais en ligne, dis-je, la mâchoire crispée par la colère. Essaie d'être moins long. »

Cette exigence, qui se voulait impérieuse, ne dégringola pas dans les éboulis de la supplique. Bruno me concéda aimablement :

« Aujourd'hui, je jetterai seulement un coup d'œil. » Et, tandis qu'il allumait l'ordinateur, il s'enquit : « Un coup de fil important ?

– Une amie », fis-je, me retranchant dans un laconisme blessé.

Sur ce, je quittai la pièce. De la cuisine, j'entendais Bruno taper sur le clavier et faire valser nerveusement la souris. Au bout d'un quart d'heure, comme s'il refaisait surface après un plongeon, il lança à mon adresse :

« Quel genre d'amie ? » Et, mettant un accent canaille sur l'épithète : « Une petite amie, tu veux dire ? »

Il ne tenait pas sa promesse. L'essence d'un « coup d'œil » est d'être fugace, ne comprend ni prolongation ni durée. Mais ce « coup d'œil » faisait partie du détestable petit jeu auquel Bruno se livrait avec toujours plus de licence pour épuiser ma patience, monopoliser mon ordinateur et, du même coup, ma ligne téléphonique.

« Une amie d'enfance qui, de plus, est très belle, lançai-je à mon tour en faisant irruption comme une tornade dans la pièce que Bruno avait investie. Tu avais dit que tu jetterais seulement un coup d'œil. »

Bruno ferma la fenêtre qui dévoilait sa position dans l'espace virtuel.

« Belle comment ? fit-il en clignant des yeux, rêveusement. Comme une actrice ? »

Un moment, je songeai qu'il se servait de mon ordinateur pour des recherches pornographiques ou délictueuses. Puis l'affabilité se répandit sur son visage telle une vague de crème fouettée.

« Comme une bibliothécaire, gros malin.

– Une belle bibliothécaire ? Tu en connais une ?

– J'en connais plusieurs, espèce de misogyne. Et celle-là, de plus, a le prénom de la bien-aimée de Pétrarque, dis-je pour lui rabattre le caquet. Avec un pareil prénom, elle ne peut pas être laide. »

Bruno fit claquer sa langue et tira sur sa pipe de façon à produire d'épais nuages de fumée ; depuis quelque temps, il la bourrait d'un tabac qui répandait des parfums interdits de casbah ou de souk rayé des circuits touristiques. Il récita :

« *Giovene donna sotto un verde lauro / vidi più biancha et più freda che neve*[1]. » Et il ajouta une apostille féroce : « Il faut être très prudent, avec les Laura ; celle de Pétrarque mourut de la peste. Fais attention qu'elle ne te refile pas une maladie. »

La grossièreté me parut intolérable. Bruno joignit les mains comme un gisant en prière.

« Je plaisantais, mon vieux. Ne sois pas aussi chatouilleux. »

Sa bedaine tremblait sous sa chemise de telle manière que le ventriloque qu'il y abritait semblait sangloter.

« Je te pardonne si tu me dis ce que tu mijotes », fis-je sur un ton exigeant. Pour la première fois, j'étais devant lui en situation dominante.

Bruno mordilla avec acharnement l'embout de sa pipe ; visiblement, le gage imposé lui coûtait plus que l'amputation d'une jambe.

« Connais-tu le *Dictionnaire des lieux imaginaires* d'Alberto Manguel et Gianni Guadalupi ? »

Je hochai la tête en signe d'assentiment, encore plus intrigué. Le livre de ces deux auteurs, conçu comme un grand abrégé regroupant les cartographies rêvées en littérature, m'avait ébloui par son déploiement inépuisable et utopique : la caverne de Montesinos explorée par l'Hidalgo de la Manche ; la cité interdite d'Opar conçue par Edgar Rice Burroughs ; l'île où, selon Stevenson, le capitaine Flint enterra son trésor ; le continent de l'Atlantide et le Pays où l'on n'arrive jamais y figuraient parmi des centaines ou des milliers d'îles, de villes, de pays et de continents conçus hors des murs de la réalité.

« Ce que je voudrais, c'est écrire un guide des lieux imaginaires

1. Je vis sous un vert laurier une jeune femme plus blanche et plus fraîche que neige.

créés sur Internet. Principautés d'opérette, paradis fiscaux de farces et attrapes et tout à l'avenant. »

La capacité qu'avait Bruno de m'étonner était presque aussi grande que celle de me mettre hors de moi.

« Super. Et tu as trouvé quelque chose ? »

Il émit un sifflement de stupéfaction et agita la main comme s'il essayait de s'ouvrir un chemin dans une avalanche de trouvailles.

« Tu rigoles ? Mais Internet est la Babylone de la fabulation. »

Au cours des mois qui suivirent, Bruno resta fidèle à sa tactique de parasitisme progressif à forfait ; il étendit peu à peu la durée de ses connexions, étala sur mon bureau un fouillis de carnets et de dossiers, usurpa mes heures de travail, bannit la discipline qui les accompagnait et finit par faire de moi le laquais de ses sacro-saints caprices. Sur ses manigances cybernautiques toujours plus prolongées, il ne me disait jamais un mot ; il avait réussi ce que le Bartleby de Melville avait obtenu de son chef (même si Bruno, avec son déploiement d'activité frénétique était à sa manière l'inverse de Bartleby) : tempérer mes poussées de colère, assourdir mes plaintes, désarmer mes résistances. Parfois, quand il s'en allait après m'avoir bousillé une journée de travail et privé pendant six ou même huit heures de toute communication téléphonique, je bâtissais des projets pour le bannir à jamais de mon cercle d'amis, mais cette ardeur justicière finissait par s'éteindre et mon irritation succombait sous l'étrange puissance d'une mélancolie condescendante. Ce sentiment subjugué combinait mon admiration pour Bruno, la curiosité que les résultats de ses recherches éveillaient en moi et – je ne le nierai pas – une paresse nébuleuse qui m'empêchait de faire progresser mon roman. C'est ainsi que, quand Bruno m'annonça tout de go qu'il avait demandé à mon serveur une connexion à grande vitesse pour accélérer ses recherches, je m'abstins de lui reprocher son culot. Je ne lui opposai pas davantage de résistance quand, monarque absolu de mon intimité, il me demanda de lui remettre un jeu de clefs pour pouvoir ouvrir lui-même les portes qui donnaient accès à mon appartement. Cette passivité était peut-être due au fait que ma relation de fraîche date avec Laura s'était enlisée dans les sables de l'immobilisme. Aucune faute de la part de

Laura, qui considérait ces symptômes avec un mélange d'incompréhension et d'impuissance, n'était responsable de ce malaise sentimental. Il n'était pas davantage dû à Bruno, parce que la maladie qui corrompait mon âme n'avait pas le moindre rapport avec le brusque changement de mes habitudes ni avec son omniprésence indiscrète, mais avec quelque chose de plus profond et de plus atavique. J'étais écœuré de moi-même, du glandeur que j'étais devenu après avoir déserté ma ville cléricale ; Laura était la planche de salut qui s'offrait à moi, mais je n'arrivais pas à me décider de m'y accrocher.

Si Bruno avait remarqué mes affres intimes, il se garda bien de me le faire savoir. Nous vivions dans mon appartement comme à tour de rôle et nous échangions à peine quelques mots, enfermés dans un silence qui, en moi, naissait d'une indolence dévorante et, en ce qui le concernait, peut-être d'une pudeur charitable face au malheur d'autrui. Il y avait des jours où nous ne nous voyions même pas, parce que je m'attardais souvent au lit, tenaillé par l'inactivité ; d'autres où nous expédiions la rencontre inévitable en échangeant d'insipides âneries, comme ces employés de bureau qui tout au long du jour commentent un match de football pour exorciser leur lassitude. À la décharge de Bruno, je dois préciser qu'il me signala les messages et les appels que je reçus pendant ma léthargie prolongée avec la ponctualité d'un secrétaire bien rémunéré.

« On a apporté cette enveloppe pour toi », me dit-il un jour.

C'était une enveloppe en papier chiffon, sans mention de l'expéditeur ni tampon de la poste, rien qui pût en indiquer la provenance.

« Qui l'a apportée ? » lui demandai-je sans l'ouvrir. La paresse qui s'était emparée de moi m'avait soufflé de n'en rien faire.

« Un coursier en jupon, qui m'a demandé de te la remettre en mains propres », répondit Bruno en se désintéressant de l'affaire.

Une fois seul, je cédai à la tentation de l'ouvrir. Son contenu me laissa pantois : il s'agissait d'un exemplaire de la première édition des *Hortenses*, une *nouvelle** de l'Uruguayen Felisberto Hernández publiée à part en 1949 dans la revue *Escritura* à Montevideo. C'était une rareté inappréciable, aussi singulière et isolée que l'ornithorynque, d'un écrivain tout aussi isolé dans son originalité, enseveli sous tant de mystères que je n'osais pas déclarer qu'il était mon auteur favori. Cette prédilection était si secrète que jamais je ne l'aurais confiée à mes plus proches amis et moins encore à ces journalistes qui réclament des préférences plus démocratiques et moins réfléchies. Felisberto Hernández était – et est encore – un des rares écrivains qui me remplissent d'admiration émerveillée; ses narrations traversées de troubles miracles et d'une sorte d'ineffable *naïveté** recèlent des histoires pleines d'une inquiétude qui demeure tronquée, semblable aux cigognes endormies en équilibre sur une seule patte. Il y a dans ces textes une magie nocturne, un surréalisme de bon aloi dans lequel luit brusquement, telle la lame d'un couteau, une synesthésie dont la beauté endormie donne le frisson. L'écriture poétique de Felisberto Hernández transcende toujours les événements les plus banals; la lire, c'est comme se cogner contre les meubles d'une maison emplie de mystères funèbres. Dans *Les Hortenses*, il raconte le drame d'un couple, Marie et Horace, qui vit avec une poupée grandeur nature appelée Hortense, irriguée de l'intérieur par un circuit d'eau chaude qui lui prête une apparence de vie et de «chaleur humaine». Tous les jours, Horace demande à son majordome d'installer la poupée derrière une vitrine dans des postures allégoriques dont lui seul peut déchiffrer le sens caché. La nuit, Marie et Horace dorment avec Hortense entre eux deux, jusqu'à ce que la femme négligée, folle de jalousie, poignarde la poupée avec un couteau à désosser, provoquant une hémorragie d'eau tiède qui trempe le lit conjugal.

Je n'arrêtais pas de m'interroger sur l'étrangeté de ce cadeau. Bien sûr, la personne qui me l'envoyait avait une connaissance approfondie de mes préférences esthétiques, au point de l'avoir manifestée par le choix de cet écrivain pour lequel je n'avais jamais, par inertie ou par nonchalance, professé publiquement mon admiration. En outre, il s'agissait d'un cadeau dont le prix élevé ajoutait à la difficulté de mes spéculations l'impératif d'une dépense en rien négligeable. Mon imagination, surexcitée par l'inquiétude, se perdit pendant des heures en suppositions et en hypothèses vaines; j'en vins même à chercher des sens cachés, un symbolisme voilé dans l'élection de cette œuvre si perturbatrice. Sans le déferlement d'énigmes qui l'accompagnait, l'envoi n'aurait sans doute pas produit grande impression sur ma sensibilité infirme ; en effet, je vivais replié dans la coquille du marasme, isolé des intérêts et des passions du monde extérieur, plongé dans les maremmes dévoratrices et torturantes de la misanthropie et, tandis que j'y pataugeais, je sentais tout près de là, presque à portée de ma main, une promesse de bonheur qui s'incarnait en Laura et que j'étais incapable de saisir.

Alors, tandis que je feuilletais l'exemplaire des *Hortenses* au papier très rude et cassant, avec ses caractères mal encrés et ses illustrations baveuses, se leva en moi un pressentiment semblable à une houle qui grossit peu à peu, écuma et acquit la puissance d'une révélation. C'était Laura. Oui, c'était nécessairement elle ; elle seule pouvait combler les lacunes de la méconnaissance mutuelle que tant d'années de séparation avaient fait naître entre nous ; elle seule, en tablant sur l'adolescent que j'avais été, avait pu retracer l'évolution ultérieure de l'homme un peu hyperactif, rongé d'appréhensions et de présages que mes écrits révélaient. Le livre venait de Laura, pythie de mon monde intérieur ; ainsi inspiré par cette certitude sans grand fondement (ou qui ne reposait que sur ma crédulité intéressée), je me dis que ma vie serait plus pleine et plus digne si Laura était auprès de moi. Transfigurées par mon impatience, les élucubrations les plus absurdes acquéraient la densité des vérités irréfutables. C'est ainsi que j'interprétai le thème des *Hortenses* et les passions maladives subséquentes comme un avertissement que Laura adressait à ma conscience : Horace, le personnage de Felisberto Hernández, fait fabriquer une poupée à l'image de sa femme, de peur que celle-ci ne meure et le laisse seul (bien qu'elle ne souffre d'aucune maladie), puis tombe amoureux du succédané et néglige la femme de chair et de sang qui a servi de modèle. Comme Horace, j'étais prisonnier d'une image figée dans le temps (qui n'était pas une poupée, dans mon cas, mais le souvenir de la Laura de mon enfance que je vénérais) ; voilà pourquoi, otage d'un archétype platonicien, je n'arrivais pas à aller vers la femme vivante qui s'était dégagée du moule de la fillette adorée, ou je m'en approchais comme entravé par le manque de confiance. J'admets que ces élucubrations, une fois couchées sur le papier, paraissent insensées et paranoïaques, mais tandis que je les concevais, elles me semblaient présenter la parfaite construction d'un syllogisme. Le jour pointait quand j'appelai Bruno.

« Quelle mouche te pique ? brama-t-il. Tu ne sais même plus que les gens normaux dorment encore, à l'heure qu'il est ? »

J'avais fait partie de ces gens-là avant qu'il ne vienne bouleverser mes routines diurnes. « Boucle-la et encaisse, taré », dis-je à part moi, mais je sautai le chapelet d'invectives et allai droit au but :

« Dis, à quoi ressemblait ce coursier en jupon qui a apporté l'enveloppe ?

– Pourquoi cette question ? Et comment veux-tu que je remarque ce genre de chose, moi ? »

Cette revendication de l'étourderie et de l'insouciance aurait dû me mettre la puce à l'oreille, parce que Bruno prêtait attention *à tout* avec une insatiable curiosité. Mais j'étais obnubilé par le désir de vérifier mon hypothèse.

« C'était une jeune fille plutôt petite, à peu près de mon âge, aux traits orientaux ?

– Une Chinoise, c'est ce que tu veux dire ?

– Écrase, Bruno. Une jeune fille qui ressemble un peu à Gene Tierney. »

Il eut un rire de poule couveuse qui parut monter de son ventre.

« Tu y vas un peu fort, mon vieux, ne t'emballe pas. La comparer à Gene Tierney, c'est un tantinet excessif.

– Mais elle avait les traits un peu orientaux, non ? demandai-je pour couper court à ses agaceries exaspérantes.

– Maintenant que tu le dis... » Les efforts qu'il faisait pour tâcher de s'en souvenir avaient quelque chose de théâtral et de forcé. « Tu as peut-être raison. Je dirais qu'elle ressemblait plutôt à Sylvia Sidney.

– C'est Laura, imbécile !

– Laura ? » Il s'éclaircit la gorge, pour chasser les graillons de nicotine que les rêves interrompus laissent aux fumeurs, en leur rappelant leur vice. « Quelle Laura ?

– L'amie dont je t'ai parlé. » Je voulais mettre fin à cette conversation, mais je ne me privai pas de lui lancer un dernier reproche. « Tu as failli faire capoter l'histoire de ma vie. Je te hais. »

Et je raccrochai sans le laisser formuler la moindre excuse (mais, dans le fond, je savais qu'il ne s'excuserait jamais, même menacé de pendaison). Je réussis à dénicher dans la marabunta de livres qui asphyxiait mon appartement, grimpant en double ou triple file sur les étagères ou empilés sur le sol comme des obélisques menaçant ruine, un petit livre de Felisberto Hernández, moins recherché par les collectionneurs mais lui aussi assailli de fantômes sortis d'un sarcophage, intitulé *Personne n'allumait les lampes*. Je le glissai dans une enveloppe en papier chiffon sur laquelle j'écrivis le nom de la destinataire mais pas celui de l'expéditeur, et je courus l'apporter à la Bibliothèque nationale, avant l'arrivée de Laura. Les gardiens qui rôdaient dans le vestibule acceptèrent le dépôt de mauvaise grâce et seulement après que l'enveloppe eut été scrutée au scanner et son contenu certifié inoffensif. Puis je m'assis et patientai, bien qu'il faille préciser qu'à vrai dire la position assise ne pouvait traduire même approximativement l'avalaison d'inquiétudes et de tourments qui me secoua pendant que j'attendais l'accusé de réception de Laura. Quand je le reçus, je constatai avec orgueil qu'elle aussi avait découvert dans mon cadeau, outre l'expression de ma gratitude, celle d'un consentement ; je découvris avec une satisfaction amusée que, comme moi, elle avait cherché entre les lignes le message chiffré que le livre devait cacher. Même si notre engagement réciproque fut dès ce jour déclaré sans ambages, passant enfin outre les hésitations et les escarmouches balbutiantes qui nous avaient jusqu'alors tourmentés, nous ne fîmes jamais explicitement allusion à l'échange de présents qui nous avait rendus plus audacieux et sûrs de notre triomphe partagé. Si bien que Felisberto Hernández devint l'entremetteur élu de nos amours, planant sur nos rencontres comme un bon ange que nous n'osions même pas invoquer de peur de voir se rompre l'enchantement qui par son intercession régnait entre nous. Laura glissait dans nos dialogues des citations de *Personne n'allumait les lampes* avec une sorte de complicité subreptice, et je répondais en citant *Les Hortenses*, de sorte que dans ce jeu de donnant donnant, dans cet échange d'ambiguïtés pressenties nous trouvions ce filon de plaisanteries et de codes qui n'appartenaient qu'à nous et dont tout couple d'amants a besoin pour fortifier son île dans le monde, son dialecte à usage intime ou le *locus amoenus* où il peut folâtrer.

Quand nous nous étions déjà engagés l'un par-devers l'autre et que le curé de notre ville cléricale eut fixé la date de notre mariage, nous convînmes que Bruno devait être notre témoin. Il avait déjà été le témoin privilégié de nos fiançailles, car il continuait de parasiter ma connexion Internet, bien que ses horaires ne fussent plus aussi despotiques et subjugueurs et qu'il s'efforçât de les adapter à nos désirs bien naturels d'intimité. Je fus chargé de lui annoncer la nouvelle, qu'il accueillit avec une résignation lasse, prévoyant peut-être qu'il devrait se faire tailler un costume sur mesure, étant donné que son éblouissante bedaine n'entrerait jamais dans ceux de confection des grands magasins, ces pourvoyeurs de planches à pain et de gringalets.

« Ne m'empoisonne pas la vie, Alejandro, grogna-t-il. Il faudrait encore que je dépense une fortune en cadeaux de mariage. » Il suçota l'embout de sa pipe comme s'il tirait le jus d'un bâton de réglisse. « Et comment sc fait-il que tu te maries ? »

Il lui revenait un rôle de premier plan dans la préhistoire de ce projet, et je le lui rappelai, pour le faire participer à mon bonheur :

« Tu te souviens de cette enveloppe que Laura a apportée un matin ? Eh bien, ç'a été le détonateur. »

Il se renversa sur le canapé de mon appartement, amusé d'aiguiller d'autres vies que la sienne.

« L'enveloppe avec *Les Hortenses* ? » demanda-t-il.

Jamais je ne lui avais dévoilé le contenu de ce paquet. Je tardai à comprendre, et la compréhension fut suivie d'un saisissement qui ne fut pas exactement accompagné de déception, mais de surprise de m'être laissé prendre aux manigances de Bruno, ce grand maître en supercheries.

« C'était toi… »

À la stupéfaction se mêlait une honte que Bruno s'empressa de dissiper. Depuis notre rencontre au Ritz, m'avoua-t-il, il avait découvert en moi cette aboulie déconcertée qui conduit à la prostration certaines sensibilités, quand à une vie éloignée de ses origines, dans un milieu étranger, s'ajoute la peur paralysante qui empêche de réagir, de s'accrocher à la seule planche de salut qui peut sauver du naufrage. Bruno avait vite compris que cette planche de salut, c'était Laura, comme il avait compris que si un bouleversement ne venait pas secouer mon aboulie, je finirais par ne plus pouvoir sortir de l'immobilisme dans lequel tant d'écrivains privés d'espoir abritent leurs frustrations.

« Il fallait te secouer d'une manière ou d'une autre, dit-il, te mettre sur la rampe de lancement. »

Voilà pourquoi il avait bousculé et piétiné mes habitudes, au risque de me mettre hors de moi. Providentiellement, pendant un de nos affrontements, j'avais évoqué le nom de Laura, et son métier. Il n'avait pas été sorcier de la localiser à la Bibliothèque nationale ni de découvrir dans le chaos bigarré de mes livres, surtout avec un œil aussi exercé que celui de Bruno, mon attachement à Felisberto Hernández.

« Tu devrais te débarrasser de beaucoup de saloperies. On verra si un de ces quatre tu me laisses faire un peu de ménage.

– Alors, balbutiai-je, tes recherches sur Internet, toute cette affaire de pays imaginaires, c'était du vent…

– Pas le moins du monde, mon beau. » Il refusait, par coquetterie, de renoncer à ses impertinences. « Je t'ai sérieusement escroqué, parce que je n'ai pas toutes ces installations chez moi, et je ne compte pas les avoir, tant que j'aurai un pote comme toi. Mais on ne perd rien à être gentil. Tu manquais de volonté, rien n'éveillait ton intérêt. Alors, j'ai décidé d'agir. »

Il passa la main sur ses joues très soigneusement rasées, laissant sur sa peau douce la marque de ses doigts. Il sourit avec détachement, comme blessé par sa douceur.

« Tu as une dette envers moi, mon vieux. »

Je suis maintenant en proie au doute sémantique et j'hésite sur le choix d'une épithète. Dois-je écrire jalousie rétrospective ou rétroactive ? Rétrospectif se réfère au passé, rétroactif est agissant et a un pouvoir sur lui. Peut-être la jalousie, dont la loi est sévère, mérite-t-elle la seconde épithète. Et le jaloux rétrospectif ou rétroactif, emporté par une passion totalitaire qui ne tient pas compte des barrières temporelles, prétend étendre son contrôle sur la personne aimée même pour les années antérieures à la naissance de son amour. Il s'agit d'un abus, c'est évident, puisque le jaloux rétroactif ou rétrospectif ne se contente pas de surveiller le territoire bien délimité qui recouvre la durée de ses sentiments, mais prétend envahir les territoires du passé, exercer sa curiosité sur ces archipels d'ombre qui, à cause de leur éloignement dans le temps, échappent à sa juridiction. Qui n'a pas senti s'éveiller en lui, tandis qu'il feuillette l'album de photographies de la personne aimée, un instinct de rivalité insensée en découvrant plusieurs fois de suite le visage (presque toujours sourire aux lèvres, pour mieux attiser la rage) d'un amant ou d'un intrus qui a goûté aux fruits savoureux de sa jeunesse ? Laura et moi, avaricieux de nos passés respectifs, avions cette curiosité du jaloux rétrospectif ou rétroactif, mais nous repoussions l'aveugle défiance qui caractérise ses investigations. Nos catalogues respectifs de conquêtes floues jalonnaient le chemin que notre amour égaré avait parcouru avant de rencontrer sa destinée. Ainsi, chaque ancienne maîtresse ou ancien amant, chaque amoureuse ou amoureux occasionnel, chaque passade adventice était pareil à une station sur le singulier chemin de perfection qui, avec ses méandres et ses détours, conduisait à la renaissance de notre amour en hibernation. Cette transformation de notre amour en roman byzantin, avec ses épisodes d'éloignement et son dénouement heureux, n'était peut-être qu'une mystification ou un leurre, mais elle donnait un canevas à nos jours et faisait de cet intervalle de près de quinze ans pendant lequel nous n'avions rien ou presque rien su l'un de l'autre une longue période de jachère qui annonçait (par des présages forgés de toutes pièces *a posteriori*) nos retrouvailles.

Conquérir Laura, là-bas, dans notre ville cléricale, avait été un projet presque irréalisable : elle était à l'âge où les fillettes, abruptement confrontées aux complications physiologiques de la puberté, se croient investies d'un prestige personnel qu'elles ne doivent pas dilapider avec les morveux qui partagent leur pupitre ; à l'âge où les fillettes, dans leur ardent désir d'être femmes, se sentent flattées d'attirer l'attention des grands garçons du lycée voisin qui rasent déjà le duvet au-dessus de leur lèvre supérieure. À la présomption naturelle de cet âge s'ajoutait, dans le cas de Laura, l'auréole de distinction qui rend encore plus inaccessibles les filles des militaires. Son père, un colonel récemment muté dans notre ville cléricale, à la tête d'un régiment qui attendait l'invasion des Tartares dans une caserne des environs, était un homme trop fier et trop imbu de ses galons. C'était du moins l'impression qu'il nous donnait, à nous, les garçons de la bande, chaque fois que nous l'apercevions devant la porte de l'école, confortablement installé dans une voiture à la carrosserie reluisante, toujours sur le siège arrière, car il avait un chauffeur. Le père de Laura portait l'uniforme de rigueur (ou du moins, je ne me souviens pas de l'avoir vu habillé en civil, mais la mémoire est sélective) avec une élégance qui aurait éclipsé Errol Flynn en personne pendant son séjour à West Point, avant qu'il ne meure debout. Il avait déjà dépassé la quarantaine (comme en témoignaient ses tempes poivre et sel), mais il conservait la trempe de l'officier qui ne se résigne pas, acagnardé dans un bureau, à laisser sa prostate s'hypertrophier, et il avait gardé assez de vigueur et d'endurance pour exténuer les troupes dans les manœuvres qui donnaient à sa peau les couleurs guerrières du soleil et de la poudre à canon. Quand il voyait Laura sortir, il se mettait en mouvement, toujours de la même manière : il attendait que le chauffeur lui eût ouvert la portière (et alors apparaissaient les jambes de son pantalon, d'un vert olive, toujours impeccablement repassé, le pli bien marqué, comme une quille de navire toute d'élégance et de rigueur, et les chaussures boutonnées, dont l'éclat faisait concurrence à celui de la carrosserie de la voiture), avançait sur le trottoir en lissant la tunique qui moulait son torse comme un gant, ouvrait les bras pour y recevoir Laura, la soulever et la tenir quelques instants en l'air comme en offrande à la nature qui avait été si généreuse envers lui et sa puissance procréatrice, avant de la dévorer de baisers. Laura avait alors treize ou quatorze ans, mais elle n'accueillait pas ces effusions avec une rougeur dépitée ; au contraire, elle se montrait flattée d'avoir un père aussi vigoureux et aussi beau, elle répondait à ses cajoleries en se pendant à son cou, et si elle froissait sa tunique il ne s'en souciait point. Nous, les garçons de la bande, nous contemplions la scène bouche bée, aussi humiliés que des prétendants évincés, et nous nous promettions solennellement de nous déclarer insoumis quand on nous appellerait sous les drapeaux. Aujourd'hui encore, quand je revois l'image du colonel accueilli avec tant de joie par sa fille unique, j'éprouve une jalousie rétrospective (ou rétroactive) beaucoup plus accablante que celle que peut susciter n'importe lequel des vagues amants que Laura a pu avoir pendant mon absence.

Laura vivait avec son père veuf dans la caserne du régiment. Je l'imaginais vénérée par tous les jeunes soldats, auxquels elle inspirait des airs joyeux qu'ils chantonnaient le matin pendant l'entraînement ; et j'imaginais les sévères châtiments que son père devait réserver à ceux qui osaient adresser un compliment à sa fille. Comme j'étais alors empoisonné par les fabulations de la légende arthurienne, j'imaginais encore que Laura vivait dans un donjon inexpugnable de la caserne, que son père répandait sur le sol de la chambre où elle dormait de la farine qui dénoncerait les pas de tout intrus désireux d'accéder à son lit. Le piège avait déjà été tendu par le roi cocu Marc de Cornouailles, époux d'Iseult, pour faire obstacle aux maraudes de Tristan ; mais, en définitive, le chevalier téméraire, incapable d'étouffer la passion qui l'embrasait, due au philtre ou autre breuvage qu'il avait un jour partagé avec Iseult, tous deux ignorant la délectable malédiction, avait triomphé de cette embûche et de bien d'autres. Je rôdais certains soirs aux alentours de la caserne, entourée d'une enceinte surmontée de barbelés, à la recherche d'une faille dans la maçonnerie qui me permettrait d'établir le dialogue amoureux qu'entretenaient Pyrame et Thisbé avant leur malheureuse fin, ou tout au moins d'apercevoir les bâtiments si bien gardés que le clairon du soir couvrait instantanément d'une ombre uniforme. C'étaient des bâtiments de brique rouge aussi lugubres que des hangars, aussi lourds que des galions échoués entre des bancs de sable, dans lesquels s'entassait la troupe, combinant sans doute des stratégies pour enlever la fille du colonel. De mon côté, j'élaborais la mienne tout en étudiant à travers les fissures des murs fendus et inutiles la configuration de la caserne et l'emplacement du quartier du commandant, où Laura devait subir les rigueurs de l'enfermement décrété par son père. Ces exercices d'espionnage n'étaient nullement insoucieux, parce que je devais tromper la vigilance des sentinelles qui, de l'une à l'autre des guérites juchées sur l'enceinte, se désennuyaient en déchiffrant les constellations et en apprenant le dur métier de dormir debout, soutenu par la culasse d'un fusil.

« Qui va là ? » demandaient-elles parfois en se réveillant en sursaut.

Je me plaquais contre le mur, trempé de sueur et parcouru de frissons, frappé par les élancements de mon sang, jusqu'à ce que la respiration de la sentinelle fût soulignée de ronflements et que les constellations qui pendant quelques instants s'étaient amoncelées en une astronomie vertigineuse eussent repris leur place habituelle au firmament. Après ces inspections nocturnes, je rentrais à la maison méditatif et contristé – ce dernier mot, je l'avais trouvé dans Chrétien de Troyes –, parce que je n'arrivais jamais à déterminer quel était le bâtiment ou le séjour dans lequel demeurait la dame de mes pensées. Pour chasser les inquiétudes qui m'empêchaient de trouver le sommeil, je devais recourir au vice solitaire, faute plus offensante qu'une tache de boue sur la robe candide de la blanche hermine, car ces soulagements étaient accompagnés d'un cortège de visions lascives dans lesquelles ne manquait jamais d'apparaître une Laura beaucoup plus dévergondée qu'elle ne l'était en réalité. Ces trahisons clandestines, qui m'affligeaient dès l'instant de la consommation (ou aussitôt que l'humidité visqueuse des draps me touchait, témoignant de mon péché), étaient aiguisées par de secrets tourments quand le lendemain matin, en classe, je retrouvais Laura et, honteux, je n'osais même pas lui dire bonjour. Mais je crois que cette timidité aussi pathologique que dévote me rendait plus intéressant aux yeux de Laura, car la femme sensible préfère au cornichon surfait et bravache le *chevalier servant**.

C'est alors que j'entraînai les garçons de la bande dans cette quête chimérique des Hosties volantes qui avaient survécu, vers le XII^e siècle, à la dévastation pyromane des gueux mutinés contre la noblesse locale. En début de soirée, nous gagnions les confins de notre ville cléricale, là où les pierres riches de la connaissance des siècles s'immolent tous les ans dans les crues de la rivière et, armés de lanternes, nous pénétrions dans les églises dépouillées de leurs retables et dans les ermitages aux absides réduites en décombres entre les murs desquels avaient peut-être un jour résonné les prières du Cid. À ces expéditions en quête des Hosties volantes, que j'avais conçues comme un chemin vers la sainteté, ne tardèrent pas à se joindre, avec une ardeur de fouines, quelques gamines de la classe ; et c'est ainsi que cet exercice aux prétentions eucharistiques finit voué à la dissipation et au chahut. Laura se joignit quelquefois à ces vénielles profanations, comme je l'ai raconté, profitant des absences de son père, qui ne renonçait pas à son projet d'éreinter la troupe en manœuvres exécutées dans les parages les plus inhospitaliers de la province. En ces occasions, elle ne cachait pas son déplaisir, voire son dégoût, comme si ces polissonneries puériles appartenaient à une étape de sa vie depuis longtemps dépassée ; et jamais elle ne daignait participer aux cérémonies de pelotage et de sirotage auxquelles s'adonnaient ses compagnes. Un soir, lasse de déchiffrer les chapiteaux historiés et de se tordre les chevilles sur les douilles qui étaient peut-être des vestiges de l'occupation napoléonienne ou de l'acharnement sécularisateur, elle me proposa :

« Pourquoi n'allons-nous pas chez M. Pérez Vellido ? À cette heure-ci, il t ent un discours dans son jardin. »

Sur notre itinéraire entre les églises abandonnées de notre ville cléricale, nous passions souvent devant la demeure d'Augusto

Pérez Vellido, le Maître par antonomase de notre localité (la confrérie légèrement radoteuse de ses disciples ne l'appelait jamais autrement), polygraphe invétéré, éveilleur de consciences, fléau de toutes les idéologies, traducteur des classiques et poète de la ville. Dans sa demeure, une fenêtre restait toujours éclairée jusqu'aux premières lueurs du jour, comme si derrière elle se tenait une modiste qui devait se hâter, au détriment de sa santé, pour pouvoir livrer diverses commandes le lendemain matin, et qui veillait ainsi pendant les heures les plus ingrates de la nuit. Augusto Pérez Vellido y écrivait à son bureau, étranger au mouvement des gens qui passaient dans la rue, avec cette clandestinité appliquée et artisanale du typographe qui compose un semainier satirique ou de l'anarchiste qui confectionne des bombes maison. De temps en temps, il se levait de sa chaise en s'inclinant devant les pages éparses, et l'on pouvait voir apparaître à la fenêtre sa grosse tête d'éventreur ou d'inventeur de la guillotine, avec ses cheveux ébouriffés aux mèches blanches nimbées de feux révolutionnaires et ses rouflaquettes gigantesques qui enlaçaient une moustache de kaiser prussien. Augusto Pérez Vellido passait de la dissertation de philosophie morale au sermon politique, de l'essai linguistique au pamphlet incendiaire et nourrissait ainsi l'arbre touffu de son œuvre, qui menaçait par sa diversité et sa profusion de dépasser en ampleur celle du Tostado – Alonso de Madrigal. Puis, quand il avait le poignet ankylosé à force de noircir des pages et des pages, Pérez Vellido allait dans le jardin de sa gentilhommière s'offrir la joie de quelques dissertations à vocation de diatribe qu'applaudissait une multitude d'enfants, de beaux-frères et de belles-sœurs, de neveux et nièces, de beaux-parents, de concubines, de belles-filles et de sympathisants de toutes sortes, famille promiscue et sentimentale qui, à défaut d'une occupation qui aurait soulagé sa conscience, partageait la soupe commune que Pérez Vellido lui procurait avec les quatre sous que lui rapportaient ses livres, ses honoraires de professeur itinérant et les dix emplois en un des conférences épuisantes, ces cours magistraux au jour le jour.

« Mais tu ne vas pas t'ennuyer, Laura ? Je te préviens que Pérez Vellido n'y va pas…

– Ceux qui m'ennuient, ce sont ces blancs-becs. »

Elle avait dit ça avec un froncement de dégoût aux lèvres, plus charitable que réprobateur, sans daigner regarder les autres garçons qui persévéraient dans leurs tripotages maladroits. Peut-être tirait-elle seulement les ficelles pour que je l'accompagne ; mais en m'exceptant ainsi de la catégorie brumeuse des « blancs-becs », elle m'auréola de cet éclatant orgueil qui devait s'emparer des chevaliers en lice quand avant le tournoi la dame de leurs pensées leur permettait d'attacher ses couleurs à la couronne de leur heaume.

« Viens, allons-y. »

Ma connaissance de l'œuvre d'Augusto Pérez Vellido se bornait alors à la lecture d'une brève harangue intitulée *Manifeste antinationaliste*, adressée aux habitants de notre ville cléricale, dans laquelle il les invitait à combattre par la parole et par l'action l'oppression de l'État et à secouer le joug de l'impérialisme administratif. Cette négation de l'ordre établi, en dépit de sa tournure régionaliste, avait une dimension universelle qui plaidait en faveur de la suppression de la propriété et de la dissolution des liens familiaux, ainsi que du retour à une Arcadie folâtre dépourvue de télévision, de téléphone et d'automobiles, qui sont les instruments que le Démon emploie pour nous tenir tranquilles et soumis à ses vassaux. Augusto Pérez Vellido, censeur de l'État et de ses prolongements bureaucratiques, recevait son traitement (et les subventions qui lui avaient permis de restaurer sa gentilhommière) de ceux-là mêmes qu'il combattait, et cette contradiction entre une existence de salarié et une autre de dissident le maintenait dans l'équilibre fragile du funambule qui fait ses petits numéros en sachant qu'il n'y a pas de filet pour amortir sa chute. Les dissertations nocturnes d'Augusto Pérez Vellido devant le cercle de ses proches n'échappaient pas non plus à la contradiction, parce que si elles paraissaient conçues pour un usage plutôt endogame, leur enveloppe rhétorique postulait un public plus large et, en effet, près d'une centaine de curieux penchés aux fenêtres et aux balcons du voisinage écoutaient, captivés ou abasourdis, les philippiques du Maître comme s'ils avaient payé des fortunes pour assister au spectacle et ne voulaient rien en manquer, pas même le prélude. Pérez Vellido corsetait sa faconde d'un schéma très rigide, sans aucune concession à l'improvisation, et il traitait toujours les mêmes sujets sur le même ton catéchétique et emporté. Avec le temps, après avoir remarqué ces répétitions et l'impertinence qu'il étalait en se citant lui-même sans détour, il devait vulgariser sa doctrine en recourant à des phrases lapidaires, des assertions tranchantes et autres dogmes de foi. Augusto Pérez Vellido dissertait debout, arpentant le jardin de sa gentilhommière (un jardin auquel on avait donné des allures de bocage afin que les disciples puissent forniquer à leur aise dans l'épaisseur de la végétation), en un exercice péripatétique qui ajoutait une touche de mystère à son discours. Il pérorait avec une prosodie qui séduisait l'auditeur le plus borné, modulant les périodes de ses phrases comme un acteur expérimenté les monologues d'Hamlet ; mais dans l'éclat même de son discours gisait la trahison de sa pensée, qui se comprimait en phrases ampoulées, semblables à celles que l'on tourmente quand, rongé par la solitude, on ressent le besoin, à défaut d'interlocuteur, de se parler à soi-même, poussé par la nécessité impérieuse d'exorciser la peur. Quoi qu'il en soit, Augusto Pérez Vellido emportait l'adhésion de ses prosélytes (qui arrivaient peut-être déjà convaincus, comme la grenouille de bénitier communie chaque jour sans nul besoin d'avaler des étouffe-chrétien théologiques sur la transsubstantiation), et était interrompu par des applaudissements impertinents ou intempestifs qui gâtaient son édifice rhétorique. Ce soir-là, il en était à vitupérer le couple :

« Ce que je veux dire, c'est que l'institution du couple a été inventée par le Régime pour substituer à la douceur de l'amour, qui est un sentiment profondément enraciné dans le peuple, l'instinct de propriété. C'est ainsi que l'on trompe les crédules qui, mus par l'attrait et le leurre du profit, finissent par acquérir un droit de propriété sur la femme aimée. C'est ainsi que l'homme abusé, en faisant "sienne" sa conjointe, la transforme en un gain de Temps et d'Argent, comme l'obsédé loue les services de la prostituée pour telle ou telle somme. Voilà pourquoi je vous engage à abattre la barrière que le Régime a dressée autour du Couple, pour que l'amour devienne un flux commun entre les êtres et que surgissent de nouvelles manifestations érotiques, sans aucune forme d'attachement ni de fidélité, dans lesquelles "le tien" et "le mien" ne voudront plus rien dire. Ainsi, le coït et l'orgasme perdront leur caractère téléologique, dont le cortège de frigidités et d'impuissances disparaîtra. La téléologie de l'orgasme une fois effacée, tous les baisers et toutes les caresses seront autant d'orgasmes, comme tous les jours de l'année seront des jours de fête quand le Travail sera enfin aboli. »

Sa physionomie particulière et sa tenue extravagante de bateleur de place publique ajoutaient une certaine aménité à ses élucubrations par ailleurs assez arides.

« Et comment ferons-nous, Maître, pour en finir avec la tyrannie du Couple ? » lui demanda un prosélyte qui s'en promettait des plus heureuses, une fois délivré du devoir conjugal et du boulet de sa belle-mère.

L'interruption agaça Augusto Pérez Vellido ; immobile dans un coin du jardin, il prit une apparence moussue de poisson sorti de l'eau qui respire et gonfle les ouïes entre des râles d'agonie. Quand il reprit la parole, sa voix avait une douceur maligne.

« Tu pourrais répondre toi-même à cette question, bien-aimé disciple, répondit Augusto Pérez Vellido, qui prenait pour des lumières les benêts qui composaient sa cour. Quelle est la loi sur laquelle repose la domination de l'État ? Quelle est la loi qui convertit la Famille en une cellule d'individus subjugués ou en un troupeau de moutons en route pour l'abattoir ? »

Le prosélyte qui, dans sa jeunesse, s'était peut-être présenté à un concours pour devenir inspecteur des impôts, avant que son alopécie ne lui eût décimé les neurones et tous les poils sur le caillou, n'y réfléchit pas à deux fois :

« La loi de l'impôt sur le revenu. »

La visage d'Augusto Pérez Vellido demeura de marbre, mais la colère lui monta aux yeux, comme si une thrombose avait obstrué tous les vaisseaux sanguins de sa sclérotique.

« Tais-toi, imbécile ! gronda-t-il. Je veux parler de la loi de la prohibition de l'inceste ! »

Il lui fallut quelques instants pour se remettre de sa rage, dans le silence contrit et dolent de ses adeptes, qui semblaient habitués à essuyer les plus vertes réprimandes. Augusto Pérez Vellido se couvrit la gorge en enroulant soigneusement quelques foulards autour de son cou comme s'il se remettait d'une transplantation de tête. Il avait un souffle rauque de taureau.

« Vous devrez rompre les liens familiaux qui régissent encore votre communauté. » Son regard se porta alors sur le harem incestueux de ses filles, belles-filles, nièces, petites-filles, belles-mères et concubines qu'il entretenait sous son égide patriarcale, avec l'intention apparente de prêcher par l'exemple ; mais son regard fut plus accablé que satisfait. « Et laisser frères et sœurs s'aimer d'amour comme des amants. »

Ce commandement ou cette incitation à enfreindre le plus enraciné des tabous ne parut pas du tout séduire les prosélytes d'Augusto Pérez Vellido, dont le penchant naturel à la promiscuité était encore arrêté par certains scrupules. La nuit avait des tiédeurs propices au péché, et je me prenais à aimer Laura comme une sœur incestueuse.

« Ne suffirait-il pas, bien-aimé Maître, osa objecter un autre disciple, que nous attaquions cette institution si abominable en couchant avec la femme du voisin ou en nous faisant baiser par le plombier qui vient déboucher nos canalisations ? »

À en juger par les formes burlesques d'adultère ainsi proposées, il devenait évident que les disciples consacraient plus de temps aux films pornographiques égrillards qu'à la lecture de Flaubert. Augusto Pérez Vellido désespérait.

« Ne vous rendez-vous pas compte que le plaisir adultérin est un subterfuge bourgeois ? En attentant contre la loi qui exige du couple la fidélité, vous ne faites que la reconnaître et la ratifier. C'est pourquoi je vous demande d'aller plus loin : enfreignez le tabou de l'inceste, et vous saperez le fondement même de la Civilisation, qui est ce sur quoi repose le Pouvoir dominant. »

Laura écoutait ces sermons avec un mélange de ravissement et d'épouvante, comme si les aberrations qu'ils postulaient ranimaient au fond de sa conscience un atavisme jugulé depuis la nuit des temps. L'image de son père dans toute sa prestance, de ce colonel veuf qui semblait tout droit sorti d'un roman d'Arthur Schnitzler, se présenta à moi avec une vivacité telle que je manquai défaillir sous l'assaut d'un sentiment de rivalité insensé et répudiable.

« Et qu'en sera-t-il des enfants que nous procréerons ? » Les disciples d'Augusto Pérez Vellido résistaient encore à la copulation consanguine. « Les spécialistes assurent que l'endogamie entraîne des tares. »

Le Maître se massa la mâchoire, cherchant apparemment à déceler un symptôme de prognathisme, signe distinctif des têtes couronnées et autres lignées peu mêlées. Il eut un petit rire vaniteux et légèrement bilieux.

« Je ne comprends pas que cette manie d'avoir des enfants puisse exercer un tel empire sur les humains ! » Par ce commentaire, il se situait altièrement dans une catégorie à part, inhumaine, surhumaine ou infrahumaine, en Robinson de ses entéléchies. « Ce mythe de la reproduction est une des faussetés répandues par le Pouvoir dominant. Jadis, on avait besoin de flopées de jeunes garçons pour alimenter en chair fraîche les champs de bataille. De nos jours, il faut faire des enfants pour justifier la production d'objets inutiles ; il faut de plus en plus d'imbéciles branchés sur téléviseur, qui tètent la sottise en conduisant le dernier modèle de voiture qui les saigne aux quatre veines. Ne voyez-vous pas que le Pouvoir dominant a fait de vous des Individus, c'est-à-dire vous a arrachés aux autres, pour que vous sentiez en vous un vide, un manque, un isolement qui vous pousse à procréer ou à adopter des enfants venus des lointaines banlieues du Développement ? C'est ainsi que le Pouvoir dominant, en assurant votre descendance, assure son propre Avenir, carotte qu'il vous tend pour que vous vous perpétuiez. »

Dans l'assemblée se produisaient les premières désertions, contre lesquelles Augusto Pérez Vellido se rebellait en haussant la voix, en égrenant des anathèmes toujours plus virulents et tonnants, s'égosillant presque. Brusquement, il ressemblait à l'un de ces camelots qui ont mal compris la date de la foire au village et se trouvent seuls sur la grand-place à crier leur marchandise caduque. Ses prosélytes les plus acharnés résistaient encore à la débandade et se demandaient, assis sur le gazon, s'il fallait interpréter les enseignements du Maître au pied de la lettre ou y voir plutôt des tirs de bordée dirigés contre les consciences assoupies, afin de les secouer. Ils allaient bientôt poursuivre leur discussion en adoptant un itinéraire chaotique qui passait par les auberges des environs et en s'embourbant dans de la vinasse de raisin vert qui devait leur inspirer une solution intermédiaire : trousser leur belle-sœur, passer ainsi les limites de l'adultère bourgeois sans toutefois pousser jusqu'à l'odieux inceste et devoir forniquer avec leurs filles, leurs mères et leurs sœurs. Laura et moi avions quitté le jardin ; dans la rue, nous fûmes accueillis par une petite brise bénie qui dissipa les sermons d'Augusto Pérez Vellido. Nous laissâmes derrière nous, suspendue au-dessus des toits, la tour-lanterne de la cathédrale, aussi squameuse, avec ses tuiles rondes, qu'un reptile qui aurait oublié ses mues.

« Après l'été, nous partirons, me dit Laura abruptement. Pour moi, la prochaine rentrée n'aura pas lieu ici. »

Je n'aurais su dire si Laura me prévenait que tomber amoureux d'elle n'était guère opportun, que j'aurais à lutter contre les amnésies de la distance ou si, au contraire, elle m'encourageait à aller de l'avant maintenant que le temps nous était compté, en attendant la séparation. Mais j'étais déjà, pendant mon adolescence, un irrésolu.

« Ton père est muté dans une autre caserne ? » demandai-je.

Laura marchait en évitant de poser les pieds sur les jointures entre les dalles, faisant ainsi de notre ville cléricale une immense marelle qui la conduisait jusqu'au ciel de la caserne.

« Penses-tu. Maintenant, ils veulent l'envoyer dans un bureau à Madrid. Tu as entendu Augusto Pérez Vellido : jadis, on avait besoin de chair fraîche pour les champs de bataille ; maintenant, il n'y a plus de guerres, on ferme les casernes.

– Mais il y a encore des guerres, protestai-je. Si tu lis les journaux…

– Des guerres dans les lointaines banlieues du Développement. » Décidément, elle était influencée par le jargon du Maître. « Mais ces guerres se livrent en lançant quelques bombinettes téléguidées. »

Nous avions depuis longtemps dépassé le chemin qui menait chez mes parents, lesquels allaient me recevoir avec une engueulade retentissante pour avoir dépassé l'avaricieuse permission de minuit qu'ils m'accordaient en fin de semaine. La terreur de ces représailles, si vive en d'autres occasions, devenait vaguement illusoire, peut-être à cause des diatribes d'Augusto Pérez Vellido contre la famille ou parce que mon désir de tirer tout ce que je pouvais de la présence de Laura m'insufflait une intrépidité inhabituelle.

« Mais toi, tu pourrais rester, insistai-je avec assez de balourdise.

Tu as de la famille, ton oncle, ta tante et tes cousins te recevraient avec plaisir. Tu pourrais continuer tes études ici, et aller voir ton père en fin de semaine et pendant les vacances. Après tout, Madrid n'est guère qu'à trois heures de voyage.»

De façon absurde, j'essayais de planifier sa vie. La perplexité désarmée qui avait suivi l'annonce de son départ se doublait maintenant d'un faisceau de résistances angoissées, tardives, stériles, un peu semblables à celles de l'enfant qui tente de retarder la visite chez le médecin en tapant du pied et en piquant une grosse colère.

«Pour dire des bêtises, tu te poses un peu là, me reprocha-t-elle. Mon père n'a que moi. Si on nous séparait, il mourrait de chagrin.»

Les phares jetaient de rigides rayons de lumière sur le trottoir et convoquaient autour d'eux des synodes de moucherons, mutinés et pourtant étourdis comme mes pensées, qui se rebellaient contre le départ de Laura et ne pouvaient rien concevoir pour l'éviter.

«Et puis, poursuivit-elle sur le ton du reproche, je ne vois pas ce que ça peut te faire, à toi, que je reste ou que je m'en aille. Il n'y a rien entre nous.

– Il n'y a rien parce que tu n'as jamais voulu qu'il y ait quelque chose, lançai-je. Tu as toujours fait ta prétentieuse qui me regarde de haut.»

Tandis que Laura me considérait un instant de la tête aux pieds, irritée par l'impertinence mais également émue par le reproche que je venais de formuler, d'une façon si tardive et désespérée, je songeais que nous étions seuls dans notre ville cléricale, aussi seuls que des naufragés dans une île ignorée des cartographes. Peut-être une semblable impression utopique (je veux dire celle de n'être nulle part) lui inspira-t-elle son geste magnanime; ou peut-être, prenant exemple sur les infirmières qui, à l'arrière de la ligne de feu, assistent les moribonds, voulut-elle soulager ma peine avec un simulacre d'amour qui devait me servir de viatique en cette nuit de nos adieux. Laura avait grandi parmi des militaires; et même s'il n'y avait plus de guerres, la vie en commun avec des hommes qui cultivaient – ne fût-ce que sous forme de regret – une mystique guerrière lui avait inculqué la croyance aux vertus curatives que la femme exerce sur l'âme convalescente du soldat. Pour le dire succinctement, Laura m'aima cette nuit-là par pitié.

« Tu crois sérieusement que j'ai joué la pimbêche ? »

J'essayai de l'embrasser avec l'impétuosité du novice qui confond séduction et pugilat. Comme elle résistait encore, je voulus l'attendrir en lui rappelant les innombrables fois où elle m'avait dédaigné en classe, quand je lui passais mes notes (mais mon écriture était calamiteuse), ou à la discothèque, quand je l'invitais à danser (mais j'étais un balourd, et de plus, un peloteur), ou dans le parc, quand je lui offrais une cigarette (mais je fumais une marque pour charretiers, la seule que je pouvais m'offrir avec mon argent de poche du dimanche), ou encore pendant nos expéditions à la recherche des Hosties volantes. La liste des vexations n'en finissait plus.

« Ce qu'il y a, avec toi, c'est que tu préfères les garçons plus âgés. » Je ne dis pas « les hommes » pour éviter l'insinuation incestueuse. « Moi, tu m'as toujours considéré comme un blanc-bec. »

Cet ultime reproche la consterna légèrement. J'en profitai pour poser un baiser sur ses lèvres muettes et dociles, et pour goûter sa salive, qui avait une saveur de philtre. Alors, je sentis que nous n'avions fait qu'un à un stade antérieur originel, que notre existence actuelle était un pèlerinage sur des routes séparées qui ne prendrait fin qu'au moment où nos âmes auraient été de nouveau réunies. Bien entendu, je m'abstins de lui faire part de ces fantaisies platoniciennes pour ne pas la décevoir. Et je continuai d'embrasser Laura sur le cou, d'une blancheur indemne, tandis que s'abattait sur notre ville cléricale une épidémie de silence.

« Allons à la caserne, me dit-elle. Mon père est parti à l'exercice avec le régiment. »

La proposition était téméraire ; mais j'étais prêt à me démettre de mes dispositions craintives et à leur substituer un élan sacrilège. Parce que, semblable à un profanateur de temple interdit, j'étais exalté par la caresse de la transgression plus que par la tentation de l'effraction et du larcin. Pendant des années, la caserne de ma ville cléricale avait été le fief de mon rival, le sanctuaire ou la forteresse inexpugnable qui affermissait son pouvoir sur Laura.

« Mais il aura laissé un corps de garde, objectai-je, en ultime précaution.

– Ne t'inquiète pas. Les sentinelles dorment comme des loirs. Personne ne s'en rendra compte. »

En réalité, j'aurais préféré que quelqu'un s'en rende compte, qu'un soldat délateur nous voie passer comme une muscade et aille le rapporter au colonel, qui réagirait intempestivement, blessé d'avoir été trompé, et noierait son humiliation dans l'alcool jusqu'à perdre l'impeccable maintien qui le caractérisait. Mais les sentinelles de la caserne, ainsi que Laura l'avait prévu, dormaient, la culasse de leur fusil en guise d'oreiller, sans s'inquiéter de mes projets profanateurs ; entre les parois voûtées des guérites, leurs ronflements résonnaient aussi fort que des moteurs Diesel. Tandis que nous marchions sur la large allée que bordaient des bâtisses de brique cramoisi, je me souvins avec un vif sentiment d'humiliation de mes maraudages autour de la caserne, toujours sous l'empire du secret et d'une clandestinité ridicule. Laura me guida jusqu'au bâtiment où était logé le colonel, à l'entrée duquel les hommes de garde étaient eux aussi endormis ; on respirait dans l'atmosphère cette odeur de spoliation qui suit l'ordre de vider les lieux, cette mélancolie accablée et chargée de sombres présages qui précède les exodes.

« Mon père a demandé d'être muté ailleurs quand on lui a annoncé que la caserne allait être évacuée. Il n'était pas prêt à voir disparaître ce qu'il a vu grandir.

– Je comprends.

– Et pour le punir on l'enferme dans un bureau. »

De l'endroit où nous nous tenions, devant la porte, les bâtisses de la caserne ressemblaient à des silos pillés, cimetières à la dérive qui auraient fait passer leurs cadavres par-dessus bord pour pouvoir se maintenir à flot. Nous montâmes un escalier très étroit et poli, qui clamait le tempérament de son principal usager, aussi austère qu'obsédé par la propreté. Le décor de son appartement, réduit à la plus simple expression, donnait cette même impression ; la blancheur des murs n'était troublée que par les portraits d'une femme dont les traits, bien que plus pleins et plus patriciens, avec un nez moins retroussé et une chevelure plus bouffante et plus savamment coiffée, comme l'exigeait la mode de l'époque, annonçaient ceux de Laura. Chacune des versions de cette femme m'adressait le regard comminatoire et scrutateur que les mères réservent au freluquet que leur fille amène à la maison en le présentant comme un camarade de classe.

« Elle est morte dans un accident, quand j'étais toute petite, m'expliqua Laura. Je m'en souviens à peine.

– Tu lui ressembles beaucoup. »

Le visage de Laura se reflétait sur la vitre de l'un des portraits, telle une émanation ectoplasmique de la défunte.

« C'est exactement ce que dit mon père. » Elle fit une pause funèbre. Sa voix eut un timbre différent, plus éraillé et éteint, comme si la morte parlait à travers elle. « C'est lui qui conduisait, tu sais ? Il ne s'est pas encore remis du coup de massue. »

Sur un portrait, on les voyait ensemble, posant derrière un de ces décors de baraque foraine où l'on a découpé deux trous dans lesquels les amoureux glissent leurs visages souriants qui jurent avec les corps tocards d'un couple de Tyroliens aux inévitables costumes mièvres, sur un fond alpestre. Sur un autre, ils posaient en habit de noces : le voile de tulle blanchissait prématurément le visage de la mariée, et la branche de jasmin en fleur avait la lividité des chrysanthèmes ; le colonel – qui n'était alors que capitaine – était en uniforme d'apparat avec épaulettes et boutons dorés très virilement plaqué à un corps qu'aurait aimé sculpter Praxitèle et, de la main qui n'enlaçait pas son épouse, il tenait la poignée d'un sabre qui pendait élégamment à sa ceinture, glissé dans un fourreau aux broderies en relief dont la pointe touchait presque le sol.

« Le sabre, ce sont ses compagnons de l'école militaire qui le lui ont offert, dit Laura. Ils lui ont dit qu'il avait appartenu à Churruca[1], c'est du moins ce qu'assurait l'antiquaire qui le leur a vendu. Mais va savoir.

– Il l'a encore ? »

Le colonel – qui alors n'était encore que capitaine – regardait l'avenir avec une arrogance imperturbable, l'aplomb avide de qui

1. Cosme Damián de Churruca y Elorza (1761-1805), navigateur qui participa à diverses expéditions scientifiques dans l'Atlantique Ouest, et mourut à la bataille de Trafalgar.

se sent à jamais comblé ; mais les années avaient coloré le portrait de la tristesse sépia des daguerréotypes. Laura me prit par le bras et me conduisit dans la pièce où s'entassait la bibliothèque du colonel ; si – comme on l'affirme – les livres que nous lisons éclairent les avatars de notre biographie, le père de Laura appartenait à cette race d'hommes qui se sont donné pour but, par loyauté ou contrition, de toujours observer très rigoureusement les mêmes habitudes : reliées en une peau mouchetée qui ne tolérait pas la moindre édition brochée, s'alignaient les œuvres de Plutarque et de Cicéron, de Tacite et de Tite-Live, de Virgile et d'Homère, alignées sur les rayonnages comme une armée de dieux lares ou de gardiens du temps qui avaient vu naître et verraient mourir sans s'émouvoir leur propriétaire, comme elles verraient naître et mourir ses descendants, dans les siècles des siècles. Pour quelqu'un comme moi qui entrevoyais à peine sa vocation littéraire, la bibliothèque du colonel avait une puissance intimidante et sacrée ; une puissance qui, ajoutée à l'impression de jeunesse brisée que m'avaient laissée les portraits de sa défunte épouse, commençait à débiliter l'animadversion que je vouais à mon rival ou à lui substituer un sentiment composite mêlant fraternité et envie. Dans un angle de la bibliothèque, sous une couche de poussière, sommeillait à l'intérieur d'un porte-parapluie le sabre nuptial ; les broderies en relief du fourreau s'étaient éteintes au point de prendre la couleur avaricieuse de la déroute, qui avait également gagné la poignée de sa lèpre envahissante. La lame du sabre, en revanche, avait conservé sa trempe et son éclat à donner le frisson, comme je pus le constater en dégainant et en le brandissant. L'acier chatouillait l'air de son sourire torve.

« Si mon père te voyait, il te réglerait ton compte. »

Laura m'obligea à rengainer et à remettre le sabre dans sa prison d'une tristesse irrémissible, avec les parapluies qui contenaient leurs bâillements, soupirant après la pluie qui les dégourdirait. Laura m'avait pris par la main (ses doigts entrelacés aux miens, comme l'avaient été ceux de sa mère défunte et du colonel, qui n'était alors que capitaine) pour me conduire dans sa chambre bigarrée de pochettes de disques éparses sur le sol et dominée par une affiche du film *Ladyhawk*, qui venait de sortir. Michelle Pfeiffer et Rutger Hauer y interprétaient un couple d'amants poursuivis par une malédiction qui empêchait la consommation de leur idylle : pendant le jour, elle se transformait en faucon ; pendant la nuit, il se changeait en loup, et ce n'était que pendant les très brefs moments où pointaient les premières lueurs de l'aube ou quand s'éteignait le dernier rayon de soleil qu'ils pouvaient s'entrevoir sous leur forme humaine, pareils à des créatures pour lesquelles se serait renouvelé le supplice de Tantale, incapables de croquer la pomme qui eût rassasié leur faim. Les heures que Laura m'offrait avant de disparaître à jamais avaient elles aussi leur arrière-goût tantalien : à la paralysie ou à l'étourdissement qui s'empare du damoiseau s'ajoutait la douleur anticipée de la perte, qui étouffait l'ardeur du désir.

« Alors, que fais-tu, planté là comme une potiche ? »

Elle avait enlevé son chemisier sans autre préambule et me montrait ses seins à peine formés, à peine nubiles, qui me regardaient, perplexes et un peu bigles, semblables à des chiots qui cherchent l'abri d'une main. Je fus surpris par la vision fugace de ses aisselles, nids obscurs contrastant avec ses jeunes seins, et dont la délicieuse obscénité me frappa. Jamais encore je n'avais vu de femme aux aisselles non rasées, et l'effet que produisit sur moi la découverte de ces taches sombres sur le corps de Laura, encore tellement enfantin par certains autres aspects de son anatomie, fut pareil à une obnubilation. Bien des années plus tard, j'appris que je partageais ce goût des aisselles poilues avec les surréalistes ; mais cette découverte fut alors pour moi une sorte de mauvais présage qui m'intimida.

« Je crois que je ne vais pas pouvoir... », murmurai-je pour m'excuser.

En l'attirant à moi, en la prenant par la taille, je sentis la tiédeur de ses aisselles proches, sortes d'oursins qui recèlent sous leur aspect rébarbatif un mets très sain caché comme un péché.

« Tu parles sérieusement ? » Sa voix jaillit, blessée. « Je t'ai dit que mon père ne reviendrait pas avant demain matin.

– Ce n'est pas seulement pour ça. » Il m'était très pénible d'exprimer mon trouble par des paroles. « Ce sont les photos de ta mère, ton départ si proche et maintes autres choses... Après, j'aurais l'impression d'avoir agi comme un imbécile. »

Sans oser le dire, j'avais peur de pâtir de ce « mal d'absence » qui harcelait les chevaliers du cycle arthurien et les faisait périr d'inanition et de mélancolie au souvenir de leur « ennemie aimée ».

« Bon, que veux-tu que nous fassions ? »

Elle s'était renversée sur le lit, un peu blessée par mon irrésolution. Ses seins perdaient leur relief entre les côtes que bombait sa respiration. Elle croisa les bras derrière la nuque, en guise d'oreiller ; alors, ses aisselles non rasées, aussi terribles et fascinantes que des entrées de fourmilière, retinrent de nouveau mon attention. Les prêches d'Augusto Pérez Vellido me revinrent en mémoire :

« Nous pourrions nous aimer comme frère et sœur », dis-je.

Je crois que ma trouvaille l'amusa, parce qu'elle fut en culotte en un tournemain, se débarrassant à coups de pied du blue-jean, ce qui m'incita à faire de même. Ses fesses, à la différence de ses seins, étaient déjà généreuses, aussi luxuriantes qu'un poème de Rubén Darío ; sa culotte lui entrait dans la raie, laissant à découvert une frange de peau blanche, vestige d'un hâle estival, et bien que le tissu à peine orné m'empêchât de voir, je déduisis, au défaut de toute ombre, que ses poils pubiens n'avaient pas encore poussé, ou du moins pas autant que ceux de ses aisselles, tout comme ses seins avaient pris un peu de retard sur son cul. Ces asymétries me séduisirent instinctivement ; par la suite, avec les années, j'ai appris à détester tous ces corps également confondus dans une même sveltesse que les moyens d'endoctrinement des masses nous vendent comme nouveaux canons de beauté.

« Tu veux dire que nous allons nous embrasser et nous caresser sans arriver à jouir, traduisit Laura en roman paladin.

– Plus ou moins, oui, fis-je, heureux de la voir se moquer de ma pusillanimité.

– Allez, viens ici, frère incestueux. »

Et elle m'attira sur la couche de laquelle nous n'avions même pas ôté le couvre-lit, noua ses bras à mon cou et arrima son visage au mien, son visage aux paupières bridées, au nez retroussé, et aux lèvres qui disaient des cochonneries en un murmure de confessionnal, m'enivrant en même temps de son souffle dans lequel voyageaient quelques dixièmes de fièvre, juste ce qu'il fallait pour me communiquer leur voluptuosité. Je me déshabillai moi aussi, à la diable, et restai en caleçon, très docilement vibrant et empaumé. Laura m'enveloppait de ses cuisses, son ventre doux se moulait au mien, qui était étroit et chétif, et son discours procédait par associations, devenait imprévisible, semblait émerger des catacombes d'un songe, tout comme ce que je pouvais dire de mon côté, pris dans les douceurs de ce prélude si agréable à la longue qu'il pouvait se passer de consommation ou était en lui-même une consommation. Nos langues, nos bras, nos pieds aussi étroitement unis que la vigne enlacée au jasmin, nous avons épuisé cet avare moment de chance et nous nous sommes endormis, chastes et coupables, frère et sœur qui ont enfreint sans malice le suprême tabou.

Je fus réveillé en sursaut par le clairon qui entonnait, un peu cacophoniquement, la diane du matin. Dans la chambre de Laura entrait à flots par la fenêtre sans volets une lumière étincelante et féroce aussi blessante que les remords. On entendait, montant de la cour de la caserne, un vacarme grandissant de courses et d'ordres encore graillonneux ; je me crus pendant un instant dans la cabine d'un bateau qui aurait perdu son cap, je confondis l'activité de la cour avec un branle-bas et l'appel cacophonique du clairon avec le mugissement d'une sirène. Laura, habituée au tumulte matutinal de la caserne, n'avait même pas bronché ; elle me tournait le dos, lovée en position fœtale, de l'autre côté du lit. Je tendis le bras pour caresser encore une fois sa peau nue, dont je sentais encore le contact brûlant au bout de mes doigts ; c'est alors que je touchai un objet qui séparait nos corps. Avant d'oser y jeter un coup d'œil, je tâtai sa sveltesse effilée, sa trempe glacée, son sourire torve qui était à la fois une menace et une supplique. Le sabre du colonel était couché comme une annonce de sang versé au milieu du lit ; et son fil me blessait avant de m'effleurer, telle une entaille de lumière.

Plus tard, quand je tentai de remonter les marches du sommeil qui m'avaient conduit à l'inconscience pendant la molle descente de la coupole des délices, j'en ramenai une image floue, peut-être née de la peur et de l'appréhension plus que de la réalité. J'avais vu ou cru voir le père de Laura dans l'encadrement de la porte, à peine revenu de ses manœuvres, aussi discret qu'un voleur qui connaît la configuration des lieux de son méfait. Je l'avais vu, ou il m'avait semblé le voir, vêtu de la tenue de cérémonie qu'il portait le jour de ses noces, avec ses épaulettes et ses boutons dorés, très virilement plaquée à un corps qu'aurait aimé sculpter Praxitèle ; mais sur son visage ne se montrait plus le jeune homme au regard tendu vers l'avenir avec l'arrogance imperturbable, l'aplomb avide des êtres qui se sentent à jamais comblés, mais un homme accablé par l'adversité et résigné, en contemplant la trahison de sa fille, à céder les prérogatives jusqu'alors concédées à lui seul. À travers les brumes du sommeil, j'avais vu ou cru voir ses yeux luire de douleur et d'humiliation, des yeux dans lesquels cohabitaient la magnanimité et la cruauté, peut-être assaillis par un flot de larmes contenues depuis son veuvage. Mais je ne l'avais pas vu dégainer le sabre nuptial et le placer dans une position de repos vigilant entre sa fille et moi comme un remords ou un discret hommage ; toutefois, ce sabre posé sur le lit qui avait conclu notre prélude à l'amour était l'indubitable preuve de son passage dans la chambre, de sa vigilance. Il n'empêche que je n'ai jamais pu savoir si ce sabre nu était le signe de sa déconfiture ou le symbole de son hostilité.

Laura et moi n'avions jamais fait la moindre allusion à l'événement du sabre. Peut-être, après m'avoir vu m'enfuir épouvanté de la caserne, le colonel était-il retourné dans la chambre de sa fille et l'avait-il ôté du lit. Ou peut-être Laura l'avait-elle découvert après mon départ, miroitant dans la lumière du matin tel un filet d'eau qui se perd entre les joncs, et avait-elle compris que son père nous avait épiés et qu'il désapprouvait notre sommeil incestueux. Quoi qu'il en soit, avant que Laura n'eût suivi son père quand celui-ci était allé à la rencontre de son nouveau et honteux destin de militaire de bureau, nous n'avions jamais évoqué la présence du sabre gardien de notre chaste péché lors de nos rares rencontres dans notre ville cléricale. Nous ne l'avions pas davantage évoquée quand nous nous étions retrouvés bien des années plus tard, ni après avoir pris la décision d'unir nos destinées, si bien que le sabre du colonel, ou son miroitement, continua de s'interposer entre nous, d'empoisonner nos songes, d'aiguiser nos silences de sous-entendus, peut-être également désireux, qui sait, de plonger dans ma gorge. Même quand nous parlions de son maître, mon très prochain beau-père, nous le faisions par circonlocutions ou périphrases, comme l'on parle des morts qui nous sont chers et dont le souvenir est toujours douloureux ; si, pour Laura, cette douleur timide naissait de la peur de le contrarier en lui annonçant nos fiançailles (ou du moins de le prendre au dépourvu, excuse que donnent les parents pour dissimuler leur mécontentement quand ils reçoivent ce genre de nouvelle), pour moi, elle naissait de la rivalité réticente qui ne manque pas de s'installer entre les hommes quand ils se disputent une parcelle de l'amour de la femme qu'ils désirent exclusivement pour eux. Voilà pourquoi je me réfugiais dans la périphrase : j'étais jaloux du colonel, et pas seulement d'une jalousie rétroactive.

« Jaloux de mon père ? s'écria Laura, en se tordant de rire. Et c'est pour ça que tu es si nerveux ? »

Nous nous trouvions devant la porte d'entrée de sa maison, dans le quartier de Salamanca. Le colonel avait aménagé dès son arrivée à Madrid dans un de ces anciens immeubles de rapport aussi vastes que des palais secrets, que la nouvelle voracité spéculative essaie de reconquérir en délogeant les locataires valétudinaires qui ne mettent guère le nez dehors que pour aller acheter le journal au kiosque du coin ou laisser leur caniche se soulager le ventre dans le caniveau. Laura y avait vécu sous l'égide de son père jusqu'à ces dernières années, où, une fois nommée bibliothécaire, elle avait pu payer le loyer de l'une des niches des blocs uniformes que l'on construisait dans les banlieues. Elle riait encore alors que nous attendions l'ascenseur, sorte de catafalque logé dans la cage d'escalier.

« Je ne te demande qu'une seule chose, fit-elle en passant de l'hilarité à une soudaine sévérité. Ne lui dis pas que c'est toi qui as couché avec moi à la caserne. »

De nouveau, l'ombre du sabre pendait au-dessus de nos têtes, telle une tempête qui n'en finit pas de se tramer entre les nuages. L'ascenseur se mit en mouvement, après que Laura se fut chargée d'en refermer les portes en bois patiné ; je me sentais aussi mal à l'aise qu'un curé que ses fidèles auraient coincé par traîtrise ou abus de confiance dans un confessionnal pour déverser sur lui leur fardeau de péchés.

« Je n'ai jamais eu l'intention de le lui dire, tu peux me croire, répliquai-je, légèrement piqué.

– Tu sais que mon père est un peu vieux jeu », fit Laura avec un rire sans joie qui dénotait une vague confusion. Ma nervosité semblait maintenant l'avoir gagnée. « Je ne te demande pas de mentir, seulement de ne rien dire de cette affaire. Il pourrait croire que nous sommes des névrosés obsessionnels et que nous avions déjà décidé de nous fiancer à cette époque. »

L'ascenseur s'arrêta sans le moindre amortissement, en un hoquet de rhinocéros.

« Ce ne serait pas plutôt lui, le névrosé obsessionnel ? » osai-je répliquer.

Laura répondit à cet accès de rancœur sibylline par un regard réprobateur. Le colonel, qui nous attendait sur le palier, ouvrit lui-même les portes de l'ascenseur, plaquant sur mes lèvres le dernier mot que je venais de prononcer. Les années avaient fait leur effet sur lui ; ses traits, qui conservaient encore une réminiscence d'allure patricienne, ressemblaient maintenant à des effigies de monnaies anciennes gravées avec soin qui avaient toutefois perdu leur relief sur les cordonnets, abîmés par des décennies de circulation et par d'intempestives manipulations avaricieuses. Ses cheveux résistaient à la calvitie mais cédaient à l'invasion de la blancheur qui, cantonnée aux tempes trois lustres auparavant, avait maintenant étendu partout sa nappe neigeuse, un peu prématurément, peut-être, puisque le colonel était à peine sexagénaire. J'attribuai alors cette progression rapide à l'enlisement qu'avait subi sa carrière militaire, depuis qu'il s'était refusé à liquider sans protester la caserne de notre ville cléricale et avait été relégué dans des bureaux pour y effectuer des tâches fastidieuses et rejeté parmi les réservistes, opprobre beaucoup plus blessant que la simple mise à la retraite. Et à cette relégation précoce qui entachait d'infamie son inflexibilité de soldat, fidèle défenseur d'une conception de l'armée apprise dans la lecture des classiques grecs et latins, s'ajoutait la perte récente de sa fille unique, aussi douloureuse qu'une amputation.

« Qui aime sa petite fille plus que personne au monde ? » dit-il, en guise de bonjour, avec une familiarité impudique qui m'excluait.

Il avait tendu les bras comme il le faisait jadis devant la porte de l'école, quand il venait attendre une Laura adolescente qui n'avait pas honte de ses démonstrations de tendresse. Elle ne fut pas plus embarrassée de se pendre à son cou, de laisser son père la soulever et la serrer dans ses bras en la dévorant de baisers. Je remarquai alors que le colonel était encore un homme vigoureux, au squelette épargné par les délabrements de l'âge ; et je remarquai également dans la jovialité de ses lèvres (qui continuaient de baiser Laura et de lui souffler des propos amusants qui étaient pour moi autant de codes secrets) et dans l'expression vivace de son regard un gisement de passions juvéniles que n'avaient pu étouffer les infortunes de sa biographie. Je commençais à me sentir gêné et déplacé pendant que père et fille fêtaient leurs retrouvailles.

« Papa, voici Alejandro », dit enfin Laura, alors que je me réduisais à l'invisibilité.

Le colonel se tourna vers moi avec un sourire aussi courtois que tiède, très fidèle à celui qu'il avait dû dispenser à ses supérieurs quand ceux-ci lui avaient annoncé son évincement. Il était vêtu d'un costume de laine si bien peignée et tissée qu'auprès de lui j'avais le sentiment d'être un moins que rien, avec ma veste de jeune écervelé dans le vent qui pochait sur la poitrine, tirait aux aisselles et tombait de mes épaules comme de la toile de sac froissée. Le costume du colonel, fait sur mesure, allait comme un gant à son corps sans adiposités, sculptait son ventre plat et révélait la constitution privilégiée de celui qui le portait, que l'inactivité forcée n'avait pas réussi à démolir. Avant de me tendre une main plus revencharde qu'hospitalière, le colonel ne se priva pas d'examiner avec sévérité ma tenue.

« Laura m'a tellement parlé de vous, et avec tant d'enthousiasme, que j'ai fini par me décider à lire vos livres. »

Sa voix incluait une diction, peut-être acquise en récitant les hexamètres de Virgile, qui n'avait rien de militaire. C'était une voix claire et précise, sans concession à la présomption ni à la suavité ; une voix de baryton qui créait autour de lui un habile mystère de subjugation. J'observai que, quand il s'arrêtait de parler – il était plutôt laconique –, il rivait sur son interlocuteur un regard scrutateur, pour le rendre muet.

« Mais c'est extraordinaire ! s'écria Laura, se réjouissant de l'aimable libéralité du colonel. Papa s'enorgueillit de ne pas lire ses contemporains.

– Schopenhauer se faisait gloire de ne pas perdre son temps à lire des livres qui n'avaient pas au moins cinquante ans d'âge », dit le colonel. Puis, avec un geste liturgique, il nous invita à entrer. « Je me fais gloire d'être encore plus exigeant : mes préférences s'arrêtent à Gibbon.

– Tu ne sais pas ce que tu perds », lui reprocha Laura en lui pinçant la joue, un peu parcheminée.

Le colonel eut un bref sourire insidieux.

« Je sais que je ne perds pas grand-chose. » Bien qu'il eût lancé négligemment ce verdict inconditionné, je sus que c'était là le seul commentaire que mes livres méritaient à ses yeux. Ce qu'il dit ensuite ne me parut être que palinodie condescendante. « Je m'en fais une idée en lisant la ratatouille que publient les journaux : écrivains de peu, gens ignares et non lettrés. Bien sûr, notre ami Alejandro a, au moins, un certain respect de la syntaxe. »

Laura lui pinça le flanc, chercha à le chatouiller en glissant sa main sous le costume. Contre toute attente, le colonel prit plaisir au jeu et, se retournant, il lui donna une tape sur les fesses.

« Mais quand nous parlons, au téléphone, tu fais son éloge, ronchon. »

Le colonel contracta ses épaules (et sa veste se contracta avec lui, comme une seconde peau) et il m'adressa un geste de camaraderie virile résignée.

« Voilà qui montre une fois de plus que les femmes sont incapables de garder un secret. » Puis, s'adressant à Laura : « Tu finiras par gâter ce garçon, si tu ne contiens pas ton enthousiasme. Le pire qui puisse arriver à un écrivain, c'est de s'endormir sur les lauriers de la louange. »

La maison du colonel était meublée sans somptuosité aucune. Aussi frugale que son hôte, dépourvue d'ornements superflus, elle semblait munie de toutes les précautions dont certains s'arment quand ils redoutent que la cataracte et l'arthrose finissent par ruiner leur vigueur, si bien que tables, buffets, vases ou potiches étaient autant d'attelles affligeantes. La morne blancheur des murs, beaucoup plus hauts que ceux de l'appartement que j'avais vu, là-bas, dans la caserne de notre ville cléricale, était interrompue par les portraits de l'épouse défunte, en un mémento qui avait survécu au déménagement et survivait aux tentations de l'oubli. Le colonel nous avait conduits jusqu'à la bibliothèque, qui persévérait dans sa fidélité aux classiques. Les reliures en cuir moucheté répandaient un parfum de béatitude apaisante, mélange de musc et de tannerie ; entassés tout au bout du rayonnage le plus élevé, mes romans aux dos nus et plébéiens (mais très ridés, ce qui dénotait une lecture nullement épidermique) enfreignaient la solennité du lieu. Avant de nous inviter à nous asseoir, le colonel s'était installé sur un fauteuil placé dans la lumière de la fenêtre pour rendre la lecture plus confortable et attentive ; ainsi, tournant le dos à cette lumière qui lui permettait de distinguer les moindres altérations de nos physionomies, la sienne étant escamotée par le contre-jour, il attendit que nous nous fussions assis sur le canapé qui faisait face aux rayonnages. Je cherchai du regard dans tous les coins de la pièce le porte-parapluie avec le sabre de mauvais augure ; une fois assuré de son absence, je pus affronter les curiosités inquisitoriales du colonel en adoptant une attitude moins subjuguée.

« Alors, c'est pour quand, le grand jour ? » nous demanda-t-il à brûle-pourpoint.

Il avait croisé les jambes en un mouvement à la fois souple et circonspect. Le pli de son pantalon, bien marqué, était pareil à une quille de navire toute d'élégance et de rigueur, ses chaussures ogivales et luisantes semblaient cacher dans leurs semelles les secrets de quelque danse aérienne, voire de la lévitation.

« Nous n'avons pas encore arrêté de date », dis-je, Laura m'ayant cédé l'initiative. « Mais nous essaierons de ne pas traîner en longueur. »

Le colonel eut un hochement de tête appréciateur, reléguant dans l'ombre sa contrariété.

« Je comprends. Et ce sera un mariage civil ou criminel ? »

Moi, je ne comprenais pas l'allusion. Mais Laura couvrit mon air stupide d'un éclat de rire soudain.

« Tu as toujours l'esprit aussi mal tourné, papa. Veux-tu qu'Alejandro quitte cette maison en pensant que tu es un ogre ? » Elle posa une main protectrice sur mon genou, pris d'un tremblement que je croyais imperceptible. « Non, nous ne nous marions pas parce que je suis enceinte, rassure-toi.

– Pourquoi, j'ai l'air inquiet ? fit-il. Au contraire, je serais enchanté que vous ayez bientôt un enfant. Rien ne me rendrait plus heureux en ma vieillesse qu'un petit-fils. »

Dans cette allusion à un âge qui n'avait pas encore réussi à le saisir entre ses griffes, je détectai une amorce de coquetterie affectée. La clarté de la fenêtre révélait le scintillement éclatant de quelques grains de poussière peut-être las de toujours se poser sur les mêmes livres hautains ; elle éclairait aussi les cheveux de neige du colonel, l'auréolant du prestige des *Niebelungen*.

« Il est vrai que vous, les jeunes d'aujourd'hui, vous avez beaucoup plus peur d'avoir des enfants que d'être exposés aux pires menaces, poursuivit-il. À ce train-là, vous aurez bientôt les organes sexuels atrophiés. » Comme si l'observation avait pu paraître vulgaire, ou trop adulte pour les chastes oreilles de sa fille, qu'il considérait encore comme la fillette d'antan, il proposa : « Dis-moi, Laura, pourquoi n'irais-tu pas nous préparer un de ces thés à la menthe qui plaisent tellement à ton père ? J'ai acheté quelques gâteaux que tu trouveras sur la table de la cuisine. »

Laura opposa une résistance plus décorative que réellement agacée.

« Tu vois, Alejandro, ton futur beau-père veut te parler d'homme à homme et m'envoie à la cuisine. Il n'agissait pas autrement quand on regardait un film à la télé et qu'une scène de lit s'annonçait ; il était brusquement pris d'une soif épouvantable et me demandait de lui apporter un verre d'eau fraîche. »

J'eus un sourire jaune, parce que la perspective de rester seul avec le colonel m'intimidait.

« Quelle petite garce tu fais. » Le colonel employa sans rougir cette légère insulte hypocoristique pour mieux me faire sentir ma condition de pièce rapportée, à l'exemple du favori qui affiche son intimité avec le prince devant la suite des courtisans. « Alors que je désire seulement faire bon accueil à ton petit ami… À mon futur gendre, je veux dire. »

Laura se dirigeait déjà vers la cuisine et ne put voir l'expression ironique avec laquelle le colonel lança cette dernière apostille.

« Allez, allez, tu es plus autoritaire que Caton… », dit-elle en s'engageant dans le couloir.

Le colonel se leva de son fauteuil avec une promptitude de lynx. Avant de pousser la porte derrière elle, il lança encore une pique à Laura :

« Tu n'as pas oublié le chemin de la cuisine ? » Et, se tournant vers moi, il précisa : « Cette petite a si mauvaise mémoire… »

Il se mit à faire les cent pas devant sa bibliothèque, comme pour la mesurer de son pas égal très assuré, et finit par s'immobiliser sous les rayonnages où s'alignaient mes livres. La lumière venue de la fenêtre aiguisait son profil et révélait le lent automne de ses yeux ; je remarquai tout au fond de sa voix une très subtile vibration maligne qui amenuisait sa cordialité.

« Sérieusement, vos livres m'ont paru très prometteurs. » Il y avait quelque chose de plus qu'un scrupule de courtoisie dans son refus persévérant de me tutoyer. « Vous pourriez mieux faire, bien sûr, mais ils sont excellents dans leur genre. »

Ses éloges me fustigeaient autant, ou plus encore, que ses réserves.

« Dans leur genre ? balbutiai-je, je ne comprends pas…

– Dans leur genre immature, s'empressa-t-il de préciser. Ce sont des livres fervents, débordant d'ardeur et d'enthousiasme. Mais un peu de maturité arrondirait les angles. »

J'essayai de ne pas attacher trop d'importance à ces remarques, mais ma réponse fut maladroitement trop tendue et belligérante.

« Ce peu de maturité, je ne tarderai guère à l'acquérir. Laura m'aidera à me surpasser. »

Le colonel acquiesça sans trop y croire, tout en massant son orgueilleuse mâchoire.

« Bien sûr, bien sûr, fit-il avec l'air d'en douter, et il adopta aussitôt un ton d'une lucidité abstraite et impersonnelle. Mais je ne crois pas qu'il se rencontre si fréquemment des écrivains à succès capables de se surpasser…

– En réalité, mon succès est très modeste, dis-je, essayant d'arrêter sa charge.

– Généralement, le succès les empire. » Il aplatit les cheveux rebelles au sommet de son crâne. Ses yeux se révélèrent soudain plus sombres qu'automnaux, comme si étincelait en eux une flammèche de secrète colère. « Il les rend complaisants et serviles, les pousse à se contenter de répéter à satiété la formule qui leur a réussi. Vous savez, la *sacra auri fames* dont nous parle Virgile. » Il fit une pause retorse, se délectant de sa superbe. « Vous comprenez le latin ? »

Il avait formulé cette question comme en passant, sans emphase ; toutefois, ce naturel feint exprimait le dédain, un dédain proche du dégoût. Je me recommandai à mes pénates, pour qu'ils m'évitent de devoir ravaler une humiliation, mais ils ne se montrèrent pas propices.

« La faim sacrée de l'or. »

Je savais que j'aventurais une traduction insensée ou du moins inexacte, mais je refusais de montrer mon embarras.

« Exécrable, fit le colonel, censeur. Ici, *sacra* signifie exécrable et maudite, parce que le mot fait allusion à une inspiration des dieux infernaux. L'exécrable avidité de l'or. Et à ce péril s'en ajoute un autre, encore plus terrible. »

Il me regardait droit dans les yeux, défiant et impie, semblable au sphinx qui lance à la victime qu'il s'apprête à dévorer une énigme indéchiffrable. Je voulus abréger cette torture.

« Lequel ?

– Le mariage, laissa-t-il tomber brutalement. Le mariage fera de vous des bourgeois. Un écrivain célibataire peut survivre avec quatre sous, puisqu'il n'a pas de bouches à nourrir ; il peut se consacrer à une œuvre exigeante et difficile qui réclame tous ses soins, même en sachant que la récompense sera maigre ; et la gratification morale du travail bien fait lui suffira. » Je compris qu'il s'agissait là d'une argumentation préméditée, et préméditée de la façon la plus retorse, parce que le choix des mots répondait aux critères liturgiques d'une harmonie interne qui rendait toute réfutation difficultueuse. « À ce désir de perfection, l'écrivain marié substitue celui d'avoir assez d'argent pour arriver sans gêne à la fin du mois, et même avec un peu plus qu'un confort relatif, car il doit aussi tenir compte des caprices de sa femme, qui s'attend à ce qu'on lui offre une bague ou une robe pour l'anniversaire de mariage, ou des vacances dans un hôtel quatre étoiles. Si, de surcroît, l'écrivain n'a pas les organes reproducteurs atrophiés, il finit par engendrer un rejeton, ce qui implique de nouvelles obligations. C'est ainsi que l'écrivain marié, épuisé, prend le pli de la facilité : il humilie sa muse et se livre à l'inspiration mercenaire, il remet à plus tard ses projets les plus ambitieux et écrit des imbécillités sans queue ni tête pour la consommation des masses. »

Pendant son argumentation, il avait réussi à ne pas s'emballer. Le colonel se drapait dans une froideur puisée au plus profond de lui-même qui créait un simulacre d'objectivité. Conscient d'avoir enfreint, dans sa stratégie de sape et d'intimidation, les règles élémentaires de l'hospitalité, il franchit la distance qui nous séparait de la porte entrebâillée et passa la tête dans le couloir.

« Tu en as encore pour longtemps, Laura ? » demanda-t-il jovialement, mais sa voix sombrait pourtant dans les solitudes qui le guettaient.

Il n'écouta même pas les excuses hâtives de sa fille, occupée à préparer de son mieux le thé à la menthe. Le colonel s'assit à côté de moi sur le canapé, content et savourant à l'avance la perspective de me voir renoncer à mes projets matrimoniaux.

« Mais je ne vous ai pas dit que nous voulions avoir des enfants, protestai-je faiblement. Et il y a aussi des femmes qui sont une émulation pour l'écrivain.

– Une émulation de son désaveu, sans doute. »

Ses répliques, lancées comme des attaques surprises, venaient se fracasser contre mes certitudes, qu'elles ébranlaient. Sur son cou dorique, dont Laura avait hérité, s'accumulaient les premières menaces d'effondrement, sous forme de rides et de flaccidité. Ces signes sournois de décrépitude renforcèrent ma défense, jusqu'alors un peu inhibée.

« Si Laura savait ce que vous pensez d'elle... »

Sur ce, le colonel broncha, atteint dans ses convictions les plus sacrées (ou exécrables et maudites). Son hostilité, maintenant dépouillée de toute politesse feinte, était aussi râpeuse que du papier-émeri.

« Ne mettez surtout pas dans ma bouche des propos que je n'ai pas tenus. Laura est au-dessus de cette discussion. »

Contrit et honteux, j'acquiesçai et m'efforçai de le conduire jusqu'à cette oasis de paix inviolable que représentait sa fille.

« Avant de la connaître, je me sentais vidé et privé de stimulations. » Dans le fond, je n'avais aucune envie d'édulcorer mon aversion pour le colonel avec des confidences qui apportaient de l'eau à son moulin. « Grâce à elle, j'ai retrouvé le plaisir d'écrire.

– Vous voulez dire qu'elle se charge de vous préparer du café le matin, qu'elle vous soulage des servitudes domestiques ? »

Seule la cuirasse de la civilisation m'empêcha de lui tomber dessus à bras raccourcis.

« Je veux dire qu'elle me soutient. Et je vous prierai de garder vos sarcasmes pour vous. »

Je m'étais efforcé de refréner la colère qui m'emportait, mais ma prière avait eu une sonorité comminatoire et tranchante. Le dernier voile de préventions qui empêche les rivaux de se changer en combattants s'était déchiré.

« Ne vous fâchez pas, Alejandro, dit le colonel en m'adressant un sourire radieux. Nous parlons en termes spéculatifs. Je vous expose ce que je considère comme une règle : le mariage est un joug qui rend l'écrivain esclave, un obstacle à ses désirs de perfection. Vous soutenez que cette règle admet des exceptions, et je vous le concède. Seulement... »

Il me regarda alors avec des yeux où la mansuétude et la cruauté se mêlaient, des yeux émaillés d'une douleur humiliante qui n'ose pas préciser son origine, beaucoup trop trouble et alambiquée. C'était ce même regard que j'avais cru entrevoir, entre les brumes du sommeil, la nuit où il avait posé son sabre nuptial entre Laura et moi. Je devinai, glacé, qu'il m'avait reconnu.

« Seulement ?

– Cette exception que vous défendez est parfois un mirage que la vie conjugale se charge de démentir. » Brusquement, il parlait d'une voix rugueuse d'oracle dont nul n'a pu déchiffrer la parole depuis des millénaires. « Vous, les écrivains, vous avez besoin de nourrir votre imagination de… d'expériences limites que le mariage ne peut vous offrir. » J'allais l'interrompre, prêt à improviser un serment solennel de loyauté envers Laura, mais le colonel m'en empêcha. « Non, je ne dis pas que vous cherchez par malignité ou par vice cette double vie. Je dis que vous finissez par succomber parce que votre métier vous expose au danger. À un… instinct qui vous ramène dans les marges. »

Il avait détourné son regard vers la bibliothèque comme pour y chercher l'éloquence qui rehausserait ses paroles. De nouveau, je voulus le contredire et, de nouveau, il me devança.

« Vous allez me répondre que cet instinct est inné chez tout homme, et que quelques-uns arrivent pourtant à le réprimer. » Il lui en coûtait de poursuivre son discours, une dyspnée de remords l'entravait. « Mais cet instinct s'hypertrophie chez les artistes, parce que la transgression est le moteur de leur art. Écoutez, Alejandro, ce que je veux vous conseiller, c'est de bien vous assurer avant de conduire ma fille à l'autel que vous êtes sincèrement prêt à extirper cet instinct, même si votre art s'en ressent. » Il inspira péniblement, réussit à emplir d'air ses poumons et expira ensuite comme on se défait d'un péché. Pour la première fois il me sembla qu'une sénescence redoutée germait dans son organisme. « Je ne tolérerai pas que vous fassiez souffrir Laura. Je vous assure que je ne me bornerai pas à laisser mon sabre sur le lit. Je vous éventrerai du nombril à la gorge. »

Il regarda ainsi que le fait Macbeth les paumes de ses mains, dans les lignes desquelles il lut peut-être l'annonce du sang versé. Puis il les frotta l'une contre l'autre, comme s'il se débarrassait du résidu subtil des superstitions de la chiromancie. On entendait Laura s'affairer dans la cuisine ; les petites cuillers tintèrent contre la porcelaine des sous-tasses, annonçant que le thé à la menthe était enfin prêt.

« C'est bien entendu ? » me dit le colonel avec une jovialité renouvelée.

Démoli par son effroyable menace, je me contentai de hocher la tête en signe d'assentiment, pour éviter que ma voix ne trahisse mon bouleversement. Le thé à la menthe, que Laura apportait fumant sur un plateau, emplit la bibliothèque d'une odeur de souk voluptueuse.

« Alors, n'en parlons plus. » Le colonel se leva du canapé sans le secours de ses mains, pour céder à sa fille la place qu'il avait usurpée. Il se dandinait de joie dans son costume, tout en donnant à Laura sa bénédiction : « Je crois que tu as fait le bon choix ; Alejandro et moi nous sommes très bien entendus. » Il guetta alors mon approbation avec une pointe de cynisme bénin. « Mais tu dois me promettre que tu viendras me voir au moins une fois par semaine, si tu ne veux pas que je sois jaloux. »

Laura nous regarda l'un et l'autre, maintenant liés par une obscure camaraderie, et elle eut un rire étranglé.

« Toi aussi ! Je finirai emmurée entre toutes ces jalousies ! »

Et elle se pendit une nouvelle fois à son cou, laissant le colonel la soulever et la serrer contre lui en la dévorant de baisers. Par pudeur, je plongeai mon regard dans la théière, qui cachait une infusion de plantes que Linné n'avait peut-être pas cataloguées ; je remarquai qu'elles se balançaient, caressées par la tiédeur de la potion, comme ces algues ondulantes qui hypnotisent les suicidés au fond de la mer, les invitant à entrer dans une danse molle aussi délicieuse que la caresse de l'amour.

Jusqu'alors, dans mes relations avec les femmes, je m'étais toujours heurté au même écueil : après avoir passé quelque temps avec elles, je commençais à m'ennuyer et cherchais un prétexte pour les éloigner de moi. Ces séparations m'étaient nécessaires pour raviver mon désir de les voir et de continuer à jouer mon rôle de soupirant passionné. La seule perspective d'une vie en commun m'horrifiait, parce qu'il suffisait de quelques heures passées en leur compagnie (parfois, pas même le passage d'un jour à l'autre) pour sentir la morsure de l'ennui qui, bien plus que de ce que pouvait faire ou ne pas faire la femme qui m'accompagnait, naissait de mes structures mentales trop agrippées aux trésors de ma solitude, acquis à si grand-peine, et dont je n'étais pas prêt à me défaire aussi facilement. Auprès de Laura, j'ai découvert que ces structures mentales si bien boulonnées se disloquaient, et aussi que je pouvais vivre des jours entiers avec elle sans l'envahissement de cet ennui qui, dans mes rapports avec les autres femmes, était le signal d'alarme annonçant qu'il valait mieux se séparer. C'est ainsi que nous avions décidé de mettre notre amour à l'épreuve de la vie en commun, épreuve du feu qui renforce ou calcine à jamais les passions, en leur extirpant leur caractère exceptionnel.

Je fus le premier surpris de constater le bon fonctionnement de notre union. Le créateur est essentiellement un égoïste invétéré qui voit dans les affections provenant du monde extérieur des planètes en gravitation autour de son nombril ou de son œuvre, laquelle exige de lui le plus grand recueillement. Avec Laura, j'ai appris à sortir de cette bulle de narcissisme ; et j'ai appris que le véritable amour n'admet ni compartiments ni écluses. J'avais interdit aux autres femmes l'accès aux chambres closes de mon intimité ; d'une certaine manière, je me conduisais avec elles comme un hôte qui laisserait ses invités dans le vestibule sans leur permettre, par réticence ou discourtoisie, de partager la vie privée qui se déroule à l'intérieur de son appartement. En fin de compte, mes relations avec ces conquêtes souffraient de simple incommodité, parce que, en dépit de tous les efforts qu'elles pouvaient déployer pour m'apporter appui et consolation, elles finissaient par être mal à l'aise dans le vestibule, qui est un lieu de passage où elles se sentaient plus dehors que dedans, surtout quand elles découvraient avec dépit que le maître de maison n'avait pas la moindre intention de les inviter à s'installer dans une autre pièce. Laura bouscula aussitôt mes réserves et alla jusqu'à la cuisine ; comme, par ailleurs, elle n'était pas le type de femme qui se plie docilement à la tyrannie du créateur, mais qu'elle arrivait avec ses idées personnelles, pas toujours ductiles ni soumises, notre vie commune demanda un effort d'adaptation qui la rendit plus enrichissante et féconde. Certaines de ses tournures d'esprit entrèrent en collision avec les miennes, mais comme nous partagions la volonté non pas de les bannir mais de les rendre compatibles et de les adapter entre elles, le choc ne fut jamais frontal, et nous recherchions de préférence cette friction qui use les aspérités jusqu'à l'érosion mutuelle où chaque partie renonce à ses défenses les plus agressives. J'en vins bientôt à dépendre de Laura, de sa compagnie, de ses paroles, de sa seule présence, et ce jusqu'à des extrêmes qui me faisaient honte ; c'est ainsi que certaines activités auxquelles j'avais librement consenti dans la solitude (trésor dont il ne m'importait plus de me défaire) devinrent des supplices quand Laura ne s'y joignait pas, parce que j'éprouvais le besoin de discuter avec elle jusqu'aux plus infimes vicissitudes de mes journées, de soumettre à son examen les parcelles les plus insignifiantes de mon existence dans l'espoir qu'elles pourraient, une fois sous son regard, acquérir une dimension nouvelle qui rachetait leur médiocrité.

C'est ainsi que je me désintéressais de tout quand Laura n'était pas auprès de moi, et que je comptais les minutes qui me séparaient encore du moment où nous serions de nouveau réunis. Cette dépendance devait par la suite s'atténuer mais, aussi longtemps qu'elle dura, je restais comme abêti ; par exemple, je ne pouvais m'empêcher de l'appeler à tout moment pendant les heures où elle travaillait à la Bibliothèque nationale et de lui faire part, le plus souvent, de futilités, pour le seul plaisir d'entendre sa voix. Puis, quand elle rentrait enfin, je découvrais que ces appels avaient tari la source de confidences dont elle devait être l'unique dépositaire ; parce que l'amour, en ses heures premières, est une corne d'abondance de laquelle les paroles s'écoulent sans arrêt et sans le moindre bon sens, désireuses, en leur incontinence, d'embobeliner l'être aimé. Il était si agréable de parler à Laura des événements qui avaient marqué la journée avant de sombrer dans le sommeil (et dans ce climat de curiosité inquisitive et excitante qu'entraîne l'amour, n'importe quelle routine prend la proportion d'un événement) ; parce que, pour l'amoureux, il n'est pas de plaisir plus grand que celui de déverser sa corne d'abondance de paroles à la fin du jour, quand le monde s'éteint et commence sa traversée de la nuit, pendant que l'être aimé écoute le discours et l'interrompt parfois pour l'agrémenter de remarques sur certaines impressions infimes, presque dissipées à l'instant même où elles se manifestent, et de commentaires sans doute superflus qui, dans l'enchantement engendré par les paroles et l'obscurité, accèdent au rang de sortilèges ou d'oraisons. Quand ces délicieux colloques ne pouvaient avoir lieu (à cause d'un rendez-vous qui nous séparait, d'un voyage intempestif qui m'éloignait de Madrid), je me sentais presque accablé de remords, et les confidences que j'avais emmagasinées, ne trouvant pas leur destinataire naturel, s'aigrissaient et jetaient une ombre rétrospective sur le jour qui s'achevait, en faisaient un jour superflu et offensant, un de ces jours qui ne valent pas d'être vécus.

Laura m'a rendu la province de l'enfance, ce lieu imaginaire. Je m'étais installé à Madrid, abominant ma ville cléricale, mais les retrouvailles avec Laura m'avaient gagné les bonnes grâces de ces années dont je m'étais toujours souvenu sous bénéfice d'inventaire. Un jour, à l'improviste, je lui proposai de nous rendre dans notre ville natale, comme on propose d'aller dîner au restaurant ou d'aller voir un film, sans en aviser nos familles, pour nous promener le long des rues où résonnait encore le bruit de nos pas ; c'était à ce moment des fiançailles où les actes les plus insensés semblent dictés par la logique la plus irréprochable. Nous partîmes par le dernier autocar de la journée ; nous arrivâmes dans notre ville cléricale à la nuit tombée, en plein hiver, et nous nous promenâmes dans les rues alors dépeuplées comme des monarques qui reviennent dans le royaume qui leur a été usurpé et qui s'attardent à chaque pas pour savourer le plaisir fugitif du souvenir. Notre ville cléricale semblait s'épancher en direction de la rivière, là où les quelques rares passants abandonnés au mouvement s'arrêtaient, réduits au silence par la rumeur sans âge de l'eau, qui n'est jamais la même et égrène pourtant toujours la même musique éternelle. Tandis que je marchais à côté de Laura, j'éprouvai brusquement le besoin d'être à jamais uni à elle, de lui céder une côte de mon flanc indemne. Nous descendîmes jusqu'à la rivière par des rues où régnait un recueillement érémitique, comme si elles étaient restées à la traîne de l'intempérie du passé. La nuit avait une pureté de poignard mouillé, mais pas de sang. Nous dépassâmes les églises romanes dont les pierres paraissaient receler des fautes et des secrets (peut-être cachaient-elles les Hosties volantes qui avaient été le Saint Graal de notre enfance), les couvents de nonnains qui n'abritaient plus que des ossements, la statue du Viriathe[1], ce chef lusitanien qui défia le pouvoir de Rome, la gentilhommière d'Augusto Pérez Vellido (où une fenêtre était encore éclairée, à laquelle il devait mettre sa tête d'éventreur ou d'inventeur de la guillotine, toujours livré à sa graphomanie), les pans de l'antique muraille qui avait été l'ultime bastion d'un siège célèbre incluant un régicide. La rivière roulait dans son lit comme mon sang, avec l'impétuosité de l'amour et de la mort. « *Je veux amour ou mort* », a dit le poète en un paroxysme de désespoir, et je crois que je voulais la même chose.

Vue du pont sur la rivière, notre ville cléricale semblait tenir sur le fil de la neige. Appuyés au garde-fou, nous plongeâmes le regard dans les eaux qui roulaient la douleur du monde, mais aussi son bruit et sa fureur ; les arbres des deux rives ressem-

1. Viriatus ( ?-139 av. J.-C.), chef des Lusitaniens révoltés contre les occupants romains, qui l'assassinèrent après ses campagnes victorieuses.

blaient à une garnison de guerriers qui seraient sortis nus pour accomplir leur devoir de gardiens de la nuit. L'air, empanaché de nos haleines, était d'une pureté qui faisait presque mal. Les rumeurs de la ville cléricale avaient été définitivement englouties par les eaux millénaires de la rivière, qui atteignaient presque les déversoirs du pont et noyaient les berges à leur passage, comme si elles les baptisaient par immersion. Partout où se posaient nos regards, tandis que nous scrutions les replis de l'obscurité, le paysage semblait venir de naître. Je me souvins d'autres hivers amoncelés dans ce jeu d'oublis qu'est la mémoire, quand Laura ne soupçonnait même pas mon amour. J'avais traversé cent fois ce pont, la main dans celle de mon grand-père, avec l'inquiétude exaltée de l'explorateur qui se risque sur des chemins que personne n'a encore jamais foulés. Nous laissions derrière nous la ville cléricale, dressée au bord de la rivière comme une falaise de pierres usées que guettent les siècles, et nos pas nous portaient vers les lointains quartiers où l'agglomération cède place à la campagne, où les constructions perdent toute hauteur pour prendre l'allure modeste, décente et nécessiteuse des logis d'artisans, ces maisons sans autre trésor que la fuyante chaleur humaine. Je me souvins que pendant ces promenades d'enfance en compagnie de mon grand-père la nuit nous surprenait comme un larron furtif, et avec elle un brouillard de consistance arachnéenne qui semblait surgir de la rivière, s'emmêler aux joncs et aux roseaux des deux rives, laisser ses longues chevelures traîner entre les branches des arbres, et ses spectres monter lentement à l'assaut des murailles de la ville et se glisser entre les pierres des églises romanes, qui allaient s'émietter peu à peu, jusqu'à n'être plus que décombres.

Tandis que j'invoquais ces impressions d'enfance, le brouillard s'était mis à monter de la rivière, comme un hommage à la mémoire, effaçant les contours des rives. En quelques minutes à peine, le paysage fut tapissé d'un sfumato qui lui donna une sorte de beauté clandestine et loqueteuse. Le brouillard ne tarda pas à monter le long des contreforts qui survivaient encore à l'assaut des siècles et à engloutir les maisons de notre ville cléricale. Brusquement, le monde ne fut plus éclairé par une autre lumière que celle des étoiles, une lumière lustrale qui nous lavait de l'intérieur et nous insufflait le désir de clamer nos accordailles. Je regardai longuement Laura, son profil de camée, son nez retroussé, ses yeux étonnés (ou peut-être seulement myopes) et sa bouche pleine d'un souffle qui devenait tout aussi pressant que le mien, tous deux désirant à l'unisson de ne faire plus qu'un.

Nous nous promenâmes pendant presque toute la nuit, sans échanger beaucoup de paroles, et nous regagnâmes Madrid par le premier autocar, tombant de sommeil et tremblant de froid, alors que l'aube pointait à peine. Parfois, le redoutable ordre logique, grand semeur de troubles, cherchait à me persuader que rien n'avait existé de ces épisodes que nous évoquions, Laura et moi, dans nos colloques amoureux et quand nos bouches devenaient des cornes d'abondance d'où coulaient des paroles chargées d'éveiller un monde de sensations que nous croyions endormies, et qui faisaient brusquement vibrer notre passé en une harmonie secrète et précieuse. Alors, quand cet ordre logique m'instillait ses venins, j'en venais à penser que nos expéditions nocturnes en quête des Hosties volantes n'avaient jamais existé, que jamais je n'avais entendu les prêches d'Augusto Pérez Vellido, que jamais nous n'avions couché dans la caserne abandonnée par la troupe quand Laura et moi nous aimions comme frère et sœur et que le colonel avait posé entre nos corps nus et sans défiance son sabre nuptial, telle une prémonition de sang répandu. Alors, pris dans l'écheveau embrouillé de l'égarement où le vécu et l'inventé forment un mélange inextricable, j'en venais à me dire que notre ville cléricale n'avait jamais existé, ou du moins pas ainsi que je m'en souvenais, qu'il s'agissait d'un lieu utopique, ni plus ni moins fictif que ces pays imaginaires que Bruno récoltait en naviguant sur Internet.

Mais je chassais aussitôt ces pensées nocives et me remettais à croire à la véracité de ce climat mythique que Laura et moi avions créé ensemble pour attiser et renouveler nos désirs avec le combustible fécond de la fantaisie. Ce climat mythique rendait notre amour plus résistant, plus épuré et invulnérable. Mais la vie invisible creuse des cavités qui sapent toute apparence d'invulnérabilité. Il m'a fallu faire un voyage à Chicago pour le découvrir.

LIVRE TROISIÈME

# La vie invisible

Tom Chambers avait classé le matériel rangé dans les cartons avec la méticulosité que les philatélistes réservent à leur collection de timbres et la délectation que les pécheurs récidivistes mettent à égrener leurs péchés, une seconde avant de trébucher une nouvelle fois sur la même pierre, aussi contrits qu'arrogants, parce qu'ils se sentent à la fois esclaves et princes de la fatalité. Pendant plus de vingt ans, il avait thésaurisé n'importe quel vestige ou relique lié à Fanny Riffel qui avait pu lui tomber sous la main, et pour que son trésor ne prenne pas l'apparence d'un fatras chaotique, il s'était donné la peine de coller sur chaque pièce de sa collection une étiquette qui spécifiait sa provenance, la datc dc sa trouvaille ou de son acquisition, et même de petites notes indiquant son rapport avec d'autres, de la même époque ou de même nature, tissant ainsi une trame obsessionnelle de renvois et de références. De plus, il avait inclus dans chaque carton une liste pour inventaire dans laquelle il détaillait le contenu hétérogène de telle manière que tout curieux qui y mettrait le nez, si bête ou distrait qu'il fût, pût aussitôt se faire une idée de ce qu'il allait y trouver. Cet ardent désir de cataloguement révélait que Chambers avait prévu dès l'origine que son trésor (qui était aussi un témoignage de sa laborieuse expiation) serait examiné par d'autres yeux que les siens, dépouillé par d'autres mains que les siennes, déchiffré avec une inquiétude et une frayeur croissantes qui ne seraient pas les siennes. Peut-être obéissait-il, en chargeant ainsi la conscience d'un autre de la faute qui l'avait secrètement rongé pendant des décennies, au besoin impérieux de publicité qu'entraînent les pénitences les plus rigoureuses. Peut-être cherchait-il, à l'instar du candidat au suicide qui, avant de se brûler la cervelle, écrit une lettre réclamant la compréhension du lecteur, un soulagement tardif, quasi posthume, à ses tourments. S'il reste à démontrer que le candidat au suicide ou le repenti trouvent une rédemption en exprimant leurs affres, il ne fait aucun doute que les destinataires de ces témoignages ne peuvent échapper à leur durable contamination.

Dans les cartons que Chambers m'avait légués s'amoncelaient les calendriers et les revues pornographiques de l'époque, des photographies pudibondes ou scabreuses et les courts-métrages en huit millimètres que Klaus Thalberg avait filmés dans le sous-sol de sa boutique, lesquels avaient été enregistrés sur cassettes vidéo. Dans ses façons de poser, si savamment spontanées, Fanny Riffel montrait toujours le même sourire convulsif et ingénu, que le tournage se fût déroulé sur la rive d'un lac éclairée par un soleil qui donnait des envies de farniente ou à la lumière avare d'un cagibi où l'on pouvait à peine esquisser une danse. On aurait dit que les circonstances extérieures n'avaient pas la moindre influence sur son attitude, que la sordidité ou le mauvais goût dont les photographes voulaient l'orner ne l'effleurait même pas. Je supposai néanmoins que les changements de décors et de costumes (ceux-ci toujours invariablement moulants) devaient correspondre, en Fanny qui posait, à des états d'âme allant de l'exaltation au découragement, en passant par les territoires de l'ennui. Mais pas le moindre de ces paysages intérieurs ne poignait sur son visage, pas même la fatigue excusable, si bien qu'elle restait toujours fidèle à elle-même, ornée de cette sorte de distinction plébéienne qui lui permettrait de se montrer devant la caméra hautaine ou soumise, guillerette ou écervelée, selon ce qu'exigeait la situation.

Dans le matériel rassemblé par Chambers abondaient aussi les coupures de presse et les photocopies d'articles qui avaient circulé publiquement ou sous le manteau, dans lesquels on émettait des hypothèses plus dingues les unes que les autres sur les raisons de sa disparition en 1957, après la croisade puritaine conduite par le sénateur Kafauver. Les conjectures, d'abord cantonnées aux théories du suicide ou de la conversion, devenaient plus énigmatiques et alambiquées à mesure que les années passaient et que l'image de Fanny Riffel se dissolvait dans les brumes de l'irréalité : enlèvement et séquestration avec la participation des agents fédéraux et la complicité du gouvernement, décès suivi de cryogénisation, quand ce n'étaient pas des téléportations extraterrestres mêlées en une promiscuité extravagante à d'autres suppositions plus ironiques ou moins éloignées du bon sens, selon lesquelles Fanny Riffel se serait enterrée vivante, suivant l'exemple de Greta Garbo, pour éviter que ses admirateurs puissent assister aux progrès de la décrépitude d'un corps idolâtré. Il n'en manquait pas non plus pour soutenir cyniquement que sa disparition n'était qu'une manœuvre publicitaire conçue par Fanny elle-même, qui finirait par vendre l'exclusivité de son retour à la chaîne de télévision qui lui offrirait les émoluments les plus rondelets. Tout ce fatras de potins, de spéculations et de charlataneries oiseuses avait atteint une puissance exponentielle et inimaginable au cours de la dernière décennie, coïncidant avec le *revival* qui voulait faire de Fanny une muse de la transgression ; à en juger d'après les commentaires que tout cela inspirait à Chambers (son écriture bousculée et coléreuse couvrait les marges des coupures de presse) on découvrait en lui l'orgueil exaspéré du seul dépositaire de la vérité, de l'unique gardien du secret.

Lire négligemment ce fouillis d'articles, feuilleter les revues ou les calendriers qui montraient la splendeur passée de Fanny Riffel furent des tâches plus ou moins entraînantes ; il m'en coûta beaucoup plus d'écouter les bandes magnétiques sur lesquelles étaient enregistrées ses conversations avec le surveillant Chambers, pendant les vingt années où ils avaient été réunis entre les murs de l'hôpital (ou du cabanon) Chicago-Read. Il ne s'agissait guère que d'une centaine de bandes, d'une durée moyenne d'une heure chacune ; j'en déduisis que Chambers avait éliminé les enregistrements trop divagateurs ou redondants ou inintelligibles pour ne me laisser que ceux dans lesquels Fanny Riffel se montrait le plus lucide et le plus loquace (si la lucidité et la loquacité ne s'annulent pas mutuellement), et qui étaient aussi les plus étroitement liés aux passages escamotés de sa biographie, à ces parcelles de vie invisible qui avaient débouché sur le crime ; si je différai pendant quelques jours la tâche ingrate d'écouter ces bandes (chacune avec son étiquette, sur laquelle Chambers avait noté la date de l'enregistrement et les sujets épars ou récurrents sur lesquels Fanny monologuait), ce fut moins parce que leur nombre me décourageait qu'à cause de ma réticence à me couler dans leur atmosphère confidentielle. Je me sentais pareil à un profanateur de sépulture qui, en levant le couvercle d'un cercueil, trouve un bouillonnement de vers gloutons pullulant sur la chair du cadavre ; pareil à un voyeur obscène qui s'immisce dans l'intimité des autres, assiste à des scènes d'une lubricité aberrante et découvre des abjections dont il aurait préféré ignorer l'existence. Je ne le reconnais pas sans humiliation : en définitive, la curiosité maladive fut plus forte que les scrupules, et je me penchai sur ce bouillonnement de vers qui me répugnait tout autant qu'il me subjuguait.

Comment décrire la voix de Fanny Riffel ? Les courts-métrages dans lesquels elle avait joué pour Klaus Thalberg étaient invariablement muets, et l'on n'avait conservé aucun enregistrement de ses déclarations devant le comité sénatorial qui l'avait livrée à la réprobation publique. Même quand, à Evanston, j'avais réussi à la voir un instant glisser les mains à travers les barreaux de la grille de la maison de retraite Mather Gardens pour s'accrocher aux bras que Chambers lui tendait, tandis qu'une nuée d'infirmières et d'employés luttait pour les séparer, je n'avais rien pu entendre d'autre qu'un murmure entrecoupé de sanglots très semblables au jappement d'un petit chien battu et aphone. Bien entendu, je m'étais offert le plaisir d'imaginer sa voix : dans les courts-métrages de fétichisme et de *bondage* qu'elle avait interprétés pour Klaus Thalberg, pendant qu'elle se contorsionnait au rythme d'une musique inaudible ou qu'elle feignait de torturer un autre modèle qui jouait le rôle de la soumise et se laissait fesser avec une férule ou une cravache, Fanny Riffel tournait souvent le visage vers la caméra pour dire quelques mots ou lancer de simples interjections que les masturbateurs excités par ces pantomimes devaient sans doute comprendre en suivant le mouvement des lèvres, car Fanny outrait jusqu'à la caricature l'articulation de chaque syllabe. J'étais même arrivé à déchiffrer quelques-unes de ces paroles privées de son, aussi impudiques qu'insinuantes, parmi lesquelles revenaient fréquemment les mots « baba » (*buns* dans l'original, qu'elle prononçait en traînant sur les lettres pour en faire un petit gémissement) et «petit pot de miel» (*little honey-pot*, expression qu'elle coulait d'un air faussement scandalisé, comme si elle s'étonnait de son obscénité mièvre), ainsi que quelques onomatopées qui renforçaient l'impact d'une tape ou le claquement d'un coup de martinet (mais flagellations et fessées étaient toujours feintes, comme les chutes et les faux pas du cinéma comique de la même époque). Et en déchiffrant ces paroles et ces onomatopées, toujours soulignées par des lèvres d'ingénue lascive, toujours mouillées par une langue qui se courbait avec délectation et se tordait avec des stratégies ophidiennes, je m'étais figuré le timbre de sa voix, à la fois cajoleur et rustre, avec cette pointe de ronronnement plaintif qu'adoptent les enfants quand ils font la lippe et cette diction un peu provinciale qui, pour ne pas paraître vulgaire, se lance dans des préciosités qui font rire. Je ne le nierai pas: cette voix imaginée que j'avais attribuée à Fanny Riffel titillait mes appétits les moins avouables, car, comme tant d'autres hommes, j'ai toujours trouvé excitante la vulgarité qui a honte d'elle-même.

Mais la voix qui jaillissait de ces bandes réfutait mes imaginations. C'était une voix enveloppée dans un linceul de prostration, funèbre et âpre à la fois (mais d'une âpreté calcinée qui sombre dans le chuchotement, comme si l'air lui manquait pour aller plus loin), qui à certains moments tombait dans la somnolence et à d'autres devenait fluide, cours d'eau exsangue enveloppant de ses mille et un méandres des paysages d'épouvante. Tantôt, dans ses détours sans but, la voix de Fanny Riffel était étouffée par ses absences (et le silence alors enregistré sur la bande magnétique, troublé par la cadence laborieuse de sa respiration, m'effrayait), et tantôt elle était comme ivre d'elle-même, de sa litanie blessée, au point de s'égarer dans une logorrhée dépourvue de sens, paroles privées de tout lien rationnel qui dégringolaient une pente très raide, se déchirant sur les buissons épineux du souvenir, se meurtrissant à chaque rebondissement avant d'aller se perdre dans les grandes profondeurs de l'hallucination (et alors, ce flot sonore sans destination m'effrayait encore davantage). Ce n'était pas la voix d'une femme âgée, bien qu'elle fût grevée par l'âpre lassitude qui assaille les vieillards au milieu d'un discours, leur fait perdre le fil de ce qu'ils veulent dire; ce n'était pas non plus la voix d'une folle, encore qu'elle fût, de loin en loin, brusquement traversée de psalmodies et de rengaines incohérentes, d'éclats de rire intempestifs ou d'accès de fureur. C'était plutôt la voix d'une cataleptique qui garde un accent d'outre-tombe, cette morosité somnambule des êtres que la fuite du temps n'affecte plus parce qu'ils se croient morts. C'était la voix mutilée de quelqu'un qui vit dans un casse-tête et dont la personnalité est scindée, éparpillée en mille morceaux ; parfois, les fragments épars de cette personnalité s'emboîtaient les uns aux autres et ses paroles s'accordaient, comme étonnées de leur clairvoyance ; parfois, elle ne trouvait pas les points de raccord qui lui auraient permis d'assembler son monologue, et ses propos de détachaient du monde sensible, glissaient dans un chaos qui se passait de syntaxe et barbotaient dans les bourbiers du langage automatique. Bien qu'il parlât à peine, Chambers se faisait alors entendre et essayait d'apaiser Fanny ; peut-être la caressait-il d'une main indulgente, ou la prenait-il dans ses bras pour apaiser ses sanglots et lui murmurait : « Pardonne-moi, mon amour, ma chérie. Pardonne tout le mal que je t'ai fait. » Peut-être l'embrassait-il, peut-être l'asseyait-il sur ses genoux pour la bercer, la tranquilliser, ce que je ne pourrais assurer parce que l'enregistrement était alors interrompu ou sautait brusquement à un autre monologue de Fanny sans rapport avec le précédent. Et même si les enregistrements tronqués me permettent d'avancer seulement quelques conjectures sur ce qui se passait pendant que Chambers et Fanny se repliaient dans l'intimité la plus cachée, je ne crois pas qu'ils aient jamais fait autre chose que se regarder, fascinés – comme ils s'étaient regardés en ma présence, à Evanston, séparés par les barreaux d'une grille –, à la manière des amants condamnés à se détruire et à se rédimer réciproquement en une cérémonie de déprédation, des amants englués par le hasard, ce piège à mouches qui se réjouit de confondre ses victimes dans la même agonie.

La première audition des bandes ne me servit qu'à franchir la ligne d'ombre derrière laquelle gîtent les monstres – parfois rampants, parfois aux aguets, parfois affamés et parfois repus – qui peuplent un esprit malade. Ce fut une expédition de reconnaissance qui me valut plus de confusion que de fatigue, plus de perplexité que d'effroi. Il me fallut en affronter une deuxième, et même une troisième, pour que cette perplexité se transforme en angoisse grandissante : après le tâtonnement initial, il s'agissait maintenant de s'enfoncer dans un gouffre inondé d'eau trouble, abyssale, peut-être empoisonnée. Pendant cette immersion, et jusqu'aux heures suivantes où le souvenir collait à ma peau ainsi que l'eût fait une caresse putride, j'éprouvais une sorte d'asphyxie, une impression d'épuisement intérieur, comme si chaque épisode que Fanny Riffel tissait entre digressions, exorcismes et délires déchirait ma raison à belles dents. Tirer ces épisodes fuyants de la fange des hallucinations qui les ensevelissaient requérait un effort téméraire : c'était plonger la main dans un nid de vipères pour sauver la proie qu'elles se disputaient ; de plus, la peur ou le dégoût m'obligeant à pratiquer ce sauvetage un peu à la hâte et à l'aveugle, je ne pouvais éviter de récolter une morsure au passage ou empêcher un des serpents du délire de se glisser en moi. Je crois que j'ai fini par m'immuniser contre leur venin.

Vers la fin de l'été 1959, Fanny Riffel n'entrait pour ainsi dire plus dans son appartement à l'angle de LaSalle et d'Elm Street, de peur qu'un appel de son persécuteur ne la réveillât en sursaut pour l'accabler de nouvelles demandes, ou plutôt de nouvelles exigences. Elle passait ses jours à déambuler dans les banlieues de Chicago jusqu'à ce que l'épuisement lui eût assuré une sorte d'anesthésie ; le quai d'une gare, le porche d'un magasin abandonné, l'auvent d'un garage, n'importe quel endroit avec une sorte de toit qui lui permettait de ne pas se réveiller trempée lui était bon pour passer la nuit. Bientôt, une couche de crasse et de taciturnité effaça les derniers vestiges de la *pin up* qui survivaient encore sur ses traits. Comme elle ne se souciait pas de s'enfuir au passage des voitures de police (elle ne les voyait même pas venir, parce que son existence se déroulait déjà dans les parages de la vie invisible), elle dut se résigner, pendant les premières semaines, à être souvent emmenée au commissariat le plus proche ; de là, après des interrogatoires auxquels elle opposait toujours le même mutisme, elle était conduite dans un asile de nuit. Les policiers ne tardèrent pas à comprendre qu'ils avaient affaire à un cas désespéré, et quand ils la rencontraient dans une ruelle envahie d'immondices (elle avait appris les itinéraires des chats, pour partager leur pitance), ils ne s'arrêtaient même plus ; les premiers temps, ils ralentissaient et remuaient doucement la tête, apitoyés, puis ils ne se donnèrent même plus cette peine et, sans lever le pied de l'accélérateur, ils passaient comme si elle était devenue transparente. Elle réussit aussi, à force de se retrancher dans le silence, à se faire une petite place parmi les autres mendiants ou vagabonds ou gueux logés à la belle étoile qui se poussaient pour qu'elle puisse s'asseoir près de leur feu, sans lui poser de questions ; quand ils essayèrent d'abuser d'elle, elle n'opposa aucune résistance, parce qu'elle avait cessé de se considérer comme la propriétaire de son corps, déjà pillé par la luxure contemplative de milliers d'hommes anonymes. Mais quand le violeur de service se jetait sur elle, lui vomissait au visage son souffle haletant et la regardait dans les yeux, des yeux bleu clair, un bleu minéral et abstrait, désireux de découvrir en eux le frisson glacé de la peur, l'ahurissement éperdu et l'éveil de la rage impuissante, le dégoût et les larmes confondus en une même aliénation (parce que sans ces stimulants le violeur sent que son ardeur décroît, que sa victime ne souffre pas, et face à l'absence de souffrance de l'autre sa jouissance pressentie se dissipe) ; quand le violeur de service rencontrait ces yeux qui ne trahissaient ni résistance ni soumission, que n'affaiblissait aucune larme ni aucun cillement, qui ne se démettaient ni de leur fixité funèbre ni de leur très lointaine impiété de ciel fossilisé, alors, son désir qui s'était déjà réfugié dans sa guérite était supplanté par une certitude qui le forçait à s'enfuir épouvanté. Par ces yeux d'un bleu indemne, c'était la mort qui le regardait ; dans ces yeux d'une immobilité d'étang gelé vivait le froid de la tombe.

Peut-être poussée par le désir que celle qui hantait son regard mette fin à ses jours, Fanny Riffel prit l'habitude de prolonger ses promenades jusqu'au carrefour des rues North Milwaukee et Bloomingdale, où elle s'était rendue plusieurs mois auparavant pour satisfaire la dernière demande téléphonique (la dernière exigence) immonde de son persécuteur. Elle nourrissait l'espoir que le pervers qui l'avait forcée à s'avilir en la menaçant de livrer aux agents fédéraux les photographies pour lesquelles elle ne se rappelait même plus avoir posé vivait dans les environs.

Elle nourrissait l'espoir qu'après l'avoir appelée en vain pendant tous ces derniers mois, il ait accumulé contre elle une colère et un dépit suffisants pour surmonter sa couardise dissimulée et l'agresser en pleine rue. Elle nourrissait l'espoir qu'il allait enfin se décider à la violer sur un lit d'ordures (et elle baisserait alors de bon gré les paupières, pour que son regard bleu ne le fasse pas renoncer à ses intentions) et, après avoir pris son plaisir, à l'égorger d'un coup de couteau (ce qui n'avait pas non plus grande importance, elle aurait même préféré qu'il l'égorge avant de prendre son plaisir) ; alors, elle laisserait le sang abandonner tranquillement ses veines, en un flot régulier qui l'inonderait de béatitude. Mais on sait que le jeune Chambers avait déjà renié le psychopathe qui pendant un certain temps s'était logé en lui et qu'il s'efforçait vainement de reclure cette vilenie dans le grenier de la contrition où nous reléguons nos péchés de jeunesse. Rien n'était plus loin de lui que l'idée de retourner sur la scène de son ultime méfait.

C'est ainsi que Fanny se mit à rôder dans ces parages où la ville se tache de suie et de rouille, sans toutefois rencontrer l'exécuteur qui aurait pu abréger sa peine. Elle était si faible, si famélique, que la trépidation des trains filant sur les armatures métalliques suffisait à la faire vaciller. Elle cherchait alors l'appui des palissades que les chats avaient colonisées et, jambes écartées, par terre, elle levait sa jupe (ou ses haillons) et apostrophait son persécuteur invisible, le défiait d'accomplir son méfait, cherchait à l'attirer en employant comme appât les contorsions lubriques qu'elle avait tant de fois exécutées devant la caméra. Les gravats et les ronces lui écorchaient les cuisses, griffaient son ventre qui, en un autre temps, avait été pareil à la lune, la lune croissante ou décroissante qui regardait avec une pâle pitié, à travers les voiles des nuages, le spectacle de sa dégradation. Un vent glacé qui semblait courir sur les brisées des trains fouettait Fanny, emportait ses paroles indécentes ou désespérées jusqu'aux confins de la nuit, apportait dans ses tourbillons les feuilles de journaux et les cartons déchirés avec lesquels elle improvisait un lit sur les décombres. Dormir à la belle étoile devint de plus en plus pénible à mesure que l'hiver avançait, même pour sa chair engourdie par les désirs ardents de mort ; bien des nuits, Fanny laissa la neige la couvrir de son linceul, divertie par la contemplation des flocons qui descendaient sur son corps comme des crachats impondérables, mais le froid qui tout d'abord anesthésiait sa lassitude la brûlait d'une douleur très cuisante quand il s'immisçait jusqu'à la moelle des os. Alors, Fanny devait écarter d'une poussée les feuilles de journaux qui lui servaient de draps et frictionner sa peau enflammée d'engelures.

La neige la poursuivait tandis qu'elle essayait de chasser la douleur qui lui coagulait le sang, ce même sang qu'elle aurait de bon gré offert en sacrifice au couteau qui l'aurait libéré de la prison de ses veines. Elle tentait de courir, mais découvrait alors que ses articulations ne répondaient pas à l'ordre de survie qu'elle leur adressait; et ainsi soutenue à grand-peine par deux appendices de liège qu'elle ne reconnaissait plus, elle allait, se traînant presque, aveuglée par les flocons épais qui, parfois, quand le vent redoublait, se changeaient en bourrasque de neige fondue. Elle avait complètement perdu le sens de l'orientation (peut-être avait-elle perdu tous les sens, hormis celui de la douleur), si bien que trouver un refuge devenait chaque nuit une nouvelle odyssée qui la conduisait dans des rues inconnues ou mille fois parcourues, mais déjà confondues dans le même enchevêtrement inhospitalier. N'importe quel recoin ou porche obscur lui suffisait, n'importe quelle fabrique condamnée qui présentait une trappe, un vantail ouvert par où se glisser. Elle avait toujours eu l'impression de se mouvoir dans un environnement dépeuplé, sans même songer que ses habitants pouvaient être devenus aussi invisibles qu'elle-même l'était désormais aux yeux des passants qui ne lui portaient même plus secours quand ils la rencontraient. Voilà pourquoi elle fut tellement surprise d'apercevoir, une nuit, triomphant du rideau de neige qui effaçait les contours des édifices, une croix de tubes fluorescents. Celle-ci émettait un bourdonnement ou un grésillement peu rassurant, mais Fanny écarta résolument les signes de mauvais augure et marcha vers sa lumière, d'une blancheur de lait tourné. En elle s'était ranimée, sortant d'un long sommeil, la ferveur religieuse qui l'avait accompagnée dans une vie antérieure depuis que le genou qu'elle s'était démis en tournant sous la direction de Klaus Thalberg avait miraculeusement guéri, cette même ferveur qui l'avait poussée à purger ses fautes en distribuant les brochures et les revues du Moody Bible Institute dans Lincoln Park, jusqu'à ce qu'une bande de voyous parmi lesquels se trouvait le jeune Chambers eût reconnu en elle cette « Reine des Courbes » qui avait répandu dans tout le pays une épidémie de péchés contre le septième commandement. Peut-être, en découvrant la croix de tubes fluorescents dressée sur la façade d'une église baptiste, s'était-elle souvenue de son enfance affamée, là-bas, à Chillicothe, pendant les années de la Dépression, quand sa mère tarabustait le vieux pasteur de la localité pour obtenir de lui une pièce de dix cents. Le pasteur raclait toujours le fond de ses poches, même si son habit râpé et trop ample révélait que lui aussi avait besoin d'un peu d'argent pour renouveler sa garde-robe ou manger à sa faim. À travers la porte mal jointe à son jambage passaient une chaleur de radiateur électrique et de fidèles entassés, ainsi que la voix un peu désarticulée et revêche du prédicateur, qui lisait ou récitait de mémoire, à ce moment-là, un fragment de l'Apocalypse :

« Il y eut alors un combat dans le Ciel : Michaël et ses anges combattirent contre le dragon. Et le dragon lui aussi combattait avec ses anges, mais il n'eut pas le dessus : il ne se trouva plus de place pour eux dans le Ciel. Il fut précipité, le grand dragon, l'antique serpent, celui que l'on nomme Diable et Satan, le séducteur du monde entier, il fut précipité sur la terre et ses anges avec lui. »

Fanny poussa la porte avec précaution, pour que son entrée ne soit pas remarquée, et chercha une place dans les dernières rangées de bancs ; elle s'avisa que les fidèles, aussitôt qu'ils sentirent l'odeur rance de ses vêtements (que la neige fondue, en les mouillant, accentuait et rendait plus empestée), s'écartèrent d'elle sans ménagement, en fronçant les narines, avec une grimace de dégoût offensé. Le prédicateur, qui avait remarqué le mouvement des fidèles du haut de sa chaire, jeta sur Fanny un regard inquisiteur, comme s'il avait découvert dans les particularités de son visage – érodé par les nuits de veille, couvert d'égratignures, zébré de fines blessures encroûtées – quelque chose qui lui était familier. Mais ce commencement de réminiscence, qui altéra ses traits d'une manière qui ne fut perçue que par Fanny, n'interrom-

pit point son sermon, qu'il devait avoir répété des centaines de fois.
« Le séducteur du monde entier ! » brama-t-il, illuminé lui aussi, comme la bataille qu'il venait de décrire, d'un éclat luciférien. Malgré sa constitution plutôt chétive, l'ardeur oratoire lui montait au visage, aussi sombre que l'Apocalypse. « Il en est qui croient en Dieu et ne croient pas au Malin ! Vous rendez-vous compte que c'est Satan lui-même qui vous inspire cette contradiction ? Chaque fois que vous le niez, vous vous ralliez à sa mauvaise cause ! Oui, mes bien chers frères, nier le Diable est la plus parfaite des formes de dévotion satanique ! Et n'allez pas croire, pauvres imprudents, que Satan et ses anges déchus demeurent confinés dans l'Enfer ! Leur juridiction s'étend sur tout l'orbe de la Terre ! Souvenez-vous que l'un d'eux a répondu à Notre-Seigneur Jésus-Christ qui lui demandait comment il s'appelait : “Mon nom est Légion.” Car ils sont nombreux, une légion infinie, répandus de toutes parts, ils vivent parmi nous, et nous instillent leur méchanceté et leurs abominations, pour que nous soyons ainsi perdus pour l'éternité. Pour l'éternité, mes frères ! »

Son regard semblait s'être penché sur le puits sans fond où les châtiments ne se comptent plus. Le prédicateur était un homme aux traits émaciés par l'abstinence, à la voix caverneuse et au front large et pâle où perlait une fine sueur semblable à la suppuration du remords. Il s'appelait Paul Burkett et devait être âgé d'une quarantaine d'années. Sa vocation lui était venue tardivement, dix ans auparavant, pendant qu'il écoutait un jeune pasteur appelé Billy Graham, qui s'était donné pour but de ranimer la foi des Américains pendant ses tournées dans les principales villes du pays, devant des auditoires fervents et dociles qui remplissaient les gradins des stades de base-ball. Les croisades évangéliques de Billy Graham, qui firent tant de bruit et déchaînèrent une si grande frénésie de conversions, avaient été suivies de très près par Burkett, qui avait ainsi découvert le pouvoir subjugueur de la parole ; il conjectura qu'une fois la formation nécessaire acquise, lui aussi pourrait paître les multitudes et se tirer ainsi de l'anonymat dans lequel il languissait. Profitant des nombreuses heures de loisir que lui laissait son travail de pompiste sur une route secondaire dans le sud de l'Illinois, il commença à lire les Écritures avec l'intention d'en retenir tout ce qu'il pourrait. Il avait remarqué que les sermons de Billy Graham étaient abondamment nourris de gloses et de citations de la Bible, qui servaient de préambules à des diatribes dans lesquelles, sur un ton mi-acerbe mi-réparateur, il appelait les foules à se repentir de leurs péchés. Il y avait toujours dans ces assemblées des individus spontanément convertis (ou peut-être des acteurs avisés, comme dans les séances d'hypnose) qui, possédés par l'hystérie, confessaient publiquement leurs fautes, acclamés par la foule. Billy Graham manipulait avec une science incomparable les pulsions exhibitionnistes de la plèbe, son masochisme latent et malsain, ses besoins de catharsis et d'autoflagellation. Il n'avait pas échappé à Burkett que le succès de ces croisades évangéliques reposait largement sur le charisme et l'élégance de Billy Graham, vêtements qui n'étaient pas taillés à sa mesure à lui, aussi décida-t-il de dissimuler ces insuffisances en enténébrant son discours. Parce qu'il y avait au moins un point sur lequel le pompiste Burkett avait une vue très claire des choses : le converti veut être blâmé et vilipendé, il désire être terrorisé par des visions eschatologiques, sentir les flammes purificatrices de l'enfer dont les langues tisonnent ses remords, vision lucide que devaient confirmer par la suite les mois et les années de prédications transhumantes. Chaque fois qu'il choisissait comme thème les passages de l'Évangile qui nous parlent de la miséricorde divine, de la mission de charité et de pardon que tout chrétien doit remplir, il voyait bien que l'intérêt des fidèles s'amenuisait, qu'ils étouffaient des bâillements et qu'ils ne le secondaient guère dans ses prières ; en revanche, quand il les fustigeait, les rabaissait, les menaçait du feu éternel, quand il leur peignait à grands plâtras de sang et de soufre les tourments perpétuels qui attendaient les réprouvés et retournait le couteau dans la plaie de leurs vices, en se complaisant dans l'acharnement et l'outrance, ils s'excitaient, se galvanisaient et, au moment de la quête, laissaient couler plus libéralement de leurs doigts les pièces de monnaie qui assuraient sa subsistance. Car l'homme a moins besoin d'espoir que de peur pour se sentir vivant.

« Jamais le Diable n'avait connu une apothéose semblable à celle qui lui est faite de nos jours, poursuivait le prédicateur Burkett, d'une voix qui devenait haletante et fébrile. Il a obtenu des hommes qu'ils fabriquent des machines et des appareils à l'imitation du miracle. Il a même réussi à abolir la malédiction que Dieu a lancée contre nos premiers parents en les chassant du jardin d'Éden. Aujourd'hui, il y a des hommes qui gagnent leur pain sans sueur à leur front et des femmes qui enfantent sans douleur ! Il a élevé une nouvelle tour de Babel et a libéré l'homme de toutes les servitudes de la nature : les plaies de l'Égypte ne leur font plus peur. Il a fait de nous des monstres d'orgueil qui se croient tout-puissants ! Mais jamais les hommes n'ont été aussi faibles ! Jamais ils n'ont été aussi exposés qu'à présent aux embûches de Lucifer ! »

Dans l'assistance commençaient à se faire entendre des murmures d'approbation et de contrition. Un fidèle lança d'une voix grêle :

« Que Dieu nous garde ! »

Aussitôt, comme une marée pénitente et réconfortante à laquelle Fanny s'abandonna elle aussi, la foule des fidèles se joignit à la supplique :

« Oui ! Que Dieu nous garde ! »

Burkett dirigea de nouveau son regard fuyant et malin sur Fanny, un regard de fouine qui sent une proie à sa portée, mais il fut si discret que même celle sur laquelle il glissait ne le remarqua pas. Les traits émaciés de Burkett se radoucirent, en un sourire béatifique ; il leva doucement les yeux au ciel (ou plutôt vers les voûtes de l'église) et ouvrit les bras comme s'il voulait étendre sa bénédiction à toutes ses ouailles commotionnées.

« Étends Ta protection sur eux, Seigneur ! Que Ton nom soit à jamais béni ! s'écria-t-il, transfiguré par le plaisir qu'il ressentait à s'ériger ainsi en intercesseur entre le peuple et le Dieu lointain qui, ainsi qu'il l'avait appris par expérience, était affligé de surdité.

– Alléluia ! Alléluia ! » ajoutèrent les fidèles.

Burkett savait quand il avait franchi la frontière à partir de laquelle la volonté des assistants lui était remise, soumise à son conseil et à son autorité. C'était, se disait-il, un plaisir très semblable à celui de l'orgasme que doivent ressentir les femmes, mais plus prolongé, car il sentait tous ces pauvres gens, harcelés par des fautes sans doute imaginaires, s'épancher en lui, et ce transfert de personnalité, cette sensation de puissance accumulée qu'ils lui transmettaient en dégorgeant leurs âmes, l'enivrait et effaçait les innombrables désolations secrètes que lui avait infligées, comme autant de tortures, la conscience de son insignifiance. Il s'était fait prédicateur pour dépouiller le freluquet couvert de taches de graisse et réveillé par des crétins de conducteurs qui décidaient de faire le plein aux heures les plus intempestives, et ces transes orgasmiques pendant lesquelles il se sentait investi d'un pouvoir œcuménique étaient sa façon de se venger de toutes les humiliations subies. Billy Graham en personne lui avait infligé la dernière, et peut-être aussi la plus douloureuse : quand il s'était estimé suffisamment versé dans les Écritures, Burkett avait fait le voyage de Minneapolis – où se trouvait le siège de l'Association Évangéliste fondée par Graham –, afin de proposer ses services comme assistant ou membre de la suite de son parangon dans les croisades convertissantes que celui-ci organisait inlassablement d'un bout à l'autre du pays ; mais après s'être épuisé en escarmouches avec les acolytes de Graham chargés de le faire languir dans l'attente d'une audience avec celui qui ne s'appelait plus désormais que « le conseiller spirituel de l'Amérique », il n'obtint de lui qu'un vague dédain et une dérobade qui ne méritait même pas le nom de refus. Les charlatans qui faisaient le voyage jusqu'à Minneapolis pour grossir le cheptel de Billy Graham étaient nombreux, et tous étaient refoulés avec le même détachement, afin d'éviter que des éclats de rire tonitruants ou une expulsion sans autre forme de procès n'exaspèrent leur psychopathie. On prit note des coordonnées de Burkett et on le renvoya avec la promesse moqueuse ou condescendante de l'admettre dans les rangs aussitôt qu'on aurait besoin de lui ; mais après deux nouvelles années passées à faire couler de l'essence, Burkett comprit que cet appel ne serait jamais lancé. C'est alors qu'il conçut son projet mégalomane : puisque Billy Graham, de peur qu'il ne lui ravisse un jour la vedette, refusait de l'aider, il se consacrerait à la lui disputer en ressuscitant les méthodes des prédicateurs d'antan, à la fois vagabonds et énergumènes, qui avaient répandu dans l'Amérique rurale une version épileptique de l'Évangile.

« Le Seigneur, qui m'a donné le pouvoir de chasser les démons, poursuivit Burkett devant une assemblée de fidèles toujours plus emportés et enclins à la syncope, me demande de vous mettre en garde. Défiez-vous du Malin, qui ne dort jamais ! Et n'allez pas croire qu'il va se montrer à vous le corps couvert de poils et chèvre-pied comme on le représente dans les mascarades, ni même sous la forme d'un serpent. Les démons sont purs esprits et peuvent prendre n'importe quelle apparence. Avez-vous entendu parler des succubes ? Ce sont des démons qui incitent au péché de chair en prenant possession d'une femme qu'ils souillent et prostituent à jamais, tout comme ils souillent par ce moyen ceux qui satisfont leurs appétits avec elle, et même ceux qui, en la contemplant, conçoivent des pensées impures ! Et ces succubes sont parmi nous, ils détruisent les couples unis devant Dieu, outragent les virginités et conspirent contre vos désirs de chasteté ! »

Le célibat forcé avait été la plus nocive des malédictions qui s'étaient abattues sur Burkett. Pendant qu'il travaillait dans la station d'essence d'une route perdue, il s'était contenté d'assouvir ses appétits deux fois par mois dans un bordel que les putes les plus défavorisées de l'État de l'Illinois avaient ouvert en coopérative dans la grange d'une ferme abandonnée ; mais il revenait toujours de ces expéditions avec des blennorragies qui le brûlaient comme du plomb en fusion. Quand il se lança dans ses périples de prédicateur nomade, ces soulagements périodiques devinrent plus coûteux et plus risqués : la fréquentation des bordels était à éviter, parce qu'il pouvait toujours se trouver une fille trop bavarde qui divulguerait aux alentours la nouvelle de sa petite visite et ruinerait l'auréole de sainteté dont il se parait ; les aventures avec les paroissiennes étaient tout aussi périlleuses, et réclamaient des précautions souvent tout droit issues des vaudevilles pour éviter les confrontations avec les maris trompés ou les pères tout disposés à trucider le fornicateur. Burkett eût certainement pu puiser dans la corporation des veuves, mais il était superstitieux et ne voulait pas s'attirer par voie vénérienne les mêmes maux qui avaient achevé leurs maris. De plus, elles exhalaient toutes une petite touffeur de ranci aussi nauséabonde que leurs pâtes réchauffées (elles l'invitaient régulièrement à déjeuner dans des maisons orphelines de mâle), leurs tentatives de séduction visqueuses et le contact de leurs mains, où était encore tapi le froid posthume du cadavre dont elles s'étaient à jamais séparées sur une caresse.

C'est ainsi que, pris entre empêchements et scrupules, Burkett devait recourir assez fréquemment à l'onanisme, défaillance qu'il sustentait de tout un arsenal de revues pornographiques soigneusement cachées dans sa caravane (comme les forains et les marchands d'orviétan, il allait de ville en ville sa maison sur le dos, pour éviter de devoir passer ses nuits dans des hôtels crissants de punaises), entre sa bible éreintée et ses traités de démonologie. Dans ces revues, presque toutes achetées dans de petits marchés aux puces, il avait découvert Fanny Riffel, la Reine des Courbes, qui ne pouvait manquer de se remarquer au milieu de l'étalage de chairs plus ou moins potelées que les autres modèles offraient à la voracité du client. Il fut aussitôt troublé par l'éclat agreste de sa chevelure, sa frange de collégienne, son sourire voluptueux qui semblait succéder à des éclats de rire, ses bras d'une morbidesse printanière, ses seins semblables à des chiots perplexes, son ventre de pleine lune, son cul opulent, ses cuisses dont les bas, qui les étranglaient souvent, laissaient pressentir la blancheur et qu'ils rendaient encore plus appétissantes. Cette femme ou ce succube en vint à l'obséder : il fourrageait les étals des forains en chercheur d'or qui plonge les mains dans le limon d'un ruisseau, à la recherche des photographies qui célébraient la beauté de Fanny Riffel ; et quand la fortune le gratifiait d'une trouvaille, il courait s'enfermer dans sa caravane, aussi ému qu'un enfant qui a enfin obtenu l'image manquante de sa collection, pour lui rendre hommage. À la différence de nombreux autres chevaliers de la poignée mécanique qui se servaient des images de Fanny Riffel pour se vider les burettes sans plus amples considérations, les hommages de Burkett incluaient la vénération contemplative, les morsures du remords et même le tribut des pollutions nocturnes, aussi copieuses que celles de la puberté, et beaucoup plus inopinées, étant donné que Burkett avait largement passé l'âge auquel certaines effusions physiologiques entrent et demeurent en hibernation. Si lesdites effusions étaient brusquement sorties de leur long sommeil, c'était sans doute à cause des facultés mnémotechniques de Burkett, qui lui avaient un jour servi à apprendre la Bible du premier au dernier verset, et qui lui permettaient maintenant d'invoquer l'image de Fanny Riffel dans toute sa vivacité et sa concrescibilité : il connaissait par cœur le moindre détail de son visage, chaque grain de beauté sur sa peau, chacune des parties charnues de son corps, et de la même manière qu'il pouvait réciter au moment opportun, presque en une réponse réflexe, n'importe quelle parole de l'Écriture sainte dont il saisissait au vol la référence (il se livrait parfois à ce petit jeu dès les premiers moments d'une assemblée évangélique de conversion pour éblouir l'assistance), il pouvait visualiser dans ses moindres détails et sans le moindre effort – il lui en coûtait bien davantage de cesser de les visualiser, parce qu'ils étaient devenus une idée fixe – le dessin compliqué des cartilages des oreilles de Fanny, la tension musculaire qui durcissait ses mollets et affinait ses chevilles quand elle marchait avec des chaussures à talons aiguilles, les fossettes équidistantes qui se formaient à la jointure de son dos et de ses fesses quand elle se contorsionnait dans ses danses exotiques supposées, annonçant les premiers progrès de la cellulite (mais une cellulite appétissante et nubile). Ces reconstructions de mémoire de la femme dont il ne connaissait que les portraits dilataient ses insomnies et comblaient ses songes, si bien qu'à force de penser et de repenser à elle – dans l'espoir, peut-être, d'user cet attachement obsessionnel et délicieux –, Burkett en conclut qu'il était victime d'une possession diabolique, comme cette fille de la Cananéenne que Jésus-Christ guérit ainsi que le raconte Matthieu, chapitre XV, versets 21 et suivants. Et même s'il n'était pas la proie de ces convulsions féroces qui tourmentent les possédés du démon soignés par le Messie (ou s'il ne les endurait que dans sa nature, comme en témoignait cette semence blanche ressemblant aux baves et aux écumes de Satan), Burkett priait pour que sa possession fût envoyée sur un troupeau de porcs qui, chassés et en débandade, se précipiteraient du haut d'un escarpement dans la mer, comme dans le chapitre VII, versets 28 et suivants, du même Évangile. Mais il eut beau implorer, ses suppliques ne furent jamais entendues, peut-être parce que tout au fond de sa conscience, pétrie de la substance pestilente du péché, se tissait la trame d'un plaisir auquel il ne désirait pas renoncer. Car il n'est plaisir plus délicieux ni plus torturant (mais plaisir et torture sont l'avers et l'envers ou l'envers et l'avers de la même médaille) que celui qui naît et se nourrit de la faute.

Burkett avait remarqué Fanny aussitôt qu'elle était entrée dans l'église, avait refermé la porte avec précaution et s'était faufilée dans les dernières rangées de bancs, semant le dégoût parmi les fidèles qui y étaient assis. Ni les cheveux coupés à grands coups de ciseaux, ni la peau crasseuse et crevassée de son visage, ni les haillons repoussants, ni les traits à la fois bouffis et faméliques, ni les yeux dans lesquels la mort s'était installée à demeure ne purent le distraire de la femme qu'ils cachaient ; sous ces apparences de mendiante, Burkett reconnut le succube qui depuis des années (et même au cours de cet après-midi-là) lui avait inspiré ses plus lascifs manquements. En voyant en ce lieu Fanny éperdue et au bord de l'inanition, il éprouva une sensation ambiguë dans laquelle luttaient l'ivresse du triomphe et la déception que l'on ressent en constatant que nos désirs gardent intacte une beauté que les infortunes ont déjà flétrie. Car Burkett comprenait que si ses prières n'avaient pu le libérer de la possession diabolique qui le tourmentait et dont il faisait ses délices, elles avaient au moins exorcisé le succube qui hantait Fanny. Maintenant, Burkett ne craignait plus de la regarder avec insistance ; mais il n'y avait pas trace de miséricorde dans son regard, seulement cette satisfaction que l'on trouve à s'acharner sur l'ennemi qui nous a nui et qui plie enfin le genou à l'heure de la déroute. Son sermon prit un petit ton sarcastique que les fidèles ne perçurent point.

« Mais la force de la prière terrasse n'importe quel succube. » Il s'interrompit pour pointer un index accusateur sur Fanny, qui ne comprenait pas cette interpellation implicite, tandis que les fidèles des premiers rangs tournaient leurs regards vers elle. « Vous voyez cette femme ? Elle s'appelle Fanny Riffel. Il n'y a pas si longtemps, elle était considérée comme la femme la plus désirée du monde. Il n'y avait pas d'homme qui ne fût éperdument amoureux d'elle. Et Satan n'a pas laissé l'occasion se perdre. »

Burkett ne manquait pas de savoir que de nombreux prédicateurs, pour donner plus de relief à leurs mises en scène, se servent du témoignage falsifié de pauvres diables qui, en échange d'une obole convenue d'avance, confessent d'une voix pleurnicharde les péchés les plus abominables et clament, entre des gémissements et des gesticulations épileptiques, leur soif de repentir. Ces interventions favorisent l'instauration d'un climat orgiastique parmi les fidèles de l'assemblée, qui se livrent ainsi avec une plus grande contrition et plus de frénésie à l'étalage de leurs propres péchés et au soulagement de leur porte-monnaie. Ces comédiens sauvages étaient parfois recrutés parmi les malfaiteurs ou les vagabonds du coin ; il pouvait aussi s'agir d'acolytes qui accompagnaient les prédicateurs dans leurs tournées. Arrêté par son naturel méfiant, Burkett n'avait pas encore osé incorporer à ses sermons cet élément catalyseur qui enhardissait tant les foules ; voyant l'expression hébétée avec laquelle Fanny Riffel accueillait sa diatribe, il se dit qu'il avait peut-être trouvé le sujet idoine pour remplir semblable fonction. Cette pensée ranima sa luxure.

« Elle était devenue un succube d'une beauté irrésistible », poursuivit Burkett. Sa voix caverneuse s'enflammait d'exultation ; la sueur baignait son front pâle et coulait en filets qui butaient contre la digue de ses sourcils très hirsutes et à peine séparés l'un de l'autre. « Beaucoup d'hommes ont perdu leur âme, attirés par ses charmes. Mais j'ai prié sans repos le Seigneur d'expulser l'antique serpent du corps de Fanny Riffel…

– Loué soit le Seigneur ! cria l'assemblée, l'interrompant, maintenant gagnée par le ravissement aliéné qui précède la conversion.

– … Et le serpent a été enfin vaincu ! Mais voyez dans quel état il a laissé celle qui a été la femme la plus désirée du monde. » Sur ce, les fidèles surmontèrent la répugnance que leur inspirait la puanteur répandue par les haillons de Fanny et se groupèrent autour d'elle. « Voyez comment il a détruit ses charmes. »

Fanny s'était rencognée sur le banc, redoutant que l'un d'eux ne lance la première pierre qui déchaînerait sa lapidation. Et elle regardait Burkett, le suppliant de la sauver de la meute. Le prédicateur tendit son bras en un geste hospitalier.

« Pourquoi, sœur Fanny, ne montes-tu pas en chaire pour nous raconter tes malheurs ? fit-il, cajoleur. Pourquoi ne nous relates-tu pas la bataille qui s'est livrée en toi entre le dragon, ses anges et les forces du Ciel accourues à l'appel de mes prières ? »

Les fidèles se taisaient, dans l'expectative. Fanny hésitait, tiraillée par des élans contraires : elle aurait voulu s'enfuir en courant, mais la perspective d'affronter une nouvelle fois le mauvais temps l'inquiétait davantage que la curiosité malsaine de cette harde. Au moins, dans l'église, elle profitait de la chaleur du radiateur.

« Qu'elle monte ! Nous voulons l'entendre ! » braillèrent les fidèles.

Burkett descendit de la chaire et s'approcha du banc sur lequel Fanny était assise. En posant une main sur son épaule, il sentit s'entortiller, au plus profond de sa conscience, le volubilis d'un plaisir auquel il n'était pas près de renoncer. Il essaya de donner à son sourire une apparence réconfortante et miséricordieuse.

« Va, Fanny. Tes frères veulent t'entendre. »

Et Fanny donna sa main rêche (mais c'était la même main qui, dans les revues dont Burkett avait fait son sanctuaire, tenait une verge) à Burkett, qui eut toutes les peines du monde à refouler le spasme de plaisir imminent qui le parcourut du sommet du crâne au bout des orteils. Tous deux montèrent l'allée centrale de l'église (Burkett avec une solennité un peu vaine ; Fanny en chancelant, comme si elle était emportée par les mouvements d'une marée), entre les fidèles qui éclatèrent en applaudissements. Le prédicateur aida Fanny à gravir les marches qui conduisaient à la chaire et lui caressa la joue avec plus de hargne que de délicatesse, comme s'il voulait effacer la crasse qui l'empêchait de distinguer la peau très blanche que seul perturbait, sur les photographies de Klaus Thalberg, l'attirail fétichiste.

« Raconte-leur tout, ma sœur, lui souffla-t-il à l'oreille. Tu obtiendras ainsi la paix, à jamais. »

Et Fanny se mit à parler, tout d'abord en un murmure timide ; mais la cantilène braillarde des fidèles qui l'encourageaient à la confession (« Oui ! Oui ! » s'écriaient-ils, haletants, à chaque nouvelle énormité qui venait grossir la séquelle de ses malheurs, jusqu'à en arriver au paroxysme des « Amen ! » et des « Alléluia ! ») agissait sur elle comme une sorte d'enchantement, lui faisait perdre le contact avec le sol qui la soutenait, avec l'air qu'elle respirait, avec la niaise racaille qui l'écoutait. Se croyant en présence de Dieu et acclamée par un chœur d'anges aux épées de flammes, Fanny fit de sa bouche une corne d'abondance de laquelle se déversèrent des paroles lancées avec toujours plus de déchirement et de désespoir. Elle raconta les abus furtifs auxquels l'avait soumise quand elle n'était encore qu'une enfant son propre père, qui n'était peut-être qu'un avatar du Diable ; elle raconta l'agression dont elle avait été victime quand elle n'était qu'une débutante, dans une décharge des environs de Chicago, avec la pluie qui martelait son corps agenouillé dans la boue et les ordures ; elle raconta les harcèlements téléphoniques de ce pervers (autre avatar du Diable, dont elle n'avait même pas pu voir le visage) qui menaçait de dénoncer sa contribution à la pornographie la plus crue si elle ne se résignait pas à satisfaire ses fantaisies aberrantes. Entre ces épisodes pendant lesquels le Diable avait fait irruption dans son existence pour l'infecter de son haleine et la convertir en un succube, Fanny égrena les vicissitudes de sa carrière de modèle. L'assemblée des convers écouta son récit avec une exaltation croissante qui se fondait dans le même mortier avec l'horreur, la répulsion, l'hypocrisie et la lubricité, jusqu'à former une soupe d'hystérie qui les poussa à se dresser dans une attitude implorante ou à tomber à genoux, en un pandémonium qui ressemblait à s'y méprendre aux cérémonies vaudou. Quand Fanny conclut sa confession avec un filet de voix, Burkett entonna un cantique qui se voulait de promission, *Quand se dissipent les ténèbres*, et qui, sur ses lèvres, parut toutefois pompeux et funeste. Les fidèles s'y joignirent aussitôt, insoucieux de ses fausses notes. La confession de Fanny leur avait fourni l'alibi indispensable pour pouvoir clamer sans honte leurs misères morales : il est toujours immensément rassurant de savoir que nos activités scabreuses paraissent vénielles comparées à celles du prochain.

Ce soir-là, les festivités se prolongèrent pendant des heures ; les convers se disputaient la chaire, désireux de se délester de leur chargement de péchés. La recette de la quête fut le triple de ce que Burkett parvenait habituellement à récolter en prêchant dans les églises comprises dans sa tournée ; une fois déduite la part qu'il devait céder au pasteur qui lui avait prêté le local, une fois déduits les frais d'entretien et de déplacement, il lui resterait encore de quoi vivre à son aise pendant une quinzaine de jours. Les fidèles quittaient l'église en débandade (comme un troupeau de porcs possédés du démon qui courent se précipiter du haut d'un escarpement dans la mer), heureux de se savoir beaucoup plus propres aux yeux de Dieu que cette mendiante ou ce succube qui, à une autre époque de sa vie, quand elle était la femme la plus désirée du monde – selon l'assertion hyperbolique du prédicateur à laquelle ils n'arrivaient pas à croire –, s'était vautré dans la fange de l'abjection. En les regardant partir, insoucieux de la bourrasque de neige fondue qui allait les fustiger jusqu'à ce qu'ils eussent regagné leurs pénates, Burkett calcula que s'il pouvait répéter le succès obtenu, et pour peu que les témoins de ses sermons se chargent de le divulguer, il serait demandé, au bout de quelques mois, dans des églises moins banlieusardes. La vanité, qui est le levain de la cupidité, lui inspira une vision mégalomane : dans quelques années, les églises les plus prospères et les plus spacieuses des grandes villes ne suffiraient pas à accueillir les foules ferventes qui accourraient à l'appel de son verbe ; il faudrait alors trouver des arrangements avec des théâtres aux scènes immenses (il voyait même les retardataires s'agglutiner dans le poulailler, grimper sur les fauteuils), des stades de base-ball dont les gradins couvraient l'horizon (Yankees, Giants et Dodgers bousculeraient de bon gré les programmations de leurs matchs, pour céder la préséance à celui qui attirait plus de spectateurs qu'eux) ; les croisades de Billy Graham, succédanés sans éclat qui ne supportaient pas la comparaison (en nombre d'assistants, en éloquence, en efficacité cathartique) avec les prêches de Paul Burkett, seraient bientôt reléguées dans l'oubli. Mais, pour que ce rêve de grandeur ne retombe pas comme un soufflé, Burkett avait besoin du concours de la désespérée Fanny, qui était restée assise, presque effondrée sur son banc, comme si le récit de ses privations avait épuisé ses derniers restes de force. L'essaim de péchés vomis pendant la réunion tourbillonnait encore dans l'église, semblable à un vol de chauves-souris aveugles qui se cognent contre les murs et éventent de leurs battements d'ailes la poussière en sommeil des voûtes. Burkett examina Fanny de pied en cap ; ses traits s'émacièrent encore davantage, creusés par le mysticisme ou la rapacité ou la luxure refoulée.

« Fanny, ma sœur, dit-il calmement, j'ai bien l'impression que toi et moi allons devenir des amis inséparables. »

Fanny cilla, dans l'ombre de la perplexité, puis elle hocha la tête en signe d'assentiment, avec la mansuétude révérencielle des bœufs qui fléchissent le cou pour recevoir le joug qui va les asservir.

L'audition de ces bandes magnétiques me tint occupé pendant plusieurs semaines. Quand j'écris « occupé », je ne veux pas seulement dire affairé ou attentif, mais aussi que ma conscience avait été investie par le retentissement de tant d'horreur. Toute autre pensée était aussitôt écartée, jugée insignifiante ou inopportune. Tout autre souci me faisait l'effet d'un scrupule inepte qui ne valait pas un seul instant d'attention. Il y avait bien une région lointaine de ma conscience où sommeillait le souvenir de ma rencontre avec Elena à Chicago. Mais puisque cette rencontre – comme j'avais tâché de m'en convaincre – n'appartenait pas à la vie réelle, qu'il n'y avait aucun tort à réparer ni aucune conséquence funeste à redouter, que mes lèvres n'avaient laissé passer aucune parole compromettante, qu'il n'existait aucun témoin pour venir me reprocher mon erreur (Laura n'était pas là, Laura ne pouvait me voir), j'avais réussi à la reléguer derrière une cloison de séparation, certain que de cette manière, son hibernation se prolongeant, elle finirait par s'étioler dans ma mémoire. Je crois à présent qu'il aurait mieux valu dire la vérité à Laura, en la glissant dans la multitude de confidences et de remarques faites en passant que nous échangions avant que le sommeil eût eu raison de nous, pendant que nos bouches étaient encore des cornes d'abondance d'où se déversaient les paroles. Peut-être qu'en lui disant ainsi la vérité, les circonstances qui l'enveloppaient auraient perdu tout caractère scabreux ; peut-être qu'en lui révélant mon erreur, plus mentale que concrète, je l'aurais débarrassée de tout venin, peut-être Laura l'aurait-elle écoutée d'une oreille moqueuse et charitable, pour la fourrer ensuite dans la corbeille où les femmes intelligentes – et Laura en était une, bien entendu – jettent ces débordements de vanité masculine, dont il ne me reste plus que l'image du paon qui fait la roue. Il aurait suffi, par exemple, que Laura me demande : « Dis, que s'est-il passé, en définitive, avec cette passagère que tu as retrouvée à l'aéroport ? Lui as-tu offert un verre, ou as-tu préféré passer pour un pingre ? », et je lui aurais répondu : « Je l'ai invitée, bien sûr, et j'ai dû lui servir de mouchoir pour éponger ses larmes et la consoler d'un chagrin d'amour récent. » Laura, avec une curiosité quelque peu impudique, m'aurait provoqué : « Ah ! Ça te va bien, de jouer les consolateurs ! » Alors, je lui aurais raconté l'histoire plutôt canaille de William le violoniste, qui avait séduit et abandonné Elena, en laissant entendre à Laura que cette pauvre femme trompée présentait certains signes discrets de déséquilibre, avant de conclure avec une inexactitude vénielle : « Figure-toi qu'à un certain moment, elle a pris ma compassion pour de l'intérêt érotique et s'est jetée sur moi… » Laura aurait eu un rire sournois, m'aurait peut-être tiré les oreilles. « Rien d'étonnant, tu es irrésistible ! Et qu'as-tu fait ? » J'aurais adopté une expression contrite, face à ses plaisanteries mi-figue mi-raisin. « Que veux-tu que j'aie fait ? Je m'en suis débarrassé. » Bien entendu, je n'aurais pas dit que, pendant quelques instants, la proximité de son haleine, le va-et-vient de sa respiration agitée et sa langue impérieuse avaient balayé mes ultimes résistances ; et pas davantage que, quelques secondes plus tôt, je m'étais senti emporté par la nécessité urgente de glisser une main sous son pull en angora et de la plonger jusqu'à son ventre palpitant et plus bas encore. Laura aurait dit, pour finir : « Il est vrai que vous, les écrivains, vous attirez les cinglées comme des aimants. » Et la conversation aurait alors quitté cet affluent pour retourner au fleuve loquace et impétueux qui roulait nos dialogues nocturnes avant de se jeter dans les océans du sommeil. Ainsi, le retour d'Elena, venue des corridors ténébreux de la folie, n'aurait pas été un tel choc pour Laura et ne lui aurait pas inspiré la certitude d'avoir été trompée par la personne en qui, entre toutes, elle croyait pouvoir se fier.

Mais Laura ne s'était jamais intéressée à la femme qui me tenait compagnie au moment où je lui avais téléphoné de l'aéroport O'Hare pour lui annoncer que mon vol était retardé de quelques heures. Elle avait probablement oublié son existence peu après avoir raccroché, simple réaction à la honte des affres de la jalousie qui l'avaient tourmentée pendant toute la durée de notre conversation. Ou, si elle n'avait pas oublié son existence, elle n'avait guère eu le loisir d'y songer, au milieu des obligations et des distractions qu'entraînaient les préparatifs du mariage. Ou, et c'était encore le plus probable, elle préférait ne pas y songer, par prudence ou superstition, car il est des choses sur lesquelles il vaut mieux ne pas s'interroger, ne pas s'informer et ne pas nourrir trop d'inquiétudes, parce que leur éclaircissement peut nous réserver une surprise indésirable. Par ailleurs, sa curiosité s'orientait volontiers vers l'autre secret que j'avais rapporté de Chicago, la vie invisible de Fanny Riffel, découverte à laquelle elle estimait avec un légitime orgueil avoir pris part, parce que sans son insistance et son encouragement jamais je n'aurais traversé l'Atlantique ni ne me serais aventuré dans les rues d'une ville inhospitalière et pétrifiée par la peur à la recherche d'un Saint Graal inconcrescible, beaucoup plus inconcrescible que les Hosties volantes que nous recherchions pendant notre adolescence dans les églises abandonnées de notre ville cléricale. Pendant qu'enfermé dans mon bureau je me bagarrais avec les bandes magnétiques de Chambers et leur embrassement d'hydre, Laura s'initiait au culte de Fanny en feuilletant les revues pornographiques des années cinquante et en regardant les cassettes vidéo qui rassemblaient les courts-métrages tournés par Klaus Thalberg ; comme moi, ce qui l'avait avant tout attirée dans ces documents, c'était l'aura de pureté incontaminée et de spontanéité qui entourait Fanny, même dans les situations les plus fausses et prétendument sordides.

« Je ne te pardonnerai jamais de ne pas m'avoir appelée pour me tenir au courant de tes recherches, me disait-elle plus tard, dans le lit, avant de s'endormir. J'étais très inquiète. J'ai même cru, un moment, que tu avais été séquestré.

– J'ai bien failli l'être, imagine-toi. » Je n'étais pas près d'oublier ma malheureuse rencontre avec ces deux policiers ou ces deux durs qui s'étaient entêtés à trouver un lien de parenté entre Ben Laden et moi ; mais je m'étais promis d'omettre cet épisode infamant quand je lui raconterais les vicissitudes de mon expédition à Chicago. « En vérité, il n'y a eu aucun progrès dans mes recherches. C'est Chambers qui est venu me trouver. Ce qui ne s'est produit que le jour de mon retour. »

Je lui avais déjà raconté l'accostage de Chambers, à la fin de ma conférence au John Hancock Center, et notre voyage à Evanston. En revanche, j'avais juste évoqué en passant mes vagabondages antérieurs dans la ville, quand j'essayais de me trouver moi-même ou de rencontrer l'homme qui était tapi en moi. *Tolle, lege. Tolle, lege.*

« Et qu'as-tu fait, pendant les jours qui ont précédé ta conférence ? Du tourisme ? » me demanda Laura avec sournoiserie.

Il était très difficile d'avouer le découragement de nature plus surnaturelle que strictement physique qui m'avait assailli dès mon arrivée à Chicago, cet état d'âme perméable au miracle ou à la fatalité qui m'avait poussé à marcher sans but, en quête d'une chimère. J'essayai pourtant de lui en dire quelque chose : j'ai toujours aimé aller me fourrer là où je n'ai que faire, autrement dit dans les affaires les plus embrouillées.

« Je crois que pendant tous ces jours-là, je n'ai pas été moi-même. »

Laura leva le bouclier contre cette métaphysique.

« Parle clairement, je m'égare. »

Dans l'obscurité de notre chambre entrait par les rainures des contrevents la lumière mouvante des voitures qui auscultaient la nuit, et ses rafales traversaient le visage de Laura, y dessinaient un instant des cicatrices subites.

« Tu as sans doute entendu parler de ces types qui descendent un jour au bureau de tabac du coin acheter des cigarettes et qui ne reviennent jamais. Leur famille les cherche en vain pendant des mois. C'est comme si la terre les avait engloutis. »

Je remarquai que les traits de Laura se durcissaient, bouleversés ou blessés par une prémonition.

« Dis plutôt : comme si leur maîtresse les avait ravis. Le plus souvent, ce sont des types qui mènent une double vie et ont préparé leur fugue pendant des mois ou des années. » Sa voix s'assombrit. « Mais je ne vois toujours pas où tu veux en venir avec…

– Arrête ton char, Laura. » Je me tournai vers elle ; à présent, les rafales de lumière griffaient mon cou. « Ce n'est pas toujours une décision mûrie de longue date. Pense à ces millionnaires qui abandonnent un beau jour leurs affaires et disparaissent de la surface du globe, aux explorateurs qui s'aventurent dans une forêt et n'en ressortent jamais. Pense à Rimbaud qui a renoncé à la poésie et est parti en Abyssinie se faire trafiquant d'armes.

– Tu me parles d'autodestruction », décréta-t-elle.

Il n'y avait plus trace de sournoiserie dans ses propos ; en revanche, elle prenait une attitude hostile, d'une sévérité sous-jacente très proche du dépit.

« Pas nécessairement, fis-je pour essayer de l'amadouer. Considère le cas de Chambers. Quelque chose lui est arrivé au Vietnam, un fusible, un plomb a sauté dans son cerveau. Du jour au lendemain, il a décidé qu'il devait sacrifier sa vie pour sauver quelqu'un d'autre du malheur dont il s'estimait responsable. Il a senti la nécessité de déployer tous ses efforts en une pénitence peut-être sans commune mesure avec l'importance de sa faute. » Le silence de Laura ne s'adoucissait pas, il se durcissait plutôt, caparaçonné d'excroissances rancunières. « Ou Fanny elle-même, sans aller chercher plus loin. Un jour, elle renie son passé de *pin up* de calendrier et se met à distribuer des revues de propagande religieuse.

– Un fusible, un plomb qui saute », résuma Laura. La sournoiserie revenait aiguiser sa voix, mais cette fois blessée par de secrets tourments.

« C'est ça.

– Et alors, inexplicablement, la vie fait un brusque détour et se change en une autre, différente », conclut-elle.

Elle m'avait tourné le dos, en un mouvement qui pouvait être interprété comme de la fâcherie, mais aussi comme une demande détournée. C'est de cette dernière manière que je préférai l'interpréter ; je m'accrochai à son ventre de guitare muette, pressai ma poitrine contre son dos jusqu'à sentir ses vertèbres comme un tatouage sur ma peau, et collai mes cuisses contre les siennes, de sorte que mon corps était maintenant un moule du sien. Laura ne me repoussa point ; mon interprétation avait été la bonne.

« Il y a le plus souvent une raison qui explique ces actes », précisai-je. J'avais beau tâcher d'évoquer cette métamorphose avec la neutralité de quelqu'un qui l'aurait considérée de l'extérieur, j'étais bien trop séduit et impressionné par le phénomène. « Mais parfois aussi une raison invisible, que même celui qui s'y rend ne peut reconnaître. »

Au-dessous de cette vie que nous croyons unique et invulnérable court, semblable à une source souterraine, une vie invisible ; à moins qu'elle ne coure au-dessus. Laura demeurait muette, attendant mes confidences ou ma confession.

« Quand je suis arrivé à Chicago, après t'avoir parlé, j'ai allumé le téléviseur. » En réalité, je l'avais allumé pendant que je lui parlais, mais donner cette précision me semblait impertinent ou inconsidéré. « Et je suis tombé sur ce type, John Walker Lindh, le taliban américain. Je suppose que tu dois avoir vu mille fois ces images, on les montre presque aussi souvent que celles de l'écroulement des tours jumelles. Deux agents de la CIA l'interrogent, mais lui, mains liées et à genoux, refuse de leur répondre. Il refuse aussi de leur montrer son visage. Jusqu'à ce que l'un des agents, lassé de son petit jeu, lui écarte les cheveux de la façon la plus brutale. Alors, on découvre ses traits occidentaux. » Mon souffle accompagnait celui de Laura, les deux ne faisaient qu'un et créaient ensemble un sortilège. « Il y a alors un arrêt sur image, pendant que le commentateur résume la biographie de John Walker Lindh, un gosse choyé et mal élevé, à qui ses parents ont passé tous ses caprices. Le commentateur se demande quelles ont pu être les raisons qui ont poussé un enfant gâté à entrer dans les rangs des talibans. Mais s'il avait fait attention à son regard, il aurait trouvé la réponse.

– Un fusible, un plomb qui saute », dit Laura, comme si elle reprenait une phrase musicale.

Mais aussi, mais surtout, une nécessité de dépouiller le vieil homme, un désir de nier l'adolescent qui avait grandi entouré de tout le confort possible, un ardent désir d'annihiler un passé qui lui faisait honte et de s'engager dans un labyrinthe sans présent ni avenir, au centre duquel son cœur palpitait dans les ténèbres.

« Je ne saurais dire si c'est à cause de la solitude, de la fatigue du voyage, de l'inquiétude que m'inspirait cette ville inconnue, ou plutôt du remords de t'avoir laissée seule, ajoutai-je, pour ne pas l'exclure de ce malaise, sans pourtant mentionner, parmi les causes possibles, le trouble de nature presque érotique dans lequel m'avait plongé la présence d'Elena pendant le vol, l'attrait indéchiffrable de ses dents, la cadence de son souffle quand elle dormait et sa tiédeur de pailler où sèchent les foins. En tout cas, j'ai eu l'impression d'être lui, John Walker Lindh, comme si ce pauvre désaxé s'était emparé de ma conscience. Ça n'a pris qu'une seconde. »

Quand la vie invisible nous frôle, nous sentons, un instant, la terre se dérober sous nos pieds. C'est une sensation fugitive, un saisissement qui ne dure que ce que dure une extrasystole, ou l'impression de tomber dans le vide pendant l'assoupissement qui précède le sommeil, ou encore le contact furtif et visqueux de la culpabilité, quand on ment bêtement sans même savoir que l'on dit un mensonge et, bien entendu, sans en deviner les conséquences ; la circulation des voitures était moins dense ; seuls quelques rares rayons de lumière mouvante se glissaient encore dans les rainures des contrevents.

« À peine une seconde, mais la trace de ce… je ne sais quel nom lui donner, de ce transfert, ou de cette aliénation, a duré quelques jours », poursuivis-je. Les termes que je venais de choisir avaient peut-être une résonance trop clinique. « Tu vas penser que je dis une bêtise, mais je me suis lancé à la recherche du mystère de Chicago comme John Walker Lindh s'est lancé dans la traversée du désert, jusqu'à ce qu'il rencontre son destin. »

J'attendis le verdict de Laura, que j'imaginais d'avance empreint d'exaspération et de dérision, et je fus heureux de m'être trompé.

« Pourquoi penserais-je que c'est de la bêtise ? Ce n'est pas autrement que vous, les écrivains, vous mettez dans la peau de vos personnages. »

C'est ainsi que nous vivons une vie d'emprunt, par le biais de créatures sur lesquelles nous projetons l'horreur et les délices que nous ne pouvons ou n'osons approcher. Laura lança sur un ton bougon :

« Et comme le taliban Walker a disparu sans laisser de trace, mon petit taliban Losada a voulu l'imiter et n'a même pas daigné appeler sa fiancée, c'est ça ?

– En réalité, le petit taliban Losada n'a pu résister à la tentation et a appelé sa fiancée la veille de sa conférence, poursuivis-je sur le même ton, mais il est tombé sur le répondeur automatique. Comme il avait perdu la notion du temps, il a appelé à une heure où sa fiancée était à son travail.

– Et il n'a pas daigné laisser un message.

– Tu sais que ces appareils me rendent malade. »

J'aurais dû ajouter qu'aussitôt après, peut-être sous l'incitation de la neige que par la fenêtre je regardais tomber sur Chicago, j'avais appelé Elena, la compagne de voyage que le hasard m'avait donnée, à son petit hôtel, pour l'inviter à assister à ma conférence, geste de courtoisie légèrement forcée que Laura aurait excusé, un peu pour se moquer, un peu par charité, parce que le désarroi rend excusables des comportements qui côtoient dangereusement le territoire de l'infidélité. Reconnaître cet appel m'aurait en outre permis de lui raconter l'histoire assez canaille de William le violoniste. Mais j'aurais aussi dû lui dire qu'au lieu de mettre un terme à l'équivoque, j'étais resté accroché au combiné pour écouter Elena égrener ses phrases plus suppliantes que récriminatoires, son dialecte inintelligible entrecoupé de sanglots et de gémissements, jusqu'au moment où je m'étais enfin décidé à raccrocher. Laura restait hors du cours de mes remords.

« En définitive, tu ne m'as pas appelée parce que tu désirais savoir ce qu'éprouvent ces types qui descendent acheter un paquet de cigarettes au bureau de tabac du coin et ne reviennent jamais. Un fusible, un plomb qui saute. Tu fais vraiment un drôle d'oiseau.

– Je t'avouerai que l'expérience a été calamiteuse. Je n'y reviendrai jamais.

– Voilà qui me plaît. La brebis rentre au bercail. »

Elle se retourna brusquement et empoigna mon sexe mollasson à l'érection plutôt faiblarde et craintive. Mais les manipulations de Laura et les paroles qu'elle me souffla à l'oreille en guise de mot de passe (« Allez, viens ici, frère incestueux ») agirent comme un révulsif foudroyant. Je baisai ses aisselles non rasées, aussi terribles et fascinantes que des entrées de fourmilière, les lunes décroissantes de ses seins, et pénétrai en elle comme dans un bercail familier, hospitalier, fait à la mesure de mon désir. Je ne pouvais voir son visage à cause de l'obscurité, mais je l'imaginai semblable à un carrousel où se rassemblait toute la beauté du monde. Dans la transe de l'orgasme, ce carrousel cessa de tourner et se concentra en un visage qui n'était pas celui de Laura, un visage tout en rondeurs au nez camus (un nez de boxeuse) et au sourire convulsif qui répétait : « Alors, c'était toi, c'était toi, Alejandro… » Ma volonté n'était pas intervenue dans la convocation de ce visage intrus, et la seule volonté ne suffit pas non plus à dissiper la fantasmagorie. Si bien que, quand je me répandis en Laura, le visage évoqué d'Elena frémit sous les ondes successives du plaisir. Je m'écroulai sur le lit, pour éviter cette vision funeste ; je me sentis pareil à ce Pacheco possédé du diable dans le roman de Jan Potocki, qui couche avec deux belles houris et se réveille flanqué des cadavres putréfiés de deux voleurs pendus à leur gibet. Mais, dans mon cas, à la puissance de l'horreur s'ajoutait le stigmate de la faute.

« Que t'arrive-t-il ? » me demanda Laura, alarmée. Elle me tourna le dos pour allumer la lampe de chevet. « Tu es livide.

– Ne t'inquiète pas. J'ai cru mourir de plaisir », dis-je pour la flatter.

Un peu plus tard, couché dans l'obscurité, j'attendis comme toutes les nuits depuis mon retour de Chicago que Laura se soit endormie. Une peur glacée, paralysante, s'emparait de moi quand je cédais au sommeil avant elle, parce qu'il m'arrive, dans mon assoupissement, de m'entretenir à haute voix (de façon incohérente, balbutiante, mais dénonciatrice tout de même) avec les personnes qui ont joué un rôle important dans mon état de veille ou, plus précisément, avec leurs émanations. Je savais que l'émanation d'Elena, son ombre intruse, luttait pour s'infiltrer dans mes rêves, pour m'obliger à proférer des paroles que j'aurais ensuite à regretter, paroles faisant allusion à un délit qui jamais n'avait existé, parce que Laura n'était pas là, ne pouvait me voir. Puis, quand Laura s'était enfin endormie et que sa respiration devenait aussi régulière que les vagues, je découvrais ce que le siège de la peur m'avait révélé ; et, pour apaiser mon inquiétude, je me promenais nu dans l'appartement, je pillais le réfrigérateur, j'allumais la télé ou la radio. Cette nuit-là, je tombai sur un de ces programmes où les auditeurs appellent pour soulager l'oppression de leurs âmes malades (la mienne aussi l'était, parce qu'en elle hibernait un secret, et que je n'avais pas le courage ou le front de m'épancher) et où une présentatrice à la voix courtoise et persuasive les encourage très discrètement à accentuer le caractère scabreux de leurs confidences. Échecs amoureux, homosexualités refoulées, incestes par alliance (belle-mère et beau-fils, belle-sœur et beau-frère), crimes sans châtiment (mais avec remords de conscience) et maladies honteuses s'y côtoyaient en un capharnaüm épouvantable que l'animatrice, toujours insatisfaite, toujours sibylline, soutirait aux malheureux en feignant une sorte de curiosité consternée. Comme la litanie d'horreurs qui n'étaient pas feintes ne comblait pas toujours cette curiosité, les auditeurs rehaussaient parfois leurs récits d'atrocités apocryphes, afin d'aboutir à une panoplie d'avilissements difficilement égalable. J'écoutais ces confessions angoissées ou aberrantes avec un mélange de fascination et d'épouvante, avec l'intérêt captivé qui avait peut-être été celui du sultan Schahriar quand il écoutait les fables que Shéhérazade enchaînait en improvisant au petit bonheur pour retarder son exécution. Parfois, les auditeurs appelaient aussi pour proposer des solutions ou ajouter quelques commentaires aux récits terrifiants ou hilarants que venaient de débiter d'autres auditeurs et, de cette manière, d'émission en émission, les récits se ramifiaient à l'infini.

« Et maintenant, nous passons à un nouvel appel. Fanny, de Valence, dit la présentatrice pour introduire l'auditrice. Bonsoir, Fanny. »

Ni le pseudonyme peu fréquent ni la provenance de l'appel ne me mirent en garde. Je ne concevais pas que mon secret pût franchir les murs entre lesquels je l'avais enfermé, dans les oubliettes de la vie invisible. Je ne concevais pas que mon secret pût appartenir au monde réel.

« Bonsoir. »

Je ne fis pas non plus le moindre rapprochement entre cette voix intimidée et comme repentante de sa hardiesse avec celle d'Elena. Elle me rappela plutôt la voix de Fanny Riffel que j'écoutais sur les enregistrements de Chambers, mais enveloppée d'un linceul de prostration. Il fallut, pour que je la reconnaisse, qu'à la suite de cet échange de politesses le silence se peuplât de sanglots ; alors, oui, alors, je reconnus l'embrouillement de douleur humiliée, de fureur déchaînée et de suppliques soumises que j'avais déjà entendu.

« Calme-toi, Fanny, fit la présentatrice d'une voix mielleuse, se léchant d'avance les babines à cette promesse d'un témoignage succulent. Rappelle-toi que nous sommes entre amis. »

Les sanglots s'apaisèrent jusqu'à se résoudre en un soupir qui parut faire éclater ses poumons comme un ballon de baudruche.

« Fanny ? Tu es encore là ? demanda la présentatrice, inquiète de voir se dérober la proie dans laquelle elle comptait mordre à belles dents.

– Je suis là. »

Maintenant, sa voix paraissait beaucoup plus posée, même si son timbre oscillait encore, en trouvant sa place sur le socle de sa fragilité.

« Nous t'écoutons, Fanny. »

La nuit tendait ses tentacules, telle une anémone de mer qui se réveille. J'imaginai tous les voisins de l'immeuble, du quartier, tous les habitants de la ville pendus à la voix d'Elena, aussi bien éveillés et troublés que moi.

« Avant tout, commença-t-elle, il faut que je précise que mon vrai nom n'est pas Fanny.

– Tu n'as pas à t'excuser pour ça. Tu sais que nous acceptons que nos auditeurs se présentent sous un pseudonyme, sauf quand ils veulent dénoncer… »

Elena interrompit la gêneuse.

« Ce n'est pas un pseudonyme, dit-elle. C'est un code, pour qu'il puisse me reconnaître.

– Il ? Qui est cet il ? » demanda la présentatrice.

L'étreinte de l'anémone de mer me coupait le souffle. Je fermai les yeux pour atténuer la sensation de chute. Je levai la main vers l'interrupteur, prêt à éteindre l'appareil dès que mon nom serait prononcé. Mais Elena préserva mon anonymat, et elle le fit avec une fierté presque mystique, à l'exemple du captif de la prison d'amour auquel on essaie d'arracher le nom de l'être aimé et qui résiste parce qu'il sait qu'en le cachant il protège la passion qui les unit.

« Il sait qui je suis, ce qui me suffit. Je veux qu'il sache que je comprends à quel point il doit souffrir. Parce qu'il m'arrive la même chose. Mais aucun obstacle ne pourra triompher de notre amour. »

Elle parlait avec une sorte d'aplomb précipité, avec l'éloquence hallucinée et dissertative qui contente si pleinement quand on veut s'écouter parler, pour ne pas se sentir seul.

« Un moment, Fanny, intervint la présentatrice. Je trouve épatant que tu lances un message à celui que tu aimes, mais tu comprendras que tu dois auparavant nous expliquer de quoi il retourne. Sinon, nos auditeurs ne pourront pas t'aider.

– En fait, je n'ai besoin d'aucune aide, dit Elena avec un aimable entrain. Il me suffit de savoir qu'il m'aime.

– Et comment sais-tu qu'il t'aime ?

– Il me le dit dans ses messages, répondit-elle d'un ton calme et solennel. Avec beaucoup de précautions, pour que sa fiancée ne s'aperçoive de rien. »

La présentatrice était habituée à bavarder avec des psychotiques furibonds ou pleurnichards, terrorisés ou fanfarons ; la circonspection de Fanny la surprenait.

« C'est-à-dire que ton amant…

– Mon aimé.

– Que ton aimé…, reprit la présentatrice en faisant sentir qu'elle trouvait le choix du mot curieux ou tout au moins trop pudique, … a de son côté une fiancée. Mais…, poursuivit-elle en faisant l'âne pour avoir du son, qui préfère-t-il de vous deux ?

– Moi, bien entendu, répondit Elena d'une voix presque agacée, comme si on la forçait à énoncer des évidences. Sa fiancée, il l'a connue avant moi, mais il n'éprouve rien pour elle. » Et, sans s'interrompre un instant, elle se lança sur le toboggan des idéations paranoïaques : « Sa famille veut l'obliger à se marier, mais je l'en empêcherai. »

La sueur qui sourdait de chaque pore de ma peau s'était refroidie. Une tristesse impersonnelle m'empêchait de recouvrer mon assiette, après la suffocation de l'angoisse. Elena continuait :

« Il me le raconte dans ses messages : tous conspirent contre notre amour, tous veulent qu'il se marie avec cette femme par convenance, parce que cette union pourrait être favorable à sa carrière, mais…

– Dans quoi travaille ton aimé, Fanny ? » Maintenant, la présentatrice reprenait l'initiative, parce qu'elle entrevoyait la possibilité de tendre ses filets.

– Il est écrivain, dit Elena sans réfléchir. Il écrit des romans, et il écrit aussi dans les journaux. » Elle se laissa emporter par une certaine propension à l'hyperbole : « Mais il a une étoffe de poète. »

La présentatrice lança l'hameçon là où elle pensait pouvoir tenir une prise.

« Il est connu, ton aimé, Fanny ? Je veux dire, c'est un écrivain célèbre ? »

L'intuition professionnelle lui disait que Fanny n'allait pas pouvoir résister à la flatterie de la vanité, mais c'était compter sans l'épuration de son amour.

« Je ne peux répondre à cette question. Et je ne crois pas que ça ait une quelconque importance pour notre propos. »

La présentatrice dut enrager. Elle prenait un malin plaisir à avilir les auditeurs en leur soutirant leurs secrets les plus sordides ou les plus infamants, jusqu'à les réduire en une purée d'humanité sanglante ; mais elle ne souffrait pas qu'on lui tînt tête. Elle revint donc à des stratégies de sainte-nitouche qui ne se prive pas de glisser des insinuations.

« Et qui te garantit que ton aimé ne va pas céder aux pressions familiales et épouser ta rivale ?

– C'est impossible. » Fanny avait lancé un petit rire qui tenait à la fois de la suffisance et de l'astuce, mais aussi de la complaisance. « Dans ses messages, il m'indique très clairement quelles sont ses véritables inclinations.

– Excuse-moi, Fanny, fit l'animatrice pour la refréner, légèrement exaspérée. quand tu parles de messages, tu veux dire des lettres, des courriels, ou quoi ?

– Non, non. » Un instant, la voix d'Elena s'était égarée dans le murmure, comme si l'air lui manquait pour aller plus loin. « Sa famille le tient sous étroite surveillance. Il doit recourir à des subterfuges. Dans les articles qu'il écrit, dans les entretiens qu'il accorde, il profite de la moindre occasion pour glisser une phrase, un mot dont moi seule peux comprendre le véritable sens. »

L'animatrice laissa le silence grandir entre elles, comme les procureurs qui, par acharnement ou pour faire leur petit effet, n'ajoutent rien aux déclarations qui incriminent l'accusé.

« Et comment t'y prends-tu pour lui répondre ?

– Jusqu'à présent, je ne lui avais encore jamais répondu, pour me faire un peu prier, répondit-elle presque avec jovialité. Parce que, en une certaine occasion, il s'est dérobé, tu comprends ? Il n'a pas osé faire le pas décisif, par peur des représailles de sa fiancée et de sa famille. Mais je suis maintenant sûre de ses sentiments. S'il m'a conservé son amour pendant que je restais dans l'expectative… imagine à quel point il va m'aimer, maintenant que je vais passer à l'attaque ! »

Elle avait fait cette déclaration avec un mélange de fermeté et d'exaltation qui m'accabla. Je compris qu'elle projetait sur moi – sur notre faute non consommée dans cet hôtel ou ce havre de spectres proche de l'aéroport O'Hare – l'ombre de sa relation tronquée avec William, le violoniste fugitif. D'une manière alambiquée, que la raison ne pouvait sonder, William et moi formions l'avers et l'envers de la même médaille.

« À l'attaque ! lança l'animatrice réjouie. Et que comptes-tu faire, Fanny ?

– Je vais lui montrer la splendeur de notre amour. Notre amour, qui m'inonde ! » Elle avait maintenant ouvert les vannes de l'impudeur, sa voix s'enivrait d'elle-même, de sa litanie blessée, s'embrouillait dans une logorrhée que des paroles dépourvues de sens rendaient singulière et qui semblait prête à dévaler une pente très raide. « J'ai essayé d'écrire des lettres au directeur du journal pour lequel il travaille, mais on ne les a pas publiées, ils sont jaloux de notre amour, jaloux de ce bonheur que j'éprouve, que j'ai besoin de clamer aux quatre vents. Parce que personne ne pourra me faire taire. Tu m'entends, mon aimé ? Aucune muraille ne pourra arrêter ce flot. Je vais semer partout sur la terre la graine de notre amour, je vais écrire les lettres les plus passionnées, je vais parcourir le monde en prêchant tes bontés. Et si quelqu'un ne me croit pas, je montrerai le fruit de notre rencontre, le petit enfant qui grandit dans mes entrailles… »

Je sursautai, au milieu de toutes ces ferveurs apostoliques, à l'allusion de cette progéniture en gestation, qui compliquait davantage l'embrouillamini, resserrait plus encore autour de moi les tentacules de l'anémone de mer.

« Un moment, Fanny, dit l'animatrice, se faisant l'émissaire de ma perplexité et de mon accablement. Tu as bien dit que tu es enceinte ?

– De plus de deux mois, précisa Fanny avec une arrogance tranquille. Même si c'est seulement avant-hier que je l'ai appris. J'ai toujours été un vrai désastre dans cette affaire de règles, elles viennent aussi vite qu'elles s'en vont, avec moi les calculs ne servent à rien. Mais cette fois, elles tardaient vraiment trop, alors j'ai fait faire les tests. »

Une chaleur coupable se nicha dans mes mains, qui avaient caressé le ventre fécondé d'Elena, dont j'avais attribué la tiédeur à l'influence bénéfique de ma proche présence, son ventre qui avait répondu à mes caresses avec une palpitation de sang revivifié que j'avais confondue avec la joie de vivre. Mais ce bonheur naissant – j'avais tout aussi honte de ma présomption que de ma faute non consommée –, ce n'était pas moi qui le lui avais transmis, c'était la très lente germination d'une vie embryonnaire, encore clandestine mais déjà invulnérable. Les tentacules de l'anémone de mer m'engloutissaient, je n'opposais même pas de résistance à leur voracité.

« Tu comprends maintenant, disait Elena à l'animatrice, pourquoi il est impossible qu'il se marie avec quelqu'un d'autre ? Mon aimé doit veiller sur nous, il doit veiller sur moi et sur son petit enfant. »

Parmi les psychoses paranoïaques qu'étudie la psychiatrie, il en est une appelée érotomanie, également connue sous le nom de syndrome de Clérambault, en l'honneur de celui qui la diagnostiqua avec le plus grand soin. Dans la genèse de cette maladie intervient un échec amoureux préalable, le plus souvent aggravé par la solitude, contre laquelle le sujet réagit en développant la conviction illusoire et persistante d'être aimé par une personnalité éminente. Cet objet aimé ne doit pas être celui qui est la cause des frustrations ou des désillusions antérieures ; au contraire, le sujet le choisit de préférence entre les individus qu'il connaît à peine, ou avec lesquels il n'a eu qu'un contact très sommaire (le maître de conférences qui l'a subjugué par son discours, le chanteur ou l'acteur qui lui a signé un autographe, l'homme politique qu'il a réussi à saluer dans la cohue d'une réunion de propagande électorale), ou qu'il ne connaît qu'à travers ce qu'en dit la presse. Bien entendu, le sujet considère que l'objet aimé a été le premier à faire les avances et à déclarer sa passion par des signes et des messages que seul le sujet peut interpréter ; ces messages peuvent se présenter sous le couvert des actes les plus triviaux et les plus quotidiens (échange routinier de politesses entre deux voisins qui se croisent sur un palier, voyageur qui cède avec une galanterie protocolaire sa place à une dame qui encaisse de pied ferme les soubresauts d'un autobus), ou bien inclure des systèmes de transmission télépathiques ou autres recours prodigieux : animateur de télévision qui communique avec le sujet par ses expressions particulières, les regards plus ou moins obtus ou incisifs qu'il lance à la caméra, écrivain dont le style tend à la divagation ou au sous-entendu, etc. Toute manifestation de rejet de la part de l'objet aimé – des plus détournées et timides jusqu'aux plus hostiles, de la dérobade aimable à la menace de dénonciation – sera interprétée par l'érotomane comme une nouvelle preuve évidente de son amour, évidence paradoxale, si l'on veut ; mais la conviction de se sentir aimé demeure inaltérée, si elle n'en est pas renforcée, de manière telle qu'une expression d'indifférence ou de haine de la part de l'objet aimé peut conduire le sujet à exercer un harcèlement encore plus brutal. Tout contretemps qui empêche la réalisation de ses désirs est automatiquement assimilé par la fantaisie délirante du sujet, qui l'attribue aussitôt à l'intervention de la fatalité ou à des mystérieuses forces conspiratrices qui prétendent faire obstacle à son amour ; son optimiste, la fermeté de ses sentiments n'en seront pas diminués pour autant. L'érotomanie, dans ses expressions les plus pures, se déclare abruptement, parfois en moins d'une semaine. Même combattue par la pharmacopée des neuroleptiques, c'est le plus souvent une affection chronique, irréductible. Le sujet est satisfait de l'attirance qu'il éveille, ne se plaint pas des difficultés que lui crée son affection (ou le fait sans pathétisme, sans affectation plaintive, comme si souffrir était un « gage de son rôle »), il se montre expansif, communicatif et même bavard ; aucun doute, aucune perplexité n'entame son orgueil de se sentir aimé, et la condescendance pacifique avec laquelle il accueille les contrariétés n'est que rarement troublée par un sursaut d'agressivité. En dehors de sa monomanie, le patient tient des discours sensés, et se montre même discret ; aucune défaillance cognitive n'étend sa juridiction sur ses autres préoccupations. D'après les sources psychiatriques, les femmes sont plus exposées que les hommes à ce syndrome ; cette différence repose peut-être sur des raisons sociologiques, la femme ayant traditionnellement occupé des positions moins importantes que l'homme, et l'un des traits caractéristiques de l'érotomanie étant la distinction sociale (par la richesse, la notoriété ou le pouvoir) de l'objet aimé élu par le sujet ou le patient.

Sur ces divers points, les observations cliniques des ouvrages de psychiatrie relatives à cette maladie correspondaient aux symptômes que présentait Elena, à en juger par ce que révélaient ses confidences radiophoniques. En fait, comme cela se produit presque invariablement, son cas réfutait ou du moins modifiait certains critères du diagnostic. Sur l'objet aimé – moi-même – étaient projetées ou répercutées les conséquences de la déception causée par un autre, le crapuleux violoniste fuyard qui avait laissé tomber Elena après l'avoir engrossée. Mais je n'avais même pas la consolation des victimes sur lesquelles on rejette une faute qu'elles n'ont pas commise. Même si rien n'avait été consommé entre Elena et moi, même si je m'obstinais à attribuer ma faute à un élan altruiste (et non au désir maladroit de rassasier un appétit), même si Laura n'était pas là et ne pouvait me voir et si de mes lèvres n'était tombée aucune parole compromettante, je savais que sans ma coupable intervention la maladie ne se serait pas déclarée ou aurait adopté des manifestations très différentes. Je savais que j'avais regardé Elena avec une lascivité indolente pendant qu'elle dormait, au cours de ce vol pour Chicago, profanant son sommeil sans défense (le souffle qui faisait frémir ses seins, le creux peu profond mais très tarabiscoté de son nombril, ses pieds nus, avec leurs veinules qui descendaient sur le cou-de-pied) ; je savais que je l'avais appelée dans la chambre du petit hôtel où elle était descendue dans l'intention de lui arracher un rendez-vous, ou peut-être de flirter vaguement ; je savais que si le téléphone n'avait pas sonné comme un détecteur d'adultères dans la chambre de ce havre de spectres proche de l'aéroport O'Hare, je n'aurais pu surmonter le désir urgent de la posséder : sa langue impérieuse avait déjà sapé mes dernières réticences, son ventre (que je ne savais pas chargé d'une autre promesse) se bombait, animé par des palpitations de sang, ses cuisses avaient la texture hospitalière du papier bible ; je me rappelle encore – et c'est un souvenir lacérant – l'érection qui gonflait mon entrecuisse, une érection obscène, tubéreuse, informe comme une tumeur maligne. Je pouvais maquiller autant que je le voulais les divers chapitres de ma faute à grand renfort de mystifications charitables, je pouvais continuer de les confiner dans les oubliettes de la vie invisible, tout cela ne servirait à rien. Nos actes – j'avais toujours cultivé cette certitude – retentissent sur notre avenir. Et je sentais déjà le souffle de l'avenir sur ma nuque.

C'était une absurdité, mais j'essayai pourtant d'opposer une résistance timide au châtiment qui m'était réservé. Les ouvrages de psychiatrie accordent une énorme importance au rôle que jouent dans ces délires érotomaniaques les signes et messages de fantaisie qui maintiennent la communication entre le malade et son objet aimé. Je me dis que si je barrais tous les canaux par lesquels Elena pouvait recevoir des signes de mon existence, elle finirait par renoncer ; je supposai que l'extinction de l'objet aimé, sa disparition littérale, pourrait par inanition venir à bout de sa maladie, aussi irréductible qu'elle pût être, ou l'orienter vers un autre destinataire. La source du mal disparue, celui-ci devait se transformer ou finir. Je conçois que ces combinaisons, exposées succinctement et sans ambages, puissent sembler d'un égoïsme sans âme et repoussant, mais j'ai déjà reconnu que les excuses altruistes ne peuvent suffire à expliquer ma faute non consommée et moins encore justifier les tentatives d'occultation auxquelles je me suis alors livré. Il s'agissait d'éviter qu'Elena pût me joindre, me localiser. Et il s'agissait aussi d'anticiper les arguties qu'elle emploierait pour passer outre la muraille de mutisme que je comptais lui opposer. « Aucune muraille ne pourra arrêter ce flot », avait-elle affirmé, au cours de son intervention radiophonique. Je me proposais de détourner cette menace ; comme l'animatrice avait fait une erreur d'appréciation en essayant de lui faire dire mon nom, je mésestimais à mon tour l'épuration de son amour.

Le moyen le plus simple pour découvrir le domicile d'une personne dont nous connaissons le nom est sans doute de consulter l'annuaire téléphonique, si on sait – et Elena savait – dans quelle ville elle vit. Mais, depuis quelques années, mes coordonnées n'y figuraient plus. J'avais commencé à recevoir assez fréquemment des appels intempestifs de dingues ou d'authentiques enquiquineurs qui, sans me connaître (ou seulement à travers mes livres ou une lecture hâtive de mes livres qu'ils prétendaient très attentive), violaient mon intimité pour m'asséner leurs sermons, me barbouiller de leurs dithyrambes, me faire sortir de mes gonds et, surtout, pour me refiler d'ingrats rossignols : prologues de recueils de poèmes ineptes, questionnaires pour revues d'étude des ovnis, souscription à des manifestes en faveur de la sieste ou des Maoris. J'étais harcelé de demandes embarrassantes qui mettaient à rude épreuve les règles élémentaires de la vraisemblance.

Comme je ne manquais pas, de mon côté, de me dérober en recourant à des alibis tout aussi invraisemblables, le solliciteur inconnu se fâchait (dans son délire, il croyait me faire honneur en comptant sur moi pour une affaire de grande envergure) et il m'envoyait au diable sur un vomissement d'injures. Las de lutter contre cette tribu d'opportunistes et de parasites, j'avais demandé à la compagnie du téléphone un changement de numéro, demande à laquelle on avait répondu avec la lenteur réglementaire mais finalement satisfaite après avoir, je suppose, refilé mon ancien numéro à un malheureux naïf qui devait encore recevoir des appels d'énergumènes qui lui proposaient leurs péripéties biographiques comme sources d'inspiration pour son roman, ou qui lui reprochaient de ne pas avoir accusé réception de leur dernier chargement de papier imprimé. J'avais également demandé de ne plus figurer sur la moindre liste d'abonnés, et pris soin d'avertir les rares personnes auxquelles j'avais confié mon nouveau numéro de ne pas le divulguer. Au risque de passer aux yeux de ces mêmes personnes pour un misanthrope rongé par la manie de la persécution, je renouvelai alors mon appel à la discrétion, et je crois que cette insistance pointilleuse poussa certains amis à me bannir de leur carnet d'adresses.

Étant donné que je n'étais pas inscrit sur les listes électorales à Madrid et n'étais pas propriétaire (nous louions notre appartement), j'estimais que Fanny ne pourrait suivre ma piste dans les registres et cadastres municipaux. Ensuite, j'appelai mes éditeurs en les priant de me décharger temporairement de toute entrevue et autres corvées adjacentes. Au journal qui divulgue pieusement ma signature, je demandai et obtins que l'on se passât provisoirement de ma collaboration. Dans les deux cas, je donnai comme prétexte le désir de me consacrer aux obligations matrimoniales que j'allais devoir assumer et, avec la même amabilité et le même soulagement, le journal et mes éditeurs acceptèrent l'excuse nuptiale en me souhaitant aimablement que cette trêve de création et de promotion puisse favoriser d'autres activités plus fécondantes (cela dit avec un certain persiflage, comme si mes talents d'inséminateur restaient à démontrer). Je n'osai cependant pas leur demander de retourner à l'expéditeur les lettres qu'ils recevraient à mon nom, de peur que cette brusque démangeaison d'isolement ne me fasse passer à leurs yeux pour un dangereux exemplaire de chichiteux forcené ou de licencié de verre cervantesque, et que le retour de ses lettres ne soit aussitôt interprété par Elena – ainsi que me l'avaient appris les ouvrages de psychiatrie – comme une preuve de « comportement paradoxal » et assimilé par sa fantaisie délirante à la confirmation de l'existence d'une conspiration œuvrant à faire obstacle à notre amour. Vite, bien vite – à peine trois ou quatre jours après son épanchement radiophonique –, je commençai à trouver dans ma boîte les « lettres les plus passionnées » que le journal et la maison d'édition m'envoyaient à un rythme d'au moins une par jour. Avec des ruses que j'aurais qualifiées d'attendrissantes si je n'avais été tourmenté par une peur galopante, Elena s'efforçait de déguiser ses envois en variant les enveloppes (la blanche plus large que haute se substituait à celle de format classique en papier chiffon, et l'une et l'autre alternaient avec celle en papier kraft ou celle bordée du liseré bleu et rouge des envois par avion), les expéditeurs apocryphes et les calligraphies déguisées – mais toutes présentaient pourtant des particularités qui les distinguaient et les rendaient reconnaissables d'emblée : leur belle dimension, en premier lieu (la graphomanie exaltait Elena), puis une prédilection pour les couleurs les plus attrayantes et quelques spécificités graphologiques qu'elle ne pouvait réprimer, lettres élancées s'achevant en volutes et arabesques, majuscules pareilles à des lettrines très fouillées et incurvations des lignes toujours ascendantes, portées par l'optimisme et la jovialité.

Je ne pus échapper à la curiosité et parcourus certaines de ces lettres, que je déchirais ensuite avec un acharnement désolé et méthodique avant d'en jeter les morceaux dans la première poubelle que je rencontrais lorsque je sortais pour aller à la boulangerie ou au kiosque à journaux. C'étaient des lettres qui, bien entendu, n'admettaient qu'une explication pathologique, mais elles étaient aussi beaucoup plus que cela : elles tenaient de l'écriture automatique, de cette obstination intempestive et toujours confuse qu'un spécialiste aurait appelée *stream of consciousness*, et elles sautaient sans solution de continuité de l'horizon réel à celui du délire, de la même manière que les lièvres bondissants défient les itinéraires rectilignes. C'étaient, de plus, des lettres d'une prolixité stupéfiante: Elena ne se contentait pas d'y relater les événements les plus marquants de ses journées, ces instants privilégiés qui permettent de supporter l'ennui des heures qui se suivent et se ressemblent; l'amour étendait sa béatitude jusqu'aux actes les plus triviaux, les inondait d'une lumière homogène et transfiguratrice. Je reconnaissais, au-dessus ou nimbée de cette lumière, une sorte d'épiphanie de mon identité, ou plus exactement du personnage idéalisé qu'Elena avait créé par hybridation, en empruntant également à William, le violoniste fuyard, quelques-uns de ses caractères. Il était saisissant de voir comment, en élaborant cette chimère, la mémoire d'Elena opérait par sélection, effaçant telles composantes du passé qui ne convenaient pas à sa rêverie, en fondant d'autres en un amalgame délirant, rectifiant et sublimant à sa convenance, jusqu'à parachever une créature qui n'avait plus qu'une très lointaine ressemblance avec moi. Je lisais ces lettres en me sentant à la fois moi-même et cet autre, avec un mélange d'angoisse et d'étonnement proche de celui que l'on éprouve quand on assiste en rêve à son propre assassinat, dont on est simultanément la victime et le témoin impuissant. Comme en rêve, ma réaction émotionnelle face à ce portrait distordu de moi-même que tramait Elena combinait fureur et consternation, affliction et abattement, peur indéchiffrable et indéchiffrable peine. J'avais décidé de ne pas répondre à ces lettres, mais même si j'avais pris la décision contraire, je n'aurais pas été capable de le faire, tourmenté comme je l'étais par l'effondrement de mes espoirs (toujours plus menus et menacés d'extinction) de voir se dissiper ce mauvais rêve.

En une quinzaine de jours, blessée par mon silence tenace, Elena se mit à écrire des lettres moins exultantes, plus détachées de la réalité, plus confinées dans son monde intérieur imaginaire. Un marasme, où passivité et repli sur soi-même se donnaient la main, s'empara d'elle: elle négligea d'abord les routines domestiques (la vaisselle sale s'accumulait dans l'évier, la nourriture moisissait dans le réfrigérateur), puis cette passivité malsaine affecta ses obligations de professeur de musique intérimaire dans son lycée de Valence. « Aujourd'hui, je n'ai pas fait cours, m'écrivait-elle dans une de ses lettres. À mi-chemin, j'ai demandé au chauffeur de l'autobus de s'arrêter et de me laisser descendre. Se promener dans les parcs en hiver ! C'est si beau ! Il reste encore quelques feuilles mortes sur le sol. Comme il a beaucoup plu ces derniers jours, elles sont trempées, et c'est un plaisir de marcher dessus, on a l'impression d'être sur des nuages. Notre petit chéri sent cette douceur ; je le sais parce qu'il gigote dans mon ventre, comme il le fait pendant les échographies, il est très pudique et ne veut pas montrer son zizi. Je me demande si notre petit bébé aura tes yeux marron et pensifs, tes yeux qui, j'espère, rêvent des miens, en attendant de les revoir, de mes yeux qui combinent cinq nuances : le vert de la Méditerranée, le vert Véronèse, le vert émeraude, et aussi le vert jaspé de brun et le vert jaspé de jaune comme les si douces feuilles que je foule, les feuilles brunes et jaunes. Je préfère que notre petit enfant ait tes yeux, mais sans tes lunettes, je vais te choisir un nouveau modèle de monture, c'est la seule chose de toi que je ne puis souffrir, tes lunettes, même si ce n'est que par moments. Le directeur du lycée est à moitié lesbien, même pas pédé, et il m'a laissé un avertissement sur le répondeur en me disant que les absences injustifiées sont un motif de renvoi, peut-il savoir, lui, si elles sont injustifiées ou si ce sont des yeux ou des feuilles. »

La cohésion entre les mots était toujours plus ténue, les liens de la syntaxe cédaient devant des associations non préméditées ou régies par une extravagante verbosité. Elena voguait maintenant dans les limbes de l'irréalité. En une quinzaine de jours à peine, ses lettres cessèrent de se référer aux affaires de la vie quotidienne (peut-être avait-elle déjà été renvoyée du lycée, peut-être s'alimentait-elle de nourriture moisie) pour se perdre dans des labyrinthes non moins prolixes. Son écriture s'appauvrit de plus en plus, comme si elle se vidait de son sang sur le papier ; les arabesques et les filigranes calligraphiques furent remplacés par une négligence parfois frénétique, parfois exsangue, toujours opaque. Dans son désir de se montrer digne de mon amour, elle ne reculait pas devant les préciosités, les formes poétisantes ; l'effet était épouvantable, parce que ces prétentions littéraires intempestives, loin de dissimuler son dérèglement, le portaient à des extrêmes caricaturaux, en des sortes d'allitérations effrénées : « Je sens en moi que mon sentiment envers toi est sincèrement sis sur le siège de mon amour et je sens aussi qu'un semblable sentiment ne ressent pas le remords de ne pas sentir un possible surcroît d'amour car s'il en sentait plus peut-être ne pourrait-il plus sentir plus de sentiments car il mourrait peut-être de sentir ce que je sens et pas à cause de son intensité mais parce que ce que je sens est si sensitif et si sensible que moi seule le sens. » Mais à ces rêveries platoniques venaient aussi s'ajouter, dans le tourbillon des propos chancelants, des élans de sexualité crue : « Je sais que tu aimerais mordiller mes mamelons les boucles de mon pubis y mettre la langue et plus profond dans mon con qui n'a pas ressaigné sauf si tu étais l'homme nonne que tu as peut-être été avant de me connaître tu dois regretter ces délices que je garde pour toi si tu daignais me répondre je t'enverrais mes petites culottes avec leurs sucs juteux pour que tu apprécies la différence avec celles de ta coincée de fiancée qui sent la lessive et a des toiles d'araignées alors que moi je me masturbe quand notre petit bébé dort pour que tu saches je me masturbe en cachette de notre petit enfant parce qu'il ne convient pas qu'il sache que sa mère est une grosse cochonne et son père un homme nonne. »

On sentait grandir dans ces propos salaces une agressivité que mon silence ne faisait qu'envenimer. J'adoptai alors la solution impie de déchirer ses lettres sans même les avoir lues, croyant ainsi échapper à la torture quotidienne de me savoir victime (ou auteur ?) et témoin d'un cauchemar dans lequel je ne pouvais intervenir, dans lequel je ne devais pas intervenir, à moins de vouloir ruiner mon existence tranquille, les liturgies d'une vie que je désirais indemne auprès de Laura qui, dans moins d'un mois, juste après les fêtes de fin d'année, deviendrait mon épouse. Je comprends à présent que cette solution était non seulement impie mais inutile, parce que ce qui était beaucoup plus déchirant que la lecture de ces lettres témoignant de la déchéance progressive d'Elena, c'était la conscience de m'en savoir responsable, fût-ce très partiellement. Sans cette conscience coupable, je suppose que je me serais borné à signaler à la police qu'une détraquée me harcelait, ou j'aurais cherché à entrer en contact avec ses parents pour leur suggérer de la confier aux soins d'un psychiatre. Mais l'ombre de ma faute m'empêchait de prendre la moindre initiative, et dans cette incapacité convergeaient la couardise morale, l'égoïsme et une sorte de fatalité différée, façon d'assumer la tragédie qui se préparait et finirait malgré tout par m'éclabousser. Bien entendu, je me sentais mesquin, je me haïssais de ne pas trouver le courage suffisant pour abréger cette attente tendue, et ces sentiments de mécontentement étouffé achevèrent de miner mon comportement. Il ne s'agissait plus, maintenant, d'une aggravation de ma misanthropie naturelle, du fait que la concentration indispensable à mon travail avait été réduite en miettes ; ce découragement mêlé d'inquiétude en vint à souiller mon amour pour Laura ; là où, avant, il n'y avait que passion et dévouement ne demeurait désormais plus qu'une courtoisie protocolaire ; là où naguère le sortilège de la nuit faisait de ma bouche une corne d'abondance d'où se déversaient les paroles, il n'y avait plus qu'une voix éteinte, monotone, en désaccord avec elle-même, dans laquelle chaque phrase abritait un mensonge, un artifice, une semence de lassitude et de décrépitude ; où avant naissait la convoitise des corps qui désirent s'enlacer et faire de chaque étreinte une nouveauté délectable, il n'y avait plus à présent qu'un pâle reflet et une répétition sans entrain de ce qui avait été, une honte neutre qui nous isolait dans des chrysalides d'excuses et de justifications. Nous avions perdu la spontanéité de nous aimer.

« Nous marier serait peut-être une erreur », lâcha Laura inopinément, une nuit.

Il y avait plus d'une heure que nous nous étions souhaité une bonne nuit (la comédie a elle aussi ses rites), il y avait plus d'une heure que nous faisions tous deux semblant de dormir, en prenant soin de ne pas nous frôler, comme si un sabre nu était posé entre nous.

« Tu es devenue folle ? Que dis-tu ? » lancai-je pour poursuivre le simulacre. Mais ma voix n'était ni ensommeillée ni perplexe, comme elle eût dû l'être si le commentaire de Laura m'avait réellement pris au dépourvu.

« Ce que tu as entendu, dit-elle sans broncher. Tu crois que je ne me rends compte de rien ? Depuis ton retour de Chicago, tu es quelqu'un d'autre.

– Ce ne sont que des illusions que tu te fais. »

Laura se dressa d'un bond, comme si elle avait été assaillie par la nausée ou par un mauvais présage.

« Qui espères-tu tromper, Alejandro ? demanda-t-elle avec une colère lasse. Tu as tellement changé que tu n'écris même plus. Ce n'est pas seulement que tu ne me touches plus ou que quand tu le fais c'est comme si tu remplissais une obligation. C'est que tu n'écris plus, que tu n'es même plus capable d'aligner deux mots.

– Je t'ai déjà expliqué que ça vient par accès, Laura, dis-je, aussi fâché que le cynisme me le permettait. Il y a des moments fastes et des passages à vide.

– Ne me ressers pas ce bobard de l'inspiration. Va raconter ça à quelqu'un d'autre, si tu y tiens. »

L'acrimonie lui gonflait la gorge comme une vipère en colère. J'essayai de la calmer.

« Ce n'est pas seulement le manque d'inspiration. Ce que Fanny raconte sur ces bandes me bloque. » Je m'interrompis, avant de formuler une affirmation doublement vraie : « Si tu savais à quel point c'est pénible d'entrer dans un esprit tourmenté…

– Ça le serait peut-être moins si au lieu de te replier dans ta coquille tu en faisais part aux autres. » Je tendis la main pour la caresser, mais elle la repoussa. « Pas seulement à moi. Tu ne te conduis pas correctement avec tes amis. Combien de fois as-tu laissé Bruno en plan, par exemple ? »

Décidément, elle était prête à débiter tout un chapelet de reproches, peut-être accumulés pendant les heures d'insomnie amère où nous faisions semblant de dormir.

« Tu es mal dans ta peau, Alejandro. Tu prends un livre et, au bout d'un moment, tu l'abandonnes. Tu en prends un autre et tu l'abandonnes aussi. Toi qui t'es toujours vanté, ou toujours plaint de ne pouvoir laisser tomber un livre que tu as commencé. » L'imminence des larmes s'annonçait par un tremblement que le tissu très délicat de sa chemise de nuit amplifiait peut-être. « Quant au mariage, tu ne veux même plus en entendre parler. Ce n'est pas que tu te désintéresses des préparatifs, cela, je pourrais encore l'admettre, c'est que, quand je viens te dire qu'Untel veut nous offrir un cadeau ou que l'agence de voyages nous a réservé des chambres dans tel hôtel pour notre lune de miel, tu changes de sujet ou tu fais la sourde oreille. Tu ne veux pas te marier, Alejandro, c'est aussi clair et simple que ça. »

Elle se laissa retomber sur le lit, cette fois sur le ventre, pour que l'oreiller étouffe ses sanglots, comme il étouffait mes remords qui lentement, pesamment, s'enfonçaient dans sa blancheur telles des bestioles dans les sables mouvants.

« Un fusible, un plomb qui saute, dit Laura d'une voix suffoquée et lugubre qui paraissait venir d'outre-tombe. Toi aussi tu es devenu quelqu'un d'autre, comme John Walker. »

Je laissai Laura déverser sa frustration ; puis je posai très légèrement ma main sur son dos, sur les côtes entre lesquelles résonnaient encore les sanglots.

« Pourquoi ne voudrais-je pas me marier, Laura ? demandai-je. Il y a des mois que nous vivons ensemble. Crois-tu que les bénédictions du curé vont introduire entre nous de si grands changements ?

– Il n'est pas question des bénédictions du curé, mais des engagements que l'on prend, ceux qui changent la vie. » Sa voix était revendicative, presque funèbre. « Les gens se marient, Alejandro, parce qu'ils ont besoin de s'engager, besoin d'être responsables de ceux qu'ils aiment vraiment, besoin que l'amour se prolonge dans les enfants. »

Le fruit le plus merveilleux de notre rencontre, le petit enfant qui grandit dans mes entrailles. L'oreiller amortit mon frisson.

« Je ne te l'ai encore jamais demandé, mais je te le demande à présent, Alejandro : veux-tu avoir des enfants ?

– Le moment ne me semble guère opportun pour parler de ces choses-là, dis-je, adoptant la stratégie de l'escargot. Nous sommes trop bouleversés. »

Laura n'ajouta rien, le silence est parfois l'expression la plus acérée du sarcasme. Nous restâmes silencieux, chacun de son côté du lit, à regarder le plafonnier comme un écran sur lequel on aurait projeté le film muet d'une dévastation dans laquelle les spectateurs seraient les protagonistes. Je m'efforçai de croire que nous réussirions bientôt à escalader ce rude escarpement qui nous séparait pour jouir des bénéfices du bonheur ; mais je ne voyais aucun moyen d'y parvenir. Éreinté de me cogner sans arrêt la tête contre la même paroi rocheuse, je m'endormis. Je rêvai qu'Elena, lassée d'écrire des lettres qui restaient sans réponse, partait à ma recherche, comme Fanny Riffel était partie à la recherche du pervers qui l'avait harcelée au téléphone, avec l'espoir qu'il se déciderait enfin à surmonter sa couardise dissimulée et à l'agresser en pleine rue.

Le lendemain matin, je ne trouvai pas de lettre d'Elena dans la boîte.

Mon nom est Légion, avait répondu l'antique serpent à Jésus-Christ. Fanny Riffel apprit à réciter les noms de cette armée populeuse en lisant en cachette les grimoires et les traités de démonologie que Burkett transportait dans sa caravane : Satan et Lucifer et Bélial ; Belzébuth et Asmodée et Samaël, Léviathan et Astaroth et Abaddon, Nebroël et Mammon et Méphistophélès, Belphégor et Baal et Marbuel, Dagon et Moloch et Nergal, Thamuz et Adrameleck et Béhémoth, et ainsi de suite jusqu'à la fin des 6 666 légions de 6 666 anges déchus. Certaines nuits, allongée sur le plancher de la caravane (Burkett ne la laissait pas partager son grabat, ni même l'occuper une nuit sur deux, pour que l'impureté de cette femme ne souille pas ses draps), Fanny distrayait l'insomnie en énumérant la confrérie diabolique ; à l'appel de sa voix, les princes des ténèbres abandonnaient les neuf cercles concentriques de l'enfer et se rassemblaient autour de la caravane en un sabbat qui déchaînait les vents, faisait hurler les bêtes sauvages et ébranlait la terre sur ses assises. Dans son pèlerinage le long des corridors de la folie, Fanny s'émerveillait que Burkett n'en fût nullement troublé dans son sommeil (mais il cuvait son vin), même quand les démons secouaient la caravane, glissaient leurs griffes par la fenêtre tenue ouverte pour faciliter l'aération, secouaient la poignée de la portière sans arriver à faire jouer le pêne et tapaient sur la carrosserie en faisant un vacarme assourdissant, si fort que les chaudrons de cuivre s'entrechoquaient et que les bocaux de confiture d'airelles se déplaçaient sur les étagères. Fanny pensait que si ce tintamarre ne gênait pas Burkett, si les démons ne parvenaient pas à s'introduire dans la caravane, alors qu'ils menaient un assaut déchaîné, c'était pour une seule et même raison : sans doute le prédicateur était-il un saint homme sur lequel l'antique serpent ne pourrait jamais exercer son empire. Et, parvenue à cette conclusion, Fanny rendait grâce au Ciel d'avoir placé sur son chemin le prédicateur qui la protégeait des attaques de l'Ennemi.

Depuis qu'il l'avait recueillie, quatre années auparavant, dans cette église baptiste d'une banlieue de Chicago, beaucoup de choses avaient changé dans sa vie. Tout d'abord, les avatars du Diable qui naguère avaient voulu la gagner à sa cause ne la tourmentaient plus. À présent, elle se sentait même assez forte pour les affronter, les vaincre, les détruire. Burkett lui avait promis qu'il la laisserait partir pour accomplir sa mission de vengeance quand elle aurait achevé sa purification et son apprentissage, qui avaient commencé le soir même où son protecteur l'avait prise sous son aile. Une fois la réunion terminée et les comptes avec le pasteur qui louait l'église réglés, Fanny était montée avec Burkett dans la Chevrolet de troisième ou de quatrième main qui avait à peine assez de souffle pour tirer la caravane ; comme toutes les automobiles qui avaient été attrayantes à leur époque (et cela arrive peut-être aussi aux femmes époustouflantes comme Fanny, quand la jeunesse leur tire sa révérence), sa décrépitude n'en était que plus lamentable et honteuse. Pour ce premier voyage qui les éloignait de Chicago, ils suivirent un itinéraire fort semblable à celui qu'avaient emprunté les violeurs après l'avoir abandonnée dans la décharge ; quand les montagnes d'ordures, ces cimetières d'un cauchemar ancien, eurent été dépassées, Fanny sourit au méditatif Burkett, qui n'arrêtait pas de la surveiller dans le rétroviseur. Il avait desserré son nœud de cravate et le col en Celluloïd qu'il mettait pour ses prêches ; il rendit à Fanny son sourire, tout en se massant la nuque ; mais ce fut un sourire fourbe accordé à contrecœur. Inspirée par la gratitude et à défaut d'un vase d'albâtre contenant des onguents pour lui oindre les pieds, Fanny le soulagea de sa fatigue en lui caressant la nuque. Burkett, au contact de ses mains rêches dont les ongles étaient fendus (mais elles avaient été douces et leurs ongles laqués de vernis carmin, comme il se rappelait les avoir vus dans les publications pornographiques), sentit un frisson le parcourir, qui lui fit perdre pendant quelques secondes le contrôle du véhicule. Loin du babélique Chicago, ils passaient devant un pré communal, que l'éclat de la lune inondait d'un calme bucolique ; dans le fond se laissait deviner un ruisseau pareil à une épée de mercure.

« Nous camperons ici », dit Burkett, tournant brusquement pour s'engager sur un chemin aux ornières profondes qui les rapprochait du ruisseau.

Le pré, qu'avait figé la neige, se penchait pour boire au ruisseau en une douce pente hérissée de joncs et de roseaux ; l'eau formait, entre deux tourbillons, des nappes tranquilles où elle copiait l'alphabet chiffré des étoiles. Burkett descendit de la Chevrolet, entra dans la caravane et revint avec un morceau de savon et une brosse en gros crin qu'il tendit à Fanny.

« Tu ferais bien de t'enlever cette croûte de merde », lui dit-il avec un geste comminatoire.

Fanny sortit elle aussi de la voiture ; après la chute de neige, l'atmosphère était calme, mais abritait dans sa quiétude un froid très vif, d'une pureté de stylet ou de gelée blanche. Elle réprima un frisson.

« Mais l'eau est glacée, balbutia-t-elle.

– Tu crois que Notre-Seigneur, quand Il a été baptisé dans le Jourdain, a fait tant de manières ? Si tu veux être baptisée dans le Saint-Esprit et dans le feu, il faut d'abord que tu te purifies dans l'eau. »

Fanny eut un geste d'assentiment bovin.

« Allez ! cria Burkett, exaspéré. Enlève ces haillons ! »

Un reste de pudeur la paralysait.

« Fais ce que je te dis ! insista-t-il avec encore plus de violence. Crois-tu que ta nudité va me scandaliser ? »

Elle commença par enlever ses chaussures aux semelles râpées (de sa caresse crissante l'herbe lui picotait la plante des pieds) puis elle se dépouilla du tas de vêtements ou de guenilles que la saleté rendait indiscernables. Burkett distingua, simplifiés par le clair de lune, les seins abîmés, si différents de ceux qu'elle exhibait sur les photographies, mais ils conservaient encore un tremblement qui faisait vibrer l'air ; il distingua le ventre creux entre les hanches (comme si son ancienne plénitude s'était échappée par la bonde du nombril) et la harpe lisse des côtes, les cuisses maigres qui montraient l'os, les poils pubiens que les photographies ne dévoilaient jamais, épais et très noirs, qui allaient en se rétrécissant comme une pointe de flèche. Burkett ferma les yeux, pour superposer à la Fanny qui venait de se dénuder devant lui la Fanny tant de fois évoquée en rêve.

« Et penser que ce corps aurait pu être le temple de la maternité ! lança-t-il pour percer l'encerclement du désir. Mais tu as préféré en faire le réceptacle de la corruption ! Parce que tu as fait cela, tu seras maudite entre tous les bestiaux et toutes les bêtes des champs. Tu marcheras sur ton ventre et tu mangeras de la poussière tous les jours de ta vie. Je mettrai l'hostilité entre toi et la femme, entre ta descendance et sa descendance. »

Burkett s'avisa que ses jambes fléchissaient ; il tomba à genoux sur l'herbe, tremblant de fureur et de luxure, incapable de contenir le flot de citations bibliques qui lui venait aux lèvres, et tout aussi incapable de contenir grâce à ces citations le magma de désir qui submergeait ses viscères. L'imminence des larmes cognait à son palais et le rendait plus incohérent qu'émouvant.

« Mon Dieu, comme j'aurais aimé engendrer des enfants dans ce corps ! Mais il est trop tard ! Le Diable a rassasié en lui ses appétits bestiaux ! gémit-il. Le Diable l'a prostitué pour toujours ! »

Burkett s'effondra sur l'herbe, laissant porter tout le poids de son corps sur son membre viril, qui grandissait indépendamment de celui qui l'alimentait et se gonflait d'un sang aussi épais que du goudron. Fanny restait là à le regarder, atterrée ; même le froid ne parvenait pas à la soustraire à la contemplation de son sauveur, qui se tordait comme une chiffe entre les herbes.

« Ne pleure pas, dit-elle en se penchant vers lui, et elle prit entre ses mains la tête brûlante de Burkett. Nous pourrions faire quelque chose pour laver ce que le Diable a profané. »

Burkett resta à son tour quelques instants à la regarder, le visage encore défait ; à ses yeux émaillés d'une torve salacité brilla l'étincelle de la clairvoyance, comme s'il venait soudain d'entendre un conseil venu du Ciel, ou que lui inspirait peut-être la langue de l'aspic.

« Le chemin de la purification est resserré et douloureux… », dit-il. Fanny ne comprit pas la bestialité qu'il insinuait. « Seras-tu capable de le supporter ? »

Elle acquiesça, démise de sa volonté. Si elle avait été prête à s'immoler pour mettre fin à ses souffrances, comment ne l'aurait-elle pas été quand on lui laissait entrevoir la possibilité d'une rédemption ? Burkett recommençait à tenir des propos inintelligibles, après avoir adopté une expression de détachement courroucé.

« Nous ne pouvons prendre le risque d'engendrer des enfants ; ils pourraient naître avec les stigmates du Malin. Mais il faut qu'un saint homme libère tes entrailles de sa semence. » À mesure qu'il parlait, les étoiles s'éteignaient, offusquées par la honte. « Dieu a condamné l'amour infécond en déchaînant Sa colère contre Sodome, mais il y a des circonstances exceptionnelles dans lesquelles on peut éviter cette condamnation. » Sa voix se fit murmure intime pour répéter en guise de refrain : « Seras-tu capable de le supporter ? »

Burkett répugnait à s'ouvrir les mêmes voies que d'autres hommes avaient déjà débroussaillées ; il voulait que Fanny soit entièrement sienne, livrée en sa primeur, il voulait s'emparer de l'ultime bastion de la virginité. Il attendit sur la rive qu'elle eût fini de se baigner, puis l'enveloppa dans une couverture qui sentait la confiture d'airelles, tout en la conduisant vers la caravane ; le monde retenait son souffle, pour ne prendre aucune part à ce sordide hyménée. En entrant dans la caravane où Burkett avait logé pendant des années son célibat, Fanny fut agressée par un souffle âcre de bétail équarri ou de fumages interdits. En sus de cette odeur de bête malade, elle fut également surprise par le fouillis d'objets et d'affaires accrochés aux murs de l'habitacle : chaudrons de cuivre pendus au plafond, bocaux en verre dans lesquels pourrissaient les confitures les plus archéologiques, livres pieux et grimoires accouplés en chaînes blasphématoires. Il y avait aussi un petit réchaud de fer-blanc et un évier dans lequel s'empilaient en un fatras nauséabond des assiettes mal récurées où rôdaient des cafards, et des cendriers regorgeant de mégots ; il y avait une couche très étroite, aux draps tourmentés par des plis pareils à des cicatrices et un buffet qui laissait à peine assez de place pour que deux personnes puissent se mouvoir. Fanny découvrit cet intérieur malsain à la lumière de la lune pleine qui s'encadrait dans la portière ouverte de la caravane. Derrière elle, la voix de Burkett s'était faite pressante.

« Allez, penche-toi et pose tes coudes sur le buffet. »

Il écarta la couverture d'un mouvement brusque et lui palpa les fesses qui n'étaient plus ni généreuses ni nubiles, mais fuyantes et écorchées par les gravats des terrains vagues dans lesquels elle avait dormi pendant des mois. Burkett fit glisser son menton sur la colonne vertébrale de Fanny et lécha sa peau saumâtre jusqu'à ce qu'il eût atteint son cou ; sa barbe de trois jours brûlait comme du papier-émeri. Il revint alors à son refrain, maintenant formulé d'une voix chevrotante :

« Seras-tu capable de le supporter ? »

Fanny sentait le vagabondage visqueux du membre viril dans un coin de son anatomie qui n'avait pas encore été infesté par l'antique serpent.

« Tu le fais pour mon bien, dit-elle, consentante, d'une voix de victime propitiatoire. Un saint homme doit détruire les démons avec sa semence. »

Quand les assauts s'achevèrent enfin, Fanny se sentit grandie par la douleur : le sang coulait sur ses cuisses maigres qui montraient l'os, tel un joyau liquide heureux d'être répandu. Burkett, qui n'avait cessé de marmotter des oraisons ou des exorcismes pendant tout l'exercice de purification, s'écroula sur le grabat, déchiré de remords (il n'est plaisir ni tortures plus délicieux que ceux qui naissent du péché et s'en nourrissent). En se redressant, Fanny eut la sensation déconcertante que la semence de Burkett, en livrant bataille aux germes diaboliques qui nichaient dans ses entrailles, était restée raide. Elle s'approcha du grabat et tenta de consoler Burkett, qui s'était remis, en un gémissement sourd, à bredouiller des citations de la Bible tout en débouchonnant une bouteille d'alcool ambré, sans doute du *whiskey*, que Fanny prit pour un antidote à la piqûre de l'antique serpent. Burkett buvait au goulot, à longs traits qui lui brûlaient la gorge et anesthésiaient sa conscience ; il déglutissait sans bruit, avalait de travers et l'alcool coulait des commissures de ses lèvres, tachait le devant de sa chemise. Quand Fanny voulut calmer sa toux en lui donnant des tapes dans le dos, Burkett la repoussa sans ménagement. Fanny se pelotonna alors sur le plancher couvert de linoléum que Burkett ne s'était jamais soucié de laver, et ainsi lovée comme un chiot qui dort aux pieds de son maître (le maître qui vient de le battre), elle fut tranquillisée par son propre souffle. Celui de Burkett, tout d'abord irrégulier, prolongé de sortes de glapissements, devint retentissant quand le *whiskey* l'eut assommé. Comme les ronflements et la palpitation de la douleur la tenaient éveillée, Fanny décida d'employer son temps à quelque tâche agréable à l'homme qui avait mis sa vie en danger pour la sauver des griffes du Malin et le dédommager ainsi, même modestement, de son sacrifice. Les mois d'inanition lui permettaient à peine de tenir debout, mais elle fit force de faiblesse (la semence du saint homme fertilisait son abnégation) pour se lancer dans le nettoyage de la porcherie. De temps en temps, elle faisait une pause pour repousser l'assaut de la lipothymie et cherchait dans les cartons du buffet quelque chose de comestible à se mettre sous la dent (boîtes de conserve périmées, cacahouètes rances), mais excepté ces maigres collations (qui ajoutèrent encore à sa faiblesse en lui donnant des crampes d'estomac), elle travailla sans relâche jusqu'au matin bien avancé. Pendant ce temps, Burkett dormait comme un loir, étranger à ces activités. L'objectif de Fanny était de laisser la caravane propre comme un sou neuf, pour que le prédicateur l'admette dans son foyer. Elle frotta énergiquement les assiettes pour les débarrasser de leur croûte (les cafards se dispersèrent telle une diaspora de péchés mortels), elle vida les cendriers, balaya les immondices du plancher et ôta la poussière des chaudrons de cuivre et des bocaux de confiture. Elle alla à la rivière remplir d'eau une bassine, lava la vaisselle ébréchée de Burkett, enfin, ayant changé l'eau, elle fit une lessive de tout le linge de corps et des chemises chiffonnées qu'elle trouva dans les coins les plus impraticables de la caravane. Elle noua une corde à la poignée d'une portière de la Chevrolet puis au tronc d'un saule voisin et étendit le linge trempé (à défaut de forces suffisantes pour pourvoir l'essorer) et stupéfait de retrouver une blancheur dont il avait perdu jusqu'au souvenir. Le soleil était au zénith quand Fanny, épuisée, acheva son grand nettoyage ; au même moment, Burkett sortit de la caravane en s'étirant comme un orang-outang. Quand il eut vu la corde à linge et la bassine, il comprit que l'impression d'ordre que la caravane, vouée au chaos jusqu'à la nuit précédente, lui avait donnée n'était pas un mirage dû à la gueule de bois. Fanny attendait, guettant la réaction du prédicateur, qu'elle espérait attendrie ou réjouie ; son laconisme ne la découragea pourtant pas.

« Le chemin de la purification est resserré et douloureux », dit-il seulement, en une sorte de verdict sarcastique.

Et il se dirigea vers le ruisseau, pour se réveiller en faisant trempette. Fanny en déduisit qu'il approuvait son effort, mais qu'il se refusait à emboucher la trompette parce que l'adulation peut être le pire des encouragements pour le pénitent. Elle en déduisit également que le chemin de la purification serait long, mais elle décida de le suivre avec une allégresse imperturbable, sans faire entendre une seule plainte, sans rien demander à Burkett, sans rien attendre de lui, à part ces sacrifices nocturnes périodiques pendant lesquels le prédicateur compromettait sa sainteté pour expulser de son corps l'antique serpent. Au cours des quatre années suivantes, Fanny continua de suivre le pénible chemin de l'abnégation sans récompense apparente : le matin, elle travaillait comme servante de Burkett (elle lavait et repassait ses vêtements, préparait la nourriture qu'elle allait acheter au magasin du village le plus proche, elle tenait la caravane propre et réparait ses avaries) ; l'après-midi, elle servait d'hameçon pour les crédules et d'encouragement à la conversion pendant les sermons que Burkett tenait dans les églises rurales ou de banlieue ; la nuit, si le prédicateur tenait encore debout (le sauvetage des âmes condamnées et l'ingestion de spiritueux qui agissaient comme antidotes à la piqûre de l'antique serpent l'éreintaient), elle se laissait purifier contre le buffet, tandis qu'il marmottait des exorcismes ou des patenôtres, ou elle se couchait sur le linoléum, près du grabat, pendue à son souffle. Comme Burkett lui adressait à peine la parole, elle dut apprendre à interpréter ses silences en se fondant sur les indices les plus fragiles, les expressions à peine esquissées, les faux-fuyants les plus insondables. Elle s'en tenait à une ligne de conduite exemplaire, afin de ne pas régresser sur la voie du perfectionnement ; elle s'était donné pour but de ne jamais contrarier son sauveur, effort que Burkett aurait certes rendu plus facile s'il ne s'était retranché dans la rudesse et l'indifférence feinte. Fanny avait compris instinctivement que toute tentative de franchir cette barrière de mutisme serait préjudiciable à son apprentissage et, au risque de se tromper, elle cherchait les moyens de trouver grâce à ses yeux en se guidant d'après les signes et les indices qu'elle déduisait de son comportement. Ainsi, un jour, pendant que Burkett discutait avec le pasteur d'un hameau perdu les conditions du partage des bénéfices de la prédication qui devait avoir lieu l'après-midi même, Fanny découvrit, cachée parmi les bibles éreintées et les traités de démonologie, une pile de revues et d'images pornographiques qui montraient toutes le succube qu'elle avait été dans des poses d'une savante impudeur, harnaché de bas résille, de chaussures à talons aiguilles et de lingerie hyperbaroque. Elle se dit alors que Burkett lui suggérait sans doute ainsi de se vêtir à nouveau de cette manière, pour éprouver ses progrès sur le chemin de la purification et s'assurer que l'antique serpent n'allait pas accourir à cet appel. Fanny ne disposait cependant d'aucun moyen pour renouveler sa garde-robe ; elle n'osait pas demander un prêt à Burkett. Avec la patience que seuls possèdent les êtres qui ont entrepris sans boussole une traversée des ténèbres de l'âme, Fanny mit de côté, au compte-gouttes, la petite monnaie de ses courses dans les magasins ; et ainsi, de centime en centime, elle réussit à réunir la somme suffisante pour s'acheter dans une friperie des chaussures vernies en piteux état qui lui blessaient le cou-de-pied, des bas à couture, une culotte de cancan aux volants d'organdi conservée dans la naphtaline depuis la guerre de Sécession. Elle choisit de revêtir cette tenue la nuit du *Thanksgiving Day*, et elle compléta le déguisement en se brossant les cheveux (qui aspiraient en vain à recouvrer leur éclat agreste) et en se frottant les joues avec un reste de confiture d'airelles, pour leur donner de la couleur. Son aspect était ridicule, d'un pathétisme grotesque qui faisait peine ; mais après le repas préparé avec grand soin, qui se déroula comme toujours en silence, Burkett s'adonna avec plus de brio que jamais aux cérémonies de purification.

Les aspirations mégalomanes du prédicateur ne purent se réaliser. La participation de Fanny à ses farces pénitentielles augmenta le nombre de fidèles et le produit de la quête, mais Burkett ne tarda guère à constater que, parmi les rustres qui composaient ses auditoires, le plaisir de la gaudriole prévalait toujours sur la ferveur de la conversion. Ils écoutaient ses sermons comme on se réjouit des simagrées et des tours d'adresse d'un histrion qui se produit sur scène, et ils réservaient à Fanny l'étonnement mêlé de plaisanteries grasses que l'on dispense aux épouvantails exhibés dans les baraques foraines. Leur popularité se propageait dans les environs, mais toujours associée à l'extravagance réjouissante. S'ils ne pouvaient répondre à toutes les invitations qu'ils recevaient, leur circuit ne s'étendit jamais au-delà des bourgs campagnards et des quartiers miséreux des grandes villes, et jamais ils n'eurent d'autre public que celui des balourds, des croquants ou des immigrants qui possédaient à peine les rudiments du langage. Sans autre perspective que la répétition ruminante des mêmes anathèmes et des mêmes âneries, Burkett (qui n'arrêtait pas de lire dans les journaux, avili de rancœur, les progrès apothéotiques qui jalonnaient au même moment les tournées de Billy Graham, à qui l'on donnait maintenant le titre de « Pape de l'Amérique » et qu'Eisenhower en personne avait convoqué à la Maison-Blanche pour bénéficier de ses conseils) fatiguait les routes et les chemins de l'Illinois, avec de courtes incursions dans les États limitrophes de l'Indiana et du Kentucky. Il s'était résigné à rester enchaîné au degré le plus bas de l'échelle des prédicateurs, sur un terrain proche de ceux qu'occupaient les colporteurs de la pire espèce et les comiques au répertoire le plus vulgaire, mais la compagnie de cette désaxée si laborieuse et servile commençait à le lasser. La fureur lubrique et les remords qui l'avaient consumé pendant les premiers mois, quand chaque fois qu'il pénétrait dans son chemin resserré et douloureux il savourait le goût de la vengeance et le plaisir d'offenser le Seigneur, s'étaient tout d'abord changés en détachement, puis en pur ennui. S'il lui permettait encore de partager avec lui l'espace exigu de la caravane (où elle dormait toujours par terre sur le linoléum), s'il ne la chassait pas au premier carrefour ignoré des cartes, c'était parce que ses dévouements d'esclave complaisante le déchargeaient des soucis domestiques.

Entre-temps, l'aspect de Fanny s'était amélioré, même si la beauté de sa jeunesse avait déserté ses traits. Elle s'alimentait des restes que Burkett lui laissait, suçait les os ou épongeait les sauces que ce maigre de profession doté d'un appétit d'ogre dédaignait, une fois repu ; mais ces reliefs suffisaient à lui rendre un certain éclat flétri, ce à quoi contribuait aussi l'irresponsable bonheur de se croire peu à peu libérée du Malin. Ses chairs ne seraient plus jamais fermes comme elles l'avaient été jadis mais, plutôt avachies, elles étaient encore soutenues par une ossature privilégiée ; aussi n'était-il pas exceptionnel que l'un des rustauds qui assistaient aux assemblées de conversion organisées par Burkett lui donnât une tape sur le cul ou essayât de la peloter quand il la croisait dans les rues du village où elle allait sans défiance faire des courses. La marmaille la suivait à une certaine distance dans ses expéditions, accompagnant en cadence d'onomatopées ses déhanchements, que Fanny n'avait pas réussi à éradiquer tout à fait, bien qu'elle les détestât parce qu'ils étaient les hérauts de son passé ; et il ne manquait jamais de se trouver, dans ces bandes de marmots glissant dans son sillage, quelques effrontés qui l'apostrophaient sans grands déploiements d'imagination (pute, pute) ou qui prenaient son cul pour cible en jouant avec leurs lance-pierres, ou paraphaient son visage d'un crachat. Dans une bourgade du sud du Kentucky où la loi de Lynch était encore en vigueur, on voulut même l'enduire de goudron et la couvrir de plumes après qu'elle eut exposé devant un auditoire de fermiers aussi psychotiques qu'agressifs et excités les connivences avec le Diable qui avaient précédé son repentir. Ce fut précisément en cette occasion que Burkett eut envers elle, pour la seule fois en quatre ans de vie commune rébarbative, un bon geste : il affronta les fermiers déchaînés en les menaçant d'amener contre eux les sept plaies de l'Égypte et encore quelques autres s'ils osaient toucher un seul cheveu de la tête de cette brebis égarée plus chère aux yeux de Dieu que les quatre-vingt-dix-neuf qui restent au bercail. Mais les fermiers sournois, qui renoncèrent à leurs projets de lynchage, vinrent de nuit dans le champ où Burkett avait installé sa caravane et entendirent très nettement les halètements et les exorcismes avec lesquels le grand hypocrite accompagnait ses pénétrations de la voie resserrée et douloureuse. Alors, les fermiers se mirent à secouer avec la dernière énergie la caravane, à lancer des pierres contre les fenêtres et même à faire éclater quelques pétards. Fanny, qui entendait ce pandémonium accoudée au buffet et serrait très fort les paupières pour atténuer la pureté de la douleur, imagina qu'elle arrivait aux dernières stations de son chemin de purification, puisque Satan et Lucifer et Bélial, Belzébuth et Asmodée et Samaël, Léviathan et Astaroth et Abaddon, Nebroël et Mammon et Méphistophélès, Belphégor et Baal et Marbuel, Dagon et Moloch et Nergal, Thamuz et Adrameleck et Béhémoth, et enfin le Malin avec sa légion de noms avaient abandonné son corps et se rassemblaient, fous de dépit, autour de la caravane, dans leur désir de la reconquérir. Mais tous leurs efforts seraient stériles, parce que la semence d'un saint homme la protégeait et l'immunisait.

Certains de ces fermiers durent se rendre le lendemain matin à un grand marché de la région, peut-être même prirent-ils la peine d'envoyer quelques télégrammes dans les villages voisins ; d'une manière ou d'une autre, le bruit ne tarda pas à se répandre que le prédicateur Burkett vivait en concubinage avec la pute qui intervenait invariablement dans ses sermons. La nouvelle, gloutonnement assaisonnée d'hyperboles et de scabrosités, filait plus vite que la Chevrolet de Burkett ; en moins d'une quinzaine de jours, il n'y eut village où on ne les accueillait en leur lançant des insultes et des légumes pourris. Ils devaient camper à l'écart des grandes routes et de la colère puritaine qui menaçait de les hacher menu. Burkett décida que l'heure était venue de se défaire de cette grue qui était en train de ruiner sa carrière rampante. Enfermés ensemble dans la caravane tandis que la nuit déversait au loin sa vomissure, Burkett regardait en se goudronnant les poumons avec des cigarettes qui ne tardaient pas à déborder du cendrier Fanny s'affairer dans la cuisine. Son corps trop connu, infidèle à celui que les revues pornographiques avaient gravé dans sa rétine, ne lui inspirait plus que dégoût et lassitude. Il se racla la gorge et lança un crachat brun de nicotine sur le linoléum avant de parler :

« Allez, nettoie ça et tout sera terminé. »

Fanny était habituée à passer derrière Burkett pour ramasser les déchets divers qu'il jetait par terre, tout comme à laver ses excréments qu'il n'arrivait pas toujours à lâcher dans la bassine prévue à cet usage, surtout quand l'alcool ambré qu'il employait comme antidote à la piqûre de l'antique serpent altérait son équilibre. Elle le faisait avec une joie imperturbable, parce qu'elle savait que ces écœurants nettoyages étaient des épreuves que son sauveur lui imposait pour mesurer ses progrès sur le chemin de la purification. Elle avait été intriguée par l'avertissement que quelque chose allait finir (« et tout sera terminé »), mais elle n'osait rien demander ni protester. Elle prit un chiffon humide et nettoya le crachat à genoux, se prosternant presque devant Burkett, qui contempla avec froideur le branle des cloches muettes de ses seins.

« Très bien, sœur Fanny, tu es guérie. »

Fanny s'était accroupie, pour que ses talons pussent soutenir le tremblement d'allégresse et de perplexité qui l'assaillait.

« Vous voulez dire… ? demanda-t-elle d'une voix qui venait de très loin, peut-être du pays de la folie.

– Je veux dire que ton apprentissage satisfaisant est terminé, résuma Burkett. Tes démons ont été expulsés. Maintenant, comme l'oisillon qui abandonne le nid, tu dois prendre ton vol. »

Ses lèvres s'étaient étirées en un sourire sardonique. Quelques fines gouttes de transpiration brillaient sur son front pâle, dans le miroitement desquelles se reflétait l'Apocalypse.

« Mais… Auprès de vous, je me sens protégée », dit Fanny avec peine.

Burkett lui scella les lèvres de l'index. Le ton mielleux de sa voix dénonçait l'irritation qui couvait en lui.

« Tu dois apprendre à voler de tes propres ailes, sœur Fanny. »

Elle voulut se lever, mais d'un mugissement et d'un geste de la main il la força à rester agenouillée.

« Mais le Malin me poursuivra. Il s'emparera de nouveau de moi…

– C'est là que tu te trompes ! lança-t-il, railleur et condescendant. Le Malin redoute ton retour dans le monde. Il les a à zéro. » D'un petit rire nerveux, il édulcora l'insulte. « Il sait que tu es maintenant prête à l'affronter et à le terrasser. »

Fanny affichait tous les signes de l'effondrement et de l'incrédulité.

« Le vaincre ? Comment ?

– Avec tes propres forces ! » Burkett l'avait saisie par les épaules et la secouait pour la faire réagir. « Tu es invulnérable, tu es sanctifiée. Tu pourras les détruire, les briser comme s'ils étaient en sucre d'orge.

– Et comment les reconnaîtrai-je ? »

L'importance de la mission que Burkett lui confiait l'écrasait, lui inspirait un sentiment d'insignifiance et de désolation.

« Commence par ceux que tu connais. Le Diable qui a abusé de toi pendant ton enfance, les Diables qui t'ont forcée à leur sucer la queue dans le dépotoir. » Il se moquait bien de la scandaliser par des paroles grossières. « Les uns te conduiront aux autres. Souviens-toi que Notre-Seigneur te guide. Tu es l'archange Gabriel qui les précipitera dans l'abîme. »

Il vociférait pour couvrir son hilarité. Le regard de Fanny dérivait dans l'étroit réduit de la caravane qui avait été pendant quatre ans la serre chaude de ses hallucinations ; maintenant, ce tourbillon de dévastation, jusqu'alors tenu bien enfermé dans une fiole comme la confiture d'airelles qui fermentait et se couvrait de moisissures dans les bocaux en verre, allait être libéré et répandre dans l'atmosphère son évangile.

« Et quand dois-je commencer ? demanda-t-elle, prenant peu à peu conscience de l'envergure de sa mission.

– Demain matin. Nous ne devons pas différer davantage la bataille contre l'antique serpent. »

Fanny se noua aux jambes du pantalon de Burkett et embrassa ses chaussures, celles qu'elle avait astiquées pendant quatre ans avec du cirage, de la graisse de renne et sa propre salive, sa propre et dévote salive. La séparation l'angoissait. Un sanglot d'agonie proche de celui de Gethsémani la secouait.

« Ton âme est triste à en mourir, sœur Fanny », dit Burkett pour la consoler. Il était excitant de l'avoir à genoux devant lui ; et il aurait été plus excitant encore de lui envoyer un coup de pied dans la gueule, mais il devait se contenir et parachever la supercherie. « Toutefois, ce n'est pas ta volonté que tu dois suivre, mais celle de Notre-Seigneur qui est aux Cieux. Accepte le calice que Dieu te tend. »

Il la prit par le menton et lui fit lever le visage. Le désespoir et les larmes l'embellissaient.

« Mais… Pourquoi maintenant, juste maintenant, quand mon

corps peut redevenir le temple de la maternité ?» Ses paroles sombraient dans une tempête de sanglots. «Nous engendrerons un enfant, et nous le laisserons devenir le rédempteur de la planète.»

Burkett fut sur le point de lui exposer les raisons pour lesquelles il refusait cette proposition : jamais il ne s'ouvrirait le chemin que d'autres avaient débroussaillé avant lui ; et, en outre, Fanny était trop flétrie et en piteux état, sans doute incapable de procréer. Une fois de plus, il se contint et déguisa la dérision de rhétorique biblique.

«Lève-toi ! va à Ninive. Si tu tentes de te soustraire à ta mission, le Seigneur dépêchera un grand poisson pour t'engloutir, et tu demeureras dans ses entrailles trois jours et trois nuits.»

Fanny n'arrêta pas de pleurer sourdement cette nuit-là, recroquevillée et tremblante sur le plancher couvert de linoléum, pendant que Burkett se goudronnait les poumons, fumant cigarette sur cigarette, écrivant en l'air avec leurs braises un alphabet de signes hiéroglyphiques. Quand l'aube pointa, il lui tendit une besace dans laquelle il avait mis quelques victuailles et un rouleau pas trop épais de billets, et il lui ordonna de monter dans la Chevrolet qui rendait son dernier souffle. À un croisement de routes qui ne figurait même pas sur les cartes, il s'arrêta ; il y avait là un téléphone aussi vieux que Mathusalem, à peine protégé par un auvent de planches pourries et fendillées. Burkett descendit de la Chevrolet et se jeta sur le combiné en forme de petite trompette qui, inexplicablement, cachait encore une tonalité bourdonnante, prêt à établir une communication. Il le raccrocha à la fourche et posa deux pièces de dix cents sur la carapace de bakélite noire. Il retourna vers la Chevrolet à pas lents, presque en faisant la roue, comme s'il se balançait dans le costume de deuil que Fanny avait repassé deux jours auparavant.

«C'est ici que nous nous séparons. Je t'ai laissé deux pièces de monnaie pour que tu puisses téléphoner n'importe où dans le pays. Dans la besace, tu as assez d'argent pour atteindre la côte du Pacifique.»

Fanny refusait encore de quitter la Chevrolet ; alors, abdiquant un dernier reste de patience, Burkett la tira comme s'il arrachait un furoncle et la fit rouler dans le caniveau. Avant que Fanny eût pu se remettre de la culbute, Burkett avait déjà saisi le volant et écrasé la pédale de l'accélérateur, et, sans même avoir fermé les portières, il s'éloignait entre pétarades et secousses. Derrière lui se traînait la caravane qui avait abrité pendant quatre ans les exercices purificateurs de Fanny ; en la voyant s'éloigner, aussi cabossée et ferrugineuse qu'une boîte de conserve exposée aux intempéries, Fanny sentit un pincement de regret. Cette impression de perte n'avait rien à voir avec le masochisme, puisqu'elle n'avait jamais considéré comme des humiliations les assauts et les abus qui y avaient été perpétrés, mais plutôt comme des actes chirurgicaux destinés à extirper les tumeurs qui infectaient son esprit. Et maintenant, son esprit saignant de gratitude était plongé dans une déroute semblable à celle de l'orphelinage. Quand la Chevrolet et la caravane de Burkett disparurent dans une dénivellation, Fanny alla d'un pas traînant jusqu'au téléphone, sans très bien savoir si elle allait demander de l'aide à une opératrice ou se mettre simplement à l'abri de l'auvent en attendant qu'un automobiliste la prenne en pitié et l'emmène avec lui. C'est alors que lui revint en mémoire le numéro de l'église baptiste de Chillicothe, que sa mère l'obligeait à porter, écrit sur un petit morceau de carton cousu dans la doublure de sa jupe, afin que si elle venait à se perdre ou s'il lui arrivait malheur, la personne qui la recueillerait puisse joindre le vieux pasteur qui avait fait de si grands efforts pour soulager la faim de la famille. Elle introduisit dans la rainure les pièces de monnaie que Burkett avait laissées sur l'appareil en bakélite et composa ce numéro, qui était le cordon ombilical entre la réalité et les terres incultes de la vie invisible où elle déambulait depuis un lustre. Trois autres lustres s'étaient écoulés depuis que Fanny avait quitté l'étouffant Chillicothe pour aller faire ses études à Chicago ; elle ne fut donc pas étonnée de ne pas entendre, au numéro qu'elle venait de composer (et il était déjà souverainement étrange, sinon miraculeux, que ce numéro pût lui permettre d'entrer en contact avec le monde lointain), la voix affable du vieux pasteur qui meublait déjà la terre, mais celle, un peu hésitante, d'un diacre qui venait d'entrer en possession de son nouveau destin. Fanny lui expliqua qui elle était, en une avalaison de renseignements confus parmi lesquels abondaient les références à ses parents ; mais le diacre, encore peu familiarisé avec ses paroissiens, la reconnut à son nom et à son prénom plus qu'à ces précisions généalogiques. Il lui demanda d'attendre un instant, pendant qu'il irait se renseigner auprès d'un groupe de dévotes qui répétaient les cantiques de Noël. Quand il revint, sa voix était pudibonde, comme s'il lui déplaisait d'être chargé d'annoncer de mauvaises nouvelles ; Fanny lui demanda d'être bref, parce que le téléphone avait déjà avalé la seconde pièce de dix cents et qu'elle préférait paraître indélicate que ne rien savoir. Le diacre lui apprit alors que ses parents avaient divorcé depuis longtemps (« Vraiment, vous ne le saviez pas ? » demandait-il, insistant, incrédule) : sa mère, excédée de voir son mari dépenser en filles et en beuveries tout l'argent qu'elle gagnait en frottant les sols, lasse de supporter ses coups et ses cuites, avait fugué avec un voyageur de commerce et nul ne savait où elle avait atterri ; quant à son père, après avoir passé diverses saisons à l'ombre pour des délits mineurs et s'être livré pour se tirer d'affaire à quelques tentatives qui avaient toutes périclité, il avait pu obtenir une pension en tant que vétéran de la Première Guerre mondiale qui avait essuyé un tir de mitraille. Le diacre fit une pause lugubre avant de continuer. Fanny craignit que la Parque n'eût rempli avant elle la mission que Dieu lui avait assignée. « Non, mademoiselle Riffel, pas encore, dit le diacre, s'empressant de se décharger de ce fardeau. Mais j'ai bien peur qu'il ne lui reste que peu de temps à vivre. Cet entêté est devenu diabétique et il refuse d'être traité à l'insuline. Il a fallu lui amputer les deux jambes et le transporter à l'hôpital de Peoria. Il a besoin d'une assistance médicale qu'on ne peut lui fournir à Chillicothe. Vous savez que les autorités ne se sont jamais souciées de nous, qu'elles nous considèrent comme la dernière roue de la charrette… »

Fanny raccrocha le combiné en forme de petite trompette. Un vent s'était levé qui soulevait la poussière de la route et faisait claquer sa jupe, translucide après d'innombrables lessives. C'était un vent antique, qui semblait s'échapper d'une tragédie grecque, réveillait les atavismes et réclamait son tribut de sang. Dans le ciel se traînaient des nuages tuméfiés, couleur de plèvre, qui s'entre-dévoraient, se tordaient en une agonie sans fin. Fanny les observa d'un regard d'augure (la folie est aussi une forme de clairvoyance), comme s'il s'agissait des entrailles fumantes d'un bœuf encore enveloppées dans leur membrane et animées de soubresauts, et elle présagea qu'un malheur allait s'abattre sur le monde, peut-être un crime aux proportions shakespeariennes. Elle aperçut au loin un camion ; le rugissement de son moteur dominait la clameur du vent. Au lieu de rester sous l'auvent et de lever le bras en un geste suppliant, Fanny se mit sur son chemin, avec un hiératisme de statue ; comme les nuages de poussière effaçaient les contours des choses et voilaient le pare-brise du camion, le chauffeur ne l'aperçut que quelques instants avant de l'atteindre. Les freins eurent un grincement d'articulations de mastodonte pris dans la glace et un coup de klaxon retentit qui faillit crever les tympans de Fanny.

« Tu veux te suicider ? aboya le chauffeur en montrant à la vitre un visage hérissé de porc-épic.

– Emmenez-moi à Peoria, dans l'Illinois, dit Fanny d'une voix absente et impassible.

– Tu peux toujours courir ! C'est dans la direction opposée et presque à cent miles d'ici. » Le camionneur appuya de nouveau sur l'avertisseur, dont le vacarme ne fit même pas broncher Fanny. « Allez, cherche un autre pigeon et enlève-toi de là ou je t'écrase. »

Fanny sortit de la besace que Burkett lui avait préparée le rouleau de billets avec lequel elle aurait pu aller jusqu'à la côte pacifique. Elle se rapprocha encore de la cabine et le tendit au conducteur.

« Emmènez-moi à Peoria dans l'Illinois », répéta-t-elle.

Le camionneur remarqua alors les yeux bleu clair de Fanny qui, maintenant désertés par la douleur et l'étourdissement, ne montraient plus qu'un lac limpide de folie. Prendre tout cet argent pour un trajet d'à peine trois heures (qui lui permettrait encore de revenir et d'arriver à temps à sa destination, s'il se passait de quelques heures de sommeil) lui donnait bien des remords de conscience, mais ces remords ne furent pas aussi forts que la convoitise.

« Allez, monte avant que je change d'avis. »

Fanny obéit sans prodiguer le moindre sourire, sans gaspiller sa salive en vaines paroles de gratitude ; la mission dans laquelle

elle était maintenant lancée exigeait une concentration qu'il ne convenait pas de perturber avec des effusions sans importance. Le camionneur avait allumé la radio, qui se faisait entendre par intermittence, comme si les nuages, en leur agonie exacerbée par le vent, engloutissaient les ondes hertziennes. Il s'était branché sur un programme humoristique, où l'on débitait des blagues très vulgaires : l'animateur se moquait de la tenue éblouissante qu'avait choisie une certaine Jackie pour un voyage à Dallas ; il tournait aussi en dérision ses prétentions de diva, et même sa façon de monter en avion et de saluer la foule qui s'était rassemblée à l'aéroport de Washington. On ne pouvait manquer de remarquer que le pauvre pitre radiophonique aurait bien aimé la mener au lit, mais qu'il devait se contenter de la clouer au pilori.

« De qui parle-t-il ? » demanda Fanny, sortant enfin de son mutisme.

Le camionneur ébaucha un geste à la fois écœuré et coléreux. Sans doute, de même que le pitre radiophonique, aurait-il bien aimé, lui aussi, coucher avec elle.

« De Jacqueline, la poule de Kennedy. Ce connard finira par nous vendre aux communistes. » Il se cramponna au volant des deux mains, comme s'il avait l'intention de l'arracher d'un coup sec. « Si je le tenais, je lui en enverrais une qui lui démolirait sa petite gueule d'amour. »

Il enchaîna ainsi les insultes pendant un bon quart d'heure : il ne pouvait encaisser l'allure de Kennedy, le catholicisme de Kennedy, la réputation de tombeur de Kennedy, le sang irlandais de Kennedy, le pacifisme menaçant de Kennedy. Les nuages, toujours plus plombés et lourds, s'éviscéraient mutuellement, fondus dans une même turbulence ; ils donnaient l'impression qu'un équarrisseur de Dieu leur avait ouvert le péritoine pour qu'ils puissent vomir leur pestilence.

« On a rectifié Lincoln pour beaucoup moins que ça », lança le camionneur pour conclure sa diatribe.

Fanny se tourna vers lui doucement, avec une curiosité ennuyée. Ses yeux bleu clair avaient la fixité du verre, on aurait dit ceux d'une énorme poupée.

« Et qui est Kennedy ? »

Ils n'échangèrent plus un mot de tout le reste du trajet. Le camionneur avait perdu son entrain, il semblait rongé par le souci d'avoir peut-être ramassé une extraterrestre en mission de reconnaissance sur Terre, ou peut-être une espionne soviétique affligée d'amnésie. Une fois qu'ils eurent rejoint la route nationale, les distances se raccourcirent; ils arrivèrent à l'hôpital Saint Francis, à Peoria, vers midi (mais le soleil n'était plus qu'une pâle réminiscence entre les nuages tuméfiés); Fanny, qui avait passé plus de deux heures à marmotter des prières entre ses dents dans un état proche de l'assoupissement, ne dit même pas au revoir au camionneur; tandis qu'elle marchait vers l'entrée de l'hôpital, elle sentit que poussaient dans son dos deux ailes d'aigle, qu'à ses pieds resplendissait la Lune, et que sa tête se couronnait d'un diadème de douze étoiles. Elle demanda le numéro de la chambre dans laquelle se trouvait son père à une religieuse postée derrière le guichet d'accueil; elle dut répéter sa question, parce que toute l'attention de la bonne sœur était accaparée par une communication téléphonique. Quand elle lui eut enfin soutiré le numéro, Fanny s'engagea dans les couloirs de l'hôpital, qui l'étourdirent comme l'eût fait un labyrinthe; elle avait perdu le sens de l'orientation, et la succession des chambres semblables, occupées par des malades qui poussaient les mêmes soupirs exténués et suintaient les mêmes suppurations sanguinolentes, lui fit croire qu'elle était arrivée dans l'antichambre de l'enfer. Un médecin qui passait lui proposa de la renseigner alors qu'elle avait déjà perdu l'espoir de trouver son chemin; il s'agissait en fait du chirurgien qui avait amputé son père des deux jambes quelques semaines auparavant, lors d'une intervention *in extremis*. Malgré sa jeunesse, le chirurgien avait déjà beaucoup de cheveux blancs, peut-être un pour chaque âme en peine, quand ses malades mouraient sur le billard sans avoir reçu l'extrême-onction. Fanny fut tentée de lui arracher le bistouri ou le scalpel qui pointait, effilé et carnivore, de la poche de poitrine de sa blouse, mais elle considéra que ce geste l'empêcherait peut-être de réaliser ses desseins, et elle remercia Dieu qui, même dans l'imminence de la bataille, tempérait son aveuglement et lui inspirait des pensées équanimes.

« Il est arrivé ici à la dernière extrémité, nous n'avons pu faire autre chose pour lui, croyez-moi, s'excusait le chirurgien, d'une voix troublée ou contrite. Si nous avions laissé la nécrose atteindre la région iliaque, elle aurait intéressé l'aorte et votre père serait mort foudroyé par une thrombose. »

Le jargon médical flattait la colère de Fanny et agissait comme un baume apaisant sur sa fièvre. Ils s'étaient arrêtés devant la porte qui protégeait le dégénéré qui, trente ans auparavant, lui suçait les mamelons à peine éclos et lui mettait le petit doigt dans la foufoune. Le chirurgien parlait maintenant à voix basse, pour que le patient ne soit pas perturbé en entendant la description de tous ces détails épouvantables.

« Il avait les orteils momifiés. Ils tombaient en morceaux avec un craquement de bois pourri. » Il fit un geste qui agaça les dents de Fanny, comme s'il grattait, tordait et brisait de la viande boucanée. « Et les mollets complètement gangrenés et couverts de pustules. L'excès de glucose lui avait rétréci les artères, qui n'étaient plus irriguées. Si on l'avait forcé un peu plus tôt à se faire des injections d'insuline… »

Parfois, à force de fourgonner avec le petit doigt, il lui laissait la foufoune à vif, et la soignait en l'enduisant d'une pommade qu'il fabriquait lui-même à l'intérieur de son corps. L'odeur de cette pommade, à la fois âcre et nourricière, écœurait Fanny, mais son père insistait pour la frictionner.

« Cela n'aurait servi à rien. Mon père a toujours été très entêté, dit Fanny, un sourire craintif tremblant aux commissures de ses lèvres.

– À qui le dites-vous. Jusqu'à ce que l'anesthésie ait fait son effet, il n'a pas arrêté de nous maudire. Il ne voulait pas qu'on le mutile. » Il fit claquer sa langue, contrarié. « Mais notre mission est de sauver les vies. »

Le sourire de Fanny fut alors plus sincère.

« Et Dieu, qui est au Ciel, vous en récompensera.

– Vous croyez ? » Le chirurgien était en proie à des tourments de conscience. « Souhaitons que vous ayez raison. Mais parfois, on se demande si ce travail a un sens. Parce que… Je ne voudrais pas être brutal, mais je crois que je ne dois pas vous le cacher : les jours de votre père sont comptés. »

Le chirurgien admira l'aplomb – peut-être chagrin, si ce n'était sombre, mais sans une once d'hystérie – avec lequel Fanny accueillait son diagnostic.

« Comment n'aurait-il pas de sens ? se rebella-t-elle. Grâce à votre intervention, mon père va pouvoir me voir avant de mourir.

– Même pas, malheureusement. Le diabète l'a rendu complètement aveugle. » Il chassa aussitôt ce ton funèbre. « Mais il reconnaîtra immédiatement votre voix. Ce sera un grand réconfort, pour lui, de pouvoir parler à sa fille. »

Dans tout l'hôpital avait commencé à grandir une rumeur de panique qui ne tarda pas à dégénérer en vacarme. On entendait, encore lointains, de brusques sanglots étouffés, des courses folles, un brouhaha de gémissements et d'imprécations. Pendant quelques instants, le regard de Fanny se voila sous l'assaut d'une vision : de gros nuages se dissipaient en une spirale d'agonie, en s'entre-dévorant. Une infirmière apparut au bas d'un escalier, trébuchant à chaque marche, sa coiffe de côté, les cheveux ébouriffés, son Rimmel soulignant le trajet de ses larmes.

« On a tiré sur Kennedy à Dallas ! On a assassiné le président ! »

Le chirurgien qui s'entretenait avec Fanny resta tout d'abord comme pétrifié ; après quelques instants pendant lesquels il ne sut que faire, il courut soutenir l'infirmière qui tournait de l'œil. D'autres infirmières et des religieuses étaient apparues dans le couloir, ainsi que les familles qui montaient la garde dans les chambres des malades, pour les convaincre de les porter sur leur testament, et encore quelques patients qui pouvaient tenir debout, connectés à un goutte-à-goutte ou accrochés à leurs béquilles. La panique dura à peine deux minutes, puis tous, bien portants et handicapés, se dirigèrent comme un seul homme vers le bar, où il y avait une télévision qui allait bientôt commencer à diffuser des informations sur l'attentat. Fanny attendit que le couloir eût été déserté ; un silence orphelin s'était posé sur le monde, arrêtant les horloges, la révolution des planètes, la course du sang dans les veines. Même elle, qui ne connaissait pas le président assassiné et qui n'avait entendu parler de lui qu'en termes dénigrants le matin même, sentit une sorte de vague rancune envers ses exécuteurs, dont le nom est Légion. Elle poussa la porte derrière laquelle était tapi l'antique serpent.

« Qui est là ? Pourquoi tout ce vacarme ? »

C'était la même voix qui lui chantait des berceuses tout en fourgonnant dans sa foufoune avec son petit doigt, la même voix avaricieuse ou rapace ou despotique, peut-être légèrement plus graillonneuse, ou souterraine, comme si sa caisse de résonance était crevée. Fanny distingua dans la pénombre l'amas aveugle qui respirait sur le lit au cadre nickelé, l'amas puant qui infestait l'air des miasmes de sa corruption. En passant devant le miroir du lavabo, Fanny put contempler fugitivement son visage, dont depuis des années elle n'avait vu le reflet que dans les mares ou dans les rétroviseurs de la Chevrolet de Burkett ; couronnée de ce diadème de douze étoiles aux palpitations d'escarboucles ou de cœurs incandescents, elle se sut plus belle et plus invulnérable que jamais.

« On a tiré sur Kennedy à Dallas », dit-elle.

Elle s'approcha du lit, retenant sa respiration pour que les touffeurs que répandait cet amas sans jambes ne puissent saper sa volonté. Le diabète avait en effet rendu aveugle l'antique serpent : ses yeux, qui avaient été grands et verdâtres, avec des pupilles semblables à des diamants d'une noirceur extrême, avaient maintenant un aspect membraneux et jaunâtre de blanc d'œuf ; ils paraissaient baignés de larmes, mais peut-être était-ce seulement la sclérotique qui commençait à sécréter un extrait de corruption. Le front luisant, le nez aminci jusqu'au cartilage, les joues creusées et lépreuses, tout ce qui faisait son visage annonçait la tête de mort.

« Vous êtes une nouvelle infirmière ? demanda-t-il, brusquement inquiet. Je n'ai pas reconnu votre voix. »

Fanny écarta le drap qui couvrait l'obscénité de son corps diminué. Entre les boutons de sa veste de pyjama pointait une toison de neige sale. Dans son membre viril était ridiculement enfoncée une sonde par laquelle s'écoulait une urine rouillée où serpentaient des hématuries. Les moignons de ses jambes, enturbannés de pansements où affleurait la suppuration de la blessure, semblaient plonger dans le matelas.

« On vient de m'engager, improvisa Fanny, en adoptant une voix attentionnée. Quel sale tour, juste le jour où l'on tue le président ! »

Elle avait posé la besace avec les provisions sur la table de nuit et défaisait les bandes, imprégnées de ce liquide mucilagineux avec lequel l'antique serpent englue tout ce qu'il touche.

« Quel sale tour ? Vous devriez être contente. Ce petit gommeux allait mener le pays à sa perte. »

Les moignons n'avaient pas entièrement cicatrisé. Fanny s'amusa à arracher les putrilages qui poussaient comme des champignons autour de la tuméfaction. Avant de les jeter à terre, elle les contemplait avec résolution, en les approchant de la lumière qui se glissait entre les lattes des contrevents ; ils avaient un aspect de sangsues flétries. Elle avait lu que la chair du Diable brûle comme un fer rouge, mais sa peau était réfractaire aux brûlures parce que l'armure invisible de la sainteté la protégeait.

« Puis-je savoir ce que vous faites ? » demanda l'amas en entendant le bruit râpeux des déchirures qui lui mettaient l'os à nu. Il avait perdu la sensibilité à la douleur, mais ses facultés auditives s'étaient améliorées.

« Je nettoie votre blessure avec le plus grand soin, dit Fanny. Je vous chatouille ?

– J'aime que les belles femmes me traitent avec douceur. » Il eut un sourire pathétique, du fond des marécages de sa cécité. « Je parie que tu en es une. »

Fanny prit les bandes et en fit un tampon. Elle s'approcha de la tête du lit et lui souffla à l'oreille :

« Vous ne pouvez pas savoir à quel point. »

Son père avait tendu une main où se devinaient les premiers symptômes de la nécrose, une main aux doigts violacés et aux ongles à la cuticule déchirée qui palpa son ventre, ses hanches, et épousa la courbe de ses fesses. C'était une main dépourvue de vigueur, gourde et glacée, qui avait sans doute déjà perdu le sens du toucher. Un sourire de tête de mort monta à ses lèvres, pleines de crevasses et de vésicules. Fanny souffla encore :

« Tu aimerais me mettre le petit doigt dans la foufoune ? »

L'antique serpent réagit à retardement. Son sourire fut comme disséqué par la stupeur ; un tremblement qui montait de ses moignons s'étendit à tout son corps, à tout ce qui restait de son corps. Sur la membrane qui voilait ses yeux se projetait sans doute, à cet instant-là, tel un film rétrospectif, le souvenir – qu'il croyait enseveli sous les pelletées de l'oubli, mais qui resurgissait, démesurément agrandi par une lentille grossissante – de ses égarements incestueux. Il parla d'une voix qui n'était plus humaine, d'une voix qui était un chœur ou une légion de voix discordantes et retentissantes, une voix rassemblant Satan et Lucifer et Bélial, Belzébuth et Asmodée et Samaël, Léviathan et Astaroth et Abaddon, Nebroël et Mammon et Méphistophélès, Belphégor et Baal et Marbuel, Dagon et Moloch et Nergal, Thamuz et Adrameleck et Béhémoth, qui montait des gouffres du Tartare.

« Qui es-tu ? Pourquoi es-tu venue ? »

Fanny était surprise qu'à l'heure de son extermination l'antique serpent pût formuler des questions rhétoriques au lieu de déverser la cataracte de grossièretés et de blasphèmes auxquels elle s'attendait. Sans lui laisser le temps de se mettre sur la défensive, elle introduisit dans sa bouche bée le tampon de bandes mucilagineuses et s'allongea à côté de lui sur le lit infecté de miasmes, en coinçant sous son dos le bras que l'antique serpent avait tendu pour lui tâter les fesses. De ses deux mains libres, Fanny boucha les orifices nasaux (deux fenêtres dans le cartilage) et enfonça le tampon de bandes dans la bouche de l'Ennemi, pour s'assurer qu'il lui obstruait la gorge. L'antique serpent essaya de se défendre avec le bras que Fanny n'avait pu immobiliser, mais ses mouvements étaient entravés par les tubes qui, enroulés aux montants du lit, reliaient les aiguilles hypodermiques plongées dans ses chairs au goutte-à-goutte, et aussi par sa faiblesse, car le sang épaissi par le glucose circulait péniblement dans ses veines, avec une lenteur de magma sur le point de se coaguler. La lutte dura à peine deux minutes ; l'amas qui avait été son père, revenant peut-être à une mauvaise habitude du garnement regretté qu'il avait été dans une vie antérieure où il pouvait se prévaloir de ses pieds et de ses jambes, gaspilla ses dernières forces en un tricotage de gambettes invisible. Quand commencèrent les convulsions de l'asphyxie, ses yeux membraneux recouvrèrent leur nuance verdâtre première, et ses prunelles le miroitement adamantin de leur noirceur profonde, insondable, qui l'avait tellement impressionnée dans sa jeunesse, quand il la tenait dans son giron, la troussait et la soumettait à des attouchements malhonnêtes. Dans la transe de la mort, son père retrouvait la vue, et dans ses pupilles dilatées par l'épouvante pointait l'éclat péremptoire et ébahi qu'il ressuait dans la transe plus jouissante de l'orgasme, parce que l'orgasme est peut-être une préfiguration ou un reflet inversé de la mort, comme l'inceste est une préfiguration ou un reflet inversé du parricide.

L'hôpital était encore embaumé dans le silence. Dehors, dans la rue, les hurlements des premières sirènes des voitures de police consternaient les orphelins américains, comme si l'on avait sonné les cloches pour célébrer le magnicide de Dallas. Abandonné par l'antique serpent, le cadavre de son père se lavait de ses tuméfactions et de ses pestilences, de ses remords et de ses péchés, voguant à la dérive vers le sein d'Abraham. Un parfum d'ambre se répandait dans la chambre, annihilant les puanteurs qui l'emplissaient quelques secondes auparavant. Si, d'après ce qu'affirme la superstition, les défunts peuvent encore deviner entre des brumes le monde qu'ils viennent de quitter, le père de Fanny aurait trouvé un réconfort dans le sourire de sa fille, pieux et attendri comme celui d'un archange qui se remet de sa victoire. La main qui lui avait coupé le souffle lui ferma les paupières avec une très subtile délicatesse.

Bruno me donna rendez-vous au Café Gijón, où fourmillait une multitude de touristes aux pieds cuits par une indigestion de musées, d'endimanchés de la littérature et de dames qui cancanaient et prenaient une petite collation pour se remettre des coups d'arnaque dont elles venaient d'être victimes dans les boutiques de la rue Serrano. Il y régnait l'atmosphère volontariste et un peu musarde qui précède les fêtes de fin d'année, quand les gens éprouvent le besoin compulsif de se montrer plaisants avec ceux-là mêmes auxquels, à un autre moment de l'année, ils ne diraient même pas bonjour en passant. Il y avait près d'une semaine que je ne recevais plus aucun envoi d'Elena et, si je ne voulais pas encore m'abandonner à l'optimisme, je caressais l'espoir que ma tactique omissive avait porté ses fruits. Il m'arrivait même de penser à Elena avec une sorte de pitié accablée, cette aumône du souvenir qui permet parfois de chasser l'inquiétude. Par ailleurs, entre Laura et moi, il n'y avait plus la moindre querelle, ni même de frictions, car nous sentions bien qu'une nouvelle confrontation ferait voler en éclats notre amour convalescent, aussi fragile que de la porcelaine. L'inhibition anesthésiait l'allégresse érotique de naguère ; nous nous conduisions l'un envers l'autre avec une sorte d'affable distance, et même si nous n'osions pas manifester ouvertement notre gêne, nous savions que le délai impératif imposé par l'imminence du mariage ne faisait que troubler et forcer nos sentiments. Bruno s'intéressa à peine à ce que je lui dis de mon séjour à Chicago, il tourna en dérision ma peur des appels téléphoniques (il était un de ceux que j'avais priés de ne donner mon numéro à personne), et se mit à me raconter ses visites chez les costumiers, à la recherche d'un habit à sa taille, qui n'était pas précisément celle d'une sylphide.

« Quand ils ne sont pas trop serrés au cul, ils serrent à la taille, dit-il en faisant un sort au ravier d'olives que l'on nous avait apporté avec l'apéritif. C'est comme ça que j'ai fini par aller chez un tailleur pour m'en faire faire un sur mesure. »

Affalé sur l'une des banquettes du café, il donnait réellement l'impression qu'il n'y aurait jamais assez d'étoffe en ce monde pour couvrir dignement sa bedaine. Les serveurs cinglaient entre les tables en funambules de la vitesse ; ils s'entendaient avec les touristes en un anglais comanche qui satisfaisait aux exigences du pittoresque et finissaient infailliblement par se faire draguer par une Américaine vouée au tourisme sexuel.

« Tu n'aurais pas dû te donner cette peine. » Parler de mes prochaines noces m'épuisait plus que l'eût fait une maladie honteuse. « Ce n'est pas une réunion formelle.

– Soit je fais les choses comme elles doivent être faites, soit je ne les fais pas, me rétorqua-t-il en allumant sa sempiternelle pipe. Et toi, tu ne les fais pas comme tu devrais les faire. »

Il m'avait adressé tout bas ce reproche sans remuer les lèvres, et je croyais entendre la voix de ma conscience. Je me défendis.

« Je ne sais pas ce que Laura a pu te dire, mais…

– Ma petite protégée ne m'a rien dit, imbécile. » Il avait mis beaucoup d'emphase sur le pronom possessif et son statut anticipé de témoin de la mariée. « Elle a beaucoup trop de classe pour aller proclamer ses déboires. Mais on ne me la fait pas. Il se passe quelque chose entre vous. Et tu vas me dire ce que c'est. »

Bruno tira la pipe de son bec et me frappa le front avec l'embout, pour voir si ma fontanelle était assez dure. Je ne tardai pas à sentir un résidu de salive entre mes sourcils, aussi gênant que la cendre du Carême.

« Bof, de simples querelles d'amoureux », fis-je, un peu effrayé.

Tout vestige de cordialité avait disparu du visage de Bruno. Pour esquiver son regard incisif, je tournai la tête d'un côté et de l'autre, feignant de chercher des yeux les toilettes.

« Alejandro…, dit-il, condescendant.

– Mais où sont donc les toilettes dans ce putain de café ? Tu m'excuseras, mais… »

Il donna un coup de poing sur la table en marbre qui fit osciller les verres de bière et bondir les olives qui roulèrent épouvantées dans le ravier.

« Alejandro, je te parle ! » Sa grosse voix éteignit les conversations du café. Pendant une seconde, les consommateurs fixèrent leur attention sur Bruno, sans doute désireux de le voir me lancer un coup de poing qui m'enverrait valser à la renverse. Peut-être avaient-ils envie d'assister à l'une de ces bagarres de café qui se terminent en rixes. « Je te parle, Alejandro, répéta-t-il sur un ton plus conciliant, ne fais pas la sourde oreille. Ce ne sont pas de simples querelles d'amoureux. Il y a autre chose.

– Tu es une sale fouine, marmonnai-je entre mes dents tout en affichant un sourire d'allure inoffensive pour la galerie, qui retournait à ses bavardages, déçue par le tour pacifique que prenait notre discussion. Je l'ai su dès le premier moment. Tu t'es introduit chez moi, tu t'es emparé de ma connexion Internet, tu as pillé mon réfrigérateur. Il ne te suffit plus de fourrer ton nez dans la confrérie des pique-assiette, que tu ne lâches plus, il faut encore que tu te mêles des affaires de tes amis. » Je m'effrayais de cette déconsidération acharnée, d'autant plus que Bruno avait été le catalyseur de ma relation avec Laura. « C'est pousser le bouchon un peu trop loin. »

Je remarquai, entre les volutes de fumée de sa pipe, que ses joues tremblaient, sans savoir si je devais attribuer leur frémissement à la colère réprimée ou à l'amère déception. Je laissai un billet à côté du ravier et pris mon manteau, que j'avais posé sur le dossier de mon siège. Je me sentais misérable et dégoûté de moi-même ; je tournais les talons quand Bruno me demanda :

« M'autorises-tu à donner ton numéro à Elena, ou considères-tu que cela aussi c'est me mêler de ce qui ne me regarde pas ? »

Il n'y avait pas d'ironie dans sa voix, ou alors une ironie très triste, détachée d'elle-même. Je sentis une faiblesse dans mes jambes, pareille à celle qui s'emparait de moi lorsque, en classe, je voyais le maître s'approcher de mon pupitre pendant un examen et que j'avais à peine le temps de cacher mes antisèches. J'en avais assez de devoir cacher la liste de mes péchés, assez de vivre avec ce secret dont l'infection me rongeait lentement. Je retombai sur mon siège comme une masse. Pendant ce temps,

Bruno me regardait sans rancune, avec une expression colorée de gravité miséricordieuse.

« C'est bon, dis-moi comment tu l'as connue », dis-je, terrassé et contrit.

Il pendit la pipe à son bec et posa la main sur mon épaule, pour m'encourager.

« Tu ne crois pas qu'il vaudrait mieux commencer par le commencement ? Pourquoi ne me dis-tu pas comment tu l'as connue, toi ? »

Ce n'était pas tâche facile. Réduite à l'essentiel, dépouillée de tous les artifices faussement charitables, l'histoire de cette rencontre était la chronique d'un appétit sexuel déclenché par le hasard, ce piège à mouches ; le fait que cet appétit s'était déclaré alors que mon amour sincère pour Laura aurait dû annuler l'appel atavique de la chair ajoutait à cette chronique des aspects sordides, presque délictueux. À la difficulté d'expliquer par des mots un désir avilissant (bien que sans doute incontrôlable, parce que la chair est plus forte que les brides avec lesquelles nous essayons de la refréner) s'ajoutait l'épreuve de devoir le raconter à quelqu'un comme Bruno, qui jamais n'avait manifesté le moindre intérêt pour ces affaires grossièrement humaines. Peut-être y avait-il dans son goût de la mystification littéraire, dans sa préférence pour les mondes imaginaires un refus profond de ces forces qui oppriment et modèlent le commun des mortels, ou peut-être les avait-il justement cultivés pour se défendre contre la vigueur de ces forces. Je m'étais un jour demandé si Bruno n'était pas semblable à l'un de ces écrivains surdoués dans le champ de l'entomologie humaine, comme Henry James, à ce qu'il paraît, une créature qui avait enchaîné son instinct sexuel pour ensuite combler cette carence par l'observation insidieuse des impulsions de son prochain.

« Mieux vaudrait sortir d'ici, suggérai-je. Un peu d'air nous fera du bien. »

Nous allâmes jusqu'au parc du Retiro par les rues les moins fréquentées, les moins mises à mal par les illuminations de Noël. Ma confession fut tout d'abord pénible, tourmentée de circonlocutions et d'incises rétrospectives, d'excuses et d'exordes (de parenthèses et de sinuosités, comme la narration que j'écris à présent en me remémorant ces faits), mais je me souvins tout à coup de l'exemple de Chambers, qui m'avait raconté sa relation avec Fanny sans embarras, sans ornements, en entrant par effraction – avec une sauvagerie, une brutalité sans peur et sans reproche – dans les souterrains où pourrissaient ses secrets. Sans doute Chambers était-il favorisé par le fait que j'étais pour lui un inconnu ; on se sent toujours plus propre et plus aisément pardonnable quand on décharge son fardeau de remords sur un confident que l'on ne reverra jamais, parce que s'ajoute alors au soulagement de s'être épanché la certitude que notre confident ne viendra pas nous reprocher nos fautes. Mais je n'avais pas une seule fois entendu Bruno condamner les faiblesses des autres ; si elles excitaient sa curiosité omnivore, aucune malice de censeur n'intervenait dans ces furetages, d'ailleurs sans grandes conséquences. Nous nous enfonçâmes dans le parc du Retiro qui, à la lumière du crépuscule hivernal, prenait l'apparence d'une forêt transie de froid, assombrie par des péchés attendant encore leur absolution. Tout en marchant sur des sentiers que ne foulaient que les drogués et les somnambules, j'égrenais les épisodes de cette minime infidélité en prenant un ton de plus en plus laconique et plus en plus fidèle à la bassesse de mes intentions.

« Alors, le téléphone a sonné. C'était une employée de la compagnie aérienne qui m'annonçait que, finalement, l'avion allait bientôt décoller. C'est ainsi que nous avons été interrompus. » Je me rappelai une nouvelle fois mon érection obscène, tubéreuse, aussi informe qu'une tumeur maligne. « Je suppose que, sans cet appel, je serais allé jusqu'au bout. »

J'avais essayé d'être objectif, je m'étais même efforcé de ne pas omettre les circonstances qui m'étaient le plus défavorables, mais je ne parvenais pas pour autant à me défaire d'une impression embarrassante d'inexactitude. Nous n'évoquons jamais le passé devant autrui qu'à notre avantage, la mémoire altère ce que nous avons perçu, l'enveloppe d'un halo de sensations déformées, modelées à notre gré et à notre profit. À notre approche surgissaient du bocage des silhouettes ou des balluchons humains dérangés, apeurés ou embarrassés par notre présence, peut-être des passants attardés qui s'étaient écartés du sentier pour se soulager le ventre ou des couples amateurs de fornication buissonnière (les tapis de feuilles mortes leur servaient de matelas, si doux qu'ils donnaient l'impression de marcher sur des nuages), ou des drogués qui s'injectaient leur dose vespérale. Mais chaque fois que quelqu'un se déplaçait subrepticement dans les buissons, ou nous croisait sur le sentier, cherchant toujours le couvert protecteur des arbres (je supposais que ces ombres venaient de perpétrer un crime, ou quelque félonie ou activité honteuse), je lui attribuais les traits d'Elena et tant que je n'avais pas vu ces traits que leur prêtait mon imagination maladive se dissoudre pour faire place à ceux, agressifs ou atrabilaires, d'une pute lasse de marchander ses services (avec quelques feuilles brunes ou jaunes accrochées à sa robe) ou d'un client avaricieux qui refermait sa braguette, mon sang accélérait sa course et la promesse d'un infarctus s'enkystait dans ma poitrine. Bruno se taisait, pour donner libre cours à mes confidences.

« Je me demande encore pourquoi j'ai fait ça, dis-je à voix haute, sans attendre de réponse. J'étais sans cesse conscient de commettre un acte répréhensible, mais je m'inventais des alibis et des excuses pour me tranquilliser. Je me disais que cette pauvre fille avait besoin de tendresse, ou que Laura n'était pas là, que Laura ne pouvait me voir.

– Il y a un je-ne-sais-quoi de paradoxal qui explique certaines conduites humaines », dit soudain Bruno, me faisant sursauter. Il parlait sans inflexions de voix, comme un oracle. « C'est un mobile sans cause, ou une cause sans mobile. Sous son pouvoir, nous agissons sans finalité intelligible, ou animés par la seule raison que nous ne devrions pas agir comme nous le faisons. Théoriquement, il ne peut exister de raison plus déraisonnable mais, en réalité, il n'en est pas de plus puissante. Dans certaines conditions, cette raison déraisonnable devient irrésistible. L'assurance du péché ou de la faute qui guide notre acte devient ainsi la force invincible qui nous pousse à l'accomplir. »

Je le regardai avec un étonnement révérenciel. Il avait réussi à formuler en quelques paroles irréprochables et limpides ce qui pendant des semaines avait formé dans ma conscience un chaos panaché de culpabilité et de perplexité.

« Le mérite ne m'en revient pas, fit-il en faisant écran avec ses mains pour ranimer la braise de sa pipe. Je citais une nouvelle de Poe intitulée *Le Démon de la perversité.* »

Les bruits de la circulation, le vacarme épouvantable et échevelé de la ville parvenaient non sans peine à pénétrer dans ce bois entouré de grilles ; seuls le résidu de la sarabande lointaine ou une rumeur sourde s'infiltraient à travers la barrière végétale. Mais cette légère réminiscence acoustique était suffisante pour que mon oreille en fît un bourdonnement détonnant.

« Ainsi, j'aurais agi par perversité », murmurai-je.

Je m'étais arrêté devant une sorte de bosquet qui divisait le sentier en deux, troublé par le caractère explicite et cruel du nom que Poe avait donné à cette impulsion.

« En d'autres temps, on aurait parlé d'une instigation du Malin, ajouta Bruno. Adam et Ève ont suivi une impulsion semblable. C'est le désir de nous anéantir ; le désir de goûter ce qui nous fait mal, en violentant le rationnel, l'opportun. Console-toi en te disant que tous les hommes en pâtissent. Certains parviennent à le dominer, d'autres pas, tout simplement. »

Nous repartîmes en direction de l'étang du Retiro, autour duquel se rassemblent le dimanche une multitude d'enfants, pour donner à manger aux carpes aussi voraces que les remords, des amoureux qui distillent leurs amours en barque, tout en ramant, et peut-être aussi des couples adultérins qui, poussés par le démon de la perversité, s'y retrouvent pour divulguer leur concubinage.

« Puis, quand j'ai commencé à recevoir ses lettres, je me suis rendu compte qu'elle me prenait pour ce violoniste canadien, je ne sais par quelle étrange obnubilation, poursuivis-je. Mais je te jure que jamais l'idée de lui faire le moindre mal ne m'a traversé l'esprit. Je ne vais pas chercher à justifier ma perversité en disant que je désirais seulement la consoler ; mais une chose est sûre : je ne voulais lui faire aucun mal. » Sur ce, je m'interrompis, effondré. Le bourdonnement me déchirait les tympans. « Je ne l'ai pas voulu, mais je l'ai fait.

– Elle était probablement sous l'effet d'un choc », dit Bruno, et je compris alors le sens du regard sinon absorbé du moins mal ajusté d'Elena, son sourire ébloui accroché à ses lèvres, c'était toi, c'était donc toi, Alejandro. « Il est normal que son souvenir de ces jours soit voilé par l'amnésie, normal qu'elle confonde les endroits, les moments, et même les personnes. Comment étaient-elles, ces lettres ? »

Sinueuses comme les circonvolutions d'un cerveau avarié, prolixes comme un labyrinthe dépourvu de centre, pensai-je. Le crépuscule cédait place à la nuit noire.

« Le monde s'y conformait à chacun des changements par lesquels passaient ses émotions, dis-je. Elle vivait dans une prison d'amour. Même dans les déceptions elle trouvait des raisons d'espérer. Même dans mon silence elle trouvait une satisfaction. Et toujours elle voyait des signes de mon amour épars dans le monde. Tout bruit, n'importe quelle combinaison de couleurs lui assuraient qu'elle était aimée. Je ne sais comment te l'expliquer autrement. »

Bruno hocha la tête, me dispensant d'autres efforts d'exégèse.

« Ces lettres, tu les as gardées ?

– Je m'en débarrassais aussitôt que je les avais lues, répondis-je avec une grimace de consternation, mais un moment est venu où je les ai déchirées sans les ouvrir. Elles étaient devenues trop incohérentes, délirantes, elles me faisaient peur. » Je m'interrompis. Parce que je m'étais promis que le mensonge ne souillerait pas mes confidences. « Bon, en réalité, j'avais peur que Laura ne les découvre. »

Nous étions arrivés sur l'esplanade de l'étang. Le spectacle qui se découvrait à nos yeux était si incroyable que j'en éprouvais un saisissement. Les services de nettoyage urbain avaient vidé les eaux de l'étang pour les épurer, les renouveler, nettoyer le fond de la vase accumulée depuis des années, et ils étaient tombés sur une Atlantide du déchet, sur le rebut d'une immense foire vandale : des dizaines de tables et des centaines de chaises soustraites aux terrasses des cafés proches, des corbeilles à papier et des bacs à ordures, des barrières métalliques et même des distributeurs de gommes à mâcher s'entassaient sur le limon en un monument colossal élevé à la cochonnerie. Il y avait aussi d'autres déchets plus menus : appareils photo, téléphones portables, bouteilles et appareils radio que les amoureux avaient sans doute fait tomber par mégarde en se livrant à leurs effusions en barque. Un groupe de mendiants et de brocanteurs fouillait la vase à la recherche d'objets qui n'auraient pas été complètement endommagés, et ils mettaient à dégoutter sur le bord de l'étang leurs trouvailles aux airs délictueux ou défunts : un coffre forcé, divers couteaux qui avaient un jour accompli leur mission carnivore (la rouille qui corrodait leurs lames ressemblait à du sang fossile) et même deux urnes funéraires. Je plaignis les incinérés qui y étaient enfermés et qui, par la faute de l'infiltration de l'humidité, méritaient l'épitaphe : « Tu retourneras à la poussière, mais rhumatismale. »

« Tu vois bien que tout finit par se découvrir, si soigneusement qu'on l'ait caché », dit Bruno. Pendant quelques minutes, il était resté à contempler en silence ce cimetière ou ce bazar de crimes sans châtiment. « Il suffit que quelqu'un ouvre le conduit d'évacuation : l'étang se vide, et nos secrets apparaissent dans la fange. »

D'une façon ou d'une autre, le secret que l'on croyait bien caché, enfoui dans les catacombes de la vie invisible, finit par remplir la destinée ascensionnelle que la fatalité lui impose, et ce dévoilement déclenche alors l'inquiétude impatiente, la perplexité offensée, l'horreur hébétée et la méfiance tenace qui nous assaillent quand, avec juste raison, on s'estime trahi. Bruno parut deviner mes pensées.

« Il vaut mieux que l'étang se vide. Le pire, c'est que le secret reste submergé.

– Tu crois ? demandai-je, pas du tout convaincu.

– Je ne le crois pas, je le sais », affirma-t-il, tranchant. Je me dis alors que son goût de la mystification littéraire, son armure d'homme décidé réfractaire au démon de la perversité étaient l'eau qui noyait son secret. « Même si le secret ne refait pas surface, on sait qu'il est là, en nous, aussi écrasant qu'une pierre tombale. »

Il s'enferma dans un silence funèbre, tandis que la nuit l'engloutissait. Sa pipe s'était éteinte, mais son haleine, en se condensant, montait dans le noir tel un ersatz de fumée.

« Cette petite est venue te chercher, Alejandro », m'annonça-t-il abruptement. Mais ses paroles ne me causèrent aucune surprise, aucune alarme. J'étais résigné à accepter mon châtiment. « Elle va de café en café et demande aux gens s'ils te connaissent. Elle passe aussi tous les après-midi au Círculo de Bellas Artes, à l'Ateneo, à la Casa de América, dans tous les endroits où, avec sa mentalité de provinciale, elle s'imagine que les écrivains se réunissent. Un petit con finira par lui donner ton adresse, ne serait-ce que pour te mettre dans l'embarras.

– Je suppose que je l'ai bien mérité, dis-je en haussant les épaules, un peu pour exprimer ma résignation, surtout pour couvrir un frisson. De quoi a-t-elle l'air ? »

Bruno vida le fourneau de sa pipe, en le tapotant contre le garde-fou. Les cendres se désagrégèrent, emportées par un vent funéraire.

« Dans un sale état, chaque jour dans un plus sale état. Au bout du rouleau, comme on dit vulgairement. » Sa voix paraissait traîner tous les crimes commis par l'humanité depuis l'aube des temps. « Le petit bedon ne se remarque pas encore. » Je sentis dans le choix du mot un début d'attendrissement. « Tu sais, c'est une belle petite ; dommage... »

Il n'alla pas plus loin, comme s'il n'osait pas nommer son infortune, ou comme si cette infortune lui remettait en mémoire, sous forme de regret tenace, le souvenir d'un malheur similaire. Je me trompais peut-être, mais je soupçonnai Bruno de vouloir d'une curieuse manière se racheter en intervenant dans cette bévue dont j'étais seul responsable (ou responsable à parts égales avec William, le violoniste fuyard), et bien qu'il n'y eût jamais clairement fait allusion devant moi, je ne pus éviter de penser qu'il essayait, dans son abnégation, d'expier tardivement je ne sais quelle faute. Or, même si je n'ai pas été capable de le comprendre sur le moment, la charité peut être un élan spontané, inintelligible pour qui ne l'éprouve pas, mais spontané.

« J'essaierai de la raisonner », dit-il avec une légèreté un peu présomptueuse.

Il avait l'optimisme insensé qui poussait les frères de la Merci à vouloir libérer les captifs et ne mesurait même pas ce qu'allait lui coûter un sauvetage aussi difficile, sinon impossible.

« Tu es fou ? » lançai-je. Cette réaction, dans un tel contexte, vu nos rôles respectifs, paraissait bien indélicate. « Sa maladie est incurable.

– Comme beaucoup d'autres, me rétorqua-t-il. Ou t'imagines-tu que le démon de la perversité que décrit Poe se soigne avec de l'aspirine ? Il n'empêche que nous luttons pour le garder sous contrôle. Et puis, si je ne réussis pas à la ramener à la raison, je lui aurais au moins tenu compagnie. Nous arrivons à un moment de l'année où il n'est pas bon d'être seul. »

La nuit apportait une annonce de neige, mais l'haleine de Bruno domptait le froid de sa température de crèche. Je devinai qu'il savait de quoi il parlait ; je devinai que d'autres années, en cette même période, il avait connu le goût de la douleur qui rendait maintenant amères les heures d'Elena.

« Et toi, mon salaud, me dit-il avec une sorte d'élégance blessée, va retrouver la fiancée que tu ne mérites pas. Je tiens avant tout à étrenner mon habit. »

Je filai en direction de la maison, où Laura – à peine rentrée de son travail, sans même avoir pris le temps de dîner, pas même de manger un morceau sur le pouce – était déjà couchée, plus accablée que farouche, alors qu'il n'était même pas dix heures. Je m'allongeai à côté d'elle sans même me déshabiller, sans oser la toucher ; une sentine d'accusations non formulées préparait entre nous son amère potion, faisait de nous les sentinelles de notre silence, de nos réticences et de nos tièdes rancœurs. Laura avait allumé le téléviseur, qui projetait sur nous sa lumière pâle, accentuant notre ressemblance avec deux cadavres qui ont cessé de s'aimer. Une chaîne pour minorités diffusait un documentaire sur l'idylle macabre du docteur Raymond Martinot et de son épouse Monique Leroy, qui eût pu inspirer l'idée d'un film à Georges Franju. Le docteur Martinot avait vécu avec son épouse à Nueil-sur-Layon, près de Nantes, dans un château qui semblait décoré par Madame Radcliffe. Le reportage tentait d'évoquer avec des moyens visuels plutôt ineptes les fiançailles de Raymond et de Monique, troublées par de mauvais augures, peut-être entravées par des brouilles ou une malédiction familiales ; leur nuit de noces, pendant laquelle avait été conçu celui qui devait être leur fils unique, Rémi Martinot, alors que le vent des landes se faufilait par les meurtrières du château et gonflait les tentures de velours grenat ; et leur vie amoureuse en commun, quand ils étaient encore beaux et arrogants et se promenaient ensemble main dans la main le long des galeries voûtées du château où résonnaient leurs pas et s'étiraient leurs ombres. Mais un jour Monique commença à maigrir et à perdre à pas de géant la luxuriance qui lui avait valu tant d'éloges dans sa jeunesse ; sa peau devint flasque et l'humidité des landes se glissa dans ses os. En 1984, alors qu'elle n'avait que quarante-neuf ans, elle succomba à la morsure du cancer ; le docteur Martinot, peut-être perturbé par la lecture de Mary Shelley, décida de congeler – de cryogéniser – son cadavre. Il pourrait ainsi le veiller nuit et jour, jusqu'à ce que les progrès de la science eussent fait découvrir la formule pour ressusciter les morts. Pour faciliter son adoration insomnieuse, le docteur Martinot fit creuser une crypte dans les souterrains du château, où il introduisit le cadavre de Monique dans une chambre frigorifique dont la température était maintenue à deux cents degrés au-dessous de zéro.

Le lierre grimpa sur les murs du château comme la lèpre de l'abandon. Le docteur Martinot, assailli par des fantômes qui lui soufflaient aux oreilles des mélodies mortuaires, mit fin à ses consultations, cessa de payer les domestiques et de faire bonne figure à ses amis. Abîmé dans la contemplation de son épouse cryogénisée, il allait d'ombre en ombre pendant le jour et de clarté en clarté pendant les nuits qu'il passait seul dans la crypte, à l'écoute de l'âme de son épouse enfermée dans la chambre frigorifique, semblable à un papillon transpercé d'une épingle qui bat encore des ailes, agonisant ou nostalgique d'une vie aérienne éteinte. Pendant que le docteur Martinot s'adonnait à ces cérémonies sacrilèges et voluptueuses, la fortune familiale commençait à s'épuiser ; c'est alors que son fils, Rémi, décida de faire de la crypte une attraction touristique. De connivence avec une agence de voyages qui lui trouvait la clientèle, Rémi réclamait aux visiteurs curieux la très modique somme de vingt-cinq francs. Sans doute aucun des visiteurs qui contemplaient avec une délectation obscène le cadavre cryogénisé de Monique Leroy ne prêta-t-il une attention particulière au vieil homme toujours plus chétif et transparent, appelé Raymond Martinot, qui semblait être le gardien de la crypte. Quand il mourut, il exigea de son fils Rémi, par testament holographe, d'être à son tour cryogénisé et enfermé dans la chambre frigorifique où reposait déjà son épouse adorée. Les touristes qui descendaient dans la crypte du château très décrépit découvraient avec un saisissement, une terreur et une luxure cachée les cadavres de Raymond et de

Monique aussi étroitement unis par leurs langues, leurs bras, leurs pieds que la vigne enlacée au jasmin. Nul ne s'attardait pourtant pour écouter le dialogue captif de leurs âmes, pareilles à deux papillons transpercés d'une épingle qui battent encore des ailes, agonisants ou nostalgiques d'une vie aérienne éteinte.

Le documentaire s'acheva sur l'image des deux amants réunis dans leur nuit de glace, en un lent fondu au noir, tandis que défilait le générique et que retentissait une musique mortuaire de Chopin. J'enviai le docteur Martinot et son épouse Monique Leroy qui, dans un avenir lointain, reprendraient peut-être leur idylle au moment précis où elle avait été interrompue, sous des cieux différents et parmi d'autres hommes pour lesquels leur vie passée se perdrait dans un vertige de dates qui leur paraîtraient antérieures à l'invention du calendrier. J'aurais aimé être moi aussi cryogénisé auprès de Laura, pour sauver l'effondrement de notre amour, que j'avais cru invulnérable ; j'aurais aimé me réveiller à ses côtés, plusieurs générations ou plusieurs siècles plus tard, pour m'assurer que le cauchemar que nous vivions à présent s'était dissipé, que le secret qui pourrissait entre nous s'était totalement consumé (et que ses cendres avaient été dispersées par le vent de l'oubli), de même que le malade se couche avec la fièvre et se lève miraculeusement rétabli, en croyant que sa souffrance n'a été que le fruit de son imagination, de l'hypocondrie ou d'une personnalité étrangère qui, pendant quelques jours fort heureusement réduits en passé, a dominé la sienne. Laura éteignit le téléviseur où, pendant quelques minutes, s'attarda une phosphorescence de lune déclinante. Puis il se fit un silence aussi compact et figé qu'un gisement d'anthracite, que survolaient les émanations de cette sentine où se préparaient les accusations que nous n'osions pas lancer. Enfin, Laura parla :

« J'ai demandé au curé d'ajourner notre mariage. Et j'ai annulé la réservation au restaurant. »

J'aurais voulu protester, j'aurais voulu que mes sentiments se rebellent, mais je me découvris possédé d'une faiblesse qui pouvait aussi bien être une autre des manifestations du démon pervers décrit par Poe qu'un effet de la cryogénisation morale.

« Je pensais que ces décisions devaient être prises en commun », dis-je sans irritation, presque sans crainte.

Je la perdais, je la voyais s'éloigner, voguant vers un fleuve qui ne m'admettait pas dans son cours.

« Je regrette, Alejandro, dit-elle, s'excusant, ou s'expliquant peut-être. Dans ces conditions, je ne pouvais pas te demander ta permission, tu te serais trompé, je me serais trompée moi-même. Je ne peux pas participer à une comédie.

– Tu aurais dû me consulter. Peut-être qu'avec un soutien… »

Je m'accrochai à des plaintes inconsistantes, en naufragé qui désire mourir noyé et s'agrippe à la chaloupe qui sombre. Laura éclata :

« De quel soutien parles-tu ? C'est toi qui as besoin d'un soutien, Alejandro ; mais tu ne veux pas me le demander, tu ne veux pas que je te l'apporte. » Et, après l'éclat de colère, elle passa à la déclaration détachée : « C'est fini, entre nous, c'est fini, et je n'ai jamais aimé les enterrements. »

Cette nuit-là, Laura alla dormir sur le canapé du salon. Je suppose qu'elle ne put fermer l'œil, pas plus que moi, que nous ruminâmes chacun de notre côté notre solitude, en errant dans les décombres de ce qui avait été une forteresse inexpugnable. Deux fois, je me levai pour aller la voir, et deux fois je baisai son front soucieux, désireux que ces baisers agissent comme des baumes et effacent le stigmate de ma trahison. Le miracle ne se produisit pas et Laura continua de dormir, de faire semblant de dormir, tandis que l'anémone de mer revenait me dévorer dans son étreinte.

Bruno devait m'avouer plus tard qu'au cours de ces quelques jours il crut que sa vie avait produit le surgeon du renouveau. Jamais la possibilité de se consacrer à un autre idéal que celui de la littérature n'avait effleuré son esprit, et comme il ne croyait ni à la gloire ni à l'ânerie de la postérité, cet idéal littéraire se bornait à savourer quelques rares satisfactions esthétiques qui finissaient toujours par se révéler décevantes, car ce qui comble un jour le créateur le fait déchanter le lendemain, l'offense presque par son imperfection. Mais cette mission de guide secret d'Elena lui donna la conviction qu'il existe d'autres idéaux élevés hors du refuge de la littérature, dans lequel, par ailleurs, il s'était toujours tenu en y cultivant l'ironie, à défaut de pouvoir réellement croire en sa transcendance. En revanche, tant qu'il assista Elena plongée dans ses troubles mentaux, tout d'abord en l'observant un peu en cachette et en faisant semblant de la rencontrer par hasard, puis en entretenant avec elle des conversations prétendument accidentelles et aléatoires pour essayer de sonder l'abîme sans fond dans lequel la souffrance de la jeune femme avait trouvé asile, tout en la soutenant dans son pèlerinage le long des corridors du délire, en l'accompagnant jusqu'à la pension où elle passait ses nuits (Elena se perdait encore dans la cohue des rues de Madrid) et en la quittant devant la porte, tant que dura cette mission de sauvetage, Bruno entrevit ce que pouvait être une vie totalement différente de celle qu'il avait jusqu'alors vécue. Comme un convalescent bénéficiant d'un changement d'air, d'un régime alimentaire ou d'un traitement médical, Bruno connut une véritable régénération, aussi bien physique que morale. En d'autres temps, il avait employé son intelligence à l'étude de livres extravagants et stupéfiants centrés sur l'exploration des failles de la réalité ; quand il se voua à la surveillance d'Elena, il n'entreprit plus de semblables explorations dans un but ludique, mais avec le désir de sauver quelqu'un de cette invisibilité dans laquelle s'égarent ceux qui pénètrent dans un labyrinthe où il n'y a ni escaliers à monter ni portes à forcer, ni interminables galeries à parcourir ni murs qui barrent le passage. Mais aussitôt que son attention se relâcha pendant quelques instants, Elena s'engouffra de nouveau dans ce labyrinthe, et s'y perdit cette fois sans laisser de trace.

Après l'avoir remarquée une première fois au Café Gijón où – hirondelle impénitente – il venait tous les matins feuilleter les journaux et s'assurer qu'en dépit de leurs dissentiments idéologiques ils s'accordaient tous pour porter aux nues les mêmes génies météoritiques des lettres espagnoles, Bruno en déduisit qu'Elena y reviendrait le lendemain matin. Ce qui arriva en effet. Elle répéta son itinéraire en demandant aux clients qui venaient de prendre leur petit déjeuner ou étaient encore à jeun mais déjà à demi ivres s'ils ne me connaîtraient pas, par hasard. Bruno la vit terminer sa ronde d'interrogatoires et, comme la veille, la fit attendre quand vint son tour (Elena ne prêta même pas attention à sa physionomie, pas plus qu'elle n'avait dû s'en soucier le matin du jour précédent, aussi ne pouvait-on pas lui reprocher son insistance) et il l'épia à l'abri du fouillis des feuilles dépliées des journaux qu'il repliait ensuite sans le moindre soin, mêlant les pages des uns à celles des autres, si bien qu'il obtenait le prototype parfait du journal à idéologie ventilée, mais toujours indéfectible en tout ce qui concernait la découverte des génies météoritiques des lettres espagnoles. Elena s'assit à une table proche de la baie vitrée qui donnait sur le paseo de Recoletos et demanda au serveur qui vint prendre la commande (et essayer en vain de la draguer) un petit déjeuner copieux qu'elle dévora avec une sorte de gloutonnerie honteuse, tandis que son regard s'attachait aux allées et venues des passants, parmi lesquels elle espérait encore m'apercevoir. À l'acharnement avec lequel elle s'attaquait au croissant et beurrait les tranches de pain grillé, Bruno soupçonna qu'elle devait rassasier une faim de nombreuses heures, sinon d'une journée entière. C'était, évidemment, une belle enfant, d'une beauté qui aurait pu paraître un peu vulgaire ou tapageuse et même devenir un peu étouffante à l'apogée de sa splendeur, mais qui, minée par la mélancolie et les traces de fatigue que révélaient ses traits (et aussi par une certaine négligence vestimentaire, un abandon de toute coquetterie), se sublimisait de n'être pas consciente d'elle-même, d'échapper à elle-même, désemparée. C'était une belle enfant.

Ce matin-là, Elena paya son petit déjeuner et fila dans la rue. Elle parcourut le centre de la ville en faisant escale dans les cafés et les foyers où se cuisinait la littérature, en demandant à chaque habitué, à chaque visiteur s'il connaissait Alejandro Losada et en le priant instamment, dès qu'elle devinait en lui une trace d'hésitation, de lui indiquer où elle pourrait me trouver. L'habitué ou le client de passage ne tardait pas à déceler en elle (ou plutôt dans la fixité inhabitée de son regard, comme les hommes qui tentèrent de violer Fanny Riffel devinèrent dans ses yeux d'un bleu monastique le froid de la tombe) un soupçon d'aliénation ; alors, il fuyait son insistance, esquivait ses suppliques et devait presque s'en défaire de vive force, en la repoussant, en s'éclipsant, quand ce n'était pas en la menaçant d'appeler la police. Elena poursuivait ses enquêtes jusqu'à une heure avancée de la nuit ; parfois, pour se protéger du mauvais temps, elle allait se réfugier dans une église ou dans une gare et, bercée par les bourdonnements des dévotes ou par les voix venues des haut-parleurs annonçant le départ ou l'arrivée de trains qui engloutissaient ou vomissaient leurs passagers (toujours les mêmes dévotes et toujours les mêmes passagers), elle se recueillait dans la quiétude ou le vacarme environnant et, blottie dans sa prison d'amour, entrevoyait peut-être un paradis promis. Les courbatures engourdissaient ses articulations, les engelures lui brûlaient la peau, la faim lui nouait les tripes, une faiblesse presque voluptueuse gagnait ses membres, mais son esprit se dressait sur tant de prostration, son esprit invaincu et vigilant s'élevait (de même queles flammes votives et l'encens) vers quelque empyrée, bien loin de la réalité, où elle me retrouvait, où nous étions enfin réunis en dépit de tous les obstacles et les malentendus, réunis pour nous livrer sans plus d'entraves à notre passion. Ces rêveries la conduisaient à un demi-sommeil ou aux frontières de l'inconscience, de ses lèvres montaient alors des paroles ailées de gratitude, des sourires de soulagement, et elle portait à son ventre des mains chimériquement nouées aux miennes, afin de trouver courage et certitude dans la palpitation de la vie en gestation qu'il abritait. De temps à autre, un fidèle apitoyé, un voyageur qui n'avait pas à lutter contre la montre s'approchait d'elle et lui demandait si elle avait besoin d'aide ; Elena sortait de sa transe comme si elle atterrissait sur une terre inhospitalière, hérissée d'épineux : aussitôt, les courbatures, les engelures, les urgences de la faim annulaient son apesanteur, la rendaient à un monde trop hétéroclite et chaotique, trop polymorphe et trop vaste, dans lequel ses émotions ne trouvaient pas leur place. Et, telle une orpheline qui aurait égaré sa généalogie, elle demandait au Bon Samaritain que le hasard lui envoyait : « Excusez-moi, mais ne connaîtriez-vous pas l'écrivain Alejandro Losada ? »

Elle aimait aussi se promener dans les parcs, sans doute parce qu'elle y trouvait l'oasis qui l'isolait de la ville hostile, ou parce que dans leur cadre elle croyait se promener sur les sentes caillouteuses de l'Arcadie qu'elle avait rêvée pendant ses internements volontaires dans la prison d'amour. Bruno la voyait déambuler le long des allées gravillonnées, emprunter des sentiers bordés de troènes, passer outre les interdictions et fouler le gazon transi pour ramasser les morceaux d'écorce qui se détachaient du tronc des platanes (qu'elle aimait aussi peler de ses mains), les pétioles de marronnier d'Inde – avec leur éventail de sept folioles – qui n'avaient pas encore été ratissés, les fruits du lentisque, ridés et bruns après les dernières gelées. Elle s'arrêtait devant les étangs envahis par les lentilles d'eau et trouait leur tapis vert en écrivant du bout de l'index à la surface de l'eau des mots que Bruno ne pouvait jamais lire, parce que, quand il arrivait enfin au bord de l'étang (quand Elena avait repris sa promenade), les lenticules y avaient rétabli leur empire, jalouses du secret qu'Elena leur avait confié. Elle aimait caresser les haies de buis que la cisaille venait de sculpter pour se rafraîchir les mains au contact du givre qui couvrait leurs feuilles, de la sève coulant encore des blessures de la taille. Elle suivait du regard le vol alourdi et cendreux de ces oiseaux qui résistent aux rigueurs de l'hiver et de la pollution urbaine sans migrer vers des ciels plus purs et plus chauds, ces oiseaux plébéiens au plumage de besogneux qui construisent leurs nids avec des lambeaux d'étoffe, des pelures de fruits et autres déchets cueillis sur un monticule d'ordures. Elle établit bientôt avec ces oiseaux sans pedigree une fraternité peut-être née de leur condition commune de survivants dans un entourage peu charitable ; et elle leur réservait toujours un morceau de pain de son petit déjeuner qu'elle émiettait à leur intention ou un trognon de pomme (déjà roussi, mordillé par ces dents dont j'avais senti le goût quand sa langue impérieuse avait vaincu mes dernières réticences, là-bas, dans l'hôtel ou le havre de spectres proche de l'aéroport O'Hare), que les oiseaux se disputaient en grande pagaille. Et tout en assistant, satisfaite, à leur repas, elle s'asseyait sur un banc et examinait de plus près les trésors végétaux qu'elle avait recueillis pendant sa promenade : elle comptait les nervures des feuilles, suivait du bout des doigts les contours et les anfractuosités des écorces, caressait les cosses hérissées des fruits. Bien qu'il lui en coûtât d'accorder crédit à son soupçon, Bruno pensait qu'Elena trouvait des significations occultes à ces débris végétaux, dans lesquels elle cherchait des corrélations avec son état émotionnel ; et ce soupçon se trouva confirmé quand il la vit, de jour en jour, ranger les feuilles, les morceaux d'écorce et les fruits dans son sac et, à l'aide d'un couteau ou d'une lime à ongles, inciser furtivement les troncs d'arbres, comme si elle cherchait par ce moyen à entrer en contact avec un correspondant invisible. Bruno essaya plus d'une fois de déchiffrer ces entailles et ces grattages, mais, même s'ils ne s'effaçaient pas comme les écritures sur l'étang, il ne découvrit jamais en eux autre chose que des rayures transversales. Il se tranquillisa quand il en eut déduit que par cette méthode ésotérique Elena établissait quelque compte, peut-être celui des jours de son pèlerinage à Madrid, ou de ceux qui restaient avant l'accouchement, ou encore la durée de sa captivité d'amour. Je savais que c'étaient des messages, des signes qu'elle m'adressait, avec lesquels elle essayait de déjouer la séquestration fantasmatique à laquelle ma famille m'avait condamné.

Aux environs de minuit, après s'être épuisée en recherches insensées, Elena regagnait la pension où elle logeait, sur le paseo del Prado, dans un état de faiblesse aggravée par l'inanition.

Bruno la regardait franchir le seuil semblable à celui d'un caveau souterrain, monter l'escalier aux grincements de vermoulure et de péchés, les marches très usées par les passages des clients, et s'arrêter sur le premier palier, s'adosser contre un mur criblé d'écaillures et tatoué d'inscriptions scatologiques. Quand Elena disparaissait dans le tournant de l'escalier, Bruno traversait la rue (parfois, tout à son espionnage, il ne prenait pas plus garde qu'Elena aux voitures qui arrivaient à fond de train) et il attendait jusqu'au moment où il voyait s'allumer la lumière de sa chambre, de même que le jeune Chambers avait attendu à l'angle de LaSalle et d'Elm Street que la silhouette de Fanny se découpe sur les stores qui couvraient les fenêtres de son appartement. Mais il n'y avait rien de libidineux ni même d'érotique (sinon un érotisme idéal) dans la surveillance que Bruno exerçait ainsi; il considérait simplement qu'il était de son devoir de veiller sur Elena, de lui éviter une rencontre avec moi, pour que sa maladie ait quelque chance d'entrer en sommeil. Mais la maladie d'Elena était irréductible, ainsi que le déclaraient les ouvrages de psychiatrie; ou, du moins, l'objet de son amour délirant pouvait changer, mais non pas son délire en lui-même, extrême que Bruno n'arrivait pas à admettre ou qui le portait, s'il l'admettait, à vouloir avec une ardeur déraisonnable – mais irrésistible – se substituer à moi comme objet aimé: à cette impulsion paroxystique, Poe avait donné le nom de démon de la perversité. Bruno attendait pendant des heures devant la pension où était descendue Elena en se demandant à quelles tâches annihilantes elle passait des heures dont elle aurait pu profiter pour restaurer ses forces et accorder quelque repos à son esprit dispersé en mille et une escalades stériles vers une région exilée de la réalité. Il savait qu'elle n'était pas couchée, parce que son ombre fuyante glissait en tous sens dans la chambre, possédée de cette hyperactivité qui fait songer à celle d'un alchimiste enfermé dans son laboratoire, fondant dans ses athanors et distillant dans ses alambics les substances qui le conduiront à la pierre philosophale. Au bout de trois ou quatre heures, Elena mettait fin à cette agitation et éteignait la lumière; Bruno lui souhaitait alors des rêves évadés de sa prison d'amour (il désirait l'impossible, c'était un utopiste) et rentrait chez lui, lui aussi dans un état de faiblesse qu'aggravait l'inanition. Mais, à la différence d'Elena, il avait des réserves de graisse qui rendaient ses jeûnes et ses marches plus supportables.

Il se levait allégrement très tôt, afin d'arriver avant Elena à leur rendez-vous quotidien au Café Gijón. La cérémonie se répétait jour après jour comme si les cycles cosmiques qui régissent l'éternel retour n'avaient jamais connu de bouleversements : Elena terminait de faire le tour de ceux auxquels elle posait sa question, Bruno faisait attendre sa réponse quand elle l'avait interrogé (Elena ne remarquait toujours pas sa physionomie) et il l'épiait quand elle prenait son petit déjeuner avec cet air d'avoir peur de son appétit. Un jour, quand le serveur qui avait renoncé à la draguer lui présenta l'addition, Elena retourna le contenu de son sac, en sortit un porte-monnaie flasque et assez sale, dont elle ne put tirer qu'un peu de monnaie qui n'aurait même pas suffi comme pourboire. Elle adressa alors au serveur un de ses sourires convulsifs et ingénus ; bien qu'elle eût maigri, elle donnait encore cette impression de générosité que j'avais trouvée tellement attirante dans l'avion qui nous amenait à Chicago, lorsque le hasard nous avait réunis sur le papier englué de son piège à mouches.

« Je n'ai plus d'argent », dit-elle sans cesser de sourire.

Elle porta la main à sa bouche comme si elle avait lancé par mégarde une injure. Le serveur en resta un peu interloqué, hésitant entre l'obligation d'appliquer le règlement expéditif que lui avait inculqué le patron du café et le désir de remettre la dette. Mais avant qu'il eût réagi, Bruno s'était levé, avait contourné la table couverte de journaux en accordéon qui le lassaient et gagné celle à laquelle était assise Elena.

« Cette petite est mon invitée », dit-il.

Il glissa dans la poche du gilet du serveur un billet qui suffisait à payer une demi-douzaine de petits déjeuners copieux. Le serveur s'apprêtait à lui rendre la monnaie en fouillant dans le portefeuille qu'il portait en bandoulière, mais Bruno l'arrêta d'un geste prodigue et pontifical.

« Aujourd'hui et les jours prochains », précisa-t-il.

Le serveur haussa les épaules, laissa le devant de la scène à un Bruno très rajeuni, et se dit en s'éloignant que ce gros lard qui avait toujours consommé les boissons les moins chères sans jamais laisser un sou de pourboire, le ladre, n'avait pas dû faire une touche depuis la guerre de l'Indépendance ; quant à lui, tout bien considéré, il pouvait toujours s'entendre en un anglais comanche avec une Américaine spécialiste du tourisme sexuel. C'est ainsi que Bruno demeura seul avec Elena, en se désolant de son apparence plutôt désastreuse (son manteau d'ours qui vient de s'échapper du zoo, sa chemise de bûcheron qui, entre les boutons, laissait voir son ventre) et du mot qu'il avait employé devant le serveur pour désigner Elena (« petite »), peut-être trop familier ou emprunté, en tout cas trop possessif ; il aurait été plus poli de l'appeler « mademoiselle », même si ce mot-là faisait vieux bourge ou plutôt vieux beau qui ne peut plus bander fût-ce avec une poulie ; il aurait été plus sympathique, plus rajeunissant (surtout pour lui, qui frisait la quarantaine) et surtout plus neutre de dire « jeune fille » (ou « demoiselle », plus rustique ; ou « tendron », plus géorgique et pastoral ; ou « jouvencelle », plus haute époque et maniéré ; ou « poulette », plus coquin, ou « poupée », décidément réservé aux marlous ; ou « dame », trop courtois, trop léché, à l'odeur de naphtaline, ou quoi, alors, quoi, du calme, Bruno, merde, tu deviens trop nerveux), en tout cas, il avait mis les pieds dans le plat, n'importe, c'était une belle petite, et qui le remerciait pour son geste :

« Sérieusement. Tu peux t'asseoir. Tu ne m'entends pas ? »

Bruno faillit en laisser tomber sa pipe. Il tenta de se recomposer un visage, en adoptant l'expression qui sied le mieux aux gros joufflus, et qui consiste à imiter l'air d'intelligence un peu excédée qui a imposé Charles Laughton.

« Merci beaucoup… » Bruno se sentait vraiment et absurdement nerveux, et dans la plus complète confusion. « Pardon. Comment vous appelez-vous ?

– Elena Salvador. Mais tu peux me tutoyer. » Elle adopta une inflexion autoritaire. « Tu dois me tutoyer, tu es mon bienfaiteur. »

« Fillette », c'était ça le bon mot, fillette. Elena était une fillette déboussolée et fauchée dans une ville inconnue.

« Je ne sais pas ce qui m'est arrivé », dit-elle pour s'excuser. Un reste de pudeur l'empêchait de reconnaître qu'elle avait épuisé ses dernières économies et était réduite à l'indigence.

« J'ai oublié mon portefeuille. Si tu n'étais pas intervenu, j'étais bonne pour la plonge. »

Bruno remarqua avec une indulgente pudeur que ses cheveux étaient plutôt gras, et qu'il devait y avoir plus d'un mois qu'elle ne les avait ni teints ni coupés : les racines d'un noir tenace contrastaient avec la coloration d'un blond qui avait perdu son éclat ; la frange sans volume et trop longue était retenue en arrière avec des barrettes de fillette pauvre. Elle avait les lèvres sèches, fatiguées de murmurer des prières sans destinataire. Mais dans ses yeux pers (vert de la Méditerranée, vert émeraude, vert Véronèse, vert jaspé de brun et vert jaspé de jaune), tout au fond de ses yeux, pèlerins des corridors de la folie, brillait encore l'éclat intermittent d'une braise de beauté.

« Il me semble t'avoir déjà vue dans le coin, dit Bruno, faisant celui qui ne savait rien. Tu habites par ici ? »

Il remarqua encore les poignets retournés de sa gabardine, qui montraient les premières effilures. Peut-être Elena avait-elle surpris son coup d'œil scrutateur, parce que, sous prétexte qu'elle avait trop chaud, elle enleva la gabardine. Dessous, elle portait un de ses pulls en angora, trop clairs pour cacher la saleté, depuis longtemps relâchés aux coutures, qui dénonçaient à présent les ravages des privations et des vagabondages ; seuls les seins, prêts pour la lactation, et le petit ventre qui devenait doucement bombé rappelaient son ancienne opulence.

« Je ne suis pas de Madrid, je loge dans une pension », répondit-elle avec une légère roseur.

Bruno s'enhardit, posa les coudes sur la table, avant de lancer une première incursion dans son intimité.

« Tu fais du tourisme ? »

Elena le regarda fixement dans les yeux, le jaugeant sans vergogne. Bruno voulut s'abriter derrière un nuage de fumée, mais il constata alors que sa pipe s'était éteinte.

« En fait, non. Je suis venue voir un ami, dit-elle, encore circonspecte.

– C'est beaucoup mieux. Il n'est pas bon d'être seul. » Bruno savait qu'il marchait sur un terrain miné, mais il s'y risqua tout de même. « Et jusqu'à quand restes-tu ? »

Il découvrit sur ses seins de femme enceinte – qu'il voulait éviter de contempler, mais un regard en coin l'avait trahi – une palpitation qui ébranlait leur symétrie. Les réserves d'Elena tombèrent, confrontées à la nécessité de se confier à quelqu'un ; après tout, Bruno était son bienfaiteur, l'unique personne qui s'intéressait à ses déboires, la seule qui enfreignait son confinement sur les terres incultes de la vie invisible.

« Jusqu'à ce que je le retrouve. Il a disparu.

– Ton ami a disparu ? » Il n'eut pas à feindre l'indignation ; pendant quelques instants, il se sentit même gagné à la version d'Elena. « Tout de même… Tu ne lui as pas annoncé ton arrivée ?

– Bien sûr que si, mais je n'ai pas reçu de réponse. » Son regard vert s'égarait, tandis qu'elle portait la tasse de lait à sa bouche. Le feston blanc sur sa lèvre supérieure donna à Bruno un frisson de chaste volupté. « Je ne sais pas. On dirait que la terre l'a englouti. »

Elle mordit dans le croissant glacé au caramel, qui lui colla aux doigts, émailla ses ongles en deuil.

« Ton ami, ce ne serait pas cet Alejandro Losada sur lequel tu poses toutes ces questions ?

– Tu crois qu'on pourrait l'avoir séquestré ? » lâcha-t-elle tout à trac.

Bruno ne sut s'il allait répondre en faisant semblant d'admettre cette intromission du délire ou s'il allait la refuser avec la dernière énergie. Il adopta une solution intermédiaire, sans toutefois cacher son étonnement.

« Séquestré ? Pourquoi ? Une demande de rançon ? »

Il n'avait pas élevé la voix, mais Elena s'alarma comme si quelqu'un – un émissaire des ravisseurs – pouvait les entendre. Elle détourna la conversation.

« Laisse tomber, ce sont des idées que je me fais. » Elle ébaucha un sourire résigné, avec l'air de considérer que c'étaient plutôt les autres qui s'entêtaient à nier ce qui, de son point de vue faussé, était l'évidence même. « Et toi, que fais-tu ? »

Il n'avait prévu aucune réponse convaincante à pareille question, mais Bruno était un expert en invention de biographies apocryphes. Il ne pouvait, pour des raisons évidentes, révéler son véritable métier, sachant que les gens s'imaginent que tous ceux qui touchent de près ou de loin au monde littéraire se connaissent et forment une société endogame où l'on passe son temps à se tirer dans les pattes.

« Je suis technicien en informatique, improvisa-t-il, choisissant un travail sédentaire qui pouvait expliquer son embonpoint. Tu sais, installation de *software*, pages web, tous ces trucs à la gomme. Aujourd'hui, les entreprises dépendent de nous. » Et il ajouta, afin que son mensonge ne reste pas complètement étranger à ses préoccupations : « Mais j'ai un violon d'Ingres, je suis cartographe.

– Cartographe ? Tu veux dire que tu dessines des cartes ? »

Elena soupesa la pomme qu'elle ajoutait chaque jour à son petit déjeuner, la pomme dont elle jetait le trognon aux oiseaux. Elle la fit briller en la frottant sur la manche de son pull en angora ; ce geste plut à Bruno, qui ne pelait jamais un fruit.

« Cartographe des contrées imaginaires. » Il eut un rire de galopin, auquel se joignit Elena, en qui cette passion extravagante éveillait peut-être quelque sympathie ; en définitive, elle faisait de fréquents voyages en une Arcadie qui n'existait que dans son imagination. « Mais je m'exprime mal, je serais plutôt un compilateur. Il n'y a pas de jour où l'on n'invente une micro-nation dont on proclame l'avènement sur Internet. De minuscules pays situés sur des îles ou sur une portion de littoral où l'on aurait peine à tenir couché. » Elena se laissait gagner par l'hilarité, qu'elle dissimula timidement derrière sa pomme encore intacte. « Certains fondateurs de ces pays lilliputiens proclament leur indépendance, promulguent des constitutions, implorent une reconnaissance diplomatique, nomment des ministres plénipotentiaires, émettent des passeports… Le délire ! »

Maintenant, Bruno élevait la voix sans crainte. Il avait remarqué, à mesure qu'il éloignait Elena de sa monomanie, qu'il la plongeait dans le monde étonnant et fabuleux des îles Baratarias, qu'elle se dépouillait de la femme prisonnière des labyrinthes et des toiles d'araignées de ses rêveries et dévoilait, bien qu'avec réserve et défiance, la femme qu'elle avait été, la femme débordant d'enthousiasme et de curiosité.

« Tu me mènes en bateau », fit-elle, lui coupant la parole, amusée, et elle agita la main pour chasser ces facéties.

Alors, elle mordit dans la pomme, qui était une reinette dont la chair semblait abriter le pâle soleil de l'hiver. La morsure de ses dents fit un bruit de douce crépitation; sans cruauté, elle avait une délicatesse de baiser qui ignore son destinataire. Comme il devait me le raconter par la suite, Bruno avait été captivé par cette morsure, lié par un enchantement serein. Avant de reprendre la parole, il contempla révérencieusement les mouvements de mastication de la jeune femme, ses joues bombées par la chair du fruit, ses lèvres humides et de nouveau pleines de vie, sa mâchoire occupée à son travail cadencé.

«Mais non, je parle sérieusement», dit-il enfin. Et il se laissa porter par une association d'idées. «As-tu entendu parler du jardin des Hespérides, par exemple ?»

Elena secoua la tête en signe de dénégation, avec une légère rougeur de contrariété ; maintenant, les morsures étaient plus insistantes, elles l'encourageaient à poursuivre.

«Il y poussait un pommier d'or, cadeau de mariage de la Terre Mère à Héra. Un jour Héra découvrit que les filles d'Atlas, appelées les Hespérides, à qui elle avait confié la garde de l'arbre, chapardaient ses fruits. Alors elle ordonna au serpent Ladon, qui avait cent têtes et parlait en utilisant ses diverses langues, de s'enrouler autour du tronc et d'en interdire l'approche. Et Ladon accomplit sa tâche en toute rigueur, jusqu'à ce qu'Eurysthée ordonne à Héraclès de voler les pommes d'or.

– Héraclès, c'est bien le même que Hercule, celui des douze travaux ?» demanda Elena, l'interrompant.

Bruno hocha la tête. Il sentait grandir en lui l'orgueil mêlé de déception qu'éprouvent les pères quand ils veulent divertir leurs enfants en leur racontant une histoire qui dépasse peut-être leurs talents de narrateurs : il fallait se mettre au niveau de l'auditeur et satisfaire sa curiosité avant qu'il en ait assez. Bruno n'avait pas la moindre expérience de la paternité, mais il n'était peut-être pas tout à fait impropre aux sentiments qui s'y rattachent.

«Héraclès obtint les pommes grâce à l'aide du sot Atlas qui se laissa berner, poursuivit Bruno, parce qu'il aurait fait n'importe quoi pour être libéré quelques minutes du poids du globe terrestre. Mais c'est là une autre histoire. Je voulais te parler du jardin des Hespérides, qui se trouvait sur les pentes du mont Atlas. Mais il existait deux monts de ce nom, l'un en Maurétanie, l'autre au pays des Hyperboréens, qui vivaient au-delà de l'endroit où naît Borée, le vent du nord. Savais-tu que Borée fertilise les juments ? Elles tournent leurs croupes du côté d'où il souffle et elles conçoivent des poulains sans être saillies par un étalon. »

Il se repentit aussitôt d'avoir introduit cette incise, sur laquelle l'expression d'Elena changea aussitôt, au souvenir de l'enfant qu'elle portait dans son ventre, engendré par un homme qui vivait lui aussi au-delà de l'endroit où naît Borée, l'homme que son amnésie avait confondu avec moi. Elena regarda alors le paseo de Recoletos comme les poissons enfermés dans leur bocal regardent le monde sans eau de l'autre côté de la vitre, qui est à la fois ce qui les attire et leur perte.

« Il y a vingt et quelques années, dit Bruno, essayant de capter de nouveau son attention, un sculpteur appelé Lars Vilks a identifié l'Atlas à un monticule qui s'élève au sud de la Suède. En l'honneur du serpent Ladon, il a érigé deux sculptures à cet endroit, apparemment inclus dans le périmètre d'une réserve naturelle d'oiseaux de mer. Les autorités suédoises ont voulu les démolir, mais Lars Vilks les en a empêchées en s'enchaînant à ses œuvres. Pendant plus d'une décennie, les autorités suédoises ont plaidé contre Vilks mais, en définitive, les juges ont donné raison au sculpteur, ne me demande pas pourquoi, en interdisant la démolition de ces monuments. Lars a alors proclamé la fondation de Ladonia, une république suédoise indépendante, avec un territoire d'à peine un kilomètre carré. Il a ainsi pu établir en Ladonia une colonie d'artistes qui campent chaque été autour des sculptures, lesquelles sont leur temple et leur inspiration constante. »

À ce moment-là, Elena avait fini de manger sa pomme ; elle enveloppa le trognon dans une serviette en papier et le mit dans son sac.

« Ce serait bien de demander cette nationalité, dit-elle. Ce doit être très amusant de vivre en Ladonia.

– Ça dépend de comment on voit les choses, dit Bruno avec un petit rire timide. Ils ont des problèmes d'espace. Il faudrait que tu partages une tente de campagne avec une douzaine de *hippies* chevelus.

– Comme Blanche-Neige. »

Une clarté d'aube inondait les traits d'Elena. Bruno se dit qu'il était sur le bon chemin.

« Mais les Hyperboréens sont légèrement plus grands. Et, d'après mes sources, ils ronflent à ravir. Ils ne te laisseront pas fermer l'œil. »

Cette fois, ils rirent ensemble, avec effusion. Quelque chose de liquide et d'opalin brillait dans le regard d'Elena, peut-être une larme de joie, peut-être une pure exsudation de vie qui luttait pour respirer librement.

« Je suis habituée aux endroits minuscules, dit-elle en glissant aussi dans son sac le morceau de pain qui complétait la pitance quotidienne des oiseaux. À Valence, je vis dans un appartement qui est un mouchoir de poche. Et la chambre de la pension dans laquelle je loge… Il faut presque y entrer de côté, pour ne pas frôler les murs. »

Alors, sans transition, elle s'abîma dans une tristesse muette et opaque, que Bruno ne pouvait pénétrer, où il n'arrivait même pas à s'orienter. Parler à Elena, c'était nager à contre-courant en tâchant de soutenir un naufragé : on réussit à le tenir à flot quelques instants pour qu'il puisse respirer, mais une nouvelle vague arrive, et une autre, et encore une autre, qui nous frappe, nous fait boire une tasse qui distille l'épuisement ultime. C'était un effort exténuant, qui se déclarait stérile. Mais Bruno persistait néanmoins dans sa tentative de sauvetage, bien qu'il n'aperçût nulle part aucune rive.

« Tu as déjà été amoureux ? demanda encore Elena de but en blanc.

– Une fois, je crois bien. » Il fallait avant tout éviter de dramatiser davantage la situation. « Il y a longtemps, au pléistocène.

– C'est là qu'on se sent à l'étroit, et pas sous les tentes de campagne de Ladonia, dit Elena comme si elle se trouvait au fond d'une niche, coincée entre l'étouffement et la résignation. On a l'impression de vernir le parquet d'une pièce à partir de la seule issue. On recule vers le mur du fond, enchanté du nouvel éclat que prend le bois. L'odeur du vernis enivre ; le plancher brille à nouveau. Mais, derrière soi, l'espace se réduit. Bientôt, on se rend compte que l'on s'est soi-même pris au piège. Il reste tout juste assez de place pour se mouvoir, on est acculé par le vernis frais, sur lequel on ne peut marcher, pour ne pas gâcher tout le travail fourni. Et, coincé contre le mur du fond, il ne reste plus qu'à attendre, seul, sans pouvoir appeler personne, que le vernis ait séché. »

Elle fit jouer la fermeture à glissière de son sac, qu'elle posa sur son giron. Ses seins, sous le pull en angora, tremblaient comme des chiots jumeaux.

« Il arrive que le vernis ne sèche jamais », murmura-t-elle.

Bruno ne parvint pas à la convaincre de le laisser la raccompagner. Tout en la regardant s'éloigner sur le boulevard, il s'avisa que dans son désir de lier connaissance avec elle, il n'avait même pas songé aux conséquences que cette relation allait entraîner ; bientôt, il ne pourrait plus la suivre ou, du moins, la suivre comme il l'avait fait jusqu'à présent, à courte et insoucieuse distance, s'il ne voulait pas qu'Elena le prenne pour un détective, un fouineur, un persécuteur envoyé par mes ravisseurs fantasmatiques. Mais cet inconvénient l'accablait beaucoup moins que la constatation qu'il venait de faire : la folie d'Elena, qui n'avait jusqu'alors éveillé que sa pitié, lui semblait maintenant être une injustice trop rigoureuse. Il avait lu que les dérèglements psychiques affectent plus gravement les sujets sensibles, de la même manière que le fer crée les plus grands dommages en blessant et en déchirant la chair vivante ; il avait souvent eu l'occasion de s'en assurer en étudiant les vies de certains hommes particulièrement intelligents, touchés par la baguette magique de l'art. Mais ces hommes déjà placés au panthéon de la célébrité sont pareils à des statues offertes à notre admiration : leurs souffrances ne nous atteignent pas directement – de surcroît, elles ont trouvé leur récompense, quand ce ne serait que de façon posthume –, nous les considérons plutôt comme une sorte de tribut qui, en fin de compte, a décuplé leur talent, l'a fécondé, et elles servent de prototypes ou d'échelle de comparaison à ceux qui désirent se contempler dans leur miroir. Elena n'était pas une statue offerte à l'admiration, mais une femme exposée à toutes les intempéries de l'abandon : raillerie, dédain, rejet plus ou moins dégoûté, plus ou moins acrimonieux. Il était révolté de devoir admettre qu'elle était destinée à s'étioler dans une prison indigne de sa valeur, piégée dans un cercle de vernis qui ne sèche jamais. J'ignore si, pendant ces méditations révoltées, Bruno en arriva à me haïr, pour avoir servi de catalyseur d'une condamnation qu'Elena ne méritait pas ; s'il ne m'a pas détesté, c'est évidemment parce que son amitié était épurée – ce qu'il avait démontré en favorisant mes fiançailles avec Laura – et peut-être aussi parce qu'il avait fait de la rédemption d'Elena une croisade personnelle, à laquelle j'allais toutefois finir par me joindre quand je ne pourrais plus supporter le dégoût de me savoir misérable.

Il regarda Elena s'éloigner sur le boulevard, résolue à suivre une fois encore le même itinéraire de recherches vaines, et il passa aussitôt à l'action avec la prestesse du voleur qui se livre à ses larcins, avec la même volonté subreptice. Il alla jusqu'à la pension du paseo del Prado où logeait Elena, il en franchit le seuil de crypte qui tous les soirs engloutissait dans son ombre une Elena éreintée, monta l'escalier aux marches qui grinçaient sous les effets conjugués de la vermoulure et du péché et sonna à la porte de la pension, dont le timbre suspendit dans l'atmosphère un étrange écho. Un peu à contrecœur et après l'avoir fait attendre quelques minutes, une petite bonne femme très maigre, qui semblait se nourrir de chènevis, lui ouvrit la porte ; son visage était à la fois bovin et rapace, hybridation zoologique curieuse, et son regard saupoudré de miettes de chassies. Bruno en déduisit sans trop de peine qu'elle devait veiller à longueur de temps pour empêcher les pensionnaires qui lui devaient de l'argent de déménager à la cloche de bois.

« Que désirez-vous ? » aboya-t-elle, sur la défensive.

Bruno jeta un regard circulaire sur les murs du vestibule, dont le papier peint aux motifs floraux était teinté par une crasse aux couleurs d'automne définitif et funèbre. Il y avait là, pour tout mobilier, une commode, ou ses débris, plaquée contre le mur du fond, guettant la venue de la bonne âme compatissante qui ferait enfin d'elle du bois de chauffage ; en attendant, elle était couverte d'un napperon au crochet plus infamant qu'un san-benito.

« C'est Elena Salvador qui m'envoie. » La patronne se mit en garde. Bruno avait parlé de corde dans la maison d'un pendu. « Je suis son cousin. J'ai cru comprendre qu'il fallait payer quelques petites dettes. »

Le visage de la bonne femme aux traits effilés subit une métamorphose très semblable à celle par laquelle passent les cadavres avant les premiers progrès de la décomposition : une métamorphose qui en adoucit les rugosités, lava son rictus expectatif et l'illumina d'une avarice béatifique.

« Une semaine et trois jours de retard, très exactement. » Elle se rengorgea en voyant les billets que Bruno tirait de son portefeuille et qui étaient peut-être tout ce qui lui restait de ses droits d'auteur. « Si ça lui arrive encore une fois, je la flanque à la porte.

– Gardez-vous-en bien, ou je fais un esclandre », dit Bruno avec une soudaine brutalité. La logeuse sursauta comme un vautour qui, en donnant le premier coup de bec à la mule qu'il croyait morte, reçoit une ruade. « Je vous paierai une autre semaine d'avance, pour que ça ne se reproduise plus. Et si j'apprends que vous maltraitez ma cousine, gare au retour de bâton. »

Il avait pris un ton d'admonestation qui ne seyait guère à son bon naturel jovial ; mais c'est un avantage réservé aux gros que d'en imposer à leurs interlocuteurs, pour peu qu'ils s'y efforcent. Bruno tendit un par un à la bonne femme, avec une lenteur intimidante, les billets correspondant à la somme demandée, comme si entre-temps il avait commencé à se repentir de sa prodigalité ; puis il jeta un coup d'œil au couloir de la pension, étroit, très haut de plafond, où l'on aurait fort bien pu pendre une escarpolette ou dresser un gibet.

« Et maintenant, vous voudrez bien me laisser entrer dans la chambre de ma cousine. Elle m'a demandé de lui apporter quelques affaires. »

La logeuse ouvrit l'un des tiroirs de la commode avec une diligence servile, et détacha une clef d'un trousseau qui aurait pu appartenir à l'un des geôliers de la Bastille mort dans l'exercice de sa fonction.

« C'est la troisième porte à droite en tournant le coin du couloir, faites comme chez vous, monsieur », dit-elle sur une ébauche de révérence que son arthrose abrégea. Puis elle ajouta, avec une componction prudente : « Vous verrez, c'est sans doute un peu sale, mais votre cousine ne me laisse pas entrer pour faire le ménage, elle pend toujours à la poignée l'avis de ne pas déranger. »

Bruno lâcha un mugissement vaguement compréhensif, comme s'il était parfaitement au courant. En pénétrant dans le couloir obscur, il fut assailli par une angoisse de nature presque métaphysique : il se demanda combien de vies désespérées avaient échoué dans cette pension, combien d'amours mercenaires ou abominables ces murs avaient hébergées, combien de nuits sans sommeil, combien de larmes et combien de félonies, combien de suicides et combien d'avortements clandestins, combien d'illusions foulées aux pieds, combien de maladies ignominieuses, combien d'extrêmes-onctions, combien de rendez-vous finalement annulés, combien de colères rentrées, combien de plaintes sans destinataire, combien de silences de Dieu. Tout ce tourbillon d'humanité jetée à l'égout se rassembla autour de lui en un essaim de murmures venus du purgatoire et transmis par les canalisations dyspeptiques, ou en un mouvement serpentueux de mains anémiques qui approchaient pour le palper, s'accrocher à ses vêtements et le retenir, implorant son aide. En tournant le coin du couloir, Bruno dépassa les toilettes communes où un pensionnaire déféquait en poussant des gémissements tels qu'ils portaient à croire qu'on l'amputait très lentement ou qu'on lui arrachait une molaire. L'odeur égyptienne de la merde, mêlée à celle des radiateurs encrassés, des choux bouillis et des lits mal aérés, formait un amalgame proche de celui que l'on respire dans les abattoirs. Bruno atteignit presque à tâtons, oppressé par une sensation fangeuse, la porte de la chambre d'Elena, qui portait en effet l'avis dissuasif. Quand il réussit enfin à mettre la clef dans la serrure, il fut assailli par un scrupule : il était sur le point de pénétrer dans un asile d'intimité sans permission ni droit aucun, sans autre mobile (mais ce n'était pas un mobile qui allait l'eximer de sa faute ; un mobile pouvait seulement l'aggraver) que celui de satisfaire sa curiosité. Du trottoir d'en face, pendant des jours et des jours, il avait épié Elena, retranchée dans cette chambre comme un alchimiste dans son laboratoire ; il lui fallait savoir quelle passion la consumait, quelle était la cause de tant d'efforts. Bruno s'était préparé à n'importe quelle révélation, même à la plus terrible, à la plus étrange : il avait imaginé qu'avec les feuilles mortes, les écorces et autres débris qu'elle rapportait de ses expéditions dans les parcs, Elena préparait une crèche ou une autre babiole de Noël ; il avait aussi imaginé – de façon un peu plus onirique – qu'avec ces débris elle nourrissait un petit animal non catalogué sur les répertoires zoologiques, peut-être un lointain descendant du serpent Ladon qui, une fois la maturité atteinte, changerait d'habitudes alimentaires et ne dévorerait plus que des viscères encore palpitants. En poussant la porte, il crut entendre – mais ce ne fut peut-être qu'une illusion acoustique – un bourdonnement de mouches bleues.

Il n'était pas préparé, cependant, à la vision qui s'offrait à lui. Les murs de la chambre, le plancher, le plafond, l'armoire à l'aspect de catafalque, le miroir du lavabo, la table de nuit et le cadre du lit étaient tapissés de coupures de journaux et de pages de livres arrachées, de centaines de pages et de coupures qui cuisinaient leur potion de lettres répétées, leur tumulte de cacophonies (et alors, tandis que son regard courait sur ce fourmillement de mots détachés de leur tronc, le bourdonnement imaginaire de mouches bleues s'intensifia) ; il eut une première impression de vertige, la seconde fut celle de la terreur révérencielle. Il se déchaussa, comme Elena devait le faire tous les soirs, pour fouler ce tapis de pages imprimées, pour que la boue de ses chaussures ne le salisse pas. Les petites branches, les écorces et autres menues broutilles végétales ramassées dans les parcs étaient disséminées dans la marabunta de papier ; il crut tout d'abord qu'elles avaient été lancées à la volée, mais il comprit ensuite qu'elles indiquaient un itinéraire, comme les mies de pain que le Petit Poucet jette derrière lui quand il pénètre dans la forêt où il va rencontrer l'ogre. L'odeur lourde, légèrement acide de la gomme arabique gênait sa respiration ; avec cette substance, Elena s'était assurée que son collage insensé ne se déferait pas : il découvrit que les débris végétaux étaient collés au papier avec de la gomme arabique, et les papiers aux murs et au plafond avec la même colle. Il découvrit aussi, avec une méticulosité horrifiée, que toutes ces coupures de journaux, toutes ces pages de livres arrachées étaient de moi ; il reconnut des fragments de mes articles et de mes romans parus au cours des trois ou quatre dernières années. Il découvrit enfin (et le bourdonnement des mouches bleues s'immisça alors dans la moelle de ses os) que chaque page détachée et chaque coupure portait une légère tache de couleur, faite avec un épais marqueur fluo, qui soulignait, encadrait, surlignait un mot, un seul mot par page et par coupure, relié à l'encre fluorescente à d'autres mots soulignés, encadrés ou surlignés sur les pages ou les coupures contiguës. Les pétioles des marronniers d'Inde, les écorces de platane, les pousses de henné étaient les lignes de suture entre ces mots et indiquaient, par leurs inflexions, leurs circonvolutions, le sens de la lecture. Bruno mit quelques minutes à comprendre qu'il se trouvait devant un vaste cryptogramme incohérent et tautologique ; quand il accepta enfin cette conclusion qui répugnait au bon sens, les murs se fondirent en un chaos giratoire, comme si le bourdonnement imaginaire des mouches bleues avait contaminé sa perception visuelle en l'enchaînant à son carrousel hallucinatoire. Il tendit la main vers l'espagnolette de la fenêtre (la chambre était vraiment étroite, comme le lui avait dit Elena), qu'il ouvrit pour que l'air de la rue rafraîchisse ses sens et disperse les mouches. Puis, un peu apaisé, mais pas tout à fait remis de son vertige, il essaya de déchiffrer le galimatias labyrinthique : malgré l'enchaînement des mots affligé d'incongruités syntaxiques, les associations informes, les répétitions perverses ; malgré l'abondance des structures verbales tronquées, ou discordantes ou simplement inintelligibles, il put s'assurer qu'il formait une très longue lettre d'amour (peut-être infinie, puisque, toutes les nuits, Elena ajoutait de nouvelles pages à sa tapisserie, de nouveaux mots surlignés à l'encre fluorescente) que je lui adressais, de l'endroit où j'étais séquestré : « Aimée-de-ma-vie-ton-ventre-j'écoute-dans-les-conques-marines », lut-il dans un ordre descendant, du plafond au sol ; et, suivant la piste qui grimpait au mur et traversait l'armoire : « Le-poison-que-distille-le-lait-qu'ils-m'offrent-pour-abandonner-la-pensée-tienne-brûle-annihilé » ; et en zigzag, par terre, semblable à la course d'un cafard : « Ton-poil-tes-culottes-ton-odeur-botanique-ta-langue-salive-d'escargot-quand-tu-me-fais-jouir. » Par la fenêtre ouverte entra une rafale qui fit trembler et claquer les papiers, les changea en une bande d'oiseaux englués qui battaient des ailes sans pouvoir se libérer. Il lut aussi, alors qu'il reculait en direction de la porte, sur le cadre nickelé du lit : « Si-je-n'apparais-pas-offre-ton-amour-aux-vents-et-remplis-le-monde-de-ton-amour-eucharistie-pour-tous. » Et, un peu plus loin, comme une interpolation ou une déclaration intempestive : « Je-ressusciterai » ; Bruno referma la porte, se chaussa et repartit en sens inverse dans le couloir, fustigé par une appréhension obscure. Le cryptogramme avait commencé à grandir dans sa mémoire comme une tumeur maligne ; bientôt, il allait s'infiltrer dans ses cauchemars avec un bourdonnement de mouches bleues ; il se sentit piégé par sa musique de mots somnambules.

Alors, l'orgueil étouffa son bon sens, et il commit l'erreur de penser qu'il existait encore une issue pour Elena. Il aurait dû me téléphoner. Nous serions allés ensemble au commissariat, nous serions entrés en contact avec un membre de la famille d'Elena, nous aurions réclamé l'intervention d'un médecin qui se serait prononcé sur sa maladie ou aurait fait entreprendre les démarches pour l'interner dans un établissement adéquat (un cabanon). Mais, absurdement, Bruno s'estimait encore capable de soigner une maladie qui résiste aux médicaments les plus abrasifs ; il considérait, dans une perspective messianique, que ses nuits sans sommeil seraient pour Elena le meilleur lénitif. Je ne puis cependant le rendre responsable de ce qui n'a pas tardé à se produire, parce que si sa stupide présomption thérapeutique déclencha la catastrophe, le premier responsable de ses effets désastreux n'était nul autre que moi, qui m'étais tout d'abord laissé emporter par le démon de la perversité, qui avais ensuite cru que le silence finirait par couvrir ce qui s'était passé dans l'hôtel ou le havre de spectres proche de l'aéroport O'Hare et qui, pour finir, lui avais délégué une responsabilité que moi seul devais assumer. Elena revint au Café Gijón le lendemain matin, selon son habitude, avant de reprendre le chemin des stations de son calvaire quotidien. Au lieu de faire le tour de la clientèle comme les autres jours, elle courut à la table où Bruno feignait de lire les journaux et lui tamponna le front d'un baiser (ta salive d'escargot), là où les cheveux commençaient à se faire rares. Le serveur le regarda avec envie, tout en faisant fonctionner la machine à café.

« Merci pour ton aide, dit Elena. Maintenant je commence à y voir clair. Ça ne se reproduira plus. »

Il avait neigé pendant toute la nuit ; la ville s'était réveillée embaumée et arctique, mais les pneus des automobiles avaient déjà discrédité son rêve de décence. Les phrases d'Elena étaient délibérément ambiguës, à moins qu'aucun calcul n'entrât dans leur ambiguïté, mais seulement un code émotionnel que ni Bruno ni aucun mortel n'auraient pu déchiffrer. Peut-être Bruno péchait-il par ingénuité, mais il y avait dans les yeux d'Elena une lumière nouvelle, comme si au terme d'une bataille dans laquelle s'étaient affrontées les forces qui régissent l'univers une trêve avait été proclamée qui annonçait des années de prospérité et des moissons à lasser les faucilles. Bruno vit dans les yeux d'Elena – vert de la Méditerranée, vert émeraude, vert Véronèse, vert jaspé de brun et vert jaspé de jaune – les premiers signes rassurants de cette trêve.

« Qu'est-ce qui ne se reproduira plus ? demanda-t-il, s'abandonnant à l'optimisme.

– Ce que tu as vu hier. C'est fini. Pour toujours. »

Il y avait dans sa voix une volonté de renouvellement qui assourdissait le bourdonnement des mouches bleues. Ils prirent de nouveau leur petit déjeuner ensemble. Bruno lui conta l'histoire d'une autre île Barataria découverte dans ses navigations sur Internet, qu'Elena écouta avec des éclats de rire et des expressions d'ébahissement, tout en croquant une autre pomme reinette ; et elle lui raconta son voyage de fin d'études dans les îles de la mer Égée, dont elle était revenue un peu déçue de n'avoir rien vu du Colosse de Rhodes ni du Minotaure de Crète, qui avaient sans doute demandé asile dans un de ces pays de pacotille que cartographiait Bruno. Entre-temps, la neige s'était remise à tomber sur la ville avec une légèreté d'aigrette ou de manne volante, pour cicatriser les balafres que les roues profanatrices des automobiles avaient faites dans son manteau. Elena avait fini son petit déjeuner mais en laissant cette fois le reste du pain et le trognon de pomme sur l'assiette avec les autres reliefs, l'emballage argenté du beurre et le sachet vide de sucre. Dans les parcs, les oiseaux sans pedigree allaient regretter leur pitance.

« J'ai mangé comme un ogre », dit-elle en se tapotant le ventre, ce ventre que j'écoutais dans les conques marines.

Bruno éprouvait encore de la gêne à regarder ses seins mis en relief par le pull en angora. Il demanda :

« Et maintenant, qu'as-tu l'intention de faire ? »

Elena chassa en soufflant les miettes de pain qui parsemaient son giron. Elle prit une expression fâchée qui tendait délicieusement les ailes de son nez, le rendait encore plus camus, plus sensuel et exigeant.

« Je croyais que ta décision était prise, dit-elle. Maintenant, c'est toi qui commandes. »

Bruno fut tout d'abord surpris, puis flatté par cette reconnaissance de son autorité. Mais les talents de cicérone lui faisaient défaut.

« Laisse-moi réfléchir. » Il ausculta son double menton, apparemment pour s'assurer qu'aucun ganglion ne s'y était subitement épanoui. Il n'arrivait pas à assimiler l'honneur qui lui était fait. « Avec toute cette neige qui tombe, il vaudrait mieux choisir un endroit clos. »

Elena mettait sa gabardine. Elle taquina Bruno.

« Allons, ne me dis pas que tu as peur de la neige. » Elle contemplait à travers la vitre la ville enveloppée dans son linceul de chasteté, les branches des arbres du boulevard pareilles à des squelettes de glace, l'édifice de la Bibliothèque nationale semblable à un iceberg néoclassique, les flocons qui tombaient, légers (eucharistie pour tous). « On voit bien que tu es quelqu'un de l'intérieur des terres. À Valence, quand il neige, les gens quittent leur travail et sortent dans la rue pour fêter l'événement. »

Ce n'était pas un événement qu'ils pouvaient fêter chaque hiver ; il arrive que dix ans passent sans qu'ils voient un flocon, si bien que chaque fois que le Ciel leur en dispense, c'est pour eux un véritable cadeau ; d'ailleurs, là-bas, la neige ne tient même pas, une fois tombée à terre elle fond, honteuse de son exotisme et de sa venue intempestive. Elena se souvenait de la première chute de neige de son enfance aussi nettement que de sa première communion ; comme personne ne lui avait expliqué l'origine de ce phénomène insolite (mais elle n'aurait rien perdu à ne jamais la connaître, l'élucidation du mystère est toujours beaucoup plus banale que le mystère même), elle avait pensé que c'étaient les anges qui devaient refaire leur plumage. La maîtresse d'école avait laissé les élèves sortir dans la cour pour qu'ils puissent profiter de l'apparition. Elena remarqua que la neige crissait sous ses pieds, quand elle marchait dessus, avec une légère crépitation d'animal invertébré qui n'ose pas proférer une autre plainte quand on l'écrase. Pendant que les autres fillettes jouaient dans un chahut croissant à se lancer des boules de neige et à éprouver des talents de sculptrices qu'elles ne possédaient point, Elena était restée paralysée, incapable d'avancer ou de reculer pour ne pas aggraver la douleur de la neige qui, tout à coup, lui semblait être une créature vivante et très fragile, orpheline comme un oiseau tombé du nid. Finalement, elle osa prendre une poignée de ce grand drap blanc sans couture et s'avisa qu'elle était en effet animée d'une palpitation transie, d'une frousse d'oisillon qui affronte l'hiver les ailes brisées. Elle garda la poignée de neige à l'abri, entre ses mains, la serra sur sa poitrine (ses seins, alors, ne se préparaient pas à la lactation, ils n'avaient même pas encore connu l'inflammation de la puberté) pour la réconforter et l'apporta à la maison, prête à veiller sur elle, jusqu'à ce qu'elle puisse voler de nouveau.

« Je l'ai vue fondre lentement sur une assiette en porcelaine que j'avais placée près du radiateur, dit Elena, un peu honteuse mais aussi un peu nostalgique de sa candeur Je n'arrivais pas à comprendre ce qui se passait, et quand il n'est plus resté dans l'assiette qu'un peu d'eau tiède, j'ai eu l'impression d'avoir commis un crime épouvantable. Si j'avais tordu le cou à un cygne, je ne me serais pas sentie aussi anéantie et repentante. Quand je t'aurai dit que j'ai même confessé mon péché au curé... »

Ils marchaient sur le boulevard désert, se soutenant l'un l'autre pour ne pas glisser, en évitant autant qu'ils le pouvaient de trop blesser la créature vivante et très fragile qu'Elena avait voulu transformer en animal domestique. Bruno la regardait du coin de l'œil, découvrait en elle les vestiges de l'enfant qui croyait aux anges et ne participait pas aux jeux de ses camarades de classe, peut-être un peu autiste et repliée sur elle-même, peut-être un peu vilain petit canard qui se transformerait un jour en cygne, pour qu'un indifférent lui torde le cou.

« Et quelle pénitence t'a-t-il imposée ? demanda-t-il.

– Il m'a offert une boule de verre pleine d'eau où était représentée l'apparition de la Vierge de Lourdes à Bernadette dans la grotte. Quand je secouais la boule, l'eau se remplissait de petits flocons blancs, semblables à de minuscules confettis. » Elena leva son visage vers le ciel et tendit les bras, heureuse de voir et de sentir les flocons se poser sur sa peau. « Pendant des mois, je n'ai pas pu m'en séparer. Elle m'hypnotisait complètement. »

Elena avait elle aussi hypnotisé Bruno, qui resta à la regarder comme un imbécile pendant qu'elle tournait sur elle-même. En la voyant tourbillonner ainsi, exultante, personne n'aurait pu soupçonner qu'il s'agissait de la même femme qui avait tapissé sa chambre d'un cryptogramme aberrant; Bruno lui-même ne pouvait admettre cette identité entre deux femmes qui lui semblaient être aux antipodes l'une de l'autre, présentant certes des similitudes, mais diamétralement opposées. Alors pendant qu'elle tournait ainsi, Elena glissa, perdit l'équilibre et tomba en avant, tête la première. Bruno réussit à atténuer le choc en interposant ses bras entre le corps qui tombait et les pavés du boulevard tapissés de neige. Ce fut une réaction tardive (il était bien trop captivé et affriandé par sa danse), un peu maladroite, mais instinctive; c'est peut-être pour cela que d'un bras il protégea le ventre fécondé et de l'autre les seins qu'il n'osait même pas regarder franchement, ces seins nourriciers qui avaient la même douceur que le ventre, comme si en eux aussi s'amassaient de nouvelles vies. Le ventre et les seins de Laura furent donc protégés, mais son visage cogna contre le sol, écrasa la neige qui n'osa même pas proférer une plainte, et fut un peu meurtri, mais les contusions étaient légères.

« Ça va ? » demanda-t-il, alarmé.

Elena se retourna, un peu étourdie, alors que Bruno la soutenait encore. Tous deux étaient couverts de neige, enveloppés dans le plumage des anges.

« Quel gadin. » Elena cilla, perplexe, puis elle secoua ses cheveux pour en faire tomber les flocons et rit, de son rire pétillant. « Si tu n'avais pas fait tampon, je me tuais. »

Elle était aussi légère qu'un oisillon tombé du nid, et elle en avait la fragilité, quasi invertébrée. Bruno se dit que s'il l'avait alors approchée d'un radiateur, elle aurait fondu entre ses mains.

« C'est la pénitence que ne m'a pas imposée le curé, dit-elle, encore souriante. Tôt ou tard, les crimes se paient. »

Alors, telle une floraison lente, un filet de sang très fin sortit d'une de ses narines; il ne faudrait pas exagérer et parler d'hémorragie, ce fut à peine un mince filet qui, le visage d'Elena étant incliné de côté, glissa obliquement sur sa joue (elle ne s'était encore rendu compte de rien), atteignit presque à bout de forces le menton (et elle ne se rendait toujours compte de rien) et fit tomber trois gouttes de sang sur la blancheur de la neige qui mitigea leur éclat scandaleux et composa avec elles une tache rosée, laquelle s'étala comme une goutte d'huile sur du papier poreux. Bruno se souvint alors de l'épisode de *Perceval le Gallois* de Chrétien de Troyes, dans lequel le vaillant chevalier demeure abîmé en lui-même tandis qu'il contemple le sang d'une oie blessée par un faucon, parce qu'il lui rappelle la couleur de rose du visage de son amie, contemplation qui dure tout un matin et le conduit au délire d'amour, ce qui n'aurait pas manqué d'arriver à Bruno si Elena ne l'avait bousculé.

« Hé, réveille-toi, mon vieux ! dit-elle en lui pinçant une joue. Il était prévu que nous chercherions un endroit abrité. »

Bruno eut de la peine à se lever (il se promit de se donner de l'exercice, pour perdre un peu de ventre) ; mais il eut beaucoup plus de peine à se séparer de ces trois taches, déjà fondues en une seule, qu'il aurait voulu tenir entre ses mains pour en sentir la palpitation transie. Entre-temps, Elena avait épongé le filet de sang avec un mouchoir en papier et tirait Bruno par la manche de son manteau, comme si c'était elle le cicérone de cette expédition. Ils finirent par se réfugier au musée du Prado, ce hangar à touristes qu'Elena n'avait encore jamais visité. Bruno la laissa établir leur itinéraire ; il la laissa écarter de la profusion de tableaux célèbres ou ignorés ceux qui éveillaient le moins sa curiosité, et bien qu'il sentît que ses jambes peinaient à le porter, il se tint de pied ferme, sans s'accorder un moment de répit sur l'une des ottomanes mises à la disposition des visiteurs, pendant les deux heures qu'Elena consacra à la salle où étaient exposés les Murillo, peintures qui suscitèrent en elle le plus grand ravissement, sans doute parce qu'elles évoquaient un songe de pureté défunt. Pendant qu'elle examinait chaque détail d'une *Immaculée Conception* vêtue de soleil, avec la Lune à ses pieds et un diadème de douze étoiles auréolant sa tête, Elena lui parla de ses goûts musicaux, qui avaient bien failli être gâtés au cours des dernières années par les adolescents frustes auxquels elle essayait en vain d'enseigner quelques rudiments dans un lycée de Valence (elle n'ajouta cependant pas qu'elle venait d'en être renvoyée pour absences injustifiées) ; puis, tandis qu'ils mangeaient dans le restaurant du musée une escalope à vocation de semelle, Bruno lui proposa d'aller à l'Opéra. Il ne pouvait se permettre de grands luxes, surtout depuis la magnificence déployée la veille devant la logeuse de la pension, mais il lui restait de quoi payer deux places au poulailler, où son manteau d'ours échappé du jardin zoologique ne provoquerait pas trop de remous. Quand Elena lut sur le programme du quotidien qu'ils avaient emprunté à leurs voisins de table que l'on donnait *Tannhäuser* au Teatro Real, débordant d'enthousiasme, elle ne tint plus en place. Bruno se soucia de lui examiner le nez, en lui demandant d'incliner la tête en arrière ; la blessure s'était refermée, à la différence d'autres blessures que Bruno préférait ignorer.

Ils obtinrent deux places d'angle, de celles où il faut être muni d'une longue-vue, si ce n'est d'un périscope, pour découvrir ce qui se passe sur scène. *Tannhäuser* décrit la lutte mortelle d'un *Minnesänger*, un chevalier troubadour qui, pris au piège des plaisirs sensuels que lui dispense Vénus, regrette cependant sa vie antérieure, consacrée à la composition poétique et à l'amour chaste d'une demoiselle appelée Élisabeth. Quand il réussit enfin à s'arracher aux charmes de Vénus, Tannhäuser subit la vengeance différée de sa séductrice, qui lui inspire des chansons d'une sensualité offensante et intempestive. Après une visite expiatoire à Rome, le *Minnesänger*, apparemment destiné à la condamnation éternelle, obtiendra *in extremis* le pardon divin (je ressusciterai), grâce au sacrifice et aux prières d'Élisabeth qui, épuisée par les peines et les douleurs de l'absence, a alors rendu l'âme (offre ton amour aux vents et emplis le monde de ton amour). Wagner utilisait une légende médiévale germanique pour illustrer le perpétuel conflit entre la chair et l'esprit, entre les instincts et l'âme qui conserve encore la réminiscence d'un rêve de pureté défunt. Bruno écouta l'ouverture, le concours de chant du deuxième acte, le cantique des pèlerins du troisième acte, battu par les vagues successives d'un art qui n'admet pas d'explication humaine, un art inhumain ou surhumain qui le noyait de douleur et de plaisir, de volupté et de fureur, qui lui donnait un désir exaltant d'élévation et le brisait intérieurement.

Pendant le cantique des pèlerins, Elena posa une main sur son avant-bras qu'elle pressa très doucement, pour lui transmettre la transe esthétique qui l'animait. Bruno la regarda du coin de l'œil, paralysé par la musique qui emplissait le monde, et il entrevit dans l'obscurité du poulailler le visage d'Elena, illuminé de béatitude, presque en lévitation ; des larmes discrètes et abondantes (et non pas un mince filet) glissaient sur ses joues, qu'elles lavaient de la souffrance.

La nuit était tombée quand ils sortirent du Teatro Real. Ils retournèrent au paseo del Prado en silence, hantés par une réverbération qui rendait les paroles superflues ; la neige, entre-temps, avait fondu, souillant les trottoirs d'une triste fange piétinée, comme si des hordes barbares étaient passées par là. Bruno était désolé qu'Elena dût remonter dans cette pension qui abritait le bourdonnement des mouches bleues ou leur chimère acoustique, mais il ne lui restait plus d'argent pour lui payer une chambre dans un autre endroit, et l'inviter à dormir chez lui, où il n'y avait qu'un seul lit, pouvait donner lieu à des interprétations malheureuses. C'est ainsi qu'il l'accompagna jusqu'au seuil qui semblait donner accès à des catacombes, et il crut sentir dans son au revoir une faible douceur qui lui parut emphatique, comme si Elena essayait d'éclairer par cette formule triviale des motifs plus profonds. Puis, il la regarda monter l'escalier grinçant de vermoulure et de péchés ; elle le faisait avec plus de résolution et plus d'élan que les jours précédents, sans même devoir s'arrêter sur le palier ni s'adosser au mur mitraillé d'écaillures. Bruno traversa la rue et se posta sur le trottoir d'en face ; il s'était préparé à affronter un échec, refusant de croire que l'apparente amélioration pût être définitive. C'est pourquoi, quand il constata qu'Elena allumait la lampe de la table de nuit juste le temps qu'il lui fallait pour se déshabiller et se coucher, qu'elle se livrait au sommeil sans devoir passer par des manipulations alchimiques, sa joie fut plus décisive et pugnace. Il rentra chez lui en mettant les pieds dans les flaques avec une intrépidité d'enfant. Et cette nuit-là, il ne put fermer l'œil.

Exalté par la nuit blanche, il se leva plus tôt que jamais ; les accords wagnériens rythmaient son allégresse, qui n'avait fait que grandir pendant la nuit. Il courut au Café Gijón et s'assit à la table qu'il considérait déjà comme sienne, devant la baie vitrée qui donnait sur le paseo de Recoletos, en attendant que ce matin encore les cycles cosmiques qui régissaient l'éternel retour lui ramènent la silhouette d'Elena s'approchant sur le trottoir. Il fut toutefois déconcerté de voir qu'elle avait cette fois choisi le trottoir d'en face, attristé de remarquer qu'elle avançait portée par les courants d'une marée en oscillant sur le bord du trottoir comme si elle avait fait une rechute ; il éprouva un saisissement en la voyant passer devant le café sans broncher, absorbée dans ses pensées, continuer son chemin jusqu'à la Bibliothèque nationale, caresser les grilles qui l'entouraient (comme elle caressait les haies des parcs que la cisaille venait de sculpter), s'arrêter devant l'entrée, monter l'escalier et disparaître dans le vestibule.

Tandis qu'elle empruntait en sens inverse les couloirs maintenant déserts de l'hôpital Saint Francis, Fanny éprouva une sensation très troublante, mélange de nullité et de plénitude : elle ne savait pas où elle se trouvait, elle ne savait pas ce qu'elle était venue faire dans cet endroit aux murs couverts de carreaux de céramique et aux plafonds éclairés par des tubes fluorescents, elle ne savait ni en quel mois ni en quelle année elle était, et elle ne se souvenait même plus de son nom ; mais, par ailleurs, elle se sentait plus vivante que jamais, elle sentait son sang bondir comme les eaux d'un fleuve en crue qui aurait langui en étiage pendant des années, elle sentait dans l'air qui réveillait ses poumons un vague parfum d'eucalyptus et elle sentait que la chaleur et la lumière du soleil (elle avait maintenant laissé derrière elle le labyrinthe de couloirs de l'hôpital) la rendaient transparente. Elle mit plusieurs heures à reprendre conscience de ce qu'elle avait fait : elle avait suivi d'un pas agile le bas-côté de la route qui la rapprochait de Chicago, surprise de ne voir aucune voiture y circuler, et elle s'était arrêtée pour se reposer dans un bar dont la clientèle ne s'était même pas retournée en entendant le carillon de la porte. Tous étaient pétrifiés devant le téléviseur comme des victimes de la Gorgone. Sur l'écran ne cessaient de se répéter les images du magnicide de Dallas : c'étaient des images floues qui suivaient le déplacement de la foule entassée sur les trottoirs et faisaient trembler les mouchoirs et les drapeaux ; une neige de confettis descendait sur la Rolls-Royce qui transportait le beau président et sa belle femme, tous les deux trop beaux, on avait liquidé Lincoln pour beaucoup moins que ça. Comme le film était muet (à moins qu'on ne lui eût arraché le son), les détonations ne précédaient pas l'impact des balles, de sorte que le président semblait pris d'une attaque subite d'épilepsie. La première balle l'atteignait à la gorge et le projetait sur le dossier du siège; on avait l'impression qu'il avait avalé de travers et cherchait son souffle, et c'est ce que sa femme devait croire, parce qu'elle se tournait vers lui avec plus de curiosité que de consternation. La deuxième balle, tirée de la direction opposée, se logeait dans son dos et le propulsait en avant, comme une figurine de jeu de massacre qui bascule; sa femme se penchait vers lui, avec plus de consternation que de curiosité, sans doute les clameurs de la multitude ne lui avaient-elles pas permis d'entendre les détonations, mais elle commençait à comprendre, parce que dans les mains de son mari qui bouchaient le trou de la première blessure se pressait le sang tumultueux, les mains que le président avaient portées à sa gorge semblaient vouloir resserrer le nœud d'une cravate fuyante qui se dénouait et se dénouait encore et étendait sa tache grandissante sur le devant de la chemise. Il y avait une troisième balle qui manquait sa cible et touchait l'un des gardes du corps du président, assis sur le siège à côté du conducteur. Et déjà la quatrième perforait la tempe du président, traversait son crâne qu'elle faisait éclater au sommet, dont la masse encéphalique et les esquilles converties en confettis chauds saupoudraient la belle femme qui, ayant maintenant compris qu'elle était veuve, voulait passer à quatre pattes à l'arrière de la limousine, ce que finissait par lui reprocher un autre garde du corps, qui la poussait à veiller le cadavre de son mari, son seul devoir étant de mourir à ses côtés comme les concubines des pharaons mouraient dans la pyramide que leur souverain avait fait élever pour célébrer le festin des asticots. La caméra suivait ensuite, entre les feuillages des arbres, la limousine devenue corbillard décapotable, tandis que sur le monde s'abattait un silence orphelin et que les horloges s'arrêtaient, que les planètes suspendaient leur révolution et que le sang cessait de couler dans les veines, sauf celui du président surpris par l'embuscade qui continuait de se répandre même si le cœur ne le pompait plus, de couler comme une source intarissable.

On passa cent ou mille fois ce film, pour que la nation tout entière puisse compter les impacts des balles (peut-être une autre s'était-elle perdue, avec les cris de la veuve, dans l'atmosphère), un, deux, trois, quatre en moins de six secondes, tirées d'endroits différents, en un feu croisé sans échappatoire qui secouait le président moribond tandis que le sang expiatoire abandonnait pacifiquement ses veines, telle une marée tranquille qui l'aurait inondé de béatitude. Mais après les cent ou mille répétitions on interrogea un expert en balistique payé par le gouvernement qui, partant de la théorie d'un franc-tireur solitaire, aboutissait à la description singulière d'une balle qui rectifiait plusieurs fois sa trajectoire dans les airs, pour blesser tout d'abord le président dans le dos, traverser ensuite sa gorge et enfin aller poursuivre ses dégâts sur le garde du corps qui occupait la place à côté du conducteur. Fanny fut déconcertée par les clients de ce bar de routiers qui avalèrent sans protester l'hypothèse contredisant les lois de la physique ; elle fut encore plus déconcertée quand elle les vit se contenter d'imputer le magnicide à un glandeur quelconque que la police avait arrêté dans un cinéma des environs de Dallas, un type malingre et arrogant, peut-être même incapable d'appuyer sur une détente. Fanny savait que l'antique serpent ne dort jamais ; elle savait que depuis qu'il avait été vaincu dans une grande bataille qui s'était livrée au Ciel, il n'avait pas arrêté de se livrer à ses machinations ; elle savait que depuis qu'il avait été précipité sur terre, il n'avait cessé de tromper les crédules mortels. Cette balle qui semait la mort en zigzaguant ne pouvait avoir été tirée que par le Malin ; et si les hommes ne réussissaient pas à interpréter une aussi diabolique iniquité, c'était parce qu'ils vivaient captifs d'un empire invisible qui les avait privés d'intelligence et de volonté.

Fanny était sortie victorieuse et indemne de sa première confrontation avec l'Ennemi. Mais ce triomphe initial, ou peut-être ce mirage de triomphe, ne devait pas lui faire oublier la mission beaucoup plus vaste que Dieu lui avait confiée. Une mission qui réclamait d'elle, outre une volonté inébranlable de se battre, l'astuce du soldat qui s'infiltre dans les lignes ennemies pour étudier ses techniques de combat, détruire ses systèmes de défense et son armement, percer ses plus secrètes faiblesses. Maintenant, la télévision présentait les témoignages de Lyndon B. Johnson, l'homme qui avait pris place sur le trône sanglant resté vacant ;

d'Edgar Hoover, le grand moutardier du FBI qui démentait les rumeurs de conspiration et adhérait à la thèse du fou solitaire, et de généraux au poitrail criblé de décorations qui bredouillaient des paroles aussi creuses que larmoyantes tout en laissant deviner, sous leur consternation feinte, la joie qui les possédait et qu'ils avaient bien de la peine à cacher, celle de pouvoir enfin réaliser leurs mortels desseins et d'instaurer le règne du feu qui calcinerait la Terre. Ils étaient nombreux (leur nom est Légion), investis des plus grands pouvoirs, et Fanny était seule, sans autres armes que ses mains ; mais elle avait été purifiée par un saint homme, et Notre-Seigneur l'avait choisie entre toutes Ses créatures pour combattre le règne qui venait de s'imposer. Elle se rappela le conseil de Burkett : puisque sa mission était aussi vaste que les étendues marines, elle devait commencer par les Diables qu'elle connaissait ; elle savait que la bataille contre l'antique serpent durerait toute l'éternité, et elle savait aussi que son insignifiante fragilité de mortelle lui laisserait à peine le temps de participer à quelques escarmouches. Néanmoins, aussi longtemps qu'au fond de ses entrailles palpiterait une braise de vie, elle demeurerait fidèle à la mission qui lui avait été confiée. À sa mort, Notre-Seigneur élirait un autre de Ses serviteurs pour poursuivre l'œuvre commencée, et elle pourrait jouir d'un repos bien mérité dans la gloire de l'Agneau et suivre les péripéties de la bataille du haut de la montagne de Sion, vêtue d'une tunique blanche, une palme à la main. Mais, pour obtenir ce permis de séjour dans la Jérusalem nouvelle, il fallait d'abord vivre dans le repaire des démons, dans la tanière des esprits immondes. Lève-toi ! va à Ninive.

Chicago avait beaucoup changé en très peu d'années. Ou peut-être la ville, vue des terres incultes de la vie invisible, semblait-elle transfigurée, assombrie de soupçons et de mauvais présages. Fanny avait appris à lire l'écriture des anges déchus, parfois camouflée entre les nuages qui voguaient dans le ciel comme des vaisseaux démâtés, ou gravée sur les visages des individus anonymes qui la croisaient dans la rue (chaque ride était un hiéroglyphe), ou intercalée dans la typographie d'un vieux journal, ou glissée dans les émissions radiophoniques nocturnes, ou cachée dans les très fugitifs éclats de lumière sur les fenêtres d'un édifice. Le déchiffrement de ses messages l'obligeait à rester constamment sur le qui-vive, activité d'autant plus aride et exténuante que l'antique serpent, pour se soustraire au harcèlement de sa persécutrice, déjouait ses efforts en semant de fausses pistes, ou mettait ses dons herméneutiques à l'épreuve en lui présentant des galimatias inintelligibles, ou donnait des ordres contradictoires aux soldats de ses armées, qu'il convoquait à des réunions qui n'avaient pas lieu ou avaient lieu à des endroits que Fanny ne surveillait pas. Parfois, quand elle épuisait sa patience à déceler des messages qui essayaient de tromper sa vigilance (la fumée d'une cheminée, les ondes qui se déployaient à la surface d'un étang, le chahut des rouges-gorges dans une oisellerie, le tintamarre des coups de klaxon dans un embouteillage, les traces d'un chien sur la neige, le retentissement soudain d'une chanson, le tambourinement de la pluie sur une vitre, les morsures des vagues dans le sable des plages du lac Michigan), elle cédait au découragement, ou plutôt à un sentiment d'oppression, et elle demandait à Dieu de lui rendre la clairvoyance qui la trahissait. Alors, Dieu lui insufflait un courage renouvelé et lui accordait le don de comprendre des symboles qu'elle n'avait encore jamais remarqués, des messages qui avaient trompé sa vigilance et, en les interprétant, en débrouillant leurs arcanes (la configuration des taches d'humidité sur le plafond de son logement, les reliefs du cordonnet d'une pièce de monnaie trouvée sur le trottoir, les dépôts du thé, le vol hélicoïdal d'une samare d'érable, les veines du marbre, les fissures du ciment, le vagissement des trains aériens, le jeu isochrone des feux de signalisation), Fanny retrouvait foi à son entreprise et rendait grâce à Dieu de lui avoir accordé le don secret de triompher des écritures polyglottes du Malin.

Pour Fanny, malgré tout ce fatras de dialectes diaboliques qui lui soufflaient chaque jour un nouvel alphabet, une chose était claire : si elle désirait mener à bien sa mission, il fallait s'efforcer de donner à son existence quotidienne un vernis de normalité, une apparence anodine et soumise. L'antique serpent irait sans doute chercher sa persécutrice parmi les pacifistes qui protestaient contre les essais nucléaires et la guerre du Vietnam, parmi les proscrits qui campaient dans les faubourgs de la mendicité, parmi les patients des asiles de fous et des maisons de santé, parmi ceux qui résistaient au parcage et au grégarisme décrétés par les magnicides, parmi les réfractaires et les mécontents. Fanny décida de cacher sa quête sous une façade de routines qui la rendrait pareille au troupeau des individus réduits en esclavage, à ces millions d'indolents qui se soumettaient avec une fière sottise à la domination des puissants : elle allait porter leurs uniformes égalisateurs et, comme eux, travailler dans des bureaux répugnants, s'affilier à des syndicats inopérants, plier sous le joug des taxations et des exactions qui les accablaient. Elle allait vivre incognito dans l'armée des automates que l'antique serpent dressait afin d'approvisionner en charogne les vautours de l'Armageddon. Et ce serait seulement une fois affranchie des rigoureux horaires du labeur quotidien et pendant les heures soustraites au sommeil (qui est le terreau fertile dans lequel le Malin répand ses semences d'iniquité) qu'elle se consacrerait au déchiffrement des messages récoltés pendant le jour, ces messages qu'elle ferait semblant d'ignorer pour ne pas éveiller les soupçons et mettre sur sa piste les indicateurs et les cerbères de l'antique serpent : la tache d'encre sur le buvard, le dallage échiqueté du quai d'une gare, les tunnels creusés par les artisons dans le banc d'un parc, les marques excrémentielles sur les vêtements en attente dans les laveries, les numéros de téléphone griffonnés sur les portes des toilettes publiques, les borborygmes de l'eau dans les canalisations, la puanteur montant des égouts, les cicatrices d'un estropié qui réclame une pension au gouvernement.

Fanny s'était fait couper les cheveux, elle s'habillait avec une humilité de parade puisée dans les cartons des soldes, elle portait des lunettes d'écaille qui corrigeaient sa presbytie prématurée (ou peut-être pas si prématurée que ça, parce que le déchiffrement incessant de ces messages infinis épuisait rapidement les ressources de sa vue). On l'avait engagée comme vendeuse au rayon quincaillerie d'un grand magasin où, peu à peu, en petits chapardages successifs qui n'avaient pas l'envergure de la kleptomanie, elle s'équipa d'une panoplie d'instruments perçants (vilebrequins et burins, alênes et fil de fer barbelé) ou seulement contondants (pinces et marteaux, clefs anglaises et tournevis) qui, le cas échéant, l'aideraient à tenir le Malin en respect. Bien que son salaire n'eût rien de mirobolant, il lui permettait de mener une existence discrètement austère, dans laquelle les privations excédaient largement les dépenses. Elle fuyait les tentations de la camaraderie et de la confidence dans ses rapports avec les autres vendeurs ; sa sympathie était toujours vaguement courtoise et strictement circonscrite à la journée de travail ; jamais elle ne permit à personne d'envahir son intimité ; jamais elle n'établit de liens susceptibles de retentir dans les déserts de la vie invisible. Elle avait loué un appartement dans le Northside, presque voisin du cimetière catholique Saint Boniface, dans un immeuble en brique noirâtre dont la superstition avait fait un endroit maudit après que quelques-uns des locataires l'eurent fui, réveillés en sursaut en pleine nuit par un murmure d'âmes piégées dans le purgatoire. Fanny, qui ne reculait pas devant les langues protéiformes de l'antique serpent, ne fut même pas émue – on pourrait presque affirmer qu'elle fut séduite – à la perspective de vivre entourée de psychophonies. Elle avait adopté un régime strictement végétarien, dans son désir de ne pas être contaminée par l'impureté ; cette abstinence de toute chair la rendait plus lucide et plus alerte, surtout aux heures où, profitant du sommeil de la vertu, l'Ennemi multipliait ses messages : lumières intermittentes des enseignes au néon, ocelles sur les ailes d'un papillon de nuit qui ne sait où se poser, grésillement d'une ampoule détériorée, clignements des yeux d'un chat nyctalope, positions des constellations, discret dégouttement d'un robinet, plis des draps qui l'oppressaient de leur froid de suaire, tic-tac d'un réveil, tic-tac d'un réveil, tic-tac d'un réveil qui ne donnait plus l'heure parce qu'elle avait oublié de le remonter.

Pendant quatre ans, elle se consacra entièrement à transcrire les messages chiffrés de l'antique serpent dans des carnets à la couverture plastifiée qu'elle emplissait d'une écriture qui n'était pas sans ressemblance avec la calligraphie arabe, aussi nerveuse qu'une succession de griffures qu'elle-même ne parvenait plus à comprendre quand elle voulait la relire. La profusion de paroles creuses que prononçait le Malin – fanfaronnades et anathèmes qui restaient sans effet, successions de blasphèmes horripilants qui perdaient une partie de leur vigueur une fois traduits en anglais, parfois purs grognements fielleux – était telle que Fanny finit par soupçonner qu'elle cachait une défaillance constante : le chien qui n'ose plus mordre cherche à impressionner en aboyant. Peu à peu, elle perdit tout respect pour son adversaire : la nuit, elle se maquillait impudiquement (il ne lui en coûta guère d'étendre ses chapardages véniels aux rayons de parfumerie du grand magasin où elle travaillait) et substituait aux déguisements de novice tardive des robes qui mettaient ses hanches en valeur, serraient sa taille sans adiposités et moulaient ses seins, qu'elle frictionnait tous les matins avec de la glace pilée pour leur conserver leur douceur et leur fermeté ; elle remit même des chaussures à talons hauts, et découvrit que ses mollets – encore sveltes, encore bien galbés – n'avaient attendu que leur résurrection après leur longue condamnation aux espadrilles et aux mocassins. Toutefois, elle ne laissa pas pousser ses cheveux ni ne renia ses lunettes d'écaille, afin que nul ne pût reconnaître les traits de la *pin up* qui cumulait les infractions contre le sixième et le neuvième commandement. Elle essaya aussi de rectifier les expressions fringantes ou effrontées qui avaient jadis été ses artifices de séduction photogénique ; elle en essaya d'autres devant le miroir, plus convenables et plus adaptées à son âge (elle avait atteint la quarantaine sans rémission), que rendirent plus complexes le mystère étale que la presbytie ajoutait à ses yeux bleus et un air pensif qui devait avoir une action dissuasive sur les divorcés écervelés qui rêvaient encore de culbuter une nymphomane en sa maturité. Quand cette transformation fut achevée, Fanny constata devant le miroir qu'elle était encore belle, d'une façon certes plus posée et discrète que jadis : c'est que la beauté est une question de squelette.

Elle commença à fréquenter le dancing Aragon, qui était tout proche de chez elle, à deux pas, comme on dit. Elle avait toujours raffolé de la danse, jadis, dans une autre vie, et cette passion irrépressible et désinhibée lui avait valu, en plus de quelques soirées divertissantes, un choc dont elle ne s'était jamais complètement remise. Ses songes lui représentaient encore, tel un levain d'horreur, le souvenir du viol associatif qu'elle avait subi dans un dépotoir des environs, aux mains d'une bande de brutes, après avoir été appâtée par la promesse de passer une soirée à l'Aragon que lui avait faite devant la vitrine d'une boutique de l'avenue

Michigan un homme avec une fine moustache à la Gilbert Roland et une voix de baryton ; elle se rappelait le fil du couteau qui pressait sa jugulaire, la puanteur écœurante des monceaux d'ordures corrompues qui avaient servi de cadre à l'agression, la monotonie de la pluie qui plaquait ses cheveux sur son crâne, dissolvait le Rimmel de ses cils et le mêlait à ses larmes ; elle se rappelait les mains de batraciens de ses ravisseurs palpant ses seins par-dessus son pull en angora, leur contrariété offensée et colérique quand ils avaient su que leur victime venait d'avoir ses règles, leur décision finale de la faire s'agenouiller sur les ordures qui déchiraient ses bas, pour se répandre dans sa bouche l'un après l'autre avec des coups de butoir qui lui avaient mis le voile du palais à vif et avaient failli l'étouffer. Fanny gardait encore sur ses papilles le goût belliqueux et opiniâtre des éjaculations, et aussi le brusque retrait de la chair qui se repliait comme un mollusque dans sa coquille après lui avoir inoculé son poison. Elle avait porté dans son sang ce poison plus abrasif qu'une septicémie jusqu'à ce que le saint homme eût consenti à la purifier par le chemin resserré et douloureux ; et maintenant que son sang était immunisé contre le venin qu'instillait l'antique serpent, elle comptait les heures et les jours en attendant l'accomplissement de l'expiation, l'heure où elle pourrait enfin affronter en combat singulier l'un des démons qui avaient profané son corps. Leurs visages aux traits déformés par la bestialité restaient gravés dans sa mémoire, tels des bas-reliefs dont le contact brûlait, avec une fixité de daguerréotypes qui dans ses cauchemars l'agressait encore, plus de vingt ans après.

Elle les cherchait. Elle cherchait leurs traits parmi les milliers ou les millions de visages que le Diable suscitait sur son passage afin de lui rendre la tâche plus difficile et plus pénible. Elle les cherchait aveuglément, furieusement, dépistée par un essaim de signes qui la menaient d'un bout à l'autre de la ville sur de fausses pistes que l'antique serpent semait devant elle pour l'épuiser en marches interminables qui la conduisaient au bord du renoncement. Elle en arriva même à aller explorer le dépotoir où elle avait été violée, dans l'espoir que ses agresseurs étaient des animaux d'habitude qui continuaient d'y perpétrer leurs forfaits ; découragée, elle découvrit que sur ce terrain vague ou ce bourbier on avait construit un ensemble de petits pavillons agglutinés, comme leurs jardinets, semblables à des réceptacles d'un bonheur abruti et captif. Fanny sentit que quelque chose – peut-être les ruines de sa persévérance malmenée – s'effondrait en elle quand elle vit trottiner dans un tel endroit des groupes de jeunes enfants non prévenus qui ne tarderaient pas à se soumettre aux effluves du Malin. Si la chose ne s'était pas encore produite, c'était sûrement parce que le Malin était bien trop occupé à se soustraire à ses poursuites ; cette supposition entachée de mégalomanie acheva de convaincre Fanny que l'occasion tant de fois anticipée par le désir lui était peut-être donnée d'appâter l'adversaire au lieu de poursuivre cette exténuante partie de cache-cache. Voilà pourquoi elle consentit à se dépouiller de son déguisement de novice, à rappeler à elle la femme attirante qui survivait encore dans les décombres de l'abandon et de la schizophrénie, et pourquoi elle se mit à fréquenter la nuit le dancing Aragon, qui avait été la friandise et l'hameçon que lui avaient tendus ses démons violeurs pour la faire monter dans leur automobile. Dans l'un des traités de démonologie de Burkett, Fanny avait lu que la danse – avec sa liturgie de corps arrimés les uns aux autres, moulés les uns sur les autres, avec ses pas répétés jusqu'à l'ivresse et au vertige – était l'un des instruments dont se sert l'Ennemi pour attirer de nouveaux adeptes. Puisqu'elle se savait insensible à la contamination diabolique, Fanny n'hésita point à s'offrir comme candidate supposée à cette attraction et à ranimer par la même occasion sa passion de jeunesse pour la danse.

Le dancing Aragon était alors – à la fin des années soixante – une lamentable caricature de ce qu'il avait été au cours des décennies précédentes quand s'y produisaient les orchestres de Freddy Martin, de Wayne King, de Dick Jurgens ; on y avait accueilli les récitals de Tommy Dorsey et Guy Lombardo, de Xavier Cugat et d'Artie Shaw, de Benny Goodman et de Franck Sinatra. Entre-temps, un incendie qui s'était déclaré dans l'immeuble voisin avait ravagé le vestibule du local dont la municipalité avait exigé la fermeture : ce que n'avaient pu entraîner le va-et-vient des modes ni les coups de griffes de la Dépression ni les saignées guerrières fut obtenu par une épidémie d'hystérie, qui est la plus contagieuse et la plus aveuglante des maladies. Après sa réouverture, l'Aragon se trouva sans clientèle ; une succession de propriétaires écervelés ou songe-creux – à chaque nouvelle vente, la valeur du local baissait, et finit par être celle d'un simple magasin – le reconvertit en piste de patinage, en podium où se déroulaient les matchs de boxe ou en discothèque lysergique, avec des résultats également catastrophiques. Entre deux faux pas, l'Aragon avait alors retrouvé sa condition première de dancing ; mais l'époque des multitudes agglutinées sous la marquise de l'entrée – les femmes empaquetées dans des robes en lamé, les hommes en smoking, comme le décrivait le commentateur de la station WGN dans ces émissions en direct que Fanny Riffel écoutait, ébahie, dans son Chillicothe natal – était à jamais révolue. Le public de l'Aragon se composait à présent de péquenots venus passer la fin de semaine dans la capitale (parfois accompagnés de leur dodues moitiés qui poussaient de hauts cris quand leur cavalier leur écrasait un cor, parfois affranchis de la férule conjugale et ne pensant qu'à fumer un petit joint à l'air libre), nostalgiques de tubes vieillots, et d'une ribambelle de divorcés et de divorcées atteints de démangeaisons à l'entrecuisse (toujours les mêmes et toujours faisant comme s'ils se rencontraient par hasard) qui ignoraient les rudiments de la danse et ne s'intéressaient qu'à leurs rendez-vous borgnes dans un cadre morose bordélisant. Fanny détonnait dans cette atmosphère ; ou peut-être vaudrait-il mieux la dépeindre comme une fière licorne qui répugnait à se mêler au troupeau de mules décaties et de percherons qui tricotaient des gambettes autour d'elle. Quand elle consentait à accorder une danse, elle ne daignait même pas regarder son cavalier (qu'elle avait déjà catalogué, avec un dédain monotone), presque infailliblement un rustre qui s'efforçait de la draguer à grand renfort de plaisanteries agricoles et en la serrant d'un peu trop près. Mais il suffisait que Fanny le foudroie d'un regard de commisération cruelle (celui que l'on jette sur un ver que l'on vient d'écraser), pour que le candidat se rétracte et se contente de suivre – plutôt mal que bien, le plus souvent – les mouvements de cette sphinge aussi souple qu'une liane. Fanny ne tarda guère à se tailler la réputation de meilleure danseuse de l'Aragon, et la plus inaccessible.

Les orchestres d'antan avaient été remplacés – les mauvaises affaires ont les impératifs que l'on sait – par un pianiste sexagénaire conservé comme une sardine en salaison et pathétiquement vêtu d'une veste à paillettes qui semblait confectionnée avec les restes d'un rideau de bordel psychédélique. Il jouait sur un synthétiseur Wurlitzer à trois claviers qui lui permettait, en un fatigant exercice d'adresse, d'imiter les divers sons des instruments d'un orchestre, mais avilis par le petit ton aigrelet de musique en boîte propre au flonflon électronique. L'Aragon avait conservé sa piste de danse d'origine, qui avait pu être considérée dans ses années de gloire comme un sanctuaire de l'élégance outrée, mais qui alors – copieusement patinée par la crasse et la négligence – ne pouvait plus guère inspirer que de l'ironie, au premier regard posé sur cette apothéose du syncrétisme kitsch. Elle s'efforçait d'imiter le patio d'un château espagnol (mais un château espagnol décoré, précisons-le, par un pâtissier disciple de Walt Disney), entouré de tourelles aux toits de tuiles dont les flèches pointues ressemblaient à des sucres d'orge, des balcons avec leurs balustres en stuc croulant d'ornements, et une loggia ou galerie à portique au deuxième étage qui servait de cabinet particulier aux couples les plus porcins. On accédait à ce cabinet par un petit escalier gardé par des dragons et des esclaves nubiens en plâtre ; le tapis qui couvrait les marches avait été épais et rouge mais, une fois râpé, il avait acquis la couleur du paillasson d'un club de ramoneurs, couleur sans grâce et cendreuse qui avait d'ailleurs couvert l'ensemble du décor, et qui enlaidissait le parquet de la piste, lequel ne devait même plus se souvenir de la dernière couche de vernis qu'on lui avait donnée, sans doute antérieure au bombardement de Pearl Harbor. Le plafond, qui était très haut, tâchait de reproduire un ciel nocturne et dégagé avec des clous à tête dorée en guise d'étoiles scintillantes ; pour couronner le massacre, les clous avaient perdu leur éclat et évoquaient plutôt de sinistres astéroïdes. Sous les quelques arcades du faux cloître que comprenait encore le château de fantaisie, se trouvait le bar, plutôt avaricieux en boissons, dont les serveurs avaient l'air de donneurs de sang forcés, meublé de canapés de skaï ramolli par la chaleur de générations successives de culs. Assise sur l'un de ces divans défoncés, Fanny observait le panorama plutôt démoralisant de l'Aragon tout en buvant à petites gorgées une orangeade qui se réchauffait au fil des heures. Elle ne prenait jamais plus d'une consommation, parce que son salaire de vendeuse n'autorisait aucune dépense somptuaire.

Pendant deux ans, elle était venue régulièrement à l'Aragon, certaine que l'antique serpent finirait par mordre à l'hameçon qu'elle lui présentait. Le temps, avec ses hâtes et ses impatiences, ne l'effleurait même pas ; sa mission n'était pas soumise aux délais imposés qui régissent les entreprises des hommes. Peu après son arrivée à Chicago, elle s'était abandonnée à l'angoisse qu'inspire l'infini ; mais elle avait maintenant appris à deviner les manœuvres dilatoires de son Ennemi et affrontait son destin avec un flegme qui laissait présager la béatitude. L'ennui ne lui infligeait jamais la moindre morsure : l'occupation de chasser le bourdonnement insistant des divorcés était venue s'ajouter à celle, incessante, qui comblait les heures : déchiffrer les messages diaboliques qui s'inscrivaient furtivement dans les dépôts que la pulpe d'orange laissait au fond de son verre, dans les brûlures des cigarettes sur le parquet, dans le son du synthétiseur Wurlitzer (dont les touches noires ressemblaient aux caries d'une denture grotesque) sur lequel s'acharnait le pianiste en salaison, dans les franges effilochées d'une tenture, dans les cercles nets et poisseux des alcools renversés qui tachaient le comptoir avant que le barman ne les eût effacés avec un chiffon humide, dans les pas de danse d'un boiteux qui traînait la jambe droite, dans le scintillement éteint des têtes de clou dorées, dans la fine moustache d'un client solitaire qui paraissait entièrement absorbé dans la transparence effervescente de son gin-fizz, une petite moustache semblable à un fin lombric en tenue de deuil qui se glissait entre son nez et sa lèvre supérieure, se déplaçait d'un côté à l'autre, de haut en bas, comme une sorte de filament rétractile ou de sismographe qui aurait révélé, par ses torsions, ses vibrations, le cours zigzagant de ses pensées, une fine moustache très soignée copiée sur celle de Gilbert Roland, même si celui qui la portait croyait plutôt qu'elle lui donnait une certaine ressemblance avec Errol Flynn. Un peu plus de deux décennies avaient passé depuis que le porteur de cette moustache l'avait abordée devant la vitrine d'une boutique de l'avenue Michigan pour lui proposer de l'accompagner à l'Aragon en voiture, cette même voiture dans laquelle étaient ensuite montés ses complices, et qui s'était dirigée tout droit vers un dépotoir des environs de la ville. Le sourire enjôleur, le vague air de boucanier qu'il exhibait alors avaient déserté ses traits ; sa silhouette était maintenant moins dégingandée qu'insusbstantielle ; son costume montrait des usures aux poignets, une transparence boursouflée, indécente, aux coudes et, comme si ces dissemblances avec celui qui l'avait violée vingt ans auparavant n'étaient pas suffisantes, l'homme absorbé dans son gin-fizz était affligé d'alopécie (mais la chevelure de Fanny avait aussi perdu son éclat agreste) et ses joues avaient fondu et formé des bajoues (Fanny n'était pas épargnée elle non plus par le ramollissement des chairs, malgré son squelette privilégié). Les années n'avaient pas passé sans laisser de traces sur l'antique serpent, mais la fine moustache empruntée à Gilbert Roland, avec ses pointes loquaces (dont Fanny n'avait pas manqué de transcrire les paroles muettes sur une serviette en papier), ne pouvait prêter à confusion. Fanny se leva du canapé, portée par deux grandes ailes d'aigle qui avaient poussé sur son dos, couronnée d'un diadème de douze étoiles qui palpitaient comme des escarboucles ou des cœurs incandescents. Elle se sut plus belle et plus invulnérable que jamais quand elle aborda l'antique serpent.

« N'auriez-vous pas envie de danser ? »

L'homme à la fine moustache ne réagit pas aussitôt à sa demande. On aurait dit que toute son attention s'était portée, intacte, du verre de gin-fizz au sourire ingénu et convulsif de l'inconnue, à sa bouche chargée de promesses dont les lèvres, en un jour lointain, avaient été fendues et étaient restées muettes après avoir goûté la saveur intruse de son sperme. Mais Fanny avait été purifiée par le saint homme et Dieu la protégeait de Son armure invisible. L'homme à la fine moustache ne l'avait pas reconnue.

« J'aimerais vous dire oui, mais je n'en serais pas capable. Je ne veux pas paraître ridicule devant une femme comme vous. »

La voix de baryton balaya tout vestige de doute. Fanny inclina la tête en arrière et, de plaisir, ferma les yeux, en un mouvement qui pouvait peut-être admettre une lecture lubrique (peu lui importait que l'homme à la petite moustache l'interprétât ainsi) mais qui était en réalité la façon la plus discrète de rendre grâce à Dieu pour la chance qu'Il lui donnait de se convertir en Son paladin.

« Si belle, je veux dire », ajouta l'homme à la fine moustache quelques instants plus tard, quand il eut surmonté sa timidité.

Fanny sourit de nouveau, cette fois avec une expression flattée, et s'approcha de l'homme arrimé à un tabouret du bar. Elle battit des paupières avec la coquetterie que mettent les colibris dans leur vol ; le bleu de ses yeux n'allait pas tarder à hypnotiser sa proie.

« Vraiment, vous me trouvez belle ? fit-elle, affectant l'incrédulité.

– Comme un billet de cent dollars, s'empressa de répondre le grand imbécile, incapable de résister au poncif. Mais permettez-moi de vous inviter... » Il commençait à perdre la tête. « Je m'appelle Breslin, James Breslin. Vous pouvez m'appeler Jim. »

La grâce de Dieu devait être très puissante pour permettre à l'antique serpent de se livrer aussi ouvertement. Fanny prit la main que Jim lui tendait, cette même main qui, vingt ans auparavant, avait palpé ses seins par-dessus son pull en angora et planté ses ongles dans sa nuque pour la forcer à consommer la fellation.

« Enchantée, Jim. Tu peux m'appeler Fanny. Je prendrai une orangeade. »

Elle avait adopté un ton à la fois circonspect et minaudier qui captiva Jim.

« Allons, Fanny, ne me dis pas que tu ne bois pas d'alcool...

– Jamais quand un inconnu m'invite », expliqua-t-elle, tranchante. Mais elle refit aussitôt la sucrée. « Je n'en bois que quand la confiance règne. »

Accoudée au comptoir, elle posa la joue dans le creux de sa main, en un geste d'offrande languide.

« Tu ne te fies pas à moi ? demanda Jim, en donnant à sa voix de baryton toute la chaleur qui lui restait.

– Pas encore. Qui me garantit que tu ne cherches pas à m'enivrer pour me violer ensuite sur un terrain vague ? »

Elle fit une moue de douceur craintive. Jim rit franchement.

« Pour l'amour de Dieu ! Ai-je une tête de violeur ? » Le souvenir d'une jeunesse éhontée dans une bande de voyous couvrit son front d'un nuage. « Et puis, même le violeur le plus impénitent se régénérerait en te voyant. »

Il eut un autre petit rire, maintenant légèrement méditatif ou consterné. Fanny n'était pas encore revenue de sa surprise de constater que Jim ne l'avait pas reconnue.

« Se régénérerait ? Pourquoi devrait-il se régénérer ? »

Jim tira nerveusement sur sa petite moustache de *latin lover* tombé bien bas, tout en ouvrant grand ses narines (mais, s'agissant de l'antique serpent, peut-être vaudrait-il mieux écrire naseaux) ; il avait honte de manifester sa reddition.

« Parce que tu es la femme qui a le plus de classe de toutes celles qui ont foulé le sol de Chicago. Pour ça et parce que tu as quelque chose… » Habitué aux lieux communs qui composaient toujours son baratin, il rencontrait des difficultés dans le choix des mots. « … De désarmant dans le regard. »

Fanny se souvint alors de son étape de mendiante et de somnambule à la périphérie de la ville, quand les hommes tout aussi mendiants et somnambules qui se jetaient sur elle dans l'intention de la violer reculaient devant son regard minéral et absent, devant ses yeux bleus qui ne résistaient ni ne cédaient, que n'attendrissaient ni les larmes ni les cillements, qui ne se départaient pas de leur fixité ni ne voilaient leur très lointaine impiété de ciel fossilisé. Mais Fanny avait réussi à donner à son regard apparence humaine, bien qu'un peu déboussolée par la presbytie que corrigeaient ses lunettes d'écaille.

« Et que fais-tu, Fanny ? demanda Jim, définitivement sous le charme.

– Des traductions, répondit-elle avec une ironie impavide. Je suis traductrice et interprète de langues étrangères. »

Jim lança un sifflement appréciateur.

« Je me disais bien que tu avais l'air d'une intellectuelle. » Cette constatation l'intimidait un peu, parce qu'il redoutait de ne pas être à la hauteur. « Et quelles langues traduis-tu ? »

Fanny se sentait bien dans la peau d'une intellectuelle, ce qui la forçait à déguiser sa diction un peu rurale. Elle poursuivit la plaisanterie à voix basse, pour créer un faux climat d'intimité.

« Toutes celles qu'on me présente, répondit-elle, esquivant la difficulté par l'emphase. Je suis capable de traduire le Diable en personne quand il jure en araméen.

– Sérieusement ? » La fine moustache de Jim traça un paraphe en l'air, dans son sursaut d'admiration. « Eh bien, quand ils vont l'apprendre, à la CIA, ils vont t'engager pour déchiffrer les codes secrets des Russes. »

Peut-être pour mettre à l'épreuve ses talents de traductrice de messages chiffrés, il se mit à pianoter sur le comptoir ; Fanny ne laissa pas échapper un seul mot de ce tambourinement que l'antique serpent utilisait pour annoncer à ses armées que la fable de Jacques Cazotte se répétait en lui, sans qu'il pût rien faire pour l'en empêcher.

« Mon travail va te sembler une misère, comparé au tien », la prévint Jim en buvant une gorgée de gin-fizz pour se donner une apparence de courage avant d'évoquer un métier qui lui paraissait chaque jour plus avilissant et infect.

Il vendait des aspirateurs de porte en porte ou, plus exactement, il tâchait de convaincre les maîtresses de maison des avantages de cet appareil, dont il montrait sur-le-champ le fonctionnement, avant qu'on lui eût refermé la porte au nez. Jim ne parvenait pas à vendre beaucoup d'aspirateurs et, comme il travaillait au pourcentage, ses bénéfices n'avaient rien de reluisant ; il gagnait juste assez pour payer l'essence et les réparations de la voiture, ses repas dans des restaurants de routiers (mais le régime forcené de lipides n'avait pas réussi à triompher de sa minceur) et la location de cagibis dans des pensions gagnées par la crasse. Ce qu'il y avait de plus humiliant dans son métier, c'était de devoir satisfaire aux exigences de ses clientes hypothétiques (ou plutôt improbables) qui profitaient des explications de Jim pour lui demander de passer l'aspirateur sur le tapis du salon jusqu'à ce qu'il fût parfaitement nettoyé. Quand Jim en avait fini avec le tapis, les clientes faisaient celles qui n'étaient pas tout à fait convaincues, mais cependant prêtes à céder à la tentation ; alors, elles lui demandaient si cet appareil arrivait à aspirer les moutons qui s'accumulaient sous les armoires et les canapés. À la réponse nettement affirmative de Jim, incrédules, elles le conduisaient dans toutes les pièces de la maison, réclamant des démonstrations pratiques : Jim devait alors s'accroupir et se baisser quand ce n'était pas se coucher par terre pour atteindre les poussières les plus cachées et les plus rencognées. Pour porter l'humiliation à son comble, ces clientes improbables (ou plutôt impossibles) qui avaient peut-être un aspirateur rangé dans un placard, ou qui n'avaient aucunement l'intention d'en acheter un (parce qu'elles louaient les services d'une femme de ménage qu'elles préféraient épuiser en travaux domestiques traditionnels, pour lui faire gagner à la sueur de son front le salaire de misère qu'elles lui octroyaient), le traînaient jusqu'aux toilettes et lui promettaient: « Si cet appareil enlève les poils que perd mon mari, je vous l'achète. » Et Jim devait alors aspirer les poils parfois longs, parfois bouclés des parties intimes du mari ou de son crâne menacé de calvitie, et le dégoût indéchiffrable qui lui nouait les tripes pendant qu'il ramassait ces pilosités était décuplé jusqu'à la nausée quand, de retour dans le cagibi de la pension, il devait plonger la main dans le sac de l'aspirateur et vider son contenu, en préparant l'appareil pour les démonstrations du lendemain, que d'autres clientes impossibles (ou coriaces ou culottées) se chargeraient de lui rendre amères avec leurs exigences ignominieuses.

« Voilà pourquoi, le soir, je ne suis guère en forme pour danser, dit Jim dans sa barbe, avec une rage concentrée, en mordant les pointes de sa moustache qui s'étaient avachies, après qu'il eut léché tout le fixatif.

– Tu n'as qu'à refuser de leur faire le ménage, à ces garces. »

Elle avait choisi sciemment ce dernier mot malsonnant pour lui faire croire qu'elle se sentait concernée par le récit de ses frustrations, mais après avoir eu le contentement d'imaginer Jim dans le cagibi de sa pension, handicapé par les courbatures ou un début de sciatique, les mains plongées dans le sac de l'aspirateur d'où il extrayait les immondices ramassées pendant son parcours quotidien dans des quartiers qui étaient peut-être prévenus de son passage (par une rumeur venue des quartiers limitrophes) où l'on s'était donné le mot pour exploiter l'obséquiosité du vendeur à domicile. Elle imagina les mains de Jim – des mains osseuses de violoniste asthénique – fouillant le mélange compact de poussière condensée et de poils dont l'odeur lui retournait les boyaux, et elle en conclut que si l'antique serpent devait se loger dans un pauvre diable de cette sorte, son empire n'était peut-être pas aussi omnipuissant qu'elle avait pu le croire. Les doigts de Jim tambourinaient encore sur le comptoir ; même s'il les lavait mille fois au savon, il ne devait pas pouvoir se débarrasser des ultimes traces de saleté qui s'immiscent sous les ongles.

« Je ne peux pas le nier, Fanny, dit-il au bout de quelques instants, sur cent garces, il y en a toujours une qui finit par m'acheter un aspirateur. N'oublie pas que je travaille à la commission.

– C'est vrai, mon pauvre. Pardonne-moi si je t'ai offensé. »

Comme l'humiliation est un puits sans fond, Fanny imagina qu'un jour Jim louerait les services d'un peintre en lettres pour que celui-ci écrive sur le capot de sa voiture : « James Breslin. Service de nettoyage à domicile gratuit. » Dans l'Aragon commençait à régner ce brouhaha discordant qui précède la fermeture des établissements de nuit : le pianiste en conserve avait abandonné son poste et les clients ivres tanguaient sur la piste de danse comme des passagers clandestins dans la cale d'un navire.

« Veux-tu que je te raccompagne chez toi ? »

Il avait lancé cette proposition sans intention libidineuse ; on eût dit que non content de courber l'échine et de jouer les balayeurs dans les foyers qui constituaient son châtiment quotidien mortifiant, il avait encore besoin de montrer ses talents de chaperon. Fanny remarqua ses chaussures tressées fatiguées aux motifs en nid-d'abeilles dont certaines bandes de cuir avaient cédé, rompant la symétrie et accentuant l'impression de déchéance que donnait Jim. Fanny fut sur le point de se plonger dans le déchiffrement de ce tressage (qui était indubitablement un autre message codé du Malin, comme les mouvements rétractiles de la fine moustache ou le tambourinement des doigts sur le comptoir), mais elle sut se contenir au dernier moment, pour ne pas dévoiler ses intentions à l'antique serpent.

« Ne te dérange pas, dit-elle. J'habite à deux pas d'ici.

– Bon. Nous pourrions faire un petit tour. »

C'est alors que Jim afficha enfin le sourire enjôleur, le vague air de boucanier qu'il avait eu, vingt ans auparavant, pour la piéger devant la vitrine d'une boutique de l'avenue Michigan. Ils sortirent ensemble de l'Aragon dans une nuit de début de printemps figée dans une chaleur lourde dont l'haleine poisseuse collait aux vêtements. Fanny marchait en évitant de poser les pieds sur les jointures des pavés, qui sont aussi une écriture du Diable, ce qui donnait à sa démarche une maladresse gracieuse, qui pouvait laisser croire que ses deux orangeades lui étaient montées à la tête. Alors qu'ils s'arrêtaient dans le cercle de lumière vomi par un réverbère, son chaperon retomba pieds joints dans le cliché le plus dégoûtamment éculé.

« Tu as des jambes superbes. Elles me rappellent celles de Cyd Charisse. »

Fanny leur jeta un regard de côté, en tordant un peu le mollet, comme si elle les remarquait pour la première fois. Elles étaient superbes, en effet, mais aussi robustes, prêtes à se convertir en tenailles qui se renfermeraient autour du Malin.

« Ce baratin, tu dois le servir à toutes celles que tu rencontres, Jim. » Elle ôta ainsi toute importance au compliment, mais elle se pendit en même temps au bras de son chaperon. « Et puis, il ne faut pas se laisser conter fleurette par les inconnus. Qui me dit que tu n'es pas un homme marié ? »

Ils se trouvaient devant le portail du cimetière Saint Boniface, qu'un fossoyeur négligent avait laissé entrebâillé. Fanny sentit que Jim contenait un sursaut de recul ; et elle sentit aussi que son sang avait cessé de circuler, arrêté par l'horreur que lui inspirait la proximité du camposanto.

« Tu ne vas pas entrer là… »

L'antique serpent se tordait en lui, en chat échaudé. Le cimetière Saint Boniface découpait sur le ciel nocturne son profil de forêt pétrifiée ; de son enceinte montait une fraîcheur de pourriture ou de catacombes, mêlée à un reste d'humidité automnale (dans les cimetières, c'est toujours l'automne) que Fanny avait souvent respirée, des fenêtres de son appartement.

« Pourquoi pas ? Tu as peur des morts ? »

Jim la regarda, déconcerté, en essayant de deviner sur ses traits, qui étaient souriants et provocants, un signe de dérangement ; mais il se souvint aussitôt que Fanny était une intellectuelle, et il attribua l'excentricité de sa proposition à quelque raffinement de l'esprit que lui, adonné à la vente des aspirateurs, ne pouvait saisir. Fanny foulait déjà les allées gravillonnées du cimetière, sans son chaperon qui, en plus de tout le reste, se révélait peureux ; les talons de ses chaussures émettaient à chaque pas une musique encourageante.

« Aussi trouillard que tous les hommes mariés », ronchonna-t-elle en s'engageant entre les rangées de tombes.

Jim courut à sa suite, blessé par le reproche. Le cimetière Saint Boniface, aux mausolées et aux cénotaphes somptueux, avait été établi par la communauté catholique allemande ; bien que l'on y pratiquât encore des inhumations (le parfum touffu de la terre récemment remuée en témoignait), la plupart des tombes et des panthéons affichaient leur appartenance au XIXe siècle, époque où la mort était encore une affaire sérieuse qui requérait des apports de granit. Il y avait des sarcophages avec des croix semblables à des espadons tors sculptés dans la pierre ; il y avait aussi des stèles et des monuments funéraires avec des figures d'angelots en prière et à genoux et des Vierges des Douleurs qui soutenaient leur Fils dans leurs bras ; il y avait des cippes couronnés de guirlandes et de médaillons. L'herbe poussait drue entre les sépulcres, engraissée par ses hôtes, qui rêvaient peut-être dans leur repos éternel d'autres terres plus ombreuses et plus fertiles qu'ils avaient un jour quittées. Jim saisit Fanny par l'avant-bras et l'attira à lui avec fougue, reniant la demi-portion qui s'agenouillait, s'abaissait et se couchait même par terre pour ramasser les moutons les mieux cachés rencognés sous les lits et les armoires.

« Ni trouillard ni marié, se défendit-il. Je l'ai été, il y a longtemps, mais ça n'a plus d'importance. »

Les statues des cénotaphes dressèrent l'oreille pour écouter ces confidences ; il y a quelque chose de mou et de cancanier dans les statues, dans leur pâleur scrutatrice, peut-être parce que toutes sont filles de la femme de Loth.

« Ça n'a plus d'importance ? On ne se marie et on ne se démarie pas comme ça. »

La pâleur des statues s'était transmise à Jim, qui semblait succomber aux symptômes d'une lipothymie. Chancelant, il se dirigea vers le gazon qui entourait les tombes comme si elles étaient des parterres (chaque tombe semblable à un rhododendron qui pousse sur la charogne), où il s'assit en s'adossant à un monument funéraire élevé à la mémoire d'une certaine Lauretta M. Guernstein, une enfant de sept ans représentée grandeur nature, soutenant une colombe dans ses mains, un petit chapeau de paille à ses pieds. Lauretta M. Guernstein avait gardé l'expression un peu déçue des êtres morts prématurément, qui est la même que celle des voyageurs sur le quai quand ils s'avisent qu'ils ont raté le train où ils comptaient bien avoir le temps de monter. En un mouvement d'irrévérence ou de simple affliction, Jim alluma rapidement une cigarette ; la braise, avivée par les bouffées qu'il tirait, écrivait un nouveau message que Fanny ne se donna pas la peine de déchiffrer, parce qu'elle savait que c'était le SOS que l'antique serpent lance à ses congénères quand il se sent défaillir et en voie d'extinction. Jim s'était marié, dans sa première jeunesse, avec une petite Italienne qu'il avait engrossée ; jamais il n'aurait accepté de s'enchaîner à une femme dont il n'était même pas amoureux si certains membres de la famille de la jeune fille que protégeait la maffia ne le lui avaient suggéré instamment dans une impasse. Jim n'était pas alors (mais Fanny aurait pu se passer de cette précision) un homme très respectueux des femmes, qu'il traitait comme des chiffons tout juste bons à éponger ses effusions vénériennes ; peut-être les menaces de la maffia avaient-elles été le juste châtiment de tant de fanfaronnades impudiques. Il se maria donc avec la femme qu'il n'aimait pas (et qui lui rendait la monnaie de sa pièce) et éleva pendant sept ans – âge auquel Lauretta M. Guernstein était venue meubler la terre – l'enfant de cette union, qui était peut-être le résultat d'une cuite luxurieuse et oublieuse ou d'un viol dans un dépotoir des environs (sa mère à genoux dans les ordures, jambes lacérées et bas déchirés), auquel il avait fini par s'attacher. On l'avait prénommé Ricky le jour de son baptême, cérémonie monopolisée par la famille et parrainée par un capo qui envoya un télégramme de félicitations du bagne où il purgeait une peine pour fraude fiscale.

« Il aimait beaucoup plonger. Un été, je l'ai emmené en Floride pour qu'il voie les récifs de corail, près de la plage de Pompano. » Jim avait fini de griller sa cigarette, mais il n'osait pas jeter le mégot sur le gazon du cimetière. La braise, en brûlant le filtre, répandait une odeur de musc rance. « Je me souviens encore à quel point il était content. Mais un jour sa mère s'est volatilisée et Ricky avec elle. Je ne les ai jamais revus, je n'ai jamais eu de leurs nouvelles. »

Les pointes de la fine moustache empruntée à Gilbert Roland étaient complètement avachies et pendaient sur les commissures de ses lèvres comme les lambeaux d'un drapeau après la défaite. Fanny accueillit ces confidences avec un silence pensif ; elle estima que la mère de Ricky avait fui pour éviter que son fils n'aille grossir les rangs des armées du Malin. L'image de Jim – accroupi sur le gazon, la main convertie en une ridicule cassolette où achevait de se consumer un mégot, la fine moustache flasque subissant peut-être les attaques de l'alopécie qui lui faisait une très généreuse tonsure et les chaussures tressées dont les semelles étaient si usées qu'elles laissaient presque transparaître les chaussettes – était d'un pathétisme plus répugnant qu'émouvant.

« Il ne m'a même pas écrit une lettre », balbutia-t-il encore, tenté par les larmes.

Fanny leva les yeux au ciel, aussi prolixe et banal qu'un planisphère, à la recherche d'un signe qui l'aiderait à prendre une décision. Jamais il ne serait plus simple qu'à présent d'anéantir ce chétif avatar de l'antique serpent ; il aurait suffi de le frapper avec la clef anglaise qu'elle portait toujours dans son sac (sa victime lui présentait même sa nuque découverte puisque, tête baissée, elle s'était plongée dans ses geignements et ses pleurs) pour lui faire perdre connaissance et, ensuite, lui fracasser le crâne contre le piédestal qui soutenait la statue funéraire de la petite Lauretta M. Guernstein (dont la tombe deviendrait alors autel du sacrifice). Mais ce dénouement déplaisait à Fanny. Sa mission consistait à se battre contre le Malin, et une bataille présuppose un certain acharnement entre les adversaires, une hostilité et une résistance réciproques, comme cela s'était produit dans son combat précédent, là-bas, à l'hôpital de Peoria. Maintenant, l'antique serpent présentait docilement son cou à l'épée du bourreau, semblant attendre la délivrance. Peut-être cette docilité inconsolable était-elle une ruse de l'Ennemi qui, se sachant inférieur à son adversaire, essayait de l'apitoyer ; peut-être était-ce la reconnaissance d'une culpabilité que seule pouvait rédimer l'ultime déroute. Mais Fanny n'était pas prête à lui accorder cette déroute rédemptrice, et pas davantage à laisser l'antique serpent répandre ses baves sur sa détermination. Il allait falloir rendre à la bête immonde la confiance en son pouvoir; il allait falloir panser sa blessure et veiller sur sa convalescence avant de lui asséner le coup définitif. Les douze étoiles de son diadème qui palpitaient une minute plus tôt comme des escarboucles ou des cœurs incandescents éteignirent leur éclat.

« Il ne faut pas te torturer davantage, lui dit-elle, consolatrice. Je suis sûre que Ricky te donnera un jour signe de vie, quand il aura grandi et compris que sa mère l'a séparé de toi. »

Jim restait tête baissée, honteux de sa faiblesse. Fanny s'assit à côté de lui sur le gazon qui devait sa vigueur à la décomposition de la chair, et elle lui massa doucement la nuque.

« Toi, au moins, tu peux être fier d'avoir un fils, poursuivit-elle. Moi, je n'ai même pas ça. Et, comme si ce n'était pas suffisant, mon père vient de mourir du diabète. Voilà à quoi je suis réduite : pas d'enfant, pas de mari et pas de père. Une femme seule au monde.

– Ce doit être parce que tu le veux bien. »

Jim voulut rendre les caresses plus insistantes, mais Fanny se leva brusquement, le laissant sur sa faim. Elle devait veiller à ne pas donner l'impression d'être de ces divorcées racoleuses ou nymphomanes qui traînent à l'Aragon accablées par le poids de la solitude et la menace de la ménopause ; une stratégie de consentements très progressifs et de refus maniérés était largement préférable et en outre mieux adaptée à la convalescence de l'Ennemi, auquel il fallait éviter le sursaut de l'euphorie après l'avoir plongé dans les abîmes de la dépression. La statue de Lauretta M. Guernstein, comme toutes les autres statues du cimetière Saint Boniface, applaudit à cette décision astucieuse avec un sourire complice que Jim ne remarqua point.

« Je crois qu'il est temps de rentrer, dit-elle en se dirigeant vers l'allée gravillonnée qui conduisait au portail.

– Attends... » Jim réagissait à retardement. « Nous reverrons-nous ? »

Le gravier crissait sous les chaussures à talons hauts de Fanny, illuminé par une phosphorescence timide que lui communiquaient peut-être, de leur résidence souterraine, les ossements des défunts. Elle se sentait aussi affranchie de l'attraction terrestre que l'astronaute Armstrong pendant sa promenade inaugurale sur la Lune, et aussi resplendissante que la femme de l'Apocalypse qui apparaît au milieu du Ciel, la Lune sous ses pieds.

« Mais bien sûr, répondit-elle sans même se retourner. Nous avons un verre à boire ensemble. Souviens-toi de ce que je t'ai dit : je ne bois de l'alcool avec un homme que quand la confiance règne. »

Cette promesse d'idylle transfigura Jim, qui en un éclair chassa ses tergiversations et recouvra la vigueur que lui avaient ravie ses démonstrations avec l'aspirateur. Il marchait les mains dans les poches de son pantalon en faisant de petites gambades de gamin qui vient de recevoir les quatre sous dominicaux et court dans la rue prêt à les bazarder en se prenant pour le fils de Rockefeller. Ils n'échangèrent plus un mot avant d'arriver devant la porte d'entrée de l'immeuble dans lequel Fanny louait un appartement, cet immeuble noirâtre où l'on prétendait entendre les murmures des âmes du purgatoire, nom que les ignorants donnent aux messages acoustiques de Satan. Emballé et fort d'un aplomb qui jusqu'alors ne lui avait guère été favorable, Jim lui proposa un rendez-vous le lendemain à l'Aragon ; Fanny, avec une moue de contrariété très hypocritement préméditée, remit cette rencontre en fin de semaine, prétextant qu'elle devait entretemps travailler d'arrache-pied à certaines traductions qui lui donnaient du fil à retordre. Cet ajournement contraria légèrement Jim, mais lui permit surtout de constater que les rênes de cette liaison naissante allaient être tenues par Fanny : elle avait décidé du moment où elle se laisserait inviter à boire un verre, puisqu'elle ne se montrait abstème qu'avec les inconnus ; elle déciderait aussi du moment où elle se laisserait embrasser sur la bouche et de celui où il pourrait palper son corps turgescent et pourtant peu aguicheur, qui réclamait l'hommage de ses mains comme l'aimant attire la limaille de fer ; elle déciderait encore du moment où elle lui permettrait de monter chez elle pour consumer la passion à la fois si pure et si impétueuse qui le dévorait ; et même si ce consentement se faisait attendre jusqu'au lit nuptial, Jim était prêt à affronter ce délai et même le mariage. Pour le moment, Fanny le quittait sur un bonsoir très insinuant et flatteur accompagné de deux baisers sur les joues qui laissèrent Jim en flottaison dans une nébuleuse ; il se dit follement qu'il n'allait plus se laver les joues, pour conserver à jamais sur sa peau le fourmillement délicieux qu'y avaient laissé les lèvres de Fanny. Elle avait disparu dans le vestibule, mais Jim attendit encore quelques minutes sur le trottoir, appuyé contre un réverbère, jusqu'à ce que se fût éclairée la fenêtre de l'appartement de son aimée, de la même manière que le jeune Chambers, jadis, au cours de l'été 1959, avait attendu au carrefour de LaSalle et d'Elm Street, pour voir sa silhouette se découper sur les rideaux imprimés et imaginer libidineusement sa nudité. Toutefois, il n'y avait dans l'espionnage de Jim ni libidinosité ni angoisse clandestine, seulement cette vénération contemplative qui enivre les amoureux. Jim suivit les mouvements de Fanny (de sa silhouette) dans l'appartement, il la vit se déshabiller (quand elle en arriva aux sous-vêtements, Jim ferma les yeux, craignant de profaner sa nudité d'un regard qui n'aurait rien de chaste), enfiler sa chemise de nuit avant de faire bouffer ses cheveux et de rabattre le drap qui allait couvrir son sommeil. Quand Fanny éteignit la lampe de chevet, Jim lui souhaita de faire de beaux rêves (jamais il ne réussirait à se débarrasser des lieux communs, cette excroissance qui dénonçait sa vulgarité) et s'éloigna sur le trottoir, les mains de nouveau dans les poches et avançant de nouveau en faisant de petites gambades, mis en appétit comme un enfant au tintement des quatre sous du dimanche qu'il vient d'empocher. S'il s'était retourné pour jeter de loin un regard sur les fenêtres de Fanny, il aurait peut-être pu apercevoir dans l'obscurité un visage entre les rideaux écartés et des yeux bleus qui le regardaient s'éloigner. Peut-être aurait-il même pu distinguer sur ce visage un sourire qui se délectait dans la duplicité.

Dès ce soir-là les rencontres entre Jim et Fanny se répétèrent, toujours soumises à la discipline édictée par cette dernière, qui n'hésita pas, une fois, à poser un lapin à son prétendant pour s'assurer que les progrès de la séduction ne dépendaient que de sa seule initiative et lui faire bien comprendre que la promesse du bonheur pouvait se dissiper en fumée quand elle le désirerait. Lors du deuxième rendez-vous, celui qu'elle avait remis en fin de semaine, elle accepta de goûter au breuvage qu'appréciait tant l'antique serpent, ce gin-fizz qui avait bien, comme elle l'avait imaginé, un goût de soufre et d'étincelles et produisait des bulles qui n'étaient qu'une autre écriture du Diable ; elle permit aussi à Jim de lui souffler à l'oreille des paroles un peu plus osées que les premières mais elles aussi cataloguées dans les anthologies du mauvais goût, tandis qu'il posait une main sur sa cuisse, une main qui se tenait encore tranquille, une main de crapaud paralytique. Au moment où ils se séparaient après ce premier rendez-vous, Jim dut de nouveau se contenter de deux baisers sur les joues, même si Fanny prit soin de les faire durer un peu plus longtemps et de froncer les lèvres avec un peu plus de voluptuosité consentante. Lors du deuxième rendez-vous, Fanny eut besoin de trois verres de ce breuvage pétillant pour surmonter sa répulsion de devoir goûter la salive de Jim, à la fois glacée et corrosive, d'enlacer sa langue à celle de Jim, aux papilles semblables à des pédoncules de viscosités, de respirer son haleine, pauvre petite bouffée éplorée montée du Tartare, sentir sur ses lèvres le contact piquant de ses fines moustaches empruntées à Gilbert Roland. Puis, une fois rentrée chez elle (il l'avait de nouveau embrassée devant la porte d'entrée, en s'entortillant à son souffle, tout en explorant du bout de la langue ses gencives et son palais, avant de consentir à la libérer), Fanny prit un émétique pour aller vomir dans la cuvette des toilettes les germes que l'antique serpent avait essayé de lui inoculer par sa salive. Pendant les rendez-vous suivants, Fanny consentit à danser avec Jim sur la piste de l'Aragon, en le laissant la serrer de près, jusqu'à ce que son étreinte de poulpe l'empêche de faire les pas que suggérait la musique ; tandis qu'il lui tripotait le cul de ses mains qui avaient extrait poussières et poils du sac de l'aspirateur et lui proposait avec insistance d'aller passer le reste de la nuit dans son appartement, Fanny se distrayait en déchiffrant le message cryptique des pellicules qui enneigeaient les épaules de l'antique serpent. Une demi-douzaine de rendez-vous, pour le moins, se déroulèrent ainsi, sans qu'elle laissât Jim aller au-delà des tripotages toujours plus insistants et des baisers de mollusque qui lui laissaient le visage couvert de bave et la bouche pleine d'une odeur de cloaque ; selon l'état d'âme et la patience qu'il manifestait en affrontant l'épreuve, Fanny se montrait plus souple ou plus rigide, se laissait plus ou moins souiller par l'antique serpent, qui n'y tenait plus, ne pouvait différer davantage la grande culbute. Dans l'entrée des adieux, Jim essayait de la trousser en l'acculant contre l'escalier, mais il suffisait à Fanny de substituer au timbre de voix sucré un ton sévère et déterminé pour que cessât la lutte ; le pauvre imbécile, bégayant et encore haletant, lui demandait alors pardon et se montrait prêt à attendre jusqu'à ce que Fanny décide enfin de sauter le pas. Il la désirait très fort – confessait-il avec sa propension habituelle au poncif – mais il l'aimait plus fort encore.

C'était vrai. Il l'aimait avec la sorte de nécessité expiatoire qui s'empare, dans leurs idylles tardives, de ceux qui n'ont pas cru à l'amour, jadis, pendant leur jeunesse livrée à la crapulosité. Jamais il ne serait venu à l'esprit de Jim que cette femme de quarante ans encore fringante, qui avait ressuscité ses hormones, guéri sa mélancolie et racheté son échec pût être la même que celle que lui et ses copains avaient violée dans une décharge des environs, parce que, entre autres raisons, il n'y avait pas eu qu'une femme violée lors de ces excursions avilissantes (qui représentaient pour Jim autant d'opprobres, quand il lui arrivait de s'en souvenir, parce qu'elles le ramenaient à l'homme qu'il avait pu être et en lequel il ne voulait plus se reconnaître), ni deux ou trois, mais plusieurs, indistinctes, toutes confondues dans l'anonymat des vies que l'on jette à la poubelle. Il ne put jamais non plus faire le rapprochement entre elle et la *pin up* qui avait un jour envahi les calendriers et les revues parce qu'il était trop occupé, à cette époque-là, à culbuter (et à engrosser) des femmes de chair, de sang et de larmes pour prêter attention aux femmes sur papier couché qui consolaient les rêveurs et les solitaires. Mais depuis que ses aventures à répétition s'étaient heurtées à la leçon que lui avaient infligée au fond d'une impasse quelques hommes de main de la maffia, il était devenu un autre homme, humilié et peureux, sans autre ressource (la vente itinérante d'aspirateurs était la matérialisation de sa peine) que purger les fautes de l'homme qu'il avait été. En faisant irruption dans le paysage désolé de cette pénitence, Fanny avait été la confirmation qu'un miracle est toujours possible, aussi Jim n'était-il pas prêt à la laisser s'évaporer. Voilà pourquoi – il la désirait très fort mais l'aimait plus fort encore – il refrénait ses pulsions presque incontrôlables quand Fanny exigeait qu'il en allât ainsi ; voilà pourquoi il endurait sans protester ses refus prévoyants, ses indécisions déconcertantes, ses attitudes arbitraires d'abandon et de détachement ; pourquoi, de peur que ses manœuvres ne détruisent le sortilège sur lequel reposait précairement ce miracle, il avait renoncé à s'expliquer les bizarreries de Fanny, les mystères de Fanny, les silences et les recueillements de Fanny, qui était pourtant polyglotte, traductrice de livres fantasmagoriques et interprète de langues qu'elle ne se décidait jamais à lui apprendre.

Lors d'un de ces rendez-vous qui lui laissaient toujours un goût ambigu d'allégresse et de frustration, Jim réussit à convaincre Fanny de monter avec lui dans un des cabinets particuliers de l'Aragon. Là, sur un canapé de velours chauve et éclaboussé de taches de sperme sèches qui déployaient leurs panoplies de péchés contre le sixième commandement, Jim put enfin caresser Fanny sous l'enveloppe protectrice de la jupe qu'il avait fini par considérer comme inexpugnable, il put enfin glisser la main un peu plus haut que l'élastique de ses bas et sentir la chaleur de ses cuisses blanches, enfin serrer à deux mains ses fesses un peu avachies mais encore détentrices d'un attrait secret. Tandis qu'il explorait ce continent inconnu, il sentit une sorte de molle raideur (si la contradiction est admissible) s'emparer de Fanny, une raideur de morte qui se détendrait à la perspective d'une gratification d'outre-tombe.

« Jim ? Tu as entendu ce que je t'ai dit ? »

Mais non, l'antique serpent ne l'avait pas écoutée, il était bien trop occupé à ce pelotage inconsidéré grâce auquel il espérait, bien à tort, vaincre sa résistance. Fanny pouvait entendre le bourdonnement sous pression du sang de son Ennemi, irriguant des veines et des artères qui jamais encore n'avaient ouvert leurs vannes, inondant le cœur qui avait bien de la peine à la bombarder de ses battements, autre écriture du Diable qui restait à déchiffrer.

« Tu m'as entendue, Jim ? » insista-t-elle.

Jim lui mordait la gorge de baisers qui allaient laisser leurs traces sombres, se changer en ecchymoses. Avec autant de lassitude que de dégoût, Fanny se dit qu'elle allait devoir recourir encore une fois au savon de soude pour éliminer jusqu'à la dernière molécule de sa salive.

« Pardon, mon amour. Que disais-tu ? fit Jim, qui redoutait déjà de voir l'assouvissement de ses appétits de nouveau remis à plus tard.

– Je suis désolée, Jim. Cet endroit est trop sordide. Ne pourrais-tu pas… ? »

Les pointes de la fine moustache de Jim s'étaient hérissées dans l'ardeur de la lutte. Entre les fissures de sa résignation perçaient les éclats de la colère.

« D'accord, Fanny. Cet endroit est trop sordide. Et tu ne crois pas que retarder tellement ce qui ne doit pas être retardé est aussi un peu sordide ? »

Sa voix de baryton s'était aigrie comme le jour où, vingt ans plus tôt, il lui avait ordonné de s'agenouiller sur les ordures de la décharge. Mais Fanny n'allait pas reculer devant un démon qu'elle avait vu pleurnicher, lui présenter sa nuque découverte dans le cimetière Saint Boniface.

« Et si tu m'écoutais, d'abord ? fit-elle, irritée. Je te disais que demain c'est mon anniversaire. J'ai pensé que nous pourrions dîner ensemble chez moi. Et après… »

Elle se tut, tout en remettant ses vêtements en place. L'incrédulité de Jim ne pouvait plus se contenter d'une ellipse.

« Et après ?

– Tu vois comme tu es, Jim ! Il faut que les cailles te tombent rôties du ciel. » Fanny affectait l'assurance, mais elle avait de la peine à glisser les boutons de son chemisier dans les boutonnières adéquates. « Et après, que ce qui doit arriver arrive.

– Je pourrai rester et passer la nuit avec toi ? » demanda-t-il sur un ton prudent qui n'osait pas encore chanter victoire.

Fanny tira sur ses bas d'un geste sournois, jusqu'à ce qu'ils eussent couvert des cuisses sur lesquelles on voyait encore l'urticaire de la précipitation, les traces des doigts, ou plutôt des griffes que Jim avait plantées dans ses parties charnues avec le même élan acharné que met le boulanger à pétrir sa fournée. Elle fit attendre sa réponse.

« Nous devons marquer le coup d'une façon ou d'une autre, non ? Ce n'est pas tous les jours qu'on fête son anniversaire. »

Elle laissa alors retomber sa jupe, qui gardait certains plis accusant leur lutte sur le canapé, et elle sourit – pour la première fois depuis qu'elle fréquentait Jim – d'un sourire franc, voluptueux d'éclats de rire qui n'attendaient qu'un dénouement heureux pour déferler en cascade. Jim, incapable de contenir plus longtemps son allégresse, s'agenouilla devant elle, enlaça ses jambes et posa le visage sur son ventre, là où se concentrait toute la chaleur, là où il aurait voulu vivre à jamais. Il lui rendit grâce pour la faveur qu'elle lui accordait, il adressa à Fanny les clichés les plus éculés et lui jura que tous deux se souviendraient de cette fête d'anniversaire jusqu'à ce que la mort les sépare (sans reculer devant cette formule matrimoniale) ; Fanny hocha la tête à cette promesse, aussi audacieuse que présomptueuse, et assura qu'elle ferait tout, de son côté, pour que ce souhait ne reste pas inaccompli. Jamais elle n'avait vu Jim aussi exultant et pléthorique, aussi sûr de lui-même, aussi prêt à balayer tout empêchement qui eût pu refréner sa détermination. Cette assurance – qui n'avait rien d'une bravade ni d'une vaine rodomontade – changeait Jim le gringalet en un homme d'une virilité posée, enfin victorieux des humiliations que pendant des années, dans son pèlerinage de porte en porte, alors qu'il essayait de vendre ses aspirateurs, il avait essuyées sans opposer de résistance. Fanny se sentit fière d'avoir aidé à cette métamorphose ; d'une certaine manière, l'assurance de Jim déteignait sur elle et, à son tour, elle la lui retournait, redoublée, en un de ces cas rarissimes de symbiose dans laquelle les organismes rivaux se fortifient entre eux avant de se tailler en pièces. Jim l'accompagna jusqu'à sa porte en la tenant par la main, tout à son rôle de guide et de protecteur et, dans la transe de l'adieu, il lui prit la taille à deux mains, la souleva (il voulait lui donner un avant-goût de sa vigueur masculine, tout en réservant l'apothéose pour la soirée d'anniversaire) et la fit tournoyer en l'air. Fanny se sentit aussi légère qu'un oiseau, mais aussi la proie d'un adversaire fier de sa puissance, qu'il ne serait pas facile de réduire à merci. Quand Jim la reposa sur le sol après l'avoir ointe d'un baiser dévot sur le front, Fanny chassa ces considérations d'un sourire voluptueux mais feint.

« Ç'a été meilleur qu'un tour de manège, dit-elle.

– Alors, prépare-toi pour demain. Ce sera meilleur que les montagnes russes. »

Jim lui pinça la joue, lui donna une taloche qui était peut-être une caresse et s'éloigna dans Clark Street d'une démarche maintenant assurée, dépouillée des gambades puériles que Fanny avait pu voir les fois précédentes ; il marchait tranquillement, à grands pas plus impassibles qu'accrocheurs, plus placides que provocants, comme s'il disposait de tout le temps du monde. Même lorsqu'il passa près du portail du cimetière Saint Boniface et sentit la froide haleine des morts, il conserva sans broncher la même démarche posée et allègre. Bien que la pension où il avait loué un cagibi se trouvât presque à l'autre bout de la ville, Jim ne prit ce soir-là aucun moyen de transport, moins pour éviter que le prix du billet ne grevât davantage son budget que parce qu'il refusait l'idée d'enfermer la joie sereine qui l'inondait dans une prison sur roues. Il éprouvait le besoin de communiquer cette joie à la ville endormie, aux rafales qui gênaient parfois sa progression et parfois le poussaient en avant, aux noctambules qui le regardaient passer comme un intrus ou un indésirable. Il résolut, pendant ces deux grandes heures de promenade, de mettre fin à sa vie soumise qui lui inspirait tant de honte et d'en commencer une autre qui le rendrait plus digne aux yeux de Fanny ; malheureusement, il ne pourrait jamais être à sa hauteur (il regrettait maintenant d'avoir abandonné ses études avant l'heure, à l'appel du vagabondage et de la canaillerie) ; malheureusement, il n'était ferré en aucune matière (un bon à rien, voilà ce qu'il était, ou ce qu'il avait été jusqu'alors), mais à près de cinquante ans, il se sentait encore la force d'apprendre ; tout lui serait bon, sauf de continuer à vendre de porte en porte des aspirateurs. Sans étonnement et sans surprise, il s'imagina installé dans un avenir utopique, peut-être employé comme vendeur par une compagnie qui aurait son siège avenue Michigan, partageant avec Fanny deux petits pavillons accotés, économisant pour sa retraite, et lisant dans sa vieillesse, pour se distraire, les centaines ou les milliers de livres que Fanny aurait traduits, ou bien cultivant le jardinet qui entourerait leurs pavillons (la lecture et la botanique lui semblaient être des activités très distinguées et intellectuelles) ; à force de le tourner et de le retourner dans sa tête, cet avenir utopique devint tangible et parfaitement réel, beaucoup plus réel que l'indigne présent qu'il avait renié. Cette nuit-là, il dédaigna l'invitation du sommeil ; la seule idée de se coucher sur le grabat de la pension et de respirer l'air du cagibi, où pullulait la poussière que répandaient les sacs des aspirateurs, lui soulevait le cœur. À l'aube, ses pensées prirent une tournure encore plus résolue : il monta dans la voiture avec laquelle il faisait ses tournées de marchand ambulant, et se rendit chez un casseur où il lui était arrivé de s'approvisionner en pièces détachées pour le moteur déglingué de ce tacot qui tombait en morceaux sur les routes. Jim y vendit la voiture pour une somme guère supérieure à ces cagnottes que se partagent les enfants qui vont chanter Noël de porte en porte ; on se montra moins pingre pour les quelques aspirateurs neufs qu'il rangeait dans le coffre, dont il se dessaisit en n'en gardant qu'un, pour l'offrir à Fanny en cadeau d'anniversaire. Le fabricant pour lequel il travaillait à la commission n'allait pas hésiter à porter plainte contre lui, quand il découvrirait le vol la semaine suivante après avoir en vain attendu le bilan des ventes et la somme correspondante, mais Jim avait déjà largué les amarres qui le retenaient à une forme de vie inférieure définitivement reniée. Avec l'argent ainsi récolté, Jim prit un taxi pour rentrer à Chicago, paya ce qu'il devait au logeur de la pension où il avait végété pendant de trop nombreuses années (au dernier regard dépourvu de tout regret qu'il jeta à cet antre, il fut horrifié d'avoir pu y dormir), loua une chambre dans un hôtel du Northside (le plus proche de l'appartement de Fanny, pour que le déménagement ultime ne soit qu'une petite promenade) et il renouvela sa garde-robe chez un tailleur où l'on ne vendait que des tissus dans lesquels n'entrait aucune fibre synthétique. Le costume rayé diplomatique, la chemise blanche amidonnée, la cravate en soie accentuaient sa ressemblance avec Errol Flynn ; c'est du moins ce qu'il se dit, avec plus de fierté que de vanité, même si le vendeur qui le servait trouva qu'il ressemblait vaguement à un Gilbert Roland bien décati. Il lui restait encore quelques sous, avec lesquels il acheta chez un fleuriste un œillet pour le revers de sa veste (d'un carmin de brusque épanchement de sang) et un bouquet de roses pour Fanny (d'une blancheur d'épithalame) qu'il lui offrirait en même temps que l'aspirateur. Il arriva au rendez-vous avec une ponctualité de satellite qui accomplit sa révolution ; il s'aperçut seulement après avoir frappé de ses doigts repliés – en un tambourinement rythmique et discret – à la porte de l'appartement de Fanny et s'être penché en avant pour s'assurer que les plis de son pantalon à rayures diplomatique tombaient à la perfection qu'il avait oublié de remplacer ses désastreuses chaussures tressées. Mais la désolation consécutive à cette découverte ne put l'accabler, parce que Fanny faisait jouer la serrure et montrait son visage hospitalier et rajeuni pour le jour de son anniversaire, son visage d'une beauté sans âge qui s'élargissait en un sourire.

Elle aussi avait été très occupée pendant ces dernières heures, agitée par le tremblement impatient qui s'empare des collégiennes avant la remise des prix de fin d'année. Elle non plus n'avait pu fermer l'œil de toute la nuit, bien que son insomnie, à la différence de celle de Jim, ne se fût pas passée en promenades nocturnes mais en tâches domestiques, beaucoup plus fatigantes (et cette fatigue la contrariait, parce qu'elle voulait se livrer à Jim en pleine possession de ses facultés, détendue et fraîche) et qui ne permettent même pas de s'absorber dans des rêves de petits pavillons accotés et de vieillesses égayées par la lecture et la botanique. Fanny avait nettoyé et rangé l'appartement jusqu'à épuisement ; si Jim avait eu plus tôt l'idée de lui offrir un aspirateur, peut-être son travail eût-il été moins pénible. Elle avait enlevé les vieux journaux et les carnets recouverts de toile cirée qui s'entassaient sur la table de la salle à manger et, après l'avoir couverte d'une nappe brodée de ses mains, disposé les assiettes, les couverts, les verres, les serviettes, les vases et le chandelier avec une symétrie rigoureuse qui semblait réfuter les écritures chaotiques et bigarrées de l'antique serpent. Elle avait fait brûler de la poudre de santal pour parfumer l'atmosphère et absorber l'odeur du potage d'amandes de mer et de la fricassée de dinde (elle espérait avoir bien deviné les goûts de Jim), qui seraient suivis de fruits qu'elle avait glacés selon une recette du *Reader's Digest*. Chaque fois qu'elle cuisinait, elle se sentait très contente d'elle, satisfaite de ses capacités, et plus sûre de pouvoir conquérir un homme par d'autres qualités que celles de ses charmes. Ce repas d'anniversaire préparé avec le plus grand soin devait en quelque sorte compenser les innombrables ajournements et les comportements fuyants par lesquels elle avait répondu aux avances toujours dévotes de Jim, toujours soumises, bien que parfois gâtées par un excès de hâte d'obtenir ce qu'il est préférable de savourer lentement après une longue attente. Mais l'homme ne vit pas seulement de pain ; et Fanny, qui désirait que Jim apprécie le repas jusqu'à être repu, se lécher les babines et les doigts, voulait aussi le combler ensuite (que ce qui doit arriver arrive), le dédommager de tous les mois d'attente et d'abstinence pendant lesquels elle l'avait traité comme un convalescent qui doit refaire ses forces. C'est justement pour le combler qu'elle avait fait provision de mille cosmétiques (peut-être les avait-elle chapardés au rayon parfumerie du grand magasin où elle travaillait) ; pour le combler qu'elle avait choisi un assortiment de lingerie noire aussi chargée de dentelles et d'engrêlures que celle qu'elle portait jadis pour les séances de pose quand elle était modèle ; pour le combler qu'elle avait acheté (en la payant de sa poche, pas question de voler une chose pareille) une combinaison très courte, presque un Baby-Doll, en un tissu aussi léger qu'une fumée, qui voilerait à peine sa nudité, atténuerait à peine l'insolence ultrabaroque de la culotte, la provocation belliqueuse de son soutien-gorge. Cette combinaison, cette culotte et ce soutien-gorge allaient composer, avec une paire de mules, la tenue choisie par Fanny pour le repas d'anniversaire ; et comme une telle tenue, réduite au strict minimum, exigeait un recours particulièrement soigné aux cosmétiques, Fanny passa le reste de la journée dans la salle de bains : elle resta près de deux heures dans la baignoire où elle avait fait dissoudre des sels parfumés (en un adieu définitif au savon de soude), qui exterminèrent jusqu'au dernier les hôtes indésirables de sa peau, elle se vernit les ongles des orteils de carmin (couleur d'une brusque effusion de sang) et s'enduisit le visage de crèmes (d'une blancheur d'épithalame) qui redonnèrent un peu de prestance juvénile à son visage. Elle se parfuma avec une eau de toilette française, se poudra les joues, souligna le dessin de ses lèvres, s'ombra les paupières et se colora les cils au Rimmel ; elle exposa ses cheveux encore mouillés par l'eau du bain à l'haleine calcinée d'un séchoir (dont le moteur faisait un vacarme où se nichait une autre écriture du Diable, mais Fanny avait perdu le don des langues ou préférait s'en défaire), puis les brossa inlassablement, comme si elle étrillait un cheval, jusqu'à ce qu'elle en eût extrait un éclat agreste qu'elle avait cru éteint, un éclat venu d'un gisement d'obsidienne qui mordit son visage et la fit se sentir plus belle que jamais quand elle vit son reflet dans le miroir du lavabo, d'une beauté sans âge qui s'épanouissait en un sourire. Une minute avant que Jim ne frappe à la porte, elle se regarda une dernière fois dans le miroir du coin de l'œil, vérifia que tout était en ordre : les couverts, les verres et les serviettes, les vases et le chandelier respectueux des symétries sur la table dressée pour le dîner, les casseroles avec le potage d'amandes de mer et la fricassée de dinde sur le réchaud étincelant de la cuisine, le tiroir du buffet, dans lequel aurait dû se trouver la vaisselle, encombré d'une panoplie d'instruments perçants (vilebrequins et burins, alênes et fil de fer barbelé) ou seulement contondants (pinces et marteaux, clefs anglaises et tournevis) que Fanny passa en revue, énuméra et caressa comme le guerrier passe en revue, énumère et caresse les pièces de son armure avant d'entrer en lice, comme le guerrier apaise sa fièvre en posant la lame de son épée sur son front ourdisseur de hauts faits et de crimes, mais Jim frappait à la porte, exact au rendez-vous, d'abord le repas, puis que ce qui doit arriver arrive.

Pendant les quelques semaines où Bruno se chargea de la surveillance puis de la chimérique guérison d'Elena, Laura et moi continuâmes de vivre ensemble, conscients que notre amour évoluait rapidement vers sa désagrégation, mais encore retenus par les liens de l'habitude. Chaque jour qui passait, il m'était plus pénible, plus insupportable d'avancer dans les marigots de la culpabilité ; les cales de ma conscience, là où s'entassent les remords, faisaient eau de toutes parts, m'entraînant lentement vers le naufrage. Laura, de son côté, n'avait pas encore vraiment pu admettre que l'édifice que nous avions élevé de nos mains, assis sur des piliers si solides et si fiables, s'était effondré, et elle marchait parmi les décombres frappée par l'horreur et la perplexité des êtres habitués à une existence pacifique qui découvrent un jour en se réveillant que leur maison a été rasée par les bombes, ou de ceux qui, brusquement assaillis par les armées d'un envahisseur dont la veille encore ils ignoraient jusqu'à l'existence, ne se résignent pas à obéir aux ordres d'évacuation de leur ville. Peu à peu, survivre parmi les ruines devient un acte d'héroïsme stérile – l'approvisionnement en vivres est interrompu, les communications coupées, il faut s'éclairer aux chandelles et aux lampes à huile, l'odeur des cadavres est toujours plus pestilentielle – mais quelques rares citadins préfèrent encore rester dans leurs pénates, parmi les ruines de leurs lares, même si le sort qui les attend est en définitive beaucoup plus désespérant que celui de leurs concitoyens qui ont choisi de fuir, parce qu'ils savent que les troupes d'occupation seront sans pitié. Notre vie en commun devenait toujours plus cruellement catatonique, et à cet enfer intérieur s'ajoutait le dégoût que provoquait en nous l'atmosphère extérieure de bonheur forcé qu'imposent les fêtes de fin d'année, un dégoût qui prit des proportions affligeantes quand nous dûmes aller trouver nos familles respectives et dissimuler les véritables raisons de l'ajournement de notre mariage. Mais malgré ces signes de fin prochaine, et bien que conscients d'être les derniers habitants d'une ville détruite, nous ne nous résignions pas à l'abandonner, car nous savions tous deux (s'il était indubitable que les communications avaient été coupées, il subsistait encore entre nous, comme un vestige d'un calme lointain, une sorte de courant télépathique) que ces ruines, au moins, abritaient la présence de l'être qui nous intéressait, l'être qui expliquait nos habitudes, l'être qui donnait sens à nos vies.

Nous savions qu'en maintenant et en renforçant les conditions de cette espèce d'embargo, il nous faudrait tout de même nous séparer. Laura laissait de temps à autre entendre son intention de me quitter, même si ses paroles ne la manifestaient jamais expressément ; mais il y avait dans son comportement certaines passivités, certains regards languissants ou lassés et une certaine impatience négligente dans les rares phrases qu'elle m'adressait qui annonçaient cette résolution. C'est ainsi que je finis par me résoudre, bien que ce pressentiment de rupture demeurât dans une vague nébuleuse, à préparer mon âme pour le moment où elle surviendrait effectivement. D'une certaine manière, j'agissais (et il arrivait à peu près la même chose à Laura) comme on le fait quand les personnes que l'on aime souffrent d'une longue maladie : à force de vivre avec elles, les occasions d'envisager leur mort se multiplient, on finit inconsciemment par s'habituer à leur maladie, par la considérer comme plus grave qu'elle ne l'est vraiment, par présager leur décès et s'en affliger avant qu'il ne soit survenu. Pendant ce deuil prématuré, on mesure tout ce que l'on va perdre et l'on s'abandonne à la douleur avec de grandes effusions de chagrin ou une austérité flegmatique, si bien que, quand leur disparition se produit réellement, on l'accueille comme une confirmation de ce que l'on redoutait (de ce que l'on a déjà pleuré) d'un front serein, voire avec résignation. C'est ainsi qu'en essayant d'anticiper mentalement ma rupture avec Laura, je croyais que notre séparation effective se passerait d'une manière moins amère, moins traumatisante ; et cet espoir – si l'espoir peut trouver place sur l'échelle de la douleur – agissait sur moi comme un analgésique, ou peut-être simplement comme du chloroforme qui atténuait mes souffrances quotidiennes avec la promesse d'une souffrance plus définitive et irrévocable. Mais tous ces emplâtres et cataplasmes devaient en définitive se révéler inutiles, quand la rupture fut consommée. Subitement, l'absence de Laura se traduisit non par le vide de la perte d'un être cher que j'avais cru prévoir (un vide immense, mais aux frontières définies, une blessure ouverte et pérenne, parfaitement localisée), mais par un manque irréparable qui absorbait ma vie entière, une lèpre qui s'étendait à tout mon organisme. L'immensité de la place qu'elle occupait en moi était telle qu'il n'existait ni pensée ni action réalisables sans sa présence.

Bruno me téléphona ce matin-là pour me faire part de l'altération du comportement d'Elena. Il avait essayé de la suivre mais, à l'entrée de la Bibliothèque nationale, les gardiens et les appariteurs lui avaient interdit l'accès aux salles de lecture parce qu'il ne possédait pas de carte notifiant la nature de ses recherches ; il avait exigé, imploré qu'on lui en établisse une, mais la paresse administrative impose entre autres désagréments que le solliciteur attende quelques jours, une fois remplis les formulaires de demande, avant qu'on ne lui délivre une carte de lecteur, et ces règlements inamovibles ne pouvaient être enfreints, pour aussi insistante et belligérante que fût la demande de Bruno, qui voulait que l'on fît une exception pour lui. Il ne s'expliquait pas comment Elena avait pu s'y prendre pour surmonter ces obstacles ; peut-être, pendant ses premiers jours de vagabondage dans Madrid, avait-elle obtenu la carte en question, peut-être s'en était-elle fait établir une lors d'un séjour précédent. Bruno se trouvait dans un état proche de l'hystérie ; je supposais qu'à la terreur que se produise une rencontre fortuite (mais le hasard est un piège à mouches) entre Laura et Elena s'ajoutait la conscience d'un échec imprévu, alors même qu'il croyait savourer les douceurs du triomphe. Paradoxalement, je me surpris à essayer de le calmer, d'atténuer la gravité de sa faute, de lui faire admettre qu'il n'y a pas de remède à la fatalité : la maladie d'Elena – je le lui avais répété cent fois – était irrépressible, on ne pouvait pas plus la contenir que l'on peut empêcher les méandres secrets de la vie invisible ou l'itinéraire souterrain des taupes de finir par faire surface.

« Alors, tu es prêt à affronter…, fit-il.

– Je le suis. Je regrette seulement de ne pas l'avoir été beaucoup plus tôt. »

L'aveu d'un repentir trop tardif ne serait-il pas une autre épiphanie de ce démon de la perversité dont parle Poe ? C'est bien possible, à moins qu'il ne s'agisse que d'une façon d'exprimer l'épuisement. Quoi qu'il en soit, je désirais que Laura apprenne enfin ma trahison ; je désirais qu'Elena la lui raconte, sachant pourtant que sa version délirante ne correspondrait pas à ce qui s'était réellement passé. Parce que, en tenant compte des intérêts cumulés de ma dette de loyauté, la version d'Elena serait le juste châtiment que ma procrastination devait me valoir, et j'étais plus disposé que jamais à accepter avec soumission ce châtiment, jusqu'à ses ultimes conséquences. Je passai les heures suivantes à écouter les enregistrements de Chambers, immergé sans scaphandre dans l'enfer qu'évoquait la voix de Fanny Riffel ; la sensation d'oppression tenace, presque pulmonaire, qu'en d'autres occasions j'avais accueillie avec répugnance tandis que je me livrais à ces descentes spéléologiques dans une vie dévastée agissait ce jour-là sur moi comme une sorte de baume, car il n'est de meilleur remède, pour l'accidenté en convalescence dans un hôpital, que partager une chambre avec un agonisant qui, par effet de contraste, lui inculque l'attachement à la vie et lui donne conscience d'avoir été le privilégié dans la distribution arbitraire des adversités. L'obscurité commença à brouiller le contour des objets, très lentement, en leur ajoutant cette patine de prostration définitive qui les rend insensibles au toucher ; bientôt la nuit se coula comme un voleur déchaussé par les fenêtres de l'appartement, tandis que la voix de Fanny Riffel récitait les écritures de l'Ennemi, tandis qu'elle s'efflanquait sur le chemin resserré de la purification, balbutiait des paroles aphones qui devenaient inintelligibles et finissaient par se confondre avec le murmure monotone de la piste magnétique. Laura aurait déjà dû être revenue depuis longtemps de la bibliothèque ; peut-être mon désir autodestructeur – et cependant si impassible, si stoïquement impassible – de réparation s'était-il accompli, compensant ainsi avec usure ma couardise.

Dans l'obscurité, je me sentis dédoublé (sensation identique à celle qui s'était emparée de moi dans l'hôtel ou le havre de spectres proche de l'aéroport O'Hare), comme si un autre homme faisait l'autopsie de mon cadavre ; je vis mon cœur niché dans ma cage thoracique, mon cœur qui palpitait incongrûment, semblable à une nourriture que se serait disputée une bande de chauves-souris. Le téléphone sonna et les chauves-souris se débandèrent dans des battements d'ailes membraneuses, avec des cris de démons aspergés d'hysope.

« J'écoute. »

Je n'employai pas la formule protocolaire et distante : je vous écoute, parce que je savais que c'était Laura. J'avais oublié d'arrêter le magnétophone, et la voix de Fanny Riffel coulait, en fond sonore, aussi rapide et terrifiante que les eaux du Léthé.

« J'aurais préféré que ce soit toi qui me le dises. » Il n'y avait ni colère ni indignation dans sa voix, même pas de la rudesse, seulement un chagrin accablé. « Je suis revenue vivre chez mon père. »

Il était ridicule de chanter la palinodie, mais je n'avais pas d'autres ressources.

« Les choses ne se sont pas passées comme elle le raconte. En réalité… »

Il m'arriva alors ce qui se passe parfois quand on appelle la compagnie téléphonique à laquelle on est abonné pour déposer une réclamation : on croit parler à une personne prête à écouter ce que l'on a à dire et, une fois lancé dans une explication, on s'avise que l'on est en train de parler à une machine qui dicte impassiblement quelques instructions.

« Je te prierais de m'apporter les vêtements que tu trouveras sur les cintres dans la partie droite de l'armoire. Puis prends le nécessaire de toilette qui est sous le lavabo… »

Elle continua ainsi pendant quelques minutes, comme si elle me dictait les courses à faire, d'une voix métallique et sans inflexions. Du magnétophone m'arrivait la voix furtive de Fanny Riffel, se nouant à celle de Laura en un effet stéréophonique confondant.

« Tu as détruit ce qu'il y avait entre nous, dit-elle en guise de conclusion. À présent, tout ce que j'espère, c'est que tu ne te détruises pas toi-même et que tu aies assez de courage pour faire ce qui doit être fait. »

Et elle raccrocha, sans me permettre d'opposer la moindre excuse ni de lui demander ce qu'elle entendait par faire ce qui devait être fait, quand tout remède ne pouvait plus qu'arriver trop tard ; c'était l'extrême-onction que l'on administre au défunt qui, avant d'expirer, a refusé d'abjurer ses crimes ou s'est déclaré hérétique relaps. Je pris comme un automate toutes les affaires que Laura avaient énumérées et les mis dans une valise, je sortis et arrêtai le premier taxi qui se présenta. Madrid avait cet air morne qui reste aux villes après les fêtes de fin d'année ; la Gran Vía ressemblait à une salle de bal que les derniers invités auraient désertée après s'être enivrés jusqu'à la nausée et avoir couvert le sol de débris de verre. Cette flétrissure s'étendait jusqu'au quartier de Salamanca, où les vitrines des magasins n'étaient même pas éclairées, pour ne pas dévoiler leur aspect disgracieux, maintenant que les dames des alentours les avaient laissées sans marchandise, à la suite des vagues successives de consommation boulimique que déchaîne chez nous l'échange obligatoire de cadeaux à l'Épiphanie et tout au long du mois de janvier. Ce fut seulement quand je me trouvai devant la porte d'entrée de l'immeuble où vivait le colonel que je me souvins de ses sévères admonestations, de tout le long discours ampoulé qu'il m'avait asséné sur les calamités que le mariage inocule à l'existence de l'artiste, pour finir par m'avertir que si je n'extirpais pas de ma vie d'écrivain cet « instinct qui m'exposait au danger » et « me ramenait dans les marges », il m'éventrerait du nombril à la gorge avant que j'aie pu faire souffrir sa fille. Ces réflexions quelque peu injurieuses sur mon métier, qui faisaient de moi – alors qu'il me connaissait à peine – un coureur de jupons en puissance, ces considérations et ces insinuations que je n'avais pas réfutées avec impétuosité de peur de blesser Laura (mais surtout parce que le colonel m'impressionnait, parce que sa carrure imposante et sa bibliothèque gréco-latine m'intimidaient) se révélaient, en fin de compte, exactes. Quand, après avoir appuyé sur le bouton de l'interphone, j'entendis sa voix claire et nette s'informer sèchement de qui était là, je me demandai s'il ne serait pas prêt à mettre ses menaces à exécution.

Plongé dans ces méditations funèbres (sur les mains macbethiennes du colonel, dans les lignes desquelles on pouvait peut-être lire la disposition au crime de sang), l'ascenseur m'apparut plus que jamais semblable à un réceptacle mortuaire, cercueil ou modèle réduit d'échafaud dans lequel le colonel assouvirait sa vengeance annoncée en me perçant de part en part avec le sabre nuptial qui, là-bas, au lointain pays de l'adolescence, avait tourmenté mes rêves. Mais l'homme qui m'attendait sur le seuil de son appartement n'avait plus rien du sexagénaire au squelette épargné par les dévastations de l'âge que j'avais revu à peine un an auparavant, et moins encore de l'officier aux tempes poivre et sel qui me rendait malade d'envie et de jalousie chaque fois qu'à la sortie du collège il soulevait Laura de terre et la dévorait de baisers. En quelques mois (ou peut-être seulement en quelques jours ou en quelques heures, pendant lesquelles la contrariété occasionnée par la rupture entre sa fille et moi avait pu précipiter sa décrépitude), il avait vieilli plus que les autres hommes ne vieillissent en quelques années ou quelques décennies : ses traits de médaille admirablement frappée s'étaient à la fois retirés et ridés comme ceux d'une momie, en même temps que ses cheveux de neige s'étaient éclaircis et affaiblis, à défaut, semblait-il, d'être encore sustentés par la pensée austère, férocement architecturale, qui influait sur sa diction. Mais ce à quoi se remarquaient peut-être plus encore les signes de son déclin, ce qui dénonçait plus que tout le retraité qui n'oppose plus de résistance aux avances séditieuses de l'âge, c'était sa tenue. Si, lors de la visite que Laura et moi lui avions faite pour lui annoncer notre prochain mariage, il nous avait reçus vêtu d'un costume de laine bien peignée et tissée qui lui allait comme un gant, il se présentait maintenant à la porte en peignoir et pantoufles, un peignoir de tartan à peine décent – le tissu boulochait – semé de quelques crottons, des pantoufles qui semblaient avoir été spécialement formées pour des pieds aux cors protubérants. Je crois que dans d'autres circonstances je me serais réjoui de voir enfin mon rival avec cette apparence de vieillard proche de sa date de péremption ; mais je savais que cette dégradation n'était pas due à des causes purement biologiques.

« Je suis venu apporter cette valise à Laura », dis-je en frottant la semelle de mes chaussures sur le paillasson. Mais le colonel ne s'écartait pas de l'encadrement de la porte. « Où est-elle ?

– Où comptez-vous aller comme ça ? »

Je ne pouvais même pas lui reprocher la froideur de son accueil, puisqu'il ne m'avait jamais tutoyé, jamais ne m'avait fait ce crédit ni accordé la moindre confiance. Pour lui, depuis toujours, je n'étais qu'un usurpateur. Je posai la valise sur le paillasson, en essayant d'éviter son regard accusateur.

« Je ne crois pas que nous devrions en faire une tragédie… »

La colère lui monta à la gorge, lui remplit la bouche de son goût de soufre. Je remarquai que son menton tremblait.

« Tu es un moins que rien », dit-il, me tutoyant enfin. C'était le mépris, et non la confiance, qui le faisait descendre de ses hauteurs escarpées. « Je ne crois pas que nous devrions en faire une tragédie », répéta-t-il ; il me parodiait en prenant une voix efféminée et veule. « Tu préfères sans doute y voir une comédie, espèce d'enfant de pute. Tu trouves ça drôle de gâcher la vie de Laura ? Tu trouves ça drôle d'aller fourrer ta queue dans tous les trous ? » Les paroles grossières sortaient en trombe de sa bouche, peut-être avaient-elles attendu soixante ans pour pouvoir enfin le faire. « Ça fait partie de ton travail ? Monsieur l'écrivain a besoin de vivre des expériences ? » Il s'arrêta pour déglutir. Je fermai les yeux, résigné à recevoir un crachat, qu'il ne put me lancer. « Les êtres vils comme toi me répugnent, les tapettes comme toi qui ont besoin d'exhiber leur virilité me répugnent. »

Il avait proféré cette cataracte d'insultes d'une voix tonnante qui roulait dans la cage d'escalier ; les injures les plus grossières s'étaient engouffrées dans le creux de l'ascenseur et dévalaient jusqu'à la porte d'entrée, après avoir cogné à toutes les portes des appartements voisins, tels des papillons de nuit aveugles et révoltés. Un concert de verrous qui jouaient et de clefs qui tournaient dans les serrures, avides de voir d'où venait l'orage, commençait à se faire entendre. Derrière moi, à l'autre bout du palier, le couvercle d'un œilleton fut poussé.

« Mieux vaudrait ne pas nous donner en spectacle. » J'essayais de garder mon calme, mais ce flegme apparent ne faisait qu'exaspérer davantage le colonel. « Je vous en prie, laissez-moi parler à Laura. »

Je vis son poing venir vers mon visage, mais je ne fis rien pour l'esquiver, incapable d'en croire mes yeux. Le coup fit éclater ma lèvre inférieure et me déboîta la mâchoire ; une douleur retentissante me blessa les tympans et étendit son onde jusqu'à ma voûte crânienne qui, pendant quelques secondes, me parut pleine de bourre. Je vacillai, plus sous le coup de la stupeur que sous l'effet du recul. Le colonel se palpait le poing, lui aussi avec une certaine stupeur, celle de ne s'être brisé aucun os. Quelques portes s'ouvraient avec un grincement de gonds qui dénonçait les voisins, même s'ils avançaient sur la pointe des pieds pour se pencher sur la rampe en essayant de contenir leur souffle.

« Les ordures comme toi n'aiment pas se donner en spectacle, dit-il en saisissant la poignée de la valise. Elles préfèrent accomplir leurs sales besognes en douce, sous des dehors très polis et très civilisés. »

Je contins l'hémorragie, qui n'était pas un filet exsangue, avec la manche de ma gabardine. La mâchoire déboîtée outrait ma stupéfaction.

« Je crois que si j'avais vingt ans de moins, je te démolirais à coups de poing. Je te ferais dévaler l'escalier et je te donnerais à manger aux chiens. » Il parlait sans me regarder, avec le regret de son ardeur guerrière. « Remercie le Ciel de m'avoir trouvé bon pour la refonte. »

Il s'apprêtait à fermer la porte. Après l'explosion de fureur, il redevenait un homme d'âge qui commence à traîner les pieds à cause d'une arthrose ou peut-être d'une autre douleur plus affligeante. C'est alors que se fit entendre, faible et hachée, la voix de Laura, venue de l'intérieur de l'appartement.

« Ça suffit, papa. Laisse-le passer. »

Un instant, je crus que le colonel allait de nouveau se fâcher en sentant son autorité contrecarrée mais, au contraire, les paroles de Laura le calmèrent, comme si leur seule vibration lui apportait une sérénité qu'il perdait à défaut de cette voix. Maintenant, le colonel me regardait avec une sorte de sympathie écœurée ; en fin de compte, mon comportement de canaille lui avait rendu celle qu'il considérait comme sienne, et qui jamais n'aurait dû s'éloigner de son aile protectrice. Il en revint même à son ton respectueux.

« Entrez. Vous l'avez entendue. »

En pénétrant dans la chambre de Laura, j'eus l'impression de contempler une morte. Elle était étendue, les draps froissés enveloppant son corps comme un suaire aux plis très rigides, sculpté dans la pierre. La lampe de la table de nuit, à travers une tulipe en verre dépoli, donnait une lumière brumeuse qui allongeait les ombres. Les cheveux de Laura, répandus en désordre sur l'oreiller, m'évoquèrent des algues bercées par le courant. À la voir ainsi immobile et funèbre, je pensai à Monique Leroy, l'épouse cryogénisée du docteur Martinot, flottant en suspension dans sa nuit de glace, et aussi à la poupée de cette *nouvelle** de Felisberto Hernández, *Les Hortenses*, grâce à laquelle Bruno avait créé l'équivoque originelle de mes fiançailles avec Laura. Comme les Hortenses de Felisberto Hernández, Laura ressemblait à une figure allégorique, peut-être celle de la mort de l'amour, ou peut-être encore celle de la sidération du mensonge. Je m'assis pesamment sur le bord du lit ; telle une brise maladive qui n'aurait couru que sur les déserts de la désolation, son souffle arrivait, vibrant, jusqu'à mon visage meurtri. La conscience de ma faute agissait sur moi comme un affranchissement ; maintenant démasqué, je n'avais plus à me soucier de trouver d'avance des arguments disculpatoires ni des alibis abjects, tout ce fatras cynique et tenace avec lequel certains menteurs défendent leurs mensonges dans leur refus de s'amender. Avant de parler, avant même d'esquisser le moindre geste, Laura posa un regard froid sur ma lèvre tuméfiée qui saignait encore.

« C'est incroyable, dit-elle d'une voix songeuse, étrangère à tout destinataire. Je suis couchée ici depuis près de quatre heures, à essayer de te haïr, à essayer de me mettre en colère pour pouvoir décharger contre toi tout ce poison, te vomir jusqu'au dernier reste. J'ai essayé, crois-moi, mais je n'ai pas réussi. Je crois que j'ai cessé d'éprouver quoi que ce soit. Ou, du moins, je crois que je n'éprouve plus rien pour toi. Je te regarde, et je vois un étranger ; j'essaie de me rappeler ce que nous avons vécu ensemble et je ne trouve dans ma mémoire qu'une lacune, l'amnésie, je ne saurais l'expliquer. » Elle s'interrompit, puis une note tremblante vibra dans sa voix. « Le pourrais-tu, toi, Alejandro ? »

Il y avait une explication très simple : le détachement venait de supplanter ses sentiments envers moi, et la sidération dans laquelle la plongeait le dévoilement de mes mensonges ne lui permettait pas d'inverser cette substitution. À la Bibliothèque nationale, ce matin-là, son tour était venu comme tant d'autres fois d'apporter aux lecteurs les livres demandés ; elle avait toujours comparé cette tâche à celle d'une servante que l'on envoie faire les courses dans un supermarché, peu après son entrée dans une maison dont les maîtres la connaissent à peine et qu'elle ne connaît pas mieux ; sa patronne lui a donné la liste des articles qu'elle doit acheter et, tout en prenant sur les rayons où sont exposées les unes à côté des autres les marchandises de même catégorie et en les amoncelant dans le chariot qu'elle pousse sur le sol couvert de linoléum, la servante se prend à esquisser le portrait de famille de ses nouveaux employeurs, qu'elle imagine gloutons ou frugaux, gourmands ou obsédés par les régimes, simples ou hautains, austères ou gaspilleurs. Laura aimait elle aussi se livrer à ce petit jeu de devinettes en lisant les fiches sur lesquelles les usagers de la Bibliothèque nationale avaient inscrit les titres des œuvres qu'ils désiraient consulter, et tandis qu'elle passait avec sa blouse en coton bleu et son petit chariot entre les hauts rayonnages ployant sous le poids de grands volumes que personne n'avait jamais lus (pavés qui attendaient pendant des siècles dans les limbes qu'un regard improbable les porte sur les fonts baptismaux), entre lesquels elle piochait tel ou tel ouvrage réclamé, elle se plaisait à former des conjectures sur le lecteur. Hormis les chercheurs, qui étaient des bœufs attachés à la charrue de leur thèse (qu'ils n'avaient pas choisie eux-mêmes, bien souvent, mais qui leur avait été suggérée en passant par leur supérieur sur l'échelon académique), la plupart des lecteurs spontanés donnaient à Laura l'impression d'avoir affaire à des réfugiés qui auraient demandé asile à la bibliothèque pour pouvoir lire les livres que les modes tyranniques ou une prudence timorée les empêchaient d'acheter en librairie ou de feuilleter devant leurs enfants. Elle s'expliquait ainsi pourquoi prédominaient les demandes de livres de caractère scabreux ou subversif, ou d'auteurs exclus du canon pour des raisons idéologiques ; car les gens, tout en adhérant en apparence à ce que cherchent à leur faire gober les maîtres à penser de la culture, s'ingénient toujours à se glisser dans une faille ou une crevasse pour lire justement ce qui est interdit ou déconseillé, ce dont on ne parle pas, ce qui est anathématisé. Elena fut donc très surprise de tomber ce matin-là, parmi les demandes les plus matinales, sur une fiche où figurait un de mes premiers livres, un recueil de nouvelles paru à compte d'auteur que, par pudeur pieuse, je m'étais bien gardé de faire rééditer et inclure aux titres qui constituaient ma bibliographie officielle ; c'est une maladie répandue parmi les écrivains que de tenir dans l'ombre ces enfants de la première heure, ces égarements de leur génie auxquels ils refusent ingratement toute légitimité, dont ils ont ingratement honte, parce qu'ils considèrent qu'ils ont à en rougir ou que ce qu'ils doivent à d'autres y apparaît de façon trop flagrante. Laura retint le nom que portait la fiche, Elena Salvador, ainsi que le numéro de sa place qui lui avait été assignée dans la salle de lecture, et elle se promit qu'à l'heure de la pause, sans avoir l'air d'y toucher, elle tâcherait de soutirer à cette lectrice les raisons pour lesquelles elle s'intéressait à ce vestige de ma préhistoire littéraire. Elle se dit aussi qu'en me racontant ce petit événement pour le moins curieux elle pourrait peut-être décongestionner un peu le silence qui gangrenait notre vie commune, maintenant que nos bouches n'étaient plus des cornes d'abondance d'où se déversaient les paroles.

Au lieu de descendre à la cafétéria avec ses collègues, elle profita de la demi-heure de pause pour lier connaissance avec cette archéologue exhaustive de mes petits péchés de jeunesse. Elle s'approcha d'elle par-derrière, puis se glissa avec la plus grande discrétion dans le passage au bout duquel cette Elena Salvador était assise. Elle trouva que du visage de la lectrice, bien qu'un peu préjudicié par la fatigue, une certaine maigreur et des yeux cernés, irradiait une aura d'une vivacité intense, et ce d'une façon franche, ardente, intrépide. Quand elle n'était plus qu'à cinq ou six mètres d'elle, Laura remarqua que l'inconnue griffonnait quelque chose sur une feuille de papier ; d'après les mouvements de sa main, elle n'avait pas l'air de prendre des notes sur un carnet mais plutôt de se livrer avec la plus grande concentration à une sorte de travail de graveur ou de tachiste. Le tube fluorescent du pupitre éclairait le profil d'Elena Salvador, d'une beauté un peu ravagée et vulgaire, et dévoilait l'étrange rigueur butée de ses traits. Laura s'avisa alors que ces gribouillages à l'encre indélébile (l'inconnue s'était munie d'un stylo à bille et d'un marqueur à la pointe épaisse) étaient en fait des tatouages qu'elle introduisait dans le livre même, où elle soulignait, encadrait ou surlignait un mot par page. Laura eut tout d'abord un sursaut horrifié, mais elle récapitula aussitôt les instructions qu'elle avait reçues de ses supérieurs concernant l'attitude à adopter avec les biblioclastes, qui devait être condescendante, pour éviter de leur donner l'éveil et de leur laisser le loisir, en remarquant l'alarme du bibliothécaire, d'aggraver des dommages – qui pouvaient jusqu'alors avoir été véniels – et de déchirer en menus morceaux le livre qui avait excité leur vésanie dévastatrice.

Elena était beaucoup trop penchée sur mon recueil de nouvelles pour que la méthode expéditive qui eût consisté à le lui retirer brusquement pût fonctionner. Laura s'assit donc à côté d'elle, au pupitre voisin, en faisant traîner sciemment les pieds de la chaise sur le plancher pour qu'Elena remarque sa présence, ce qui se produisit en effet ; alors, Laura lui adressa un sourire intimidé, qui était en même temps une excuse tacite d'avoir troublé sa concentration, et Elena lui en retourna un autre, disculpateur, avant de se disposer à poursuivre ses gribouillages. « Que pensez-vous de ce livre ? » lui demanda Laura, alors qu'Elena ôtait de nouveau le capuchon du marqueur. « Oh, il est bien meilleur qu'Alejandro ne le croit. Je l'ai déjà lu une demi-douzaine de fois », dit Elena, qui ne se refusait pas au dialogue. Laura fut troublée d'entendre la biblioclaste appeler l'auteur par son prénom, et Elena remarqua ce trouble, qu'elle attribua à l'envie qui s'empare de certains lecteurs quand ils apprennent que l'un des leurs jouit d'un privilège pour eux inaccessible. Mais Laura était beaucoup plus troublée encore d'apprendre que l'inconnue avait lu six fois mon œuvrette de débutant, ce qui révélait un intérêt proche de la monomanie. « Mais c'est pourtant un livre qu'on ne trouve pas facilement, non ? » demanda Laura pour la sonder, commençant à contrevenir aux instructions qui recommandaient de réduire au minimum l'échange de propos, de les borner à l'indispensable afin de distraire le biblioclaste et de lui arracher sa proie. Mais Elena avait remis le capuchon au marqueur et l'avait posé sur le plan incliné du pupitre, indiquant ainsi qu'elle était disposée à interrompre ses gribouillages. Mon recueil de nouvelles, qui était loin d'avoir le dos cassé par l'usure, se referma spontanément, peut-être honteux de son impéritie. « Vous pouvez le dire, remarqua Elena. Je l'ai cherché pendant des années et j'ai fini par l'acheter sur catalogue à un libraire de Séville spécialisé dans les livres anciens. C'est une lecture qui m'a beaucoup amusée. Il est clair qu'Alejandro manquait encore de maturité – Laura fut de nouveau troublée par l'emploi de mon prénom et la familiarité ainsi suggérée –, mais il s'y montre très divertissant et plein de trouvailles, un peu brutal aussi, c'est vrai, un vrai jeu de massacre. » Laura trouva que ce jugement ne manquait pas de justesse (je crois qu'elle regrettait sincèrement cette brutalité ou cette maladresse de mes débuts, même si la raison lui faisait déclarer qu'elle préférait mon actuelle contention ; peut-être fraîcheur et efficacité forment-elles un mélange inconciliable) ; mais on sait déjà qu'Elena pouvait se montrer très pertinente quand son délire ne devenait pas retentissant. « Voyons un peu, prêtez-le-moi, que je jette un coup d'œil », hasarda Laura. Elena prit le livre et le tint entre ses mains comme s'il s'agissait d'une patène ; la reliure était épouvantable, la typographie de la couverture n'avait rien à envier à celle d'un bulletin syndicaliste ou d'une étiquette de suspensoir. Il avait fallu réduire le coût et l'imprimeur ne s'était pas précisément montré un disciple talentueux de Gutenberg. Avant de satisfaire à la demande de Laura, Elena lui coula un regard chargé d'onction. « Et quand je pense que je l'ai lu et relu je ne sais combien de fois, dit-elle tout bas, et que jamais, avant ce jour, je ne m'étais doutée qu'il pouvait contenir un message. La capacité qu'a Alejandro de pouvoir deviner l'avenir est proprement incroyable. Ça ne paraît pas possible, qu'il ait pu savoir dès ce moment-là que nous étions prédestinés l'un à l'autre. » À chaque nouvelle phrase, Elena donnait à Laura davantage de raisons d'être bouleversée et en proie au vertige ; peut-être Laura commençait-elle, à son tour, à entendre un bourdonnement de mouches bleues. « Des messages ? demanda-t-elle, incapable de cacher son étonnement. Je ne comprends pas. » Elena lui jeta un regard apitoyé, se dit que cette pauvre fille aurait bien aimé être la destinataire des cryptogrammes que j'avais conçus spécialement pour elle, et posséder aussi la science infuse, pour être capable de les déchiffrer. « Des messages secrets glissés dans ce qu'il écrit, dit-elle en tournant rapidement les pages du livre et en montrant du bout de l'index les mots signalés au marqueur. Maintenant que nous sommes séparés, ils sont ma seule consolation et mon seul guide ; sans eux, je ne sais pas ce que je serais devenue. » Laura fut assaillie par l'impression de légèreté visqueuse si caractéristique des rêves ; la demi-heure de pause dont elle disposait allait bientôt prendre fin, mais elle ne voulait pas que la sonnerie du réveil la bannisse de ce rêve toujours plus choquant et absurde. Elena lui montrait quelques mots surlignés à l'encre fluorescente, reliés entre eux par des traits au stylo à bille qui allaient d'une page à l'autre, semblables à des tiges de liseron ou de liane. « Tu vois ? » demanda-t-elle à Laura en lui indiquant comment s'y prendre, et elle lut une de ces phrases faites de bribes : « Se-sacrifier-par-amour-le-monde-entier-comble-de-ton-amour-jusqu'à-ce-que-je-l'entende. » Elle passait les pages rapidement avec une certaine solennité ; Laura craignit qu'un gardien ne la remarque ou qu'un lecteur tatillon ne se plaigne du bruit qu'elles faisaient. « Comme ça, pendant qu'il est séquestré, je reçois ses instructions. » Sur quoi Laura demanda tout bas : « Alors, comme ça, il est séquestré ? » Cette dernière énormité lui parut appartenir sans possible doute aux discours de ces idolâtres ravagées qui se croient reliées à distance avec l'homme public qu'elles ne connaissent que par ses œuvres ou ses apparitions médiatiques. « Sa famille a été forcée de le séquestrer, poussée par sa sorcière de fiancée », dit insolemment Elena ; Laura, en dépit de l'allusion directe, ne se sentit pas blessée. « Ils nous surveillaient depuis longtemps. À Chicago, par exemple… » Un fourmillement d'anxiété à la fois clairvoyante et aveuglante parcourut Laura de la tête aux pieds ; brusquement, les pièces de ce puzzle surréaliste qu'Elena venait de déployer sous ses yeux s'adaptaient les unes aux autres pour former le dessin qui lui avait été caché. C'était une sensation magique – d'une magie repoussante – qui mettait sa crédulité à l'épreuve ; une sensation semblable à celle qui doit s'emparer du photographe pris au dépourvu quand, croyant avoir cadré un paysage anodin, il voit apparaître pendant qu'il développe les photographies dans son laboratoire, plonge le papier dans la cuvette contenant la solution de bromure – les fils de la Vierge, les baves du Diable –, la perpétration d'un crime inique. « Vous vous êtes vus à Chicago ? » demanda Laura, lui coupant la parole, et Elena acquiesça d'un hochement de tête. « Nous avons dû aller jusque là-bas pour échapper à sa famille. Mais, alors que nous nous étions réfugiés dans notre hôtel, ils l'ont appelé pour le menacer. » Le crime inique se concrétisait, ectoplasme dont les contours devenaient de plus en plus précis tandis qu'il allait et venait dans les régions d'outre-tombe et qu'Elena poursuivait son discours. « Vous vous êtes vus à Chicago », répéta Laura, maintenant sans intonation interrogative, écrasée par le poids de la révélation. « Et avant, à Valence, imagine-toi, ajouta Elena, vantarde. C'est là que nous avons fait notre petit enfant. Mais nous avons dû quitter la ville, les espions de la famille nous assiégeaient, Chicago était plus sûr. » Sur ces mots, Elena frictionna avec une orgueilleuse douceur son ventre fécondé, et Laura crut y voir une amorce de rondeur.

« Tu ne vas tout de même pas croire ça », m'écriai-je enfin. J'étais prêt à battre ma coulpe, et avec intérêts cumulés ; j'étais prêt à reconnaître que dans ma faute était intervenu un peu plus que du simple altruisme, et aussi que mon silence avait été prémédité et sournois ; mais je ne pouvais me charger en outre des canailleries d'un violoniste fuyard. « J'ai rencontré cette femme à Chicago, c'est vrai, mais je ne l'avais jamais vue de ma vie. »

Malheureusement, Laura n'avait que faire de mes explications. Sa voix, voilée d'une froideur rugueuse, n'admettait ni faiblesse compatissante ni emphase accusatrice.

« Je ne crois ni ne cesse de croire à rien. Je sais que tu m'as menti, que tu as tenu ton mensonge secret, et ça me suffit. »

J'attaquai sur un autre flanc.

« Tu dois parfaitement te souvenir que je ne voulais pas aller à Chicago, même si on m'y traînait. C'est toi qui m'as poussé à faire ce voyage. »

Laura me regarda avec un calme surhumain, comme si elle comptait mes cheveux. Ses yeux évitaient les miens.

« Tu reconnais que tu m'as menti ? Tu reconnais que tu as passé sous silence quelque chose qui te faisait honte ? »

Mes lèvres répugnaient à lui répondre par un seul mot, mais

toute justification aurait eu l'air d'un gâchis en de telles circonstances.

« Oui. »

Un rictus amer de triomphe glissa sur ses lèvres, sorte d'emportement ou de baiser calciné. Une fois ma faute confessée – maintenant que rien n'importait plus pour elle – elle pouvait s'offrir le luxe du reproche.

« Et tu voudrais encore que je te croie ? Si tu as pu me trahir un peu, pourquoi ne m'aurais-tu pas trahie beaucoup ? Il n'y a que le premier pas qui compte, le reste vient tout seul. »

C'était une récrimination vague, atone, extirpée de qui sait quel désir de polémiquer. Dans ces conditions, toute volonté de limiter la portée de ma trahison devenait ridicule. Je crois que je perdis patience.

« Serais-tu en train d'insinuer que je l'ai mise enceinte ? Que nous avons été amants ? »

Laura s'anima à peine sur le lit, juste ce qu'il fallait pour saisir le drap froissé et s'en couvrir jusqu'au cou. Elle voulait m'empêcher de voir ce cou qui tant de fois avait servi de creuset à mon souffle court.

« Je n'insinue rien. Je veux seulement te faire comprendre que tu ne peux plus prétendre, à présent, que ta version soit crédible. Elle me paraît aussi douteuse que la sienne. » Elle fit tristement claquer sa langue. « Mais elle, elle me fait peine. Toi, tu ne me fais rien du tout. »

Dans le couloir, le colonel traînait ses pantoufles sans s'inquiéter de révéler sa présence. De la même voix neutre et comme incrédule qu'elle avait prise jusqu'alors, Laura poursuivit le récit de sa rencontre avec Elena. « Je suis venue le chercher à Madrid, mais je n'arrive pas à découvrir où il se trouve », lui avait confié Elena après avoir consenti à remettre à Laura l'exemplaire de mon livre de jeunesse, quand son sauvetage ou sa destruction n'avait plus la moindre importance pour celle que j'aimais. « Sa famille doit le garder prisonnier dans une planque, comme le font les terroristes avec leurs victimes. Mais Alejandro s'est arrangé pour m'envoyer un émissaire. Ce n'était peut-être pas indispensable, parce qu'il m'indique dans ses messages ce que je dois faire, mais je ne suis pas très futée, et je n'arrivais pas à comprendre… » Un lecteur acariâtre qui se trémoussait depuis quelques minutes sur son siège leur adressa un rude reproche. Laura prit Elena par le bras et elles quittèrent ensemble la salle de lecture pour passer dans une autre salle adjacente où s'entassaient les fichiers manuels que presque plus personne ne consultait depuis que le fonds considérable de la Bibliothèque nationale avait été informatisé. De près, Laura s'aperçut alors que la gabardine qu'Elena n'avait pas enlevée – symptôme flagrant d'autisme – en dépit de la chaleur de serre était plus froissée que ne le permet la décence, et aussi – ce que Bruno n'avait pas remarqué, n'avait pas voulu remarquer, l'exercice de la sublimation ne s'arrêtant pas à ces vils détails – qu'elle exhalait une odeur aigre de tristesse fermentée. « Tu me disais qu'il t'a envoyé un… » Le terme, très respectueux des conventions diplomatiques, choquait Laura. « … Un émissaire », répéta-t-elle un peu machinalement parce que, tout à coup, après avoir mis en place les pièces de ce puzzle qu'elle avait tout d'abord cru dépourvues de tout lien entre elles, après avoir vu se concrétiser l'évidence de ma déloyauté, elle perdait tout intérêt pour cette histoire. Elena cherchait sur les étiquettes des casiers le tiroir où devait figurer mon nom ; quand elle l'eut trouvé, elle l'ouvrit et fit défiler les fiches, jusqu'à celle sur laquelle étaient cataloguées mes œuvres, pour le seul plaisir de contempler mon nom dactylographié. « Il s'appelle Bruno. Bruno Bonavista, et il est écrivain comme Alejandro, affirma Elena avec le sourire faraud du détective qui ne s'en laisse pas compter. Il a prétendu être technicien en informatique, il doit croire que je tombe de la lune ou que je ne mets jamais les pieds dans une librairie. À part ça, c'est un garçon très sympathique, enfin, pas si jeune que ça. » Sur ces paroles, il lui vint aux lèvres, pendant une fraction de seconde, un sourire de mélancolie miséricordieuse qui aurait sans doute démoralisé Bruno, s'il avait pu le voir. « Il s'efforce de veiller sur moi, et aussi sur mon bébé, on voit bien qu'Alejandro lui a fait la leçon. Hier, il m'a emmenée à l'Opéra, et j'ai enfin compris… » Elle s'interrompit, comme si elle avait du mal à reprendre son souffle, parce que ce n'était pas une mince affaire, mais elle était prête à s'y lancer, à la mener à bien, fût-ce au prix de sa vie. « Il faut que je me sacrifie pour lui, comme Élisabeth l'a fait pour Tannhäuser. » Et, paraphrasant alors un des derniers messages qu'elle avait interceptés dans mes œuvres : « Le monde entier comble de mon amour, jusqu'à ce qu'il l'entende. Mon amour le sauvera », elle referma le tiroir du casier comme si elle scellait un serment. Laura ne parvenait pas à deviner le fin mot de l'histoire, trop horripilée par la confusion, le mystère de ces phrases qui lui donnaient le vertige, la rendaient malade et en même temps la captivaient comme elle l'avait rarement été. « Tu devrais parler à Alejandro », dit-elle, et elle remarqua aussitôt qu'Elena, en l'entendant à son tour m'appeler par mon prénom, se mettait en garde, parce qu'elle avait perçu dans la voix de Laura une trace de familiarité désenchantée que seul un lien étroit avec moi pouvait expliquer. Elle regarda Laura droit dans les yeux et recula, trop étonnée pour pouvoir deviner s'il s'agissait là d'un nouvel émissaire que j'avais chargé de veiller sur elle ou si, au contraire, elle était en présence d'un agent de l'ennemi, ou peut-être même, qui sait, de sa rivale. « Toi aussi tu connais Alejandro, n'est-ce pas ? » demanda-t-elle suffoquée par l'appréhension, tout en reculant encore. Voyant que si la malheureuse faisait un pas de plus à reculons elle allait heurter l'un des casiers, peut-être trébucher contre l'un de leurs pieds et tomber à la renverse, Laura leva le bras pour lui signaler le danger, mais Elena vit dans ce geste une sorte de *vade retro* et partit en courant, manquant de peu de renverser le buste d'un haut personnage du XIXe siècle, sans doute exilé des bureaux de la direction. Laura ne se sentait pas la force de partir à sa poursuite, et elle ne voulait pas que les gardiens assermentés la prennent pour une kleptomane en fuite. « Où pourrai-je te trouver ? » lança-t-elle tout haut, enfreignant les ordres qui régissent le bon fonctionnement de la bibliothèque (pour la deuxième fois, parce qu'elle laissait s'éclipser une biblioclaste sans que celle-ci eût essuyé le sermon de rigueur). Elena se retourna sans s'arrêter de courir. « L'amour est le fil », fit-elle avec une exultation anxieuse, et elle disparut dans l'escalier du vestibule après avoir sauté la barrière du contrôle.

« L'amour est le fil, répéta Laura. Tu sauras sans doute ce que ça veut dire. »

En vertu d'une de ces certitudes qui sont des défis à toute logique, Laura croyait que la maladie qui affligeait Elena relevait de ma seule responsabilité, de mon immaturité et de ma déloyauté, et elle était par conséquent certaine que le langage d'Elena devait me paraître parfaitement limpide, aussi limpide que l'étaient pour Elena les messages qu'elle trouvait disséminés dans mes écrits et croyait rédigés à son intention depuis une époque bien antérieure à celle de notre rencontre – *Tolle, lege*. La blessure à ma lèvre, qui avait arrêté de saigner, palpitait comme si était venu s'y loger un cœur miniature autonome.

« Je suppose que tu ne parles pas sérieusement, dis-je, excédé, avec une colère pourtant soumise. Les choses dont parle cette petite n'arrivent que dans sa tête. »

Laura remua de nouveau dans son lit, me tourna même le dos, plus épuisée qu'écœurée ou méprisante.

« Dieu veuille que tu aies raison, dit-elle. Mais elle m'a donné l'impression de vouloir réellement s'immoler. Ne me demande pas comment. »

Remplis le monde de ton amour, eucharistie pour tous. Je distinguais dans la pénombre, plaquée contre le mur par des punaises, l'affiche de ce vieux film, *Ladyhawke*, qui avait accompagné Laura quand elle était partie de notre ville cléricale ; comme les amants de cette histoire, nous étions nous aussi frappés de malédiction, nous étions des habitants de mondes étanches, mais nous ne pouvions même pas nous entrevoir pendant les très brefs instants où pointaient les premières lueurs de l'aube et où s'éteignait le dernier rayon de soleil.

« Et que suis-je supposé faire ? »

Elle tarda à me répondre ; quand elle le fit enfin, ses paroles étaient lestées d'une sorte d'acrimonie dégoûtée.

« Interroge ta conscience. Mais moi, à ta place, je ne pourrais pas me regarder en face dans un miroir pendant qu'Elena vagabonde dans le coin en se détruisant. Ton devoir est de la délivrer. »

Elle avait dit cette dernière phrase comme s'il s'agissait d'un commandement apodictique, dont la rigueur me mettait hors de moi.

« La délivrer ? De qui ? De quoi ? »

Je n'obtins aucune réponse. J'attendis encore quelques minutes, mais Laura s'était de nouveau changée en un gisant ou en une allégorie du mal qui nous rongeait l'un et l'autre. Je sortis de la chambre tête basse et aussi marri qu'un fidèle qui s'est rendu au confessionnal en espérant une confrontation et en ressort avec un fardeau supplémentaire de fautes sur ses épaules déjà lasses. Dans l'entrée, le colonel épiait ma déroute ; il se tenait aussi droit que d'habitude, mais appuyé contre le mur avec cet air accablé des gens qui ne respectent la ponctualité que pour pouvoir reprocher leur retard aux autres.

On croit à tort que la douleur est toujours changeante, qu'elle évolue vers des manifestations plus bénignes, voire consolatrices ; et c'est peut-être ce qui arrive quand il s'agit d'une douleur cathartique, quand elle naît du repentir ou de la fidélité à ce que l'on a perdu. Mais quand elle vient occuper le vide que laisse l'impossibilité d'éprouver de nouveaux sentiments, quand elle tombe sur une terre aride dans laquelle rien ne facilite sa transformation en engrais, quand les nuages ne déversent pas leur pluie qui lave les péchés et érode le souvenir intolérable, la douleur cristallisée s'enkyste, est un fouet toujours insatisfait qui lance ses morsures à l'aveugle, morsures qui jamais n'obtiennent la récompense de la satiété. Vivre avec cette douleur, c'est comme être en proie à l'envie, éprouver une impression d'incessante stérilité, de martyre infécond, de tristesse sans rémission. On se couche en ne désirant plus que se réveiller à un nouveau stade de la maladie, où cette douleur se serait volatilisée ou du moins changée en quelque chose de différent, avec des symptômes déchiffrables qui permettraient une thérapie, de la même manière que le lecteur interrompt la lecture d'un livre à la fin d'un chapitre en espérant que l'évolution de l'intrigue lui offrira de nouveaux paysages, d'autres passions, sinon plus riantes, du moins variées. Mais cette douleur stérile est à l'image d'un livre de sable étale, monotone, toujours pareil à lui-même, quelle que soit la page à laquelle on l'ouvre. Laura avait laissé un vide qui faisait d'elle dans mon esprit une sorte de vitrine de bijoutier pillée par des voleurs ; ce n'était pas seulement que son contenu avait disparu ; sa finalité même ne pouvait plus être saisie. Je contemplais cette vitrine dépouillée avec la perplexité offensée qu'éprouverait un visiteur de musée si, après avoir acheté un billet, il ne trouvait que des salles nues, sur les murs desquelles se découpent encore des rectangles préservés de la poussière et si, quand il proteste auprès du gardien, celui-ci lui suggérait d'essayer de se figurer les tableaux mis à l'abri pour assurer une meilleure conservation en lisant les panonceaux indiquant le sujet, l'auteur, les dimensions et les techniques employées pour le réaliser. Le succédané de contemplation esthétique suggéré est si grossier, si insultant, que le visiteur lui donnerait volontiers deux gifles, mais il sait déjà qu'on ne lui remboursera pas son billet et, de plus, il a prévu cette visite depuis bien longtemps, s'est si bien fait à l'idée de passer l'après-midi dans ces salles qu'il ne voit plus comment employer autrement ces quelques moments, d'autant moins qu'il a donné rendez-vous à telle heure à un ami, à la sortie du musée ; si bien que, oisif et résigné, il passe devant ces rectangles épargnés par la poussière, qui lui montrent des morceaux du tissu qui habille le mur moins abîmés que le reste, et se livre à l'absurde exercice d'imagination recommandé par le gardien. Cet exercice, dans mon cas plus évocateur qu'imaginatif, était l'unique antidote à la douleur qui niait ma vie ; et j'arrivais à éprouver, encore que vagues et fuyants, un certain bonheur (un succédané de bonheur) et un certain bien-être rétrospectif (un succédané de bien-être) en me souvenant que les salles vides qui composaient le musée de mon existence avaient contenu en un autre temps ma bien-aimée Laura, qui les dignifiait de sa présence.

Même les routines qui avaient avili la dernière étape de notre vie commune me manquaient. Je les avais pourtant trouvées détestables, aussi longtemps qu'elles avaient duré, parce qu'elles éteignaient la moindre étincelle d'originalité et laissaient se corrompre l'amour ou, plus exactement, les lambeaux d'amour qui nous tenaient encore unis ; mais maintenant qu'elles s'étaient volatilisées avec le sentiment moribond qu'elles tâchaient de préserver, elles devenaient, dans ma nostalgie, des béquilles et des appuis auxquels mon cœur lésé pouvait s'accrocher. Sans ces béquilles et ces appuis, il ne me restait qu'à me livrer à l'empire paralysant de la douleur. Pour l'exorciser, ou pour repousser sa tyrannie, j'acceptai alors d'écrire un récit pour un de ces livres collectifs, miscellanées, bric-à-brac littéraire qui devait être centré sur les impressions diverses d'une bande ou d'un gang d'écrivains, tous légitimes, ressenties à la suite de l'hécatombe des tours jumelles. Je refuse toujours ces propositions où le relent mercenaire déquille toute prétention à quelque envergure que ce soit, mais en cette occasion (peut-être l'absence de Laura me donnait-elle l'impression d'être un mercenaire sans guerre) j'acceptai ce contre-emploi ingrat. Ma vétille porta sur l'épopée intérieure de John Walker Lindh, le taliban américain avec lequel j'établissais encore quelques singuliers rapports de fraternité (un fusible, un plomb qui saute), surtout pendant ces jours où ma douleur sans espoir était une cage comparable, même en termes purement spéculatifs, avec les emprisonnements successifs et toujours plus étroitement confinés qu'avait subis ce jeune paumé. Pour élaborer ce récit (dans lequel j'intercalai avec une pseudo-érudition une citation à la manière de Borges), j'adoptai un ton distancié et neutre qui était presque celui de la chronique journalistique quand elle traite les circonstances horribles comme s'il s'agissait d'un banal répertoire d'affaires bureaucratiques. Secrètement enlacés à la trame de mon exposition des faits, je glissai en contrebande et en manière de contrepoint au chemin de croix de John Walker Lindh une série de passages introspectifs, toujours plus transparents et plus abondants à mesure que les peines endurées par le protagoniste devenaient plus atroces, à mesure que les épisodes de son calvaire devenaient plus tortueux. Le récit commençait *in medias res*, quand, après un siège qui avait décimé ses compagnons de lutte, John Walker Lindh se rendait avec les survivants à Kunduz pour rejoindre l'armée de l'Alliance du Nord, laquelle avait promis de leur délivrer un sauf-conduit qui leur permettrait d'aller retrouver l'avant-garde talibane, s'ils déposaient les armes et livraient la ville. Mais les rebelles ne tiennent pas parole et conduisent les prisonniers à la forteresse de Kala Jangi, après leur avoir fait subir diverses humiliations et vexations, après les avoir roués de coups de pied et de coups de poing. À Kala Jangi, John Walker Lindh va être interrogé par les agents de la CIA, mais ses lèvres, scellées par le vœu de silence, ne livrent pas un traître mot. Au cours de la révolte des prisonniers qui a lieu ensuite, John Walker Lindh est blessé à la jambe ; pendant les douze heures de bombardement de l'aviation américaine, il gît entre des corps démembrés et fait le mort. Il va ensuite se réfugier, avec d'autres survivants du ravage, dans les souterrains de béton de la forteresse, un piège à rats dans lequel les soldats de l'Alliance du Nord n'osent pas descendre de peur d'être criblés de balles ; en revanche, ils n'hésitent pas un instant à lancer dans les conduits de ventilation du souterrain des grenades qui, en explosant, arrosent de mitraille les talibans qui s'y terrent et font un carnage. Ils y versent aussi de l'essence enflammée qui brûle les rescapés et incinère les victimes de la mitraille. John Walker Lindh va passer une semaine dans une des chambres souterraines, pelotonné dans un recoin qui sert de latrines aux autres réfugiés (la gangrène s'est attaquée à sa blessure), anesthésié par la pestilence des cadavres carbonisés et les viscères sans maître qui sont répandus sur le sol de béton comme des coulures de peinture. Le sixième jour, les soldats de l'Alliance du Nord inondent les souterrains d'une eau glacée, jusqu'à ce que le niveau atteigne la hauteur de la taille d'un homme ; comme John Walker Lindh ne peut tenir debout (sa blessure à la jambe ne le lui permet pas), il doit se résigner à goûter cette eau trouble chargée d'immondices, en tendant de temps en temps le cou pour pouvoir respirer. D'autres talibans moins heureux que lui, qui ne peuvent même pas rester assis ou debout sur un pied, meurent noyés dans des hurlements de désespoir. Le septième jour d'enfermement, quand les soldats de l'Alliance du Nord réduisent à merci les quelques hommes qui ont survécu aux grenades, au napalm et à l'inondation, Walker souffre de diarrhée, d'hypothermie et vomit un liquide verdâtre où se mêlent les miasmes distillés par les cadavres de ses compagnons. Lié avec une bande adhésive extraforte, il est jeté dans un conteneur métallique par ceux qui l'on fait prisonnier, avec ses vêtements souillés, en même temps que d'autres rebelles captifs blessés, véritable dépotoir humain gouttant le sang et baignant dans les excréments, que l'on transporte à l'arrière d'un camion jusqu'au campement des soldats américains ; la plupart meurent pendant le trajet, asphyxiés par le poids des corps entassés au-dessus d'eux. Quand on le tire de la benne, il y a plus de quinze jours que John Walker Lindh ne s'est rien mis sous la dent, mais ses lèvres se refusent à la prière ; on le transporte en brancard jusqu'à une pièce sans lumière, où il va languir pendant deux jours dans un état proche de l'inconscience, sans nourriture ni assistance médicale ni même une couverture dans laquelle il pourrait s'envelopper pendant les nuits interminables. Les soldats qui le gardent à tour de rôle entrent parfois dans la pièce pour le dénigrer, lui cracher dessus ou se faire photographier à côté de lui en prenant la pose avantageuse du pêcheur qui exhibe fièrement la truite qui a mordu à l'hameçon ; on lui a bandé les yeux et on l'a attaché au lit de camp avec de la bande adhésive ; c'est ainsi qu'on le photographie, en se payant sa tête et en riant bien fort, tout en lui promettant qu'il finira sur la chaise électrique. Finalement, quand les médecins de la Croix-Rouge arrivent au camp, le traître John Walker Lindh est opéré de sa blessure à la jambe ; tandis que la morphine se répand dans son sang, calmant les spasmes douloureux qui parcourent son corps dont il ne reste plus que la peau et les os, apaisant sa faim et chassant le froid qui l'a pénétré jusqu'à la moelle, Walker se sent inondé de piété et remercie Allah qui lui a accordé de connaître le paradis sur terre. On découvre alors que chacune des souffrances endurées par John Walker Lindh avec un stoïcisme allègre a été un barreau de l'échelle menant à la perfection, une heureuse étape de son pèlerinage vers la vision anticipée du paradis promis par le Prophète. Ici, le ton détaché du récit s'effritait sous la poussée pugnace d'une vision chargée d'éclairer le triomphe secret de Walker, qui avait choisi la voie de la douleur – fils dénaturé, traître à sa patrie, sbire d'une cause immonde – afin de pouvoir, ainsi lacéré, blessé et converti en déchet humain, contempler de ses propres yeux le jardin accueillant, aussi vaste que le ciel et la terre, aux vallées arrosées par des sources de lait, de miel et de vin qui enivre mais ne saoule point, où poussent des arbres sans épines qui dispensent une ombre généreuse et dont les branches s'inclinent jusqu'à terre afin que les bienheureux, qui se reposent sur des lits brodés d'or, puissent cueillir leurs fruits sans effort, tandis que des houris vierges aux grands yeux et aux seins ronds, pareilles à des perles jalousement gardées, leur servent des verres d'une liqueur parfumée au camphre et au gingembre.

Achever ce récit me prit plus d'un mois ; en définitive, les compilateurs du recueil le refusèrent sous prétexte qu'il était trop long et ne respectait pas la déclaration de principe du projet qui se voulait « une condamnation ferme de la violence et de la terreur ». Mon récit, ainsi que le précisaient lesdits compilateurs, frôlait dangereusement les limites de l'ambiguïté morale, puisque, en ultime analyse, la violence et la terreur étaient justement les moyens employés par mon personnage pour faire son salut personnel. Je ne me donnai pas la peine de réfuter cette interprétation ; je regrettais seulement de m'être embarqué dans l'une de ces « causes engagées », cette nouvelle forme de bigoterie culturelle à laquelle tant d'écrivains livrent quelques miettes de leur inspiration afin de jouer les solidaires pour la galerie et apaiser leur conscience de petits-bourgeois qui vont passer les fins de semaine dans leur maison de campagne. Par ailleurs, aussi longtemps qu'il restait inédit, mon récit remplissait sa véritable fonction, parce que je l'avais écrit pour purger ce que j'avais sur le cœur et tâcher de dissiper la douleur stérile qui empoisonnait chaque instant de ma vie ou, tout au moins, d'en faire quelque chose de différent. Je n'aspirais pas, comme John Walker Lindh, à contempler le paradis sur terre ; il m'aurait suffi de pouvoir contempler sans honte mon propre visage dans le miroir. Laura m'avait indiqué quel devait être le chemin de mon rachat : je devais sauver Elena, lui éviter de continuer à se détruire, arrêter son projet de s'immoler avant qu'il ne soit trop tard. Bruno me secondait dans cette tâche ingrate et un peu insensée ; nous n'avions aucune carte sur laquelle suivre les déplacements de la fugitive, pas davantage de boussole pour orienter notre enquête, si bien que nos efforts se fondaient sur l'intervention du hasard, ce piège à mouches. Dans mon impuissance, ma déroute, la première idée qui me vint fut d'appeler tous les abonnés de Valence qui figuraient dans l'annuaire sous le même patronyme qu'Elena. Salvador n'était pas un nom de famille très rare, et je dus passer des dizaines d'appels infructueux et subir les réactions soupçonneuses et hostiles de quelques particuliers jaloux (presque autant que moi) de leur intimité avant d'entendre à l'autre bout du fil la voix de sa mère, assez semblable à celle d'Elena, mais tamisée par l'emphysème de l'apathie.

« Qui la demande ? fit-elle, méfiante, en interrompant mes explications.

– Écoutez, je ne crois pas que mon nom vous dise quelque chose ; je m'appelle Alejandro Losada…

– Oui, il me dit quelque chose. Et comment, qu'il me dit quelque chose. »

Voilà ce qu'elle affirma avant même que j'eusse fini de me présenter. Il y avait du sarcasme dans sa voix, un sarcasme défaillant et comme détaché de lui-même.

« Je suppose que vous savez ce qui s'est passé. Votre fille est venue à Madrid…

– Il y a près d'un mois et demi. » Elle s'interrompit, je perçus sa fatigue, mais aussi sa colère et sa révolte, comme si les explications dans lesquelles je me lançais étaient pour elle le comble de l'effronterie. « Je compte les jours qui passent.

– Peut-être ignorez-vous la raison de son voyage…

– Vous vous trompez. Je la connais parfaitement. Elle est partie parce que vous ne répondiez pas à ses lettres, après l'avoir mise enceinte et plantée là. » Elle avait formulé très calmement son accusation, apparemment soutenue par une certitude inébranlable. « Comme un salopard que vous êtes. »

Je reconnais que j'en restai stupéfait. J'avais cru, en un accès d'ingénuité, que notre conversation se déroulerait sur la prémisse pacifiquement admise de part et d'autre que le dérangement mental d'Elena ne pouvait être mis en doute ; j'aurais dû prévoir que l'amour maternel déforme certaines perceptions. J'entendis, lointaine et découragée, une voix masculine demander à la mère d'Elena qui était à l'appareil.

« Remerciez le Ciel que mon mari soit cloué sur une chaise roulante, me dit-elle. Sans ça, vous ne seriez plus de ce monde. »

Ses insultes, son exécration m'auraient peut-être atteint moins profondément sans le ton dolent sur lequel elles étaient proférées.

« Pardonnez-moi, madame, mais vous vous trompez de destinataire. Ce n'est pas moi mais un violoniste canadien en tournée à Valence qui a mis votre fille enceinte. »

Elle eut un rire amer qui me donna l'impression qu'elle crachait un crapaud.

« Un violoniste ! Voyez-vous ça ! Et canadien, pour tout arranger ! Laissez-moi vous donner un conseil : quand vous passerez devant le juge, essayez de trouver des mensonges moins tortueux. »

Je compris qu'il était inutile de déployer pour me disculper des efforts qui ne serviraient nullement mes desseins. La perspective qu'un juge demande en effet que ma supposée paternité soit établie par tests génétiques me révulsait et me soulageait à la fois. Maintenant, c'était le père infirme qui m'abreuvait d'insultes et essayait d'arracher le combiné à sa femme.

« Avez-vous des nouvelles d'elle ? demandai-je, en tâchant de ne pas prêter l'oreille à la cataracte de propos toujours plus intempestifs et cinglants. Savez-vous où elle loge ? » J'élevai la voix pour que mes paroles ne soient pas englouties dans le tourbillon de fureur du paralytique. « Savez-vous si elle est encore à Madrid ?

– Nous ne savons rien du tout. Elle n'a même pas appelé pour demander de l'argent. Dieu sait comment elle se débrouille », dit enfin la mère d'Elena. Ce que j'avais d'abord pris pour de l'apathie n'était que cendres d'un espoir anéanti. « Son frère est allé au commissariat pour signaler sa fugue, mais les policiers l'ont renvoyé en lui disant qu'une personne majeure était libre de changer d'air. »

Je ne voulais pas rendre plus amer ce dialogue qui n'était peut-être qu'un simple heurt de soliloques. La mère d'Elena parlait encore, maintenant sur un ton suppliant.

« Et vous, savez-vous quelque chose ? Avez-vous vu ma fille ? » Sur sa voix s'abattaient à présent les sanglots, ses phrases (plus implorantes que récriminatoires) se vidaient de leur sang en un gémissement entrecoupé et se recomposaient pendant que ses poumons n'avaient pas encore épuisé leur réserve d'air, pour finir par s'interrompre, noyées dans les larmes. J'avais l'impression d'entendre Elena, d'épier de nouveau par combiné interposé sa douleur humiliée. « Vous pouvez la tirer de cet enfer. Vous pouvez vous charger de cet enfant qui va naître. Vous pouvez... »

Ses prières se fondaient en un dialecte inintelligible, filet de paroles tronquées qui gouttaient sur ma conscience, filtrées par des gisements de componction et d'affliction.

« Je vous promets de faire tout ce que je pourrai », dis-je avec un élan qui m'effraya.

La mère d'Elena renifla, ravala le nœud de sanglots qui obstruait sa gorge, s'humilia devant l'homme en qui elle voyait le bourreau de sa fille et, en même temps, son unique sauveur hypothétique.

« Dieu vous le rendra, monsieur Losada. Vous verrez qu'Elena est une brave fille, vous verrez, c'est quelqu'un de très affectueux. » Malgré elle, malgré moi, ces appréciations de sa fille prenaient un caractère sarcastique. Elle s'interrompit, pour refréner un impétueux accès de sanglots. « Mais vous paraissez avoir bon cœur... Pourquoi vous êtes-vous conduit comme ça avec elle ? Pourquoi n'avez-vous même pas répondu à ses lettres ? »

Je réitérai ma promesse et abrégeai la conversation avant que nous ne nous fussions de nouveau embourbés dans un cercle vicieux de reproches et de condamnations. À peine venais-je de raccrocher que je me repentais d'avoir établi cette communication dans laquelle j'avais en quelque sorte reconnu ma culpabilité et promis d'assumer les responsabilités afférentes. Toutefois, je sentis en même temps une sorte de glissement de terrain intérieur, comme si les congères qui emprisonnaient ma douleur avaient commencé à fondre, la laissant de nouveau respirer et chercher de nouveaux lits, se transformer en une douleur différente, peut-être plus aiguë, plus chagrine, mais plus perméable à l'expiation. C'était une douleur semblable, aiguisée par la conviction butée qu'il était encore possible de réparer les erreurs commises, qui poussait Bruno à parcourir Madrid en tous sens à la recherche d'Elena ou de son fantôme. Il allait encore prendre son petit déjeuner au Café Gijón chaque matin, pour y constater avec un découragement grandissant qu'Elena avait abandonné ses habitudes sans intention apparente d'y revenir. Il fréquentait aussi les endroits où se concocte la littérature, dans lesquels Elena assaillait habituellement les visiteurs de passage pour leur demander de lui indiquer où elle pourrait me trouver, ainsi que les églises et les gares où elle s'abritait des intempéries pendant que son esprit s'élevait vers des régions déracinées de la réalité, et les parcs dans lesquels elle aimait converser avec les haies de buis et les hennés, écrire des hiéroglyphes sur les étangs, griffer les troncs d'arbres et nourrir les oiseaux sans pedigree qui résistent aux rigueurs de l'hiver et à la pollution urbaine sans migrer vers des ciels plus purs et plus chauds. Dans aucun de ces endroits il ne trouva trace d'elle, et pas davantage dans la pension du paseo del Prado, dont la logeuse exigea que Bruno lui paie les dégâts que sa cliente (celle qu'il appelait sa cousine) avait causés. Précédé par cet échalas assommant qui semblait se nourrir de chènevis, Bruno entra dans la chambre qu'Elena avait occupée quelques semaines dans l'espoir d'y trouver un vestige de sa présence, une piste qui lui permettrait de deviner ses nouveaux itinéraires ; mais le ménage avait déjà été fait (une odeur de détergent et d'essence de térébenthine lui perforait la pituitaire) et les murs, de nouveau nus, ne montraient sur l'enduit que les croûtes de gomme arabique qu'Elena employait pour y faire tenir son cryptogramme. Le bourdonnement des mouches bleues avait disparu, remplacé par le silence décati et coupable qui flotte à demeure dans les cellules des monastères quand leurs hôtes désertent les rigueurs de la clôture pour se rengager dans le siècle. Bruno posa son regard sur le lit au cadre nickelé où s'était réfugié pendant des semaines le sommeil agité d'Elena, lequel, ajouté au poids des centaines ou des milliers de repos angoissés antérieurs, avait formé un creux dans le matelas.

« Et alors, qui va me payer la nouvelle peinture des murs ? insista la logeuse, qui voulait profiter de l'occasion pour faire son beurre.

– Je vous ai payé une semaine d'avance. Débrouillez-vous. »

La logeuse s'éloigna en ronchonnant, comprenant que le robinet de la magnificence avait cessé de couler. Bruno resta encore quelques minutes dans la chambre, jeta un coup d'œil à l'intérieur de l'armoire (trois ou quatre cintres métalliques pendaient à la barre, squelettes épurés par l'abandon), se pencha pour regarder sous le lit, ouvrit les tiroirs vides de la table de nuit ; la logeuse avait consciencieusement nettoyé l'endroit, avec le soin scrupuleux de l'assassin qui efface les indices après son crime. C'était à serrer le cœur, de voir qu'une vie pouvait être aussi facilement effacée, extirpée comme un appendice ou une verrue et chassée dans les terres arides de l'invisibilité hors de portée de tout recensement et de toute juridiction. Bruno se rebellait contre ces chirurgies de l'oubli ; il préférait penser que les vies sont enveloppées d'une aura qui les distingue, même au-delà de leur simple disparition, et qui témoigne de leur passage sur terre. Il revoyait avec une précision quasi intolérable le visage d'Elena illuminé de béatitude et les larmes silencieuses et abondantes qui coulaient sur son visage pendant qu'elle écoutait le chant des pèlerins de *Tannhäuser* ; il la revoyait mordre dans la pomme reinette de son petit déjeuner, dont le doux craquement résonnait encore dans sa mémoire, avec une délicatesse de baiser qui ignore son destinataire, tandis qu'il lui racontait les fabuleuses particularités de quelque île Barataria ; il revoyait surtout, avec une précision qui envahissait ses nuits sans sommeil, telle une floraison lente, un filet de sang très fin qui sortait d'une de ses narines, un mince filet qui faisait tomber trois gouttes de sang par terre, où leur couleur scandaleuse se mêlait à celle, candide, de la neige. Ces images étaient en outre liées à des fulgurations de sentiments qu'il conservait jalousement dans des écrins que l'incurie ne pouvait détériorer, et il ouvrait tous les jours ces écrins pour en respirer le parfum, puis les refermait aussitôt, afin que leur essence ne se dissipât point. La vivacité de ces souvenirs fut sans doute le combustible qui garda allumée la flamme de son espérance, tandis qu'il cherchait Elena dans d'autres pensions du quartier, qu'il guettait son aura incertaine dans les multitudes que crachent les bouches de métro (sur chaque visage se répétaient les mêmes expressions : hâte et méfiance), pendant qu'il marchait jusqu'aux endroits les plus retirés de la ville, là où la solitude est un chien perdu, famélique et couvert de puces.

La terre semblait avoir englouti Elena. Pendant près d'un mois (presque le temps qu'il me fallut pour écrire ce récit qui ne serait jamais publié sur l'épopée dévastatrice et libératoire du taliban John Walker Lindh, à peu près le même temps qu'il fallut à ma douleur pour se déliter et devenir fertile), Bruno chercha en vain sa trace, se cognant sans cesse contre le même mur, la même difficulté insurmontable. Elena était entrée dans le ghetto d'invisibilité que les grandes villes réservent à ceux qu'elles estiment inutilisables ou condamnés, ce rebut humain qui ternit la façade de cosmopolitisme et de prospérité que les autorités municipales désirent propager dans le monde. Mendiants noirs de lune et de crasse qui ont oublié jusqu'à leur nom, races de la diaspora réduite en esclavage par les maffias qui les ont aidées (première confiscation de leur âme) à tromper la vigilance des gardiens aux frontières, malades qui ont épuisé toutes les ressources de la pharmacopée et ont été délogés de tous les hôpitaux, vieillards évadés des hospices ou des mouroirs dans lesquels leurs familles les ont confinés, junkies devenus transparents à force de boire la lumière phtisique des petits matins, anciens bagnards qui portent encore leur exclusion inscrite sur le front, chômeurs qui gardent encore dans leur portefeuille sans billets la lettre de licenciement qui les a déportés à la belle étoile, prostituées qui sont un épitome détaché de l'atlas. Un faubourg de l'humanité qui chaque jour reçoit de nouveaux membres, qui chaque nuit enregistre de nouveaux décès et des naissances anonymes, qui se renouvelle et grandit en marge des statistiques officielles, comme une marée rampante, butée, écrasant toutes les digues que l'on érige pour l'isoler, la boucler dans les oubliettes de la vie invisible.

« Détrompe-toi, Alejandro. C'est là qu'il faut aller la chercher », me dit Bruno.

Après tant de marches et de recherches infructueuses, il conservait intacte sa confiance en une Providence qui sème les raccourcis et abrège les incertitudes.

« Là ? Où ça, là ? protestai-je, légèrement excédé. Tu parles de ce ghetto comme si c'était un quartier parfaitement délimité. »

Il me sembla surprendre dans ses yeux, derrière la fumée de sa pipe, une pâle phosphorescence, comme si le souvenir d'Elena y avait laissé un éclat de son aura. Peut-être devenait-il fou, peut-être la folie était-elle une maladie contagieuse qui finirait par nous atteindre tous les deux.

« Exactement, dit-il sans hésiter. Je sais très bien où nous allons. »

Bruno, qui à première vue avait l'air d'un excentrique à la tête dans les nuages, possédait une habileté innée à entrer en contact avec les autres, ce qu'il avait démontré – bien que sa tentative de rapprochement eût été un échec – en pénétrant sur la pointe des pieds dans la prison d'amour où déambulait Elena. Je crois que cette capacité de se couler dans d'autres existences était due à son caractère – jovial, expansif, et même indiscret – qui inspirait confiance à son interlocuteur, qu'il ne jugeait jamais et jamais ne traitait comme un inférieur, et en lequel il présupposait une intelligence qui triomphait des réticences en faisant sentir à l'autre l'importance qu'il pouvait avoir. Mais cette habileté innée le poussait parfois à commettre des impairs ; c'était peut-être une habileté trop sûre d'elle-même.

« Où allons-nous nous fourrer, Bruno ? demandai-je, de ce ton condescendant que l'on prend avec les enfants quand on veut les dissuader de se lancer dans une entreprise qui nous paraît insensée.

– Dans un labyrinthe, je suppose. »

Mais il n'y avait ni escaliers à monter ni portes à forcer, ni interminables galeries à parcourir ni murs qui barraient le passage, seule une étendue aussi muette que la solitude.

« Alors ? »

Je laissai la question en suspens, pour le confronter au caractère chimérique de son projet et obtenir ainsi son renoncement. Bruno écarta d'un mouvement de la main la fumée de sa pipe, afin que le voile ne cache pas la pâleur phosphorescente qui rehaussait son regard. Définitivement, il était devenu fou.

« Ne te rappelles-tu pas les instructions d'Elena ? L'amour est le fil. » Il compléta la consigne cryptique avec quelque chose qui ressemblait à un proverbe. « En tirant sur le fil, on arrive à la pelote. »

Quand Fanny lui ouvrit la porte et qu'il la vit en petite tenue – la combinaison ou le Baby-Doll en un tissu aussi léger qu'une fumée qui laissait transparaître la culotte et le soutien-gorge –, Jim en resta comme hébété, sans oser franchir le seuil, sans lui tendre les cadeaux qui occupaient ses deux mains – l'aspirateur soustrait à son pourvoyeur avant de liquider l'affaire, le bouquet de roses blanches comme des épithalames – et l'empêchaient de la prendre dans ses bras, incapable de dire un mot, fût-ce la formule de bon anniversaire la plus prévisible et la plus banale. Pour surmonter sa nervosité, il frotta sur le paillasson la semelle de ses chaussures tressées bonnes à jeter et, absolument stupéfait par l'accueil que Fanny lui réservait, il aurait continué de se livrer à cette activité mécanique pendant qui sait combien de temps si elle ne l'avait entraîné à l'intérieur de l'appartement en le tirant par la cravate en soie, dont le nœud lui serra le cou en lui donnant un avant-goût de la pendaison. Ce fut encore Fanny qui prit l'initiative, avant même d'avoir reçu ses cadeaux, en lui donnant un baiser qui lui coupa le souffle et lui barbouilla les lèvres d'un rouge très appétissant au goût de beurre de cacao ; Jim se débarrassa enfin du bouquet et du paquet qu'il posa sur le canapé pour pouvoir combler ses mains de ces rondeurs qui s'étaient toujours montrées fuyantes et qui à présent s'offraient, affranchies des boutons et des agrafes. La peau de Fanny, plus douce et ferme que jamais, semblait lavée dans une eau lustrale qui s'absolvait de toute ride ; ses cheveux, auparavant seulement noirs, se déversaient maintenant sur ses épaules avec tous les charmes d'un torrent qui l'invitait à s'abreuver et à se baigner dans ses eaux et exhalaient un parfum de nouvelle jeunesse qui enhardit

Jim, un parfum qui ajoutait à la trace de toutes les préparations cosmétiques dont Fanny s'était enduite des heures auparavant la fragrance du sang impétueux. Ils s'embrassèrent et se pelotèrent pendant quelques minutes dans un silence dominé par une sorte de voracité carnivore, jusqu'au moment où Fanny décida que le préambule à la lutte sans merci qui allait les opposer ensuite avait assez duré. Pour se libérer des mains insistantes de Jim, elle allégua la plus irrésistible des excuses: «Si nous n'arrêtons pas, le repas va refroidir.»

Avant de s'asseoir à la table dressée avec un respect pointilleux de la symétrie, Fanny admira les cadeaux de Jim, qui lui montra comment fonctionnait l'aspirateur et conclut son explication sur une phrase qui exprimait son soulagement d'avoir enfin recouvré sa fierté: «Et jamais plus je n'aurai à montrer à personne comment fonctionne cet appareil.» Fanny sourit avec un enthousiasme sincère à cette prédiction de Jim confirmant que l'antique serpent s'était remis de ses faiblesses. Elle respira le parfum des roses (chaque corolle, avec sa disposition exacte et enveloppante de pétales encore pimpants, était un message chiffré) et en retira deux du bouquet, dont elle glissa les tiges dans l'encolure des vases en faux cristal de Venise posés sur la table. Pendant le repas, Jim engloutit tout ce qu'elle mettait dans son assiette et en redemanda, avalant presque sans la mâcher la nourriture abondamment arrosée de vin; sa voracité, qui semblait aiguillonnée par le désir de remercier Fanny des efforts culinaires qu'elle avait faits, ne l'empêcha point d'étaler une faconde qui visait sans doute à étourdir l'adversaire, à lui obstruer les tympans avec un torrent de paroles et à saper ainsi ses défenses. Mais Fanny écoutait à peine son bavardage dans lequel s'entremêlaient, telles les pièces d'un puzzle sans queue ni tête, des pavillons jumeaux, des passions pour la botanique et la lecture (qu'il ne cultivait pas encore, mais se promettait de cultiver dans une vie meilleure) et une vieillesse idyllique qui les réunirait devant la cheminée. Les arguties de l'antique serpent ne distrayaient pas Fanny, qui hochait la tête d'un air absent à ce verbiage et l'interrompait parfois pour susurrer quelques propos impudiques si imprévus et osés que Jim en devenait blême, ou elle tendait la jambe sous la table pour lui caresser du bout des orteils le paquet qui, en dépit des rayures diplomatiques, n'allait pas tarder à perdre toute décence, à se gonfler d'une chair dont la molle consistance de tripaille se tendait et se durcissait peu à peu au point de menacer de faire craquer la boutonnière de la braguette. Au moment du dessert, surexcité et repu, Jim tripota sa moustache empruntée à Gilbert Roland (mais le pauvre gringalet imitait le sourire que prenait Errol Flynn pour séduire Olivia de Havilland) et demanda, en guise de conclusion: « Alors Fanny, dis-moi, que penses-tu de mes projets ? » Ce à quoi elle répondit, de la façon la plus incongrue, revenant à la diction campagnarde ingénument lascive qu'elle avait réprimée pendant des années: « Je t'en prie, Jim, mon petit pot de miel ne peut plus attendre. »

« Juste un instant, bébé », dit Jim pour l'apaiser en essuyant avec sa serviette les miettes de fruits confits qui s'étaient collées à ses lèvres et en courant aux toilettes après avoir empoissé encore une fois Fanny d'un baiser mouillé. Pendant que Jim essayait non sans peine de soulager sa vessie (l'érection l'en empêchait), Fanny alluma la radio et chercha une station de *country music*, en montant le son jusqu'au vacarme ; puis elle sortit du tiroir du buffet, où elle avait rangé sa panoplie d'instruments perçants ou seulement contondants, un marteau à tête plate, dont le poids faisait presque ployer son poignet. Elle s'adossa contre le mur près de la porte des toilettes que l'antique serpent avait laissée ouverte ; elle l'écouta uriner en jets brefs intermittents qui, quand ils frappaient la céramique de la cuvette, émettaient une vague musique, peut-être un mot de passe du Malin annonçant à ses 6 666 légions de 6 666 anges déchus l'imminence de la victoire. « Tu ne m'avais pas dit que tu aimais la *country music*, lui reprocha-t-il très délicatement, juste avant de tirer la chasse. Ou veux-tu éviter de scandaliser les voisins ? C'est vrai que je t'ai promis les montagnes russes, et... » Le marteau l'atteignit en plein front, là où les anciens rois d'Israël recevaient l'onction des saintes huiles ; Jim chancela comme un funambule ivre, le regard noyé dans une perplexité panique (épouvanté par les douze étoiles aux palpitations d'escarboucles ou de cœurs incandescents qui couronnaient le front de Fanny), mais, même plongé dans les brumes de l'inconscience, il réussit à s'agripper au jambage de la porte des toilettes. Fanny lui porta alors un autre coup de marteau, cette fois sur la tempe, qui le fit s'écrouler avec un fracas d'arbre abattu ; il n'avait pas reboutonné son pantalon et son membre viril pointait entre les pans de sa chemise, semblable à une couleuvre aveugle qui a perdu la piste de son nid. Avant de le lui trancher à la racine, Fanny décida qu'il valait mieux bâillonner et immobiliser l'Ennemi, pour éviter une inversion des rôles, s'il revenait à lui.

Dans le tiroir du buffet, derrière la panoplie d'armes dérobées au rayon quincaillerie où elle était vendeuse, elle avait rangé une éponge et un rouleau de corde à rideaux, en prévision de ce moment. Elle enfonça l'éponge dans la bouche de Jim, qu'elle ferma avec du sparadrap (mais sans couvrir la fine moustache empruntée à Gilbert Roland, qu'elle arracherait ensuite avec des pinces) et elle lui attacha bras et jambes avec des nœuds plus compliqués que le célèbre nœud gordien qu'Alexandre dut trancher d'un coup d'épée. Elle avait acquis cette compétence en tournant pour Klaus Thalberg des films de *bondage*, et croyait l'avoir oubliée ; en la retrouvant après tant d'années, en voyant comment ses mains manipulaient avec désinvolture et vigueur la corde à rideaux, Fanny comprit une fois de plus que les desseins divins sont impénétrables, et que les aptitudes qui jadis l'avaient poussée au péché lui servaient à présent à triompher de Satan. La *country music*, grinçant d'harmonicas et de banjos, retentissait entre les murs et provoquait les premières protestations des voisins, qui allaient devenir plus hargneuses et impérieuses – invectives et coups à la porte inclus –, mais Fanny était alors trop engagée dans une lutte sans merci avec l'antique serpent qui avait repris connaissance et s'agitait (autant que les nœuds de la corde à rideaux le lui permettaient) et poussait des meuglements gémissants que l'adhérence du sparadrap ne pouvait étouffer complètement chaque fois que Fanny le perçait avec une alêne ou un vilebrequin, pendant que le sang abandonnait ses veines, parfois en un filet exsangue, parfois avec l'élan d'un geyser qui éclaboussait la parure affriolante de Fanny en voile impalpable. Quand la police fit irruption dans l'appartement après avoir fait sauter les serrures et les charnières de la porte à seule fin de réprimander et rosser un peu le voyou qui faisait retentir tout l'immeuble de cette musique tonitruante, Fanny avait mis la dernière main à l'émasculation qui proclamait son triomphe, ivre de la joie qu'avait dû éprouver Judith en coupant le cou d'Holopherne. L'antique serpent avait cessé de se tordre, et les dépouilles de son corps qui ne profanerait plus jamais celui d'une femme étaient éparpillées sur le tapis. Fanny se laissa mettre les menottes par un des policiers sans opposer de résistance, pendant que l'autre poussait les tripes dans un coin de l'appartement et qu'une marée de voisins morbides ou bouleversés la vitupérait, ignorant qu'elle venait de les libérer du Malin.

Fanny fut enfermée dans la prison pour femmes de Dwight, au sud de Chicago, dans une cellule que les gardiens croyaient sans communication aucune, mais là aussi arrivaient les messages de son Ennemi, toujours écrits dans un nouvel alphabet : l'ombre mouvante des barreaux de la lucarne sur le plafond de la cellule ; la moisissure qui fleurissait sur les croûtons de pain qu'elle glissait sous sa paillasse ; les lardons dans la soupe qui lui était tendue par le guichet de la porte ; le dessin que les files de fourmis traçaient sur le sol ; les marques que les ongles des internées qui l'avaient précédée dans cette cellule avaient gravées dans le plâtre du mur pour tenir le compte des jours qui passaient ; le tourbillon de l'eau qui s'écoulait dans le siphon du lavabo avec des gargouillements mélancoliques ; la carte des taches indélébiles que la lessive n'avait pu effacer de son uniforme de prisonnière ; le bruit des pas dans les couloirs, bruit de claquettes en chaussons de lisières. C'étaient tous des messages colériques qui criaient vengeance, appelaient Fanny à un nouveau combat dans lequel l'antique serpent ne se laisserait plus berner ; elle aurait aimé avoir sous la main ses carnets recouverts de toile cirée pour y transcrire ce défi injurieux et traître, mais il fallut se contenter de le déchiffrer mentalement et de répondre à son adversaire de vive voix, en de très longues disputes qui n'étaient interrompues que par les gardiens de la prison, venus la rouer de coups de bâton. L'avocat sans cause de Fanny, commis d'office, qui flaira dans cet assassinat au relent satanique l'occasion de se tailler une réputation, tenta tout d'abord de la faire déclarer incapable de comparaître. L'avocaillon redoutait que Fanny, qui s'était montrée capable de feindre la santé mentale devant sa victime pendant des mois, n'adoptât la même tactique devant les membres du jury, ce qui aurait eu pour seul résultat d'envenimer l'hostilité que ces bonnes gens, lecteurs boulimiques de la presse sensationnaliste, lui vouaient déjà *a priori*. Mais sa requête fut rejetée ; son stratagème consista dès lors à faire reporter la comparution en demandant une expertise pour déterminer la nature de la maladie de sa cliente. Deux psychiatres du Chicago-Read Hospital (ou cabanon) furent envoyés à la prison de Dwight, avec la consigne d'évaluer la santé mentale de Fanny.

Dans la maladie appelée schizophrénie, la vaste réalité qui entoure le sujet est perçue au travers de déformations délirantes qui la transforment en un chaos échevelé. Dans la maladie appelée paranoïa, en revanche, cette déformation affecte seulement les aspects concrets de la réalité, que le malade interprète au moyen de modèles également aberrants, mais régis par une logique obsessionnelle qui systématise les perceptions déformées et les dote d'une indéniable harmonie interne. En Fanny, schizophrénie et paranoïa avaient engendré une hydre de délires messianiques, religieux et érotomaniaques qui ne laissait aucun espoir de guérison. À la crise qui avait déchaîné sa pulsion homicide avait succédé un processus de régression autiste qui l'écartait du monde réel et l'enfermait dans un réduit réfractaire à l'intelligence où le soliloque divagateur et la manipulation de ses excréments (qu'elle employait maintenant en guise de craie pour tatouer les murs de sa cellule) étaient devenus les activités les plus fréquentes. C'était uniquement quand ses sens ravagés par l'hébétement détectaient un message émis par le Diable que Fanny recouvrait une sorte de clairvoyance disloquée qui enfreignait son mutisme et sa passivité et la mettait parfois dans un état d'agitation et d'hyperesthésie qui ne cédait qu'à l'injection d'un sédatif. Elle eut un de ces accès pendant que les psychiatres chargés de l'expertise juridique l'examinaient : aussi longtemps qu'ils la bombardèrent avec la batterie de tests reposant sur les termes inducteurs de Jung, elle resta retranchée dans le silence, comme si elle s'était donné pour but d'empêcher l'élaboration d'un diagnostic, mais dès l'instant où on lui montra les planches de Rorschach, avec leurs taches d'encre aléatoires, son apathie se changea en frénésie. On lui avait coupé les cheveux à grands coups de ciseaux ; des cernes qui cachaient peut-être un hématome approfondissaient son isolement.

« Dites-moi ce que vous suggèrent ces dessins. »

Ils se trouvaient dans une salle aux murs très hauts couverts de carreaux de céramique qui avait peut-être servi à une autre époque de salle d'opération ou de chambre des tortures. Une table au plateau de zinc, qui aurait convenu à merveille à une autopsie, séparait Fanny de ses examinateurs, dont elle pouvait à peine deviner les traits. Une lampe d'architecte projetait un cercle de lumière chirurgicale sur la table, laissant le reste de la pièce embusqué dans la pénombre. Tout d'abord, Fanny fit mine de ne même pas regarder la planche qu'on lui tendait ; sur le petit carton blanc, une figure aux contours symétriques couvait son mystère. Il pouvait s'agir d'un nuage aux formes capricieuses, d'un bougeoir ébréché, d'un escargot bicéphale, d'un chapeau gondolé, d'un emblème ésotérique. En fait, ce n'était qu'une tache d'encre.

« Faites un effort. Essayez de nous dire ce que vous voyez. »

De ses examinateurs, Fanny pouvait à peine distinguer deux paires de mains aux ongles limés et aux doigts légèrement velus qui s'entrelaçaient en un geste d'exaspération contenue. Leurs paroles lui arrivaient en sourdine, étouffées par un oreiller d'étoupe.

« Vous devez vous efforcer de collaborer. C'est votre avocat qui a demandé cet examen. »

Une de ses mains velues se tendit vers le carton et le rapprocha un peu plus d'elle. Fanny frissonna, comme si elle venait de voir apparaître une tarentule mutilée. Involontairement, elle fixa du regard la tache de Rorschach, qui devint aussitôt intelligible.

« Dites-lui qu'il peut se mettre ses conditions où je pense, dit-elle sur un ton qui était celui de la jubilation plutôt que du défi. Je n'ai pas l'intention de me rendre. »

Fanny leva ses mains enchaînées, qui avaient jusqu'alors reposé sur son giron. Elle prit la planche sur laquelle elle se pencha pour mieux déchiffrer les passages les plus abstrus du message, car l'antique serpent, dans sa propension à retordre la syntaxe des phrases, tombait souvent dans le galimatias.

« Pauvre imbécile. » Elle parlait tout bas, indifférente à ses interlocuteurs. « Il s'imagine qu'il va me faire flancher, en s'y prenant comme ça. Mais il est écrit : Vous ne mettrez pas à l'épreuve le Seigneur votre Dieu. »

Deutéronome, chapitre VI, verset 16. Les psychiatres ne semblaient pas très ferrés en lectures bibliques.

« Je vous prie de vous en tenir au dessin. Dites-nous...

– Je vous ai déjà dit tout ce qu'il y avait à dire ! » Fanny s'était levée dans un accès de fureur et s'agrippait à la table de zinc de ses mains entravées. Les anneaux métalliques blessaient ses poignets et y imprimaient une marque blême. « Retournez en enfer, si vous ne voulez pas que je vous déchiquette ici même ! »

Deux gardiens ou deux surveillants qui s'étaient tenus dans l'ombre derrière Fanny se saisirent d'elle alors qu'elle essayait de monter sur la table. La joue collée contre la plaque de zinc, prise de convulsions que l'immobilisation rendait encore plus impressionnantes, elle lança un chapelet d'anathèmes que les psychiatres écoutèrent avec l'air contrit des enfants grondés par leur maître.

« Et vous croyiez encore pouvoir me vaincre ! Maudits porcs puants ! » Fanny essaya de cracher, mais elle manquait de souffle, avait la bouche trop sèche, et ne put qu'expulser un peu d'écume. « Je vous tue maintenant un par un, mais après moi viendra celui qui vous exterminera d'un seul coup d'épée. Ne vous donnez pas la peine de me promettre des richesses. J'adorerai le Seigneur mon Dieu et je ne servirai que Lui. Et ne croyez pas que vos messages parviendront à tromper ma vigilance : même si vous croyez que je dors, je veille ; même si vous me voyez enchaînée, mon oreille est à l'écoute. Je maudis votre engeance, je maudis votre descendance et je maudis l'air que vous respirerez. Le feu de tous vos dragons ne pourrait m'effrayer. Dès demain, je recommencerai à décimer votre armée. Parce que le Seigneur me protège avec un diadème de douze étoiles... »

Elle continua de déverser son chapelet d'imprécations pendant que les gardiens la ramenaient en la traînant dans sa cellule par des corridors qui ajoutaient à sa voix un écho bâtard, la transformaient presque en vagissement. En dépit de la sédentarité forcée et du régime réduit à la soupe, Fanny gardait encore pour ces accès paroxystiques une réserve de vigueur presque surnaturelle (les légions d'archanges la soutenaient et l'encourageaient) qui donnait du fil à retordre et faisait même perdre leur assurance aux gardiens corpulents de la prison ; à ses emportements furieux, qui duraient habituellement jusqu'à ce que ses forces et sa capacité de souffrance eussent été épuisées, succédaient des périodes catatoniques pendant lesquelles sa maladie se renfermait hermétiquement dans une chrysalide. Le diagnostic des psychiatres du Chicago-Read Hospital admit sans réserve la débilitation extrême de la recluse, victime d'une psychose schizophrénique dégénérative avec complications paranoïdes en état très avancé; même s'ils estimaient qu'il était trop tard pour pouvoir compter sur une guérison, étant donné qu'après tant d'années sans traitement la maladie était devenue chronique, ils recommandaient son transfert immédiat dans un centre de soins pour handicapés mentaux (un cabanon) où, au moins, on pourrait lui administrer des thérapies appropriées.

Au début de l'année 1973 (à peu près au même moment, suite à l'armistice ou à la reddition signée par Kissinger, Chambers était libéré et sortait du Hanoi Hilton, après six années de captivité), l'adjoint du procureur du district chargé du cas demanda, comme mesure préventive de sécurité, l'internement de l'inculpée au Chicago-Read, décision qu'allait ratifier la Cour suprême de l'État de l'Illinois, après un verdict d'absolution qui admit la circonstance atténuante du dérangement mental. Pendant sa brève comparution devant le grand jury, Fanny reconnut sans ambages avoir assassiné James Breslin, vendeur d'aspirateurs itinérant, avec la même ingénuité désarmante qu'elle avait montrée vingt-cinq ans auparavant devant la commission présidée par le sénateur Kafauver, quand elle avait reconnu travailler comme modèle et actrice pour le pornographe Klaus Thalberg. En cette première occasion, il était apparu qu'elle n'était pas consciente d'avoir enfreint la loi, même si sa conversion religieuse postérieure indiquait qu'elle était bourrelée de remords, prélude de sa folie. Maintenant, elle assumait l'assassinat de James Breslin sans une ombre de regret ni de contrition, proclamant même son orgueil de soldat dont la prouesse devait sauver de nombreuses âmes de la perdition; et elle ne se priva pas de mentionner, pour que le jury comprenne que ses mérites n'étaient ni récents ni isolés, le parricide par lequel elle avait répondu à la conspiration diabolique qui avait abrégé la vie du beau président Kennedy, pour moins que ça on avait réglé son compte à Lincoln. À ce moment-là, sa déclaration était devenue incohérente et tortueuse, bousculée par des litanies qui tentaient de conjurer le pouvoir de Satan, dont le nom est Légion. Dans l'assistance, on entendait une rumeur de protestation et de mécontentement ; certaines personnes agitaient leurs mains comme pour chasser une odeur de latrines ou le vol d'un cynips. Fanny remarqua alors le sténotypiste qui enregistrait ses déclarations en pianotant sur le clavier ; elle remarqua l'appareil qui imprimait sur la bande que crachait une bobine son tumulte de paroles inconnexes ; elle remarqua que cette bande s'enroulait peu à peu sur le sol comme un serpent qui se dresse sur lui-même ; elle remarqua sur un bas-relief des signes qu'elle ne pouvait nettement distinguer du box des accusés, et elle cria, exaltée : « Regardez-le ! Regardez le Démon qui ne dort jamais ! Voyez comme il donne des ordres à son armée ! » Le juge, sur un coup de maillet, ordonna aux gardes d'cmmener l'accusée.

Le Chicago-Read Hospital était un enfer blanc où l'on boucla Fanny dans un habitacle aux murs capitonnés sans fenêtre ni ouvertures qui eussent pu en perturber la monotonie, hormis la porte blindée (également peinte en blanc) et une grille de ventilation par laquelle filtrait l'haleine de l'antique serpent. Au plafond, un tube fluorescent émettait un bourdonnement monocorde dans lequel Fanny distinguait cependant des inflexions et des soupirs que n'aurait su capter une oreille moins exercée que la sienne. Comme on l'avait dépouillée de ses carnets à la couverture en toile cirée et qu'on lui refusait même un simple crayon, Fanny se vit contrainte de transcrire les messages sur le molleton qui couvrait les murs en employant comme encre ses excréments et comme plume son index, lequel avait oublié l'alphabet latin et ne s'exprimait plus qu'en arabesques d'apparence sumérienne ou cabalistique. Les gardiens ne tardèrent pas à réprimer ces excès graphomaniaques en l'empaquetant dans une camisole de force qu'ils ne lui retiraient même pas la nuit. Ce fut pendant ces jours où l'immobilisation l'empêchait de s'occuper de l'amas de messages diaboliques qui la harcelaient sans trêve que Fanny fut sur le point de se rendre. Les thérapies très expéditives auxquelles les psychiatres du Chicago-Read décidèrent de la soumettre avant qu'elle ne devienne complètement démente contribuèrent également à son écrasement : il y eut tout d'abord les traitements de choc à l'insuline, recommandés dans les cas de psychoses schizophréniques aiguës, qui provoquèrent des hypoglycémies comateuses et des attaques d'épilepsie auxquelles elle survécut *in extremis* grâce à l'administration de doses massives de glucose ; puis des décharges électriques qui pouvaient aller jusqu'à 130 volts et secouaient son corps – ou plutôt les décombres de ce corps que d'autres animaient comme si elle était une marionnette – de convulsions qui l'envoyaient dans le précipice de l'agonie. Ces deux thérapies, avec leurs successions de pertes de conscience, essayaient d'extirper son infirmité par la méthode la plus agressive : en desséchant sa mémoire de sorte à tirer le rideau de l'amnésie sur les ramifications de son délire.

Chaque fois qu'elle était soumise à un électrochoc, pendant que le courant vrillait ses tempes d'une douleur glacée qui lui faisait perdre conscience, Fanny voyait grandir devant elle une lumière aveuglante qui l'enveloppait, la libérait de la pesanteur et l'élevait vers les régions de l'empyrée. Pendant l'une de ces ascensions, ou l'un de ces ravissements, elle aperçut une porte ouverte au milieu du ciel et entendit, enveloppée de sons de cithares, une voix qui mêlait dans ses modulations la rumeur d'innombrables eaux et les roulements du tonnerre : « Repose-toi de tes labeurs, lui disait-elle, et attends la venue de celui qui te sauvera de cet enfer. Parce que j'enverrai sur terre un ange de mes armées qui éclairera ton chemin jusqu'au sommet de la montagne de Sion. L'antique serpent n'aura sur lui aucun empire, parce qu'il est lavé dans le sang de l'Agneau ; il portera une grande chaîne avec laquelle il immobilisera pour mille ans l'antique serpent, et il le précipitera dans l'abîme, afin qu'il ne puisse plus tromper personne. » Fanny avança à la suite de cette voix et monta l'escalier qui menait au trône de Dieu, aux marches taillées dans le marbre et la sardoine ; le trône était un arc-en-ciel couleur d'émeraude, entouré de sept lampes dans lesquelles brûlait un feu éternel, de vingt-quatre sages vêtus de tuniques blanches, la tête couronnée d'or, et de quatre animaux à six ailes, couverts d'ocelles au lieu de plumes. « Et comment reconnaîtrai-je cet ange si, comme je le devine, il se présentera à moi sous forme humaine ? » demanda Fanny, qui n'osait pas lever la tête, parce qu'elle ne se croyait pas digne de contempler tant de gloire. « Il viendra à ta rencontre, servante bien-aimée, répondit la voix. En récompense de tes nombreux services, il t'accompagnera dans ton pèlerinage au fond de la vallée des ombres, jusqu'à ce que s'achèvent les jours de la tribulation. » Fanny sentit alors la caresse très douce d'une main qui effaçait ses larmes et ses afflictions ; elle voulut discrètement découvrir le visage qui accompagnait cette main, même au risque de voir son audace sévèrement châtiée, mais la vision se dissipa à l'instant, tel un verre qui, en se brisant, laisserait en l'air la trace d'un vertige. Fanny, qui avait pu se croire pur esprit tant qu'elle était restée devant le trône de Dieu, remarqua qu'elle sentait de nouveau la pesanteur et était précipitée dans l'enfer blanc du Chicago-Read.

« C'est suffisant pour aujourd'hui, dit le psychiatre en écartant les électrodes des tempes de sa patiente. Contrôlez le rythme cardiaque. »

La poitrine de Fanny se resserrait d'angoisse et elle en perdait le souffle. Quand les battements de cœur ralentirent enfin et que sa respiration d'accordéon déchiré s'apaisa, les infirmiers la conduisirent en fauteuil roulant à sa chambre, qui n'était plus l'habitacle capitonné dans lequel on l'avait recluse pendant les premiers mois d'internement. Maintenant que les thérapies de choc avaient arasé les symptômes les plus ostensibles et agressifs de sa maladie, maintenant que l'amnésie niait le souvenir de ses crimes et la cause messianique qui les avait inspirés, on l'avait transférée dans le pavillon sous haute surveillance de l'asile où étaient confinés les condamnés auteurs des délits les plus horribles et que la maladie rendait irresponsables. On avait attribué à Fanny une chambre au fond d'un couloir, dont les fenêtres barrées donnaient sur le potager de l'asile, où les patients en régime ouvert erraient parmi les plants de tomates anémiques en se prenant peut-être pour les protagonistes d'une utopie rustique de Thoreau. Si les décharges électriques et les hypoglycémies comateuses n'avaient pas aveuglé sa clairvoyance, Fanny aurait découvert l'écriture du Diable camouflée entre les sillons ouverts dans la terre, dans les graines que les patients en régime ouvert y semaient, dans les inflorescences compactes des brocolis et des choux-fleurs, dans les cosses granuleuses des petits pois, dans les laitues mordues par les limaces, dans les pétales des primevères, dans la fine rosée qui criblait les feuilles, telle une pure exsudation du matin, dans le vol en rase-mottes des moineaux qui picoraient les fruits. Mais ces écritures défilaient maintenant sous son regard comme des musiques inconnues. Jamais elle n'aurait imaginé que l'on pût appeler vie cette existence végétative soumise à des routines languissantes et sédentaires. Aussi longtemps qu'elle avait enduré des souffrances sans nombre, aussi longtemps que les griffes de la schizophrénie l'avaient déchirée jusqu'à la moelle de la douleur, elle s'était sentie vivante, irréfutablement vivante. Cette douleur extirpée, la vie ressemblait trop à une coquille vide. Seul l'espoir en l'avènement de cet ange lavé dans le sang de l'Agneau qui l'accompagnerait dans son pèlerinage au fond de la vallée des ombres lui conservait sa vigilance.

Un infirmier entrait régulièrement dans sa chambre pour apporter le plateau de nourriture (purée à la consistance de colle, poisson bouilli au goût de limon) qu'accompagnaient toujours, en guise de dessert, les comprimés qui garantissaient son séjour tranquille dans les limbes. Quand les sédatifs devaient être administrés par voie intramusculaire (les fesses de Fanny, jadis opulentes, étaient désormais converties en pelotes à épingles), c'était une femme qui était chargée de lui faire la piqûre, afin que la pudeur ne l'intimidât point ; de manière générale, on cherchait à la maintenir dans un état permanent de neutralité émotionnelle, et c'est pourquoi on estimait primordial de la soumettre à des habitudes invariables. Fanny scrutait le visage des infirmiers et des surveillants, anxieuse d'y découvrir un signe qui en révélerait la nature angélique, mais tous, l'un après l'autre, finissaient par la décevoir. C'étaient des cornichons qui la traitaient avec une condescendance mièvre, comme si elle était un enfant à la mamelle, et parsemaient leurs propos de diminutifs et de considérations banales sur le temps qu'il faisait ; quand elle refusait de prendre les comprimés, ils menaçaient de la punir en la privant de dessert ou en lui donnant « une tape sur les fesses ». Les psychiatres du Chicago-Read ne différaient guère de ce modèle, même s'ils s'accordaient beaucoup d'importance et se référaient aux malades comme à des membres d'une caste inférieure. Tous les jours, l'un d'eux venait la voir et glissait dans sa batterie de questions sans le moindre intérêt des allusions prétendument fortuites à Celui dont le nom est Légion : « Qu'ai-je fait de mon stylo ? Il doit être dans la main du Diable », disait-il en palpant les poches vides de sa blouse ; ou bien, montrant les moineaux qui se posaient sur les arbres fruitiers du jardin, insoucieux des épouvantails censés les faire fuir : « Tu as vu ? De véritables petits démons » ; ou bien, commentant les calottes que la presse distribuait quotidiennement à un président appelé Nixon, beaucoup moins beau que Kennedy, mais plus verbeux et manipulateur, il disait d'un ton moqueur : « Il paraît qu'il a comme conseiller Satan en personne. » Fanny ne mordait jamais à l'hameçon ; avec une moue sceptique et amusée, elle le reprenait :

« Allons, allons, docteur, ne soyez pas superstitieux. Le Démon n'existe pas. »

Une fois par semaine, on la convoquait dans une salle où le directeur présidait une réunion de tous les psychiatres du Chicago-Read. C'était la seule occasion qui lui était offerte de jeter un coup d'œil aux dortoirs où s'entassaient d'autres internés moins heureux qu'elle, abandonnés par leurs familles ; comme aucun ordre judiciaire ne les retenait là et que pour la plupart ils n'étaient pas des malades payants, on négligeait leur surveillance et leur traitement, ainsi que leur hygiène personnelle. Ils campaient à leur aise dans les couloirs, où ils entretenaient des dialogues vociférateurs avec leurs fantasmes et livraient bataille aux poux et aux punaises invisibles qui les harcelaient ; ils avaient à faire eux-mêmes leur lit aux draps souillés où fermentait l'urine et à laver les couloirs qui servaient de palestres à leurs bagarres ou à leurs danses de Saint-Guy, sous la surveillance de gardiens qui avaient plutôt l'allure de videurs de cabarets borgnes. D'une semaine à l'autre, Fanny notait des changements dans la population du Chicago-Read : les entrées de nouveaux patients compensaient les désertions de ceux qui parvenaient à s'enfuir (les fenêtres des dortoirs n'étaient pas barrées) ou à s'ouvrir les veines (les vitres des fenêtres étaient brisées) ou à s'éteindre de pure aboulie. Dans ces réunions de psychiatres, qui avaient quelque chose d'un baccalauréat, Fanny était sondée, interrogée, auscultée, circonvenue, parfois blâmée et vilipendée ; elle ne tarda pas à comprendre que sa défense passive stimulait l'instinct de compétition entre les médecins, qui jouaient à démontrer leur perspicacité par des interrogatoires toujours plus insidieux, toujours plus astucieux et intimidants. Ils avaient tout l'air de se prendre pour les concurrents d'un tournoi entre disciples freudiens.

« Parle-nous de ton père, Fanny », lui disait l'un de but en blanc, après avoir jeté un regard négligent sur les encéphalogrammes et les dossiers cliniques qu'un autre venait de lui tendre.

Ils lui ordonnaient de s'asseoir sur un tabouret très haut qui ne lui permettait pas de poser les pieds par terre, au milieu d'une sorte d'estrade éclairée par des lampes dont les faisceaux de lumière étaient braqués sur son visage comme des projecteurs de théâtre. Éblouie, Fanny pouvait à peine deviner les visages de ses inquisiteurs.

« Il a combattu en France. C'est là qu'il a été blessé par la mitraille à un bras et sur le côté…

– Il te montrait souvent ses cicatrices ? » demandait un autre, de façon encore plus abrupte et fiévreuse, en lui coupant la parole. Puis il justifiait aussitôt cette intervention brutale, afin que ses collègues n'interprètent pas de travers sa curiosité : « C'est souvent comme ça que l'on fait peur aux enfants. »

Fanny fronçait les sourcils, feignant la gêne et l'horreur. Bien qu'elle fût vêtue d'un pantalon très ample en tissu très grossier, comme la chemise, deux pièces de vêtement coupées et cousues avec la même négligence (tenue obligatoire et épicène du cabanon), elle veillait à garder les genoux serrés, pour qu'aucun de ces fantoches ne puisse l'accuser de suggestions obscènes.

« Oh, non ! Pourquoi papa aurait-il fait quelque chose d'aussi désagréable ? répondait-elle d'une voix chantante, avec une sorte de niaiserie scandalisée. Il ne voulait même pas en parler. Il aurait pu obtenir une pension du gouvernement, mais il y a renoncé parce qu'il ne pouvait supporter l'idée qu'on lui rappelle chaque mois cette guerre qu'il détestait tant.

– Et cependant, intervint un autre d'une voix plus neutre, on a souffert de la faim, dans votre famille, d'après ce que vous-même nous avez raconté. »

Et pas seulement de la faim, mais aussi du petit doigt dans la foufoune, et de la caresse visqueuse de cette pommade que papa fabriquait à l'intérieur de son corps, cette pommade âcre et nutritive qui déplaisait tant à Fanny. Même si elle lui résistait, papa n'arrêtait pas de la frictionner.

« Vous voyez, dit Fanny en souriant, avec une orgueilleuse nostalgie. C'était une tête de mule, un idiot de cabochard. »

Qui la regardait fixement de ses grands yeux verdâtres aux prunelles pareilles à des diamants très noirs, jusqu'à ce que la pommade jaillisse enfin à gros bouillons, et alors son regard mollissait en une bienheureuse absence.

« Ce n'est pas ce que vous avez déclaré lors du procès, lança la voix la plus fébrile. Vous avez dit qu'il avait le diable au corps. Vous avez également déclaré qu'il abusait fréquemment de vous, avec attouchements et pénétrations superficielles. Nous disposons d'une transcription littérale de vos déclarations. »

Le sténographe pianotait sur le clavier du sténotype, la bande de papier crachait un tumulte de paroles inconnexes, s'enroulant sur le sol comme un serpent lové qui mue, s'étire, sort de la tanière du prépuce et dodeline de la tête avec son œil de cyclope, prêt à cracher son venin.

« Vous avez également déclaré l'avoir tué de vos mains. » Cette nouvelle voix accusatrice provenait de l'autre bout de la salle, mais Fanny veilla à ne pas tourner brusquement la tête, parce qu'elle devait faire preuve d'aplomb et de calme, et peut-être aussi d'une légère componction honteuse. « Le jour où l'on a assassiné Kennedy à Dallas. »

Les nuages tuméfiés s'entre-dévorant, comme des tripes d'un bœuf qui abandonnent en troupeau le péritoine. Augures et écritures du Diable qui lui revenaient d'un passé dont elle ne se rappelait presque rien, en un souffle de pacte rompu : la fumée d'une cheminée, le bramement d'un train, les tunnels creusés par les artisons dans un banc de Lincoln Park (pour beaucoup moins que ça on avait liquidé Lincoln), la puanteur montant des égouts, le tic-tac d'un réveil qui a cessé d'indiquer l'heure parce qu'on a oublié de le remonter, les ocelles sur les ailes d'un grand paon de nuit, les touches d'un piano semblables à des dents cariées, le tic-tac d'un réveil, la corolle d'une rose avec sa disposition exacte et enveloppante de pétales, le tic-tac d'un réveil, une file de fourmis défilant sur le sol d'une cellule, le tic-tac d'un réveil, la fine moustache de Jim empruntée à Gilbert Roland, le tic-tac d'un réveil. Fanny baissa les paupières, pour que ses inquisiteurs ne puissent apercevoir l'essaim d'alphabets qui cognait contre les parois de son crâne.

« Pour l'amour de Dieu, messieurs, comment voulez-vous que je me souvienne des énormités que j'ai pu dire quand j'avais perdu la raison. »

Elle baissa la tête comme une vierge offensée dans sa pureté. En réalité, elle voulait soustraire son regard de braise à l'examen de ce sanhédrin sadique.

« Mon père est mort parce que c'était un entêté. On est comme on est. » Elle se surprit elle-même de savoir si bien concilier le tremblement d'un sanglot et un sourire craintif, ce que même les acteurs chevronnés ne réussissent pas toujours. « Il était diabétique et n'a pas voulu se soigner à l'insuline. Et j'ai pourtant insisté, croyez-moi. Mais il n'a rien voulu savoir. Ses jambes se sont gangrenées, et il a fallu les lui amputer, mais il était trop tard, le sang ne circulait plus. On pourra vous confirmer tout ça à l'hôpital de Peoria. »

Les psychiatres étaient restés muets, peut-être un peu honteux de leur félonie. Mais Fanny savait que cette honte n'était que momentanée, qu'elle s'épuiserait aussi vite que le sang abandonne ses conduits quand un vilebrequin les perce, quand une alêne les déchire.

« On nous l'a déjà confirmé, Fanny, intervint le directeur, brandissant une cigarette. On nous a également affirmé que votre nom ne figure pas sur le registre des visiteurs de l'hôpital. Jamais vous n'êtes allée voir votre père pendant tous les mois qu'a duré son agonie. Et vous n'avez même pas assisté à son enterrement. Aucun membre de votre famille n'a assisté à son enterrement, en fait. Il a fallu l'ensevelir dans la fosse commune.

– Évidemment que je ne suis pas allée le voir ! » Ses larmes étaient sereines, sa voix sans la moindre stridence de pleureuse. « J'avais peur de le contrarier. Jamais il ne m'a pardonné de poser en tenue légère pour des revues. Il considérait que c'était un métier de prostituée, une... » Elle allait dire : « une abomination du Diable », mais elle se retint. « ... Une honte pour la famille.

Il m'a reniée, il m'a déshéritée. » Cette précision était ridicule, puisque le père de Fanny n'avait jamais rien possédé d'autre que sa malignité et les vêtements qu'il portait. « Et il a prévenu les sœurs de l'hôpital qu'il ne voulait même pas me voir en peinture. Il n'empêche que j'appelais tous les jours pour savoir comment il allait et s'il n'avait pas changé d'avis. » Elle s'interrompit, exténuée, comme si elle attendait encore la rétractation paternelle. « Il ne l'a jamais fait. »

Le directeur avait allumé sa cigarette et soufflé la première bouffée de fumée, qui se tordait comme un dragon blessé.

« Lui gardez-vous rancune, à cause de ça ?

– Rancune ? » Il ne fallait pas non plus se montrer candide à l'excès. La rancune est une passion humaine, trop humaine, qui jamais ne s'était immiscée dans ses desseins quand elle avait livré bataille à l'antique serpent. « Je ne sais que vous dire. Peut-être la pénitence qu'il m'a imposée était-elle excessive. J'aurais voulu me réconcilier avec lui. »

La fumée de la cigarette s'effilochait en volutes semblables à des griffes, à des serres, à des vipères qui s'arquent avant de piquer. Fanny aurait voulu avancer sur cette sorte d'estrade et les effacer d'un mouvement de main, mais elle resta tranquillement sur le tabouret, les genoux joints, les bras pudiquement croisés sur la poitrine.

« Et ne serait-ce pas ce dépit, cette… rancœur que vous a laissée l'intransigeance de votre père que vous avez ensuite déchargée contre James Breslin ? » demanda l'un de ces crétins, se donnant pour perspicace.

Le directeur du cabanon se redressa sur son siège comme si cette question avait retourné le couteau dans la blessure de son amour-propre.

« Cette question ne me paraît pas très orthodoxe, docteur. Nous étions tombés d'accord que, pour le moment, nous n'aborderions pas cette affaire, tant que la patiente ne donnerait pas de preuves de l'avoir assumée.

– Mais plus nous tardons à l'aborder…, balbutia celui qui avait enfreint l'accord.

– C'est l'abc de l'entretien psychanalytique. Avant de passer à la discussion des motivations, il faut que le transfert soit patent.

Si vous ne comprenez pas une chose aussi simple, c'est que vous vous êtes trompé de vocation. »

Ces disputes, qui donnaient toujours lieu à un étalage de jargon brouillon et à un guêpier de brouilles et de jalousie professionnelles dans lesquelles se débattaient ses inquisiteurs, faisaient de Fanny la spectatrice d'une représentation bouffonne dont chaque acteur profitait pour dresser de sa plus belle plume la liste des revanches à prendre et opposer ses méthodes à celles de ses collègues ou rivaux. Tous étaient convaincus que leur affectation au Chicago-Read n'était qu'un stage de perfectionnement que le ministère de la Santé publique leur imposait avant de leur permettre d'ouvrir un cabinet de consultation privé pour millionnaires cinglés. Fanny avait l'impression d'être un aborigène des forêts de Bornéo face à un conclave de théologiens discutant l'existence de l'âme ; c'était une impression aussi amusante que désolante.

« Messieurs, je vous en prie, je ne voudrais pas être un motif de discorde. Je crois que je peux répondre à cette question. »

Ses inquisiteurs en restèrent aussi stupidement inquiets que des enfants surpris au garde-manger le doigt dans le pot de confiture. Comme des fragments fulgurants d'un cauchemar s'imposèrent à Fanny quelques souvenirs de la lointaine fin d'après-midi où elle avait été enlevée et conduite dans un dépotoir des environs de la ville : le fil tranchant d'un poignard pressant sa jugulaire, la puanteur nauséabonde des montagnes d'ordures décomposées, la monotonie de la pluie, ses genoux lacérés, l'arrière-goût belliqueux des décharges répétées de sperme sur son palais.

« James Breslin était un proxénète. Il m'obligeait à me prostituer au dancing Aragon. Je vous prie de ne pas souiller la mémoire de mon père en l'associant à cette crapule.

– Vous dites qu'il vous y obligeait ? » demanda le psychiatre qui venait de se mesurer avec le directeur de l'asile d'aliénés. Il avait une voix flûtée et sournoise. « Vous auriez pu le dénoncer. »

Fanny baissa la tête, affectant une peine qu'elle n'éprouvait pas, parce qu'elle savait qu'elle était la servante bien-aimée du Seigneur. Pour donner à son mensonge des apparences plus vraisemblables, elle attribua au vendeur d'aspirateurs ambulant

James Breslin les chantages qu'exerçait sur elle le jeune Chambers.

« J'étais seule au monde et un peu faible d'esprit. Breslin me menaçait de divulguer des photos très scabreuses de l'époque où j'étais modèle. »

Suivant l'exemple du directeur, les autres psychiatres s'étaient eux aussi mis à fumer. Les braises de leurs cigarettes lui lançaient des signaux dans la pénombre, formaient une constellation de messages qui l'invitait à exercer son talent herméneutique. Parfois, les questions qu'ils lui adressaient faisaient fi de l'investigation thérapeutique ou l'utilisaient comme alibi pour couvrir des intentions moins avouables.

« Comment ça, scabreuses, mademoiselle Riffel ?

– Je ne saurais vous répondre. » Fanny se tassa sur le tabouret, frissonnant sous l'invasion de la honte. « Il ne me les a jamais montrées. Mais il m'est arrivé, pendant que je posais pour les photographes, de boire un peu trop et de perdre conscience de mes actes.

– Elles devaient être drôlement scabreuses, pour que Breslin les utilise afin de vous extorquer. » Maintenant, la voix flûtée et sournoise cherchait l'adhésion des autres inquisiteurs, recourant même, pour l'obtenir, à de fines plaisanteries. « Je vous assure que depuis le temps où vous étiez à la mode dans cette partie, la pornographie a fait des progrès considérables, encore plus considérables que l'astronautique. »

Un petit rire général de commères édentées secoua les membres de la junte. Fanny ne laissa pas passer l'occasion de lancer une petite pique, en la revêtant de candeur.

« Et comment, docteur ! J'ai pu une fois jeter un regard en passant aux revues que les infirmiers louent aux internés. »

Elle comprit aussitôt qu'elle était allée trop loin. Son expérience dans ce genre d'interrogatoires menés en commun lui avait pourtant appris que les psychiatres considèrent la soumission et la docilité comme des signes d'amélioration, interprètent le moindre soupçon d'insolence comme une récidive ou une recrudescence de la maladie et doublent alors les doses de médicaments.

« Les irrégularités que vous pouvez remarquer, il faut me les communiquer par voie réglementaire, mademoiselle Riffel, dit le directeur sur un ton moins protocolaire qu'agressif. C'est à moi de déterminer s'il s'agit véritablement d'une irrégularité, ou si… »

Il laissa sa phrase en suspens, et Fanny aurait pu la compléter sans peine : « ou s'il s'agit d'un de vos délires schizophréniques ». Mais jamais elle n'avait détecté dans ces revues de gymnastique génitale le moindre message de l'antique serpent, beaucoup trop malin pour se manifester là où tout un chacun s'attend à le trouver, et qui aux revues pornographiques préfère les tracts électoraux, les bulletins religieux, les modes d'emploi des appareils électroménagers, les romans bigots de Richard Bach, la rubrique des jeux du *Chicago Tribune*, les tests psychiatriques, notamment les termes inducteurs de Jung, auxquels Fanny répondait par des associations d'idées bucoliques. Le soleil mettait dans sa bouche les plages de Floride (alors que dans son for intérieur s'embrasait toute l'étendue de l'Armageddon, couverte d'ossements calcinés) ; les chevaux lui inspiraient immanquablement des horizons vierges où nul n'avait jamais posé le pied et des histoires de pionniers (alors qu'entre ses tempes retentissait le galop des quatre cavaliers de l'Apocalypse) ; les étoiles, elle les associait à des cueillettes abondantes (alors qu'elle les voyait tomber sur la terre, quand le sixième sceau était ouvert, comme fruits verts d'un figuier battu par la tempête) ; le sang lui évoquait les crépuscules et la maternité (alors qu'elle savait qu'il était le meilleur des détergents pour laver les péchés, le meilleur mouillage pour l'âme affligée quand il abandonne ses conduits, parfois en un filet exsangue, parfois avec l'impétuosité d'un geyser qui éclabousse tout autour de lui).

« Il faut vous décider, mademoiselle Riffel : des crépuscules ou la maternité ? »

Fanny pensait à Judith, les mains teintes du sang d'Holopherne, retournant à Béthulie pour montrer la dépouille du général en chef de Nabuchodonosor et célébrer la victoire. Elle aurait bien aimé elle aussi célébrer son triomphe sur l'antique serpent, incarné dans le marchand d'aspirateurs ambulant appelé Breslin ; mais les traitements à l'insuline et les électrochocs avaient encapsulé cet épisode dans une bulle d'amnésie de laquelle n'avaient réussi à s'échapper que la vision brutale du sang, un vilebrequin, une alêne. Elle se mordilla les lèvres avant de choisir le terme qui présentait le plus de consonances psychanalytiques ; elle aimait tendre ces petites douceurs au troupeau de crétins infatués d'eux-mêmes.

« Maternité.

– Auriez-vous aimé être mère, mademoiselle Riffel ? »

Heureusement, elle n'avait pas procréé pendant qu'elle avait été infestée par le Malin, parce qu'elle aurait alors transmis le stigmate à sa descendance ; malheureusement, elle n'avait pu procréer après avoir été purifiée par le saint homme, car sa bataille sans trêve contre l'antique serpent l'aurait empêchée de veiller sur son enfant. Maintenant que son ventre était stérile, elle considérait l'absence d'enfant comme une amputation, mais Dieu lui avait promis qu'Il lui enverrait un ange lavé dans le sang de l'Agneau qui l'accompagnerait dans son pèlerinage au fond de la vallée des ombres. Elle attendait cet envoyé du Ciel avec la fébrilité fervente d'une future mère qui guette le moment de l'accouchement.

« Oui, je suppose. Un enfant m'aurait aidée à guérir. Peut-être même m'aurait-il empêchée de tomber malade. Mais à quoi bon se plaindre ? On ne peut changer le passé. »

Le psychiatre faisait claquer sa langue, ému. Du test des termes inducteurs de Jung, on passait au test de Rorschach, dont les planches murmuraient un galimatias de dialectes desquels Fanny avait perdu la clef. Les taches d'encre contenaient sans doute des messages chiffrés, mais Dieu lui avait ordonné de se reposer de ses labeurs, aussi essayait-elle de n'y trouver que similitudes banales : une orchidée fanée, un chapeau cabossé, la carte d'une île déserte, deux frères siamois fumant la pipe, un papillon qui pond, un bateau aux voiles déployées, un nid de serpents, non, pardon un nid de loriots. Quand le psychiatre ramassait les planches, Fanny fronçait les lèvres et faisait la moue.

« Y a-t-il une amélioration, docteur ?

– Sans doute, mademoiselle Riffel, sans doute ; mais nous devons avancer avec précaution. Pour le moment, nous nous en tiendrons au même traitement. Avez-vous remarqué un effet secondaire ? »

Fanny niait énergiquement, secouant la tête d'un côté à l'autre.

Mais elle mentait. Elle imputait aux neuroleptiques son embonpoint (on ne lui avait pas encore permis d'avoir un miroir au-dessus du lavabo, mais on lui avait fourni un uniforme plus grand, parce que l'ancien la serrait à la taille), les tremblements et les lipothymies qui l'affligeaient le matin, les convulsions et les suées qui l'empêchaient de trouver le sommeil et prolongeaient son séjour dans un enfer aussi blanc et désert qu'un paysage lunaire. Les floraisons ictériques semées par plaques sur sa peau étaient également dues aux neuroleptiques, mais Fanny s'arrangeait pour les dissimuler en les exposant au soleil qui entrait le matin par la fenêtre de sa chambre. En quelques mois, elle fut aussi brune que les natifs, et comme on avait arrêté de lui couper les cheveux qui poussaient encore avec vigueur, férocement noirs, les internes et les infirmiers ne la désignèrent bientôt plus que par le surnom de Pocahontas, même en sa présence. Elle ne se plaignit jamais des affections que provoquaient les neuroleptiques, de peur qu'on ne lui administre des doses plus massives ou des antidotes qui la stupéfieraient, l'empêcheraient de reconnaître l'ange qui éclairerait son chemin jusqu'au sommet de la montagne de Sion. Pour préparer son avènement, Fanny sollicita de quelques faveurs et exemptions – toujours par voie réglementaire – le directeur de l'asile d'aliénés; la plupart lui furent refusées, mais le peu qu'on lui accorda lui suffit pour se rajeunir de dix ans: on l'exempta de l'uniforme rugueux et grisâtre de l'hôpital et on lui permit de suivre un régime végétarien qui contrecarra la rétention d'humeurs favorisée par les neuroleptiques, on la laissa porter des vêtements moyennement moulants et se brosser les cheveux pendant des heures comme si elle étrillait un cheval, jusqu'à en extraire un éclat qui n'était plus agreste, parce que les animaux en cage finissent par oublier le chemin de la forêt. Elle obtint aussi en cadeau des infirmières qui lui criblaient les fesses d'injections diverses quelques produits cosmétiques, presque toujours des restes à peine utilisables ou déjà périmés ou passés de mode. Mais Fanny put tout de même tirer profit de ces vestiges ou de ces reliques, et si bien qu'elle éveilla la jalousie de ces sorcières qui lui plantèrent les aiguilles plus brutalement que jamais, et toujours en plein centre d'un bleu récent.

Fanny avait appris à se maquiller en utilisant comme miroir un angle du cadre nickelé de son lit qu'elle ne cessait d'astiquer en soufflant dessus et en le frottant avec un chiffon doux. Elle cachait les produits cosmétiques au fond d'un tiroir de sa table de nuit, derrière l'épaisse bible qu'elle avait à peine besoin de consulter, puisqu'en accompagnant le prédicateur Burkett dans ses pérégrinations en caravane elle avait eu tout le loisir de la lire plusieurs fois d'un bout à l'autre. Ce matin d'avril 1975, les patients en régime ouvert qui furetaient dans le potager avaient fait un foin de tous les diables parce qu'ils avaient découvert un nid de verdier entre les branches d'un pommier et fêté cette découverte en poussant de grands cris hystériques. Ce tintamarre l'empêcha de s'apercevoir que dans le couloir menant à sa chambre approchait le directeur de l'asile qui servait de cicérone et racontait des balivernes à un visiteur muet. Une infirmière venait de monter dans le pommier pour inspecter le nid, et les patients en régime ouvert qui, quelques secondes auparavant, étaient fascinés par l'ornithologie, se baissaient maintenant pour guigner son entrecuisse et sa culotte, panorama très prisé par les idiots qui travaillent du chapeau. Le directeur de l'asile frappa à la porte de sa chambre et prit une voix sucrée.

« On peut entrer ? » demanda-t-il.

Fanny rangea rapidement les produits cosmétiques dans le tiroir de la table de nuit ; le reflet que lui renvoyait le cadre nickelé stylisait son visage, tamisait les rides et les flaccidités. Elle tendit l'oreille pour écouter les paroles que le directeur susurrait au visiteur avec une délectation qui eût dû lui valoir un examen psychiatrique.

« Cette poulette a lié les mains de son amant et l'a bâillonné après l'avoir assommé. Puis, pendant plus de trois heures, elle s'est amusée à lui faire de petites entailles avec un couteau et de petits trous avec un vilebrequin. » Fanny imagina que le directeur devait accompagner ses explications de gestes très expressifs ; elle imagina aussi la grimace d'horreur et de rejet de son interlocuteur, décidément muet. « Enfin, quand elle s'est lassée de le torturer, elle lui a arraché le pénis et les testicules et l'a laissé se vider de son sang jusqu'à ce que mort s'ensuive. »

Dehors, l'infirmière avait fini par atteindre le nid de verdier qu'elle avait pris entre ses mains pour compter les œufs à la coquille mouchetée sur laquelle l'antique serpent avait tatoué son écriture. Un des patients, échauffé par la vision de cette chair inconnue qui lui était offerte, ne put se retenir de la palper. L'infirmière sursauta et laissa tomber le nid, dont les œufs s'écrasèrent sur le tronc du pommier et furent réduits en compote ; elle descendit de l'arbre en deux bonds et donna une leçon au peloteur en lui flanquant quelques torgnoles tout en le secouant comme un prunier, à la grande joie de ceux qui les entouraient. Mais Fanny ne prêtait plus attention au chahut ; son regard était resté rivé sur les coulures d'œuf qui enguirlandaient l'écorce du pommier, visqueuses et irisées, avec leurs éclats de coquilles mouchetées, avec leur écriture brisée et réduite en miettes. Alors, Fanny se souvint de cette voix qui parlait du haut du trône céleste : « Il portera une grande chaîne avec laquelle il immobilisera pour mille ans l'antique serpent, et il le précipitera dans l'abîme, afin qu'il ne puisse plus tromper personne. » Les jaunes d'œuf écrasés gouttaient avec résignation, soumis à leur condamnation millénaire. Fanny sut que le rédempteur qui la sauverait de l'enfer blanc du Chicago-Read était enfin venu.

« On peut entrer ? » répéta le directeur, maintenant sur un ton plus impérieux que melliflu, en frappant à la porte sans retenue.

Fanny recula jusqu'au mur du fond, en signe d'hommage et de vénération, redoutant aussi que, dans son anagnorèse, l'éclat resplendissant de l'ange lavé dans le sang de l'Agneau ne l'aveugle. Elle répondit d'une voix à la fois doucettement soumise et affligée :

« Entrez, docteur. »

Ils avaient toujours été là, bien que je n'eusse jamais remarqué leur présence. Tout à coup, les hôtes de la vie invisible prenaient corps sous mes yeux, chacun avec l'historique de sa déchéance sculpté sur ses traits. La presse ne se souvenait d'eux que quand ils mouraient par inadvertance sur les bancs des jardins publics, semblables à des gisants décorés de fientes de pigeon ; ou égorgés sur un terrain vague dans le demi-sommeil de l'aube, quand le sang court avec une timidité endormie ; ou ensevelis sous les décombres d'un taudis qui leur servait de repaire pour se shooter, la seringue encore ensanglantée dans le cheveu d'asphalte d'une veine ; ou battus à mort par leur contremaître ou leur maquereau dans un ergastule qu'ils partageaient avec vingt ou trente autres esclaves, lesquels contemplent leur agonie avec envie, parce que la mort, entre les hôtes de la vie invisible, c'est le repos ou du moins le plus bénin des châtiments. Ils avaient toujours été là, bien que je n'eusse jamais remarqué leur présence ou que je me fusse comporté, si je les avais remarqués, comme si leurs souffrances ne me concernaient pas. Dans la rue Preciados, ils étalaient sur une couverture des marchandises avariées ou adultérées, montres qui ne devaient peut-être indiquer l'heure que jusqu'au surlendemain, cache-nez et châles en cachemire douteux, CD piratés, tout un fouillis de friperie et de verroterie qu'ils ramassaient précipitamment chaque fois qu'ils sentaient approcher la police, faisant de la couverture un balluchon qu'ils chargeaient sur leurs épaules avant de s'enfuir épouvantés ; c'étaient de très grands Noirs hermétiques ressemblant à des princes nubiens mis au régime d'air pollué, des Maures qui apportaient sur leur langue le vacarme des souks et le cri des muezzins, de petits Indiens qui faisaient retentir leurs instruments andins et s'entravaient dans leurs ponchos quand ils prenaient la fuite. Si l'on prêtait attention à leurs visages (mais les physionomies caractéristiques des races pourchassées se confondent, aux yeux d'un Occidental, en un même archétype indistinct), on découvrait qu'ils changeaient tous les jours, peut-être parce qu'ils avaient établi une sorte de relève pour dépister la police, ou que leurs contremaîtres les remplaçaient à mesure que leurs prédécesseurs étaient déportés dans leur pays d'origine, ou qu'ils héritaient simplement d'une portion de trottoir quand le Noir, l'Indien ou le Maure qui l'occupait le jour précédent mourait sous les coups ou de fièvre typhoïde dans l'un des ergastules sans électricité ni eau courante où les entassaient les maffias de l'immigration clandestine, véritables latrines dans lesquelles la chair se corrompait lentement, jusqu'à être réduite en pur excrément. Pas un jour ne passait sans que l'on découvrît un de ces ergastules où les occupants de la vie invisible s'effondraient pour se remettre des fatigues d'un labeur qui leur laissait la colonne vertébrale moulue et l'âme lacérée par la rapacité de leurs patrons; mais ces découvertes, à force de se répéter, n'émouvaient plus qu'à peine la société, immunisée contre le spectacle de la vie réduite en esclavage. L'abjection fétide, qui en un premier temps perfore l'âme et la sensibilité, finit par vivre auprès de nous comme un animal domestique, et quand on veut réagir, s'opposer à elle, il est trop tard, elle s'est déjà enkystée dans nos habitudes.

Ils avaient toujours été là, bien que je n'eusse jamais remarqué leur présence ou que je me fusse comporté, si je les avais remarqués, comme si leur souffrance ne me concernait pas. Dans la rue Montera s'amoncelaient les putes, avec leurs airs de cariatides condamnées qu'un architecte peu respectueux des canons classiques aurait mises là pour supporter le poids des façades, celui de leur tristesse millénaire ne leur suffisant sans doute pas. Au cours des derniers mois, elles s'étaient multipliées, peut-être sous l'action d'une force invisible et délétère qui les rassemblait à cet endroit après les avoir soustraites aux lointaines banlieues de la civilisation; elles me rappelaient ces cétacés échoués sur une plage dans l'attente de la parcimonieuse mort, les dards du soleil fichés dans leurs rétines. Certaines s'essayaient encore à défier le regard timoré des passants ou à leur adresser un sourire qui se voulait espiègle et libidineux, alors que leurs lèvres ne parvenaient même plus à exprimer rien d'approchant et finissaient par se fendre d'un rictus anxieux de capitulation, que soulignait leur air d'oiseaux en cage déjà habitués à ne plus considérer la vie qu'entre des barreaux. Il y avait des Noires en robe ou en haillons moulants qui découvraient des cuisses très potelées ou peut-être tuméfiées ; elles se regroupaient entre elles et parlaient en montrant quelques dents de clavecin qui survivaient à la pyorrhée. Il y avait des mulâtresses ou des quarteronnes ou des composées de mille sangs qui ont connu la diaspora et l'ostracisme, aux yeux chassieux qu'un maquillage clinquant ne parvenait qu'à enténébrer davantage, mais qui, quand elles haussaient le ton, le faisaient d'une voix cassée et chantante, aussi savoureuse qu'une tranche de melon à la maturité déliquescente. En revanche, les putes slaves aux yeux obliques légèrement tartares, à la bouche empreinte de la plus malheureuse férocité, au teint très pâle des menaces de lipothymie, se confinaient dans un mutisme blessé et ajoutaient à leur tristesse une rancœur indéchiffrable.

Il y avait enfin les putes autochtones, aussi déglinguées que des meubles qui ont subi mille déménagements, adossées aux mêmes recoins que dix ou vingt ans auparavant, angles polis par l'usure, adaptés à leurs corps qui tenaient à peine debout, écrasés par la canicule ou craquelés par le givre. Certaines étaient aussi décharnées qu'une radiographie et ne se souciaient même plus de dissimuler les piqûres de la seringue ; d'autres, plus aguerries ou plus avides de soleil, se réfugiaient dans un passage qui relie la rue Montera à la plaza del Carmen, repoussées par l'invasion des putes étrangères qui attisaient la concupiscence de la clientèle avec des promesses d'exotisme. Il ne restait plus pour ces autochtones que les vieux rabougris qui les pelotaient tout en disputant la transaction et en leur montrant leurs gencives édentées mollassonnes, gencives de chair batracienne qui regrettaient encore les morsures. Dans ce passage régnaient une puanteur de vieilles pisses, une chaleur d'étable et une atmosphère lourde de lassitude ; chaque fois que je le traversais, j'essayais de contenir ma respiration, mais je ne parvenais pas à me soustraire à un sentiment innommable dans lequel se confondaient la pitié insidieuse, la répulsion et une sorte de rage secrète dirigée contre les putes démantibulées, leurs clients, les autorités négligentes et contre moi-même, qui n'avais pas le courage de pleurer. Il est des sentiments que le dictionnaire ne parvient pas à désigner, mais ils existent et grandissent dans le cœur comme s'étendent les lichens de la décrépitude ; peut-être ont-ils quelque chose à voir avec le dégoût de vivre, de continuer à vivre alors qu'autour de nous d'autres vies se proposent au plus offrant.

Ils avaient toujours été là, bien que je n'eusse jamais remarqué leur présence ou que je me fusse comporté, si je les avais remarqués, comme si leur souffrance ne me concernait pas. Enveloppés de cartons à l'abri d'une porte cochère ; agenouillés en pleine rue, avec un écriteau annonçant tout ce dont ils manquaient à grand renfort de fautes d'orthographe ; assommés et malmenés par un vin en tetra-brik qui substituait au jus de raisins fermentés une combinaison de poudres chimiques ; tendant la main avec des cris de pleureuses mêlant plaintes et blasphèmes, toute une armée de clochards grenus et entortillés dans des haillons m'assaillait aux passages cloutés, à la sortie des supermarchés, sur le parvis des églises et dans les allées des parcs. Et il ne suffisait pas de s'en défaire en leur donnant une aumône plus ou moins généreuse, il fallait encore fuir leurs regards qui crachaient une accusation ou un reproche. Sur la ligne de métro que j'empruntais régulièrement, je rencontrais souvent une jeune gitane qui vendait *La Farola* de wagon en wagon. C'était une jeune fille à la longue chevelure de jais qui lui descendait jusqu'à la taille, nouée avec un élastique, à la peau tatouée par les soleils de l'exode qui laissait encore deviner des traits qui avaient dû être beaux, aux yeux qui avaient depuis longtemps oublié de sécréter le baume des larmes, aux lèvres crevassées auxquelles montait parfois une supplique murmurée en roumain, qui est une langue plaintive et trop proche de la nôtre, trop douloureusement proche. Elle portait en écharpe, sorte d'appendice monstrueux de son propre corps, un enfant que ses bras pouvaient à peine soutenir, un enfant qui grandissait dans le silence résigné de ceux qui n'ont même pas la force de crier qu'ils ont faim. Parfois, lassée d'une quête qui ne lui rapportait que quelques maigres sous, elle s'adossait contre les portes du wagon, son visage se reflétait pendant quelques instants dans la vitre avec un prestige de camée brisé et ses yeux à la cornée très blanche se reposaient dans la nuit vertigineuse des tunnels, dans cet horizon souterrain sans lumière, avant de quitter le wagon et de traîner sa fatigue jusqu'à la voiture suivante, comme on égrène les étapes mille fois égrenées d'un chemin dont on ne voit pas la fin.

En mettant quelques sous dans la main qui tenait les journaux, je me risquais à la regarder en face. Il était très difficile de lui donner un âge, peut-être était-elle nubile depuis peu de temps, mais il y avait dans son expression ravagée une antiquité millénaire remontant jusqu'à Adam, ou encore à Dieu même, qui nous a créés de Son souffle. De ce souffle, il ne restait plus trace dans les yeux de cette jeune Roumaine ; pas davantage dans la paume de sa main, où une tristesse sale et irrémissible avait déposé ses sédiments. Le cahotement du train usait sa résistance et la faisait tituber sur ses pieds menus où semblait peser tout le poids de la planète. Une fois, dans un tournant, un brusque cahot la précipita sur moi ; je pus alors sentir l'aigre exhalaison de son corps. Les vêtements qui la couvraient de la tête aux pieds me permirent à peine de deviner son anatomie, mais l'os de sa hanche frappa ma cuisse et je sentis les arêtes de la faim qui aiguisaient son squelette et perçaient ses chairs qui, loin d'être luxuriantes comme la nature les y invitait à sa naissance, étaient émaciées. L'enfant qu'elle portait en écharpe leva les paupières, effrayé par le choc, et eut une moue amère qui resta crucifiée sur ses lèvres, aussi crevassées que celles de sa mère, ignorant peut-être tout de l'allaitement. Je retins la jeune Roumaine par la taille, pour éviter que le poids de l'enfant ne la déséquilibre et ne la fasse tomber, et elle me regarda avec une gratitude indéchiffrable, comme si elle avait honte d'elle-même, et honte de moi, et honte que le monde continue de tourner, imperturbable, sur son orbite. Ce fut un regard affligé dans lequel naviguait le cri sourd de toutes les races persécutées. Le train s'arrêta et la jeune Roumaine se dirigea vers le quai qui sous ses pieds las tanguait peut-être autant que le plancher du wagon. Une seconde avant que les portières automatiques du train ne se referment, elle m'adressa un nouveau regard du fond de sa beauté appauvrie par les soleils de l'exode.

Elle dit alors deux mots que je pus à peine distinguer dans le concert de grincements qui annonçait le départ du train.

« Merci, ami. »

Ce ne furent que deux mots, mais il y avait en eux une telle concentration d'expressivité, tant de gratitude perplexe, que je me sentis récompensé au centuple de mon geste. Peut-être, pendant la fraction de seconde où mes mains s'étaient refermées sur sa taille, avait-elle cessé de se sentir invisible ; peut-être était-elle trop habituée à ce que les passagers du métro la fuient, la repoussent, trop habituée à voir s'afficher sur leurs visages une grimace de répugnance furtive, même lorsqu'ils posaient dans sa main la petite pièce demandée. J'avais moi-même ébauché ce genre de grimace en une multitude d'occasions : en elle se conjuguaient le dédain courroucé, la honte aggravée par le désarroi, le désir véhément d'écarter au plus vite une vision incommodante, le dégoût de se savoir lâche au point de ne rien donner de plus qu'une misérable obole, au lieu de quelque chose qui exigerait un vrai sacrifice. Pendant que la jeune Roumaine s'éloignait sur le quai (ou peut-être était-ce le train dans lequel je me trouvais qui s'éloignait, alors qu'elle restait immobile, avec son enfant sur le côté), je ne sais quoi s'anima en moi, peut-être la nostalgie ancestrale qui s'éveille quand on sent que quelqu'un, n'importe quelle personne dont on voit le visage, a pu être notre frère, là-bas, dans les très lointaines généalogies du sang, là-bas, dans cette poussière commune avec laquelle nous avons été modelés au premier chapitre de la Genèse. Ces deux mots lancés alors que je pouvais à peine les entendre devinrent un refrain ou un charme qui finit par me transformer, ou peut-être seulement par me bouleverser, parce qu'il y avait quelque chose de proche du bouleversement dans le désir d'amendement que ma volonté commençait à se forger.

Un homme peut-il changer du jour au lendemain ? Certainement pas ; il est indubitable que semblable métamorphose requiert une période d'incubation dont l'individu même en qui le changement se produit n'est pas conscient, et moins encore son entourage. C'est ainsi que les conversions sont généralement revêtues des dehors de la soudaineté, qui les rapprochent des actes non prémédités, quasi irrationnels, alors qu'en essence ce sont des décisions longuement méditées. Il m'avait fallu détruire ma relation avec Laura pour comprendre que le sauvetage d'Elena – où qu'Elena pût se trouver – était, outre un devoir de conscience, un moyen de salut personnel. Il ne suffisait plus à présent d'étayer une vie dont les soubassements avaient cédé ; il fallait la raser complètement, l'asseoir sur de la roche et l'élever conformément aux plans de la nouvelle fondation. Je travaillais à l'édification de cette vie nouvelle porté par un élan qui n'était pas exempt d'une coloration religieuse. Les affaires qui jusqu'alors m'avaient semblé primordiales – ma condition d'écrivain, en premier lieu – me donnaient maintenant l'impression de n'avoir jamais été que des vétilles dépourvues de sens, ou du moins des luxes dont on pouvait parfaitement se passer. Je sentais que ma vie n'avait été qu'un gâchis, qu'il me fallait la nourrir d'autres préoccupations si je ne voulais pas me condamner à jamais. Bruno m'accompagnait (ou plutôt me précédait) dans ce processus radical qui consistait à dépouiller le vieil homme ; nous décidâmes d'un commun accord que nulle activité adventice ne nous écarterait de la mission que nous nous proposions de mener à bien. Considérée d'un regard neutre, avec la sérénité et la distance que concède le temps, notre conduite, au cours de ces quelques mois, peut paraître insensée et incompréhensible. Mais tous nos actes – pas seulement les actes spontanés ou réflexes, mais aussi les plus prémédités – n'obéissent pas à des élans compréhensibles. Je dirais même que les actes incompréhensibles sont précisément les plus humains.

Nous ne disposions même pas d'une misérable photographie témoignant de l'existence d'Elena, ce qui rendit notre recherche encore plus difficile, parce que les hôtes de la vie invisible ne semblaient pas très disposés à écouter nos descriptions. Une photographie a le pouvoir d'accorder une consistance physique à tout un chacun ; même les défunts et ceux qui ont traversé la vie sur la pointe des pieds en acquièrent une dans la fixité sépia d'un daguerréotype. En revanche, les êtres vivants qui ne se laissent pas photographier sont aussitôt pourvus d'une nature d'ectoplasmes fuyants, dont les traits s'érodent aussi rapidement que ceux d'une statue de craie. À cette complication s'ajoutait le manque de confiance inconditionnel qu'inspire aux hôtes de la vie invisible toute tentative d'ingérence ou d'intrusion. Bruno et moi venions du monde persécuteur qui les avait condamnés à l'ostracisme ; notre intention de secourir quelqu'un que nous avions banni éveillait leurs soupçons, sans doute légitimes. Il existait apparemment entre eux une sorte de pacte tacite par lequel ils s'engageaient à couvrir les autres membres de leur vague fraternité ; il ne s'agissait pas exactement d'une manifestation de solidarité ou de complicité, mais plutôt d'un appel de dernière heure et au fond égoïste à la réciprocité. Tout hôte de la vie invisible enfouit dans sa mémoire des secrets qu'il ne désire pas déterrer (parfois un historique délictueux, parfois une tragédie personnelle dont il a réussi à étouffer la réminiscence, parfois simplement une vie antérieure qu'il renie, un fusible, un plomb qui saute) et présume qu'il en va exactement de même pour tous ses pareils, parce qu'il sait que leurs biographies sont taillées sur le même modèle que la sienne – ou un autre encore plus redoutable – et préfère leur éviter de passer le mauvais quart d'heure de l'exhumation redoutée dans l'espoir qu'ils en feront autant pour lui quand son tour viendra d'être confronté aux fantômes du passé. Ce refus défiant se traduisait en stratégies très diverses : certains hôtes de la vie invisible se retranchaient dans le mutisme le plus farouche et prétendaient être sourds ; d'autres dressaient les barrières de la langue, herses constituées des dialectes tribaux les plus abstrus ; d'autres enfin se bornaient à esquiver notre présence avec des mines et de grands gestes horrifiés, comme si nous étions des oiseaux de mauvais augure, et nous menaçaient même de leurs airs brutaux ou sinistres en nous exhortant à renoncer à fureter dans leur coin. Peut-être nous prenaient-ils pour des journalistes ou pour des policiers en civil qui essayaient de les impliquer dans une sordide affaire d'enlèvement ou de traite des blanches ; peut-être s'étaient-ils une fois laissé berner ou compromettre par ces virtuoses de la duplicité et étaient-ils encore échaudés. Le fait est qu'ils ne se déboutonnaient pas.

Quand certains d'entre eux le faisaient, ce n'était que pour nous égarer davantage, nous fournir des pistes qui nous menaient à des impasses, orienter nos recherches vers des milieux plongés dans des histoires tellement inextricables que nous mettions des semaines et des mois à les débroussailler avant de nous retrouver finalement à notre point de départ. Certaines de ces pistes et de ces fausses indications nous étaient fournies dans l'intention dolosive de nous égarer davantage, mais la plupart n'étaient que le fruit de perceptions diffuses et abstruses. Nous ne tardâmes pas à apprendre que les hôtes de la vie invisible développent des aberrations sensorielles dans lesquelles réalité et hallucination se fondent en un amalgame indissociable ; et nous comprîmes aussi que notre description d'Elena, qui s'efforçait d'être minutieuse, ne suffisait pas à la différencier d'autres femmes du même âge et de même aspect, que le délire ou le dépit amoureux avaient englouties dans un tourbillon de folie et d'autodestruction.

Lors de ces incursions toujours plus découragées dans les catacombes de la vie invisible, nous rencontrions des êtres qui avaient fait du don à leur prochain une profession de foi dont l'élan enthousiaste ne battait pas en retraite face à l'importance démesurée de la tâche. Parmi les membres de ce cortège épars de Bons Samaritains, le plus éminent par son don d'ubiquité était un frère trinitaire qui régentait un hospice (un asile de nuit, comme on appelle à présent ces établissements) pour indigents, était également l'aumônier de la prison de Soto del Real, et trouvait encore le temps de patrouiller dans les quartiers de l'extrême périphérie de la ville où s'entassent les armées faméliques de l'immigration, les terrains vagues où la drogue abandonne ses vassaux, les stations de métro dans lesquelles se retranchent ceux qui n'ont pas trouvé d'endroit moins oppressant pour passer la nuit. Il s'appelait Gonzalo, devait être âgé de près de cinquante ans et avait des traits un peu rustiques, un peu sanchopancesques, d'un paysan brûlé par le soleil ; c'était un bon marcheur qui ne savait poser son cul nulle part et qui, en un autre temps, aurait pu à lui seul délivrer tous les captifs d'Alger. Comme il lui avait été donné de vivre à une époque où les formes de captivité se sont multipliées à l'infini, c'est à peine s'il pouvait satisfaire aux demandes diverses qu'il recevait, et il était tout aussi capable d'écrire un mot de recommandation à un ex-taulard qui savait tenir des discours persuasifs dans un cabinet d'avocats afin d'obtenir une assistance judiciaire gratuite en faveur de ceux qui s'étaient réfugiés dans son asile sans permis de séjour que d'arracher aux autorités des subventions qu'il destinait à de nouveaux projets de rédemption sociale. On disait, sur un ton mi-plaisant mi-sérieux, qu'il extorquait le maire en le menaçant de publier certains petits péchés d'entrecuisse ou d'entrefesse soutirés en confession. Il choisissait ses collaborateurs parmi les drogués réhabilités, les prisonniers en liberté conditionnelle et les femmes qu'il avait lui-même tirées du bordel en affrontant leurs proxénètes après avoir obtenu la preuve qu'ils avaient trempé dans tel ou tel délit (à partir d'informations que lui fournissaient ses fidèles de Soto del Real). C'était un pêcheur d'hommes insomnieux, un être élu pour prêcher la bonne nouvelle et guérir les cœurs brisés, pour annoncer aux détenus leur relaxation et aux condamnés la rémission de leurs fautes. Comme il possédait en outre une mémoire œcuménique, il connaissait par cœur le recensement de tous les hôtes de la vie invisible, aussi nombreux que les vagues de la mer, qu'il avait secourus.

« Elena... » Il passa la main dans ses cheveux rebelles coupés en brosse. « Elle est enceinte ? »

Nous l'avions trouvé dans un couloir de la station de métro d'Atocha, où se rassemblaient chaque nuit les mendiants de la pire apparence. Le père Gonzalo se pencha sur l'un d'eux, pris d'un tremblement dans lequel se confondaient un delirium tremens chronique et un froid de moelles congelées ; d'un geste énergique, il fit signe à deux jeunes brancardiers qui l'accompagnaient de charger l'homme sur une civière. Une ambulance attendait dans la rue.

« Nous croyons que oui, dis-je sans oser chanter victoire.

– Une jeune femme avec un nez un peu camus ? demanda le père Gonzalo en écrasant le sien de son index. Nous l'avons eue à l'hospice. »

Les brancardiers emportaient le mendiant qui marmottait une litanie inintelligible. Les collaborateurs du père Gonzalo distribuaient des couvertures aux chiffes gisantes alignées contre le mur couvert de carreaux de céramique et leur offraient des biscuits et du café au lait conservé chaud dans un thermos.

« Vous l'avez eue ? Vous voulez dire qu'elle est partie ? »

Une fois encore, l'inextricable broussaille de ces parages nous ramenait au point de départ. Le père Gonzalo montrait une certaine réticence à dire ce qu'il savait ; mais après nous avoir jaugés d'un coup d'œil, se fiant à son intuition, il se décida, poussé par la cordialité.

« Quand elle est arrivée à l'hospice, au début de l'année, elle n'avait aucuns papiers. Comme vous pouvez l'imaginer, c'est tout à fait normal dans notre milieu ; personne ne lui a fait de difficultés ni ne lui a posé de questions. Les autorités nous harcèlent chaque jour davantage, elles exigent que nous demandions à ceux qui se présentent leur carte d'identité ou leur permis de séjour... » Il fit une grimace de dégoût. « Il faut le faire. Comme si on avait besoin de papiers pour montrer qu'on est fils de Dieu. S'ils veulent poser des barbelés aux frontières, qu'ils le fassent, ce n'est pas de mon ressort ; mais dans mon hospice, les seules règles qui vaillent, ce sont les huit Béatitudes. »

Il me plaisait, ce frère rebelle, défenseur d'un droit d'asile qui avait été aboli bien des siècles auparavant, qui paissait les putes et les voleurs comme l'avait fait le Nazaréen fondateur de sa religion.

« Alors, je ne sais même pas si elle s'appelle vraiment Elena.

– C'est bien son prénom, confirma Bruno sur un ton vindicatif. Sur ce point, au moins, elle ne vous a pas menti. »

Le père Gonzalo portait un pull très ample, d'une laine grossière et décolorée. Il était sans manteau ; peut-être pensait-il qu'en mettre un aurait dénigré sa vigueur naturelle, peut-être l'avait-il donné pendant les première heures de sa ronde nocturne, à l'exemple de saint Martin.

« Plutôt que mentir, elle préférait se taire, poursuivit-il. Il n'y avait pas moyen de la faire parler de ce qui la tourmentait. Je suis habitué à ces silences mais, dans le cas d'Elena, j'étais plus intrigué que d'habitude. C'était une femme cultivée et sensible. À moins que je ne me trompe ?

– Loin de là, mon père. Vous la dépeignez à la perfection », répondit Bruno.

Le père Gonzalo avait sorti de sa poche un paquet de Ducados, qu'il tendit à l'un de ses collaborateurs afin que celui-ci distribue les cigarettes aux mendiants, après leur frugale collation. Je remarquai que les mendiants les recevaient comme si c'étaient les pains et les poissons de Bethsaïda, merci, ami, et qu'ils les fumaient avec une bienheureuse lenteur, en laissant la caresse de la nicotine endormir leurs déchirures.

« Et après, ces fantoches du ministère de la Santé publique disent que le tabac nuit à la santé. Qu'en savent-ils, ces pauvres cons ? » Après cette grossièreté, par ailleurs très sensée, le père Gonzalo revint à son récit : « Elena m'a mis l'hospice sens dessus dessous : pendant le jour, elle faisait des avances à tout un chacun ; et la nuit… vous m'avez compris. »

Nous commencions à le pressentir (le monde débordant de son amour, eucharistie pour tous), mais nous n'avions pas osé concrétiser nos soupçons, sans doute par crainte de leur scabrosité.

« Pas exactement… », balbutiai-je.

Le père Gonzalo se détourna légèrement, regrettant d'avoir formulé une inconvenance. Quand il reprit la parole, ce ne fut pas sans hésitations et silences gênés.

« Ce n'était pas une nymphomane, ça, je peux vous l'assurer. » La honte lui nouait la gorge. « Elle couchait avec les uns et avec les autres, mais elle ne le faisait pas par plaisir. Et elle ne prenait pas… Elle ne prenait pas non plus de précautions, vous comprenez, je crois qu'elle désirait seulement se détruire. Quand je m'en suis rendu compte, j'ai été comme pétrifié. Il passe par l'hospice des gens malades, gravement malades… »

Je dus prendre appui contre le mur pour ne pas céder au vertige ; les carreaux de céramique qui le couvraient étaient imprégnés d'une buée qui me transmettait ses germes et ses fièvres. Le père Gonzalo avait convoqué Elena pour la chapitrer ; quand elle était entrée dans son bureau, il avait été peiné de voir que sa beauté était maintenant empreinte de l'émaciation qui est le commencement de la fin. Elle s'était barbouillé les lèvres d'un rouge qui ressortait sur son visage comme une plaie carnivore ; le Rimmel de ses cils, empâté et très noir, débordait jusqu'aux commissures des paupières, obstruait le canal lacrymal. Elle avait adopté des attitudes qui se voulaient dissolues et s'habillait de vêtements moulants et courts qui faisaient ressortir la courbe de son ventre et son amaigrissement galopant ; dans l'ensemble, elle avait l'air de s'être déguisée en grue de bas étage pour le carnaval. Quelque chose détonnait pourtant dans ce personnage de composition parodique : d'une part, elle l'interprétait avec une conviction indéniable, comme si sa vie en dépendait ; d'autre part, elle en avait tellement outré les caractéristiques qu'elle lui donnait un pathétisme démesuré, presque comique. « Quelle farce absurde joues-tu, Elena ? » lui avait demandé le père Gonzalo, aussi effaré qu'exaspéré. Elle refusa de lui répondre ; elle s'était avachie sans demander la permission sur l'unique chaise de ce bureau qui ressemblait plutôt à une cellule monacale, sans autre ornement sur les murs qu'un crucifix de bois brut qui aurait plu à León Felipe, les bras ouverts à la terre, l'arbre s'élançant vers les cieux, sans autre ornement qui eût pu distraire de cette figure, cet équilibre humain des deux commandements. Brusquement, Elena jucha ses jambes sur le bureau d'où le père Gonzalo la scrutait ; elle ne portait pas de culotte et sa vulve palpitait dans le fond, fanée, presque violacée, animal éventré qui s'accroche avec ténacité à la vie. Une houle de piété perplexe submergea le père Gonzalo ; il détourna son regard vers le visage d'Elena, qui s'efforçait de prendre des airs libidineux : les paupières à demi closes, la langue titillant entre les lèvres, lapant les restes de rouge, les narines dilatées par une respiration haletante, elle imitait le répertoire gestuel d'une actrice de films porno. Le père Gonzalo se leva et alla verrouiller la porte du bureau ; tout cela était à la fois trop épouvantable et trop ridicule. Lui qui avait affronté les situations les plus épineuses dans ses relations avec les individus dépenaillés et scélérats, avec les héroïnomanes en manque ne savait comment réagir dans un cas aussi extravagant. « C'est ça, mon père, c'est ça, assurez-vous que personne ne va nous interrompre », dit Elena en outrant ses halètements, en outrant jusqu'à la caricature chaque syllabe, ainsi que Fanny Riffel le faisait dans ses courts-métrages muets de fétichisme et de *bondage*, avec cette pointe de ronronnement plaintif des enfants qui font la lippe. « Je mouille, mon père, je suis prête », ajouta-t-elle encore en plongeant ses doigts dans sa vulve, qui ne présentait pas le moindre signe de lubrification. À chaque nouvelle obscénité, le père Gonzalo sentait le chagrin devenir plus poignant. Il avait à peine eu l'occasion de s'entretenir tout à loisir avec cette petite, mais il se rappelait qu'un mois auparavant il l'avait rencontrée à la chapelle de l'hospice dans une attitude recueillie ; alors, remarquant qu'il feuilletait les livres de chants sur le lutrin, elle lui avait demandé s'il n'aurait pas quelques disques de musique sacrée. Un peu honteux, le père Gonzalo avait dû reconnaître que non, les moyens dont disposait l'hospice ne lui permettaient pas un tel luxe, mais il lui avait promis qu'en établissant le prochain budget il réserverait quelque chose pour en acheter. « Tu te chargeras de les choisir, d'accord ? » lui avait-il proposé, offre qu'Elena s'était empressée d'accepter, enthousiasmée. « Et quelques livres aussi. La bibliothèque est un peu maigre. » Le père Gonzalo regrettait maintenant de n'avoir pas accordé davantage d'attention à cette petite qui différait tant du genre habituel des femmes auxquelles l'hospice donnait asile, brisées par l'analphabétisme, les intempéries, leurs maîtres ou seigneurs féodaux qui les forçaient à gagner un salaire (qu'ils leur arrachaient ensuite) en exerçant des métiers avilissants ou exténuants. « Vous préférez que je vous la suce ? Je sais très bien faire ça aussi », dit Elena, étonnée parce que le père ne répondait pas à ses provocations avec la même promptitude que les autres hommes. Elle l'avait dit d'une voix suppliante et humiliée, comme si elle mendiait un assentiment ; je connaissais bien cette intonation, je l'avais entendue au téléphone pendant que la neige tombait sur Chicago. « Vous n'aurez même pas à baisser le pantalon », précisa-t-elle tandis qu'elle s'agenouillait à ses pieds, une seconde avant que le père Gonzalo lui envoie une torgnole qui faillit la faire tomber.

« Que pouvais-je faire ? dit-il pour se disculper en regardant sa main qui tant de fois avait été celle qui guérit et qui était devenue à ce moment-là celle qui nuit, enfreignant sa vocation. J'ai pensé que, de cette façon, je lui remettrais les idées en place. »

Il avait au moins réussi à mettre fin à cette farce grotesque. Le coup l'avait bouleversée ; elle regardait le père Gonzalo comme s'il était l'un de ces anges des hagiographies qui font irruption dans les lupanars pour délivrer une pucelle à peine pubère avant qu'elle ne soit livrée à la luxure d'une clientèle qui se dispute ses prémices. Quelques coulures de rouge tachaient ses joues, ou peut-être s'agissait-il de traces de sang, ou bien de sang et de rouge mêlés en une même substance outragée. « Pourquoi te détruis-tu ainsi ? » lui demanda le père Gonzalo, après lui avoir tendu un mouchoir avec lequel Fanny n'essuya pas seulement les coulures sur ses joues mais aussi l'épaisse couche de rouge qui barbouillait ses lèvres et faisait d'elles une plaie carnivore. Elena pleurait sans bruit, le Rimmel dilué peignait sur son visage de larges stries de deuil. « C'est très long à raconter, ça ne vaut pas la peine, je ne veux pas vous ennuyer avec des histoires tristes », murmura-t-elle, et le père Gonzalo remarqua, comme le médecin qui perd le pouls de son patient, qu'Elena lui échappait, qu'une partie d'elle-même filait à la dérive dans un courant où ses filets de pêcheur d'hommes n'avaient aucun pouvoir. Ce n'était pas la première fois qu'il éprouvait cette sorte d'angoisse (en réalité, il l'avait éprouvée des centaines ou des milliers de fois) mais, même s'il avait blanchi sous le harnais, il se rebellait encore contre ses limitations, il aurait voulu disposer de l'omnipotence de Dieu pour amender la condition très fragile de l'homme et abolir la loi trop sévère qui le poursuivait de génération en génération depuis qu'il avait été délogé de l'Éden. « Pardonnez-moi si je vous ai offensé », dit Elena en frottant sa joue contusionnée et en tirant sur sa jupe qui s'était retroussée. Le père Gonzalo s'accroupit à côté d'elle ; il avait appris à se mettre à la hauteur de l'affliction à laquelle il voulait remédier. « Je n'ai rien à te pardonner, mon enfant. Voyons maintenant si tu vas aller raconter partout que je suis un type coincé », fit-il, tournant en dérision son célibat. Dans son effort pour couvrir ses cuisses, Elena avait mis en évidence le ventre que n'arrivait pas à couvrir la chemisette trop courte, et le père Gonzalo en remarqua alors le renflement, qui commençait à tendre la peau. « Mettez la main là, vous verrez comme on le sent », l'encouragea Elena, et le père Gonzalo ausculta du bout des doigts les battements d'un cœur autonome qui luttait pour incorporer sa musique à la clameur du monde, la clameur dolente du monde. Le ventre avait la chaleur propice de la terre qui garde une semence ou un trésor caché et il en avait aussi la tiédeur voluptueuse. « Qui t'a mise enceinte ? » demanda-t-il, alarmé. Un vague sourire s'ébaucha aux commissures des lèvres d'Elena ; le Rimmel répandu ajoutait à ses traits une dramaturgie picassienne. « Ne vous inquiétez pas. C'est un enfant de l'amour. Tous les deux, nous cherchons son père. » Dans son expression, il y avait un mélange d'abandon et d'entêtement qui effraya le père Gonzalo ; il écarta sa main du ventre qui lui transmettait une étrange incandescence. « Et comment le cherches-tu ? En baisant avec le premier qui se présente ? » gronda-t-il, en colère, avec une rudesse qui ne convenait guère à un religieux. Il la perdait, il l'avait perdue. « C'est incroyable que vous ne compreniez pas, se plaignit Elena, plainte qui rendit plus triste encore sa lassitude découragée. Qu'a dit Jésus ? Si le grain de blé qui tombe en terre meurt, il porte du fruit en abondance. Corrigez-moi si je me trompe. Ne faut-il pas se sacrifier pour que les autres soient sauvés ? Avec mon sacrifice, je sauve le père de mon enfant. » Et elle sourit de nouveau, cette fois sans rien d'équivoque, cette fois avec orgueil et un peu de présomption.

« J'ai obtenu les papiers nécessaires pour la faire examiner immédiatement par un médecin, dit le père Gonzalo, assailli de remords. Mais Elena a dû flairer quelque chose, croire qu'on allait l'enfermer dans un asile. Je ne sais pas, j'ai bien peur d'avoir manqué de tact. Elle est partie sans dire adieu, il y aura un mois demain. »

Le paquet de Ducados était revenu dans ses mains, après avoir accompli sa ronde curative. Le père Gonzalo alluma la seule cigarette que les mendiants lui avaient laissée ; il y avait dans ce geste une admirable arithmétique de camaraderie. Il n'avalait pas la fumée.

« Vous voyez, à l'instant, par exemple, j'aurais dû vous offrir cette clope, au lieu de l'allumer. Pardonnez-moi, je suis un radin.

– Vous avez fait ce que vous pouviez, dis-je. En avez-vous parlé à la police ?

– J'en ai parlé, bien sûr que j'en ai parlé. » Il gonfla les joues, fronça les lèvres en une grimace indiquant que s'il ne se retenait pas, il les enverrait volontiers au diable. « Mais je ne peux m'attendre à ce qu'ils me rendent service, après les avoir tant de fois empêchés d'agir. Ils m'auraient dit *Do ut des*[1], s'ils connaissaient le latin.

– Et vous n'avez plus eu de nouvelles d'elle ?

– J'en ai eu, et de pas très bonnes. » Il poussa un soupir d'angoisse. « J'ai appris qu'elle avait fait le trottoir. Mais les putes de l'endroit l'ont chassée à coups de pied, pour concurrence déloyale. »

1. Donnant donnant.

Il se mordit les lèvres, un peu honteux d'avoir employé une expression mercantile qui donnait un caractère trivial à la tragédie d'Elena. Puis il glissa une main dans l'encolure très ample de son pull et sortit un portefeuille bien garni, non de billets de banque mais de petits bouts de papier sur lesquels il dressait peut-être le bilan de ses expéditions de pêcheur d'hommes. Dans l'une des poches, il rangeait des photographies qui perpétuaient les traits d'une poignée d'hôtes de la vie invisible : tous avaient un petit quelque chose de poupées de cire guillotinées, un aspect épouvantable de cadavres qui se seraient laissé pousser la barbe ; chacune de ces photos aurait largement fourni de quoi écrire une biographie imaginaire. Dans le coin supérieur gauche elles portaient des perforations d'agrafe.

« Quand ils se présentent à l'hospice, on établit une fiche. La plupart nous donnent de fausses indications qui ne servent à rien. Mais il nous reste au moins ça. Si ce n'est pas grand-chose, c'est mieux que rien. »

Le père Gonzalo passait en revue les photos semblables à des reliques toutes à peu près pareilles ; nombre d'entre elles auraient fort bien pu être prises dans la gare d'Atocha où nous nous trouvions, devant les carreaux de céramique des murs, en choisissant au hasard comme modèles les mendiants qui s'y regroupaient. Les hôtes de la vie invisible finissaient tous par se ressembler beaucoup ; peut-être l'anonymat favorise-t-il le mimétisme.

« La voilà. Elena Salvador. Disparue le 7 février 2002. » La fiche, griffonnée au crayon, figurait au revers de la photo. « Quel âge peut-elle avoir ? Vingt-cinq, vingt-six ans, peut-être ? Quelle chienne de vie. »

Les cheveux noués en queue-de-cheval, le visage exempt de tout maquillage, elle avait l'air, beaucoup plus que de la caricature de prostituée que le père Gonzalo nous avait dépeinte, d'une novice sur le point de prononcer ses vœux, fortifiée dans sa vocation par le jeûne et le cilice. La maigreur accentuait les angularités de son visage creusé, rendait le menton plus proéminent, affinait ses lèvres qui n'avaient plus la force de sourire ; mais ses yeux conservaient toute leur ardeur intacte.

« Vous pouvez la garder, si vous voulez. Elle vous sera plus utile qu'à moi. » Sa voix était devenue rauque tandis qu'il passait d'une photographie d'un hôte de la vie invisible à une autre, cimetière portable qui grandissait de jour en jour. « La moisson est abondante, mais les ouvriers peu nombreux. Si vous la retrouvez, ne manquez pas de me le dire.

– Vous pouvez compter sur nous. »

Il passa de nouveau la main dans ses cheveux en broussaille, comme pour en chasser le dépôt de découragement. Il nous tourna le dos, pris d'un subit accès de timidité, et rejoignit ses collaborateurs qui lavaient le mollet d'un mendiant rongé par l'herpès ou mordu par un chien, peut-être Cerbère lui-même. Alors que nous nous engagions dans le couloir de sortie, nous entendîmes de nouveau sa voix ; l'écho lui ajoutait un ton accusateur, peut-être insidieux.

« Une seule question. »

Nous nous retournâmes. Les tubes fluorescents ronronnaient au plafond. C'était un bourdonnement de mouches bleues.

« L'un de vous est-il le père ? »

Je crois que Bruno aurait volontiers assumé ou saisi au vol cette paternité que l'on nous jetait comme une possibilité de rédemption ou de servitude, mais je le devançai.

« Moi. J'espère pouvoir compter sur vous pour le baptême. »

Le père Gonzalo agita la main en signe d'adieu, ou plutôt de bénédiction hâtive. À partir de ce soir-là, nous menâmes une vie d'une modération qu'auraient pu nous envier les anachorètes. Nous avions mis en commun nos économies dans l'intention nullement négligeable d'acheter une voiture d'occasion qui nous épargna les marches sans but et sans fin. Avec l'argent restant, nous subvenions à nos besoins frugaux. C'est une leçon de constater que notre vie quotidienne repose – ou du moins le croyons-nous, jusqu'à ce que nous en découvrions la nature superflue – sur l'attachement à quelques dépenses qui ne répondent qu'aux forces d'inertie les plus opiniâtres de la consommation. Y renoncer nous paraît une sorte de privation robinsonienne, mais une fois cette renonciation consommée, elles ne nous manquent pas, et nous en éprouvons même une certaine allégresse libératrice, car dans l'attachement aux choses matérielles se réfugie notre peur de ne pouvoir combler les heures en donnant libre cours à notre monde intérieur. Or, Bruno et moi vivions submergés par un monde intérieur qui tournait autour d'Elena ; tellement submergés que nous redoutions parfois de perdre la capacité de nous en sortir. Nous commencions à soupçonner cette douleur fertile qui guidait nos recherches de devenir autocomplaisante à l'excès, car les pénitences, quand elles sont assumées de plein gré, peuvent elles aussi dégénérer en un emprisonnement en soi, comme cela était arrivé au taliban John Walker Lindh. Mais il suffisait, pour exorciser ce danger, de poser les yeux sur les banlieues lointaines de la vie invisible qui nous étaient révélées.

Notre guimbarde servit une fois d'ambulance improvisée et, une autre fois, elle abandonna même son rôle d'ambulance pour se résigner à celui, plus démoralisateur, de corbillard, ce qui arriva alors que nous parcourions un bidonville de Pitis menacé de démolition, qui avait été évacué par la mairie afin de faciliter l'obtention des licences qu'exige la spéculation immobilière. Leurs habitants une fois répartis dans divers asiles de la proche banlieue, les baraques avaient été occupées par les revendeurs de came, qui y attirèrent aussitôt ces junkies en phase terminale qui ne peuvent plus se piquer que sur le frein de la langue parce que leur peau n'est plus qu'un tissu de croûtes qui ne laisse même plus place au passage d'une aiguille. Les phares de l'automobile éclairaient des perspectives envahies d'immondices : les sacs en plastique et les papiers s'accrochaient aux ronces et tremblaient comme ces chiffons sales agitant aux quatre vents leur abandon sur les balcons des maisons désertées. Un chemin de terre, où nous tressautions dans les ornières, se perdait entre les baraques qui, dans la nuit perforée par des sifflements de trains lointains, avaient une apparence de mausolées de fortune que les morts auraient désertés, las des fuites dans le toit en fibrociment, las de ces infiltrations à l'odeur de cloaque qui finissent par moisir l'âme. De temps en temps, au milieu du chemin, surgissaient devant nous les rebuts les plus incongrus : une machine à laver dans le tambour de laquelle les chats forniquaient en un remue-ménage aux emportements de centrifugeuse ; une bombonne de butane qui avait acquis des années d'expérience et un prestige de vieux fût, en attendant l'ivrogne-suicide qui collerait le bec à sa bonde ; une chaise à bascule au cannage lacéré qui se balançait à une cadence fantomatique ; un portemanteau où s'était pendu un pardessus en loques au comble du désespoir ; une caisse de morue salée convertie en berceau, dont le fond tapissé de fougères gardait encore la forme d'un nourrisson. Effrayés par la lumière des phares, semblables à des gribouillages humains qui se seraient échappés d'une lithographie de Munch, détalaient des junkies qui venaient de s'envoyer leur dose d'héroïne après mille marchandages stériles avec leur fourgue et cherchaient une baraque crissante de seringues où se coucher – ils avaient acquis des talents de fakir – tant que durerait la mélopée de la drogue. Dans l'une de ces galopades épouvantées, l'un d'eux tomba foudroyé comme un moineau abattu au lance-pierres à dix ou douze mètres de notre tacot. Quand nous descendîmes pour le secourir, il était déjà rigide ; sa denture était pourrie, ses yeux voilés d'une membrane jaunâtre, le cartilage de son nez consumé, ses veines nécrosées, ses os grêles et décalcifiés. Les phares de la voiture arrosaient son regard, si dignement absent.

« Merde, je n'ose pas lui faire la respiration artificielle, dit Bruno dans sa barbe, honteux de constater que son instinct battait en retraite devant la peur d'une contamination sans remède.

– Laisse, c'est inutile. Il est on ne peut plus mort », fis-je pour tranquilliser sa conscience et pour tranquilliser la mienne.

Je lançai, m'attendant à une réponse, un appel aux autres junkies qui s'étaient réfugiés dans les baraques, aussi craintifs que des hiboux, pour qu'ils viennent nous aider, mais personne ne me répondit. Les sacs en plastique et les papiers accrochés aux ronces claquaient au vent, tels des crêpes se donnant des allures d'étendards. Nous chargeâmes le cadavre du junkie à l'arrière du tacot et nous le portâmes au service des urgences le plus proche, conscients de l'inutilité de notre geste. Bruno conduisait dans les ornières comme s'il était sous les effets de l'hypnose, sans se soucier d'éviter les dos-d'âne et les cassis ; je restais silencieux à ses côtés, n'osant dire un mot, oppressé par une amertume impersonnelle. Le choc que provoque la mort d'une personne anonyme – la mort en direct, je veux dire – est de nature très différente de celui que déclenche la disparition d'un proche, mais il n'en est pas moins éprouvant pour autant : nos impressions d'accablement et d'affliction sont nécessairement abstraites, et comme elles ne trouvent aucune assise dans une vie commune et des liens affectifs, cette mort apparaît comme un abrégé de la fragilité humaine, que notre père Homère a comparée aux générations successives de feuilles qui se détachent des arbres. Le cadavre de ce junkie secoué par les tressautements de la voiture préfigurait nos propres cadavres et, d'une certaine manière, ce voyage sur les chemins funèbres de la nuit était le chiffre ou la métaphore d'un autre voyage plus définitif au pays d'outre-tombe. Cette sensation presque surnaturelle ne nous quitta point tant que dura notre recherche d'Elena; aussi bien Bruno que moi, nous nous considérions comme des émigrés hôtes d'un pays qui existait au-delà du monde phénoménal. C'était entrer dans un tunnel en espérant revoir un jour la lumière; quand les ténèbres commencent à nous inquiéter, quand l'humidité aveugle fléchit notre volonté, il est trop tard pour faire demi-tour, et il ne nous reste plus d'autre remède que de continuer d'avancer dans le tunnel, toujours plus noir, toujours plus étroit, toujours plus sourd à notre souffle. Et l'on n'en voit pas le bout.

Nous cherchions Elena dans chaque faille, chaque anfractuosité de ce tunnel. À chaque pas, nous remarquions que nous nous enfoncions un peu plus, que les possibilités de revenir à la surface diminuaient. Nous étions des plongeurs qui retiennent leur souffle dans l'exploration spéléologique d'une grotte dont ils ignorent l'extension; nous savions que nos réserves d'air s'épuisaient, nous savions que les premiers symptômes de l'asphyxie nous surprendraient à une profondeur abyssale, mais aussi qu'il était trop tard pour essayer de remonter. Peu à peu, comme le plongeur qui prolonge son immersion, nous apprenions à voir dans les ténèbres; peu à peu, notre présence dans cet environnement cessait d'être choquante, cessait de susciter la méfiance des hôtes de la vie invisible. La photographie que nous avait donnée le père Gonzalo facilitait nos démarches mais, à chaque nouveau croisement, à chaque bifurcation qui nous rapprochait du dénouement, une certitude se dégageait toujours plus nettement: dans son désir d'offrir son amour, eucharistie pour tous, Elena était descendue jusqu'à des abysses d'abjection, innommables. Je commençais à comprendre – si l'irrationnel admet la compréhension – qu'en passant d'un homme à un autre comme une pauvre chose dont tous usent et que tous méprisent, elle se lançait dans la voie d'une purification qui la grandissait à mes yeux. Je commençais à comprendre qu'en se laissant avilir par des ruffians qui essayaient peut-être sur son corps des modalités de luxure auxquelles ils n'avaient encore jamais osé goûter, en se dégradant sans mesure, elle suivait son chemin vers un paradis dont elle espérait jouir en ce monde. De même que le taliban John Walker Lindh s'était immolé pour contempler la gloire d'Allah, Elena se détruisait pour obtenir la bienveillance d'un dieu revêche et tyrannique qui portait mon nom.

La photographie d'Elena passa par des centaines de mains. Tandis qu'ils l'examinaient à la lueur d'un feu, tandis qu'ils échangeaient des impressions avec leurs frères de misère, nous apercevions sur les traits des hôtes de la vie invisible des expressions indiquant qu'ils la reconnaissaient, et qu'accompagnaient quelques commentaires valorisants ou des gaudrioles, ainsi que des mouvements de mains très expressifs qui faisaient explicitement allusion à la copulation, à toutes les formes de copulation imaginables du très vaste répertoire de positions et d'orifices. Parfois, ils parachevaient la pantomime d'un petit rire avide (dévoilant des gencives crénelées, d'une crudité presque génitale) ou en se pourléchant avec une langue qui savourait encore rétrospectivement les miettes de la lubricité. Comme certains d'entre eux restaient encore fidèles à leurs dialectes tribaux (les cercles de Noirs qui l'avaient assaillie à deux) ou souffraient d'aphasie (les vieux qui avaient assisté, ébahis, à la résurrection de la chair) nous n'eûmes pas à entendre les détails salaces qu'ils tenaient à évoquer. Nous la cherchâmes dans les bâtiments colonisés par les squatters sous les arcades du Viaducto, dans les campements gitans, dans les terrains vagues où s'accouplent les rats. Les jours passaient, avec leur scénario d'anéantissements, comme des anniversaires célébrant la tristesse du monde ; les semaines passaient, avec leurs soleils défunts et leurs pluies écœurées, et Elena était un fantôme toujours plus évident, là, à deux pas en tournant le coin. Les mentions qui avaient tout d'abord péché par un trop grand flou et parce qu'elles divergeaient entre elles, ou ne convergeaient que dans la constatation de sa détérioration progressive, devenaient de jour en jour plus confluentes, plus coïncidantes, plus circonscrites à une fabrique en ruine du quartier de Tetuán où, selon divers témoignages, elle se serait installée, comme si elle sentait que le couronnement de son sacrifice était proche.

« Je n'en peux plus, Bruno, dis-je sans m'entendre. Je ne sais si ce qui me fait le plus peur c'est de devoir continuer à suivre sa trace pour les siècles des siècles, ou de la découvrir enfin. T'es-tu déjà demandé dans quel état nous allions la trouver ? »

Nous apercevions, à travers le pare-brise de la voiture lapidé par la pluie, le bâtiment de la fabrique, aux fenêtres sans vitres monotones. Chacune était un plongeoir pour candidat au suicide, une bouche de mort noire qui conduisait peut-être à l'enfer même. On aurait dit une de ces vastes demeures où se font entendre les dialogues d'âmes mortes et les conciles de chauves-souris ; les écailles de la façade énuméraient toutes les lèpres du temps. Quelle industrie lugubre s'était réfugiée là ? Le broyage des âmes, peut-être ? La synthèse des philtres et des poisons ?

« Moi, ce qui me fait le plus peur, c'est de la rencontrer, me répondit-il sans hésitation. Mais c'est pour ça que nous sommes ici, non ? »

Les filets de pluie couraient sur le pare-brise et aussi, par un étrange effet d'optique, sur le visage de Bruno qui semblait se fissurer et tomber en lambeaux, sous l'assaut d'un psoriasis dévorant. Nous étions tous deux en train de nous fissurer.

« Allons-y. Ça n'a que trop duré. »

Je pris dans la boîte à gants deux torches qui nous avaient déjà été utiles dans d'autres explorations de la vie invisible. La fabrique en ruine qui, quelques semaines auparavant, était encore un capharnaüm de drogués, de clochards et d'apatrides, avait été évacuée et fermée par la police, après les plaintes que les gens du voisinage avaient poussées jusqu'à épuisement ; un ruban de plastique jaune bordait la façade, promettant des châtiments à ceux qui oseraient passer de l'autre côté. La planche qui barrait la porte avait pourtant été arrachée. Nous nous baissâmes pour passer par-dessous la bande de sûreté installée par la police ; à l'abri de la corniche de la fabrique, nous voyions tomber la pluie, sa strophe monotone qui faisait luire les constructions voisines et l'asphalte.

« Je passe le premier », dis-je, m'arrogeant des talents de guide, ou soulignant seulement ma charge prépondérante de responsabilité.

La pluie, à l'intérieur de la fabrique, accentuait son tambourinement, se faisait fracassante, martelante, mitraille qui retentissait sur la terrasse, plongeait dans les cloisonnements brouillons de la bâtisse et se précipitait dans ses gouttières et ses descentes. Les pinceaux de lumière de nos torches se lançaient un peu désespérément à la conquête de cette obscurité nautique, jusqu'à se heurter contre les murs que les taggers avaient transformés en fresques bigarrées sur lesquelles se tordait un tumulte de figures à peine humaines, hybrides de Bacon et des muralistes stridentistes du Mexique, et où s'étalaient, près des signatures sinueuses des taggers, des graffitis scatologiques ou subversifs, des consignes anarchistes, des appels à l'insoumission, des emblèmes et des anagrammes d'idéologies éteintes ou en hibernation, des barbouillages obscènes, des bites au gland hypertrophié. Nous marchions sur un tapis de gravats, de tisons, d'excréments secs, de coquilles d'œufs, de capotes usagées, de serviettes hygiéniques souillées, de seringues qui conservaient, comme dans la lunule d'un reliquaire, une goutte de sang prête à se liquéfier le jour de la fête de saint Pantaléon. Entre ces amas de cochonneries serpentaient des animaux qui jouaient les grands sauriens, simples salamandres ou banals lézards. Çà et là, sur le sol, quelques dalles manquaient et de la terre découverte montaient de rares plantes chétives, des renouées, surtout, cette acanthe du pauvre. Nous traversâmes le vestibule inhospitalier encombré de déchets et nous nous enfonçâmes dans une grande salle qui en d'autres temps avait abrité la machinerie de la fabrique ; de larges fenêtres donnaient sur une cour aux bouches d'égout comblées dans lesquelles les gouttes de pluie commençaient à concevoir des prétentions lacustres. Les murs de la salle étaient couverts jusqu'à mi-hauteur de carreaux de céramique, pour la plupart rayés et aux angles cassés, ce qui donnait à l'endroit un aspect d'hôpital de campagne ou de bazar pour grossistes en instruments de torture et d'équarrissage. Je braquai la torche en direction du plafond, prêt à y découvrir les chaînes chargées de crochets où pendaient des cadavres à divers degrés de décomposition, mais je n'aperçus que des rails au dessin ésotérique, sur lesquels avait dû se déplacer la partie mobile d'une chaîne de montage. La grande salle communiquait avec d'autres, plus petites, qui à leur tour communiquaient entre elles (les ouvertures étaient béantes), comme si l'architecte qui avait conçu le bâtiment avait voulu inciter les travailleurs à aller d'un secteur à l'autre, en préfiguration des déploiements d'amour libre qui s'y étaient déroulés quand la fabrique était devenue une commune de clochards. Comme nous promenions la lumière des torches dans ces salles adjacentes semblables à des chapelles consacrées à l'incurie, nous éclairâmes fugitivement le torse d'un être humain apparemment accroupi, soit pour déféquer, soit pour s'offrir une indigestion de cafards ou de cloportes.

« Elena ? lançai-je d'une voix que meurtrit le tintamarre de la pluie. Tu es là ? C'est moi, Alejandro. Je suis venu te chercher. »

Le buste se leva, sorte de vague hibou, et échappa à la lumière investigatrice des torches. Nous n'étions même pas sûrs qu'il fût de condition purement humaine, il pouvait s'agir d'un cyclope, d'une harpie, d'un Minotaure, d'un sphinx, de n'importe quel monstre mâtiné d'humain. Je me surpris à nourrir des idées insensées issues d'un cauchemar : peut-être le séjour prolongé dans l'abjection avait-il entraîné des mutations de l'organisme d'Elena, chancres, écailles, membranes nostalgiques d'une impasse de l'évolution que Darwin n'avait pas explorée ; peut-être était-elle affectée de dégénérescences somatiques, un peu comme les créatures de David Cronenberg. Les torches nous avaient seulement révélé, pendant un dixième de seconde, un visage défiguré par l'éblouissement de la panique. Nous entendîmes le bruit d'une course très rapide ; quoi que fût le gardien solitaire de la fabrique en ruine, il avait acquis des dons de nyctalope et une agilité de gazelle. Nous entendîmes aussi, amorti par le suicide languissant de l'eau dans les tuyauteries, le bruit qu'il faisait en montant un escalier. Bruno tremblait de peur, tout autant que moi.

« Elena ? criai-je, pour exorciser le fourmillement qui me corrodait. Ne t'en va pas ! Nous sommes venus te chercher ! L'amour est le fil ! »

Je me mettais à débiter des idioties. Bruno posa la main sur mon épaule, une main trempée de sueur et d'une froideur de basilic.

« Nous ferions mieux de monter », murmura-t-il, réclamant mon assentiment.

Nous ne pûmes le faire avec autant de célérité qu'en avait montré l'habitant discret des ténèbres. La fabrique avait quatre étages distribués selon le même modèle ; dans les escaliers était dispersé tout un bazar de rebuts : un chariot de supermarché aux roues tordues, le squelette d'un parapluie pliant semblable à une araignée pattes en l'air ; des gants dépareillés, des revues pornographiques avec leurs croûtes ou leur amidon de sperme et, surtout, d'innombrables os et plumes de pigeons, indiquant que ceux qui avaient vécu en ce lieu ne s'étaient guère préoccupés de les apprivoiser. Ce fut justement un vacarme de pigeons, un froissement tumultueux d'ailes se cognant entre elles, qui nous révéla la cachette de l'être qui nous avait échappé. Nous traversâmes la grande salle du troisième étage, aux murs également couverts de carreaux de céramique cassés, mais ici décorés d'inscriptions grossières qui m'écrasèrent de dégoût, de rage et de douleur : « Elena baise à la chaîne », annonçait l'une d'elles, en lettres qui laissaient goutter une substance bitumeuse. Je me sentis défaillir en imaginant toutes les brimades que laissaient supposer ces mots. Maintenant, la main de Bruno, sur mon dos, me soutenait.

« Mon Dieu, que lui auront-ils fait ?

– Viens, Alejandro. » Il parlait lui aussi la gorge nouée. « L'heure de l'apprendre est venue. »

Nous passâmes par une porte latérale et marchâmes dans une enfilade de pièces qui rapetissaient avec la distance, en une perspective décroissante, où chaque encadrement de porte s'inscrivait dans le suivant. Le sol était tapissé de fientes de pigeons, qui crissaient comme de la pâte feuilletée archéologique sous nos pieds ; quelques-uns volaient en se heurtant contre les angles du plafond, encore étourdis et chassieux, éventant de leurs ailes l'épaisse poussière qui nous retombait dessus comme une pluie de cendres. Dans l'avant-dernière pièce, pelotonné dans un coin, roulé en boule, il y avait un homme qui grattait sans pouvoir s'arrêter ses mains gothiques et sarmenteuses, comme s'il luttait avec une armée de fourmis illusoires. Il était vêtu d'un pardessus de fossoyeur et d'un pyjama rayé qui était peut-être un uniforme de bagnard ; quand nous pûmes enfin apercevoir son visage à la lueur de nos torches, nous fûmes saisis par ses traits ramassés, réduits comme ceux d'un aiglon, d'une pâleur de césure perturbée par des bleus, par la peau de gallinacé de son cou où déambulait une pomme d'Adam aiguë, ses yeux de daurade saillants et comme greffés à son crâne étroit, un crâne nu où saillaient des loupes ou des épanchements de liquide céphalorachidien, le nez pareil à un bec de siphon, les oreilles de lutin ou de satyre.

« Bismili n'a rien fait de mal. Bismili est homme de paix, pas vouloir d'histoires. »

Il s'exprimait en une litanie de syllabes brisées, un coassement claudicant, et il continuait de se gratter, de frotter sans arrêt le pardessus criblé de faunes minuscules qui n'existaient que dans son esprit halluciné. Je remarquai ses ongles, très longs et soigneusement limés, de squelette qui ne dédaigne pas la manucure et aime explorer ses fosses nasales jusqu'à caresser le nerf trifacial.

« Bismili ne plus supporter les coups. Lui collaborer si Vasile le demande. »

Bruno s'approcha, intrigué, de Bismili, qui s'était davantage recroquevillé sur lui-même et baragouinait dans son dialecte vernaculaire une prière apprise au pays lointain de son enfance.

« Calme-toi. Nous ne voulons pas te faire de mal », dit-il.

Il essaya de poser la main sur la tête aux loupes protubérantes, comme pour lui transmettre par imposition une vertu curative. Tout d'abord, il ne réussit à lui transmettre qu'un frisson qui fit claqueter les articulations de ses os, mais ce frisson se calma peu à peu, et Bismili osa nous regarder plus longuement, de derrière l'écran de ses mains de Nosferatu. Il n'avait ni sourcils ni cils, il était complètement glabre.

« Vous ne venez pas de Vasile, le Roumain ? »

La pluie irriguait les tripes de la fabrique. Les pigeons aussi se calmaient ; quelques-uns, réfugiés sur les moulures, boulaient et glissaient la tête sous l'aile, pour retrouver un sommeil interrompu.

« Nous ne savons pas qui est ce Vasile dont tu nous parles, dit Bruno, pour achever de le tranquilliser. Tu es roumain, toi aussi ? »

Je suppose que, comme moi, il faisait un lien entre Bismili et le film de Murnau.

« Kosovar, dit Bismili en secouant énergiquement la tête. Bismili de Kosovo, échappé de Milosević. Bismili homme de paix. »

Mais c'était à peine un bout d'homme, une radiographie d'homme.

« Nous aussi, Bismili, nous aussi. Nous sommes venus chercher une de nos amies. Elle s'appelle Elena. »

Je m'attendais à voir le visage se Bismili se contracter en un rictus de lascivité sordide, j'étais résigné à entendre un rire de hyène qui chasserait de son visage les derniers vestiges humains. Mais le nom d'Elena agit sur lui comme un baume.

« Tu la connais ? » le pressai-je, dans l'ombre.

Bismili avait adopté une expression séraphique, qui se colora aussi de pathétisme.

« Elle est partie quand la police a évacué la fabrique ? Où est-elle allée ? » demandai-je, acceptant d'avance que notre quête se poursuive dans les siècles des siècles. Je me penchai et secouai Bismili. « Où ? »

Je démentais par mon comportement l'approche pacifique de Bruno. Bismili se tassa un peu plus dans l'angle du mur ; l'idée absurde me vint à l'esprit qu'il allait échapper à notre harcèlement en grimpant au mur comme les salamandres et les vampires.

« Je sais pas, je sais pas. » L'épouvante se condensait dans ses yeux. « Vasile l'emmener.

– Qui est ce putain de Vasile ? » explosai-je, incapable de contrôler ma fureur. Je faillis lui enfoncer la torche dans la bouche. « Dieu, peut-être, pour que tu n'arrêtes pas de l'évoquer ?

– Vasile Morcea. Beaucoup pire que Dieu, quand il se fâche. Pire que le Démon. » Le fourmillement fantasmatique le parcourait de nouveau. « Militaire avec Ceausescu. Pas trembler poing s'il faut tuer. Même pas ses hommes. Tailler au couteau. »

Il tendit le cou et passa un de ses ongles sur sa peau de gallinacé. Je me levai, pour chasser le vertige qui gravitait au-dessus de ma tête.

« Ça s'est passé quand ?

– Semaine dernière, venir avec tueurs. Après que police ait fermé la fabrique. Vasile savoir qu'Elena baise gratuit. Vasile savoir qu'elle est enceinte, ventre de sept mois ou plus. Vasile savoir que gens pervertis paient cher pour coucher avec femme enceinte. Vasile avoir beaucoup de filles à la Casa de Campo, mais aucune enceinte. »

La pluie redoublait, assourdissant pieusement les explications de Bismili. J'eus l'impression que la fabrique en ruine était un galion qui, échoué sur un bas-fond, serait remis à flot à marée montante et s'éloignerait de la côte, à la dérive ; le plancher qui nous portait était un pont mouvant à la merci de la houle. Un goût aigre de vomi monta à mon palais. Bismili s'était levé lui aussi et faisait de grands gestes, de plus en plus nerveux.

« Moi lutter pour qu'ils n'emmènent pas Elena, mais eux les plus forts. » Il y avait une sorte de rhétorique candide dans cette affirmation. « Me laisser endormi de coups. Quand réveiller. » Il fit claquer ses doigts. « Elena disparue. Vasile l'emmener. Vasile l'emmener. »

Les pigeons, à l'abri des moulures, étaient montés sur un carrousel qui tournait et tournait, en orbites toujours plus larges, toujours plus rapides. Bruno me rattrapa de justesse et me conduisit dans la pièce voisine, où je pus me délester du breuvage répugnant qui me remplissait la bouche.

« Là dormir Elena. Là recevoir sales types. » Bismili nous suivait, assailli par son inclémente danse de Saint-Guy. « Elena dire que c'était promesse, que comme ça, elle sauverait l'homme qu'elle aime. »

Je contins mes haut-le-cœur, pour ne pas ajouter ma pourriture au cimetière des déchets qui embourbaient l'atmosphère de la pièce. Les épluchures de fruits, les œufs de pigeons et les capotes utilisées interchangeaient leurs effluves, aboutissant à un mélange à la fois doux et âcre, une puanteur de tannerie. Il y avait dans le fond, par terre, un matelas regroupant dans ses taches tous les fluides que sécrètent les hommes et aussi toutes les afflictions que sécrète une âme à l'agonie.

« Quelques nuits dormir ensemble, Elena et moi, pour donner chaleur, poursuivait Bismili. Elena me demander de mettre main sur son ventre, pour sentir petit qui vient, battements du petit. Elena dire qu'avant que petit naisse, sauvera l'homme qu'elle aime. »

La lumière de la torche permettait d'identifier d'autres objets et menus riens que je n'avais pas encore aperçus : une culotte en lambeaux, peut-être déchirée par un couteau ou des ciseaux ; une corde d'étoupe avec des restes de sang ; des traces de mains sur le mur, peut-être imprimées avec des fèces ; une poignée de cheveux arrachés, aux pointes blondes, là où la croissance n'avait pas encore expulsé les derniers résidus de teinture ; une photo de moi, découpée sur la couverture d'un de mes livres et plaquée contre le mur avec des punaises, près de la tête du matelas, une photographie couverte d'éclaboussures indescriptibles, et griffée. Le bourdonnement des mouches bleues – mais ce n'était qu'un mirage acoustique – m'obstruait les tympans, infestait mon entendement, s'immisçait dans la moelle de mes os. Bismili s'était agenouillé devant le matelas, qui avait quelque chose d'un tumulus dans lequel les vers ont déjà commencé leur travail souterrain ; il pleurait de façon déchirante, en essayant de se débarrasser des fourmis imaginaires, il pleurait de ses yeux de daurade, ses yeux aux paupières dépourvues de cils qui avaient acquis des dons de nyctalope.

« Moi la prendre pour folle. » Il fixa du regard la photographie et hocha la tête, en signe d'assentiment, tandis qu'un vestige de tendresse tempérait ses pleurs. « Mais elle avoir raison, elle sauver l'homme qu'elle aime. »

Je rêvai que la Bibliothèque nationale brûlait comme un immense bûcher, faisant monter vers le ciel, en une sorte de commémoration du solstice d'été, des étincelles crépitantes de paroles antiques. Laura et moi ne faisions rien pour éviter la destruction, aussi heureux que cet Érostrate qui avait incendié le temple d'Artémis à Éphèse pour immortaliser son nom ; et la foule qui s'était rassemblée sur le paseo de Recoletos applaudissait chaque fois que la chaleur du feu faisait exploser une fenêtre. La nuit tombait et l'incendie s'éteignait peu à peu ; l'édifice de la Bibliothèque nationale était devenu un hangar enfumé, semblable à la fabrique en ruine de Tetuán. Alors, Laura et moi, qui étions restés seuls sur le trottoir, marchions jusqu'à la grille qui l'entourait ; la porte s'ouvrait automatiquement à notre passage et une allée gravillonnée nous conduisait jusqu'à la salle des chaudières de la bibliothèque, qui avait un aspect de bunker soviétique dans lequel sont fabriquées des armes bactériologiques. Les conduits de mazout, qui n'avaient pas explosé, cognaient contre le plafond cendreux en faisant un vacarme assourdissant ; les manomètres qui mesuraient la pression des chaudières pointaient unanimement sur la frange rouge qui signale un danger d'explosion. Mais rien ne nous émouvait, Laura et moi, et nous avancions main dans la main dans des couloirs souterrains, puis nous gravissions un escalier dans la cage duquel tombaient encore de temps en temps des flammèches brûlantes, feuilles de papier brillantes qui se réduisaient en cendres sous nos yeux. La fumée, toujours plus épaisse à mesure que nous approchions des hauteurs de la bibliothèque, ne nous asphyxiait pas ; au contraire, nous sentions une fraîcheur mentholée, de forêt d'eucalyptus, en la respirant.

L'escalier nous avait conduits jusqu'à une vaste réserve de livres détruits par les flammes. Seuls les rayonnages métalliques avaient survécu à la dévastation ; les volumes qu'ils soutenaient, encore lourds une seconde avant l'incendie, étaient devenus des enveloppes inertes, apparemment intactes, qui tombaient cependant en poussière au moindre contact, tels des papillons naturalisés. Il régnait en ce lieu un silence antique de sanctuaire profané qui garde encore le nom secret de Dieu. Tandis que nous passions à côté des centaines de rayonnages débordant de livres carbonisés et encore fumants, je commençai à savourer le mystère et le goût presque terrible du bonheur. Laura souriait pudiquement, me guidait à travers ce labyrinthe qui n'était partout que destruction, m'évitant un pèlerinage erratique qui aurait pu se prolonger jusqu'à la fin de mes jours. Soudain nous nous trouvions devant une vitrine que les flammes avaient épargnée ; à l'intérieur était posé un livre intact, un antiphonaire aux caractères gothiques peints en miniature avec la plus grande délicatesse. Laura ouvrait la vitrine (une clef rouillée s'était inopinément matérialisée dans ses mains) et me tendait avec onction l'antiphonaire ; je l'ouvrais avec tout autant d'onction et caressais les gardes parfumées et chastes, le parchemin anfractueux, les portées qui accueillaient les airs du chant grégorien, les antiennes transcrites en noir et en vermillon, en caractères chargés de traits capricieux. Je remarquais que, mêlées à la poussière du recueil, avaient adhéré à mes doigts quelques particules blanches qui pouvaient fort bien être de minuscules miettes de cachet. Alors que je tournais une page roulèrent brusquement, semblables à de minuscules lunes, quelques Hosties qui, au lieu de tomber par terre et de se briser, restèrent suspendues en l'air avant de se mettre à voler autour de nous comme une pullulation de lucioles. Elles étaient enfin là, les Hosties volantes qui, selon la légende de ma ville cléricale, avaient abandonné le sanctuaire où elles étaient confinées juste avant de succomber au baiser des flammes, et avaient échappé à l'incendie en s'enfuyant par une meurtrière de l'église. Elles étaient là, tel un vol d'oiseaux candides, les Hosties volantes qui avaient surmonté le brouillard de notre ville, manne nomade qui s'enlace aux feuilles des peupliers et des trembles avant de disparaître, emportée par le vent. Il était là, enfin, le Saint Graal de notre enfance, le trésor de pureté enfuie que nous avions en vain cherché pendant nos expéditions nocturnes dans les églises abandonnées de notre ville cléricale. Je tendis la main pour en saisir une et partager avec Laura son goût d'ambroisie, mais je me réveillai à ce moment-là.

Pendant quelques minutes, le sommeil lutta pour se transvaser dans l'état de veille, lutta pour trouver un refuge dans la réalité trop confuse qui était la mienne, pour me redonner espoir en des jours meilleurs. Ce furent quelques minutes très réparatrices, un interrègne de paix voluptueuse qui s'effilocha à mesure que je reprenais conscience de la nature illusoire de ces Hosties volantes qui n'existaient que dans la mythologie de mon enfance, à mesure que sur le souvenir lointain de l'atmosphère dans laquelle avait grandi mon amour pour Laura s'imposait la mémoire immédiate de l'enfer traversé le soir précédent. À mes oreilles arrivaient, venus du fond de l'appartement, des bruits de tiroirs qui s'ouvrent et se referment rapidement, de portes qui cognent contre leurs montants, de robinets qui livrent ou ferment passage à l'eau, de pas qui se hâtent de la cuisine à la salle de bains et de la salle de bains à la salle à manger. Avant que ne m'eût assailli la peur d'être dévalisé (mais il n'y avait pas grand-chose à voler), je me souvins que Laura, qui avait toujours les clefs de l'appartement, venait de temps à autre chercher quelques affaires, jamais plus que ce qui pouvait entrer dans une valise de dimensions moyennes, en un déménagement paresseux qui n'en finissait plus. Je ne sais si cette prolongation de son départ obéissait à une tactique dilatoire ou si, au contraire, elle reflétait une répugnance insurmontable à emballer une bonne fois toutes ses affaires, ce qui ne lui aurait pris qu'une journée, ou deux, peut-être. Je supposais que cette seconde possibilité était la plus vraisemblable : en tardant à emporter ce qui lui appartenait, et ce uniquement quand le besoin de telle ou telle chose se faisait sentir impérieusement, Laura évitait le mauvais quart d'heure de devoir faire face définitivement au spectre de notre amour, qui avait laissé son empreinte, sa trace contrite sur chaque objet que renfermait l'appartement. De plus, Laura se livrait habituellement à ces incursions aux heures où elle pensait ne pas me trouver à la maison, pour éviter des affrontements qui nous auraient blessés l'un et l'autre ; elle se débrouillait toujours pour passer quand je n'étais pas là, flair qui n'avait rien de très remarquable, étant donné que depuis le commencement de ma recherche désespérée d'Elena, je ne rentrais chez moi que pour dormir ou pour lutter contre l'insomnie et les remords.

Quatre ou cinq jours, parfois une semaine, s'écoulaient avant que Laura ne revienne pour continuer son déménagement par étapes. Et dans ces intervalles, je découvrais, comme dans un jeu d'escamotage pénible, les vides que les objets ou les reliques d'une époque plus heureuse laissaient dans ma solitude. Il s'agissait de découvertes inopinées : pendant que je me savonnais dans la douche, je tendais la main pour prendre la pierre ponce que Laura avait achetée pour elle dans un magasin de produits naturels (et dont je me servais sans lui demander la permission) et je me trouvais soudain en train de palper la céramique nue de la baignoire ; j'examinais le chaos bigarré de ma bibliothèque et, entre deux livres qui avaient calé l'un des siens, s'ouvrait une brèche qui mettait en péril l'édifice ; je faisais une incursion dans le fond de l'armoire et je tombais sur un cintre nu auquel avait pendu la blouse en coton bleu (elle avait des blouses de rechange) qu'elle portait au travail, la blouse un peu phalangiste qui la rapetissait et effaçait toute suggestion de rondeur, la blouse que plus d'une fois j'avais embrassée en cachette – en cachette de qui, puisque j'étais seul – en essayant de me remémorer le corps qu'elle avait abrité, en essayant d'invoquer la sensation gratifiante et vive, presque musculaire, de ses dimensions de femme menue qui s'adaptaient avec bonheur et aisance à mon étreinte. Comme je ne savais jamais dans quel coin l'absence de ces objets allait me surprendre, j'essayais de ne rien déplacer dans l'appartement, un peu comme l'archéologue retarde le moment d'ouvrir un sarcophage, de peur que les restes qu'il est supposé contenir aient déjà été ravis par un autre archéologue plus matinal ou plus diligent. Même ainsi, en vivant sur la pointe des pieds, il n'y avait pas de jour où je ne regrettais pas quelque doux gage à jamais perdu pour moi.

Depuis que je l'avais laissée dans l'appartement de son père, couchée dans le lit où elle m'avait raconté sa rencontre avec Elena, avec un air funèbre de femme cryogénisée ou de poupée aux paupières fixes, je n'avais pas revu Laura. Nous avions eu des conversations téléphoniques assez fréquentes, beaucoup trop hérissées de réserves, pendant lesquelles je lui parlais de mes progrès (ou de mes reculs) dans la recherche d'Elena, et elle m'écoutait, tout d'abord avec une indifférence feinte, mais ensuite toujours plus apitoyée et anxieuse de voir cette recherche aboutir ; peut-être mon salut ne l'inquiétait-il pas outre mesure, mais elle était bouleversée ou chagrinée par le destin de cette femme qui avait décidé de se sacrifier pour moi, comme Élisabeth l'avait fait pour Tannhäuser. J'appris aussi que, quand mes appels se faisaient trop attendre ou péchaient par laconisme, Laura prenait la peine de téléphoner à Bruno pour obtenir des informations plus précises et proposer de nouvelles suggestions. D'une façon très alambiquée, elle désirait nous aider dans notre mission, mais il subsistait en elle un reste d'orgueil qui l'empêchait d'y participer sans l'intermédiaire du téléphone. Je me levai, exalté par la réminiscence que le rêve d'Hosties volantes avait laissée en moi, et je me dirigeai vers la bibliothèque, où j'entendais Laura remuer. Tout ce qui enveloppait ma vie depuis ces derniers mois était aussi confus et envahissant que si quelqu'un écrivait à mes dépens un roman, un peu à l'aveuglette, sans trop savoir quelle surprise allait réserver le chapitre suivant ; cette sensation d'imprévu – presque toujours funeste – soumis aux chances du hasard m'inspira le courage d'affronter Laura. Elle avait cette beauté amère de ceux qui préfèrent sourire même quand la tristesse les corrompt, cet air à la fois hautain et somnolent que l'on prend quand on s'est habitué à vivre avec son malheur tout en voulant le dissimuler. Elle était justement en train de feuilleter l'exemplaire de la première édition des *Hortenses*, la *nouvelle** de Felisberto Hernández, que Bruno nous avait offert au moment de nos fiançailles.

« Tu peux le prendre, si tu veux », dis-je en guise de bonjour.

Laura continua de tourner les pages, avec un regard vague qui effleurait à peine les caractères et était pourtant caressant. Ce livre était le dernier isthme qui nous unissait, l'unique bien commun qui témoignait de notre union dissoute ; lui proposer de le prendre équivalait, en quelque sorte, à mettre fin à notre relation.

« Je crois que sa place est ici », dit-elle en le remettant sur son rayonnage. Elle fit une pause, chargée d'un accablement aussitôt contenu qui me froissa l'âme. « Je t'en fais le dépositaire. »

Je pensai que dans ce livre sans dos, pauvret et automnal, était conservé, comme dans l'antiphonaire de mon rêve, un or incorruptible qu'en d'autres temps – à peine quelques mois auparavant – nous nous étions promis de conserver jusqu'à ce que la mort nous sépare, confondu avec le torrent sanguin. Laura ne m'avait pas encore regardé ; quand elle le fit enfin, ce fut pour plonger résolument ses yeux dans les miens, cherchant, au-delà de mon image présente, l'homme qu'elle avait aimé. Mais, dans cet exercice rétrospectif, elle se heurta à des impédiments qui l'alarmèrent.

« Tu t'es regardé dans une glace ? » Elle-même m'avait recommandé de ne pas le faire aussi longtemps qu'Elena errerait en se détruisant. « Tu as très mauvaise mine.

– Je n'ai pas dû assez dormir. » Sa pitié m'incommodait, peut-être parce qu'elle était la gangue d'un autre sentiment irrécupérable. « Nous avons eu une nuit agitée.

– Avez-vous appris quelque chose de nouveau sur Elena ? »

Il y avait un fond d'appréhension dans sa question. Comme en tant d'autres occasions, son expression dévoilait la sibylle.

« Des choses horribles », dis-je. Je m'étais promis de ne plus jamais rien lui cacher. « Maintenant, elle est piégée dans un de ces gangs de prostitution de la Casa de Campo. »

Ma révélation l'avait atteinte comme un crachat.

« Mon Dieu. Pauvre fille.

– Maquée par un Roumain, un certain Vasile Morcea. »

Laura restait figée, glacée par un éclair de terreur.

« J'ai lu que ces types sont très violents, qu'ils travaillent avec des sicaires sans scrupule. Tu connais ce Morcea ?

– Non. Mais je ne vais pas tarder à le connaître. Je me suis engagé à sauver Elena, et je n'arrêterai pas avant d'avoir réussi. »

La fermeté impassible de mes paroles me fit peur ; Elena était devenue pour moi, comme Fanny Riffel pour Chambers, une religion que je n'étais pas disposé à abjurer, même si l'on me torturait au fer rouge. La menace des plombs que les maffiosi comme Morcea distribuaient en veux-tu en voilà ne m'effrayait pas.

« Es-tu devenu fou, Alejandro ? Fais-moi le plaisir d'appeler la police et de lui exposer le cas. Tu as fait ce que tu avais à faire. »

Pour la première fois depuis longtemps elle s'intéressait activement à mon sort. C'était une sensation gratifiante, mais aussi mélancolique, empreinte de défaitisme. Je suppose que ce mélange aigre-doux est le même que celui qu'éprouvent les jeunes soldats quand, sur le point de partir pour le front, ils sentent l'amour de leurs fiancées ou de leurs épouses, encore anesthésié de tiédeur quelques jours auparavant, se multiplier et devenir fervent. Laura s'était approchée de moi et me regardait fixement.

« Tu m'as entendue ? Tu as largement rempli ton obligation. »

Dans sa voix s'affrontaient la peur et le remords de se savoir intimement responsable de cette détermination suicidaire, la conscience coupable de m'avoir incité à me lancer dans une mission que j'avais acceptée à contrecœur et qui, peu à peu, s'était muée en une militance fanatique. Je souris tendrement, pinçai son nez retroussé, hors catégorie, qui embellissait son visage.

« Laisse-moi faire. J'ai un plan. »

Plutôt qu'un plan, j'avais un projet téméraire flou. Je n'avais pas eu de grands efforts à déployer pour me renseigner sur le *modus operandi* du maffioso Vasile Morcea ; presque chaque jour, les journaux relatent les méfaits de ruffians de la même espèce et de la même provenance. Le petit bout d'homme contrefait de Bismili avait mentionné que Morcea s'était exercé dans l'armée de Ceauşescu ; en cela, il concordait avec le prototype de trafiquant de chair slave : individus pourvus d'une expérience militaire, presque toujours venus de corps spécialisés dans la répression la plus sévère, l'extermination des dissidents, le nettoyage ethnique, soldats sans honneur ni drapeau, parfois purs mercenaires rompus aux disciplines les plus sauvages, sicaires qui administrent avec autant d'aplomb une mort lente ou fulminante, toujours campés en marge de la légalité. L'effondrement des dictatures communistes les avait laissés oisifs, privés de sang et de poudre, relégués dans des casernes de la steppe où ils occupaient des fonctions subalternes, ou directement rejetés dans la fange d'où ils étaient sortis, sans autre aval qu'une lettre de licenciement qui, par pudeur, omettait leurs aptitudes essentielles.

Certains s'étaient engagés dans des armées étrangères, là où l'on avait besoin d'exécuteurs, de pilleurs, de massacreurs plus ou moins discrets (et ce devant le sourire niais des Nations unies, ce conclave de gandins), là où l'on pouvait encore fouler aux pieds les inopérantes conventions de Genève, là où une tenue de camouflage est un sauf-conduit suffisant pour pouvoir fusiller en toute tranquillité, ou violer les jeunes femmes restées orphelines ou veuves à la suite des exécutions. Mais la plupart d'entre eux se recyclaient en délinquants civils après un pénible vagabondage dans les précipices du lumpen ; là, ils avaient découvert que leurs capacités intimidatrices, leur facilité désinvolte à exécuter des crimes devant lesquels d'autres bourreaux plus scrupuleux reculaient, leurs talents d'organisateurs (il existe une bureaucratie de la mort, plus souple et plus efficace qu'aucune autre, parce qu'elle se passe de papier timbré) et surtout leur don expéditif de faire commerce de la vie des autres leur octroyaient un rang hiérarchique bien supérieur à celui qu'ils auraient pu atteindre dans l'armée. Comme l'ambition expansionniste est un pli qui leur avait été donné là-bas, au pays de leur jeunesse étourdie d'entéléchies et de cruauté, ils n'avaient pas tardé à aller chercher fortune dans des contrées plus prospères où leurs activités de proxénètes ou de contremaîtres d'esclaves leur rapportaient des bénéfices presque immédiats. Le fonctionnement de leurs organisations transhumantes était très simple : les complices de l'arrière-garde embobelinaient des jeunes femmes faméliques avec une offre d'emploi bien rémunéré comme femme de chambre ou femme de ménage dans l'un ou l'autre de ces pays d'Europe où l'on attache les chiens avec des saucisses ; quand elles avaient accepté cet emploi prometteur qui, leur assurait-on, leur permettrait de subvenir à leurs besoins, ainsi qu'à ceux de leur famille, et encore de s'offrir certains luxes, on les faisait monter dans des autocars, déguisées en touristes. Si l'une de ces petites pauvresses s'étonnait de tant de générosité, on la prévenait que les frais de transport seraient déduits de leurs premiers salaires. Ainsi, ignorant tout de leur destin, elles commençaient leur long voyage vers les régions de la vie invisible.

Les maffiosi de la prostitution comme Vasile Morcea jouaient joyeusement sur du velours. Le gouvernement espagnol venait en effet de supprimer le visa obligatoire pour les ressortissants roumains ; la simple présentation d'un passeport aux postes frontières suffisait, ce qui facilitait la contrebande humaine. Les autocars pleins de jeunes femmes faméliques arrivaient à La Junquera, ou à n'importe quel autre poste du nord du pays aux environs de minuit, quand la somnolence et l'ennui relâchent la vigilance des gardes ; à quelques kilomètres de là, le chauffeur avait remis à chacune environ cinq cents euros, pour que, le cas échéant, elles puissent montrer aux contrôles de police qu'elles n'étaient pas démunies, ainsi qu'un document témoignant qu'elles avaient une chambre réservée dans un hôtel quatre étoiles de Madrid. On leur avait également distribué quelques bouteilles de gin, avec la consigne de s'émécher un peu, juste ce qu'il fallait pour feindre l'allégresse grégaire qui caractérise les excursionnistes ; comme les jeunes femmes avaient l'estomac vide, elles étaient prises d'une ivresse vénielle presque à la première gorgée, et elles exprimaient leur imprudente euphorie en chantonnant, un peu faux, des romances populaires de leurs régions d'origine, dont les paroles renfermaient quelques grivoiseries. Une fois terminées les vérifications sommaires ou prolixes de rigueur et la frontière passée, le chauffeur reprenait aux passagères l'argent et les réservations d'hôtel et les invitait à se saouler sans retenue. Sur une aire de repos peu fréquentée, l'autocar s'arrêtait alors que les bouteilles roulaient sur le plancher et que les jeunes femmes faméliques étaient pelotonnées sur les sièges, muselées par le sommeil de l'ivresse ; c'est là qu'attendaient les fourgonnettes de la maffia, dont les sbires se chargeaient de réveiller et de faire avancer les jeunes femmes, auxquelles ils demandaient de se ranger par groupes de huit ou dix dans les fourgonnettes ; c'est également là que les curieuses et les indécises prenaient leurs premiers coups ; on saisissait les plus récalcitrantes par les cheveux et, à titre d'exemple, on les traînait sur l'asphalte qui leur arrachait la peau, pour ensuite les jeter comme des ballots dans la fourgonnette où on leur avait dit de monter. Les plus dociles obéissaient aux ordres sans protester ou secouées de sanglots qui, une fois dans le véhicule, quand les portes coulissantes qui assuraient leur captivité s'étaient refermées à grand bruit, devenaient aveugles et retentissants.

De cette manière, semblables à des agnelles qui ont perdu l'envie de bêler, elles voyageaient toute la nuit vers leurs destinations respectives : villes à la périphérie des polygones industriels, bien fournies en ouvriers souffrant d'orchite, bordels aux enseignes de néon de fête foraine sur les routes les plus fréquentées par les dévergondés du volant et aussi – et surtout – Madrid, brise-lames de la vie invisible, où les chefs de bande comme Vasile Morcea exploitent à outrance ces femmes pendant quatre ou cinq ans (si elles ne sont pas mortes avant), pour ensuite les remplacer par d'autres, capturées par des moyens tout aussi grossiers. Les maffias de prostitution roumaines possèdent des appartements de service dans les banlieues de la ville, où ils logent leurs esclaves et les soumettent à des régimes draconiens de viols et de coups, jusqu'à leur avoir extirpé leur dernier reste de volonté ; quand les unes ou les autres nourrissent encore des intentions de leur échapper ou de les dénoncer, ils les préviennent que leurs familles, en Roumanie, seront dans ce cas immédiatement victimes de représailles. On leur spécifie ensuite les barèmes de rendement auxquels elles doivent s'ajuster si elles ne veulent pas qu'on leur casse les jambes ou qu'on leur taille une boutonnière : elles doivent travailler de douze à quatorze heures par jour, et tout gain quotidien inférieur à quatre cents euros en semaine et à six cents euros pendant les fins de semaine est considéré comme un signe d'absentéisme et de relâchement très sévèrement puni. Certaines de ces esclaves n'avaient même pas dix-huit ans, mais cette petite difficulté était aussitôt contournée : les proxénètes les munissaient de passeports et de permis de séjour qui falsifiaient leur âge et autres données susceptibles de faciliter leur identification. On les faisait aussi grossir jusqu'à ce que leurs anatomies jusqu'alors marquées par la dénutrition eussent acquis des rondeurs appétissantes, et on leur fournissait des vêtements qui servaient de réclame au métier qui leur avait été attribué de force : chaussures ou bottes vernies avec des talons ou des plates-formes qui allongeaient leurs silhouettes ; chemisettes et shorts qui laissaient à découvert les bras et les cuisses, le haut du ventre et le bas des fesses ; si l'excitation et la luxure de la clientèle réclamaient un traitement d'urgence, ces vêtements restreints – qui étaient leur unique abri, même pendant les mois les plus inhospitaliers de l'hiver – pouvaient encore l'être davantage. Comme la résistance physique des esclaves ne tardait pas à fléchir après ces journées exténuantes, les proxénètes les forçaient à prendre pour déjeuner quelques lignes de cocaïne et quelques pilules d'ecstasy. De cette manière, ils amélioraient leurs prestations, chassaient leur fatigue et assuraient leur domination sur ces femmes qui, à défaut d'autres substances plus abrasives pour effacer leur dégoût de vivre, devenaient dépendantes des paradis artificiels.

C'est dans l'un de ces réseaux de prostitution qu'avait été prise Elena. Entreprendre de la tirer de là (et au plus vite, sans retards qui auraient pu entraîner l'irréparable) était plus que téméraire ; peut-être ma résolution participait-elle du messianisme insensé, ce vice que j'avais condamné quand Bruno s'était cru capable de guérir Elena de son érotomanie. Mais les circonstances – et ma propre condition – avaient beaucoup changé depuis lors ; le vieil homme que j'avais été n'aurait daigné remuer le petit doigt pour personne ; l'homme nouveau qui luttait pour s'imposer avait besoin d'agir et de sc rachcter de ses erreurs passées, afin de pouvoir encore se regarder dans une glace. L'après-midi même, je demandai à Bruno de venir me retrouver chez moi pour lui faire part de ma détermination. Laura voulut assister à notre réunion, fût-ce en simple auditrice ; à mesure que j'avançais dans mes explications, son expression passait de l'incrédulité à l'inquiétude, de l'inquiétude à l'épouvante, de l'épouvante au désarroi de l'angoisse.

« Mais… Non. Non, ce que j'entends ne peut être vrai. » Des deux mains, elle s'était bouché les oreilles pour barrer passage aux paroles trop hardies, insensées, qui jaillissaient de ma bouche. « Bruno, je t'en prie, dis-lui que ce qu'il propose est de la folie. »

Bruno avait allumé sa sempiternelle pipe ; il regarda Laura d'au-delà du nuage de fumée avec une sorte de résignation ironique. Il y avait trop longtemps que des élans très peu raisonnables guidaient notre conduite à tous deux.

« Ta stratégie ne me semble pas très claire, dit-il. Supposons que ce Morcea et ses sbires ne remarquent pas que nous les surveillons, ce qui est déjà trop espérer. Je ne comprends pas pourquoi nous devons attendre de savoir où se trouve l'appartement dans lequel il planque Elena et les autres filles. Il me paraît beaucoup plus simple et plus rapide de chercher Elena à la Casa de Campo et de l'enlever.

– Que t'imagines-tu ? Que tu vas te pointer comme une fleur et l'emmener ? » J'étais fâché qu'il me contredise en proposant un plan encore plus irréfléchi que le mien. « Les proxénètes rôdent dans le coin, en se faisant passer pour des clients. S'ils voient que nous emmenons Elena, ils ne vont pas y aller de main morte. Ces ordures ne tirent pas à blanc, Bruno. »

Je préférai ne pas diriger mon regard vers Laura, pour ne pas devoir affronter sa consternation croissante. Bruno s'agita, inquiet, comme s'il sentait déjà la morsure du plomb dans sa chair.

« Et tu veux que nous entrions dans l'appartement ? Ça, c'est aller se fourrer dans la gueule du loup. Ils vont nous transformer en passoires. » Il parlait avec une indignation sarcastique. « Tu préfères peut-être que nous y allions déguisés en coursiers ? On sonne à la porte, et quand un de ces Roumains vient nous ouvrir, on lui sert le plus tranquillement du monde : Bonjour, monsieur, désolés de vous déranger, on vient chercher Elena Salvador. L'avez-vous déjà emballée ? Je suppose que le port est payé, non ? »

Bien que sans la moindre envie de faire le malin, il n'avait pu s'empêcher d'y aller de son numéro d'histrion.

« Peut-être que s'ils avaient quitté l'appartement..., commençai-je.

– Oh, évidemment. Où avais-je la tête ? J'oubliais que demain c'est la Saint-Isidore, continua Bruno, plus incisif et emporté. Morcea va sans doute dire à ses bêtes corrompues : Les enfants, vous savez ce que prêchent les politiciens, il faut s'intégrer au pays d'accueil ; je vous donne un jour de repos, allez donc au bal danser la scottish. Alejandro, je t'en prie... »

Je fis comme si je n'avais pas entendu.

« Il y a un moyen...

– Dis-moi lequel.

– Quand ils croient avoir la police aux trousses, ou quand un mouchard les prévient qu'ils ont été donnés, qu'une descente se prépare, ces types se débinent. Ils font disparaître les armes, la came, les documents compromettants, et ils se tirent. Ils disparaissent pendant un certain temps, comme si la terre les avait engloutis, sans plus se soucier des filles ; ils les laissent se débrouiller comme elles peuvent. »

Bruno était resté pensif ; la fumée de sa pipe se posait sur son front, telle une tentation qui ne parvient pas à se concrétiser.

« Quand un mouchard les prévient… Mais comment ferons-nous pour les prévenir ? »

Laura profita de cette interruption pour essayer de nous ramener à la raison.

« Allons au commissariat et racontons ce qui se passe à la police. Qu'en dites-vous ? »

Elle chercha désespérément notre adhésion, répéta sa proposition inutile et raisonnable (inutile parce qu'elle guettait l'approbation de deux cinglés), elle nous interpella avec colère et dépit, et finit par se rendre à l'évidence.

« Ce qu'il faudrait, c'est obtenir le numéro de téléphone de ce Morcea, dit enfin Bruno. Pas n'importe quel numéro, mais celui qu'il utilise avec ses complices. »

J'approuvai et respirai profondément, parce que nous étions tous les deux prêts à commencer l'immersion qui allait peut-être épuiser nos réserves d'oxygène et nous laisser raides dans les grottes de la vie invisible.

« Je crois que je sais comment m'y prendre. »

Avant que la porte s'ouvre, Tom Chambers avait reconnu sa voix. Ce n'était pas exactement la voix humiliée et sanglotante qui, au cours de l'été 1959, avait répondu à ses obscénités téléphoniques ; le fond d'annihilation qui oxydait son timbre était peut-être identique, mais tandis que l'une, lointaine, dévoilait le moribond qui flanche, l'autre, derrière la porte, se revêtait de la fierté malmenée du survivant. Pendant ses six années de captivité au Hanoi Hilton, qu'il avait passées prostré dans une cage de bambou sur la couche molle de ses défécations, ou à résister aux séances périodiques de torture qui lui avaient brisé les os, noyé les poumons de sang et grillé un testicule, le convertissant à jamais en un demi-eunuque (*one-balled eunuch*, mais ma langue possède le terme *ciclán* pour désigner l'homme qui a perdu l'un des attributs de sa virilité), pendant ces six années de pénitence très sévère où aucun recoin de son anatomie n'avait résisté à l'invasion des plaies et des meurtrissures, il n'avait pas un seul jour cessé de penser à cette femme dont il avait à jamais détruit la paix avec ses appels intempestifs et menaçants, avec les chapelets d'insultes, les aberrations et les paroles lubriques que lui dictait la bête perverse qui s'était immiscée en lui. Pendant plus de six ans, le soldat Chambers avait accueilli les coups de bâton que lui assénaient les geôliers du Vietcong comme le juste châtiment de ses égarements téléphoniques ; puis, revenu à Chicago après la retraite tête basse signée par Kissinger, il avait voulu compléter son calvaire en recherchant la femme détruite qu'il avait un jour vue partir, d'une démarche de clocharde ou d'ectoplasme, sur North Milwaukee Avenue, tout droit vers nulle part, tout droit vers le naufrage ou l'invisibilité. Quand Chambers s'était lancé dans sa mission expiatoire, Fanny avait déjà été jugée pour le meurtre de James Breslin et internée dans un asile de fous ; les vicissitudes de son procès avaient à peine trouvé un écho dans la presse, trop occupée à fustiger les irresponsables qui avaient prolongé une guerre perdue dès la première escarmouche, au mépris d'une génération immolée dans l'hécatombe, convertie en charogne qui remplissait la panse des vautours de l'Armageddon. Chicago était un labyrinthe plus profond et plus compliqué que la folie même, un labyrinthe où il n'y avait ni escaliers à monter ni portes à forcer, ni interminables galeries à parcourir ni murs barrant le passage. Mais Chambers, qui croyait au miracle ou sentait que le hasard est un piège à mouches, s'y engagea prêt à en parcourir les moindres recoins.

Il voulut commencer par inspecter l'appartement dans lequel Fanny Riffel avait vécu, à l'angle de North LaSalle et d'Elm Street, mais l'édifice à la façade étroite près duquel le jeune Chambers avait rôdé pendant ses surveillances d'espion venait d'être démoli et remplacé par un autre immeuble d'une architecture plus banale, dont les habitants ne purent lui fournir aucun renseignement sur une femme dont ils n'avaient jamais entendu parler, ou bien ne voulurent pas lui en fournir, parce que Chambers, avec son aspect de loubard hyperboréen, ne leur inspirait guère confiance. Le matin, il allait à pied jusqu'au Lincoln Park, où il avait vu Fanny pour la première fois, alors qu'elle distribuait des brochures religieuses ; les baigneuses qui prenaient le soleil en bikini, les couples d'amoureux qui s'enfonçaient dans l'épaisseur des fourrés pour s'accorder un petit plaisir, les passants oisifs et endimanchés assaillis d'enfants qui réclamaient quelques centimes pour s'acheter une glace finirent par considérer qu'il faisait partie du paysage et s'étonnèrent seulement de ne pas le voir gratter une guitare et chanter des chansons contestataires, parce qu'ils lui auraient donné de bon cœur quelque chose en récompense. Mais Chambers n'avait pas besoin d'aumônes pour survivre, puisqu'il touchait une pension du gouvernement (une pension rachitique et presque injurieuse, mais suffisante pour satisfaire ses très ascétiques besoins), supposée rétribuer la couille grillée et les plus de six années de cage au Hanoi Hilton. Tandis qu'il regardait défiler devant lui les visages congestionnés par l'effort physique (il y avait beaucoup de glandeurs qui trottinaient dans le parc) ou creusés par l'insomnie (il y avait aussi beaucoup de cinglés vagabonds ou péripatéticiens), les visages de vieillards et les visages d'enfants, toute une sarabande de figures bavardes ou songeuses qui n'en finissait plus, Chambers finit par prendre la mesure de sa tâche, d'une vastitude démoralisatrice. Toutefois, il exorcisait le découragement en se convainquant que, par un simple calcul de probabilités, la figure de Fanny finirait par apparaître dans l'océan de faces indistinctes ou répétées.

Il y avait dans sa recherche une sorte d'abandon mystique à cette force de caractère surnaturel que les incroyants appellent hasard. Comme Fanny dans sa poursuite de l'antique serpent, comme le désaxé John Walker Lindh qui s'était aventuré dans le désert pour y rencontrer son destin, comme saint Augustin qui sur la suggestion d'une cantilène (*Tolle, lege ; tolle, lege*) avait lu le premier verset de la Bible qui lui était tombé sous les yeux, comme moi, pendant ma quête du secret de Chicago (« Toutes les villes ont un secret, une clef qui donne accès à une autre ville, inconnue », m'avait dit Laura, d'une voix de sibylle), Chambers professait la conviction irrationnelle qui considère le monde comme un palimpseste d'écritures superposées en nombre infini, impatient d'affronter chacune de ces écritures avec la personne qui leur a été adjugée par prédestination ou tirage au sort. Il aurait pu recourir aux services d'un détective (en supposant que sa pension rachitique et injurieuse eût suffi à une aussi importante dépense) ou sonder les journalistes ou les pigistes des chroniques mondaines qui se souvenaient peut-être encore de la célèbre *pin up* des années cinquante ; il aurait pu se rendre dans les services de recensement municipaux, ou demander des renseignements par voie de presse, mais il comprit (et le refus que lui avaient opposé les locataires de l'immeuble à l'angle de LaSalle et d'Elm Street renforçait sa conviction) qu'il devait accomplir seul sa mission, seul et en secret, comme il avait entrepris dans son adolescence de harceler et d'avilir une femme sans défense. C'est ainsi que pendant deux ans il usa les semelles de ses bottes pointues en cuir repoussé dans les rues de Chicago, où il examinait les visages des passantes qui ne le remarquaient même pas ou parfois réagissaient avec impatience ou crainte ; une avalaison de visages qui tout d'abord le plongèrent dans la confusion (parce qu'il croyait reconnaître en eux tel ou tel détail de celui de Fanny) et desquels, au fil des mois, il allait apprendre à se détourner après un coup d'œil rapide de philatéliste qui n'ignore plus rien de la navigation dans l'océan des timbres sans valeur. Il n'évita même pas l'itinéraire que Fanny avait dû suivre le soir où il l'avait vue pour la dernière fois, tapi lâchement derrière un des piliers rouillés qui vibraient chaque fois qu'un train approchait, à l'angle des rues North Milwaukee et Bloomingdale. Et bien que la ville se fût beaucoup étendue depuis lors, ajoutant de nouveaux quartiers comme autant d'excroissances à son squelette d'animal boulimique, ce secteur nord-est lui parut tout aussi dévasté par les rafales qui s'engouffraient dans les vitrines brisées des magasins sans marchandise, tout aussi hérissé de décombres et de chats faméliques que jadis, comme si le temps s'était coagulé autour de cette soirée qui était l'opprobre de sa mémoire.

Pendant les deux ans que dura sa recherche, Chambers fut plusieurs fois tenté de renoncer. Sans doute pour s'opposer à ce penchant défaitiste, il cultiva une sorte de sixième sens illusoire qui lui permettait d'établir des communications télépathiques avec la femme ou le fantôme qu'il poursuivait en vain. Ainsi, en essayant de deviner la position du soleil aux éclats de ses rayons sur les fenêtres d'un gratte-ciel, il se disait : « Sans doute Fanny a-t-elle elle aussi aperçu un jour ce reflet fugitif » ; quand il trouvait une pièce sans valeur sur le trottoir, en observant son cordonnet, il songeait : « Sans doute Fanny l'a-t-elle remarquée » ; quand il trompait l'ennui en contemplant les morsures des vagues dans le sable des plages du lac Michigan, il pensait : « Fanny s'est sûrement distraite comme ça, elle aussi, un jour » ; quand, exténué et vaguement affamé, il était étourdi par le jeu isochrone des feux de signalisation, il se disait « Fanny a sans doute dû être étourdie en les regardant changer de couleur sans arrêt » ; enfin, quand il entendait venir brusquement à lui, comme portés par un coup de vent, une bribe de chanson ou un vagissement de train aérien, quand à son passage descendait du ciel, de son vol hélicoïdal, une samare d'érable, ou quand montait vers lui la puanteur des égouts, Chambers en concluait, avec un souverain mépris de la logique ou une crédulité de visionnaire, que ces signes témoignaient du passage de Fanny à ces endroits, de même que les scolies griffonnées au crayon dans la marge ou les pages cornées d'un livre témoignent qu'un autre lecteur l'a lu avant nous. Comme sa recherche stimulait la spéculation métaphysique, Chambers, à l'exemple des panthéistes qui devinent Dieu (non Son reflet, mais Dieu Lui-même) dans chaque accident de l'indénombrable univers, finit même par se convaincre que ces signes n'étaient pas seulement des témoignages du passage de Fanny, mais des manifestations de Fanny, manifestations certes discrètes, qui ne lui en indiquaient pas moins la route à suivre. Fanny devint ainsi sa religion et son livre sacré ; chacune de ses infimes manifestations, pour lui seul intelligible, se mua en article de foi ou en parole prophétique. Bien entendu, il ne concevait point que ces paroles pussent contenir des erreurs ou des incohérences, pas plus que le véritable croyant n'émet de réserves ou hésite à accepter les dogmes.

Ce fut cette prédisposition à la vision magique qui lui permit de se défaire de la kyrielle de vicissitudes (sort favorable ou défavorable, accablement et euphorie, découragement et répulsion) qui grèvent habituellement les entreprises humaines, surtout quand on n'en voit plus la fin et qu'elles dépendent de facteurs qui échappent à notre atteinte. Sa grand-mère catholique lui avait appris que nous sommes des instruments entre les mains de la Providence, et que nos efforts pour la détourner ne servent à rien. Chambers qui, avant son séjour au Hanoi Hilton, avait dédaigné ces enseignements y adhéra alors avec une volonté de nouveau converti et poursuivit son cheminement dans le labyrinthe, certain d'en découvrir le centre, certain que Fanny guidait par sa présence chacun de ses pas. Sans cette prédisposition à la vision magique, il se serait torché le cul avec la lettre du cabinet ministériel qui lui offrait un emploi de surveillant (de gardien de fous) au Chicago-Read Hospital, en considération de ses mérites de guerre et en guise de honteuse rétribution des souffrances endurées pour la patrie. Sans ce talent qui le prédisposait à la magie, il aurait mis fin, avec une bonne paire de claques dans la gueule, au baratin du directeur de l'hôpital qui s'entêtait à chanter les louanges de son établissement, bien qu'elles jurassent avec le spectacle dantesque qui se déployait devant ses yeux ; et quand l'homme lui demanda impérativement de nouer ses cheveux en queue-de-cheval, s'il voulait faire partie du personnel, il lui aurait balancé un coup de pied dans les couilles avec l'espoir de le faire entrer dans la confrérie des *ciclanes*. Mais Chambers considérait que la lettre à l'en-tête du gouvernement des États-Unis, le bavardage de ce psychiatre imbu de lui-même et ses impératifs prétendument hygiéniques étaient des signes providentiels qui le rapprochaient de la réapparition de la femme ou du fantôme qu'il poursuivait. Peut-être même de son apparition définitive, au centre du labyrinthe.

« Je vous présente Fanny Riffel, une de nos internées les plus exemplaires », dit le directeur avec une hypocrisie un peu trop ostensible.

Fanny, adossée contre le mur du fond, étudia les proportions de l'ange qu'on lui envoyait pour l'accompagner dans son pèlerinage au fond de la vallée des ombres. Elle fut déconcertée par ses traits hyperboréens à la beauté rude et ancestrale, par ses vêtements de loubard (les bottes en cuir repoussé et très pointues, le pantalon très collant qui lui sculptait le paquet, la boucle du ceinturon où figurait un crâne de bison, la chemise de bûcheron aux manches retroussées) et plus encore par ses bras illustrés de tatouages, bras d'arrimeur ou de bagarreur que complétaient les battoirs qui venaient d'enchaîner pour mille ans l'antique serpent.

« M. Chambers est un héros de la guerre, dit bien inutilement le directeur. Bientôt, il travaillera comme surveillant dans notre établissement.

– Bientôt, non. Dès demain matin », fit Chambers, l'interrompant, sans lâcher Fanny des yeux.

Il avait redouté qu'elle ne reconnaisse sa voix, comme il avait reconnu la sienne à travers la porte, et ne réagisse avec horreur et fureur ; mais c'était là une crainte sans fondement, parce que la voix de Chambers adulte ne ressemblait en rien à celle du jeune Chambers qu'avait parasité, au cours de l'été 1959, un monstre qui lui dictait des paroles sordides et aberrantes. Maintenant, la femme qui avait été la destinataire de ces paroles (la femme qui était devenue folle en les entendant) était enfin apparue devant lui pour lui donner une seconde chance. Le directeur avait été intimidé par la sécheresse impérieuse avec laquelle Chambers annonçait son incorporation immédiate au personnel du Chicago-Read ; il eut un sourire parcheminé.

« Oui, peut-être dès demain. En tout cas, dès que nous vous aurons trouvé une place.

– Non, j'ai dit dès demain. La lettre de Washington précise que l'on m'accorde un traitement préférentiel. »

Chambers ne le regardait même pas, ce qui ne faisait que rendre ses exigences plus impérieuses. Fanny s'amusait de voir le directeur, si présomptueux et blessant lors des interrogatoires hebdomadaires des médecins réunis, maintenant converti en un freluquet devant l'envergure des ailes de son ange rédempteur. Fanny sourit à Chambers, et ce fut un sourire de béatitude dans lequel se condensaient son infinie douleur et son infinie reconnaissance ; Chambers se serait volontiers agenouillé devant elle pour lui demander pardon, si ce gringalet de directeur n'avait pas gâté leur intimité.

« Je vous avertis, Chambers, toutes les places sont prises, sauf celles de cette aile. Mais je ne crois pas que vous aimeriez travailler avec… » Il se hissa sur la pointe des pieds pour lui souffler à l'oreille : « Une meurtrière psychopathe comme cette Fanny Riffel », sur quoi il reprit son inflexion dissertative. « Avec des patients aussi difficiles. Une formation spéciale est indispensable. Je ne crois pas que n'importe qui puisse les supporter. »

Chambers se tourna vers lui pour la première fois depuis qu'ils étaient entrés dans la chambre. Il avait froncé les lèvres, qui prirent aussitôt une couleur violacée, et ses yeux étincelèrent de rancune.

« Vous croyez peut-être que ce sera plus difficile à supporter que les tortures du Vietcong ? Voyez-vous une formation plus spécialisée ?

– Je crois que ce n'est ni l'endroit ni le moment… »

Fanny fut satisfaite de voir que son ange rédempteur s'efforçait de garder son calme : une seconde auparavant, il était prêt à dépecer le directeur de ses mains ; maintenant, il adoptait une stratégie plus conciliante.

« Croyez-moi quand je vous dis que je saurai leur tenir tête.

Je comprends vos réticences ; mais laissez-moi vous démontrer que je peux faire du bon travail, ici. »

Le directeur ne pouvait guère contrevenir aux ordres de Washington ni s'exposer à un scandale dans la presse en refusant un vétéran de guerre. Sur la lettre à en-tête du gouvernement, on spécifiait très concrètement « mutilé de guerre », mais le directeur n'arrivait à déceler aucune mutilation en cet homme vigoureux aux airs de guerrier scandinave et aux mains aussi contondantes que le marteau de Thor, à moins que ce ne fût d'Odin, le maître du Chicago-Read n'était pas très versé en mythologie.

« S'il vous plaît, je vous en prie. M. Chambers mérite ce poste. »

L'intervention de Fanny impatienta un peu le directeur. Il pouvait encore admettre, bien que de mauvaise grâce, qu'un vétéran de la guerre lui en impose ; mais qu'une internée s'y risque à son tour était pour lui le comble de l'insolence. Chambers s'avisa aussitôt que l'homme avait pris la mouche et il lança à Fanny un regard de complicité ; instantanément, Fanny se replia sur elle-même, comme sous un coup de semonce divin. Le directeur les examina l'un et l'autre, tentant de déchiffrer le lien secret qui les unissait.

« Vous vous connaissiez, avant ? demanda-t-il.

– Absolument pas, monsieur, mentit Chambers avec aplomb. Mais je vous ai dit que j'étais fait pour ce travail. Je crois que mon apparence les intimide. »

Un peu plus tard, dans le bureau du directeur, tandis qu'il remplissait les formulaires certifiant que le poste lui était accordé, Chambers dut encore subir quelques prêches et admonitions ; le directeur mit tout particulièrement l'accent sur la distance prudente qui devait régir ses rapports avec « les patients de l'autre sexe » (il employa peut-être cette circonlocution comme exemple de prudence et de distance), pour éviter toute espèce d'« interaction érotique ». En termes toujours plus embrouillés et titubants, le directeur du Chicago-Read pria Chambers de se procurer des vêtements plus discrets ou peut-être – loin de lui l'intention de l'offenser – de couvrir ses avant-bras imposants et tatoués, de porter des pantalons moins étroits, de choisir des chaussures moins – sur ce, le directeur, tout rouge et effaré, eut de la peine à trouver l'adjectif idoine – bon, moins perturbatrices, vous me comprenez, car autrement – et à la rougeur vint s'ajouter la redondance –, vous savez, les patients de l'autre sexe pourraient s'érotiser. Le bonheur répandait dans le sang de Chambers le pétillement de l'optimisme : il avait réussi à mener à bien sa mission mystique ; il avait enfin trouvé sa religion et son livre sacré ; le reste du monde n'avait plus pour lui aucune espèce d'importance. Il enleva l'élastique qui retenait ses cheveux blond cendré, les fit bouffer et, perçant de son regard hyperboréen le directeur qui pouvait à peine dominer son trouble, il lui demanda avec malveillance : « Seulement les patients ? Et seulement ceux de l'autre sexe ? » Bien entendu, pendant les vingt années où il travailla à l'hôpital ou au cabanon Chicago-Read, jamais il ne quitta sa tenue de loubard, et le directeur se garda bien d'y refaire allusion. Quand ils se croisaient dans les couloirs, le freluquet faisait tout ce qu'il pouvait pour éviter Chambers, pour éviter que son regard hyperboréen et son sourire malévole lui rappellent qu'il *savait*, pour éviter tout type d'interaction érotique qui aurait démoli sa réputation de mari modèle et de père de famille exemplaire.

Peu à peu, à mesure qu'il prenait de l'assurance, Chambers n'en fit plus qu'à sa tête, certain que personne ne viendrait se plaindre ni le rappeler à l'ordre, ce en quoi il ne se distinguait guère des autres employés de l'asile, authentiques virtuoses dans l'art de lambiner, qui fournissaient aux internés des revues pornographiques en échange de quelques sous, qui fermaient les yeux (également en échange de quelques sous) quand ils les surprenaient en train d'organiser une fugue ou une bringue, qui n'opposaient pas une grande résistance (et cela gratuitement) à leurs intentions de se suicider. Le surveillant Chambers enfreignait consciencieusement le règlement intérieur, mais parmi ses motifs ne figuraient ni la nonchalance ni le marchandage ; son unique règle – le seul règlement auquel il obéissait – était de veiller avec abnégation sur Fanny, sur la rédemption de Fanny et de l'accompagner dans son pèlerinage au fond de la vallée des ombres jusqu'à ce que s'achèvent les jours de la tribulation. Et à ce règlement il se donna tout entier avec une ferveur insoucieuse de l'existence des horaires, comme ces missionnaires qui, ayant un jour découvert que la face de Dieu n'est pas invisible mais se reflète sur le visage de chacune de Ses créatures déshéritées, abandonnent les commodités de la vie douillette pour s'en aller vers les coins les plus misérables de la planète. Pour Chambers, Dieu était en Fanny, Dieu était Fanny ; et ainsi, avec toutes ses attentions, ses veilles, il la vénérait et exprimait sa contrition. Il substitua aux fournées de médicaments d'autres thérapies qui n'étaient pas précisément chimiques : il lui lisait des poèmes à haute voix, avec sa diction rude et expéditive ; il lui acheta un tourne-disque sur lequel ils écoutaient Bach, mais aussi des chansons de chanteurs chevelus comme le surveillant Chambers (et Fanny, qui raffolait de la danse, s'accrochait à son ange rédempteur et le forçait à remuer au rythme de la musique) ; il lui apporta aussi un téléviseur d'occasion auquel il fallait parfois donner quelques coups pour l'empêcher de se cantonner aux interférences : Fanny ne tarda pas à s'adonner au feuilleton *Charlie's Angels* (Jaclyn Smith était sa favorite, et elle ne pouvait souffrir Farrah Fawcett-Majors) et aux péplums dont Steve Reeves, presque aussi costaud que son ange rédempteur, était la vedette. Mais surtout, ils discutaient, ils s'entretenaient pendant des heures et des heures, tandis que la nuit se déversait comme un catafalque d'encre sur les fenêtres, tandis que le silence noyait le monde dans une eau noire que seuls troublaient un cri ou un éclat de rire très lointain venus du pavillon des déments. C'étaient des conversations divagatrices que le surveillant Chambers enregistrait sur un magnétophone avec la permission de Fanny, des immersions en profondeur dans sa mémoire tourmentée par les délires schizophréniques, les monomanies apocalyptiques et l'amnésie. Le surveillant Chambers apprit ainsi que les infortunes subies par Fanny ne se résumaient pas à l'épisode honteux dans lequel il avait joué le premier rôle au cours du lointain été 1959 ; il apprit aussi ce qu'avait été son calvaire dans les déserts de la vie invisible et les souterrains étouffants et maléfiques où elle avait été séquestrée, ces souterrains dont les jobards qui commençaient à promouvoir son *revival*, à faire d'elle la muse de la transgression des tabous, ne soupçonnaient même pas l'existence. Il descendit avec elle jusqu'à ces régions abyssales où niche l'hydre de la folie, il respira avec elle l'odeur corrompue des cadavres qui s'amoncelaient sur sa conscience, il pleura avec elle la douleur de se savoir mille fois offensée, mille fois violée, mille fois jetée dans un dépotoir ou un fossé en bord de route. Mais la mission du surveillant Chambers était aussi d'éclairer son chemin jusqu'au sommet de la montagne de Sion et, dans son désir ardent de la mener à bien, il s'efforçait de déblayer les décombres qui encombraient leur chemin et de ramener au jour ces parcelles de vie que les psychopathies n'avaient pas colonisées, ces îles de pureté intacte qui avaient échappé à leur contamination. Ce n'était pas tâche facile, car les griffes de la paranoïa se refermaient encore sur elle ; toutefois, de quelque fond de blancheur caché surgissait de temps en temps une source de lumière que Chambers recueillait entre ses mains comme s'il s'était agi d'un oisillon tombé du nid, transi, les ailes brisées.

« Je t'ai raconté ce qui m'est arrivé avec la robe de la distribution des prix ? »

Le surveillant Chambers avait baissé le son du téléviseur, comme il le faisait chaque fois que Fanny était en veine de confidences. Le crépuscule favorisait l'évocation élégiaque.

« Je jurerais que non, Fanny. » Il contemplait son profil, qui se rapprochait de la vieillesse ; la lumière cathodique creusait ses rides et faisait ressortir les cheveux blancs qui se glissaient dans son épaisse chevelure. « Alors, qu'attends-tu ?

– Tu sais que j'avais obtenu une bourse pour aller au collège de Peoria, n'est-ce pas ? Il me semble que ça, je te l'ai raconté. »

Sa voix était devenue joyeuse, parce qu'elle était fière de ses résultats scolaires. L'étude avait été le refuge d'une adolescence harcelée par la pauvreté et les instincts incestueux de son père.

« Et tu m'as aussi raconté que tu avais obtenu le deuxième prix, que les garçons du collège avaient proclamé à l'unanimité que tu étais la plus attirante de toutes leurs camarades de collège et qu'ils t'avaient aussi prédit que tu serais la vedette d'un *remake* de *Ninotchka*, avec Mickey Rooney. » Le surveillant Chambers aimait à énumérer les prouesses de Fanny, même si elles étaient infimes, parce qu'elles évoquaient un passé qui démentait ce qui était arrivé par la suite. « Mais de la robe de la distribution des prix, tu ne m'en as jamais parlé. »

Fanny eut un rire perplexe, un peu distrait.

« Tu imagines un peu ! Fanny Riffel dans le rôle de *Ninotchka* ! Ils ne m'ont même pas admise comme figurante à la RKO.

– Ne t'imagine pas que les choses ont été plus faciles pour Mickey Rooney, dit Chambers en plaisantant. Dès son plus jeune âge, on l'a bourré de pilules pour l'empêcher de grandir et, une fois adulte, il est resté nabot. Mais nous parlions de la robe.

– La robe, oui. » Fanny avait du mal à contrôler sa tendance à la divagation. « Tu sais quels sacrifices j'ai dû faire pour pouvoir l'acheter ? La bourse couvrait les frais de scolarité et ce qui me restait ne suffisait même pas pour payer le loyer à la patronne. J'aurais pu faire comme les autres élèves, rentrer à la maison en autocar, mais tu sais ce qui m'attendait, à la maison…

– Bien sûr que je le sais, Fanny. » Le surveillant Chambers essayait désespérément de chasser ces fantômes. « Ce n'est pas la peine de me le raconter encore une fois. »

La voix de Fanny se voilait d'une frayeur sifflante, et dans ses yeux d'un bleu monastique pointaient de lointains incendies.

« L'antique serpent, Tom, l'antique serpent me mettait le doigt dans la foufoune. J'ai lutté contre lui et je l'ai vaincu, avant que tu ne l'enchaînes pour mille ans. »

Elle caressait son visage aimé, sur lequel la barbe poussait, dense et pugnace comme la folie, jusqu'au moment où le surveillant Chambers lui baisait les doigts, l'un après l'autre : celui-ci alla chercher du bois ; celui-ci le coupa ; celui-ci trouva un œuf ; celui-ci le fit frire, et ce tout petit-là le mangea.

« On avait dit qu'on n'en reparlerait plus, Fanny, lui reprochait-il. Et si tu ne me racontes pas ce qui s'est passé avec ta robe de distribution des prix, je vais me fâcher. »

Le menton de Fanny trembla un instant, animé par un étrange bonheur. Sa voix ne fut plus qu'un souffle, un souffle de vent qui agite les ramures, un souffle de vent qui berce les bois.

« Je l'avais remarquée dès le début de l'année. Une robe d'organdi bleu ciel à couper le souffle ; on l'aurait dit tissée par les fées des contes. Elle était exposée dans la vitrine d'une petite boutique qui faisait son beurre au mois de mai, avant la fête de la distribution des prix. Je savais que si j'attendais jusqu'à ce moment-là, une autre fille me la soufflerait. Mais je n'avais pas d'argent pour la payer, et il allait drôlement m'en coûter pour réunir cette somme, parce que la bourse ne me permettait pas de faire des économies. Je suis entrée trois ou quatre fois dans le petit magasin pour l'essayer ; et les propriétaires ont commencé à se méfier. »

Elle ressentait encore la brûlure de ce désenchantement quotidien. Chambers l'imagina s'arrêtant chaque jour à la sortie du collège devant la vitrine de la petite boutique, essayant de faire coïncider le reflet de son corps dans la vitrine avec la robe d'organdi, enviant le mannequin qui la portait nuit et jour, indifférent à la caresse du tissu.

« Tu n'as pas essayé de l'acheter à tempérament ?

– Dans cette boutique, ils n'avaient pas confiance. Il y avait un écriteau qui l'annonçait à l'entrée : la maison ne fait pas de crédit. Malgré tout, j'ai réussi à parler aux propriétaires, je leur ai expliqué ma situation, j'ai réussi à leur faire comprendre à quel point je tenais à cette robe… mais ils ne m'ont pas fait confiance. Pas par avarice, non ; c'était la règle d'or de la maison, respectée sans exception pendant près de trente ans, même à l'époque de la Dépression. Mais en signe de bonne volonté, ils m'ont proposé une autre solution : ils enlèveraient la robe de la vitrine et la garderaient s'il le fallait jusqu'à la veille de la distribution des prix, quand j'aurais réuni assez d'argent pour la payer. Ils m'ont aussi promis qu'ils me feraient une généreuse réduction de vingt pour cent. »

Fanny poussa un soupir et regarda pendant un moment le téléviseur muet.

« Tu as réussi à économiser ce qu'il fallait ? »

Il y avait des forces hostiles qui tiraillaient Fanny, désireuses de prolonger sa condamnation. Le surveillant Chambers sut répéter sa question de façon plus péremptoire.

« Pardon, Tom, dit Fanny d'une voix presque gutturale. T'es-tu déjà demandé quelle catastrophe ce serait, si l'antique serpent réussissait à se libérer et utilisait la télévision pour diffuser ses messages ? Toute l'humanité tomberait vaincue à ses pieds. »

Parfois, la clairvoyance de Fanny lui donnait le frisson. Surtout en considérant que, contrairement à ce qu'elle croyait, l'antique serpent n'était pas enchaîné. Le surveillant Chambers éteignit le téléviseur, qui avait commencé à émettre des interférences granuleuses ; sur l'écran subitement aveugle se condensa la nuit.

« Ça n'arrivera pas, Fanny, affirma-t-il, imposant une conviction qu'il n'avait pas. Continue de me raconter l'histoire de cette robe. »

Fanny ébaucha un petit sourire frileux de cigogne qui n'a pas migré à temps vers des régions plus chaudes.

« Cette année-là, j'ai obtenu deux emplois, de dactylo et de serveuse. Avec la misère qu'on me payait, ajoutée à la misérable bourse, je me débrouillais ; et toutes les semaines, j'arrivais à mettre quelques sous de côté pour la robe. J'étais comme la fourmi de la fable, travailleuse et économe. Au moins une fois par mois, je passais à la boutique pour m'assurer que les propriétaires tenaient parole, et aussi pour les tenir au courant de mes efforts. Je me souviens qu'au cours du mois d'avril, quand il ne restait plus que deux ou trois semaines avant la distribution des prix, le marchand, attendri par ma constance, a voulu empaqueter la robe pour que je l'apporte à la maison, même si je ne devais le payer qu'une vingtaine de jours plus tard. "J'ai déjà attendu si longtemps, je crois que maintenant, je préfère ne l'avoir que la veille de la fête", ai-je dit pour l'en empêcher. » Elle fit claquer sa langue, avec un air coquin. « Tu sais, Tom, ce qui en vérité me réjouissait le plus, c'était de faire la nique à mes camarades de classe ; d'arriver la veille de la fête à la boutique, et quand elles se jetteraient sur la robe, d'entendre le marchand leur dire : "Je regrette, mais je l'ai vendue à Fanny Riffel." Le marchand a encore un peu insisté, mais je n'ai pas cédé ; je me souviens que c'était un homme très pâle et très maigre, et qu'il se déplaçait avec une lenteur de tortue, comme s'il ne pouvait se défaire de sa fatigue. "Bon, mademoiselle Riffel, m'a-t-il dit, ce sera comme vous le voulez. Mais écoutez, je vais la pendre sur ce cintre et si un jour, en passant, vous changez d'avis, vous pourrez toujours entrer et l'emporter." Il me semble que cet homme si pâle et si maigre était tombé amoureux de moi ; c'est du moins ce que les froncements de sourcils de sa femme m'ont laissé supposer. Qu'en penses-tu, Tom ? »

L'obscurité effaçait sa rougeur, effaçait aussi les rides qui annonçaient la vieillesse, mais elle ne parvenait pas à éteindre le bleu monastique de ses yeux.

« Je vois un million de choses plus difficiles que de tomber amoureux de toi, Fanny, dit Chambers, peut-être aussi attendri que le marchand de Peoria. Je parie que cet homme avait la même pensée. »

La main de Fanny chercha à tâtons celle de son ange rédempteur, l'abri rêche de sa peau.

« Il avait le cancer, Tom. Peut-être était-il seulement amoureux de ma jeunesse, conjectura Fanny, sans s'accorder plus d'importance. Il est mort la veille de la distribution des prix. Quand je suis allée avec les autres filles du collège à la boutique, on a trouvé le faire-part dans la vitrine. Les autres ont réagi immédiatement, elles ont couru vers d'autres magasins, pour dénicher une robe à peu près pareille. Mais moi, je ne voulais pas d'une robe à peu près pareille, je voulais cette robe d'organdi. Je suis restée des heures pétrifiée devant la vitrine, à contempler mon trésor inaccessible. C'était vrai, la robe était pendue à un cintre, près du comptoir, attendant que je l'emporte. » Sa voix s'étranglait. « J'ai attendu en vain, Tom. Je n'ai pas osé appeler la veuve du marchand ; ç'aurait été un manque de considération impardonnable, je n'avais pas le droit de l'importuner dans sa douleur. C'est ainsi que je suis restée là pendant des heures, comme une cruche, à me mordre de rage. Je ne me rendais même pas compte qu'il s'était mis à pleuvoir et que j'étais trempée. Je suis allée à la distribution des prix les yeux cernés, comme une loque, habillée n'importe comment avec une de mes robes de pauvresse. »

Le surveillant Chambers imagina l'adolescente Fanny le visage collé contre la vitrine de ce petit magasin de Peoria qui emprisonnait son rêve, conçu et nourri de façon si morose pendant neuf longs mois au cours desquels elle dactylographiait des lettres pour un chef d'entreprise analphabète qui essayait d'abuser d'elle, servait du café dans un bar de quartier insomnieux et rébarbatif, allait en classe et repoussait la bande de prétendants qui lui concéderaient en fin d'année la palme de la beauté, tandis qu'elle discutait avec la patronne le prix de sa chambre que ne couvrait pas la maigre bourse. Il l'imagina en larmes et effondrée, se heurtant à la buée de sa respiration sur la vitrine, si près et si loin de la robe d'organdi céleste qui paraissait tissée par les fées de la forêt, aussi près et aussi loin que Tantale de l'eau qui aurait étanché sa soif. Il l'imagina sous l'ondée printanière qui vidait les rues, seule et recroquevillée, tel un enfant qui a perdu ses parents dans le tumulte d'une fête et qui, une fois dispersée la foule qui l'a pressé et bousculé, se sent pressé et bousculé par une angoisse beaucoup plus vive, pierre tombale de la solitude qui se rabat sur lui comme une nuit sans étoiles. Il l'imagina rentrant chez son père à pied, à l'heure où les autocars avaient déjà cessé de circuler, se penchant sur les flaques où se reflétait la lumière des réverbères semblable à un mirage d'or souillé. Le surveillant Chambers lia inévitablement cette image de déroute avec l'autre image qui hantait encore ses cauchemars, celle de Fanny Riffel marchant dans Milwaukee Avenue comme un meuble déglingué sur le point de tomber en morceaux, son corps d'amphore à peine entrevu bouffi par les barbituriques ou peut-être seulement par la corruption de la douleur, ses yeux d'un bleu presque minéral conversant avec les nuages ou les corneilles. Mais il y avait un moyen de se tirer de ce cauchemar, il y avait un moyen de se sauver avec Fanny pendant que le monde s'éteignait autour d'eux. Le surveillant Chambers ne désirait rien d'autre qu'écouter ces confidences qui tenaient de l'élégie et du songe et qui suffisaient pourtant à repousser, même pour un fragile instant, l'empire des ombres. C'est à ce rôle de réceptacle ou de destinataire de ces confidences qui avaient la force de la prière (la bouche de Fanny était devenue une corne d'abondance d'où se déversaient les paroles) qu'il se consacra pendant près de vingt ans.

« Tu savais que j'ai connu Dillinger ? » lui dit-elle une nuit, alors qu'il venait de s'installer près de son lit pour veiller sur son sommeil.

Le surveillant Chambers avait parfois l'impression que Fanny inventait des révélations pour combler son besoin de paroles susceptibles d'agir comme des lénitifs sur ses remords. Et cette impression, sans doute fausse, le flattait au-delà de toute expression.

« Tu veux rire. Tu parles de Dillinger, le hors-la-loi ? Je ne te crois pas... »

Fanny se pelotonna sous la couverture, plus amusée que fâchée.

« Ah, Tom, ça ne m'étonne pas qu'on t'ait donné le prénom du disciple incrédule. »

Il écarta la frange enneigée de cheveux blancs et l'embrassa sur le front. Comme ce disciple, il avait touché le trou fait par le clou dans la main et la plaie au côté, mais non point par incrédulité. Il l'avait fait dans l'espoir que ce contact pourrait guérir et refermer les blessures de son Dieu. Dieu était en Fanny. Dieu était Fanny.

« Homme de peu de foi ! Et tu vas t'en aller sans que je te l'aie raconté ? » le gronda Fanny, qui commençait à prendre des manières de vieille ronchonne.

Le surveillant Chambers approcha du lit le fauteuil à bascule dans lequel Fanny aimait s'asseoir pour égrener ses histoires.

« Tu obtiens toujours ce que tu veux, murmura-t-il avec une résignation timide qui masquait en fait la curiosité. Alors, tu as connu John Dillinger. J'espère que tu n'es pas une de ces chieuses qui assurent qu'elles ont assisté à sa mort, à la sortie du théâtre Biograph.

– Ils l'ont tué en traître, les sbires de Hoover, cette sale bande de pédés. » Depuis qu'elle l'avait vu à la télévision verser des larmes de crocodile sur le cadavre du président Kennedy, Fanny vouait une haine obsessionnelle au grand moutardier du FBI, qu'elle avait toujours considéré comme un émissaire de l'antique serpent, fort heureusement défunt et précipité dans l'abîme où son maître gisait enchaîné pour mille ans. « Mais ne te moque pas de moi, Tom. Quand je l'ai connu, il était bien vivant.

– Raconte, raconte, la pressa Chambers, sa curiosité maintenant éveillée.

– Et qu'il soit bien entendu que je ne suis pas une vieille chieuse. »

Le surveillant Chambers posa la main gauche sur le ventre de Fanny, qui était son livre sacré, et leva la droite pour prêter serment.

« Qu'il soit bien entendu que Fanny Riffel n'est pas une chieuse. Et qu'il soit bien entendu aussi que je retire ce que j'ai dit et que j'accepte la punition qu'elle m'inflige. »

Fanny se souvenait avec précision de la date de cette brève rencontre : le 3 mars 1934, quatre mois et demi avant que les fédéraux ne tendent à John Dillinger leur piège mortel. Les titres des journaux n'arrêtaient pas d'étaler le flot d'exploits et de méfaits que commettait la bande du hors-la-loi le plus célèbre et le plus secrètement admiré depuis Robin des Bois. Comme le Jean Valjean de Victor Hugo, Dillinger avait été victime d'une erreur judiciaire : pour un vol dans une épicerie sous menace d'une arme à feu qui n'était même pas chargée, il avait été condamné à dix ans de prison, sentence qui avait flétri sa jeunesse et l'avait enflammé de ressentiment. Quand il fut enfin relaxé en mai 1933, un mois avant d'atteindre la trentaine, Dillinger était déterminé à rendre au centuple à la société ce qu'elle lui avait infligé, jusqu'à son dernier souffle. Il ne savait pas qu'il ne lui restait plus qu'un an avant que le plomb contrecarre ses désirs de revanche ; l'eût-il su, il n'en aurait accompli son dessein qu'avec plus de désespoir et plus d'intrépidité encore. Le Middle West – l'Indiana, l'Illinois, et aussi son Minnesota natal – n'avait jamais connu semblables commotions : banques dévalisées, commissariats et entrepôts de munitions assaillis, fusillades à la pelle, guet-apens et règlements de comptes, poursuites et évasions composaient le menu quotidien et trépidant du petit déjeuner des Américains. Pour justifier leur incurie, les autorités divulguèrent de fausses informations afin de ruiner la stature légendaire que Dillinger acquérait aux yeux des citoyens qui suivaient ses exploits : on raconta qu'il portait des gilets pare-balles pour se protéger, qu'il recourait à la chirurgie plastique pour éviter d'être identifié ; qu'il séquestrait des otages pour les utiliser comme boucliers humains. Aucune de ces diffamations ne prospéra : il ne manquait jamais une petite vieille qui avait assisté au pillage de telle ou telle succursale bancaire, ou un pompiste qui avait fait le plein de sa Packard transformée en passoire prêts à déclarer le contraire aux reporters du *Chicago Tribune* : ses manières étaient toujours très correctes, ses traits toujours les mêmes (le front dégagé, le regard polisson, le sourire en coin sous quatre poils de moustache, les oreilles décollées comme celles de l'acteur qu'il admirait, Clark Gable) et il ne portait pas d'autre gilet que celui de son costume trois pièces, toujours coupé par les meilleurs tailleurs.

En janvier 1934, Dillinger fut arrêté dans la lointaine Tucson, en Arizona, où il devait rejoindre ses complices pour fausser compagnie à la police, qui était à ses trousses dans le Middle West ; un mouchard vendit la mèche et Dillinger dut se rendre après avoir vu sa bande décimée par les rafales de cent mitraillettes. Il fut aussitôt extradé dans l'Indiana, où des dizaines de charges pesaient contre lui ; son arrivée à l'aéroport de Chicago, où il ne se priva pas de saluer la foule des photographes et des journalistes du haut de la passerelle de l'avion, et son transfert ultérieur sous escorte au pénitencier de Crown Point, dans l'Indiana, comblèrent sa vanité. Jamais encore, même pas pour les visites présidentielles, on n'avait déployé une telle escorte de motocyclistes et de voitures ululantes ; avant de l'enfermer dans sa cellule, le directeur de la prison et l'avocat du condamné voulurent se faire prendre en photo avec lui ; Dillinger accepta de bonne grâce et se permit même quelques-unes de ces plaisanteries et fanfaronnades que les boxeurs aiment tellement lancer à leurs rivaux quand ils les rencontrent sur la bascule quelques jours avant le combat. Crown Point était fier de sa réputation de fortin inexpugnable ; aucun détenu n'avait jamais réussi à franchir son enceinte, mais Dillinger promit aux journalistes rassemblés autour de lui qu'il ne les décevrait pas et qu'il réussirait à s'évader avant le jugement ; pour rendre sa promesse plus percutante, il fit un pari avec le directeur, qui l'accepta avant d'annoncer que le nombre des gardiens allait être doublé. « Te croirais-tu invulnérable, Dillinger ? » demanda un journaliste au prisonnier sur un ton sarcastique. « Aussi invulnérable qu'Achille », répondit Dillinger, sans cesser de sourire. « Mais Achille a été blessé au talon, insista le journaliste. Peut-on savoir quel est ton point faible ? » Dillinger décida qu'il ne pouvait se laisser enfermer sans lancer une phrase digne de sa réputation et digne aussi de faire la une des journaux du lendemain. « Eh bien, les gars... » Il fit semblant d'hésiter, gratta le lobe d'une de ses oreilles en feuille de chou, mordilla les quatre poils de sa moustache et déclara : « Je ferais mieux de le garder pour moi, mais... mon talon d'Achille, ce sont les femmes, et l'on n'y peut rien. » Sur ce, il entra dans sa cellule sous les applaudissements et les acclamations.

« Moi, à ce moment-là, je n'étais pas encore né, Fanny ; comment veux-tu que je m'en souvienne ? dit Chambers sur un ton affligé. Mais si j'avais été là, je l'aurais applaudi moi aussi. Ça, c'était un type qui les avait bien accrochées.

– Bien accrochées, c'est encore peu dire, Tom. Celles de John

Wayne, à côté, n'étaient que des billes. Nous étions toutes folles de lui, à l'orphelinat de Metamora où ma mère m'avait envoyée pendant les années de la Dépression. Nous volions aux sœurs les vieux journaux pour découper ses photos. »

Fanny enlaçait le coussin qui lui restituait le parfum de toutes les nuits où pas une des pensionnaires, dans le dortoir, ne pouvait trouver le sommeil en attendant que Dillinger accomplisse sa promesse et fasse un pied de nez au prétentieux directeur de Crown Point. Le surveillant Chambers crut deviner dans son regard le reflet lointain de cette attente, ou peut-être l'éclat de la nostalgie.

Les jours passaient, et Dillinger ne bronchait pas. Les programmes de radio saluaient tous les matins les auditeurs avec la même rengaine : « Encore tant de jours avant le jugement de Dillinger. » À mesure que la date se rapprochait, le nombre des sceptiques augmentait. « Tu sais comment ça se passe, Tom : tant que tu as du succès, les gens t'adorent ; après, tout change. » Fanny eut un geste de rancœur dédaigneuse. « Certaines filles de l'orphelinat changèrent de camp. Elles commencèrent à dire tout bas que Dillinger était un fanfaron et un ruffian. Elles le faisaient en cachette, parce qu'elles savaient que si les sœurs qui dirigeaient l'orphelinat l'apprenaient, elles feraient un foin terrible, pour la bonne raison qu'elles étaient toutes des admiratrices inconditionnelles de John Dillinger ; c'étaient des religieuses, mais aussi des femmes. Avant d'éteindre les lumières du dortoir, elles nous lisaient le passage des Actes des Apôtres dans lequel Pierre, qui a été arrêté sur l'ordre d'Hérode Agrippa, reçoit dans son cachot la visite d'un ange du Seigneur qui détache par miracle les chaînes de ses mains et lui ouvre sans les forcer les portes de la prison. Dans ce même passage, on raconte que, quand Pierre était prisonnier, les chrétiens de Jérusalem priaient instamment le Seigneur de le libérer. Nous autres aussi, à l'orphelinat, nous priions instamment Dieu d'inspirer Dillinger à l'heure de sa fuite.

– Et Dieu a entendu vos prières », dit sans ironie le surveillant Chambers.

Fanny eut un léger sursaut et haussa les sourcils, un peu fâchée de devoir éclaircir des évidences.

« Bien entendu. Dieu entend toujours nos prières. Tu es bien placé pour le savoir, toi. »

La comparution de Dillinger devant la justice avait été prévue pour le 3 mars 1934. Ce jour-là, à cinq heures du matin, deux gardiens du pénitencier de Crown Point vinrent sans entrain, les yeux encore chassieux, dire au prisonnier de se préparer, parce que le fourgon qui devait le conduire au tribunal entrerait dans la cour de la prison exactement une heure plus tard. Dillinger restait débraillé sur sa couchette ; à travers les barreaux de la cellule, les gardiens le tâtèrent avec leurs gourdins et lui en donnèrent même quelques coups pour s'assurer que son corps avait bien l'immobilité rigide d'un cadavre. Au milieu de cette agitation, un flacon de poison vide tomba de la couchette et roula sur le sol. « L'enfant de pute. C'était ça, la fuite qu'il avait prévue », dit l'un des gardiens entre ses dents avant de courir prévenir le directeur que le prisonnier s'était suicidé ; l'autre, pendant ce temps, entra dans la cellule de Dillinger avec l'intention de dépouiller le cadavre d'une relique (il se contenterait d'une mèche de cheveux, mais il n'écartait pas la possibilité de le circoncire) qu'il espérait vendre un bon prix à l'un des mythomanes toqués qui pullulaient alors. Le sourire en coin de Dillinger interrompit sa rapine ; le gardien tomba à genoux par terre, implorant sa clémence, quand Dillinger le menaça avec un pistolet luisant de graisse qu'il cachait, au détriment de la vraisemblance, sous la paillasse. Il désarma le gardien et lui ordonna de se déshabiller, pendant qu'il faisait de même ; il remarqua que l'uniforme de ce type plutôt malingre était un peu étroit pour lui et se promit de le remplacer bientôt par un costume taillé sur mesure. Il aurait pu essayer de s'enfuir à ce moment-là, mais il trouva discourtois de ne pas faire ses adieux au directeur, qui arriva flanqué de l'autre gardien et de deux policiers armés de mitraillettes. John Dillinger les reçut avec ces mots : « Les armes à terre, les amis, ou je brûle la cervelle de votre collègue », le pistolet luisant de graisse sur la tempe du gardien, qui avait pissé dans son pantalon. Les policiers obéirent sans même attendre la décision du directeur : ils avaient lu trop de fables sur la férocité de ce hors-la-loi pour se risquer à lui opposer une quelconque résistance. Dillinger leur demanda encore de lui envoyer les mitraillettes d'un coup de pied, glissa le pistolet luisant de graisse dans sa ceinture, et saisit les deux armes, une dans chaque main. Il aimait sentir le poids, la finesse de ces engins dispensateurs de mort ; il aimait aussi entendre leurs crépitements furieux et destructeurs comme un enfant aime entendre les détonations des pétards, mais il sut résister à la tentation ludique. Il demanda aux quatre hommes d'entrer dans la cellule et de s'aligner face au mur du fond ; à cette file de mauvais élèves mis au piquet, il ajouta le gardien qui, quelques minutes auparavant, lui aurait extirpé le prépuce de bon cœur et qui avait maintenant mouillé son pantalon, le froussard. Il les mit hors de combat les uns après les autres, en les frappant à la nuque avec la crosse d'une des mitraillettes. « Ne vous inquiétez pas, ce n'est qu'une anesthésie passagère », leur disait-il, rassurant, avant de les assommer ; ils tombaient comme des paquets d'étoupe, mous et dociles. Il avait laissé le directeur pour la fin ; l'homme, il le remarqua, avait fermé les yeux, pour que l'humiliation soit moins vive, moins insupportable. Dillinger sourit avec une délicieuse allégresse, et des fossettes semblables à celles de Clark Gable, son acteur favori, creusèrent ses joues. « Nous avons fait un pari, monsieur le directeur, lui souffla-t-il en lui caressant l'oreille avec les quatre poils de sa moustache. À moins que vous ne l'ayez oublié ? »

À sa grande honte, le directeur s'en souvenait nettement ; il se souvenait aussi des journalistes qui avaient été témoins de son arrogance, maintenant si dérisoire. « Ne chantez pas victoire, répliqua-t-il, refusant de s'avouer vaincu. Vous n'êtes pas encore dehors. » Dillinger en convint sans protester. « Vous avez raison. Par bonheur, vous allez m'y aider. Me faire sortir de ce tombeau par le chemin le plus discret. Nous monterons dans votre voiture que vous conduirez dans un endroit désert. Là, vous me céderez votre place et nous nous dirons adieu. Vous me réglerez le montant du pari en espèces. ... Dites-moi, de quelle marque est votre voiture ? Pour savoir si j'en sors perdant ou gagnant. » La perplexité du directeur du pénitencier aurait peut-être alors été doublée d'admiration s'il n'avait su qu'en l'espace de quelques heures il allait devenir la risée de l'Amérique, la cible de plaisanteries et de satires qui démoliraient à jamais son prestige et feraient de lui un personnage ridicule et un pestiféré, même pour ses propres enfants. Ils quittèrent le pénitencier de Crown Point par les couloirs et les escaliers les moins fréquentés ; le déguisement de gardien de Dillinger et son bavardage insouciant (il demandait au directeur s'il était allé voir le film qui venait de sortir, *It Happened One Night*, dans lequel son acteur préféré, Clark Gable, se pavanait en maillot de corps et soufflait dans une trompette à renverser les murailles de Jéricho pour séduire Claudette Colbert) n'éveillèrent pas les soupçons des gardiens, plutôt somnolents ou lambins. L'automobile du directeur couvrait largement le montant du pari lancé en plaisantant devant les journalistes qui prenaient acte ; il s'agissait d'une Ford V-8 à la carrosserie acajou bien cirée, sauf le capot noir et luisant comme le jais. Dillinger eut un sifflement admiratif. « Il y en a qui ne se refusent rien, on dirait, n'est-ce pas, monsieur le directeur ? » Puis, tandis qu'ils franchissaient sans encombre les barrières et les postes de contrôle, Dillinger lui planta le canon du pistolet luisant de graisse dans la bedaine en le sermonnant : « Vous volez les contribuables et vous placez le produit de votre vol en banque ; moi, j'attaque la banque et je laisse sans un les voleurs. Dieu ne peut me punir pour ça ; je suis sûr qu'Il me garde une petite place à sa droite. » Il n'était pas encore six heures du matin, mais la lumière de l'aube commençait à nommer discrètement les choses. « Cette fuite n'a aucun sens, Dillinger, dit le directeur du pénitencier dans un effort tardif (ou peut-être pathétique) de le faire reconsidérer ses actes. Demain ou un autre jour on vous arrosera de balles. Un jugement vous donnait au moins une chance d'échapper à la chaise électrique. » La Ford s'arrêta sur un terrain vague parsemé de détritus qui s'étaient emmêlés aux ronces et ondoyaient dans le vent comme des drapeaux dans la poussière. « Ç'a été un plaisir, monsieur le directeur, dit Dillinger en guise de salut, en esquissant un sourire qui était plutôt un rictus d'entêtement. Donnez-vous un peu d'exercice. Vous pourriez attraper une pneumonie. » En démarrant, il força sur l'embrayage et l'accélérateur pour faire déraper les roues avec un grincement de pneus qui était un peu sa signature ; il aimait laisser des cicatrices de caoutchouc sur l'asphalte, comme pour marquer l'endroit à son passage. « Évidemment, l'arme était un leurre, fit-il en se montrant à la portière et en brandissant le pistolet luisant de graisse alors qu'il s'éloignait déjà. Du bois de pin, monsieur le directeur, du bois de pin et du cirage. »

« On n'a jamais su s'il l'avait taillé de ses mains ou si l'un de ses complices s'était débrouillé pour l'introduire à Crown Point. Le fait est que ça a marché. John Dillinger s'était une fois de plus moqué de ses ennemis. Mais le grand imbécile avait un talon d'Achille, comme il l'avait reconnu devant les journalistes, dit Fanny en faisant claquer sa langue de désappointement.

– Les femmes, compléta Chambers, qui cultivait lui aussi cette faiblesse, bien que concentrée en une seule, qui était sa religion et son livre sacré.

– Les femmes, tu l'as dit. La première chose que cet imbécile a faite a été d'aller retrouver sa cocotte, une grue nommé Billie Frechette qui l'attendait ici, à Chicago. » Elle ajouta avec animosité : « Tu sais, la louve typique avec un air de ne pas y toucher. »

Cette intromission de la maîtresse qui attendait Dillinger mettait Fanny en fureur, peut-être par pure hostilité envers le genre féminin. Le surveillant Chambers défendit la mémoire de la blonde.

« Écoute, il me semble qu'elle ne devait pas être si grue que ça, puisqu'elle l'attendait. »

Fanny se redressa dans le lit, comme soulevée par une vague de jalousie rétrospective.

« Une grue, Tom, ne me dis pas le contraire, décréta-t-elle, tranchante. Toutes s'attachaient à lui par vanité ; elles mouillaient à l'idée de coucher avec l'homme qui faisait tourner en bourrique la police de plusieurs États, l'ennemi public numéro un, comme disaient les sbires de Hoover. »

En traversant la frontière entre l'Indiana et l'Illinois dans une voiture volée, Dillinger commit une erreur de débutant qui devait finir par lui coûter la vie : il faisait ainsi d'un vulgaire vol un délit à l'échelon fédéral, prétexte qu'attendait le reptilien Hoover, ambassadeur du Malin, pour entrer en scène. Dès ce moment-là, Dillinger n'allait plus devoir se mesurer seulement à des forces de police plus ou moins villageoises et timorées, mais aussi à des brigades d'hommes entraînés à tuer, des persécuteurs insomnieux (le Diable ne dort jamais, et son nom est Légion) autorisés à rester dans l'illégalité et à distribuer des pots-de-vin fastueux à la charge du contribuable, tueurs qui traquaient déjà le fugitif et n'allaient plus le lâcher jusqu'au moment où ils le cerneraient dans le Biograph Theatre, où Dillinger était venu – une fois encore en compagnie de grues qui allaient le trahir – assister à la projection de *Manhattan Melodrama*, le dernier film de la Metro interprété par son acteur préféré Clark Gable. Tandis qu'il conduisait la Ford du directeur du pénitencier en direction de Chicago par des chemins qui ne figuraient même pas sur les cartes routières, Dillinger ne pensait pas à la meute qui courait sur ses talons; en fait, il ne pensait à rien, sauf à aller retrouver Billie Frechette, à sentir de nouveau son odeur de gazelle endormie, à enlacer de nouveau son corps de liane, très blanc et nubile, qui avait laissé entre ses bras un vide de perplexité. Il passerait la chercher à Chicago, et ils iraient ensemble à St. Paul, dans le Minnesota, où les gars de la bande leur avait loué un appartement sous des noms d'emprunt. Dillinger avait l'intention de s'enfermer dans cet appartement et de baiser avec Billie jusqu'à oublier comment il s'appelait, jusqu'à oublier la course des sphères et l'ardeur du ressentiment qui avait jusqu'alors été l'aiguillon de ses jours. Mais auparavant, il lui fallait arriver à Chicago par des chemins envahis de mauvaises herbes, en évitant les routes principales et en essayant de ne pas trop s'éloigner des rives de l'Illinois, dont le lit lui servait de guide.

«Les sœurs de l'orphelinat nous emmenèrent goûter au bord du fleuve pour fêter son évasion. Il y avait près de Metamora un gué où on pouvait se baigner, même celles d'entre nous qui ne savaient pas nager. Les sœurs avaient préparé une tarte à se lécher les doigts. Il ne restait même pas de quoi la goûter à celles qui ne se précipitaient pas pour tendre la main; c'était la loi de la faim. J'allai me réfugier entre quelques arbustes pour manger ma part quand j'ai vu arriver la Ford éclaboussée de boue. Elle tressautait dans les ornières, et le ronflement du moteur se faisait à peine entendre.»

Dix heures de conduite ininterrompue, après une quinzaine de nuits où il n'avait pu fermer l'œil pour préparer inlassablement sa fuite (et se figurer non moins inlassablement sa prochaine rencontre avec Billie Frechette) avaient laissé John Dillinger dans un état pitoyable. Fanny crut tout d'abord qu'il devait s'agir de l'un de ces fermiers en rut qui, profitant d'un voyage à Peoria où ils allaient chercher quelques provisions, s'offraient une pute éreintée qu'ils entraînaient dans les fourrés épais de la rive ; Fanny avait quelquefois épié avec une curiosité horrifiée leurs contorsions dans la cabine d'une camionnette sans amortisseurs et constaté que les fermiers en chaleur prenaient, juste avant de repousser brutalement la pute, le regard vague du défaillement de plaisir exactement comme le faisait son père quand il lui oignait la foufoune de pommade. Mais cette Ford, bien qu'éclaboussée de boue, ne ressemblait en rien à ces engins bons pour la casse que les fermiers utilisaient comme refuges de leurs épanchements vénériens. Fanny mit un moment à faire le rapprochement entre le visage du conducteur et les portraits que divulguait la presse : le sourire en coin et un peu fripon avait déserté ses lèvres, les cheveux généralement coiffés en arrière avec une eau fixative étaient rabattus sur le front, plutôt ébouriffés ; ses yeux n'avaient plus l'espèce de douceur mordante qui faisait fondre les femmes (son talon d'Achille) et n'étaient qu'un puits de fatigue ; dans l'ensemble, il avait l'air un peu plus âgé que sur les photos, un peu plus sombre, aussi, un peu plus abîmé, plus maigre et moins fringant, mais sans doute même Clark Gable, son acteur préféré, n'était-il pas exactement ce qu'il semblait être dans les films. De plus, l'uniforme de gardien, si rachitique et brunâtre, ne le favorisait pas précisément. C'était pourtant John Dillinger, le hors-la-loi le plus célèbre et le plus secrètement admiré depuis Robin des Bois, l'homme qui avait un petit quelque chose d'un dieu, qui donnait du fil à retordre à la police de divers États, l'ennemi public numéro un, selon la formule du reptilien Hoover. Il avait incliné la tête en arrière sur le dossier du siège pour faire un somme, et l'on pouvait presque entendre craquer ses vertèbres moulues. Fanny s'approcha de la Ford sur la pointe des pieds, comme si elle allait épier une licorne endormie et ne voulait pas troubler son repos ; en frôlant le capot de la main, elle en sentit la chaleur palpitante, si semblable à celle qui se niche dans les flancs d'un cheval après le galop. Fanny allait sur ses onze ans ; ni les abus de son père ni la faim n'avaient réussi à gâter son fond d'innocence première. Convaincue qu'elle rêvait, elle contempla pendant quelques minutes à travers le pare-brise John Dillinger, qui n'avait pas remarqué sa présence ;

d'un moment à l'autre, les sœurs de l'orphelinat la chercheraient en poussant des cris et l'enchantement prendrait fin, aussi se proposa-t-elle de profiter autant qu'elle le pourrait de cette vision, aussi longtemps qu'elle durerait. L'ombre d'un saule dont les premiers bourgeons avaient éclos tachetait le visage de Dillinger, et la lumière lente du crépuscule l'inondait d'une sérénité bucolique qui rappela à Fanny le repos du Seigneur au septième jour de la Création. Elle se tint tranquille, dans un silence recueilli, jusqu'au moment où Dillinger leva brusquement les paupières ; elle crut qu'il allait aussitôt brandir une mitraillette, alarmé, au lieu de quoi il s'étira avec lassitude, comme un brave ogre, tourna la manivelle, fit descendre la vitre de la Ford, et lui adressa son plus beau sourire de chenapan. « Salut, beauté, comment t'appelles-tu ? » demanda-t-il. « Fanny, monsieur Dillinger », répondit-elle, le dispensant ainsi de se présenter ; nerveuse comme elle l'était, elle remarqua pourtant qu'il était flatté d'être reconnu. « Je vois que tu m'as apporté quelque chose à manger, dit-il en montrant la portion de tarte qui commençait à coller aux doigts de Fanny. Tu ne peux pas savoir à quel point je t'en suis reconnaissant. Je suis claqué. »

« En un clin d'œil, il l'a engloutie, dit Fanny d'une voix partagée entre le ravissement et la consternation. Il l'a fait disparaître en deux bouchées et ne m'a pas laissé une miette à me mettre sous la dent.

– Ah bon ? Il a fait comme si tu n'étais pas là ? Quel culot, fit le surveillant Chambers sur un ton de reproche.

– Tu veux bien arrêter de m'interrompre et avoir un peu de patience ? »

L'estomac de Fanny gargouilla inopportunément tandis que Dillinger s'étouffait avec la dernière bouchée. « Merde, j'ai fait une gaffe, dit-il en se repentant de sa voracité. Maintenant, tu vas aller raconter à tes amies que John Dillinger est un goinfre, non ? » Fanny nia d'un mouvement de tête, sans oser dire un mot, parce que les gargouillis ne s'arrêtaient pas. Dillinger lui ébouriffa les cheveux. « T'a-t-on déjà dit que tu es une beauté ? Quand tu seras grande, les hommes raffoleront de toi. » Consumée par la honte, Fanny secoua de nouveau la tête ; maintenant, son mutisme n'était plus forcé, mais dû au contact de la main de Dillinger sur sa tête, qui lui inspirait un autre silence. « Comment ça, non, ma petite chatte ? Claudette Colbert, à côté de toi, c'est un laideron. » Il lui pinça le nez, peut-être la seule partie de son visage qui n'était pas écarlate. « Et si les gars de ton village ne t'accordent pas l'attention que tu mérites, tu pourras toujours appeler ton vieux Dillinger, qui se mariera bien volontiers avec toi. » Une ride plissa son front, griffure d'une prémonition. « Quoique je ne sois pas sûr de faire des vieux os, grogna-t-il sur un ton lugubre, pour recouvrer aussitôt sa jovialité, tout en dépliant la carte routière qu'il avait prise sur le tableau de bord. Mais pour le moment, je me contenterai d'arriver à Chicago. Tu es bonne en géographie, Fanny ? Je t'avoue que je suis complètement perdu. » Fanny lui montra où se trouvait Metamora sur la carte, dans le comté de Woodfort, entre Peoria et El Paso. Il lui restait encore un long bout de chemin à parcourir, d'autant plus qu'il avançait en faisant des détours par des traverses qui parfois n'aboutissaient nullc part. Il replia la carte à la va-vite ; les sœurs se faisaient entendre, au loin, claquant des mains pour donner le signal du retour à l'orphelinat. Dillinger scruta attentivement Fanny, non sans un brin d'effronterie, comme il devait le faire avec les filles qui tombaient à ses pieds, séduites, et cédaient toutes par vanité. « Inutile de te dire, je crois... », fit-il, mais Fanny ne le laissa pas aller plus loin, parce qu'il y a des doutes qui offensent. « Ça reste entre nous, monsieur Dillinger. Ce sera notre secret. » Elle crut deviner dans son regard la soudaine étincelle de l'émotion et vit sa main chercher de nouveau quelque chose sur le tableau de bord. « Je crois que tu mérites un cadeau, dit-il en lui tendant le pistolet en bois taillé luisant de cirage avec lequel il avait trompé ses gardiens. Pour que tu te souviennes de Dillinger, qui t'aurait volontiers fait du gringue si tu avais eu quelques années de plus. » Fanny regarda le faux pistolet, vaguement funèbre et hostile, le premier jouet de son enfance ; quand elle leva les yeux, la Ford roulait déjà, creusant des ornières dans la terre humide de confidences. Dillinger sortit le bras de la portière en geste d'adieu, et même si elle ne le sut jamais, tandis qu'il s'éloignait ballotté par les amortisseurs sur le mauvais chemin qui devait le ramener à la route, tandis que les branches des arbres et les tiges venaient à sa rencontre et griffaient le pare-brise, Dillinger n'arrêta pas de la regarder dans le rétroviseur jusqu'au proche tournant, de lui adresser des bénédictions et de se dire que cette enfant était vraiment une beauté, car la beauté est une question de squelette.

« Et qu'as-tu fait du pistolet ? » demanda le surveillant Chambers. Qu'elle fût réalité ou rêverie ou mémoire sublimée, l'histoire l'avait complètement fasciné.

Fanny s'était de nouveau pelotonnée dans le lit et lui tournait le dos, faisant l'importante. Sa voix devenait un ronronnement somnolent.

« J'ai creusé de mes mains un trou dans la terre molle, effrayée à l'idée qu'on pourrait me surprendre avec ce pistolet et aller moucharder à la police. Chaque fois qu'on revenait goûter au bord du fleuve, je m'éclipsais comme je pouvais et j'allais le déterrer pour un petit moment, le bercer sur ma poitrine. C'était notre secret, tu te rappelles ? »

Mais le surveillant Chambers voulait en savoir davantage.

« Et après sa mort ? Tu serais devenue célèbre, avec ce pistolet. »

Décidément, la voix de Fanny s'éteignait, ou c'était peut-être seulement de la coquetterie.

« Quatre jours plus tard, sur tous les marchés, on vendait des milliers de pistolets en bois passés au cirage, plus ou moins semblables à celui dont Dillinger s'était servi pour s'enfuir de Crown Point. » Elle poussa un soupir. « Si j'étais allée dire que le vrai c'était le mien, on se serait moqué de moi. Comme on se payait la tête du directeur du pénitencier.

– Oui, je comprends », dit le surveillant Chambers, pas très convaincu.

Alors Fanny se tourna dans le lit, et lui fit face, blessée dans son amour-propre et dans la dévotion qu'elle conservait pour ce souvenir ; les doutes offensent.

« Écoute, Tom, ça m'agace que tu me prennes pour une menteuse. Quand tu voudras, je t'emmène à Metamora et nous déterrons le pistolet. Je me souviens parfaitement de l'endroit où je l'ai caché. »

Le surveillant Chambers n'osa pas lui faire remarquer que, pour pouvoir faire cette excursion, il leur faudrait auparavant planifier une évasion du cabanon Chicago-Read, qui n'était peut-être pas aussi inexpugnable qu'un fortin, mais d'où l'alerte serait donnée aux autorités, aussitôt que l'on s'aviserait de leur disparition; or, le surveillant Chambers n'avait pas les talents d'escamoteur qui ornaient Dillinger, et il n'était même pas invulnérable, bien que Fanny le prît pour un ange à figure humaine. Les saisons se succédaient derrière la fenêtre, tels des chromos répétés; les années passaient sur les calendriers, aussi familières et étrangères que les visages que l'on voit en rêve et que l'on oublie aussitôt. Fanny et Tom vieillissaient ensemble, abrités des intempéries du temps qui passe par un flot de paroles beaucoup plus lénitives que toute thérapie, beaucoup plus consolatrices que le simple oubli. L'amour, en ses heures matinales, est une corne d'abondance de paroles qui jaillissent sans retenue et sans arrêt, dans leur désir de s'enlacer à celles, tout aussi incontinentes, de la personne aimée; mais – ainsi que Chambers lui-même me l'avait déclaré devant la grille de la maison de retraite Mather Gardens, à Evanston – il y a de nombreuses formes d'amour, dont certaines n'admettent même pas une explication érotique, mais plutôt religieuse. L'amour de la vieille Fanny et du surveillant Chambers participait de cette nature religieuse et expiatoire: les prophéties disparaissent, les langues meurent, la science s'efface, mais cette forme d'amour qui pardonne tout, qui croit en tout, qui espère tout et qui tolère tout ne déchoit jamais. Un jour, la junte des médecins décida d'arrêter le traitement de Fanny, ou de le réduire à l'indispensable (mais ils ne savaient pas que, depuis de nombreuses années, le surveillant Chambers se chargeait de jeter les médicaments dans la cuvette des toilettes); un autre jour, ils décrétèrent qu'elle allait passer en régime ouvert, qui lui permettrait de se promener – toujours accompagnée par le surveillant Chambers – aux alentours et même de cultiver une parcelle du jardin potager; enfin, après avoir obtenu l'autorisation légale, ils adressèrent une demande aux services sociaux de l'Illinois pour qu'elle soit transférée dans un établissement mieux adapté à une personne qui n'avait plus besoin de traitement psychiatrique mais allait bientôt nécessiter des soins gériatriques. Quelques mois devaient encore passer avant qu'on lui trouve une place à la maison de retraite Mather Gardens d'Evanston; ce fut le surveillant Chambers qui fut chargé de l'annoncer à Fanny, ce qu'il fit tandis qu'ils creusaient de leurs mains la terre du potager, qui n'était pas aussi meuble que celle de la rive de l'Illinois où Fanny avait caché le faux pistolet de Dillinger, mais plutôt une terre engourdie qui abritait encore le cadavre de l'hiver, son cœur serré par la neige. Ils semaient des graines de lilas, qui germeraient aux premières pluies.

« Et toi, que feras-tu, Tom ? Parce que ton devoir est de rester à mes côtés, de m'accompagner dans mon pèlerinage au fond de la vallée des ombres. »

Dans les mains de Fanny s'enracinait l'arthrose, dont les nodosités tiraient sur le parchemin fripé de sa peau. Elle ne détournait pas les yeux de la terre remuée pour ne pas laisser voir les larmes qui les noyaient.

« Ne parle pas si fort, Fanny, lui demanda le surveillant Chambers, alarmé à l'idée que les infirmières en patrouille dans le jardin puissent les entendre. J'essaierai de me faire engager par la maison de retraite.

– Mais ils n'ont pas besoin de gardien d'asile de fous », objecta Fanny.

Elle répandait les graines dans le sillon qu'ils venaient d'ouvrir ; d'elles naîtraient des arbustes dont les fleurs vibreraient dans le vent comme les armes entrechoquées des guerriers nés des dents du dragon qui gardaient la fontaine Castalie. Mais Fanny ne serait pas là pour le voir.

« Je me débrouillerai d'une façon ou d'une autre, dit le surveillant Chambers en couvrant d'une poignée de terre les graines pour qu'elles puissent germer. Je pourrais travailler comme jardinier, par exemple.

– Jardinier ? Mais tu ne connais même pas le nom des plantes.

– Je les apprendrai de A à Z, répliqua le surveillant Chambers en se vantant d'une façon insensée. Et j'apprendrai aussi à arroser le gazon et à tailler les arbres. »

Fanny sourit, réconfortée ; elle savait que son ange gardien serait capable de s'exercer à n'importe quelle discipline pourvu qu'il fût près d'elle. Elle essuya ses larmes avec ses mains tachées de terre qui noircirent ses joues.

« Tu cultiveras des lilas dans le jardin ?

– Les lilas les plus parfumés de l'Illinois. Tous les matins je t'en apporterai une branche dans ta chambre. »

Fanny respira l'air encore frisquet de février, anticipant la floraison du printemps.

« T'ai-je raconté qu'un jour, quand j'étais petite, j'ai provoqué un drôle de scandale avec une guirlande de lilas ? »

L'amour est une corne d'abondance de paroles qui nous sauve, tandis que la mort erre de par le monde.

« Je suis sûr que non, Fanny. Tout ce temps passé ensemble, et tu as encore des secrets pour moi. »

Elle venait d'avoir sept ans ; c'était le moment le plus dur de la Dépression, quand les orphelinats se remplissaient d'enfants faméliques et vagabonds, quand les champs refusaient de porter leurs moissons. Le gouverneur Louis L. Emmerson annonça qu'il ferait une visite à l'orphelinat de Metamora ; les sœurs organisèrent auprès des voisins des environs des collectes de vêtements et de colifichets pour les petites pensionnaires, qui pourraient ainsi recevoir le gouverneur sans la blouse grise qui cachait leurs haillons. Les dons, plutôt maigres, ne suffirent pas à renouveler les vêtements de toutes les fillettes ; les sœurs, après les efforts de couture qu'elles firent pour raccommoder et rapiécer des vêtements qui n'étaient même pas bons à approvisionner une friperie, durent se résigner à les tirer au sort. Celles que le sort avait favorisées ne se tenaient plus de joie ; c'étaient des vêtements abîmés, des blouses aux impressions pâlies par les lessives, des bas ravaudés dont les coutures ressemblaient à un labyrinthe de varices ; des canezous d'un tissu aussi fragile, après des centaines de lavages, que de la toile d'araignée. À celles qui, comme Fanny, n'avaient rien obtenu en partage, les sœurs recommandèrent de faire le plus grand effort de propreté, car la pauvreté embellie par le savon est toujours plus décente que la pauvreté déguisée d'extravagances. Fanny ne regretta pas outre mesure de n'avoir pas été favorisée par le hasard dans cette misérable tombola et, la veille de la visite du gouverneur, profitant d'une excursion au bord du fleuve, elle cueillit des branches de lilas. Pour les atteindre, elle dut s'ouvrir passage dans un nuage de papillons qui butinaient ces fleurs en introduisant leur trompe dans les petites corolles et en déployant l'envergure mythologique de leurs ailes, sur lesquelles se nichait l'écriture de Dieu (parce que Dieu aussi a Ses écritures hiéroglyphiques, qui réfutent et nient les écritures du Diable). Il y avait des papillons de cuivre moucheté au vol solennel, mais aussi des papillons d'un noir bleuté aux éclaboussures blanches qui agitaient leurs ailes avec une certaine suffisance aristocratique ; et d'autres plus étourdis, dont le velours obscur était frangé d'un filet de voluptueuse hématite rouge ; d'autres d'un or jaspé de céladon qui virevoltaient autour d'elle en zigzags chancelants, lui caressaient les mollets, tachaient ses mains d'une fine poudre pareille à du safran, éventaient son visage de leur pullulation de tendre essaim. Mais aucun n'était aussi beau, aussi altier et n'avait une queue aussi longue que celui qui se soutenait en l'air en agitant à peine les ailes et reproduisait les couleurs du tigre ; parfois, il rencontrait entre les branches du lilas un autre papillon de sexe différent, et ils se lançaient ensemble dans une inaccessible danse nuptiale, s'élevant jusqu'au-dessus des nuages en une spirale de lumière crépitante, semblable aux flammes de la Pentecôte ; parfois, lassé de sa condition de créature volante, il se posait et montrait le dessin inconcevable de ses ailes, rayées de noir et de jaune, liserées de bleu de cobalt et bordées d'ocelles d'un rouge tirant sur l'ocre ; les ailes postérieures s'achevaient en longues pointes qui avaient l'air de festons ou de timons qui l'aidaient à gouverner son vol majestueux.

« Ne t'imagine pas qu'ils ont été très heureux que j'envahisse leur territoire et que je les prive de leur déjeuner, dit Fanny. Si au lieu d'antennes ils avaient eu des cornes, je crois qu'ils m'auraient volontiers chargée. Je suis retournée à l'orphelinat avec mon bouquet de lilas, que j'ai conservé frais jusqu'au lendemain dans une bouteille d'eau. Quand je me suis levée, avant que le gouverneur Emmerson n'arrive, j'ai tressé une guirlande et je l'ai mise sur ma tête comme une couronne d'épines. Je ne sais pas. » Elle hésita, un peu honteuse. « Ça doit peut-être te paraître ridicule. »

Ils avaient recouvert les graines de leur sillon. La terre remuée formait un monticule, par rapport à l'herbe environnante, sorte de tumulus en miniature.

« Pourquoi ça me paraîtrait ridicule ? Je suis sûr que tu étais très belle. J'aurais aimé te voir.

– Parce que les filles de l'orphelinat se moquaient de moi. Je suppose que cette guirlande leur semblait aussi grotesque et ridicule que l'étaient à mes yeux leurs vêtements de deuxième ou de troisième main, qu'elles avaient dû retenir avec des épingles pour qu'ils ne tombent pas en lambeaux ; nous sommes sorties dans la cour et nous nous sommes mises en rang pour recevoir le gouverneur, qui arrivait accompagné du maire de Metamora et d'une suite de lèche-bottes. Les sœurs nous avaient appris à faire une petite révérence. »

Il était près de midi ; le ciel sans nuages s'était rempli d'une lumière pollinisée, presque comestible. Alors, au moment où le gouverneur Emmerson commençait à saluer les petites filles alignées, Fanny vit venir à elle une multitude de papillons de toutes les tribus et de toutes les nations qui survolaient la barrière de la cour et se dirigeaient vers elle, vers sa guirlande de lilas dont le parfum les attirait. Fanny ferma les yeux, de crainte que ses cillements ne sèment le trouble, l'épouvante, dans le battement d'ailes unanime et voluptueux des papillons qui se posaient sur ses cheveux, suçaient le suc des fleurs qui couronnaient son front, se courtisaient en une promiscuité de races et d'espèces, déployaient leurs ailes où s'enchâssaient l'agate et le saphir, l'émeraude et le lapis-lazuli, l'opale et la turquoise, la topaze et le béryl, le rubis et l'onyx, le jaspe et l'améthyste, la tourmaline et la calcédoine, et des pierres encore plus précieuses qui ne figuraient pas sur les catalogues des joailliers, des pierres vives aux irisations et aux feux inouïs qui changeaient à tout instant de position et abreuvaient le soleil. Il s'était fait un silence dans lequel se combinaient le ravissement et l'envie ; Fanny leva tout doucement les paupières, comme si elle s'éveillait d'un sortilège qui l'aurait plongée dans le sommeil pendant mille ans, et elle vit les pensionnaires de l'orphelinat rassemblées autour d'elle, elle vit les sœurs stupéfaites tenir à deux mains leurs coiffes amidonnées, elle vit le gouverneur et sa suite de lèche-bottes bouche ouverte et abasourdis. « Fanny Riffel, de Chillicothe, vous présente ses respects », dit-elle avec une légère flexion des genoux qui ne fit pas fuir les papillons, trop occupés à leurs libations.

« Le gouverneur, au lieu de me serrer la main comme aux autres petites, me l'a baisée et l'a gardée un moment dans les siennes. Il avait oublié les discours. »

Le surveillant Chambers caressa les cheveux de Fanny, qui

étaient maintenant neigeux, et crut sentir que ses doigts se couvraient d'une fine poudre pareille à du safran. Puis il regarda le ciel sans nuages, qui s'était rempli d'une lumière pollinisée et comestible. L'urgence d'un sanglot noua de nouveau la gorge de Fanny.

« Et s'ils ne t'engagent pas comme jardinier ? Que ferons-nous, alors ? »

Il posa le bout de ses doigts sur les paupières de Fanny, embrumées de rides. Avec une superbe involontaire, il formula la réponse qu'il méditait depuis des mois ou des années.

« Alors, nous nous enfuirons. Nous nous envolerons comme les papillons. »

Il y eut un temps où, chaque fois que je prenais le métro, je me livrais au même jeu divinatoire que le protagoniste d'une nouvelle de Julio Cortázar, intitulée, je crois, *Manuscrit trouvé dans une poche*. Quand je voyais dans un wagon une jeune femme qui me plaisait, j'essayais de deviner à quelle station elle descendrait et je m'imposais l'obligation de suivre l'itinéraire ainsi choisi. Comme la réalité ne coïncidait généralement pas avec mon désir, je laissais m'échapper et disparaître la plupart de ces femmes dont le profil, reflété par une vitre, m'avait subjugué pendant quelques minutes. Parfois, ce jeu se prolongeait pendant plusieurs stations et triomphait même du choix fatidique de la correspondance, mais n'était jamais couronné de succès parce que, au dernier moment, la femme élue (qui avait alors remarqué que je la surveillais et me surveillait de son côté du coin de l'œil, me prenant sans doute pour un voleur à la tire ou un obsédé sexuel), après voir quitté le wagon à la même station que moi, prenait une correspondance différente de celle que j'avais choisie, ou regagnait la surface en empruntant une sortie que je n'avais pas envisagée parmi les possibilités de mon jeu de devinettes. Le découragement qui s'emparait de moi quand l'une de ces femmes apparues par hasard s'écartait de la route imaginaire que je lui avais adjugée ne pouvait être comparé qu'à l'illusion renouvelée qui me saisissait quand, au voyage suivant, une autre femme réclamait mon attention et m'obligeait à me relancer dans ce jeu. En fin de compte, ces élucubrations divinatoires m'inculquèrent une humilité de nature presque métaphysique, en me donnant l'impression que je n'étais qu'un naufragé insignifiant dans l'immense océan des probabilités qui se multipliaient à l'infini et finissaient par m'étourdir.

Un beau jour, j'arrêtai de me livrer à ce jeu sur le mode strictement érotique, mais je conçus une variante qui excite encore ma fantaisie. Elle consiste à établir une biographie probable des passagers avec lesquels je me trouve dans le wagon : une bribe de dialogue, un geste d'impatience ou de soulagement, une tenue révélatrice de leur métier constituent des pistes suffisantes pour amorcer l'enquête fictive. Ces vies qui frôlent la nôtre de façon si éphémère, comme des tangentes qui s'éloignent à peine entrevues, me permettent de faire travailler le muscle de l'imagination. Où peut bien aller cet homme réfugié dans un coin, qui jette autour de lui des regards méfiants ? A-t-il rendez-vous avec sa maîtresse à laquelle il passe tous ses caprices au détriment de ses propres enfants, auxquels il ne laisse pas un sou ? Est-il employé dans une banque où il subtilise tous les jours une somme insignifiante, dix ou douze euros, pour pouvoir s'offrir une bonne place au match de football dominical ? Ou est-il l'un des gagnants au dernier tirage de la loterie, qui se déplace en métro pour ne pas éveiller de soupçons sur sa fortune récente ? Les possibilités de divaguer sont sans fin, toujours renouvelées par les nouvelles vagues de passagers qui s'engouffrent dans le wagon à chaque arrêt. Même quand le métro dort, aux heures clandestines où les rames vont se tapir dans la tanière d'une voie désaffectée, il se peut encore qu'un voyageur sans foyer, quelque hôte de la vie invisible, reste dormir là, sous le bâillement concave des tunnels où se déroulent peut-être chaque nuit des sabbats, des parties de cartes ou des réunions de spirites. Qui peut mettre un frein à l'imagination ?

Il y avait près de trois heures que je voyageais d'un bout à l'autre de la ligne, comme l'un de ces objets encombrants que les usagers font semblant d'oublier pour ne pas avoir à les porter jusque chez eux, pour ne pas avoir à affronter les reproches de leur conjoint qui ne peut souffrir leur manie de se jeter sur les objets inutiles dont personne ne veut. C'était la Saint-Isidore, et même si les maffiosi n'accordent aucun congé à leurs acolytes et esclaves, les gens ne se levaient pas de bonne heure, ils préféraient paresser au lit jusqu'au moment où il faudrait emmener les enfants faire un tour à la campagne ou aller rejoindre les membres de leur cercle pour se convaincre collectivement que la corrida du soir à laquelle ils ne pourront assister (à défaut d'avoir obtenu une réduction sur le prix exorbitant des billets) tournera au ridicule. Les wagons étaient presque déserts, à l'exception de quelques noceurs qui prolongeaient la bringue de la nuit passée et de quelques Équatoriens éreintés qui regagnaient leurs ergastules, après s'être échinés pour un salaire de misère sur un travail stakhanoviste, plumer des poulets, peut-être, ou charger le bétail aux abattoirs. Alors que je me préparais à l'échec, je la vis sur le quai, avec son paquet d'exemplaires de *La Farola* et l'enfant qui n'allait pas tarder à voyager porté en écharpe ; c'était la gitane roumaine que j'avais un jour saisie par la taille pour l'empêcher de tomber, quand une poussée subite dans un tournant l'avait lancée contre moi. Les deux mots qu'elle m'avait alors adressés en posant le pied sur le quai, au moment où la sonnerie annonçait déjà le départ du train dans un concert de grincements (« Merci, ami »), m'accompagnaient depuis lors comme une rengaine ou un psaume cautionnant ma métamorphose. Peut-être m'accrochais-je à une chimère, mais je me disais que l'écho de cette gratitude pouvait aussi s'être niché dans un recoin de sa mémoire. La jeune gitane n'entra pas dans mon wagon, mais dans celui de queue ; je ne me souciai pas d'aller à sa rencontre, sachant que le circuit inexorable de sa quête (répétée jour après jour, comme si les cycles cosmiques qui régissent l'éternel retour n'avaient jamais connu aucun bouleversement) la conduirait, de wagon en wagon, d'arrêt en arrêt, jusqu'à moi. J'entretins mon espérance en imaginant certains passages probables de sa biographie à partir des quelques éléments glanés en l'observant, quand je l'avais rencontrée dans le métro en d'autres occasions : la peau tatouée par les soleils de l'exode, les yeux qui avaient oublié comment sécréter les larmes, la chair montrant l'os et aiguisant son squelette, le regard affligé et comme honteux de constater que le monde continuait de tourner, imperturbable, sur son orbite. J'imaginai son enfance sans jeux, dans une camionnette de quinzième ou de seizième main où s'entassaient plusieurs générations, fuyant sans cesse les avis et les édits qui leur interdisaient de camper sur tel ou tel terrain communal, fuyant les soldats de Ceausescu qui essayaient de les exclure du calcul démographique. Je l'imaginai, à peine perceptible dans la multitude de ses frères et sœurs qui emplissait la camionnette, sans même assez de place pour pouvoir dormir. J'imaginai les cahots de cette camionnette sur les chemins accidentés de la Moldavie et de la Bucovine ; j'imaginai la pluie impertinente et persistante frappant la tôle du toit et s'infiltrant par les jointures des portières mal ajustées ; j'imaginai le concert des casseroles que la famille traînait avec elle dans sa transhumance (peut-être gagnaient-ils leur vie comme ferblantiers, réparant les pots troués, rafistolant et redressant les ustensiles de cuisine mordus par la rouille) dont le vacarme tonitruant devait faire fuir les bêtes nuisibles qui guettaient leur passage sur les chemins, aux aguets dans l'épaisseur des fourrés. J'imaginai aussi sa puberté surveillée par les mâles du clan, ses fiançailles négociées avec le rejeton d'un autre clan ami, ses noces dans un champ verdi par les pluies d'avril, le mouchoir qui proclamait sa virginité, le joyeux tintamarre des heures suivantes, quand le ciel, les arbres, la musique, le bon vin et l'assemblée des fleurs célébraient les épousailles. Je l'imaginai la nuit sur la couche nuptiale préparée dans la camionnette de celui qui était maintenant son mari, un jeune garçon tout juste un peu plus âgé qu'elle, qui la regardait avec une convoitise avaricieuse ; j'imaginai l'accès difficile de la chair dans la voie qui allait bientôt cesser d'être étroite quand se succéderaient les marmots, condamnés à leur tour comme elle l'avait été à une enfance sans jeux. Je l'imaginai accablée de mille travaux qui assuraient la subsistance de la famille, tandis que le mari paresseux ou prétentieux allait retrouver les autres hommes du clan pour organiser le voyage vers la nouvelle terre de Canaan, qu'on appelait l'Espagne ; je l'imaginai les seins démolis par les allaitements successifs, trompant la faim de sa progéniture avec des salades d'herbes des champs et le miel qu'elle volait dans les essaims au prix d'avoir la peau boursouflée et le sang empoisonné par les piqûres des abeilles, furieuses d'avoir été chassées. J'imaginai le voyage vers cet Eldorado de pacotille, tout droit en direction du ponant, en un cortège d'une vingtaine de camionnettes et caravanes, à travers une Europe qui réservait à ceux de sa race les faubourgs les plus miséreux, les métiers les plus vils ou délictueux ; ils choisissaient toujours de passer par des routes secondaires ou des chemins de traverse, entre des talus et des escarpements, pour éviter les péages et, à l'heure du crépuscule, ils envoyaient leurs femmes mendier dans les villes qu'ils laissaient derrière eux. Je l'imaginai s'endurcissant dans les ruses et les stratagèmes de la mendicité ; c'était peut-être son paresseux ou son prétentieux de mari qui lui avait proposé d'emmener avec elle, pour aller demander la charité, l'un des marmots qui composaient sa progéniture grandissante, afin d'exciter de façon plus convaincante la pitié des passants qui accéléraient le pas en s'approchant d'elle, dans leur crainte de devoir se pencher sur la vie invisible. Je l'imaginai enfin à Madrid, installée dans un campement en bordure de la route de Burgos, substituant aux salades d'herbes des champs et au miel des forêts des potages en sachet aux poudres desquels elle mêlait des déchets ramassés dans les boîtes à ordures. Je l'imaginai résignée à vendre *La Farola* sur la ligne de métro qui lui avait été adjugée par tirage au sort ; résignée aussi à ce que ses grands fils – de neuf ou dix ans à peine – fassent leurs premières armes à l'école du vol à la tire, arrachant leur téléphone portable aux imprudents qui s'arrêtaient à un feu rouge l'appareil à l'oreille. J'imaginai son accablement écœuré quand, une fois par semaine, un Roumain de race blanche, séide de quelque maffia spécialisée dans le trafic et sans doute dans d'autres délits moins véniels, arrivait au campement dans sa grosse voiture et, réprimant une grimace de dégoût, avançait entre les déchets jusqu'à sa camionnette, où il s'enfermait avec son mari toujours plus paresseux ou prétentieux pour débattre du prix des portables volés, qu'il revendrait ensuite au marché noir pour dix fois ce qu'il leur en donnait. Je l'imaginai blessée par un sourd ressentiment, épuisée de devoir toujours respirer le même air infesté de mouches, épuisée de vivre. Qui peut mettre un frein à l'imagination ?

« Bonjour, ami. Journal ? »

Aussitôt entrée dans le wagon, elle s'était dirigée vers moi. Je surpris, au fond de son regard, quelque chose de semblable à un scintillement de reconnaissance. Elle n'avait pas oublié mes mains qui s'étaient un jour refermées sur sa taille pour lui éviter de tomber. L'enfant qu'elle portait dans une écharpe dormait, bercé par les cahots du train. Je crois que je lui donnai une somme exorbitante, parce qu'elle la regarda avec une sorte d'étonnement dubitatif.

« Je ne sais toujours pas comment tu t'appelles », lui dis-je.

La jeune gitane – elle ne devait pas avoir plus de vingt-cinq ans, vingt-cinq années longues et noires et tordues comme une tresse – lança un regard évaluateur sur le reste des voyageurs et décida qu'il était inutile d'user ses forces à essayer de les attendrir. Par ailleurs, ce que je lui avais donné devait suffire pour sa journée.

« Michalela je m'appelle. Pourquoi tu demandes ? »

Ma curiosité la flattait et éveillait en même temps sa méfiance, en un mélange prudent. Quand elle m'avait dit son prénom, dépouillé du carcan de la langue étrangère, sa voix m'avait semblé plus fragile, plus plaintive, mais aussi plus musicale.

« Je voudrais te demander une faveur, Michalela. »

Maintenant, la méfiance avait englouti en elle jusqu'au souvenir d'avoir pu se sentir flattée.

« Pour ça si généreux ? me reprocha-t-elle, et à la méfiance s'ajouta la déception. Rien à te donner. Rien à vendre.

– Je ne veux rien t'acheter, Michalela. » Je répétais son prénom, pour m'accrocher au mirage de la cordialité que j'invoquais ardemment. « Mais j'ai pensé que tu pourrais m'obtenir un numéro de téléphone. »

Elle aurait été belle si, au jeu de dés où nos destins nous sont assignés, elle avait obtenu une combinaison moins désastreuse. De cette beauté qui n'avait pu s'épanouir ou qui s'était dissipée avant d'avoir atteint la plénitude de son épanouissement ne restait plus que l'éclat de ses cheveux, celui d'un corbeau en plein vol. Elle était maintenant sur les nerfs.

« J'ai pas des téléphones, dit-elle en se passant les mains sur le corps, imitant les manières brusques d'une fouille. Aucun téléphone. »

Mes jeux divinatoires n'étaient peut-être pas si loin de la vérité, après tout.

« Tu ne m'as pas compris. Je veux juste un numéro de téléphone. »

Le haut-parleur annonçait la station suivante. Elle demanda sur un ton expéditif :

« Quel numéro ?

– Celui d'un certain Vasile Morcea. Roumain, comme toi. Peut-être as-tu entendu parler de lui. Il a la réputation d'… »

Michalela me regardait, incrédule et horrifiée au-delà de toute expression, comme si elle contemplait mon corps débité en morceaux et jeté à l'égout. Le métro s'arrêtait avec un grincement de machine rouillée.

« Tu es fou, déclara-t-elle sèchement, mais ce verdict, je l'avais déjà entendu dans la bouche de Laura. Tu es fou et tu veux être mort. »

Les portes automatiques s'ouvrirent et Michalela sortit au pas de course, comme si elle fuyait une apparition. Je lui courus après sur le quai désert ; si les passagers du métro n'avaient pas été somnolents de fatigue, ils auraient pu croire que je poursuivais une voleuse.

« Va-t'en. Tu n'as pas le droit. »

Elle filait tête basse vers le couloir qui conduisait à la surface, protégeant son secret. Sa robe funèbre, agitée par sa hâte, se prenait dans ses jambes et entravait sa marche.

« Je sais que je n'ai pas le droit. Mais il y a trop en jeu. Une vie, non, deux, dépendent de ce numéro. »

J'avais honte de recourir à cette forme de chantage sentimental ; je supposais que Michalela avait dû éprouver une semblable honte bien des fois, quand elle mendiait dans les wagons de métro.

« Je connais pas cet homme. Va-t'en.

– Mais quelqu'un que tu connais doit le connaître, insistai-je. Quelqu'un de ton pays doit bien être en affaires avec lui, ou avec un de ses complices. »

Michalela s'arrêta, à bout de souffle, au bas de l'escalier. L'enfant, secoué par les ballottements, s'était réveillé et pleurait avec férocité : la faim est une tyrannie qui impose ses horaires. Elle le prit dans ses bras et me demanda sur un ton vibrant de colère et de frustration :

« S'il vous plaît, ne regarde pas. »

Michalela me remit les exemplaires de *La Farola* et me tourna le dos, pour sortir de sa robe l'un des seins que j'avais imaginés démolis et allaiter son enfant, sans doute le petit dernier d'une progéniture qui ne devait pas se compter seulement sur les doigts d'une main. Quand elle reprit la parole, elle paraissait moins tendue.

« Elles sont importantes, ces vies ? Si importantes pour risquer la tienne ?

– Beaucoup plus importantes que la mienne. »

Elle continua d'allaiter son enfant en lui murmurant des mots tendres en roumain, qui est une langue plaintive et trop proche de l'espagnol, trop douloureusement proche. Les mots tendres se changeaient en une rengaine, et la rengaine en une berceuse. Une rame passa, semblable à une cavalcade de spectres ; son vacarme ne réussit à perturber ni le recueillement de la mère ni la gloutonnerie instinctive de l'enfant. Quand il fut enfin repu, Michalela referma pudiquement sa robe.

« T'as pas encore dit comment t'appeler.

– M'appeler Alejandro, répondis-je en l'imitant. Je te promets que rien de tout ça ne te créera d'ennuis. Jamais plus tu n'entendras parler de moi. Jamais je ne mentionnerai ton nom. »

Elle hocha la tête. Il y eut dans sa voix une tristesse aux dimensions de l'univers.

« Je promets rien. Mais j'essaie. Quand tu veux la réponse ? » Hier, avant-hier. Si seulement le temps avait pu inverser son cours, si seulement nous avions pu le faire reculer. Je m'abstins de formuler ces insanités.

« Ce soir, c'est possible ? » Michalela fronça les sourcils, légèrement contrainte par ma demande, qui ressemblait à une exigence. « À minuit, à la station Lago ? »

Peut-être les réserves linguistiques de Michalela étaient-elles trop réduites pour exprimer sa contrariété, ou peut-être comprit-elle que ma hâte n'admettait pas de plus grand retard. Elle me regarda de nouveau fixement, comme elle l'avait fait dans le wagon, en essayant de déchiffrer la raison de ma folie. J'ignore si elle put en entrevoir quelque chose ou si elle ressentit seulement cette nostalgie ancestrale qui s'éveille en nous quand nous découvrons que le premier venu aurait pu être notre frère, là-bas, dans les généalogies lointaines du sang, là-bas, dans la poussière commune avec laquelle nous avons été modelés au premier chapitre de la Genèse. Michalela prit les exemplaires de *La Farola* que j'avais tenus pendant qu'elle allaitait son enfant et courut pour ne pas manquer une autre rame, qui se disposait à partir sans elle, lasse de toujours suivre le même itinéraire. Elle se sépara de moi en pressant la paume de sa main tendue contre la vitre des portes automatiques, qui s'étaient refermées un dixième de seconde après qu'elle les eut franchies ; autour de ses doigts se condensa la transpiration, halo de tiédeur qui scella notre pacte. Je voulus répondre à ce geste en faisant coïncider les contours de nos mains, mais le train pénétrait déjà dans le tunnel, délogeant l'air stagnant et chaud qui y trouvait refuge. Je restai seul sur le quai pendant quelques minutes, à fraterniser avec les déchets éparpillés entre les voies, comme si j'attendais que l'on me ramasse avec un balai et une pelle. Au bout d'un moment, je pris un train dans la direction contraire pour aller retrouver Bruno.

Entre les épisodes les plus connus de la vie de saint Isidore Laboureur, le saint patron de Madrid, on raconte le miracle des anges qui se chargeaient de mener ses bœufs et de labourer ses terres pour permettre au saint de se consacrer à la prière. J'avais toujours trouvé sympathique ce favori de la Providence, qui se la coule douce pendant que les anges briseurs de grève travaillent à sa place ; et j'aurais aimé jouir des mêmes prérogatives en bien des circonstances, mais jamais autant que ce soir-là, le soir de sa fête, quand Bruno et moi nous rendîmes à la Casa de Campo dans notre tacot pour nous joindre à la file des automobiles qui faisaient la ronde de la prostitution. En d'autres occasions, quand j'étais passé dans ces parages agrestes envahis par une armée de putes qui rassemblait toutes les races de la mappemonde, je ne leur avais prêté que peu d'attention, à la manière d'un visiteur qui, tenté par le pittoresque, rentre dans une exposition avicole et ne tarde pas à se lasser de la succession de cages où l'on exhibe les poules couveuses et pondeuses. Maintenant que je connaissais les chaînes de l'esclavage qui accablent ces femmes, je découvrais, au-delà de leurs visages obscènes et de leurs vêtements succincts, les stigmates de la captivité : la limace visqueuse du dégoût qui pèse sur leurs paupières, la couleur légèrement somnolente et vineuse que prend la chair anesthésiée par la répulsion, la douleur qui monte à leurs yeux nocturnes dans lesquels s'annonce l'effrayante dignité de la mort. Il y avait en abondance des Africaines qui ne devaient pas avoir vingt ans ; elles ne se contentaient pas de s'afficher au bord de la route, mais se lançaient à l'assaut de la clientèle en balançant leurs culs qui défiaient les lois de la gravité. À peine arrivées à Madrid, les souteneurs de race noire, profitant de leur crédulité superstitieuse, leur confisquaient l'âme dans des rites vaudou et de magie noire et, ainsi convaincues que le jour où elles cesseraient de se prostituer elles tomberaient foudroyées, elles se donnaient à leur métier avec une ardeur guerrière que les clients prenaient pour de l'enthousiasme. Elles s'élançaient sur les voitures, caressaient les conducteurs de leurs ongles féroces, les invitaient à profiter de leur droit de goûter la marchandise en faisant passer par la portière leurs seins aussi tristes que des cloches fêlées ou leur tournaient le dos pour qu'ils puissent apprécier la configuration de leur paire de fesses rebondies. Si le client finissait par refuser leurs services, elles éclataient de colère en faisant retentir un charabia d'insultes et de malédictions qui mettaient leur virilité en doute, et repartaient aussitôt à l'assaut du conducteur suivant qui les regardait, alléché, sans plus savoir laquelle choisir. Quand il se décidait enfin, la voiture quittait la route pour s'enfoncer dans une allée où se consommait l'affaire, généralement brève et mélancolique.

Garées sur les bas-côtés ou à l'abri des taillis, quelques voitures cherchaient à se confondre avec celles des clients, mais étaient en fait les services de comptabilité mobiles ou les postes de guet des maquereaux du bordel de plein air. De là, ils surveillaient les mouvements de leurs esclaves avec un strict intérêt de percepteurs ; s'il advenait qu'un client demande des services qui n'étaient pas inclus dans le tarif convenu, ou cherche à se rebiffer, ils intervenaient sans délai, en distribuant des raclées qui laissaient le profiteur sans la moindre envie de forniquer pour un bon moment, au moins jusqu'à ce que ses os se fussent ressoudés. De temps en temps, une patrouille de police faisait son apparition de routine, qui provoquait la débandade instantanée de la clientèle et accordait aux putes un répit dont elles profitaient pour engouffrer un sandwich à la mortadelle ; mais bientôt l'activité reprenait sa cadence. À mesure que nous nous approchions du lac de la Casa de Campo, le paysage humain changeait de continent : les esclaves noires sylvestres et rebondies étaient remplacées par les esclaves des pays de l'Est, femmes beaucoup plus minces et aux jambes beaucoup plus longues, dont le regard semblait abriter le froid de la toundra et le vertige illisible de l'alphabet cyrillique. Même si leur accoutrement ne différait guère de celui que les Africaines revêtaient pour annoncer la couleur – bottes vernies dont les hautes plates-formes dissimulaient la boiterie de la tristesse, justaucorps de corrida surchargés de fermetures à glissière et de ferrets, culottes de friperie tout aussi encombrées d'ornements criards –, elles attiraient une clientèle très différente ; car si le harnachement prostituteur ajoutait aux Noires une illusion de panache festif convenant très bien aux hommes d'une sexualité rudimentaire et directe, ces mêmes oripeaux donnaient aux femmes slaves des airs de tzarines apocryphes – une tristesse à la fois méprisante et humiliée – qui attiraient des individus dont la psychologie était plus redoutable, pour lesquels l'épanchement vénérien se complique de désirs proches de la psychose. C'était peut-être pourquoi ces femmes évitaient les simagrées intempestives, et aussi pourquoi la présence de leurs proxénètes était plus évidente, plus menaçante.

« Elena doit être par là », me dit Bruno.

Nous nourrissions tous deux le timide espoir que Bismili l'avorton nous avait, en définitive, donné une fausse piste. Bruno conduisit notre tacot dans l'une des allées les moins fréquentées par les putassiers, bordée de marronniers croulant de fleurs qui commençaient à se détacher de leurs hampes ; les pétales qui tapissaient le sol ajoutaient à l'endroit un mirage d'hiver impromptu. Il y avait dans l'air une odeur de terre remuée, de printemps atteint de syphilis, de secrets qui pourrissent dans un sous-bois que ne visite jamais le soleil. Une fourgonnette qui approchait de l'autre côté de l'allée freina à moins de vingt ou trente mètres devant nous, mais le moteur ne fut pas coupé. Du siège avant descendit un type à l'aspect funèbre ou carcéral. Il avait une balafre en travers de la bouille qui lui faisait un sourire de réserve. Il s'assura qu'aucune voiture de police ne patrouillait dans les parages avant d'ouvrir la portière arrière de la fourgonnette. Dociles, tête basse, sortirent neuf ou dix femmes qui coururent se réfugier sous les marronniers, tout droit vers la place qui leur avait été assignée et qu'elles connaissaient visiblement par cœur. Le balafré leur donnait des tapes sur les fesses et leur adressait quelques admonitions en roumain, auxquelles les filles acquiesçaient sans oser ouvrir la bouche. Celle qui sortit la dernière se distinguait des autres par son ventre de femme enceinte, dont elle voilait la nudité des deux mains ; hormis cette particularité, sa maigreur de cigogne piétinée ne rappelait en rien la jeune femme opulente avec laquelle j'avais lié connaissance pendant le vol Madrid-Chicago, la jeune femme que j'avais embrassée et caressée dans un hôtel ou un havre de spectres proche de l'aéroport O'Hare. Ils l'avaient affublée d'un pull avec des franges aux manches, qui n'arrivait pas à lui couvrir le ventre, et d'un short de cuir rouge qui laissait à découvert ses cuisses chétives ; mais ce qui faisait encore plus mal que l'uniforme de grue, c'était le maquillage criard qui transformait son visage en masque de l'obscénité. À son épaule osseuse pendait un sac qui avait l'air aussi lourd que du plomb ; elle marchait avec une sorte de légèreté rectiligne, comme si la fatigue la rendait plus agile, plus légère. Je compris qu'ils avaient dû la gaver de drogues, pour améliorer son rendement pendant les heures suivantes.

« Ce n'est pas possible, ce n'est pas possible... »

Je répétai cette phrase au moins dix ou quinze fois, comme on récite un psaume ou une litanie, avec le désir inconcevable d'effacer l'univers physique ou du moins d'en interrompre la course. Mais le miracle ne se produisit pas ; Elena s'éloignait dans l'allée sous le dais des marronniers qui répandaient leur neige florale et allait se poster près du tronc qu'on lui avait désigné. Le balafré observa d'un air satisfait la disposition des filles, qu'il harangua brièvement en roumain ; je supposai qu'il leur rappelait les tarifs et le nombre de passes qu'elles devaient faire si elles ne voulaient pas être punies pour leur relâchement. Ses menaces ne firent pas grande impression sur les esclaves, qui avaient bien appris leur leçon ; mais quand au fond de l'allée apparut une voiture somptueuse aux vitres teintées et au capot très luisant, leurs comportements s'altérèrent : la tristesse épuisée céda place à une peur polymorphe, qui chez certaines s'exprimait par un tremblement, chez d'autres par une pâleur de cire ou encore par une sorte de crispation qui accusait leurs rides et les vieillissait. La voiture avança très lentement avec une solennité de catafalque et une prudence de panthère ; le ronronnement sourd du moteur, la très légère crépitation des pneus qui mordaient l'asphalte dénonçaient la calme cruauté du prédateur. Le balafré réagit lui aussi avec une sorte de martialité servile qui n'excluait pas la griffure de la peur ; quand la voiture s'arrêta, il se pencha à la portière, côté conducteur, pour faire son rapport et prendre les instructions du haut commandement.

« Il semble que nous allons enfin connaître ce Morcea, dit Bruno, anticipant les suites du geste que venait d'esquisser le balafré en nous signalant discrètement, nous prenant sans doute pour deux putassiers irrésolus. Tu me laisses faire. »

Le long corbillard de Morcea vint s'arrimer à notre bagnole ; tandis que descendait le verre fumé de la portière du siège avant, côté passager, je fus assailli par une touffeur à la fois voluptueuse et répugnante, un tumulte de senteurs d'étable qui mêlait au parfum lourd des putes de luxe l'odeur aigre de clopes fumées jusqu'au filtre, les effluves d'alcool régurgité et la puanteur des sucs vénériens, des corps très sollicités, des nuits rauques d'orgasmes et d'éclats de rire. Sentir cet air vicié me retourna l'estomac ; la sensation était aussi forte que celle des lendemains de cuite.

« Alors, les amis, on jette un coup d'œil ? »

Vasile Morcea avait une voix glacée et comminatoire, assortie à ses traits spiritualisés par le mal, ceux d'un ermite du vice. Il portait une moustache très hirsute qui abritait des lèvres presque violacées ; des lunettes de soleil miroitantes voilaient son regard mais n'arrivaient pas à en atténuer l'irradiation de perversité insondable. La voiture était conduite par une de ces grues de location que les millionnaires choisissent sur catalogues en papier couché ; elle avait un air de walkyrie gothique, amincie par un régime de yaourts au bifidus actif et de lignes de coke, avec ici et là quelques retouches à la silicone. L'autre putain, presque identique – c'étaient peut-être des sœurs, ou des créatures clonées dans un laboratoire clandestin –, se trémoussait sur le siège arrière, la culotte aux talons et tellement raide qu'elle en nasillait. Je me demandai combien le petit divertissement incestueux pouvait coûter à Morcea.

« Faut bien voir de quoi a l'air la barbaque avant de se décider, répondit Bruno avec une grossièreté qui me laissa comme du flan.

Vous, vous êtes bien pourvu, en revanche. Vous pourriez partager avec les pauvres. »

Morcea regarda Bruno pendant quelques secondes avec une sorte de perplexité offensée, avant d'éclater de rire, un rire de hyène. Il avait posé une main labyrinthique de bagues, presque un gantelet, sur la cuisse de la putain au volant, qui ouvrit instinctivement les jambes, pour faciliter la prospection.

« Il est marrant, le gros lard », dit-il quand son hilarité s'apaisa enfin. Bien qu'il parlât avec un accent très marqué, il maîtrisait pourtant les tournures familières. « Alors, vous n'avez pas assez de blé pour vous offrir une poupée de cette classe, hé ? » Il se tourna vers la conductrice. « Tu te laisserais baiser gratis par le gros lard ? »

La putain ébaucha une moue de dégoût dépourvue du moindre enthousiasme.

« Vasile, je t'en prie, la plaisanterie a assez duré. »

Morcea sortit la tête de la portière pour se rafraîchir les poumons avec un peu d'air frais. Le cocktail de drogues qui voyageait dans son sang lui donnait des sueurs froides.

« Vous faites fuir la clientèle. Si vous ne fichez pas le camp vite fait, je vais me fâcher. »

Il l'avait dit froidement, avec une violence protocolaire et abstraite. Je reconnus dans ce ton de malignité austère les stratégies de l'antique serpent. Une peur épaisse se glissait dans mon organisme comme un lierre suffocant.

« Vous m'avez pas entendu ? lança brutalement Morcea en frappant du poing ou du gantelet le capot de la voiture. Dégagez ! »

Bruno arriva à faire démarrer notre tacot après trois tentatives infructueuses. Dans le rétroviseur, nous vîmes s'éloigner la voiture de Morcea, avec une lenteur de barcasse funéraire ; son moteur rugissait à peine, comme enveloppé de coton hydrophile. Je crus distinguer une écriture du Diable dans ce bruit assourdi, puis dans les monnaies de lumière qui arrivaient à percer l'épaisseur du feuillage des marronniers et tachetaient le pare-brise de notre guimbarde, et aussi dans la balafre du macaque de Morcea, et même dans les pétales qui tapissaient candidement le sol. Les petites Roumaines réparties des deux côtés de l'allée nous regardaient sans nous voir ; sur leurs visages dévastés par une décrépitude prématurée, on pouvait deviner l'empreinte du sceau avec lequel les armées de l'enfer marquent les condamnés.

« Arrête-toi un moment, s'il te plaît », dis-je à Bruno quand nous nous rapprochâmes d'Elena.

Elle était accroupie sur l'herbe et nourrissait quelques oiseaux avec les restes du repas frugal que lui fournissaient ses ravisseurs. En dépit de son aspect affaibli – la colonne vertébrale et les côtes saillaient sous la peau, ses cuisses maigres qui en un autre temps avaient abrité le contact hospitalier du papier bible étaient couvertes d'ecchymoses – elle avait gardé intacts son sourire convulsif et ingénu, et l'expression béatifique qui distingue les captifs d'une prison d'amour. Comme les trois jeunes gens que le roi Nabuchodonosor avait fait jeter dans une fournaise de flammes ardentes, Elena avait appris à survivre dans l'enfer et obtenu que le feu ne consume point la force de son amour, eucharistie pour tous. Bruno fit comme si je ne lui avais rien demandé.

« Je t'ai dit d'arrêter.

– Tu veux qu'ils nous égorgent ? » Il tenait le volant d'une main et m'empoignait de l'autre. « Ne peux-tu pas attendre quelques heures ? »

Elena parlait aux oiseaux dans un langage franciscain auquel nous n'avions pas accès. Je remarquai son ventre très proéminent, prêt à la délivrance ; il y avait quelque chose de miraculeux dans la ténacité de cette vie qui continuait de se développer comme ces fleurs anémiques qui jaillissent entre les décombres et s'entêtent à continuer d'orner le monde. Je voulus ouvrir la portière alors que la voiture roulait, mais Bruno m'en empêcha ; la lutte le força un instant à négliger la conduite, et notre tacot faillit s'écraser contre un tronc de marronnier. D'un coup de volant, Bruno s'engagea sur un chemin envahi de mauvaises herbes.

« Si tu ne te domines pas, tu vas tout foutre en l'air, me reprocha-t-il. Ce n'est plus qu'une question d'heures. »

Il tâchait de se montrer convaincant, mais sa voix se brisait sous les présages funestes. Je me retournai ; la brusque manœuvre avait tiré Elena de sa méditation et la curiosité l'avait poussée à venir au bord de l'allée jeter un coup d'œil sur le chemin. Il était peu probable, compte tenu de la distance et de la lumière déclinante, qu'elle puisse distinguer mes traits ; toutefois, pendant un instant, un sourire réjoui lui vint aux lèvres, qui se changea aussitôt en un rictus de douleur. Elle porta les deux mains à son ventre.

« Tu as vu ? Elle a des contractions. Elle peut enfanter d'un moment à l'autre. »

Notre guimbarde avançait en tressautant sur un terrain mal aplani. Le crépuscule dégringolait sur la Casa de Campo comme un vieux meuble précipité du haut des greniers du ciel.

« Elle a porté les mains à son ventre, voilà tout. Ça ne veut pas dire qu'elle a des contractions. Elle a pu sentir l'enfant donner des coups de pied, tout simplement. »

Nous étions arrivés devant le lit d'un ruisseau à sec ; un talus trop élevé nous empêchait d'aller plus loin. Bruno fit marche arrière, pour garer discrètement notre tacot derrière des cistes.

« De plus, ajouta-t-il en coupant le moteur, les contractions peuvent durer des jours, parfois des semaines. Nous ne pouvons changer nos plans. Ce serait un suicide. »

Il alluma sa pipe, afin que la nicotine apaise sa peur. Si on les considérait froidement, nos plans étaient aussi un suicide ; la seule différence, c'est qu'ils avaient été prémédités, ce qui les rendait doublement insensés, car le risque d'affronter spontanément le danger est plus supportable que le risque de l'affronter en connaissance de cause, de la même manière que la mort imprévue est moins cruelle que la certitude de notre mort prochaine, à laquelle nous sommes cependant préparés, parce que nous savons qu'elle est inexorable. J'avais l'impression d'assister à une veillée funèbre et de me trouver, en m'approchant de la vitre derrière laquelle était exposé le cercueil pour m'assurer de l'identité du défunt, devant mon propre cadavre.

« Tu as vu ce type ? me demanda tout à coup Bruno. Il irradiait le mal. »

J'opinai, vaguement consolé de savoir qu'il partageait mon sentiment. De notre cachette, on apercevait les voies du métro qui, en arrivant à la Casa de Campo, abandonnent leur tanière souterraine et poursuivent leur route à travers champs, pareils à des coutures chirurgicales dans le paysage ; on apercevait aussi l'extrémité de l'allée de marronniers, où apparaîtrait la fourgonnette conduite par les sbires de Morcea avec son chargement d'esclaves quand la procession des putassiers s'espacerait, là-bas, dans les lointaines cavernes de l'aube. Pour le moment, les files d'automobiles suivaient leur itinéraire somnambule dans ce bordel enlacé de verdure ; malgré l'obscurité toujours plus épaisse, les putassiers hésitaient à allumer leurs phares, retenus par un reste de pudeur ou un désir de clandestinité. Peu à peu, la Casa de Campo se vidait de ses promeneurs, s'enfonçait dans les ombres et les gémissements, sombrait entre les récifs de la nuit.

« Le Diable existe, Bruno, marmonnai-je, me surprenant moi-même. Son nom est Légion. »

L'épaisseur du feuillage nous voilait pieusement la contemplation de l'enfer qui se déployait devant nous. Mais sous le ciel sans étoiles résonnaient des soupirs, des pleurs et d'horribles querelles en diverses langues, paroles de douleur et de violente colère, des voix aiguës et rauques qui se fondaient en un tumulte d'âmes broyées. *Lasciate ogni speranza, voi ch'intrate*[1].

« Nous y arriverons, tu vas voir, fit Bruno, essayant de m'encourager, mais sa voix était éraillée et d'une infinie tristesse. Il ne faut pas flancher. Revenir sur notre décision n'a aucun sens. »

Je me souvins d'Orphée qui, en désobéissant à l'ordre d'Hadès et en se retournant pour s'assurer qu'Eurydice le suivait dans les passages tortueux du Tartare, l'avait à jamais perdue. Un pessimisme prémonitoire s'était emparé de moi.

« Tout à l'heure, quand tu as donné ce coup de volant, j'ai regardé derrière moi. Je jurerais qu'Elena m'a reconnu. »

Bruno alluma sa pipe ; la flamme du briquet éclaira son malaise.

« Oublie ça. Tu te fais sans doute des idées.

– Elle m'a souri, insistai-je. Je l'ai vu.

– Ne t'entête pas comme ça », grogna-t-il, fâché. Mais peut-être ses propres craintes l'irritaient-elles autant que mon obstination. « Moi aussi je l'ai regardée dans le rétroviseur. Quand elle a jeté un coup d'œil sur le chemin, nous étions déjà loin. Les arbustes cachaient la voiture. Va savoir pourquoi elle souriait, si elle souriait. »

La combustion du tabac remplissait notre guimbarde d'une odeur de brûle-parfum. D'une manière qui tenait de la superstition,

1. « Abandonnez toute espérance, vous qui entrez » (Dante, l'*Enfer*).

Elena avait lié la culmination de son sacrifice et la venue au monde de son enfant, ces deux circonstances confluant arithmétiquement avec ma libération, le dénouement ultime de ma séquestration. Elena n'avait même pas besoin de me voir pour être certaine qu'elle allait incessamment être unie à moi ; cette certitude lui avait été révélée quelques mois auparavant, de même qu'il avait été révélé à Fanny Riffel qu'un ange des armées célestes descendrait sur terre pour éclairer son pèlerinage jusqu'au sommet de la montagne de Sion. La pensée logique réfutait ces prémonitions ; mais ni Fanny ni Elena ne se soumettaient à une aussi restrictive dictature ; toutes deux croyaient – comme moi – à une autre forme de pensée que l'on peut appeler magique ou irrationnelle (un fusible, un plomb qui saute), qui était à la fois leur salut et leur condamnation. Nous laissâmes passer les heures en goûtant malgré nous l'exaspérante distillation de chaque minute, sorte de supplice malais. À chacune de ces minutes, mon anxiété grandissait, car j'imaginais Elena (qui peut mettre un frein à l'imagination ?) saillie par des hommes abjects qui répandaient en elle leur venin, griffaient son ventre gravide, s'excitaient en contemplant leur reflet dans ses yeux de biche blessée, des yeux dans lesquels se mêlaient le vert de la Méditerranée, le vert émeraude, le vert Véronèse, le vert jaspé de brun et le vert jaspé de jaune. L'heure de mon rendez-vous avec Michalela approchait ; alors que je m'apprêtais à descendre de voiture, Bruno me saisit par le bras.

« Ne regarde pas derrière toi. Ne tourne pas la tête. »

Je montai sur le talus, redescendis de l'autre côté et marchai en suivant le lit du ruisseau à sec qui courait parallèlement à la voie ferrée, dont il n'était séparé que par des alignements de pins dont les aiguilles suffoquaient sous le vacarme des trains filant à la débandade et les blasphèmes que proféraient les putassiers en jouissant. Le lac de la Casa de Campo qui pendant le jour avait accueilli les naumachies des promeneurs du dimanche avait maintenant la tranquillité profonde d'un Styx qui aurait englouti la barque de Charon. Dans les allées adjacentes déambulaient les jeunes Slaves qui n'avaient pas réussi à réunir la somme exigée par leurs proxénètes en fin de journée. Elles avaient perdu leur prestige de tzarines apocryphes et le désespoir les poussait à s'offrir à vil prix aux charognards patients qui guettaient leurs proies pendant des heures, jusqu'à ce qu'ils eussent acquis la certitude qu'elles avaient cessé de respirer. Avant d'atteindre la bouche du métro, je fus abordé par au moins vingt d'entre elles, toutes pressées d'obtenir l'argent qui les libérerait de la correction qui les attendait, toutes échevelées, avec leur maquillage décomposé, leurs bas avachis et une menace de syncope entortillée à leurs chevilles. Sous l'auvent qui protégeait le quai de la station, il me sembla entendre un bruit fricatif semblable à ceux que font les transistors en glissant sur les voix et les musiques quand on recherche une station. Je chassai ces mirages acoustiques en me souvenant du conseil que Bruno venait de me donner et de la leçon que renfermait l'exemple d'Orphée. À cette heure de la nuit, les intervalles entre les passages des trains pouvaient durer près de vingt minutes, délai pendant lequel l'usager qui attend sur le quai peut oublier jusqu'à son nom, sa famille, et se sentir tenté de ne plus jamais rentrer chez lui, de laisser passer le dernier train qui recueille les noctambules, le dernier métro conduit par un machiniste endormi qui suit son itinéraire sans s'arrêter à aucune station, laissant derrière lui un sillage de passagers qui devront se contenter de passer la nuit dans la station fermée subitement plongée dans l'obscurité (quelqu'un venait de débrancher l'éclairage au néon) qui leur cède son humidité de catacombes. J'entendis de nouveau le bruit fricatif une seconde avant que l'arrivée du train ne fasse tressauter l'auvent à grand bruit ; dans l'un des wagons j'aperçus Michalela, libérée de l'enfant à la mamelle qui l'accompagnait dans ses tournées de mendicité, libérée aussi du paquet d'exemplaires de *La Farola*. Je courus à sa rencontre, parce que les ténèbres de la station semblaient la dissuader de descendre.

« Tu l'as eu ? »

Michalela me tendit une page arrachée d'un carnet, où ne figurait en tout et pour tout qu'une combinaison de nombres.

« C'est une erreur, me dit-elle. Morcea a beaucoup de danger. »

Il y avait un honorable désir de protection dans ces paroles, par ailleurs si laconiques. Je lui souris, comme pour m'excuser.

« Oui, sans doute. Tu as eu de la peine à l'obtenir ? »

Michalela ébaucha un geste ambigu et haussa les épaules, refusant de répondre par modestie. Je me demandai, avant que le train ne se remette en marche, si pour obtenir ce numéro il lui avait suffi de feuilleter en cachette le répertoire de son paresseux de mari ou si elle avait dû le lui soutirer avec des arguties aussi captieuses que sibyllines, ou encore si elle avait dû recourir aux bons services d'un informateur qui demain la dénoncerait à Morcea. En tout cas, elle avait dû se donner plus de peine que je ne m'en étais donné le jour où il m'avait suffi de tendre les bras et de la prendre par la taille pour l'empêcher de tomber. Cette fois, j'eus le temps de lui serrer la main, une petite main aussi rêche qu'un hérisson.

« Bonne chance, ami », dit-elle en guise d'adieu avant que je n'eusse pu lui témoigner avec plus d'effusion ma gratitude.

Mais elle ne s'adressait ni à moi ni à personne d'autre, le wagon était vide ; peut-être ces trois mots combinaient-ils un vague au revoir, une prière et un desideratum. Les portes automatiques se fermèrent avec la promptitude d'un ressort et le train se précipita dans la nuit avec toute sa débauche de lumières inutiles. Je restais encore un instant sur le quai, aspirant à longs traits l'air posthume de la nuit, qui anesthésiait ma peur et apaisait le bouillonnement de mon sang. Quand je rejoignis Bruno dans notre tacot, les allées et venues des putassiers s'étaient pour ainsi dire interrompues, et ils rentraient chez eux, où ils s'excuseraient de leur retard devant leur épouse soupçonneuse en alléguant les mêmes alibis que toujours : le match du siècle hebdomadaire qui s'était prolongé en une petite fête entre amis dans les bistrots proches du stade ; un repas d'affaires avec un fournisseur intempestif récemment débarqué de Cuenca ou de Patagonie, qui ne tenait aucun compte des festivités locales ; le travail en retard qui s'était accumulé au bureau et qu'on lui avait demandé de terminer pour faciliter la tâche aux contrôleurs qui réviseraient la semaine suivante les comptes de l'entreprise, toutes excuses rebattues qu'ils serviraient sans vergogne, certains que la vérité demeurerait enfouie, bien à l'abri dans les souterrains de la vie invisible, là où la pestilence du secret qui se corrompt ne peut infecter le baiser qu'ils donneront à leurs enfants en les mettant au lit, le baiser chaste et aimant qu'ils poseront sur leurs fronts après les avoir bordés, avoir éteint la lampe de la table de chevet et écouté leur respiration peu à peu gagnée par le sommeil. Mais il n'est secret qui ne finit par fermenter, comme il n'est noyé qui, après avoir sombré et s'être reposé un certain temps au fond du lit d'un fleuve, ne finit par remonter à la surface, transformé en une monstrueuse caricature de chair corrompue. Ceux qui ont vécu avec un secret le savent bien.

Vers trois heures du matin, nous vîmes apparaître à l'extrémité de l'allée des marronniers la fourgonnette qui transportait Elena et les autres esclaves qui partageaient sa peine ; la trépidation de son moteur avilissait la nuit ; on aurait dit qu'elle pouvait à peine porter sa charge, comme si au poids des Roumaines émaciées s'ajoutaient celui des brimades qui leur avaient été infligées pendant les dernières heures, des péchés dont leurs clients les avaient lestées, le poids de l'écœurement et le poids du découragement. Bruno conduisit à une certaine distance de la fourgonnette, phares éteints, profitant du sillage lumineux qu'elle laissait sur son parcours sinueux dans la Casa de Campo et aussi de l'éclat ébréché de la lune qui se montrait entre les aiguilles des pins, un peu effrayée par notre hardiesse. Le ronronnement monotone de notre guimbarde (Bruno ne changeait pas de vitesse, pour ne pas dénoncer notre présence) envahissait peu à peu ma conscience, tel un flot de douceur qui atténuait ma peur, me lavait dans son bain de calme et triomphait timidement de l'effervescence de mon sang. Tout à coup, mes sens acquirent un pouvoir de suggestion et une capacité de rétention proches de l'hyperesthésie ; ma vue distinguait les formes mouvantes dans les ténèbres du sous-bois, le frisson argenté de la lune sur les buissons ; mon odorat percevait le parfum enivrant de la résine, l'odeur tenace des fauves endormis dans le jardin zoologique proche ; mon oreille entendait le friselis des eaux d'un ruisseau sur un lit de cailloux, le cillement troublé des chouettes et des taupes. Je me demandai si ces dons nouvellement acquis ne préludaient pas cet éveil contraint qui rend plus vives, plus douloureusement vives, les affres de l'exécution du condamné à l'échafaud ; je me demandai si ces sens en alerte, cette capacité presque animale de me pencher sur la vie intime du monde n'étaient pas en fait une réaction de défense de mon organisme face au danger de mort qui se refermait sur nous. La fourgonnette conduite par les sbires de Morcea quitta la Casa de Campo et prit la direction du quartier d'Aluche, grillant insoucieusement les feux rouges qui à ces heures tardives ne règlent plus que la circulation des spectres. Finalement, elle s'engagea dans une de ces rues qui dégradent le décor urbain, nées sous la menace des fureurs immobilières, avec leurs blocs de bâtiments dessinés par des architectes à vocation de marchands de beignets, leurs petits arbres rachitiques doublés d'un trou d'arrosage et leurs réverbères qui vomissent sur l'asphalte une lumière de bloc opératoire. De la cabine de la fourgonnette, quelqu'un ouvrit avec une télécommande la porte métallique d'un garage ; le grincement des gonds retentit dans tout le quartier, aussi intimidant que celui de la herse d'un cul-de-basse-fosse. Bruno avait garé notre tacot. Je lus sur une plaque festonnée avec un goût exécrable le nom de la rue.

Peu après, les lumières d'un appartement s'allumèrent au quatrième étage. Je me souvins simultanément du jeune Chambers posté au coin de LaSalle et d'Elm Street, essayant libidineusement d'imaginer la nudité de Fanny Riffel d'après la silhouette de son corps qui se découpait sur les rideaux imprimés ; de Jim, le marchand d'aspirateurs, se séparant de son amie Fanny devant la porte de l'immeuble jouxtant le cimetière Saint Boniface et attendant quelques minutes sur le trottoir avant de s'éloigner les mains dans les poches et la tête comble de fantaisies conjugales ; et de Bruno, caché sur le Paseo del Prado, pendant qu'Elena se démenait dans la chambre de la pension, dominée par une hyperactivité qui évoquait celle d'un alchimiste enfermé dans son laboratoire pour fondre dans ses athanors et distiller dans ses alambics les substances qui devaient le conduire à la pierre philosophale. J'ajustai le rétroviseur afin de voir le reflet de mon visage, dont je n'avais plus honte, puis je regardai Bruno qui se rongeait immodérément les ongles, les yeux rivés sur l'appartement ou l'ergastule dans lequel les sbires de Morcea devaient être en train de faire le compte de l'argent gagné par leurs esclaves, avant de se distraire en battant celles qui n'avaient pas obtenu la somme exigée, avant de choisir celle qu'ils violeraient cette nuit en commun, et c'étaient parfois les mêmes, parce que la bastonnade suivie d'un viol, ou *vice versa*, attise la luxure. Je décidai qu'il ne fallait plus tarder à intervenir ; à dix ou douze mètres à peine de notre guimbarde, interrompant la succession des trous d'arrosage, on avait planté une cabine téléphonique prête à accueillir un terroriste qui revendiquerait un attentat ou un candidat au suicide qui annoncerait sa décision fatale. Tout en composant le numéro que Michalela avait inscrit sur une page de carnet, il me sembla entendre de nouveau le bruit fricatif de station radiophonique mal captée que j'avais déjà perçu sur le quai du métro ; mais la rue avait cet air dépouillé des paysages urbains surgis des rêves de Chirico. Par le combiné m'arriva la voix glacée et comminatoire de Vasile Morcea, son insondable irradiation de malignité.

« Qu'est-ce qu'il y a encore ? »

Je l'imaginai éreinté sur le lit d'une chambre d'hôtel ou d'un pavillon des environs, distribuant sans compter l'argent sale que lui rapportaient ses trafics illicites. Je l'imaginai en train de se remettre d'une bombe à tout casser ou d'un gavage de drogues qui avait duré jusqu'au soir, quand nous l'avions croisé dans l'allée des marronniers. Je l'imaginai flanqué des deux putains clonées ou incestueuses, qui se relaieraient sans fermer l'œil pour lui astiquer le gland en échange d'une ligne de coke ou d'un yaourt au bifidus actif.

« Les flics vont faire une descente rue Camarena, dis-je enfin, poussant à bout son impatience. Ils ont un mandat. »

Son souffle ne semblait pas alarmé, ou peut-être était-il rompu aux situations de ce genre et son alarme ne revêtait-elle plus le moindre signe de panique. Il parla avec aplomb, sèchement.

« Quand ? » Et il ajouta ensuite, sans me laisser le temps de répondre : « Tu es qui, toi, d'abord ?

– Cette nuit. Dépêche-toi de faire le ménage, ils vont arriver. » Moi, en revanche, je n'avais pas l'aplomb qu'exigeait mon rôle ; mon cœur était monté dans ma gorge avec ses oreillettes, ses ventricules et tout son système compliqué de drainage. « Tu paies, et on se charge de filer les tuyaux, pour que tu sois content. Qui veux-tu que ce soit ? »

Cette réponse, aussi évasive que présomptueuse, ne satisfit pas complètement Morcea, qui grogna une insulte en roumain. Avant de raccrocher, il protesta.

« C'est bon. Mais je commence à en avoir assez de tous ces mystères. »

Tandis que j'entretenais ce bref dialogue avec Morcea passèrent à toute allure dans la rue deux voitures dont l'une semblait poursuivre l'autre ; la première se réfugia sur les chapeaux de roues dans une rue transversale, l'autre poursuivit sa course en ligne droite, et ses pétarades se perdirent entre les blocs d'habitations identiques. Je retournai auprès de Bruno dans le tacot.

« Tu crois qu'il a mordu ?

– On va tout de suite le savoir. »

Nous espérions que le silence allait se peupler d'un tohu-bohu d'insultes en roumain, d'un vacarme de meubles étripés et de cartons renversés pour en sortir les armes et les réserves dangereuses ; nous espérions même que Morcea apparaîtrait dans sa voiture somptueuse pour diriger la retraite et s'assurer que ses macaques ne laissaient rien qui pût le compromettre. Mais tout se passa très discrètement : le balafré se montra à l'une des fenêtres de l'ergastule, s'assura que la voie était libre et donna aussitôt l'ordre aux esclaves de se disperser sans bruit. L'écho de sa harangue nous parvenait, inintelligible et calme, manquant même légèrement d'entrain, tandis que les premières filles se montraient à la porte, bousculées par l'hystérie et la désorientation ; elles n'avaient pas eu le temps de quitter leurs déguisements de gagneuses, mais avant de se disperser au pas de course dans les rues adjacentes, elles enlevèrent les chaussures à talons hauts et les bottes à plate-forme qui allongeaient leurs silhouettes. Libérées de ces harnachements qui clamaient leur esclavage, déchaussées et fuyant dans les rues sous les lumières scrutatrices des réverbères, elles me rappelaient ces oiseaux qui, après des années de captivité, découvrent en s'échappant de leur cage qu'ils ne savent même plus battre des ailes. La porte du garage déchira de nouveau la nuit de son grincement de gonds mal graissés et la fourgonnette fit irruption dans la rue avec un élan de taureau qui jaillit du toril. Un instant plus tard, comme s'il exécutait une chorégraphie mille fois répétée, le balafré franchit à son tour la porte ; il portait deux sacs à dos qu'il lança dans la fourgonnette et, avant de monter à côté du chauffeur, il examina la rue avec une sorte d'arrogance provocante. Les roues de la fourgonnette laissèrent une égratignure de caoutchouc sur l'asphalte.

« Pourquoi faisons-nous ça, Bruno ? demandai-je comme si je sortais d'une transe.

– Tu sais, le démon de la perversité, me dit-il sans trace d'ironie. Parfois, pour se sauver, il faut se détruire. »

Autour des réverbères pullulaient les moucherons et les phalènes ; dans leur tumulte tourbillonnant, je découvris une écriture du Diable. Les dalles du trottoir présentaient des motifs d'inspiration aztèque ; dans leur géométrie harcelante, je découvris une écriture du Diable. La porte de l'immeuble où se trouvait Elena était peinte en faux marbre ; dans les veines ocre je découvris une écriture du Diable. Sur un mur s'alignaient les boîtes aux lettres des occupants, regorgeant de tracts et de prospectus publicitaires ; dans les typographies tape-à-l'œil de leurs annonces qui promettaient des soldes et des occasions sensationnelles, je découvris une écriture du Diable. Le granit de l'escalier était moucheté de petits cailloux rougeâtres ; dans leur conglomérat, je découvris une écriture du Diable. La porte de l'ergastule était entrouverte ; dans la lame de lumière venue du palier qui auscultait l'obscurité intérieure, je découvris une écriture du Diable, comme j'en découvris aussi une dans le bouillonnement de mon sang, dans la sueur qui perlait sur le front de Bruno, dans le tremblement qui nous perturbait tous les deux.

« Nous sommes venus te chercher, Elena », annonçai-je dès le vestibule.

Deux esclaves qui n'avaient pas encore abandonné l'ergastule nous croisèrent dans le couloir ; il me suffit de remarquer la peur polymorphe qui déformait leur expression (un tremblement, une pâleur de cire, une sorte de crispation qui accusait leurs rides et les vieillissait) pour comprendre que nous étions tombés dans un piège. Laura avait raison, nous aurions dû écouter ses conseils et aller trouver la police. Nous étions deux présomptueux irresponsables qui jouaient les messies.

« Avancez, les enfants, vous êtes chez vous », nous dit Morcea pour nous souhaiter la bienvenue. L'hilarité colorait sa voix glacée et comminatoire.

Bien que dans l'obscurité, l'ergastule resplendissait d'une lueur pâle semblable à la phosphorescence qu'émettent les cadavres. Le sol des dortoirs, dépourvus de mobilier, était occupé par des matelas sur lesquels quelques rares draps croûteux étaient chiffonnés. J'échangeai avec Bruno un regard d'accablement résigné ; peut-être aurions-nous encore eu le temps de nous enfuir en courant, mais nous savions tous deux que nous n'allions pas le faire. Les sanglots d'Elena, entrecoupés et à peine audibles, étaient un signal que nous ne pouvions ignorer.

« Elle qui s'était si bien comportée dès le premier jour… » Les paroles de Morcea nous guidaient vers le fond de l'appartement. « Elle était convaincue qu'en baisant avec la moitié de Madrid elle attirerait son aimé. Pauvre petite Elena, elle est un peu siphonnée. Mais ce soir, brusquement, elle refuse de travailler. Elle raconte que ce n'est plus nécessaire, que son aimé est venu la chercher. Je me suis dit : Vraiment, quel dommage, il va falloir s'en débarrasser, avec ce qu'elle rapportait… Mais il s'avère que la petite folle avait raison, il s'avère que son aimé est venu la chercher. »

Si je n'apparais pas, offre ton amour aux vents et remplis le monde de ton amour, eucharistie pour tous. Morcea serrait Elena contre lui, il appuyait d'un bras sur son ventre gravide et il lui serrait le cou de l'autre ; il avait à la main une machette de qui sait quelle armée, à la lame courbe et au fil en dents de scie. Une lampe de table de nuit roulait sur le sol ; dans son va-et-vient, l'abat-jour lançait vers le plafond une lumière ambrée qui y projetait en contre-plongée des ombres semblables à des cyprès oscillants, autre écriture du Diable.

« Et voilà que ce qui se présentait comme un petit travail très simple, liquider une gréviste, va se convertir en un massacre. »

Elena était encore vêtue du pull aux manches frangées qui n'arrivait pas à lui couvrir le ventre et du petit short de cuir rouge qui laissait voir ses jambes amaigries ; le maquillage qui avait coulé barbouillait ses pommettes et ses joues, qui étaient peut-être aussi meurtries par des coups récents.

« Laissez-la partir, proposai-je en sachant pourtant que l'offre manquait de consistance. Vous n'avez qu'à nous garder, nous, en échange, et à la laisser partir. Elle ne dira rien à la police. »

Le petit rire de hyène vint aux lèvres de Morcea, aussi courbe que la machette avec laquelle il menaçait de couper le cou d'Elena.

« C'est drôle. Elenita vient de me proposer la même chose, mais à l'envers. Vous devez me prendre pour un demeuré. »

Elena tenait à peine debout ; elle parla avec une sorte de joie gémissante.

« Combien je t'ai aimé, Alejandro… Tous les jours j'ai parlé de toi à notre petit enfant. »

Sur son short apparaissait une tache obscure et envahissante. Tout d'abord, je crus pieusement que la peur avait relâché sa vessie ; mais, en remarquant les contractions de son ventre, je compris qu'elle perdait les eaux.

« Ce qui me renverse, poursuivait Morcea, c'est que vous ayez pu penser que j'allais me laisser berner aussi facilement. L'appel du mouchard, c'est une idée de débile mental. Vous me prenez pour un imbécile, ou quoi ? » Comme Elena n'opposait aucune résistance, Morcea se permit de sortir de la poche de son pantalon un téléphone mobile ; il appuya sur le bouton de rappel et coupa aussitôt la communication. « Et avec quelle facilité vous avez mordu à l'hameçon… Vous avez vu mes hommes se casser et vous vous êtes dit qu'il n'y avait plus qu'à tirer des marrons au feu. » Sa maîtrise du langage familier avait ses limites. « Eh bien, les voilà de retour, mes agneaux. Ils vont être enchantés de vous faire faire une petite balade. »

Bruno et moi ne l'écoutions même pas, nos regards convergeaient sur le ventre d'Elena, qui se tendait dans l'imminence de l'accouchement. Morcea la poussa dans notre direction en lui donnant un coup de genou dans le dos ; nous nous empressâmes tous deux de nous porter à son aide, pour la retenir avant qu'elle ne tombe évanouie. Morcea mit la main à son aisselle, où se trouvait l'étui du pistolet que nous n'avions pu voir tant qu'il s'était servi d'Elena comme bouclier. Maintenant, sans lâcher la machette, il nous tenait en respect avec ce pistolet, luisant de graisse comme celui dont Dillinger s'était servi pour s'évader de prison, mais qui, je crois, ne devait pas être un leurre.

« Allez, tous dans la fourgonnette. Par l'escalier, comme des enfants sages. »

Le va-et-vient de la lampe s'était enfin arrêté, sa lumière ambrée fixait avec une netteté d'eau-forte les traits de Morcea, creusait les rides de son visage desséché et peuplait d'ombre ses orbites, tanière où l'antique serpent avait trouvé refuge.

« Assez traîné, avancez. »

Il fit un pas en avant et appuya le canon du pistolet sur le ventre d'Elena, comme pour ausculter ses convulsions. Elena regarda sans même sursauter l'arme dispensatrice de plomb et m'enlaça langoureusement.

« Ne t'inquiète pas, Alejandro. Notre petit enfant est invulnérable. Notre amour le rend invulnérable. »

Ses yeux pers souriaient, stupéfaits ou aveuglés par une drogue. En la serrant contre ma poitrine, je sentais le battement très lointain de son cœur, qui se refusait presque à pomper le sang pour passer la relève à un autre cœur, lequel luttait pour conquérir son indépendance.

« Je savais que la force de mon amour te libérerait, ronronnait-elle. Je savais que tu entendrais son signal. »

Impatienté, Morcea nous poussa en direction de l'escalier et nous força à descendre. En tête marchait Bruno, avec qui je n'osais pas échanger un mot, honteux de l'avoir entraîné avec moi dans les catacombes de la vie invisible ; Morcea fermait la marche et appuyait à chaque palier sur l'interrupteur pour nous éviter de trébucher dans le noir. Elena avait renoncé à remuer les jambes, son corps s'abandonnait dans mes bras, se dilatait doucement pour faciliter l'avènement d'une nouvelle vie. Sur le palier du premier étage, Morcea se heurta à un contretemps contrariant : les interrupteurs ne fonctionnaient pas ou les ampoules avaient grillé ; cette subite avarie me surprit, parce que seulement dix minutes plus tôt, quand nous étions montés, Bruno et moi, les plafonniers d'un goût exécrable nous avaient éclairés sans la moindre défaillance. L'obscurité nous obligea à descendre la dernière volée de marches avec les plus grandes précautions, en palpant les murs et en avançant d'un pas craintif, comme si après chaque marche allait s'ouvrir un trou béant. Mais nous étions beaucoup trop à l'étroit pour pouvoir tenter de prendre la poudre d'escampette, d'autant que la sortie sur la rue était bouchée par la fourgonnette dont le moteur ronflait, prête à partir pour la promenade qui nous conduirait dans un terrain vague des environs, où la chair morte sert d'engrais aux mauves. Quand Morcea s'avisa que les ampoules du vestibule ne s'allumaient pas non plus, sa colère grandit et il lança un blasphème dans sa langue vernaculaire. Bruno se mit alors à rire, d'un rire qui naissait au fond de ses tripes, montait fièrement dans sa poitrine, où il prenait toute sa résonance, avant d'animer ses cordes vocales. C'était un rire retentissant que je pris tout d'abord pour un signe de folie galopante, mais au moment où il s'interrompit, je pus encore une fois entendre ce bruit fricatif semblable à celui que font les transistors quand on recherche une station, et au moment où j'entrevis dans l'obscurité du vestibule une confusion de silhouettes vagues qui cernaient Morcea en brandissant des pistolets qui n'avaient pas l'air non plus d'être des leurres, au moment où la rue s'enivra d'un beuglement de sirènes, je compris ce qui se passait. De la fourgonnette qui devait prétendument nous emmener faire une petite promenade jaillirent des policiers, au moins une demi-douzaine (eux aussi semblaient exécuter une chorégraphie mille fois répétée), qui nous entraînèrent au pas de course dans la rue, tandis que leurs collègues postés dans le vestibule désarmaient et maîtrisaient Morcea.

« Laura avait raison, me dit Bruno avec un accent un peu contrit, comme s'il me demandait pardon de nous avoir sauvé la vie. Finalement, elle a réussi à me convaincre et nous sommes allés tous les deux au commissariat. »

Elena naviguait sur les mers de l'inconscience ; le liquide amniotique trempait son short de cuir et gantait mes mains d'une odeur ancestrale et fébrigène. À la sensation exultante que me donnait la conscience de nous savoir sains et saufs s'ajoutait une certaine humiliation déconcertée.

« Mais alors, tout ce que nous avons fait…

– A aussi servi à quelque chose, tu ne trouves pas ? Nous avons fait le plus gros et, de plus, nous avons presque réussi. »

À l'appel du charivari, le quartier tout entier s'était réveillé. Deux agents nous ouvrirent un chemin entre les curieux qui commençaient à se rassembler autour de l'entrée. Bruno et moi conduisîmes Elena jusqu'à une ambulance qui attendait, prête à dispenser ses secours. Là, assise sur le siège avant à côté du chauffeur, il y avait Laura, qui secouait la tête en signe d'incrédulité et se mordait les lèvres. Nos regards se rencontrèrent, entre la confusion et la honte, comme ceux de deux vieilles connaissances qui, après des années ou des siècles de séparation, se souviennent à peine du lien qui les a unies, même si elles pressentent qu'il va être très difficile de le nouer à nouveau. Je lui souris très tendrement, tâchant de faire entrer dans cette expression fugitive une demande de pardon, peut-être trop tardive, qui sait ; ou peut-être superflue, maintenant que la vie invisible avait fait de nous des êtres différents de ceux qui s'étaient aimés en un autre temps, maintenant que la loyauté et la passion anciennes n'étaient plus que débris qu'il serait bien difficile de recoller.

Bruno avait réussi à convaincre l'inspecteur chargé de l'affaire de nous laisser partir, Laura et moi, sans relever notre déclaration, après avoir promis que nous nous présenterions à son bureau le lendemain matin. Aussitôt que les infirmiers eurent posé Elena sur le brancard, l'ambulance s'élança dans la nuit.

# Épilogue

Chambers avait promis à Fanny qu'il l'accompagnerait dans son pèlerinage au fond de la vallée des ombres. Et il tint sa promesse. J'appris ce qui s'était passé par l'édition électronique du *Chicago Tribune* qui, pendant une quinzaine de jours, accorda à la nouvelle un traitement de faveur, aussi longtemps que l'on put suppléer au manque d'informations véridiques ou seulement vraisemblables sur « l'enlèvement » (c'est ainsi que les reporters désignèrent ce qui n'était qu'une fugue par consentement mutuel) en recourant à des contributions plutôt malsaines sur les protagonistes. Je suppose que ce fut le dévoilement de l'identité de Fanny Riffel qui donna tant d'importance à la répercussion d'une nouvelle qui, en temps normal, n'aurait occupé qu'un encart dans la section des faits divers pour entrer aussitôt dans les annales de l'oubli. Mais en découvrant que la septuagénaire « enlevée » était la *pin up* des années cinquante qui avait mérité le surnom de Reine des Courbes, les reporters du *Chicago Tribune* tombèrent presque par accident sur l'un de ces filons journalistiques qui excitent la curiosité du public, toujours désireux de voir sa crédulité attisée par des révisions feuilletonisées du passé. En tirant sur la ficelle, les reporters finirent par apprendre que Fanny Riffel, avant d'être envoyée à la maison de retraite Mather Gardens d'Evanston, avait été internée pendant vingt ans à l'hôpital (ou au cabanon) Chicago-Read ; ils réussirent à savoir que cet internement avait fait suite à un verdict prononcé par un tribunal de droit commun, après que Fanny eut assassiné d'une manière particulièrement horrible un vendeur d'aspirateurs itinérant ; ils purent aussi savoir que son ravisseur, un vétéran de la guerre du Vietnam qui avait été emprisonné à Hanoi, avait travaillé comme gardien de fous au Chicago-Read, et plus tard comme jardinier à la maison de retraite Mather Gardens jusqu'à ce que la direction de l'établissement, découvrant sa « fixation morbide » (c'est ainsi que les journalistes dénommaient le lien beaucoup moins trivial qui les unissait) à la pensionnaire, avait décidé de le renvoyer ; ils réussirent à apprendre que depuis lors le susdit Chambers rôdait tous les matins devant les grilles de la maison de retraite, poussé par le désir obsessionnel de perturber les promenades de Fanny Riffel dans le jardin. Avec ces ingrédients convenablement assaisonnés d'allusions échauffantes, les reporters du *Chicago Tribune* montèrent une histoire à épisodes dans laquelle un fan affligé de déviations gérontophiles avait enfin réalisé l'enlèvement qu'il projetait depuis des années ou des décennies, peut-être depuis qu'il avait découvert pendant son adolescence la pétulante Fanny Riffel en assouvissant ses fantaisies onanistes dans les revues réservées aux adultes. Bien entendu, aucun de ces reporters ne parvint jamais à entrevoir les déserts de la vie invisible que Fanny Riffel avait traversés pendant les années qui s'étaient écoulées entre sa disparition en tant que pourvoyeuse de fantaisies lubriques et son périple psychiatrique, et pas davantage l'épopée de sordidité et de rédemption qui avait occupé les jours et les nuits de Chambers. J'étais le seul homme au monde qui connaissait ces zones d'ombre ; j'étais le seul gardien d'un secret qui s'imprégnait des horreurs de l'enfer, passait par un purgatoire d'expiation et recelait le désir ardent ou la nostalgie d'un paradis peut-être inexistant.

Le seul témoignage sur la disparition (l'enlèvement, dans le jargon sensationnaliste) de Fanny Riffel était fourni par une infirmière ou une gardienne aux airs revêches qui, dans l'entretien accordé aux reporters du *Chicago Tribune*, ne se privait pas de déblatérer contre Chambers sur un ton suintant le ressentiment et l'antipathie. Il s'agissait de la femme dont je me souvenais pour l'avoir vue essayer avec une hargne rare d'empêcher tout contact entre Fanny et Chambers à travers la grille qui entourait Mather Gardens (les mains de Chambers refermées sur les poignets de Fanny comme si elles voulaient y prendre racine ; les lèvres de Fanny oignant de leur salive ces mains qui tant de fois avaient caressé avec indulgence son visage, qui tant de fois l'avaient exorcisée de ses cauchemars et avaient apaisé ses convulsions) ; j'avais été témoin de cette scène, qui se répétait probablement tous les jours, le matin où je m'étais résolu – non sans défiance – à devenir le confident de Chambers et le chroniqueur des années les plus noires de Fanny Riffel. Selon ce que déclarait la gardienne, Fanny avait bénéficié d'un des dix billets d'entrée qu'une équipe de base-ball locale, les Chicago Cubs, avait offerts aux petits vieux de Mather Gardens pour qu'ils puissent assister au match qui allait les opposer aux Los Angeles Dodgers. La gardienne avait été chargée de conduire les membres de l'expédition au stade de Wrigley Field ; dans la cohue de l'entrée, alors que les petits vieux gênaient le passage des supporters aux tourniquets, elle avait négligé pendant quelques instants de surveiller Fanny. Quand elle avait voulu réparer sa négligence, Fanny s'était perdue dans la foule ; la gardienne avait demandé l'aide d'un gardien assermenté qui, occupé à distribuer quelques horions aux supporters les plus chahuteurs, n'avait même pas fait attention à Fanny. Les autres vénérables membres de l'expédition n'avaient pas non plus remarqué sa fuite ; l'un d'eux exprima son étonnement que Fanny n'eût pas songé à offrir son billet à un autre des pensionnaires amateurs de base-ball, sport pour lequel elle n'avait jamais manifesté le moindre intérêt ; un autre fit remarquer que, de plus, le match coïncidait avec la diffusion de son feuilleton favori, *Xena, Warrior Princess*, dont elle ne ratait pas un épisode. La gardienne n'eut pas besoin d'en savoir plus pour comprendre ce qui s'était passé ; elle s'ouvrit passage dans une foule affamée d'exploits sportifs qui avançait en direction contraire et courut aussi vite qu'elle put (c'était une cinquantenaire à la poitrine opulente) jusqu'à la route. Elle arriva à temps pour voir lui filer sous le nez l'incomparable Dodge de Chambers, revenue de mille avaries et cependant rajeunie pour l'enlèvement ; Chambers fit retentir un joyeux coup de klaxon, et Fanny montra à la fenêtre une main en laquelle la gardienne crut deviner un geste d'adieu. Mais peut-être lui faisait-on la nique.

Ce moment d'inattention ternissait un dossier professionnel qu'elle avait réussi à conserver sans la moindre tache pendant plus de trente ans, aussi ne se privait-elle pas de taxer Chambers de psychopathe dangereux, et clôturait-elle l'entretien sur un dérisoire appel à l'esprit civique en conjurant les lecteurs du *Chicago Tribune* d'aider la police à les capturer. « N'oublions pas, concluait-elle pour semer l'alarme, que chacun d'eux souffre d'une perturbation particulière ; le mélange pourrait se révéler explosif. » Peut-être en hommage à une autre époque où se multipliaient ces couples de délinquants en fuite et désespérément romantiques qui contribuèrent à la création de l'épopée américaine, le *Chicago Tribune* publia les portraits de Fanny Riffel et de Thomas Chambers ; dans les semaines qui suivirent affluèrent des témoignages de délateurs qui assuraient les avoir vus dans des endroits aussi éloignés les uns des autres que Crown Point, dans l'Indiana, Sioux Falls, dans le Dakota du Sud, ou Mason City, dans l'Iowa. Les descriptions étaient confuses à l'excès, les itinéraires zigzagants ou absurdes et, de plus, il n'y avait pas l'ombre d'une preuve que le couple eût commis le moindre délit, si bien que l'intérêt pour l'information décrût, jusqu'au jour où les péripéties byzantines de Fanny et de Tom furent reléguées dans les greniers de l'oubli. Je fus le seul à deviner le lien invisible qui rattachait Crown Point, Sioux Falls, Mason City et d'autres localités tout aussi anodines ou banales : toutes avaient été le théâtre d'un épisode – attaque d'une banque, évasion, escarmouche avec la police – plus ou moins mémorable de la vie mouvementée du hors-la-loi John Dillinger. Et je sus que parmi les arrêts de ce mémento nomade devait figurer une visite à l'endroit de la rive de l'Illinois où Fanny enfant avait surpris le sommeil du proscrit le plus célèbre et le plus admiré depuis Robin des Bois. Je sus que sous le regard tout d'abord un peu sceptique, puis curieux, puis attentif de Chambers, la vieille Fanny s'était accroupie sur la terre molle et avait creusé de ses mains un trou duquel elle avait sorti le faux pistolet que Dillinger lui avait offert, le pistolet luisant de cirage qui lui avait permis de tromper ses geôliers et qui, depuis près de soixante ans, n'était peut-être plus qu'un morceau de bois pourri qui s'effritait au moindre contact. Et je sus, puisque c'était le printemps, que les lilas qui parfumaient les rives du fleuve Illinois seraient en fleur dans une turbulence de papillons. Je sus que, pour célébrer l'exhumation du pistolet légendaire, Chambers composerait une guirlande de lilas qu'il poserait sur la tête de Fanny, qui en quelques instants redeviendrait l'enfant Fanny, quand les papillons étendraient sur ses cheveux neigeux les ailes hiéroglyphiques où s'enchâssent l'agate et le saphir, l'émeraude et le lapis-lazuli, l'opale et la turquoise, la topaze et le béryl, le rubis et l'onyx, le jaspe et l'améthyste, la tourmaline et la calcédoine et des pierres encore plus précieuses qui ne figurent pas sur les catalogues des joailliers, pierres vives aux irisations et aux éclats inouïs. Je sus qu'aussi longtemps que Fanny vivrait, Tom serait à ses côtés, épaulerait les battements de son cœur (et l'antique serpent serait précipité dans l'abîme) et protégerait son désarroi (et l'antique serpent demeurerait enchaîné pour mille ans) ; et je sus que, quand Fanny mourrait, Tom laisserait grandir cette part de nous-même qui désire mourir, laisserait cette part s'emparer de lui, parce qu'il faut savoir se perdre pour se sauver.

Comme sur les rives de l'Illinois, c'est aussi le printemps à Madrid. Elena aimerait bien que les médecins la laissent sortir pour aller se promener avec son nouveau-né dans les parcs où elle a erré pendant l'hiver, quand son enfant était encore en gestation dans ses entrailles ; mais il faut encore attendre quelques semaines avant qu'ils puissent tous deux quitter l'hôpital – et ce sera alors l'été, peut-être –, car l'enfant est un prématuré de sept mois un peu chétif, et la mère s'est présentée pour l'accouchement presque à bout de forces et écorchée par mille maladies récoltées au cours de sa traversée des terres incultes de la vie invisible, quand son amour qui emplissait le monde était une eucharistie pour tous. Aujourd'hui encore, les médecins qui veillent sur la santé de l'un et de l'autre s'émerveillent qu'ils aient pu survivre à des souffrances aussi atroces et échapper à des contaminations qui les auraient condamnés à vivre dans le lazaret des pestiférés ; mais la vie est aussi obstinée que ces fleurs anémiques qui poussent sur les décombres, et il est des anges bienfaiteurs qui exercent aléatoirement leur protection. Chaque jour qui passe, Elena triomphe d'une autre des nombreuses affections qui injuriaient son corps : elle a surmonté sans difficulté l'accoutumance aux drogues que lui administraient les proxénètes ; les blennorragies et autres immondices vénériennes avec lesquelles l'ont rémunérée les nombreux hommes ou hominiens qui l'ont assaillie ont été lavées sans laisser de trace ; une vigueur enthousiaste a effacé sa maigreur de cigogne piétinée ; les blessures se sont cicatrisées ; les contusions et les meurtrissures ont retiré leurs empreintes livides d'une chair qui plus jamais ne sera émaciée. Même le souvenir des nombreux supplices endurés au cours des derniers mois ne peut entamer sa ferveur vivace ; on dirait qu'en les évoquant – sans horreur, sans épouvante, comme on récapitule avec un stoïcisme heureux les stations d'un chemin de croix qui ne s'achève pas au Golgotha mais à la résurrection – elle ressent une sorte de fierté rétrospective, parce que son sacrifice n'a pas été vain. Maintenant, je suis enfin auprès d'elle, je puis enfin prêter l'oreille à la croissance arborescente de son amour qui emplit le monde.

Les ouvrages de psychiatrie, si prétentieux et pédants, affirment que la paranoïa qui afflige Elena est irréductible. Quand je me regarde dans ses yeux pers (vert de la mer Méditerranée, vert émeraude, vert Véronèse, vert jaspé de brun et vert jaspé de jaune), je me demande si, en plus d'être irréductible, elle ne serait pas contagieuse ; mais je ne me pose pas cette question avec crainte, plutôt avec un pressentiment de bonheur, parce que j'ai compris que le jour où Elena m'aura transmis sa paranoïa (elle m'a déjà donné son amour arborescent) elle sera complètement guérie, puisque je serai moi aussi le captif comblé de sa prison d'amour. Pour le moment, afin de faciliter la contagion, j'ai obtenu la permission de venir la voir à mon gré et même de passer la nuit à l'hôpital. Pendant le jour, les allées et venues des médecins et des infirmières nous imposent un devoir de prudence ; nous sommes même agacés par la présence de sa famille valencienne, à laquelle nous avons préféré cacher les souffrances endurées par Elena pendant son séjour sur les terres incultes de la vie invisible ; même la compagnie de Bruno et de Laura nous gêne, parce qu'elle nous empêche de nous livrer à ces dialogues intimes, divagateurs, insensés, qui sont le meilleur chemin d'un esprit à un autre, et le meilleur agent de contagion. En revanche, quand la nuit entre sur la pointe des pieds dans l'hôpital, nos bouches se transforment en cornes d'abondance d'où se déversent des paroles qui s'entrelacent, oiseaux qui échangent leurs cages, en inventant un avenir partagé qui m'effraie et me contente à la fois. Cet avenir inclut, bien sûr, l'enfant chétif de sept mois qui se remet dans la salle des prématurés, enfermé dans une couveuse semblable à une serre pour bonsaïs. Toutes les deux ou trois heures – parfois à intervalles plus courts, à cause de l'anxiété des parents débutants –, Elena et moi prenons l'ascenseur qui nous dépose à l'étage du service de pédiatrie et nous demandons aux infirmières de garde la permission d'entrer dans la salle des prématurés, qui est le tabernacle de notre nouvelle religion. L'enfant dort, exilé du temps qui régit les vains désirs des hommes, aussi chaste et voluptueux que le cygne qui ignore sa beauté ou que la rosée qui fait frissonner l'herbe. Parfois, il remue les mains, comme s'il écartait une toile d'araignée, ou il fronce le nez, ou s'étire avec cette douce fragilité que montrent les chiots quand le soleil perce les brumes de leur léthargie. Nous en profitons alors pour l'examiner de plus près (notre souffle recueilli se condense sur la vitre de la couveuse) et nous en concluons qu'il est le vivant portrait de sa mère, de laquelle il a hérité le nez camus, les lèvres charnues, le visage rond, les pieds menus et même le va-et-vient du souffle qui défie et assourdit l'univers. Chaque vie qui naît est une énigme qui dépasse notre capacité d'entendement ; avant d'essayer en vain de déchiffrer sa filiation, mieux vaut nous livrer à elle avec joie et frayeur, avec exultation et angoisse comme les oiseaux se livrent à l'air qui les porte.

« Mais ses yeux, ses yeux sont tout à fait les tiens », ajoute Elena pour me contredire.

Je regarde l'enfant qui vient de se réveiller et réclame impérieusement le biberon avec des cris qui se renforcent d'eux-mêmes.

« Que dis-tu ?

– Marron et pensifs comme les tiens, insiste-t-elle. Exactement comme je les ai rêvés dès le commencement. Tout ce que j'espère, c'est que demain, s'il a besoin de lunettes, il choisira des montures moins horribles que les tiennes. Dès qu'on me laisse sortir, je cours t'acheter un autre modèle ; ces lunettes, c'est la seule chose de toi que je ne peux supporter. »

Pendant qu'Elena me sermonne, je me penche sur la couveuse pour examiner de plus près les yeux de cet enfant, qui copient énigmatiquement les miens, marron et pensifs, et peut-être bien myopes. La vie invisible se rassemble dans ces yeux, innombrable et fourmillante comme un frisson. L'enfant, notre enfant, me sourit, l'amour est le fil, l'amour est irréductible et il se transmet.

## Remerciements

Une fois encore, mon indéfectible père et mon indéfectible Iñaqui se sont chargés de dactylographier mon manuscrit tortueux ; ils ne se sont pas davantage sentis diminués de jouer les secouristes quand la rédaction de ce livre m'a tenu enfermé entre quatre murs. Mon épouse María, miroir dans lequel je me contemple, m'a administré incessamment de la documentation et a été la destinataire endurante de mes éclats de colère et le baume de mes désolations ; de même, ma mère toujours éveillée et toujours attentionnée a dû encaisser mes rognes et mes névralgies. Gonzalo Santonja, qui a quelque chose d'un frère trinitaire, m'a offert son amitié et ses encouragements. Mónica Martín s'est transformée en fée pour me tirer de certaines embrouilles. Marcos a été mon pourvoyeur en livres à fonds perdu. Ira Silverberg, Toni Munné et Peter Mayer ont éclairci certains doutes. Les ouvrages de Carlos Castilla del Pino ont été ma boussole dans les parages de la folie ; ceux de Steve Sullivan, Isabel Andrade, Richard Foster et Mark Rotenberg m'ont aidé à modeler la *pin up* Fanny Riffel.

Pendant que s'ajoutaient des pages au récit de *La Vie invisible*, María et moi rêvions de Jimena, qui est sur le point de savoir marcher. Sans doute, l'amour est irréductible et il se transmet.

*Madrid, mars 2003*